PAUL ZSOLNAY VERLAG

ANNA MURDOCH

Der Medienclan

Roman

Aus dem Amerikanischen von Judith Barkfelt
und Gabriele Burkhardt

PAUL ZSOLNAY VERLAG
WIEN – DARMSTADT

 Titel der englischen Ausgabe: Family Business

Umschlag und Einband: Manfred Dragschitz, GDA Wien
Satzerfassung und Codierung: Profitext der iM Software GmbH, Leonberg-Warmbronn: Satzcode von Dr. Ulrich Mihr
Umbruch: Ventura Publisher durch Büro Dr. Ulrich Mihr
Belichtung: Setzerei Kittelberger, Reutlingen-Rommelsbach

Druck und Bindung: May & Co., Darmstadt
Printed in Germany
ISBN 3-552-04107-9

CIP-Titelaufnahme der Deutschen Bibliothek
Murdoch, Anna:
Der Medienclan: Roman/Anna Murdoch. – Wien; Darmstadt: Zsolnay, 1989
ISBN 3-552-04107-9

Der Medienclan

Anmerkung der Autorin:

Es handelt sich hier um einen Roman mit frei erfundener Handlung und nicht um die Darstellung einer bestimmten Zeitung oder Familie. Ich möchte jedoch nicht verschweigen, daß die *Aspen Times* für den „Humdinger" Modell gestanden hat. Aber die hier beschriebenen Ereignisse und Personen sind ausschließlich Produkte meiner Fantasie. Dieses Buch ist allen Pionieren des Zeitungsgeschäfts gewidmet – den früheren, den jetzigen und den künftigen.

Gott segne die edle Kunst.

Grußformel Reisender beim Betreten einer Druckerei. *Aus den ITU-Druckerlektionen.*

Prolog

New York
1987

„Halten Sie an!"

Yarrow McLean lehnte sich nach vorn und pochte mit der Gummispitze ihres Spazierstocks an die Trennscheibe der Limousine.

„Hier, gnädige Frau?"

„Ja, halten Sie an. Ich möchte den Rest des Wegs zu Fuß gehen."

Der Chauffeur verzog das Gesicht, sagte aber nichts, fuhr rechts an den Bürgersteig und hielt unter der nächsten Straßenlaterne. Der Wagen rutschte ein wenig auf der dünnen Schneedecke. Jetzt um Mitternacht fuhren kaum noch Autos in der South Street.

„Ich brauche frische Luft", sagte sie mit ihrer tiefen, warmen Stimme, während er ihr beim Aussteigen half. „Geben Sie mir meinen Stock."

„Die Gegend hier ist nicht gerade sicher, Madam."

„Keine Angst, Vasik."

„Sie sollten hier nicht aussteigen", sagte er, als wäre sie ein Kind.

Sie seufzte. „Sie können mir ja mit dem Auto langsam folgen, wenn Sie das beruhigt, Vasik. Ich bin vielleicht behindert, aber ich bin keine Invalidin. Noch nicht."

Jetzt seufzte Vasik. „Nein, Madam."

„Danke."

Yarrow zog den Kragen ihres Pelzmantels hoch. Die frische Luft wirkte belebend. Es war nicht weit bis zu ihrem Büro, und der Spaziergang würde ihr guttun. Sie hatte sich heute abend im Studio bedrängt gefühlt. Es war nicht wie sonst gewesen. Warum hatte sie aber auch eingewilligt, in dieser Talk-Show aufzutreten? Vermutlich, weil sie sie an ihrer Eitelkeit gepackt hatten. *„Was will Yarrow McLean?"* Sie wurde alt, dachte sie, als sie, gestützt auf ihren Stock, vorsichtig über das unebene Pflaster ging. *„Werden Sie den New York Telegraph verkaufen?"*

Schnee deckte die Fallgruben zu, dachte sie. Er verdeckte die kleinen Unebenheiten mit einer dünnen weißen Lüge. Sie überlegte, daß es vielleicht heilsam sein könnte, einmal zu den Befragten zu gehören, und nicht immer nur Fragen zu stellen. Eine Ratte huschte aus einem mit Abfällen übersäten unbebauten Grundstück. Sie erkannte den verzerrten Schatten im Scheinwerferlicht des Wagens, mit dem Vasik ihr langsam folgte.

Sie war wie diese Stadt, alt und klapprig, sie mußte sich sogar auf einen Stock stützen. Im fahlen Licht der Straßenlaternen wirbelte der Schnee durch einen gelblichen Nebel. Von der Franklin-Delano-Roosevelt-Hochstraße zu ihrer Linken regnete plötzlich Schnee, Eis und Schmutz herab, hochgerissen von den Rädern der vorbeifahrenden Autos. Alle fahren irgendwohin, dachte sie, während sie die ruhige Straße entlangging. Und alle hatten es eilig. Vielleicht war es das gewesen – der Interviewer heute abend hatte sie zu sehr bedrängt und ihr ganzes Leben in acht Minuten Sendezeit zwängen wollen; also hatten seine Fragen und ihre Antworten knapp und präzise formuliert sein müssen. Neben ihr fielen wieder Eis und Streusand und Wasser auf ein geparktes Auto. Was für eine Wahrheit konnte da herauskommen? Was hätte sie antworten sollen?

Einer ihrer eigenen Lastwagen fuhr an ihr vorbei, aber so schnell, daß sie die Schlagzeilen des morgigen Tages nicht lesen konnte. Sie war fast da. Die schmucklosen Mauern des *Telegraph* erhoben sich vor ihr. Schon als sie das Gebäude zum ersten Mal gesehen hatte, war es ihr sehr häßlich erschienen. Yarrow straffte die Schultern.

Vasik überholte sie und parkte den Wagen. Er hatte Yarrow vom Autotelefon aus angemeldet, und der Nachtwächter erwartete sie schon vor dem Haupteingang. Yarrow war ein wenig enttäuscht, denn sie ging gerne durch die Hintertür, wo Kritzeleien die graue Wand bedeckten. Von da konnte sie durch die Druckerei gehen, über die Flecken von Druckerschwärze und Knäuel von Papierabfall steigen. Dort war das Herzstück des ganzen Gebäudes. Aber sie bedankte sich bei Vasik und wünschte sich nur, daß er manchmal weniger aufmerksam wäre.

Im Aufzug stand Vasik in seiner blauen Uniform stumm neben ihr und wartete, bis sie im sechsten Stock ankamen. Sein längliches, polnisches Gesicht spiegelte seine grenzenlose Geduld wider, während er das Aufleuchten der Stockwerksanzeige verfolgte.

„Gehen Sie heim, Vasik.“ Er war seit Jahren bei ihr, und sie wußte, daß er nicht nach Hause gehen würde.

„Ich mache Ihnen eine Tasse Kaffee“, sagte er und trat zurück.

Sie ging stapfend den Flur hinunter zu ihrem Büro. Ihr linkes Bein war ganz steif, wie immer, wenn sie müde war.

„Oder vielleicht einen Whisky?“ meinte er, schloß ihr die Tür auf und machte das Licht an. Die Neonröhren begannen zu blinken.

Sie ging an ihm vorbei hinein. „Das klingt schon besser.“ Sie zog einen schwarzen Lederhandschuh aus. Er schloß inzwischen die innere Tür zu ihrem Büro auf. Ihre Augen gewöhnten sich an das kalte Licht, und plötzlich sah sie sich in den großen Fensterscheiben. Sie sah eine elegante Dame in einem klassischen schwarzen Kostüm und einem dunklen Nerzmantel; das Haar der Frau war weiß und streng zurückgekämmt zu einem unmodernen, aber praktischen Knoten. Eine lockige Strähne war aus dem Haarnetz geglitten, und Yarrow schob sie ungeduldig wieder hinein. Ihre Finger waren kräftig, die Nägel kurz, kürzer, als ihre Erscheinung es vermuten ließ. Und sie sah ihre behandschuhte Hand, an der sich ihre Ringe abzeichneten. Fest ruhte sie auf dem Griff des Stocks. Der Stock war notwendig. Sie war fünfundsechzig. Sie war, ohne es zu merken, alt geworden. Hatte ihr Anblick in dem Monitor sie heute abend erschreckt? Sie hatte jedenfalls sofort den Kopf gehoben, damit ihr Kinn sich straffte. Sie hatte gehofft, ihre Augen würden bei Nahaufnahme frisch und jung leuchten, ihr Blick nicht spöttisch oder müde wirken.

Yarrow wandte sich ab von der Wahrheit, die ihr Spiegelbild unerbittlich aussprach. Am anderen Ende ihres Büros stellte Vasik ein silbernes Tablett mit einem Wasserbehälter, einem Glas und einer Flasche Johnnie Walker auf den Schreibtisch. Sie ließ ihren Mantel auf das blaue Sofa neben der Tür fallen. Sie wollte jetzt nicht mit Vasik sprechen, sie wollte Elliots Stimme hören. Er hatte gesagt, er würde sich die Sendung ansehen. Sie wollte ihn gleich anrufen. Wie sie brauchte auch er jetzt im Alter viel weniger Schlaf. Was hätte sie alles erreichen können, wenn das schon in ihrer Jugend so gewesen wäre. „Danke, Vasik.“

„Kann ich sonst noch etwas für Sie tun?"

„Nein."

Er ging hinaus in den Vorraum und schloß die Tür hinter sich. Sie wußte, daß er wie so oft eine Decke und ein Kissen aus dem Schrank holen und sich auf die Couch legen würde, bis sie ihn rief. Die Geduld seiner Frau setzte sie immer wieder in Erstaunen. Aber sie kannte Irma und wußte, daß die phlegmatischen Naturen der beiden einander ideal ergänzten. Ganz im Gegensatz zu ihr und Elliot.

Yarrow setzte sich an den Schreibtisch aus Rosenholz und lehnte den Stock an die Schublade. Der Spazierstock war aus rötlichem Birkenholz mit einem grauen Hornknauf in einem silbernen Zwischenring. Elliot hatte ihn vor Jahren bei Swaine Adeney in London für sie gekauft. Sie schenkte sich einen Scotch und Wasser ein und wählte Elliots Nummer. Sie lehnte sich in ihrem Drehstuhl zurück und schaute zum Fenster. Aber weil es im Büro hell war, konnte sie nicht hinaussehen. Sie drehte sich zum Schreibtisch und öffnete die Schublade, während sie dem Tuten des Telefons lauschte. Sie nahm eine gerahmte Fotografie Elliots in die Hand. Auf diesem Foto wirkte er erheblich weniger förmlich als in dem Rahmen auf dem Schreibtisch. Niemand nahm ab. Sie legte auf. Vielleicht war er noch nicht vom Abendessen zurück. Sie wunderte sich, denn er hatte nichts davon gesagt, als sie heute morgen miteinander telefoniert hatten. Heute morgen ...

„Wie geht es dir?"

„Gut."

„Wirklich?"

„Ja." Er lachte. „Es geht mir wirklich gut."

„Kannst du dir heute abend *Nightline* anschauen? Ich bin mit Koppel auf Sendung."

„Ah, Yarrow. Hältst du das für klug?"

Jetzt mußte sie lachen. „Ich folge nur deinem Rat. Ich rede nur live. Kein Schneiden, keine faulen Tricks erlaubt."

„Und *Sixty Minutes?*"

„Mit Sicherheit nicht. Sie würden mich in der Luft zerreißen."

„Was willst du anziehen?"

Sie lachte wieder. „Du änderst dich nie, hm? Ich werde ein schwarzes Kostüm und eine weiße Bluse tragen."

„Beige."
„Also gut, beige."
„Du wirst wunderbar aussehen. Wie immer."
„Hmmm."
Pause.
„Er wird dich fragen, ob die Gerüchte wahr sind, daß Truitt den Kauf von ..."
„Gerüchte interessieren mich einen Dreck."
„Aber er wird dich trotzdem fragen, und du mußt aufpassen, was du sagst, sonst stößt du alle Welt vor den Kopf."
„Wen denn?"
„Yarrow, sei doch nicht so stur."
„Deine Freunde? Das liberale Establishment? Die sind mir völlig wurscht."
„Ich weiß. Ich hab's erlebt."
Yarrow wechselte das Thema. „Wie geht es Meredith?"
„Sie möchte, daß ich mit ihr und den Kindern übers Wochenende nach Hampton hinausfahre. Ich hasse den Strand im Winter. Was machst du dieses Wochenende?"
„Elliot, ich meine fast, so was wie – Einsamkeit in deiner Stimme zu hören," mokierte sie sich.
„Fährst du auch weg?"
„Ich bleibe in der Stadt. Ich muß arbeiten."
„Kannst du nicht zu mir rauskommen? Ich muß dich etwas fragen."
„Kannst du mich das nicht jetzt fragen?"
„Wir essen miteinander zu Mittag."
„Erst am Sonntag. Samstag habe ich zu viel zu tun."
„Du kannst es nicht lassen, was? Wann hörst du endlich auf, Yarrow?"
Was will Yarrow McLean?
„Seit Gary Hart ausgeschieden ist, tauchen andauernd Demokraten auf. Zwei neue hoffnungsvolle Kandidaten sehe ich morgen."
„Kann denn nicht dein Chefredakteur mit ihnen sprechen?"
„Ich werde bis zum Schluß das Steuer nicht aus der Hand geben, Elliot."

„Genau das habe ich befürchtet.“

Sie zögerte. Präsidentschaftswahlen waren ein heikles Thema. „Jeder will kandidieren und sucht Unterstützung. Es könnte natürlich auch sein, daß alle nur auf die Hühnersuppe in meiner Kantine scharf sind.“

„Du brauchst einen Koch. Nein, im Ernst, wen wirst du diesmal unterstützen? Wieder einen Republikaner?“

Sie wagte es, ihn noch einmal aufzuziehen. „Warum nicht? So schlecht sind wir doch mit dem letzten nicht gefahren.“

„Yarrow, dazu werden wir nie derselben Meinung sein.“

„Nein, aber das waren wir ja noch nie.“

„Deshalb liebe ich dich. Ich sehe mir die Sendung heute abend an. Gib mir doch einen Tip.“

„Nein, das wäre ja langweilig.“

„Wer hätte je gedacht, daß diese Yarrow McLean aus dem Kaff namens Galena einst so machthungrig werden würde?“

„Yarrow McLean aus New York.“

„Genau die.“

„Bist du sicher? Na ja, ich wurde ja von einem Experten eingeschult. Von dir.“

„Ich habe dir nichts beigebracht, Yarrow. Was du nicht von Jock oder deinem Vater gelernt hast, hast du dir selbst beigebracht.“

„Oh, sei nicht so bescheiden. Das steht dir nicht. Ich muß jetzt Schluß machen. Wirst du dir die Sendung ansehen?“

„Selbstverständlich.“

„Ich ruf dich danach an. Ich möchte hören, was du von der Sache hältst. Ich liebe dich. Bye.“

„Good-bye, Liebling.“ Er hatte zuerst aufgelegt. Er legte immer zuerst auf.

Yarrow nahm bedächtig einen Schluck Scotch und wählte dann seine Nummer noch einmal. Sie ließ es klingeln, aber niemand nahm ab. Vielleicht war er zum Essen ausgegangen. Die ungewisse Zukunft ihrer Zeitung ging ihr nicht aus dem Kopf. Sie wollte bald heimgehen. Morgen würde ein langer Tag werden. Zuerst hatte sie einen Termin mit dem Senator von Massachusetts.

Yarrow machte sich in der kleinen Küche neben ihrem Büro Milch heiß. Sie nahm die Tasse mit zum Schreibtisch und schüttete etwas Whisky hinein. Sie suchte sich ihre Arbeit zusammen, setzte die Brille auf und ging zur Couch. Yarrow trank ihre heiße Milch und las. Sie ging die Korrespondenz zügig durch und machte Notizen am Rand. Dann überflog sie ihren Terminkalender für die nächste Woche – entsetzlich. Sie entdeckte eine Zeile ihrer Sekretärin. Sie erinnerte sie daran, daß ihre Enkelin morgen Geburtstag hatte. Sie markierte die Zeile mit Rotstift und schrieb *anrufen* daneben. Sie nahm sich den Stapel Zeitungsausschnitte vor, für den sie noch keine Zeit gehabt hatte, und las die Abendausgaben der Zeitungen vom Vortage. Sie arbeitete schnell und methodisch, strich durch, unterstrich oder machte Randbemerkungen. Der Stapel erledigter Arbeit auf dem Teppich wuchs mit den Informationen, die sie in ihrem Gedächtnis speicherte. Sie riß eine Anzeige aus einer Zeitung der Konkurrenz und schrieb oben in die Ecke an ihren Werbeleiter: „Wo ist unsere? YB." Sie warf das Papier auf den Couchtisch. Yarrow nahm die Brille ab und rieb die Augen. Wenn sie noch zwanzig Minuten wartete, bekam sie die neue Ausgabe frisch aus der Presse. Sie wollte unten in der Druckerei anrufen und sich ein Exemplar bringen lassen. Dann würde sie heimgehen. Sie stellte das Telefon auf den Boden neben sich und schlüpfte aus den Schuhen. Wie oft hatte sie das schon getan? Unzählige Male. Genaugenommen war das hier ihr Zuhause. Dieser Raum, dieses Gebäude spiegelten wider, wer sie war; sie zeigten der Welt, wer Yarrow McLean war und was sie wollte. Täglich erschien die Antwort auf diese Frage schwarz auf weiß. Warum wurde ihr diese Frage dennoch immer wieder gestellt? Sie legte sich hin und schloß für eine Minute die Augen. Ihre Hand lag dabei auf dem Telefonhörer, damit sie sofort abheben konnte. Es gelang ihr stets sehr gut, hellwach zu wirken, auch wenn sie eben noch geschlafen hatte. Je älter sie wurde, desto mehr erschien ihr der Wunsch zu schlafen als ein Zeichen von Schwäche. Aber sie würde wahrscheinlich sowieso nicht schlafen, nur ein wenig dösen. Sie hörte das dumpfe Grollen beim Anlaufen der Rotationspressen, oder vielleicht meinte sie auch nur, es zu hören. Besucher hörten es nie. Sie aber wußte immer, wann die Pressen liefen. Sie war sicher, der Boden vibriere. Am Telefonapparat spürte sie das Vibrieren der vier Goss-Pressen, die stündlich

50 000 Zeitungen ausstießen. „40 000 *gute* Exemplare“, widersprach sie ihrem Produktionsleiter jedesmal, wenn er mit dieser Zahl prahlte. Es gab nichts in diesem Geschäft, worüber Yarrow nicht Bescheid wußte. Sie lauschte dem Brummen – es klang wie der Schlag ihres Herzens.

ERSTES BUCH

1922-1939
Der Anfang

1

Yarrow McLean wurde 1922 in den Rocky Mountains geboren. Auch ihr Vater und ihre Mutter waren in diesen Bergen geboren worden; der Vater James in diesem Haus, in dem ihre Mutter jetzt stand und auf die nächste Wehe wartete. Freya, die Mutter, war in der Gunnison River-Region auf die Welt gekommen, dort, wo das alte Reservat der Ute-Indianer gewesen war. Es hieß immer wieder, daß Freyas Vater, Papa Halvorsen, Indianerblut in den Adern habe. Er hatte hohe Wangenknochen und mandelförmige Augen, die selbst als er blind wurde, noch mehr sahen als die der meisten Menschen. Das mochte wahr sein oder auch nicht, jedenfalls hatte sich sein norwegisches Bluterbe durchgesetzt. Er und seine Frau hatten ihre einzige Tochter Freya getauft, nach einer Göttin jenes weißen Landes.

In der ersten Morgendämmerung stand Freya jetzt hellwach und unruhig da und stützte sich auf den Bettpfosten. Sie wandte den Kopf, und ihr dicker blonder Zopf fiel nach vorn. Sie betrachtete ihren schlafenden Mann. Er war gestern abend sehr spät vom Büro der *Gazette* heimgekommen. Er hatte die Druckform nicht richtig geschlossen, und als er sie in die Zylinderpresse hob, waren alle Lettern herausgefallen. Es brauchte viel Zeit und Geschick, um sie neu zu setzen. Sie wollte ihn noch nicht wecken und trat ans Fenster. Diese letzten Momente der Unsicherheit wollte sie so lange wie möglich hinausziehen. Sie legte sich den Schal um, der auf ihrem Bett lag. Der Boden war sehr kalt unter ihren Füßen, und die Fensterscheibe war innen mit Eisblumen bedeckt. Mit dem Fingernagel kratzte sie die dünne Eisschicht ab. Durch das Loch entdeckte sie im weichen Morgenlicht eine Herde Wapiti-Hirsche, die bis auf die Wiese vor dem Haus heruntergezogen war. Sie sah sie nur deshalb, weil ihre braunen Leiber in der Kälte dampften. Nun beobachtete sie sie eine ganze Weile, bis sie unruhig wurde. Sie spürte, wie die Haut über ihrem

Bauch stark nach vorne gezogen wurde. Die Wehen hatten richtig eingesetzt. Sie drückte die Stirn an die kalte Scheibe und rief leise ihren Mann: „James, es ist soweit." Durch die Eisblumen fiel ihr Blick auf ein paar Büschel Yarrows, Schafgarben, die irgendwie dem Winter standgehalten hatten. Die weißen, spitzenartigen Blüten gefielen ihr. Ihr Leben lang hatte sie Unkraut gejätet, doch bisher waren ihr die Yarrows nie aufgefallen. Wie stark mußten sie sein, um den Winter in Galena zu überstehen, wo die Temperaturen nachts ganz schön unter Null Grad sanken und Schneestürme den Menschen die Haut vom Gesicht peitschten. Sie rief noch einmal: „James!" Er schoß aus dem Bett und schlüpfte schnell in die Hose. Als die Krämpfe vorbei waren und sie wieder aufsah, waren die Wapitis verschwunden, und die Sonne tauchte den Westhügel des Pyramid Peak in goldenes Licht.

Später erzählte Freya ihrer Tochter von diesem Tag. Es war überhaupt ihr erstes Geschenk an sie, ihre eigene Geschichte, von den großen braunen Leibern der Hirsche und den zarten Blüten der Schafgarben. Sie erzählte ihr, daß sie damals beschlossen hatte, ihr den Namen Yarrow zu geben, und die Leute, die ihre Familie kannten, sahen sich wissend an. Sie waren schon immer der Meinung gewesen, daß die Halvorsens Indianerblut in sich hatten. Yarrows Vater lachte immer, wenn Freya die Geschichte erzählte, und betonte jedesmal, er danke Gott, daß er keine Tochter mit dem Namen Wapiti bekommen habe.

Yarrows Großvater Jock machte ihr auch ein Geschenk. Da sie ihm die große Ehre erwiesen hatte, an seinem Geburtstag im November auf die Welt zu kommen, übereignete er ihr fünfzig Aktien an einer Zeitung auf der Ostseite der Berge. Die fünfzig Aktien waren die Hälfte von Jocks Anteil. Insgesamt waren drei Partner an der Zeitung beteiligt. Freya hielt das Geschenk für wertlos. „Was kann ein Stück Papier schon wert sein? Mir ist etwas, das man sehen kann, lieber." Freya dachte in Wirtschaftsdingen wie eine Bäuerin: Was man in Händen hielt, war etwas wert, ein Schinken zum Beispiel. Aber James versicherte ihr, daß sein Vater es gut meine, und bat sie, still zu sein, als der alte Mann in die Küche kam. Es war schließlich sein Haus, obwohl er darin jetzt nur noch ein Zimmer bewohnte. Es ging auf die Veranda hinaus, so daß er seinen eigenen Eingang hatte.

Im Jahr 1892 war das Städtchen Galena der Star der Rockies. Damals war er schon zehn Jahre dort. Er war wohlhabend, hatte sich einen Bart wachsen lassen und trug einen Hut und eine kleine goldene Uhr an einer Kette. Wenn er sie aus seiner Westentasche holte, behandelte er sie wie eine Hostie.

In jenen Tagen war die Main Street voll von Männern in dunklen Mänteln, mit Hüten und Bärten. Bergleute, die ihr Bettzeug in ihren schmutzigen Händen mit sich herumschleppten, suchten nach billigen Quartieren. Glücks- und Pharaospieler standen an den Spieltischen der Salons, ihre schweißigen Hände in den Jackentaschen vergraben, und warteten darauf, daß sich das Glück zu ihren Gunsten wende. Gauner suchten nach Opfern unter Hausierern und Bergleuten und hoffnungsvoll dreinsehenden Neuankömmlingen. Und Jocks Laufburschen verkauften in dem Gewühl eifrig ihre Zeitungen. Jeder las die *Gazette* – außer denen, die fortgingen; von denen nahm keiner Notiz. Desillusionierte wurden in einer Minenstadt nicht beachtet.

Die *Galena Gazette* war damals ein blühendes Unternehmen. Silber floß aus den Minen. Das weiße Metall eroberte die Stadt, und bald folgten die Frauen ihren Männern. Und mit den Frauen kam die Häuslichkeit – in Form von Betten, Schränken und Klavieren. Sie wurden auf Wagen und Lastschlitten die Hänge hochgezogen. Die Schuhe der Frauen und Kinder, die neben den Wagen hergingen, blieben immer wieder im Schlamm stecken. Häuser wurden in den Schluchten und an den Berghängen gebaut. Jedermann dachte, der Silberboom werde andauern.

Jock kaufte das Haus in der Boomer Street im Jahre 1892 von einem Goldsucher, der in weniger als hundert Tagen hunderttausend Dollar gemacht und wieder verloren hatte. Jock bezahlte für das Haus aus rotem Sandstein mit filigranem Gitterwerk aus Holz und einer dahinter gelegenen Wiese zweitausend Dollar. Münzen gab es kaum in der Stadt. Jock bezahlte in Silber und Landzuweisungsscheinen. Mollie, seine junge Frau, stand neben ihm. Sie war leichtfüßiggeziert über die Schwelle der Haustür aus Buntglas getreten. Das neu installierte elektrische Licht begeisterte sie. Sie schaltete es dauernd an und aus. „O làlà“, meinte sie. Die Feder ihres Hutes streifte an der roten Samttapete im Treppenaufgang entlang. „Hm, hm“, murmelte sie vor sich hin. Sie versuchte ihre Aufregung vor der Frau des Goldschürfers zu verbergen, die weinend auf der unteren Treppenstufe saß.

Jock hatte das Haus für Mollie gekauft. Er war der Meinung, sein Blockhaus oben hinter dem Red Mountain sei kein geeigneter Wohnort für sie. Und außerdem meinte er, für den Chefredakteur und Verleger der ältesten Zeitung der Stadt – *Zehn Jahre jung* stand unter dem Zeitungstitel – sei ein stattlicheres Haus angebracht. Aber er behielt das Blockhaus, durch dessen Ritzen der Schnee ins Innere wehte – „vorsichtshalber“. Nach Mollies Tod bei James' Geburt – sein einziges Kind, da er nie mehr heiratete – nahm er den Jungen oft mit auf die Hütte, wo sie an Winterabenden im Bett zusahen, wie ihr Atem auf den Wolldecken gefror.

Auch deshalb hatte Jock die Anteile an der Zeitung aus Platte City, der kleinen Stadt mit dem großen Namen, nahe Colorado Springs, behalten. „Vorsichtshalber.“ Er hatte sie für den Verkauf seines Anteils an einem Claim bei Leadville erhalten.

Im April des Jahres 1881 hatte er sich auf dem Schürfaushub vor dem Schacht mit einem Fremden aus dem Osten unterhalten. Der Fremde saß auf einem Maultier. Es hatte zu tauen begonnen, und es regnete in Strömen. Jock konnte sich inzwischen kein elenderes Leben vorstellen als das eines erfolglosen Goldgräbers.

„Ich habe die Nase gestrichen voll“, sagte er, leckte Blut von seinen geschundenen Knöcheln und sah zu, wie der Regen beständig von der Hutkrempe des Mannes tropfte.

„Kein Glück hier? Was ist denn mit der anderen Seite, da bei der Matchless Mine? Es heißt, Tabor holt täglich zweitausend Dollar aus dem Loch.“

Jock sah den Mann an. Sie waren ungefähr gleich alt, aber Jocks junge Wangen waren voll tiefer Furchen von der harten Arbeit und dem kargen Essen. Er war 21, und als er hier angekommen war, hatte er genau wie dieser Fremde und all die anderen Neuankömmlinge ausgesehen. Sie litten am Gold- oder Silberfieber, ihre Augen strahlten, aber oft leuchtete auch die Gier in ihnen. Sie trugen ihre sämtlichen Ersparnisse in ihren Geldgürteln und packten ihr Bettzeug und die Kochtöpfe hinter sich auf die Maultiere. Aber Jock sah jetzt anders aus als sie.

„Dann hätten Sie Glück", sagte er, wandte sich ab und hob Schaufel und Pickel auf.

Plötzlich kam der Schürfer, der neben Jock arbeitete, aus seinem Loch herausgekrochen. „Heureka!" schrie er. Er hielt einen großen Silbernugget in den Händen. Tränen des Glücks liefen über sein schmutziges, unrasiertes Gesicht.

„Dem Himmel sei Dank." Er sank auf die Knie und küßte den Schlamm. Der Fremde war wie gebannt. Schweißperlen bildeten sich auf seiner Stirn. Er sprang vom Maultier, und seine Töpfe und Pfannen klapperten.

„Um Gottes willen, Mann. Ich kaufe auf der Stelle Ihre Schürfrechte, jetzt, sofort, noch bevor Sie zum Prüfer gehen."

Aber der Schürfer rannte schon im Regen den Hügel hinunter. Mehrere Männer streckten die Köpfe aus ihren Schächten und spähten über ihren Aushub.

„Sie! Sie!" Der Mann packte Jock am Arm. „Ihr Claim ist direkt neben seinem. Nennen Sie Ihren Preis."

„Gehen Sie, Mann", sagte Jock und schob ihn weg. Aber der Fremde hörte nicht. Er nahm seinen Geldgürtel ab und versuchte ihn Jock umzulegen. Er drückte Jock den Strick seines Maulesels in die Hand. Jock schob ihn wieder beiseite, schulterte seine Schaufel und seinen Pickel und machte sich auf den Weg hinunter.

„1 000 Dollar." Der Mann rutschte hinter Jock her und zerrte sein Maultier bis an die Schachtöffnung.

„Sie müssen schon etwas mehr bieten", sagte Jock über die Schulter.

„5 000 Dollar." Er rief es mit solcher Vehemenz, daß sein Maultier strauchelte und ein Topf auf den Weg fiel. Jock blieb stehen, dann ging er ein paar Schritte zurück.

„Wieviel sagten Sie?"

„5 000 Dollar..."

Jock verzog das Gesicht, als habe er Bedenken.

„Sieben."

Ein breites Grinsen erschien auf Jocks schmalem Gesicht. Er legte den Arm um den Fremden.

„Ich glaube, wir können uns einigen", sagte er. Der Fremde sagte etwas, aber Jock verstand ihn nicht. Er lauschte nur dem Geklingel der Regentropfen auf den Töpfen. Obwohl der Wolkenbruch etwas nachgelassen hatte, hörte es sich an wie Münzen, die auf einen Tisch fielen. Klingende Münze – das schönste Geräusch, das er je gehört hatte.

Später an jenem Nachmittag verließ Jock die Prüfstelle mit einer Bankanweisung über 7 000 Dollar, einem Zweidrittelanteil an einer Zeitung in Platte City und einer Handvoll Bleilettern, die der Fremde aus seiner Jackentasche geholt hatte. Jock ging an Kindern vorbei, die im Rinnstein im aus den Salonböden hinausgefegten Sägemehl nach Kostbarkeiten suchten. Er hüpfte in seinen Stiefeln fast über die Holzplanken des Gehsteigs, als er ihnen eine Münze zuwarf. Er ging weiter zur Pioneer Bar in der State Street, um sein Glück mit seinem Partner zu teilen – Max hatte mittlerweile zwar sein Gesicht gewaschen, doch das Grinsen war geblieben.

„Bist ein verdammt guter Schauspieler für einen aus Cornwall, Max Horace", sagte Jock, „aber ich finde, du hast doch ein bißchen übertrieben, als du ‚Heureka!' geschrien hast."

Max lachte, bis ihm die hellen Tränen über das Gesicht liefen. Sie genehmigten sich ein paar Drinks an der Bar und wankten dann durch die belebten Straßen zu Tontine's. Max war ziemlich betrunken.

„Was willst du essen?"

„Rindfleisch und Austern."

„Klingt viel besser als bloß immer Schmalz und Brot im Zelt." Jock warf die Speisekarte auf den Tisch.

„Hätte nie gedacht, daß es so einfach sein würde", sagte Max.

Jock schaute sekundenlang besorgt drein. „Ich hoffe, der arme Kerl findet irgendwas in dem Loch. Seine Chancen stehen genauso wie die von allen anderen in dieser Räuberhöhle."

„Man weiß ja nie."

„Wenn ich es nicht gewesen wäre, dann ein anderer." Jock nahm einen Bleistiftstumpf und einen Zettel aus der Westentasche.

„Wir teilen halbe-halbe."
„Ja."
„3 500 für dich. 3 500 für mich."
„Richtig."
„Und die Anteile an der Zeitung."
„Halbe-halbe."
„Richtig. 100 für dich, 100 für mich."
„Stimmt, Partner."

Jock unterschrieb das zerknitterte Papier, und Max leckte den Bleistift und tat es ihm nach. „Noch einen Drink", rief er dann dem Mann hinter der Theke zu.

Jock spielte mit den bleiernen Typen in seiner Tasche und legte sie vor sich auf das Wachstuch. „Ich habe mal in einer Druckerei gearbeitet, damals, in Pennsylvania. Wie wär's, wenn wir zusammen nach Platte City gingen? Wir könnten die Leitung dieser Zeitung übernehmen."

„Zu weit weg." Max hob sein Glas. „Außerdem gibt es da einen dritten Partner, und wert ist sie ja angeblich auch nichts. Hier ist das Wachstum gesichert, hier oben, wo die Schürfer sind. Warum bleiben wir nicht hier?"

Jock stürzte sich auf sein Steak. Das erste Frischfleisch seit Wochen. „Ich bleibe hier nicht länger, als ich unbedingt muß." Er stieß mit dem Messer ins Fleisch.

Max wurde nach dem Essen ein wenig nüchterner. Er wischte mit Brot den Fleischsaft vom Teller. „Und wie wär's mit Galena? Morgen geht eine Postkutsche."

„Ich gehe nie wieder in eine Grube, solange ich lebe", sagte Jock.

„Nein, diese andere Idee von dir, Jock – eine Zeitung aufmachen, aber hier oben, in den Bergen."

„Als Partner?"

„Ja, Partner. Alles halbe-halbe."

Am nächsten Tag gingen sie nach Galena, wo der Boom bereits begonnen hatte. Max und er legten zusammen, um eine Druckerpresse zu kaufen. Sie mußten einige Zeit warten, bis sie von Chicago hergebracht wurde. Sie stellten einen umherziehenden Schriftsetzer ein, und innerhalb von drei Monaten brachten sie die *Galena Gazette* als Wochenzeitung heraus. Als er das erste Blatt aus der Presse nahm, war Jock stolz wie nie zuvor. „Du kleine Schönheit“, sagte er und hielt es gegen das Licht. „Du kleiner Humdinger.“

Irgendwie blieb der Name hängen, und selbst die Galener nannten die *Gazette* nie bei ihrem richtigen Namen, sondern fragten immer nur: „Hast du das schon im Humdinger gelesen?“

Jock war bald so gewandt wie der Schriftsetzer, und füllte das Winkeleisen genauso schnell wie dieser mit Lettern. Er kannte jetzt den Unterschied zwischen Petit und Borgis, Garmond und Cicero. Max war als kaufmännischer Direktor jeden Tag in der Stadt unterwegs, um Anzeigenkunden zu werben.

Max Horace kam häufig in Schwierigkeiten. Jock wußte, daß er mit allen möglichen Tricks arbeitete. Dabei zeigte er sich von seiner besten und von seiner schlechtesten Seite. Täglich fand Max eine neue Methode, das große Geld zu machen. Doch Jock wollte von Max' Plänen nichts wissen. Ab und zu erfuhr er aber doch von ihnen. Bald war die halbe Stadt hinter Max her, während die andere Hälfte versuchte, seine Tricks nachzuahmen. Eine Abordnung ehrenwerter Bürger der Stadt stattete Jock einen Besuch ab. Falls Max seine „Geschäftsmethoden“ nicht ändere, würden sie der *Gazette* das Leben schwermachen. Jock erklärte Max, er müsse vernünftig werden oder aus der Partnerschaft aussteigen. Eines Nachts wurde ein Dieb erschossen und seine Leiche in der Main Street aufgehängt. Auf seinen Rücken war eine Liste der Einwohner geheftet, denen ein ähnliches Schicksal drohe. Max Horaces Name stand weit oben. An jenem Abend ging Max Horace wie gewöhnlich aus und betrank sich. Als er am nächsten Morgen aufwachte, mußte er feststellen, daß er verheiratet war und die neue Mrs. Horace neben ihm im Bett lag. Max verbrachte jeden nüchternen Augenblick seines restlichen Lebens damit, sich zu fragen, wie es dazu hatte kommen können. Jock besorgte den beiden Plätze in der nächsten Kutsche nach Buena Vista und kaufte Max' Anteil an der *Gazette.* Max Horace entfernte sich in Richtung Osten, aber er kam nur bis Platte City. Dort grub Mrs. Horace die Absätze in den Boden und verkündete, hier würden sie bleiben. Max suchte den dritten Partner des *Platte City Journal* auf, einen Oberst namens Adam Truitt, und stellte sich vor.

Als Kind saß Yarrow gerne auf dem Schoß ihres Großvaters und hörte seinen Geschichten zu. Nur dann hielt sie still.

„Er füllt ihren Kopf nur mit Unsinn“, klagte ihre Mutter.

„Das ist doch alles ganz harmlos“, sagte James. „Sie ist fast sechs, sie wird ihm nicht immer und ewig zuhören. Laß die beiden nur machen.“

Der Bart des Großvaters hing wie ein Vorhang vor Yarrows Gesicht, wenn sie auf seinen Knien saß. Sie spielte mit seinem Ohrläppchen und lutschte am linken Daumen. Hinter dem Haarvorhang konnte ihre Mutter sie nicht sehen. „Großvater, buchstabiere Yarrow.“

„Yarrow Parrow.“

„Buchstabiere Großvater.“

„Buchstabiere Zeitung.“

So ging es weiter, bis Jock so viel Speichel im Mund hatte, daß er spucken wollte.

„Das ist eklig“, sagte Freya, als sie ihn räuspern hörte. Sie stand am Spülstein in der Küche und wusch Wäsche. Großvater sah ihr beim Auswringen zu und stand auf.

„Ja, doch, deine Mutter hat recht, Yarrow. Jock ist ein schmutziger alter Mann. Ich wollte mir sowieso eine Stogie anzünden. Ich gehe raus.“ Freya hatte das Rauchen im Haus verboten. Er zog seinen warmen Mantel und die fingerlosen Handschuhe an und ging hinaus auf die Veranda. Yarrow und ihre Mutter hörten den Stuhl knarren, als er sich hinsetzte. Die beiden Kleinen schliefen oben; das Haus war sehr still. Yarrow beobachtete, wie die Muskeln ihrer Mutter beim Auswringen der Kleidungsstücke arbeiteten. Ein großer Kessel begann auf dem Herd zu wackeln. Das Wasser kochte. Der Kessel stieß an einen schweren Topf mit Eintopf. Yarrow lauschte dem wakkelnden Kessel, dem Zischen des Dampfs und dem Geräusch des Wassers, das der Mutter von den Händen tropfte. Dann wieder hörte sie den Stuhl des Großvaters knarren, und sie roch seinen Tabak. Der Rauch kroch unter der Tür durch.

„Na dann geh schon raus“, sagte ihre Mutter ärgerlich und schob eine lange blonde Strähne mit dem Handrücken aus der Stirn. Sie trocknete die Hände an einem Handtuch, das an ihrer Schürze hing. „Hier drinnen bist du doch nur im Weg.“ Sie knöpfte Yarrows dicken Wollmantel zu, zupfte ihre Mütze und die Handschuhe zurecht, und Yarrow sprang hinaus in Großvaters Arme.

„Es war einmal ein junger Schotte aus Aberdeen“, begann ihr Großvater.

„Das warst du.“

„Ja. Er sah blendend aus, war aber sehr arm, weil er der jüngste Sohn eines Pfarrers war, der zwar sehr gut mit Worten, aber weniger gut mit Seelen umgehen konnte. Der Pfarrer hielt nicht viel vom Geld und hatte auch nichts für Heuchelei übrig. Folglich war die Kirche oft leer. Du verstehst?“

„Ja, ja“, meinte Yarrow. Sie zog ihre Handschuhe aus, damit sie Daumen lutschen konnte.

„Aber der jüngste Sohn war ehrgeizig. Er wollte nicht Pfarrer werden.“

Großvater zog Yarrow fester an sich.

„Der jüngste Sohn wollte viel erreichen. Er wollte die Welt verbessern. Weißt du, er hatte nämlich seinem Vater jeden Sonntag gut zugehört. Aber er fand, daß sein Vater mit seiner dünnen Stimme in der leeren Kirche nichts ändern würde. Zu wenige hörten ihn. Der jüngste Sohn flehte ihn an, ihn gehen zu lassen. Es hatte ihn immer sehr nach Amerika gezogen. Er war in dem Jahr geboren worden, in dem Lincoln Präsident wurde. Er überredete seinen Vater, zu dessen verheirateter Schwester reisen zu dürfen ...“

„Großtante Hilda.“

„... die nach Pennsylvania ausgewandert war. Zu ihr fuhr er und arbeitete dort in den Steinkohlebergwerken. Weil er lesen und schreiben konnte, wurde er Lehrling in einer Druckerei, aber er lauschte immer nur dem Geflüster der Schürfer, wenn sie mit immer neuen Geschichten über das Eldorado in den Osten zurückkehrten. Dein Großvater lag auf seiner Decke in Pennsylvania und träumte davon, reich zu werden. Deine Großtante wollte nichts davon hören. Also beschloß der junge Mann wegzulaufen, und schließlich landete er in Leadville, wo H. A. W. Tabor reich wurde ...“

„Aber Großvater nicht."

„Nein, Großvater nicht, aber" – er kitzelte Yarrow an der Nase – „Großvater fand etwas noch Besseres." Er rückte Yarrow auf das andere Knie und suchte etwas in seiner Manteltasche. Er hielt den Brief in der Hand, den er heute bekommen hatte, steckte ihn aber wieder ein. In der anderen Tasche fand er eine kleine Setzzeile aus einer Linotype. „Dein Großvater fand eine Stimme", sagte er und drehte das Metallstück so, daß die erhabenen verkehrten Buchstaben in der Sonne blitzten.

„Du hast eine Zeitung angefangen." Yarrow nahm die Setzzeile in die Hand, befühlte ihre scharfen Kanten und prüfte ihr Gewicht.

„Ja, damals wurde der Humdinger geboren. Hier in Galena. Tausende von Menschen strömten hierher und suchten Gold und Silber. Was sie brauchten, waren Nachrichten: Sie wollten wissen, wo die Claims und in welchem Zustand die Straßen waren. Deshalb begann ich, den Humdinger zu drucken."

Freya rief zum Mittagessen, und Jock und die kleine Yarrow kamen in die Küche und schlüpften unter der tropfenden Wäsche durch, die von den Leinen unter der Decke hing. Freya ist eine gute Frau, dachte Jock, aber wie alle Frauen macht sie sich im ganzen Haus breit.

Freya schlug den Schöpflöffel gegen den großen Topf.

„Wenn wir immer auf James warten wollten, würden wir in diesem Haus nie etwas zu essen bekommen."

„Der Mann arbeitet hart", sagte der Großvater, half Yarrow aus dem Mantel und setzte sie auf einen Stuhl. Er wünschte, seine Schwiegertochter wäre seinem Sohn gegenüber etwas respektvoller. Wenn James sich wenigstens wehren würde. Mollie hatte *ihn* immer mit Respekt behandelt. Sie waren allerdings nur ein Jahr verheiratet gewesen. Freya reichte ihm eine große Portion Eintopf mit Karotten und Knödeln und schenkte ihm Apfelmost ein. Sich und Yarrow lud sie weniger auf die Teller. Sie setzte sich, froh, daß Nellie und Greta, die beiden Babies, noch schliefen.

Jock senkte den Kopf. „Herr, wir danken Dir für das, was Du uns bescheret hast. Amen."

„Wir arbeiten alle hart", sagte Freya und schnitt Yarrows Essen vor. „Und wir kommen anscheinend trotzdem zu nichts. Oder?"

Er war der Ansicht, daß sie keine Antwort erwartete. Er verschlang seinen Knödel und schwieg. Sie hatte natürlich recht. Die Stadt Galena starb, schon seit der Jahrhundertwende. Jock fiel der Brief in seiner Westentasche ein. Er war von einem Anwalt in Platte City. Er wollte Freya noch nichts davon erzählen, noch nicht. Er und James könnten immer noch etwas miteinander aufbauen. Aber nicht hier. Es würde ihm das Herz brechen, Galena, das Haus, die Berge und sein Blockhaus verlassen zu müssen. In der Stadt war schon die Hälfte der Häuser vernagelt, sogar der Galena Lumber Supply Store hatte zugemacht. Das hatte er gerade diese Woche entdeckt. Der Besitzer des Ladens hatte bei ihm die ersten Anzeigen für Badewannen und Klempnerwaren aufgegeben.

„Du ißt ja nichts", sagte Freya.

„Nein, mir ist der Appetit vergangen", sagte Großvater, schob den Teller zurück und stand auf. „Entschuldigt mich bitte. Ich gehe James ein Stück entgegen."

Das schlimme war, daß Freya recht hatte, dachte Jock, während er den Mantel überzog. Sie kamen nicht weiter. Er trat hinaus auf die Veranda in die frische, scharfe Luft der Rocky Mountains, und wie immer ging es ihm gleich besser, als er die majestätischen Gipfel über der Stadt sah. Es war Ende September, und die Pappeln an den unteren Hängen hatten fast alle Blätter verloren. Wer wollte schon in einer sterbenden Stadt leben? Seit zwei Jahren war die *Gazette* keine Tageszeitung mehr. Das Wort „täglich" war aus dem Zeitungskopf gestrichen worden. Seit 1885 hatte es dort gestanden. Jetzt gab es die *Gazette* nur noch freitags. Armer alter Humdinger. Er hatte solche Hoffnungen in ihn gesetzt.

Jock war gerade an der Ecke, als er seinen Sohn im blauen, sechszylindrigen Phaeton auf sich zufahren sah. Seit die Zeitung eine Wochenzeitung geworden war, hatte James das einzige Autohaus der Stadt übernommen. Der Werbeslogan lautete „Ein Chrysler für jede Brieftasche", aber bisher hatte er einen einzigen verkauft – an sich selbst.

„Na, Oldtimer, willst du mit?" James streckte den Kopf aus dem Fenster. Er war Mitte dreißig und groß, mindestens einen Kopf größer als Jock. Er hatte Grübchen und eine frische Farbe vom jahrelangen Leben in den Bergen. Sein Haar war immer etwas strubbelig. Man hätte ihn für einen Holzfäller halten können, wenn nicht die kleine runde Brille auf seiner Nase und der ewige Tintenfleck an seiner Hutkrempe gewesen wären. Sein warmes Lächeln blieb jedermann sofort im Gedächtnis haften. Es wirkte so überraschend jungenhaft in dem keilförmigen Gesicht, daß sich die Leute oft fragten, wie alt er wohl sein mochte. Dieses Lächeln machte Jock Mut.

„Ich wollte mir die Füße vertreten, mein Junge. Ich gehe zum Bahnhof. Ich fahre nach Platte City, morgen."

James betrachtete seinen Vater. Jock war ein gesunder Mann, dem man sein Alter nicht ansah. Haar und Bart waren weiß, aber sein Brustkorb war noch kräftig. Es hatte eine Zeit gegeben, in der er mehr und länger gearbeitet hatte als jeder andere Mann. Aber Jock wurde älter, dachte James. Er wendete und fuhr mit seinem Vater wieder in die Stadt.

„Denkst du wieder an das *Journal?*"

„Ich habe heute von Jerrard Fox and Sons, Rechtsanwälten in Platte City, einen interessanten Brief erhalten."

„Nie von ihnen gehört."

„Ich auch nicht. Aber sie vertreten Mrs. Fabiana Truitt aus New York."

„Truitt? Adam Truitts Frau?"

„Adam Truitts Schwiegertochter. Verwitwet." Er unterbrach sich. „Sie will unsere Anteile aufkaufen."

„Papa, du verkaufst doch nicht, oder?"

„Nein, es gibt eine Alternative." James drehte das Steuer herum, um einem Stück Holz auf der Straße auszuweichen. Jock platzte heraus: „Sieh dir nur diese Stadt an! Sieh sie dir an. Sie fällt um uns zusammen. Hier wird es bald nichts mehr zu tun geben."

Jock ließ den Kopf hängen.

„Ich finde, es ist Zeit, daß wir von hier verschwinden. Du weißt, ich hasse es, wenn ich klein beigeben muß." Sein Blick wanderte von der Straße zu seinem Sohn. „Aber die Vorstellung gefällt mir noch viel weniger, daß du so ein verdammter Autohändler wirst."

„Und zwar kein besonders guter."

Jock war nicht zu Späßen aufgelegt. „Du solltest eine Zeitung leiten."

Nellie und Greta waren schon auf und saßen in ihren Kinderstühlen, als James sich an den Mittagstisch setzte. Yarrow half, Nellie zu füttern. Sie wollte nicht essen, preßte die Lippen fest zusammen und drehte den Kopf weg. Zwischendurch protestierte sie lautstark. „Nein, nein, nein." Vor lauter Konzentration legte Yarrow die Stirn in Falten. Jock legte einen Finger zwischen ihre Augenbrauen. „Sei still, Nellie, sonst hat deine Schwester Falten, bevor sie zwanzig ist." Jocks Herz floß über, als Yarrow ihn ansah. Sie hatte Freyas große graue Augen, nur noch größer als die ihrer Mutter, aber sonst redete sie ganz wie Mollie. Selbst das schwere schwarze Haar, das sich nie lange in Zöpfen bändigen ließ, hatte sie von Mollie.

„Komm, ich mach's", sagte Freya. „Greta ist fast fertig. Hol ihr einen Zwieback aus der Büchse, Yarrow." Die große, blonde Greta, zwei Jahre alt, war ein sanftes Kind. Sie murrte nicht, wenn ihre Mutter ganz von Nellie in Anspruch genommen wurde. Greta war ein Jahr jünger als Nellie. Freya stellte vor James den Teller mit Eintopf hin.

„Der Ständer muß repariert werden", sagte sie.

James streichelte sie gedankenverloren, wo sich die Schürze über ihrem Bauch spannte. „Du bist müde." Er fühlte sich immer schuldig, wenn Freya schwanger war. Sie mußte so viel arbeiten und sich um so vieles kümmern.

„Laura wird morgen helfen. Nellie, hör auf zu weinen." Freya wußte nicht, wie sie ohne Laura Brogan zurechtkommen würde, die immer nach der Schule vorbeikam.

Jock saß seinem Sohn gegenüber und starrte auf die *Gazette,* die er ihm mitgebracht hatte. „Vier lächerliche Seiten", sagte er. Er erinnerte sich daran, wie sie ausgesehen hatte, als unter der Balkenüberschrift *täglich außer Sonntag* stand und die Anzeigen vierzig Cent pro Inch kosteten.

Yarrow rutschte auf den Schoß des Großvaters. Jock ließ die Zeitung sinken und schob das Kind auf das andere Knie. Yarrows kleiner Finger fuhr die Buchstaben auf der Seite nach.

Jock war verblüfft. „Was liest du denn da, Mädchen? Wie lange macht sie das schon?"

„Keine Ahnung", lachte James und zog ihr die Zeitung über den

Kopf. Zu seinem Vater sagte er: „Ich fahre morgen mit. Ich habe zwei Fahrkarten gekauft."

„Ich freue mich, wenn du mitkommst."

James nahm einen Schraubenzieher aus der Schublade und zog die Schrauben am Geschirrständer nach.

„Würde es dir etwas ausmachen, mir zu sagen, wohin ihr beiden morgen fahrt?" fragte Freya, hob Nellie aus dem Kinderstuhl und setzte sie zu Greta in den Laufstall.

„Ich folge deinem Rat, Freya", sagte Jock. „Hier kommen wir nicht weiter. Also gehen wir nach Platte City, um mit meinem alten Freund Max Horace zu reden."

„Oh! Darf ich mitkommen? Darf ich?" fragte Yarrow und zog ihren Großvater am Bart. Sie war noch nie in einem Zug gefahren und noch nie weiter als bis zu Jocks Blockhaus gekommen. Jock suchte Zustimmung in Freyas Blick.

„Ja", meinte er, „wenn du das lesen kannst, nehmen wir dich mit."

„Da steht ‚Mrs. Winslow's Syrup'. Und der ist gegen Diphtherie!"

„Sie kann das nicht wirklich lesen." Freya lachte und ließ die Teller in eine Schüssel voller Seifenwasser sinken. „Sie hat nur oft gehört, wie ich es gesagt habe, und es sich gemerkt."

„Ich kann lesen! Doch! Ich kann lesen!"

Yarrow sprang von Jocks Schoß und hob die *Gazette* auf. Ihr Finger fuhr an einer Schlagzeile entlang. „‚Drei Schnapsbrenner verurteilt'", las sie. Ihr Vater warf sie lachend hoch. Jock rieb seinen Bart und blinzelte seinem Sohn und seiner Schwiegertochter zu.

„Nun, ich denke, wir müssen sie mitnehmen. Nicht? Wir brauchen doch jemanden, der Schlagzeilen lesen kann."

„Und du brauchst den Menschen", meinte Freya, „dem die andere Hälfte deines Anteils gehört."

2

Am nächsten Morgen wehte ein kalter Wind um Yarrows Beine. Sie wartete mit ihrem Vater und Großvater auf den Zug. Der Wind wehte so viel Schnee von den Gipfeln, daß der Himmel vor den Bergen dunstig aussah. Aber im Tal war es sonnig. Yarrow liebte die Rockies und die kalte frische Bergluft. Sie war sicher, daß sie die Berge nie verlassen würde.

Freya hatte ihnen Brote gemacht und sie zusammen mit einer dicken Reisedecke in einen Deckelkorb gepackt. Jetzt saß Yarrow auf dem Korb und preßte ihre Knie zusammen. Sie zitterte vor Kälte und Aufregung. Sie behielt die Gleise im Auge, weil sie den einfahrenden Zug schon in der Ferne sehen wollte. Ihr Vater und ihr Großvater stampften in der Kälte mit den Füßen und hielten die Arme vor der Brust gekreuzt. Yarrow hörte ihnen zu, wie sie sich über Zeitungen, die *Gazette* und das *Journal,* über Druckerpressen, Schriftbilder, Anzeigen und Kolumnen und über Politik unterhielten. Yarrow war überzeugt, bei einer Zeitung zu arbeiten sei das Schönste auf der Welt.

Jock, James und Yarrow stiegen in den 12.15-Uhr-Zug. In Glenwood Springs mußten sie in den Denver-Rio-Grande-Zug umsteigen.

James zeigte dem Schaffner die Fahrkarten, und Jock erinnerte sich, daß er 1921 zum letzten Mal mit diesem Zug gefahren war. Ein Jahr vor James' Heirat hatte Jock seine Schwester Hilda in Pennsylvania besucht, weil sie krank war. Im Osten hatte er bei einigen Zeitungsbüros vorbeigeschaut. Er war erstaunt gewesen über den Reichtum mancher Verlagshäuser. Er war bei Curtis Publishing in Philadelphia gewesen, „einem zwölfstöckigen Marmorpalast", wie er James nach seiner Rückkehr von dem Gebäude vorschwärmte. Er hatte dem *Evening Bulletin* und dem *Public Ledger* einen Besuch abgestattet und sogar die Idee des *Bulletin,* einen Fortsetzungsroman zu bringen, kopiert. Wieder in Galena, begann er, in der *Gazette* eine Geschichte mit Sherlock Holmes abzudrucken. Er war auch nach Boston gefahren, wo er beim *Transcript* gewesen war, der einträglichsten, aber auch langweiligsten Zeitung. „Die bringen kunterbunt alles mögliche von überall auf der Welt", hatte er James erklärt. „Er hat keine Haupttitel und Untertitel, sondern fängt einfach mit Versalien seinen Text an."

Er konnte nicht verstehen, warum die Leute so etwas lesen wollten. Aber den Anzeigenkunden war die hohe Auflage sehr genehm.

In New York war er in Hearsts Hauptgebäude in der Great William Street in der Nähe der Brooklyn Bridge gegangen. Hearsts Vater war ein Bergarbeiter gewesen. Das Gebäude war schmutzig und heruntergekommen, fand Jock, aber es strahlte Energie aus. Hearst und sein Reich faszinierten Jock. Er durchforstete die Seiten der Hearst-Zeitungen, studierte den *American*, das *Evening Journal* und den *Sunday American*, als könnten sie ihm das Geheimnis des Erfolgs verraten. So fiel ihm auf, daß im *Sunday American* der Chefredakteur, statt die Anzahl der Spalten von acht auf sieben zu reduzieren einfach die Spaltenbreite verringert hatte. Leider würde ein solcher Schachzug den Humdinger auch nicht mehr retten.

Beim Gedanken an ihre Zeitung preßte Jock die Finger zusammen, bis die Gelenke knackten. Er setzte sich James und Yarrow gegenüber. „Wir hätten schon vor Jahren gehen sollen", sagte er, als der Zug anruckte. „Aber ich war der Stadt etwas schuldig. Ich habe etwas Furchtbares angestellt, um überhaupt hier anfangen zu können."

James versuchte sich trotz der hölzernen Rückenlehne bequem hinzusetzen. „Ich dachte, Max und du, ihr hättet eure Ausrüstungen sehr günstig verkauft."

„Wir haben den Mann betrogen. Mit einem üblen Trick." Jock starrte aus dem Fenster und wischte mit dem Ellbogen darüber, als es beschlug. „Das hat mich jahrelang bedrückt. Einmal bin ich rauf zu der Mine, um ihn zu suchen, aber es war niemand da. F. W. Shipam hieß er. Ich habe den Namen nie vergessen. Die Mine war verlassen, der ganze Berg war aufgegeben worden. Da steckte nicht mehr Silber im Boden als in meinen Zähnen."

Der Zug begann mit zunehmender Geschwindigkeit zu rütteln.

„Also blieb ich in Galena. Ich schrieb Leitartikel und griff alle an, von den Minenbesitzern bis hin zur Regierung. Ich hoffte immer, daß sich etwas ändern würde, aber nichts geschah. Jeden Frühling, während der Schneeschmelze, verließen mehr Leute die Stadt."

„Wußte Truitt nicht, wo Shipam hingegangen war?" James kam immer auf ein Thema zurück, wenn seine Gesprächspartner sich schon lange über etwas anderes unterhielten.

„Ich habe ihn nie gefragt – Max hat immer mit Truitt verhandelt."

James hätte von Galena wegziehen sollen, dachte Jock. Er nahm eine Stogie heraus und zündete sie an. James hätte schon vor langer Zeit die Chance beim *Journal* wahrnehmen sollen. Aber James hatte keinen Unternehmungsgeist. Er zögerte immer. Jock gab sich selbst die Schuld. Er hatte immer verhindert, daß James einmal seinen Kopf durchsetzte, hatte ihm nie Gelegenheit gegeben, seine eigenen Fehler zu machen. Jock war fest entschlossen, diesen Fehler in Platte City nicht zu wiederholen.

Es war kein Restaurant im Zug, aber der Halt in Minturn, 45 Meilen östlich von Glenwood Springs, war lange genug, um etwas zum Essen zu besorgen. James stieg aus und besorgte Kaffee und Milch. Im Zug aßen sie dann Freyas Schinkenbrote. In Pueblo hielt der Zug noch einmal, aber James und Yarrow schliefen unter der karierten Reisedecke. Jock zog seinen Mantelkragen höher und wünschte, sie hätten das Geld gehabt, Schlafwagenplätze zu bezahlen.

Um 4.45 Uhr am nächsten Morgen fuhren sie in Platte City ein. Die Stadt erwachte schon zum Leben. Als James mit Yarrow auf dem Arm aus dem Zug stieg, stieß er mit einer Dame zusammen, die mit einer Hutschachtel unter dem Arm an ihm vorbeieilte. Die Schachtel rollte auf dem Bahnsteig entlang.

„Es tut mir sehr leid", sagte James, lüftete den Hut und setzte Yarrow ab. Gleichzeitig rückte er noch seine Brille zurecht. Die Frau drehte sich um. Der hohe Astrachankragen ihres Mantels verdeckte die untere Hälfte ihres Gesichts. „Schon gut", sagte sie. Ihr Chauffeur rettete die Schachtel und deponierte sie auf dem Karren des Gepäckträgers. Jock reichte James die Koffer aus dem Wagen, und die Dame und ihre Entourage verschwanden in der Menge.

Die Lokomotive keuchte und stöhnte, die großen Räder schienen zu zittern, jetzt, da sie endlich stillstanden. Yarrow, ihr Vater und der Großvater gingen zum Ausgang. Draußen sahen sie die Dame in dem Mantel mit dem Pelzkragen in einen eleganten grauen Pierce-Arrow mit grünen Reifen einsteigen. Das Auto glitt lautlos im morgendlichen Verkehr davon. James hob Yarrow wieder auf seine Schultern, nahm seinen Koffer und verließ mit Jock den Bahnhof in Richtung auf den Stadtteil, in dem die billigen Pensionen waren. Die Morgenröte beleuchtete schon die Bergkette, die im Westen eine Ausbreitung der Stadt verhinderte. Jock wunderte sich laut über die Veränderungen, die hier seit seinem letzten Besuch stattgefunden hatten. Die Stadt war nicht nur für den Denver-und-Rio-Grande-Zug Endstation. Alle Züge rangierten im Platte-City-Bahnhof, luden ihre Waren und ihre Passagiere aus dem Osten ab und fuhren zurück. Sie nahmen Erz, Holz, Kohle und Getreide aus den Weiten des Mittleren Westens mit – Hafer- und Heuernten, Hirse, Weizen, Mais und Luzerne.

Jock war von den Aktivitäten auf dem Bahnhofsgelände so fasziniert, daß er fast von einer Straßenbahn überfahren worden wäre.

Sie fanden die Adresse, die sie suchten: eine bescheidene, aber saubere Pension in der Eighth Street. Sie wuschen sich Gesicht und Hände mit Wasser aus einer Porzellanschüssel auf der Kommode, und beim reichlichen Frühstück mit Steaks, Eiern und Kaffee und Maisbrot bebten sie bereits vor Ungeduld, sich in die Abenteuer der Stadt zu stürzen.

„Wo gehen wir zuerst hin?“

Jock sah auf die Uhr. „Es ist noch zu früh für die Advokaten, aber die Presse ist jetzt schon wach.“

Sie gingen zum Büro des *Platte City Journal*. Jock erinnerte sich noch an seinen Besuch vor sieben Jahren. In der Nähe der Eingangstür hatte ein Schreibtisch mit einer Schreibmaschine gestanden. Max und Mrs. Horace hatten sich in der Benutzung des Schreibtischs abgewechselt. Mrs. Horace war die Reporterin, Buchhalterin und Sekretärin gewesen. Max hatte sich um die Anzeigen gekümmert, die Leitartikel geschrieben und die Druckerpresse bedient. Ein Schriftsetzer war der Dritte in der Runde. Mrs. Horace war mittlerweile gestorben, und Jock hatte mit einigen Veränderungen gerechnet, aber nicht mit dem, was sie sahen, als sie um die Ecke kamen. Selbst der Name an dem Gebäude war nicht mehr derselbe.

Max Horace und das *Journal* waren hier nicht länger zu finden. Sie waren in ein neues Gebäude in der Stalker Street umgezogen. Das hier sei jetzt eine Druckerei, erklärte ihnen der junge Mann am Empfangstisch. Jock dankte dem jungen Mann, der ihnen Auskunft gegeben hatte, und setzte sich draußen auf eine Holzbank, um Luft zu schöpfen. Er war erschüttert, daß Max so große Schritte unternommen hatte, ohne ihn zu Rate zu ziehen. Er spuckte auf den Bürgersteig. „Partner." Er fragte sich, was Max noch alles unternommen haben mochte. James schlug vor, die Straßenbahn zu nehmen, aber Jock tat die Idee mit der knappen Bemerkung „Spar dein Geld" ab. Er nahm eine Stogie heraus und biß gedankenverloren die Spitze ab. Dann steckte er sie wieder ein und klopfte auf Yarrows Hand: „Komm, wir gehen."

Sie machten sich auf die Suche, und nach einigem Umherirren fanden sie das *Journal* in einem Backsteingebäude mit einem großen Spiegelglasfenster neben dem Eingang. Alles sah viel großartiger und etablierter aus, als Jock es sich je hätte träumen lassen. „Sieh dir das an", sagte er nur.

„Was kann ich für Sie tun, Sir?"

Die Dame, die Max Horaces Bürotür bewachte, betrachtete sie durch einen Kneifer, der zwischen ihren Augenbrauen auf ihrer stolzen römischen Nase balancierte. Ihr weißes Haar fiel über die Ohrläppchen und war ohne Scheitel zurückgekämmt. Ihr Alter war unbestimmbar – ebenso ihr Geschlecht, wie es Jock vorkam. In puncto Frauen war ihm Max Horaces Geschmack schon immer ein Rätsel gewesen.

„Ich möchte Mr. Horace sprechen", sagte Jock und hielt seinen Hut in Hüfthöhe.

„Haben Sie einen Termin?"

Jock schlug den Hut gegen seine Hüfte, als wolle er Zigarrenasche abklopfen. „Nein, aber sagen Sie Mr. Horace einfach, daß sein alter Freund Jock McLean und dessen Sohn James ihn sprechen möchten."

Er hörte auf, mit seinem Hut herumzuspielen. „Wir wollen nur mit ihm plaudern."

James hatte Yarrow die Mütze abgezogen und ihr aus dem Mantel geholfen. Er saß auf einem braun gemusterten Stuhl mit hölzernen Armlehnen und lächelte sein hilfloses Lächeln. „Wir haben nicht gleich hergefunden", sagte er.

„Ja, man sollte schließlich meinen, daß der Geschäftspartner von einem Umzug informiert wird."

„Partner, Sir? Mrs. Truitt ist Mr. Horaces Partner."

Irgend etwas in Jocks Gesicht irritierte die Dame mit Kneifer einen Moment, und James erkannte, daß sie wahrscheinlich viel jünger war, als er vermutet hatte.

„Es tut mir leid, ich bin neu hier. Aber ich habe strikte Anweisung, Mr. Horace nicht zu stören."

„So so."

Sie bemühte sich, die Fassung nicht zu verlieren. „Er ist sehr beschäftigt."

Jock beugte sich vor und legte die Fäuste auf vor ihr auf den Schreibtisch. Seine Hände sahen noch immer aus wie die eines Bergarbeiters. „Und ich bin sehr ungeduldig", sagte er.

Sie stand auf und glättete ihr Haar, die Bluse und den schwarzen Rock. „Ich werde nachsehen, ob Mr. Horace überhaupt da ist."

Sie nickte Jock zu, und er nickte zurück und trat auf die Seite, als sie an ihm vorbei durch eine Tür verschwand.

Jock starrte auf den gläsernen Querbalken über der Tür, wo in schwarzen Buchstaben ‚Maxwell T. Horace, Chefredakteur' zu lesen stand. Dann schlug er mit der Faust auf den Tisch. „Der Teufel soll mich holen, wenn ich mich an ein und demselben Tag betrügen und erniedrigen lasse." Er holte eine Stogie heraus und kaute auf ihr herum.

„Bist du nicht etwas voreilig?"

„Ach, sieh dich doch um. Sieh's dir an." Jock zeigte auf die schweren Vorhänge, die Mahagonimöbel, den silbernen Aschenbecher. „Ein Schlitzohr bleibt eben immer ein …"

„Mr. Horace läßt bitten", sagte der Kneifer und hielt die Tür auf.

„Du bleibst hier", sagte James zu Yarrow, bevor er hinter seinem Vater durch die Tür verschwand.

Der Kneifer und Yarrow sahen einander ein paar Sekunden lang an. Dann rutschte Yarrow von ihrem Stuhl und stellte sich neben den Schreibtisch. Sie faltete die Hände vor sich.

„Eines Tages werde ich diese Zeitung leiten."

Unter dem Kneifer erschien ein Lächeln. „Wirklich?"

„Ja."

„Und ich? Darf ich hierbleiben?"

„Kannst du tippen? Ich kann es nicht – noch nicht."

Die Vorzimmerdame hob Yarrow hoch und setzte sie auf ihren Schreibtisch. Sie öffnete die obere Schublade für Yarrows Füße. „So", sagte sie und schob Heftklammern und Gummibänder zur Seite. Sie nahm eine große Dose rosafarbenen Gesichtspuders und einen dicken Puderpinsel heraus. „Wenn wir uns schon über meine Zukunft unterhalten, dann können wir es uns wenigstens bequem machen. Möchtest du malen?" Yarrow schüttelte den Kopf. „Möchtest du reden?" Yarrow nickte. „Nun, dann mal los. Was möchtest du wissen?" Sie untersuchte die Poren ihrer Nase im Spiegel.

Yarrow beugte sich vor und starrte sie an. „Warum fällt dir diese Brille nicht von der Nase?"

„Mein Gott, Jock! Was für eine Überraschung!" Maxwell Trevelyn Horace kam mit ausgestreckten Armen auf ihn zu. Er war klein, aber was ihm an Größe fehlte, hatte er in der Breite. Er schüttelte ihm mit beiden Händen die Hand und klopfte sowohl Jock als auch James ausgiebig auf die Schultern. Jovialer Gauner, dachte Jock.

En junger Mann mit einem pockennarbigen Gesicht war noch im Zimmer. Er trocknete gerade Fahnenabzüge. Jock hatte ihn nicht gleich gesehen, weil die dunklen, schweren Vorhänge nur wenig Licht in den Raum ließen und Rauch aus dem Kamin quoll. Ein roter Bleistift lugte aus dem Overall des jungen Mannes.

„Du kennst meinen Maschinenmeister noch nicht?" sagte Max Horace. „Albert Hinton."

Das Wort „meinen" schürte Jocks Ärger noch.

„Nein, wir kennen uns nicht."

„Er wollte gerade gehen." Hinton sammelte trocknende Fahnen ein und ging ohne ein Lächeln hinaus.

„Setzt euch“, sagte Max. Er ging zur Tür und bat den Kneifer um Kaffee.

Sie saßen in einem außergewöhnlichen Raum. Er schien dekoriert mit Stücken einer durchreisenden arabischen Karawane, oder er war von einem Innenarchitekten entworfen worden, der seiner überspannten Einfälle wegen von aufgebrachten Klienten aus New York oder Chicago vertrieben worden war. Der Teppich war eine Imitation arabischer Kacheln. Eine Holzvertäfelung und gemusterte Tapeten zierten die Wände. Hocker dienten als Tischchen oder Sitzplätze – Jock war sich nicht ganz über ihre Funktion im klaren. Fast wäre er über einen Keramiksockel gefallen. Was hatte denn der hier zu suchen? Jock und James nahmen in zwei rot gepolsterten Sesseln vor einem Tisch mit Einlegearbeiten Platz.

Jock balancierte seine Tasse mit türkischem Kaffee und meinte: „Schön hast du's hier.“

„Ah, Jock, was sich hier alles getan hat. So was hast du noch nicht gesehen.“

„Hoffentlich entdecke ich nicht noch mehr.“

Max beugte sich mit seiner alten Intensität vor, und zum ersten Mal sah Jock den Max, den er aus gemeinsamen Tagen in den Bergen kannte. Von vorne sah Max aus wie früher, der aufgeweckte, jugendliche Gauner, immer auf der Pirsch nach einem Geschäft. Im Profil sah er aus wie ein mißtrauischer Fremder, vielleicht ein Bankier, den Jock nicht wiedererkannt haben würde, wenn er sich in der Straßenbahn neben ihn gesetzt hätte.

„Wir können den Fortschritt nicht aufhalten, Jock.“

„Ja, ich seh's.“

„Ich hatte vor, dir zu schreiben, aber du weißt ja, wie es ist. Nach Mrs. Horaces Tod wurde alles so hektisch. Wir haben mehr Konkurrenz. Der *Globe* hat sehr viel Kapital, und wir mußten dagegen ankämpfen – oder dichtmachen. Aber unsere Auflage stieg, und wir bekamen immer mehr Anzeigenkunden. Wir sind aus dem alten Laden herausgewachsen. Willst du noch eine Tasse Kaffee?“

„Halbe-halbe hatten wir ausgemacht, Max. Wir hatten vereinbart, daß ich die Finger vom *Journal* lasse und stiller Teilhaber bleibe, bis du hier das Sagen hast.“

Jock sah Max die ganze Zeit an.

„Das hatten wir ausgemacht."

Max ertrug Jocks Blick nicht. Er sieht aus wie ein Wiesel, dachte Jock, was mir nie zuvor aufgefallen ist.

„Sind die Dividenden noch die gleichen?"

Max lachte, als ob Jock einen Witz gemacht hätte, und drehte seinen Stuhl, so daß sie ihn jetzt im Profil sahen. „Wir mußten riesige Investitionen machen, Jock. Wir setzen jetzt eine Goss-Comet ein, eine Achtseitenpresse ..."

„Und das?" fragte Jock und stellte seine Tasse neben ein Gerät mit einem Schlauch.

Max wurde unruhig. „Eine Wasserpfeife, Jock. Aber darum geht es doch nicht ..." Max wurde unruhig. „Die Gewerkschaften, Jock ..." Er flüsterte nur noch. „Sie drohen mir. Wir sind zwar nur ganz kleine Fische, aber sie werden sich auch gegen uns durchsetzen. Den *Globe* haben sie schon. Die Tage, wo ich durchreisende Drucker einstellen konnte, wie es mir paßte, sind vorbei ..."

„Es gab eine Zeit, in der wir über die Gewerkschaften sehr froh waren, Max. Damals haben wir uns zusammengetan."

Max wich Jocks Blick aus, stand auf und legte noch einen Holzscheit in das Feuer unter dem Kaminsims mit den maurischen Kacheln. Er seufzte und wärmte seinen Bauch an den Flammen. „Die Zeiten haben sich geändert, Jock. Die Internationale Druckergewerkschaft hat jetzt das Sagen. Sie stellt die Leute ein, sie bestimmt die Spielregeln."

„Du hast die Seiten gewechselt."

„Es ging nicht anders", sagte Max.

„Ich werde es nie tun."

„Wie läuft der Humdinger?"

„Der macht dicht. Deswegen bin ich hier. Ich möchte, daß James unseren Anteil am *Journal* übernimmt."

„Aktiv?"

„Ja, James soll hier arbeiten – das heißt, wenn er keinen Turban tragen muß."

„Na, das ist ja – das ist ja toll. Willkommen, James. Ich muß natürlich mit unserem anderen Partner darüber sprechen. Es wäre nicht gut, wenn beim *Journal* von Vetternwirtschaft geredet würde." James lief rot an.

„Er ist ein guter Journalist und, ich wette, als Setzer bestimmt so gut wie dein Hinton", fauchte Jock.

„Du warst schon immer überempfindlich, Jock. Ich muß doch Mrs. Truitt auf dem laufenden halten."

„Weiß sie von deinem Umzug und der Comet-Presse?"

„Nein, aber ich werde ihr davon schreiben, wenn ich sie über James informiere."

„Tu das, und sage ihr, er wird Redakteur, und ich werde hier über ihre Investitionen wachen."

„Na, nun mach aber mal 'nen Punkt, Jock."

Jock stand auf, und die beiden Männer starrten sich wütend an.

„O nein, Max. Du betrügst mich schon die ganze Zeit."

„Das mußt gerade du sagen."

„Was bist du doch für ein Scheißkerl. Halbe-halbe, hast du gesagt. Partner für immer. Treue zwischen Freunden. Nein, du bist ein Betrüger."

„Das ist gelogen."

„Ich brauche mich doch nur umzusehen. Du hast die Zahlen frisiert. Gott weiß, was du noch alles gedreht hast. Und wir sparen an allen Ecken und Enden, um die *Gazette* zu retten, wir überleben praktisch nur noch dank der Protokollführung bei den Stadtratssitzungen, während du ..."

„Jetzt ist's aber genug, Jock."

„Dad ..."

„Jetzt ist's genug, da hast du recht." Jock zerrte den Hut vom Tisch. „Ich nehme mir einen Rechtsanwalt." Sie schritten zur Tür. Max blieb dicht auf ihren Fersen.

„Das ist doch nicht nötig, Jock. Wir können doch über alles reden ..."

Jock riß die Tür auf und erschreckte Yarrow, die gerade mit der Schreibmaschine spielte.

Draußen auf der Straße mußten sich James und Yarrow anstrengen, um mit Jock Schritt zu halten. Dauernd mußten sie aufpassen, nicht gegen die Plakattafeln zu stoßen. Grelle Aufschriften verkündeten: „Kohle zu verkaufen", „Truhen zu verkaufen", „Zimmer zu vermieten". Yarrow las sie alle, während sie um sie herumhüpfte. Es hatte leicht zu regnen begonnen. James versuchte mehrmals, Yarrows Mantel zuzuknöpfen.

„Ich kann's einfach nicht glauben – ausgerechnet Max Horace", sagte Jock draußen auf der Straße.

„Daß er dich hereinlegen würde?"

„Nein, aber daß er mich für so blöd hält."

„Ihm konnte man nie trauen. Aber warum bist du so überrascht?"

Jock blieb stehen und nahm die Zigarre aus dem Mund, auf der er die ganze Zeit gekaut hatte. „Wir waren wie Brüder. Wir haben das letzte Stück Brot geteilt. Nach so was legt man den andern doch nicht herein."

Es fing an, stärker zu regnen.

„Kriege ich eine Brille wie die Sekretärin?" fragte Yarrow.

„Später", meinte James. „Vater ..."

Jock kramte in seinen Taschen. „Ich werde Mrs. Truitts Rechtsanwalt ausfindig machen. Vielleicht kann er uns helfen."

„Aber auf dem Weg dorthin müssen wir ja nicht im Regen ertrinken." James rannte der Straßenbahn hinterher, und sie hielt an und wartete auf Jock und Yarrow.

Sie nahmen vorne im überdachten Teil der Straßenbahn Platz. Während ihr Vater und ihr Großvater redeten und gestikulierten, warf Yarrow ihre Zöpfe über die Schultern und wischte die Scheiben mit dem Ärmel frei. Sie sah hinaus auf die Straße, auf die Schienen und die parallel dazu verlaufenden Telegrafenmasten. Sie führten alle irgendwo hin, dachte sie, alle hatten sie ein bestimmtes Ziel. Yarrow fand die Stadt sehr aufregend.

„Wir können hier Geld machen, James", sagte Jock. „Ich rieche es förmlich. Ich rege mich nur auf, daß ich mich nicht schon früher entschlossen habe." Seine Stimme klang heiterer, und Yarrow drehte sich um und fragte ihn: „Ist das unser Eldorado?"

Er lachte so, daß sie seine nikotingelben Zähne sehen konnte. „Vielleicht."

Fabiana Truitt, die dritte Teilhaberin, war gerade auch in Platte City.

Das erfuhren James und Jock bei ihrem Besuch bei der Rechtsanwaltskanzlei Jerrald Fox.

„Sie kam heute morgen überraschend an. Sie befindet sich auf der Rückreise von Los Angeles nach New York", sagte Mr. Fox Junior, der gerade auf dem Weg zu ihr ins Broadlands Hotel war.

Die drei Männer und Yarrow standen vor der Tür zu Mrs. Truitts Suite. Yarrow fuhr mit dem Schuh das gelbe Kreismuster des Teppichs nach. Sie hatte noch nie einen so langen Korridor gesehen. Er führte von einer Seite des Hotels zur anderen. Durch die Fenster konnte sie die Berge sehen, und sie überlegte, was ihre Mutter jetzt wohl machte.

Drinnen war ein leichter Schritt zu hören, dann flog die Tür auf und Fabiana Truitt stand vor ihnen.

„Wir haben uns schon am Bahnhof gesehen", sagte James überrascht.

„Ja, ich erinnere mich an Sie und an das hübsche kleine Mädchen mit dem schönen Haar."

Sie war Anfang zwanzig. Yarrow hatte nie zuvor eine so vornehme Dame gesehen. Sie war mit schlichter Eleganz gekleidet und wirkte dadurch um so beeindruckender. Sie trug einen kurzen Faltenrock und eine Seidenbluse mit sehr hohem Stehkragen. Um ihren schlanken Hals hatte Fabiana einen lilafarbenen Chiffonschal geschlungen, der fast ihre Wangen bedeckte. Ihr schwarzes Haar war auf die Seite gekämmt und umschloß in glänzenden Strähnen ihr Gesicht bis unter das Kinn. Sie war groß und schlank, und wenn man überhaupt etwas an ihr aussetzen konnte, dann waren es ihre dunkelblauen Augen. Das Blau war so intensiv, daß diese Augen von ihrer Schönheit ablenkten. Sie leuchteten vor Neugier, doch ihr Gesicht wirkte seltsam entspannt.

Yarrow setzte sich neben Fabiana auf die Couch. Ein großer Farn stand auf dem Tisch neben dem Tablett mit Tee. Sie hatte Tee, Kaffee und Milch bestellt.

„Ich möchte gleich zur Sache kommen", sagte Fabiana unumwunden. „Mr. Horace betrügt uns. Ich habe das erst bemerkt, als ich nach dem Tod meines Mannes die Papiere ordnete."

Yarrow versuchte, ihren Vater durch den Farn anzusehen.

„Ein schrecklicher Tod in den Flammen", sagte Mr. Fox.

„Es tut mir leid."

„Mein Mann war Künstler, ein sehr guter Künstler, aber er haßte Details. Sie langweilten ihn. Ich kümmerte mich um alle seine Aufträge, die Korrespondenz, unsere Reisen. Ich erledigte alles für ihn, damit er malen konnte." Mit sparsamen Bewegungen schenkte Fabiana Tee ein.

„Eine Tragödie", sagte Mr. Fox und schüttelte den Kopf.

„Ich habe ihn in Italien kennengelernt. Er lebte in Porto Ercole, wo meine Familie ein Sommerhaus hatte. Meine Mutter kaufte eines seiner Bilder."

„Mrs. Truitts hat einen Papst in der Ahnenreihe..."

„Mütterlicherseits. Mein Vater war Amerikaner. Er hielt Mr. Truitt für einen Mitgiftjäger. Er war gegen die Heirat und vergab mir erst, als mein Mann gestorben war."

„Ihre Familie ist im Stahlgeschäft", sagte Mr. Fox.

„Bitte, Mr. Fox." Fabiana machte eine abwehrende Handbewegung.

Yarrow gab es auf, die Aufmerksamkeit ihres Vaters trotz des hinderlichen Farns auf sich zu lenken. Sie rutschte auf den Rand der Couch vor und trank ihre Milch.

„Tatsache ist, daß ich mein Erbe angetreten habe und etwas damit anfangen möchte. Und zwar geschäftlich."

„In der Zeitungsbranche?" fragte Jock.

„Genau."

Er hatte mit seiner Kaffeetasse nur gespielt, aber jetzt stellte er sie hin.

„Da gibt's nur ein kleines Problem, Mrs. Truitt. Wir verkaufen nicht."

„Wir bieten Ihnen eine sehr großzügige Summe", sagte Mr. Fox und nannte einen Betrag, der James einen Pfiff entlockt hätte, wenn er alleine gewesen wäre.

„Das ändert nichts", entgegnete Jock. Die Höhe der Summe bestärkte ihn nur noch in seinem Entschluß. „Aber Sie haben recht, wir werden betrogen. Ich spüre es in allen Knochen, und ich kenne Max aus früheren Zeiten. Ich wüßte zu gerne, was der alte Halunke treibt."

„Ich habe Zahlen hier, harte Zahlen.“ Mr. Fox zog Unterlagen aus seiner Tasche. „Mr. Horace hat Scheingesellschaften gegründet und die Profite eingesteckt. In den Büchern sind keine Gewinne verzeichnet, weil er die Gelder in seinen Scheinfirmen gewaschen hat.“

Fabiana blieb nicht unbeteiligt, während die Männer die Zahlen durchgingen. Sie verstand etwas von Bilanzen. Sie war es gewesen, die Mr. Fox' Aufmerksamkeit auf die Unstimmigkeiten gelenkt hatte. Sie unterbrach, erläuterte Details, wobei sie mit ihren langen roten Fingernägeln auf dem Zigarettenetui trommelte. Sie stand auf, dann setzte sie sich wieder. Sie konnte nicht stillsitzen. James betrachtete sie voller Bewunderung.

„Ich will diese Zeitung“, sagte sie.

„Wir auch, Mrs. Truitt, und, ganz ehrlich, wenn ich das Geld hätte, würde ich vorschlagen, *Sie* abzufinden.“

„Dann sitzen wir in einer Sackgasse und Mr. Horace am längeren Hebel.“

Jock nahm eine Zigarre heraus und spielte gedankenverloren damit. Er zündete sie nicht an. „Nicht unbedingt. Es gibt noch eine andere Lösung. Zusammen könnten wir Max Horace jederzeit überstimmen und ausbooten.“

„Ich weiß nicht“, sagte Fabiana. Ihre Seidenstrümpfe schimmerten matt, als sie die Beine übereinanderschlug. Ungeduldig wippte sie mit einem Bein.

„Sie haben keine andere Wahl.“

„Uns können Sie vertrauen, im Gegensatz zu Max Horace“, sagte James.

Fabianas Kopf fuhr in James' Richtung herum, und dabei löste sich der Chiffonschal und fiel herunter. James entdeckte, daß die Unterseite ihres Kinns und ihr Hals mit Narben übersät waren.

„Ich hoffe es“, sagte sie. Sie sah ihm fest in die Augen und zwang seinen Blick weg von den Narben. Dann drapierte sie den Chiffon wieder, ohne James aus den Augen zu lassen. James kam es vor, als versenke er sich in den Anblick eines obszönen Bildes. Endlich gelang es ihm, den Blick abzuwenden. Fabiana traf ihre Entscheidung.

„Wir müssen also über vieles reden. Mr. Fox – warum fangen wir nicht gleich damit an?“ Sie stand auf. „Ihre Tochter ist eingeschlafen, Mr. McLean. Bringen Sie sie doch in mein Zimmer, solange wir uns unterhalten?“

Yarrow war neben Mrs. Truitt auf der großen weißen Couch eingeschlafen. Die Nacht im Zug, die aufregende Stadt, das Zeitungshaus und dieses Hotel waren zuviel für sie gewesen. Sie hörte noch etwas vom *Journal* und Mrs. Truitts rauchige Stimme, „Nennen Sie mich Fabiana“, dann spürte sie nur noch, wie sie auf ein Bett gelegt wurde, das weicher war als alle anderen Betten, die sie kannte. Der fremde, aber angenehme Duft Fabiana Truitts lag in der Luft.

3

„Wie findest du das“, fragte James und reichte Jock einen Probeabzug der Titelseite der *Gazette.* Jock hatte stundenlang über seinem Abschieds-Leitartikel gebrütet, bevor er ihn endlich in Druck gegeben hatte.

Sie befanden sich im Büro der *Gazette* in der Main Street, wo noch immer die Gordon-Druckpresse den großen Raum beherrschte. Sie war zuerst mit einem Fußpedal angetrieben worden, doch dann hatten Jock und Max Horace sie mit ledernen Treibriemen an einen Elektromotor angeschlossen.

In seiner Lehre in Pennsylvania hatte Jock noch an einer Presse gelernt, die nicht viel moderner gewesen war als eine Washington-Handpresse.

Er arbeitete mit Druckfahnen, von denen eine Seite bereits bedruckt war: „Dr. Lemons Zaubertrank für ein langes Leben und gegen Leberleiden“, und „Moranos Haarwuchsmittel. Sie erhalten nach zehn Tagen ihr Geld zurück, wenn Sie seine Wirkung nicht verblüfft.“ Sobald er die Buchstaben in den Setzkasten eingefügt hatte, wurde der Druckbogen auf den Preßdeckel gelegt; dann wurde die Abdeckmaske, ein rechteckiger Rahmen, darüber gestülpt, damit nichts verrutschen konnte. Das Formbett wurde unter der Platte angebracht, und man mußte darauf drücken, um den Bogen zu bedrukken. Um das Papier wieder herausnehmen zu können, mußte der ganze Vorgang in umgekehrter Reihenfolge wiederholt werden. Der Druckhebel wurde losgelassen, das Formbett herausgedreht, die Abdeckmaske abgenommen und der bedruckte Bogen herausgenommen. Danach begann wieder alles von vorn. Kein Wunder, daß Jock gerne zusah, wie die Walze der Gordon-Presse mühelos vorwärts und rückwärts über das Papier glitt.

Links neben der Presse standen die alten Schriftgußmatrizen und die hohen Schemel, auf denen Jock und die Schriftsetzer arbeiteten. Auf der rechten Seite stand die Linotype-Maschine, mit der man die Gußmatrizen zeilenweise setzen konnte. Jock hatte sie vor fünf Jahren gekauft. Sie hatte Jocks Kenntnisse als Setzer quasi von heute auf morgen überflüssig gemacht. Mit Hilfe des Bleiblocks, der über dem Schmelztiegel hing, produzierte die Maschine den heißen Bleiguß, oder Zeilenguß, den Jock in die Seitenform einsetzte. Er bewunderte immer wieder, wie die Linotype-Maschine, nachdem die Zeile gegossen war, automatisch die Messingmatrizen neu sortierte. Er dachte an die vielen Stunden, die er damit zugebracht hatte, die Buchstaben von Hand auf dem Winkeleisen zu ordnen. Nachdem die Zeitung gedruckt war, schlachtete er jede Woche die Schriftseite aus und legte jeden Buchstaben und jedes Satzzeichen wieder zurück an seinen Platz im Vorratskasten.

Zwischen der Setzmaschine und der Presse stand der Metteurtisch, eine stabile Bank, auf der Jock und James die Seiten ordneten und nach dem Druck die Bogen falzten. Jock nahm dabei immer noch sein altes Falzbein zu Hilfe. Als die Auflagenhöhe der *Gazette* stieg, half jeder beim Falzen mit. Der Geruch von Druckerschwärze haftete an ihnen wie der Stallgeruch an einem Bauern.

Das Büro der *Gazette* war ein düsterer, muffiger, unordentlicher Raum, wo überall tintenverschmierte Lappen und Haufen Papier herumlagen und auf einem Schrank bündelweise alte Zeitungen gestapelt waren. Am Vorderfenster stand ein einzelnes, abgenutztes Rollpult mit einer Remington-Schreibmaschine, einem Telefon und einer Uhr.

Auf dem Boden lagen verstreut Heftklammern für Fahnenabzüge und Rechnungen. An der Wand war ein Regal für Datumsstempel angebracht, das Freya gekauft hatte, um ein bißchen Ordnung in den Laden zu bringen, sowie eine perforierte Halterung aus Metall mit aufgewickelter Schnur. Auf einem anderen Regal lag eine große Rolle Packpapier, von der man Bogen abreißen konnte. Außerdem waren da noch eine Étagère aus Weidengeflecht, die überhaupt nicht zu den anderen gewichtigen Dingen paßte, sowie ein bauchiger Ofen, der im Winter so schlecht heizte, daß niemand im Raum den Mantel auszog.

Ein abgenutzter Stuhl stand da, aus dessen Polsterung die Füllung herausquoll; auf ihm hatten die meisten Bürger der Stadt irgendwann einmal Platz genommen, und jedes der McLean-Kinder war schon auf ihm eingeschlafen. Freya kam, wenn ein Notfall eintrat, ins Büro, um Bogen zu falzen, so wie damals, als überraschend die Schneeschmelze einsetzte und in dem Gebäude das kalte Wasser einen Fuß hoch stand. Doch die Zeitung mußte erscheinen, und Freya stellte ihre Füße auf die Querleiste des Schemels und falzte mit den Männern das Papier. Nellie lag in einem Korb, und Yarrow sah zu, wie ihr Vater in Gummistiefeln im Wasser stand und einen Bogen Korrektur las. Dann setzte er sich an die Linotype-Maschine, um eine neue Zeile zu gießen. Er lauschte dem Klippklapp, als die Matrizen heraufkamen, das flüssige Blei die Buchstaben formte und die Zeile justiert wurde. Klippklapp, die gegossene Zeile kam heraus, und die Matrizen fielen an ihren Platz zurück.

Das hier war ihr Leben, dachte Jock, nahm von seinem Sohn den Fahnenabzug entgegen und wischte sich mit dem Handrücken die Nase.

Jock hatte nie gelernt, die Mergenthaler Linotype-Maschine zu bedienen. Er hatte zu viele Jahre damit zugebracht, die Buchstaben von Hand zu setzen und den Schriftsatz direkt auf den Winkelhaken zu schieben. James gewöhnte sich allmählich an die abgeschrägte Tastatur, nachdem sie die Maschine auf Raten gekauft hatten. Jock konzentrierte sich auf die Schlagzeilen und kümmerte sich um das Setzen von großformatigen Anzeigen und das Drucken von Heiratsanzeigen und Plakaten.

Nun nahm er die letzte Fahne der *Gazette* zur Hand und las sie. James hatte Jocks Leitartikel, dem Anlaß entsprechend, schwarz eingerahmt und über der dritten und vierten Spalte gesetzt. „Kein Wunder, daß es der Grabstein genannt wird", meinte er. Der Artikel erschien am 1. November 1928:

> Unser Schwanengesang.
>
> Einwohner von Galena. Wir haben die traurige Pflicht, uns mit dieser Ausgabe von Ihnen zu verabschieden und Ihnen alles Gute zu wünschen. Nach 47 Jahren in Ihren Diensten als Verleger ist es für uns sehr schmerzlich, das Erscheinen der Zeitung einzustellen. Als wir in diese Stadt kamen, gab es hier lediglich

eine schlammige Durchgangsstraße mit Zelten und Schuppen auf beiden Seiten. Was haben wir inzwischen nicht alles erlebt.
Wir waren hier im September 1888, als die Rio-Grande- und die Midland-Eisenbahngesellschaft um das Recht kämpften, ihre Schienen durch die Stadt zu legen.
Wir waren 1891 hier, als zum ersten Mal das elektrische Licht in unserer Stadt leuchtete.
Wir waren 1893 hier, als kein Silber mehr gefunden wurde und wir alle dachten, die Stadt sei ruiniert.
Wir waren auch noch im darauffolgenden Jahr da, als aus der Schmuggler-Mine ein Klumpen Silber herausgeholt wurde, der 2 060 Pfund wog. DAS WAR DIE ERGIEBIGSTE SILBERADER DER WELT, und Sie erfuhren aus unserer Zeitung von ihr.
Wir teilten Ihnen ohne Bedenken alle Neuigkeiten mit. Wir waren engagiert und mutig. Einmal waren 32 Verleumdungsklagen gegen uns anhängig. ALLE WURDEN ABGEWIESEN.
Wir haben stets vor allem Ihre Interessen vertreten. Doch nun ist der Kampf für uns vorbei. Wir können nicht allein denen zuliebe, die hier geblieben sind, unsere Zeitung weiterführen.
Wenn sich die Bürger, die Kaufleute und die Bank dieser Stadt zusammentun und einander helfen, kann Galena vielleicht überleben.
Bis dahin viel Glück und Gottes Segen.

DIE GALENA-GAZETTE.
John und James McLean.

Jock gab seinem Sohn die Fahne zurück.
„Das muß genügen. Weiß Gott, ich könnte heulen, daß ich das Ende des alten Humdinger mit ansehen muß.“

Jock und James hatten die *Gazette* zum letzten Mal gedruckt. Nachdem die kümmerliche Auflage fertig war, falzten sie die Zeitung und legten die meisten Exemplare für den Direktverkauf beiseite. Die übrigen wickelten sie in Packpapier, klebten es zu, adressierten es und warfen den Packen in einen Wäschekorb, der zu diesem Zweck hinter der Tür hing. Es gab ein paar treue Leser, die die Zeitung noch abonnierten. Jock fragte sich, wie sie wohl über seinen Entschluß denken würden. Sie trugen den Wäschekorb zum Postamt. Jock konnte nicht anders. Er mußte den Postbeamten fragen, ob der *Gazette* noch eine letzte Gnadenfrist eingeräumt werde. Doch niemand zeigte Interesse. Jock übergab dem Beamten den Schlüssel für das Büro. „Wenn Sie einmal hinein wollen, Ed, dann machen Sie es sich einfach bequem und trinken einen Schluck auf die alten Zeiten."

Ein paar Tage später – eine Woche, bevor die Familie Galena verließ – hatte Jock plötzlich das dringende Bedürfnis, ein letztes Mal sein altes Blockhaus auf dem Red Mountain zu besuchen. Alle Vorkehrungen für den Umzug der Familie nach Platte City waren bereits getroffen. Sie hatten in der West Colorado Avenue ein Haus mit fünf Zimmern für 15 Dollar im Monat gemietet. Max Horace hatte sich bereit erklärt, seinen Anteil zu verkaufen. Angesichts der Drohung seiner beiden Geschäftspartner, gerichtliche Schritte einzuleiten, hatte er den bequemeren Weg gewählt. Fabiana und die McLeans teilten sich Max' Anteil. Damit waren sie jetzt gleichberechtigte Partner mit jeweils 150 Anteilen.

Um Max auszahlen zu können, hatten die McLeans mit der Bank einen Kredit vereinbart, doch Fabiana erklärte sich bereit, den McLeans das Geld zu leihen. Falls sie ihren Verpflichtungen nicht nachkommen sollten, würde sie die Leitung des *Journal* übernehmen. Den McLeans erschien dieser Vorschlag sehr fair, obwohl Jock sich fragte, weshalb Fabiana sich plötzlich an sie binden wollte, obwohl sie ihn und James doch zuvor hatte auszahlen wollen. Am 1. Dezember wurde James Chefredakteur des *Journal*. Während er in Platte City war, lud er Albert Hinton, den er gleich am ersten Tag kennengelernt hatte, zu einem Drink ein. Hinton wollte beim *Journal* bleiben. Fabiana Truitt war wieder nach New York zurückgekehrt und hatte Jerrard Fox Handlungsvollmacht erteilt. Es war alles so einfach gewesen, dachte James. Doch Jock meinte, Frauen und Geschäft würden sich nicht vertragen.

Es führte keine befahrbare Straße zu Jocks Hütte auf dem Red Mountain, und die letzten paar Meilen mußte man zu Fuß oder auf Skiern zurücklegen. Yarrow durfte Jock und James begleiten, und Freya packte zwei große Rucksäcke und einen kleineren für Yarrow. Zusammen mit dem Proviant packte Freya noch eine Taschenlampe ein. Sie war sich nicht sicher, ob sie Yarrow mitgehen lassen sollte, doch sie wußte, wieviel die Hütte Jock und James bedeutete. Außerdem konnte sie dann endlich einmal eine Menge Dinge erledigen, wenn ihre lebhafte und neugierige Tochter einmal aus dem Weg war. Yarrow war kräftig und hatte, seit sie laufen konnte, oft auf Langlaufskiern gestanden. Freya gab ihr zum Abschied einen Kuß und sah ihnen nach, wie sie früh am Morgen mit ihren norwegischen Skiern auf dem Dachgepäckträger im Auto losfuhren. Nellie weinte, weil sie nicht mitfahren durfte, und Freya beruhigte sie und versprach, daß sie das nächste Mal groß genug sein werde, um zu Großvaters Hütte mitzufahren.

Es lagen etwa dreißig Zentimeter Neuschnee, und James fuhr vorsichtig den steilen Bergrücken hinauf, bis es nicht mehr weiter ging.

Sie hielten an, tauschten ihre Stiefel gegen Lederschuhe mit Metallhaken an den Kappen ein und befestigten sie in den Halterungen ihrer dünnen Skier aus Birkenholz. James warf sich seinen Rucksack aus Segeltuch über die Schulter und legte ein ordentliches Tempo vor. Für Yarrow und Jock war es einfacher, in seiner Spur zu laufen. „Es ist, als würde man den Gleisen einer Straßenbahn folgen", sagte Jock, der keuchend hinter Yarrow lief. Sie schwang die Arme, wie ihre Mutter es ihr beigebracht hatte. Es war sehr kalt, und die Sonne, die immer wieder hinter den Wolken hervorkam, hatte keine Kraft. Doch durch die Anstrengung des Laufens wurde ihnen warm, so daß James stehenblieb, um seinen Mantel auszuziehen und ihn über den Rucksack zu hängen. Ihre Skier knirschten auf dem Schnee, und sie atmeten schwerer, als es bergauf ging.

Yarrow beobachtete, wie die Wadenmuskeln ihres Vaters arbeiteten. Sie sah, wie sie sich unter seinen gerippten Wollsocken bewegten. Sie trugen alle weite Kniebundhosen und Lodenjacken. Sie stiegen immer weiter hinauf, vorbei an kahlen Espen, bis zu einer Höhe, wo nur Tannen und Kiefern wuchsen. Yarrow versuchte, den Schwung ihrer Arme dem Rhythmus ihres Vaters anzupassen. Dabei geriet sie aus dem Gleichgewicht und stürzte. Der Schnee war hier hoch und schwer, und ihr Oberkörper versank in einer Schneewehe. „Wir wollen hier Rast machen", meinte ihr Vater. Er ging zu ihr und half ihr auf die Beine. Jock legte dankbar seinen Rucksack ab.

In der Nähe murmelte noch ein Bach, der sich seinen Weg durch Eis und Schnee bahnte. In einer Woche oder einem Monat würde er völlig zugefroren sein. Sie schnallten ihre Skier ab und setzten sich auf einen Felsen. „Großartig", meinte Jock und kostete von dem mitgenommenen Brandy. Dann zog er eine lange Zigarre aus der Tasche.

„Was ist großartig, Großvater?"

„Alles hier. Dieser Garten Eden." Der Rauch von Jocks Zigarre schwebte durch die Winterluft, und Yarrows Nasenlöcher weiteten sich, denn durch die Kälte wurde der Duft noch intensiver.

„Dad, dir wird die Puste ausgehen, wenn du immer dieses Zeug rauchst." James rieb sich die klammen Finger.

„Weißt du", sagte Jock und begutachtete dabei Länge, Farbe und Dicke der Zigarre zwischen seinen Fingern, „diese Zigarren kamen zuerst mit den Prärieschonern aus Pennsylvania hierher. Mit diesen Planwagen wurde auch Fracht befördert. Du hast sie bestimmt auf Zeichnungen gesehen, Yarrow. Sie hatten eine Form wie ein Boot, über das ein tonnenförmiges Dach aus weißem Tuch gespannt ist. Daher der Name." Jock nahm noch einen Zug und hielt die Zigarre in die Höhe. „Und die Farbe, siehst du die Farbe? *Colorado.* Das ist spanisch und bedeutet gefärbt oder auch rotbraun. Die Spanier hatten diese Gegend zweihundert Jahre vor den englischen Kolonisten entdeckt, lange bevor die überhaupt etwas von Colorado wußten. Erst als Präsident Jefferson Napoleon diese Wildnis abkaufte, schickte er Zebulon Pike zum Auskundschaften hierher."

„Von Platte City aus kann man den Berg sehen, den Zebulon besteigen wollte", sagte James, erhob sich und bewegte seine Schultern. „Pikes Peak." Er lachte. „Die Geschichte Colorados in einer Zigarre."

„Wir verlassen vielleicht die *Gazette,* aber diese hier werden wir niemals verlassen", sagte Jock und betrachtete die Berge. „Sie werden stets in Gedanken bei uns sein, wohin wir auch gehen."

Yarrow konnte von ihrem Platz aus den ganzen Hang überblikken, den sie hinaufgestiegen waren. Jenseits davon ragte die weiße und majestätische Bergkette auf, roter Fels und Gipfel aus Granit.

Jock deutete auf die Zerkleinerungsanlage einer Eisenerzmine in der Nähe. Sie war den Winter über geschlossen und rief die Erinnerung an all die anderen Minen wach, die es einmal in diesen Bergen gegeben hatte. Weiter unten, auf den niedrigeren Hängen, konnten sie die Schneisen sehen, die die letzten Lawinen hinterlassen hatten; dort hatte der Schnee die Kiefern wie Streichhölzer geknickt. Die Berge, erklärte Großvater, seien wie eine Geliebte: schön, aber gefährlich.

Bald machten sie sich wieder auf den Weg, denn es war zu kalt, um länger Rast zu machen, und sie hatten noch einen langen, steilen Aufstieg bis zu der Senke vor sich, in der die Hütte lag.

„Dort hinüber", sagte Großvater und deutete auf einen großen, abgestorbenen Baum rechts unter ihnen.

Es wurde jetzt kälter, und sie fuhren auf ihren Skiern schnell hinunter zu dem dürren Baum in der Senke. Großvater war schwerer und nahm rasch Fahrt auf. Yarrow grätschte die Beine zum Schneepflug und hielt ihre Stöcke wie eine Bremse zwischen den Beinen. „Es ist herrlich", rief sie und vergaß dabei die Kälte. Diese ganze weiße Pracht erschien ihr wie eine fremde Welt.

„Ich habe dir ja gesagt, es ist ein Garten Eden", rief Großvater und schoß in derselben gebückten Haltung an ihr vorbei. Er fuhr schneller und sicherer. Yarrow hingegen konnte in dem tiefen Schnee die Richtung nicht halten. Sie kam schließlich über hundert Meter von der Hütte entfernt zum Stehen. Sie sah die beiden Männer vor der Tür der kleinen Holzhütte.

„Hey, wartet auf mich", rief sie. Yarrow wollte nicht, daß sie ohne sie hineingingen. Sie war wütend, daß sie vor ihr dort waren. Ihre Eile machte sie ängstlich, und sie kam beim Aufstieg heftig ins Schwitzen. Sie kam an einen schmalen Bach, den sie unmöglich auf Skiern überqueren konnte. Es war der schneebedeckte White Fork Creek, und weiter unten entdeckte sie einen Baumstamm, der quer darüber lag. Sie schnallte ihre Skier ab und schob sie durch die Schlaufen ihrer Skistöcke, um sie zu tragen. Dann stieg sie vorsichtig auf den Baumstamm und schob beim Vorwärtsgehen mit ihren Schuhsohlen den Schnee herunter. Es war sehr rutschig, und gerade als sie ihren Vater in der Ferne rufen hörte: „Yarrow! Warte!", verlor sie das Gleichgewicht, fiel nach hinten und griff mit den Händen nach dem Baumstamm.

Der Schock, als sie mit den Beinen in das eiskalte Wasser tauchte, nahm ihr den Atem. Das Gewicht ihres Rucksacks zog nach unten. „Daddy!", schrie sie verzweifelt. Sie hatte jedes Gefühl in den Beinen verloren; sie spürte die Kälte nicht mehr. Ihre Finger glitten weiter nach unten. Sie versuchte, sich an dem Baumstamm festzuhalten, aber ihre Hand glitt einfach am Holz ab. Sie fing an zu schreien, als sie merkte, wie sie in die Tiefe gezogen wurde. Sie schluckte kaltes Wasser: So ist es also, wenn man ertrinkt, dachte sie; ich werde sterben.

„Halte durch. Ich bin hier, Liebling. Ich bin hier. Es ist alles in Ordnung." Ihr Vater saß rittlings auf dem Baumstamm und zog sie wie einen Fisch aus dem Wasser. Er nahm ihr den Rucksack ab, wikkelte sie in seine Jacke und trug sie, halb rennend, halb stolpernd, zurück zur Hütte.

Die Hütte, die Jock vor vielen Jahren gekauft hatte, bestand aus einem kleinen Raum mit einer breiten Eingangstür und kleinen Fenstern auf beiden Seiten. Die Decke richtete sich nach der Schräge des Daches, und in einer bestimmten Höhe hatte Jock einen Dielenboden eingezogen, der halb über den kleinen Raum hinausragte und über eine Leiter zu erreichen war. Da warme Luft bekanntlich nach oben steigt, hatte Jock dort sein Bett aufgeschlagen.

Der Raum war so eng, daß man am Rand des Dielenbodens stehend mit der ausgestreckten Hand das Ofenrohr berühren konnte, wo es durch die Wand nach außen führte. Und ein Mann konnte mit ausgestreckten Armen den Ofen in der Mitte des Raumes und alle vier Wände der Hütte erreichen. Auf dem gestampften Lehmboden standen noch ein kleines Bett, zwei mit Fellen bedeckte Stühle und eine Bank, die als Tisch diente. Unter einem Fenster war ein Stapel Holz aufgeschichtet.

Yarrow kam wieder zu sich, als James ihr Brandy einflößte. Sie begann zu prusten und zu würgen. Doch die Flüssigkeit, die ihre Kehle hinunterlief, wärmte sie. Sie zitterte am ganzen Leib. Ihr Vater zog ihr die gefrorenen Sachen aus und wickelte sie in Großvaters Decken.

Er nahm Yarrow auf den Schoß, und er und Jock rieben abwechselnd ihre Gliedmaßen und warfen Holzscheite in den kleinen verrosteten Ofen direkt neben ihr.

„Hallo, Daddy", sagte sie zähneklappernd. „Hast du meine Skier gefunden? Ma bringt mich um, wenn sie weg sind."

Ihr Vater lachte erleichtert und drückte sie so fest an sich, daß ihr fast die Luft weg blieb.

„Gott sei Dank", sagte Großvater, zog sein Flanellhemd aus und rieb ihre Haare damit trocken. Nach einer Weile hörte sie auf zu zittern, und die Wärme des Feuers und der Duft brennender Scheite erfüllten den Raum. Die Krise war vorüber, und Yarrow schlief ein. Als sie aufwachte, lag sie, in Decken gehüllt, in dem kleinen Bett neben dem Ofen. Ihre Skier lehnten an der Wand. Das Holz knisterte im Ofen, und die Glut des Feuers leuchtete orange.

Jock und James sprachen über Politik. Großvater war ein eingefleischter Demokrat. Doch er war nicht nur Demokrat, sondern obendrein noch ein „Progressiver". Er war nie über den Sieg der Republikaner hinweggekommen, nachdem Harding zu Beginn des neuen Jahrzehnts Cox besiegt hatte. Und nachdem Coolidge – derselbe Coolidge, der einmal erklärt hatte, daß niemand das Recht habe, irgendwo oder irgendwann zu streiken – 1924 gewonnen hatte, war Großvater vor Wut beinahe geplatzt. Die Bestechung des Parteiapparats von Colorado durch den Ku-Klux-Klan im selben Jahr bewog ihn, die Republikaner nur noch mehr zu verachten. Und nun stöhnte er verzweifelt über die Phrasendrescherei seiner eigenen Partei und über deren Unfähigkeit, Al Smith, den Katholiken aus New York, im Kampf gegen Herbert Hoover zu unterstützen.

„Hast du Hoover im Radio gehört", fragte er. „Er ist ein Langweiler. Wofür tritt er eigentlich ein?"

Selbst James, der meist sehr pragmatisch dachte, konnte mit dem republikanischen Kandidaten nichts anfangen.

„Al Smith ist in Ordnung", meinte Großvater, „obwohl er Katholik ist." Aus Großvaters Mund klangen diese Worte in der Tat wie der Segensspruch eines Pfarrers.

Draußen wurde es bereits dunkel. Yarrow lauschte dem Gespräch der beiden Männer. Eines Tages würde sie in dieser Hütte wohnen.

Sie würde Kinder haben, und ihr Sohn würde Holz für den Ofen hacken. Sie wollte dann so gut riechen wie ihre Mutter, nach Kampfer und Fleischklößchen, und eine große Schürze über ihrem Kleid tragen. Doch wie konnte sie Hausfrau sein und gleichzeitig die Zeitung leiten? Sie runzelte die Stirn und drehte an ihren Locken. Sie mußte eben beides tun. Sie setzte sich im Bett auf, um den Männern ihren Entschluß mitzuteilen, doch da verkündete ihr Vater, daß ihre Kleider jetzt trocken seien.

Ihr Großvater ging hinaus vor die Hütte, und ein Schwall kühler Luft drang ins Zimmer.

„Ich denke, wir sollten die Hütte noch heute abend verlassen", sagte Jock, als er wieder hereinkam, und knöpfte seine Jacke zu. „Es braut sich ein Sturm zusammen, und wir wollen nicht tagelang hier festsitzen. Freya würde sich die größten Sorgen machen."

„Das wäre aber lustig", meinte Yarrow. Sie war enttäuscht, daß sie nicht in der Hütte übernachteten.

„Ich glaube, Großvater hat recht. Ich werde dich tragen, wenn du müde wirst."

Es war Neumond. Tiefe Finsternis lag über dem Tal. Yarrow blieb auf ihren Skiern immer dicht hinter ihrem Vater. Die eisige Kälte schnitt Yarrow ins Gesicht, als sie auf Skiern den Abhang hinunterfuhren und die Steigung hinaufkletterten. In der kalten Nachtluft gefror die Oberfläche des Schnees zu Harsch, und auf der eisigen Fläche wurde ihr Tempo immer schneller.

„So hat man es früher gemacht", sagte Jock. Sie hatten seinetwegen eine Pause gemacht, damit er verschnaufen konnte. „Man ging bei Nacht, damit man nicht im hohen Schnee versank. Einmal war es dort oben in der Hütte so kalt, daß die Tinte gefror. Ich mußte das Tintenfaß auf den Ofen stellen, damit sie wieder flüssig wurde."

Yarrow war erleichtert, als sie endlich beim Auto waren. Sie ließ sich auf den Rücksitz fallen, während ihr Vater versuchte, den Motor in Gang zu bringen. Er wollte nicht anspringen, und James fluchte, stieg aus und öffnete die Motorhaube. Großvater bediente noch einmal den Anlasser, schließlich sprang der Motor an und James setzte sich halb erstarrt in den Wagen. Die Heimfahrt zog sich in die Länge. Es herrschte so dichtes Schneetreiben, daß ihr Vater immer wieder anhalten und aussteigen mußte, um den Schnee von der Windschutzscheibe zu kratzen.

Freya war noch auf, als sie nach Hause kamen. Sie schob schnell einen Kartoffelkuchen in den Ofen und machte heißen Kaffee. Sie zog sich ihren Schal fester um die Schultern, als sie ihr von Yarrows Mißgeschick erzählten. Freya hatte noch genäht und dabei Radio gehört.

„Herbert Hoover hat die Wahl gewonnen“, sagte sie, „aber noch liegen nicht alle Ergebnisse vor.“ Großvater fluchte leise. „Und die *Denver Morning Post* ist an Scripps-Howard verkauft worden, und die *Denver Evening News* an Bonfils.“

Jock räusperte sich. „Wie lange, meinst du, wird das dauern?“

„Tja, es hat überhaupt nicht gedauert“, sagte Freya und biß einen Faden durch. „Die *Post* wurde sofort geschlossen, und ebenso die *Evening News.*“

„Also hat sich Scripps-Howard mit den *Rocky Mountain News* die Morgenausgabe gesichert“, sagte James, „und Bonfils hat die *Evening Post.*“

„Abgekartete Sache. Dagegen sollte es ein Gesetz geben.“ James blickte schweigsam durch seine Brille. „Woran denkst du, mein Sohn?“

James verschränkte die Arme hinter dem Kopf und lehnte sich auf dem Holzstuhl zurück. „An Platte City“, sagte er, „und an das *Journal.*“ Er ließ den Stuhl nach vorn kippen und neigte sich über den Tisch zu seinem Vater. „Jetzt, wo wir uns entschlossen haben, von hier wegzugehen, kann ich es kaum erwarten, nach Platte City zu kommen.“ Er schob die Teller beiseite und zog einen Notizblock aus der Tasche. „Ich habe noch einmal die Zahlen überprüft, die uns Fox und Mrs. Truitt genannt haben. Horace hat ein heilloses Durcheinander hinterlassen, aber sieh mal...“ Er zog seinen Stuhl näher zu seinem Vater heran. „Vor allem einmal haben sich ihre Abonnements in zwanzig Jahren nicht verändert. Außerdem stehen noch eine Menge Forderungen aus.“ Er ging die Zahlen noch einmal durch und kritzelte Diagramme auf seinen Notizblock. Freya legte ihr Nähzeug weg.

„Zeit, ins Bett zu gehen, Yarrow“, sagte Freya.

„Muß ich wirklich?“

„Ja, du mußt.“ Sie gingen die Treppe hinauf. Freya bewegte sich schwerfällig mit ihrem dicken Bauch. Nun, da die Hälfte der Möbel fehlte und die Fotos und Gemälde von den Wänden genommen waren, wirkte das Haus irgendwie fremd, als ob alles noch in der Schwebe wäre.

„Mama, wie wirst du das Baby nennen?“

„Harold, nehme ich an.“

„Harold. Wenn ich einen Sohn hätte, würde ich ihn Zebulon nennen.“

„Zebulon?“

„Weißt du, nach Zebulon Pike, der versucht hat, den Pikes Peak zu besteigen.“

„O ja, natürlich.“

„Willst du noch viele Babys haben?“

Freya lachte und drückte die Hand ihrer Tochter. „Ich glaube schon.“

Sie waren jetzt in Yarrows Zimmer, in Wirklichkeit einem großen Schrank direkt neben dem Zimmer der Mädchen. Freya half Yarrow rasch aus ihren Kleidern und streifte ihr das lange Flanellnachthemd über den Kopf. Das Zimmer war sehr kalt. Yarrow kroch ins Bett und hüllte sich in das eisige Laken. Sie zog die Knie bis zum Kinn hoch.

„Ich glaube nicht, daß ich mal welche haben werde“, meinte Yarrow.

„Kinder? Warum denn nicht?“ Freya war so überrascht, daß sie sich aufs Bett setzte, obwohl sie das nicht vorgehabt hatte. „Natürlich wirst du Kinder haben. Du wirst dich eines Tages verlieben und heiraten, und dann wirst du sie einfach haben wollen.“

Yarrow drehte ihren Kopf mit den dunklen Locken auf dem Kissen herum. „Aber was ist, wenn ich etwas anderes mehr liebe?“

„Sei nicht albern“, sagte Freya und strich die Bettdecke unter dem Kinn ihrer Tochter glatt. „Was könnte das wohl sein?“

Yarrow sah ihre Mutter im Dunkeln an. „Eben andere Dinge.“ Sie dachte an Fabiana Truitt mit ihren schönen, schlanken Beinen und an die Selbstsicherheit, die sie wie ein feines Parfum umgab. „Das

Journal, das *Journal*", hörte sie wie aus Gesprächsfetzen, sah Fabianas schlanken Körper in dem lila Strickkleid vor sich. Dann sah sie die unförmige Gestalt ihrer Mutter in der Dunkelheit, bekam ein schlechtes Gewissen und schlang die Arme um den Hals der Mutter.

„Was für ein Unsinn, Yarrow. Schlaf jetzt, und morgen früh, wenn es hier im Haus wärmer ist, wasche ich dich gründlich. Du hast heute einen furchtbaren Schreck bekommen."

Freya ging zur Tür, und ihre Silhouette zeichnete sich gegen den hellen Korridor ab. „Gute Nacht, Kind", sagte sie.

„Gute Nacht, Mama."

Yarrow schlief jedoch nicht gleich ein. In Gedanken schrieb sie Schlagzeilen. KIND ERTRINKT IN WHITE FORK CREEK, oder: VATER RETTET SEINEM KIND DAS LEBEN. Sie malte sich aus, wie sie ihre eigene Geschichte schreiben und wo sie sie auf der Seite plazieren würde. Sie dachte an das besorgte Gesicht ihrer Mutter und wie sie die Schultern unter dem Schal hochgezogen hatte. Sie schlief ein und träumte von gefrorener Tinte, von Wasser und von der behaglichen Hütte. Allmählich wurde es auch in ihrem Bett warm. Behutsam streckte sie erst ein Bein, dann das andere aus, und es umgab sie wohlige Wärme.

Freya Halvorsen McLean kuschelte sich in dem behelfsmäßigen Bett unter der Decke an ihren Mann. Sie war als Frau zufrieden. Ihre Fähigkeiten paßten genau zu der Rolle, die sie im Leben übernommen hatte. Sie versammelte Menschen um sich, als ob ihre Kraft unbegrenzt sei. Sie erwartete nicht viel, und deshalb war sie jedesmal erstaunt, wenn ihr besonderes Glück zuteil wurde. Sie war nicht eigentlich schön, eher hübsch. Von ihren norwegischen Vorfahren hatte sie die breiten Schultern und die Größe geerbt, von der Familie ihres Vaters die hohen Wangenknochen und die großen Augen. Ihr Vater hatte ihr viel von den Bergen erzählt, und sie gab ihr Wissen an ihre Kinder weiter. Sie beherrschte auch ein paar Worte aus der Sprache der Ute-Indianer. Sie hatte Yarrow gezeigt, wo man im Hochland Natterwurz fand und wie man die Knollen ausgrub und im Feuer röstete. Sie wußte, wo es Pinon-Nüsse gab und welche Baumrinde man einsalzen und essen konnte. Sie hatte Nellie gezeigt, welche Wurzeln man sammeln konnte, und ihr die Namen der wildwachsenden Blumen beigebracht.

Einmal hatte Yarrow sie gefragt, ob es wirklich einen Gott gebe, und Freya hatte ihr erklärt, sie brauche sich nur umzusehen, dann würde sie ihn schon entdecken: auf dem Mount Daly, wenn die Sonne aufgehe, oder im Blick eines Hirsches, wenn er den Kopf hebe, wissend, daß er beobachtet werde. Doch Yarrow war der Meinung, Gott müsse aussehen wie Großvater, und Freya sagte nur: „In ihm ist er auch."

„Erzähl mir noch mal von dem Haus", bat sie James. „Ist es schön? Wie wird es geheizt?"

„Nicht so hübsch wie dieses hier, aber sehr gemütlich. Schön warm für das Baby." Er tätschelte ihren Bauch. „Ich werde unser Haus vermissen", fuhr er fort. Schließlich war er in diesem Haus zur Welt gekommen. „Aber Dad kann es sowieso nicht verkaufen. Wir werden es einfach mit Brettern vernageln."

„Eines Tages werden wir zurückkommen."

„Ja." Es klang, als ob er nicht daran glaubte.

„Erzähl mir noch mal von der Zeitung. Und von der Stadt. Was ziehen die Frauen dort an? Gibt es Läden in der Nähe? Wo ist die nächste Schule? Du weißt, Yarrow kommt nächstes Jahr in die Schule."

„Nun mal langsam." Er lachte. „Eins nach dem andern." Und er erzählte ihr noch einmal von dem Büro, von Max Horace, von den neuen Maschinen, von Albert Hinton, von der Stadt, den Straßenbahnen und dem Broadlands Hotel, und als er anfing, Mrs. Truitt zu beschreiben – nicht ihre Kleidung, denn daran konnte er sich nicht mehr erinnern, sondern die schrecklichen Narben, die sie sich bei dem Feuer zugezogen hatte, in dem ihr Mann umgekommen war –, da merkte er, daß Freya eingeschlafen war. Er küßte sie sanft auf die Stirn und zog ihr die Decke über die Schultern. Doch er selbst konnte nicht einschlafen. Er lag noch lange wach und dachte über all das nach, was geschehen war und noch geschehen würde, und er fragte sich, welche unausweichlichen Folgen die Entscheidungen der letzten Tage haben würden.

4

Ein heißer, trockener Tag im darauffolgenden August. Der Wind aus der Ebene fegte auf die Berge zu und wirbelte durch die Straßen von Platte City. Auf der Terrasse des Broadlands Hotels trieb er raschelnd die Blätter über den polierten Fliesenboden, und die weißen Tischdecken flatterten, so daß Kellner in weißer Livrée hinauseilten, um Gläser und Geschirr in Sicherheit zu bringen.

Die Familie McLean erwartete Fabiana Truitt zum Lunch. „Du siehst hübsch aus“, sagte James zu Freya. Freya knabberte an einem Brötchen. Sie war sich da nicht so sicher. Ihr war bange vor der ersten Begegnung mit Mrs. Truitt, denn sie hatte gehört, daß sie eine Schönheit sei. Sie hatte in einem Gesellschaftsmagazin ein Foto von ihr gesehen, und die Narbe in ihrem Gesicht, die sie immer geschickt verbarg, schien ihr noch zusätzlich eine betörende und tragische Dimension zu verleihen.

Für Freya und James war es ein schwieriges Jahr gewesen, denn ihr Sohn war bei der Geburt gestorben. Er kam zu früh auf die Welt, kurz nachdem sie in Platte City angekommen waren. James weinte um den kleinen Jungen und erklärte seiner Frau, der Umzug nach Platte City sei schuld gewesen. Freya erklärte, es sollte wahrscheinlich so sein, doch auch sie konnte den Verlust nicht so leicht verwinden. Sie hatten ihn nach Papa Halvorsen auf den Namen Harold taufen lassen und in der Nähe seiner Großeltern auf dem Friedhof von Galena begraben. Freya verlor danach jegliches Interesse an dem neuen Haus und sogar an sich selbst, und James bat Laura Brogan, Freyas Haushaltshilfe, mit ihr in die Stadt zu gehen und ein paar neue Kleider zu kaufen.

Freya hatte sich in einen Hüftgürtel gezwängt, der an der Seite mit Haken geschlossen wurde. Sie und Laura hatten ein schlichtes Kleid aus blauem Leinen mit einem spitzen Ausschnitt ausgesucht, und mit dem weißen Hut dazu sah sie sehr schick aus. James beugte sich über sie, gab ihr einen Kuß und sagte ihr, daß sie einfach großartig aussehe.

Jock holte ein Stück Schnur aus seiner Tasche und spielte mit Nellie Fadenabnehmen. Yarrow zählte die chinesischen Lampions, die wie Bienenkörbe von der Decke hingen, und ließ unter dem Stuhl die Beine baumeln.

„Ich habe noch nie erlebt, daß sich eine Frau derart verspätet", meinte Jock. Gerade als er James erklärte, daß er Fabianas nervöse Art ein wenig strapaziös finde, kam sie mit ihrem Sohn an der Hand auf sie zugeschritten.

Freya mußte ein Seufzen unterdrücken, als James sie einander vorstellte. Fabiana war noch schöner und eleganter, als sie erwartet hatte. Sie war außerordentlich schlank. Freya vermutete, daß sie unter dem cremefarbenen Kleid mit der rosa Schärpe an der Hüfte wahrscheinlich nur einen Hauch von Crêpe de Chine trage. Ein gekonnt entworfener fächerförmiger Kragen war bis zu den Ohren hochgeschlagen. Ihr dunkles Haar fiel in einer Welle über die eine Gesichtshälfte, so daß es fast ein Auge bedeckte; es lag so glatt an ihrem Kopf an, daß es wie eine Mütze paßte. Sie ließ ihren kühlen Blick, der lediglich höfliches Interesse verriet, mit einem Lächeln über Freya hinweggleiten, und Freya kam sich plötzlich sehr matronenhaft vor, obwohl sie nur ein oder zwei Jahre älter war.

„Das ist Palmer", stellte Fabiana ihren Sohn vor. Yarrow und Palmer Truitt musterten einander.Sie waren ungefähr im selben Alter, obwohl Yarrow größer war. Palmer war ein dunkelhaariger kleiner Junge mit langen Wimpern und dünnen, kurzen Beinen. Er trug Shorts aus Italien, ein Seidenhemd und eine kragenlose Jacke. Yarrow dachte, er sei der eleganteste Junge, den sie je gesehen habe.

Bei Tisch verstand es Fabiana, charmant zu plaudern. Gelegentlich sagte Freya: „Wie nett", und dann redete Fabiana weiter. James schien sehr fasziniert von ihr.

„Ich werde jetzt jeden Sommer hierherkommen", sagte sie. „Nach Manhattan mag ich diese trockene Luft."

„Sie sollten in die Berge gehen, wenn Sie trockene Luft wollen", meinte Jock. Er hatte gerade erst wieder eine Woche in seiner Hütte zugebracht.

„Aber ich spiele gerne Golf und Tennis. Die Berge würden mir nicht genügen. Ich habe mit dem Geschäftsführer hier gesprochen, und er sagt, er kann für mich zum Preis einer Suite etwas Besseres arrangieren, wenn ich ihm garantiere, es für ein paar Jahre zu nehmen."

„Das ist schön", sagte Freya. Für sie steckte Fabiana voller Widersprüche. Geld war für sie anscheinend kein Thema, und doch sagte sie Dinge, die zeigten, wie sehr sie mit jedem Penny rechnete.

„Ich bin dabei, meine ganzen Wertpapiere flüssigzumachen", erklärte Fabiana. „Bis auf den letzten Dollar."

„Warum", fragte Jock.

„Ich habe so ein Gefühl." Fabiana zuckte mit den Schultern. „Es gibt so viele Gerüchte und schlimme Prognosen. Mich interessiert im Moment nur Bargeld." Sie ballte die rechte Hand zur Faust.

Freya schnitt Nellies Fleisch vor. Sie hatte bemerkt, daß der Kragen von Fabianas Kleid von Hand bestickt war. Vielleicht konnte sie sich, wenn das *Journal* erst einmal besser lief, auch ein so schönes Kleid kaufen wie das von Fabiana. Ein wenig Fleischsaft tropfte in ihren Schoß, und sie entfernte den Fleck mit ihrer Serviette. Dieses Leinenkleid mußte ein paar Jahre halten. Die Wirkung, die Fabiana auf sie hatte, behagte Freya nicht.

Yarrow wollte ihr Fleisch nicht essen. Es sah ganz und gar nicht so aus wie das, das es zu Hause gab. Ihr erschien es noch viel zu roh. Sie schob die Fleischstücke unter ihre Kartoffeln und hoffte, ihre Mutter werde es nicht merken.

Fabiana fragte Yarrow, ob sie noch etwas Eiskrem haben wolle.

„Ja, bitte."

„Und du, Palmer?"

„Nein." Er schmollte und langweilte sich.

„Du solltest einmal in unser Büro kommen", meinte Jock. Er bemühte sich, freundlich zu sein.

„Wir sind erst gestern in einem Büro gewesen."

„Gestern?"

„Wir haben mit den Leuten vom *Globe* in Denver zu Mittag gegessen", erklärte Fabiana. „Rein privat. Der Besitzer Larry Schaeffer kannte Palmers Vater noch von früher."

„Ah ja..."

„Ich halte es für klug, Verbindungen aufrechtzuerhalten. Sie nicht? Man kann nie wissen, wann man sie mal braucht."

„Fabiana hat recht", meinte James.

„Du solltest uns öfter besuchen und mit den Mädchen spielen", sagte Freya zu Palmer. „Wir haben eine Schaukel und einen Sandkasten."

Doch Palmer sah seiner Mutter beim Essen zu. Ihr Lippenstift hinterließ rote Spuren auf der Eiskrem. „Kann ich etwas abhaben?"

Sie schob ihm das Eis hin. „Ich habe sowieso genug", sagte sie.

Freya schaute schuldbewußt auf ihren leeren Teller.

Während Palmer vom Eis seiner Mutter aß, stieß Yarrow ihn unter dem Tisch mit dem Fuß an. Sie dachte, sie könnten vielleicht doch noch Freunde werden. Doch Palmer streckte ihr die Zunge heraus.

Nach dem Essen beschloß man, in dem großen Park des Hotels spazierenzugehen. Yarrow und Fabiana erreichten gleichzeitig eine schmale Treppe, die von der Terrasse hinunterführte. Yarrow wollte schon vorangehen, als Fabiana den Arm ausstreckte und ihr den Weg versperrte. „Ladies first", sagte sie.

Yarrow schaute zu ihr auf, und dabei fiel ihr der Strohhut vom Kopf. Als sich Fabiana bückte, um ihn aufzuheben, schlüpfte Yarrow unter ihrem Arm hindurch und rannte triumphierend die Treppe hinunter.

„So ein kleines Biest", sagte Fabiana lachend. Sie setzte sich selber den Hut auf, und das rote Band fiel auf ihre nackte Schulter.

„Sie haben recht. Ich muß unbedingt mal ernsthaft mit ihr über Manieren reden", meinte James.

Jock ging mit Fabiana die Treppe hinunter, und Freya flüsterte James ins Ohr: „Mußt du ihr eigentlich in allem recht geben?"

Yarrow und Palmer rannten über eine hölzerne Brücke, die zu einer künstlich angelegten Insel mit einem japanischen Teegarten führte. Als seine Mutter außer Sichtweite war, legte sich Palmer auf den Bauch und schaute über den Rand der Brücke, um einen riesigen Karpfen im Wasser zu beobachten. Die Brücke hatte kein Geländer, und in der Mitte wölbte sie sich nach oben.

„Tu das nicht", sagte Yarrow. „Du könntest ins Wasser fallen."

„Hast du Angst", fragte er. „Ich nicht."

Yarrow hatte die Brücke überquert und befand sich auf der Insel. „Ich wäre letztes Jahr beinahe ertrunken. Bitte, komm her."

„Ich will nicht."

„Ich kann dich nicht rausziehen."

Palmer verließ die Brücke und ging zu Yarrow. Sie zitterte. Er sah sie einen Moment an.

„Ich erwarte nicht, daß mich ein Mädchen rettet." Wieder sah er sie an. Seine Worte erschienen ihr seltsam. Dann drehte er sich plötzlich um und rannte los. „Laufen wir zu den andern", rief er ihr zu. Yarrow lief hinter ihm her, aber er hatte zuviel Vorsprung, und als sie ihn endlich einholte, war sie völlig erschöpft und außer Atem. Sie mochte es überhaupt nicht, wenn sie besiegt wurde.

Auf einem Kiesweg trafen die Erwachsenen Max Horace. Er saß mit einem Mann im dunklen Anzug mit Fliege auf einer Bank. James, Jock und Fabiana erkannten in ihm sofort den Besitzer des *Globe*, Larry Schaeffer.

Yarrow sah, daß sie jetzt näher bei der Brücke war als Palmer. „Laufen wir zur Brücke", rief sie und lief los, und Palmer rannte hinterher.

James rief Yarrow zu, sie solle stehenbleiben, doch sie hatte die Brücke kurz vor Palmer erreicht, und als Palmer sah, daß er nicht mehr gewinnen konnte, schubste er sie. Yarrow stolperte, geriet für einen Augenblick aus dem Gleichgewicht, und Palmer rannte über das Ziel hinaus und fiel ins Wasser. Yarrow blieb einen Moment wie angewurzelt stehen, dann schrie sie und sprang hinterher. Mit Erleichterung stellte sie fest, daß sie Grund unter den Füßen hatte. Als Palmer wieder auftauchte, war er über und über mit Seetang bedeckt.

James war wütend, als er die beiden aus dem Wasser zog.

„Du bist eine ungezogene, dickköpfige junge Dame. Habe ich dir nicht gesagt, du sollst stehenbleiben?"

„James", sagte Freya, „sie hat doch nur versucht, ihn zu retten, und sie hat Angst vor dem ..."

„Genug. Wir gehen nach Hause. Sofort." James spürte, daß er vor den anderen das Gesicht verloren hatte. Er schleppte seine Tochter zum Auto. Yarrow hörte Palmer im Hintergrund jammern. Geschieht ihm ganz recht, dachte sie.

„Ich frage mich, was dieser alte Gauner im Schilde führt", sagte Jock und wischte sich den Schweiß von der Stirn, als sie im Wagen saßen. Keiner sagte etwas, nur Yarrow weinte neben ihrem Großvater auf dem Rücksitz. Ihr Kleid war naß und schmutzig, und ihr Hut hatte die Form verloren. Großvater drückte ihre Hand.

James sagte etwas über den *Globe,* und selbst ihr Schluchzen konnte Yarrow nicht daran hindern, eine Frage zu stellen: „Warum seid ihr zu diesen Leuten so freundlich? Ich dachte, sie seien unsere Feinde."

James stellte den Rückspiegel ein und mußte über die Kampflust seiner Tochter lachen. „Es lohnt sich nicht, nachtragend zu sein. Nimm ein Notizbuch, schreib die Namen hinein, und dann vergiß es. Im Zeitungsgeschäft geht es zu wie in einer großen Familie – viele Streitereien, und anschließend die Versöhnung."

„Eben eine große glückliche Familie", meinte Jock voll Abscheu.

„Deine Nasenflügel haben gebebt, als du mit Max gesprochen hast", sagte James.

„Man muß eben ‚die Verbindungen aufrechterhalten'", meinte Freya.

„Das auch", sagte James grinsend und tätschelte Freyas Knie. „Fabiana ist eine schöne Frau, aber sie ist mir zu dünn."

„Blutlos", meinte Jock. „Ich traue ihr nicht. Sie ist habgierig."

„Aber sie hat schöne Beine", sagte James und duckte sich, als Freya mit der Handtasche nach ihm schlug.

Jock brauchte nicht lange zu rätseln, was Max Horace im Schilde führte, denn Fabiana rief James bereits am nächsten Tag an und erklärte ihm, daß sie ihn dringend sprechen müsse. Sie habe gerade mit Larry Schaeffer vom *Globe* gesprochen...

James und Fabiana saßen nun im Salon des Hotels unter der bemalten Decke.

„Max Horace will eine neue Zeitung gründen."

„Was?"

„Er benutzt mein, oder besser gesagt unser Geld dazu, um sich wieder zu etablieren."

„Das wird aber nicht reichen."

„Tja, ich weiß auch nicht, von wem er das Geld bekommt. Vielleicht hat er uns um mehr betrogen, als wir ahnen." Fabianas nervöse Sprechweise wurde heute noch durch Gesten unterstrichen. „Er behauptet, er werde uns aus der Stadt jagen." Fabiana drückte ihre Zigarette im Aschenbecher aus und zündete sich eine neue an.

„Der Zeitpunkt ist äußerst ungünstig. Gerade jetzt, wo wir wieder auf die Beine kommen ..."

„Und Albert Hinton wird für ihn arbeiten."

„Nicht Albert."

„Doch, Albert Hinton. Was wollen Sie tun? Platte City ist nicht groß genug für zwei Zeitungen, oder?"

James nahm die Brille ab und putzte die Gläser mit seinem Taschentuch. „Ich bin ein besserer Zeitungsmann als Albert Hinton und Max Horace zusammen. Wenn sie den Kampf unbedingt wollen, dann sollen sie ihn haben." Seine Stimme klang sicherer, als er sich fühlte. James war, auch wenn er es selbst nicht sehen konnte, ganz blaß um die Nase. Er dachte an seine hohen Schulden und wie er sie, angesichts der Konkurrenz, jemals zurückzahlen sollte.

„Ich werde es schaffen", sagte er und war überrascht, daß er wie Jock klang. Er erzählte Fabiana, was ihm die Zeitung bedeutete, und er sprach von seinen Plänen für die Zukunft. Er hatte Ideen für eine Kolumne; er wollte mehr Nachrichten von außerhalb bringen; er konnte Papier einsparen – zumindest glaubte er das. Fabiana hörte ihm zu und zog einen Schmollmund. Sie baumelte mit ihren schlanken Beinen. An den Fesseln trug sie Schuhe mit schmalen Riemen. Die Bewegung deutete eher auf nervöse Unruhe hin als auf einen Flirt.

„Ich frage mich, ob Sie Max besiegen werden? Ich habe Sie noch nie so selbstsicher erlebt."

„Könnten Sie es sich leisten, zu verlieren?"

Sie beugte sich nach vorn und berührte James' Knie an der Bügelfalte seiner weiten Hose.

„Ich habe furchtbare Angst davor, wieder arm zu sein", sagte Fabiana. „Mein Vater starb kurz nach meiner Geburt, und meine Mutter und ich wären fast verhungert. Als sie wieder heiratete, hat mich ihr zweiter Mann adoptiert. Er war sehr streng zu mir. Er glaubte nicht, daß aus mir etwas werden würde. Aber ich werde es ihm zeigen. Ich bin sicher, daß er mich beobachtet, wo immer er auch sein mag. Wahrscheinlich hat er Petrus, oder auch Luzifer, um einen Logenplatz gebeten."

Fabiana sah James eine Weile durch ihre langen Wimpern hindurch an. „Wissen Sie", sagte sie und neigte den Kopf ein wenig, „es gibt für uns auch noch andere Möglichkeiten. Ich habe gehört, daß in New York eine Zeitung verkauft werden soll. Hätten Sie eventuell Interesse daran, dort Chefredakteur zu werden?"

James sah sie lächelnd an. Sie redeten hier über neue Möglichkeiten, obwohl sie gerade in großen Schwierigkeiten steckten.

„Sie sind herzerfrischend, Fabiana."

„Ja, weil ich meine Zinsen termingerecht haben will."

Nach dem Gespräch machte sich James auf den Weg in sein Büro. Ihre Zuversicht hatte ihm neuen Auftrieb gegeben. Er wußte, daß er Max in diesem Spiel schlagen konnte; er zweifelte nicht einen Augenblick daran.

Als er in der Redaktion ankam, lag bereits Albert Hintons Kündigung auf seinem Schreibtisch. Zwei Wochen später brachte Max Horace seine neue Zeitung, den *Record*, heraus, und der Krieg begann.

Doch bedeutendere Ereignisse in der Welt überschatteten ihren persönlichen Kampf ums Überleben.

Der Börsenkrach in der Wall Street im Oktober traf James völlig unvorbereitet. Fabiana hatte recht gehabt, dachte er. Er war froh, daß er nie Geld investiert oder an der Börse spekuliert hatte. Doch nach ein paar Monaten bekam auch das *Journal* die Auswirkungen zu spüren. Leute wurden entlassen, und der Anzeigenmarkt, den James so mühsam aufgebaut hatte, begann abzubröckeln. Die kleinen Geschäftsleute machten keine Werbung mehr, und bald darauf gingen auch die Einzelhandelsgeschäfte sparsamer mit ihren Werbedollars um. Außerdem war die Präsenz von Max Horace und dem *Record* immer noch fühlbar.

„Er muß uns jahrelang heimlich bestohlen haben. Bestohlen." Jock mußte seiner Zigarre wegen husten.

Die wirtschaftliche Lage verschlechterte sich rapide. James hatte

Alpträume und erwachte oft schweißgebadet. Täglich dachte er an die Zahlungen, die er Fabiana Truitt leisten mußte. Er wußte nicht, wie er seinen Verpflichtungen nachkommen sollte. Ehe die nächste Rate fällig wurde, ging James zu der einzigen Bank in der Stadt, die immer noch liquide war. Er hoffte, den Direktor der Bank überreden zu können, ihm die Summe zu leihen, die er ihm einst angeboten hatte. Doch dieser lachte ihn nur aus.

„Das ganze finanzielle Gefüge des Landes bricht zusammen, weil die Leute ihre Schulden nicht bezahlen können, und da kommen Sie und bitten um einen Kredit für ein Geschäft, das möglicherweise die nächsten sechs Monate nicht übersteht? Noch dazu auf einem Markt mit starker Konkurrenz. Sie müssen verrückt sein." Der Bankdirektor fuchtelte mit einem Stoß Dokumenten vor James' Gesicht herum. „Wissen Sie, was das ist? Das sind gerichtlich angeordnete Konkursverfahren gegen kleine Geschäfte, gegen Farmen, gegen Haus- und Grundbesitzer. Die Leute können ihre Hypothekenzinsen nicht mehr zahlen. Tut mir leid, Mr. McLean."

James fühlte sich elend, als er wieder ins Auto stieg. Es hatte alles so einfach ausgesehen: wie sie nach Platte City gekommen waren, um ihre Interessen wahrzunehmen, wie ihnen Fabiana das Geld geliehen hatte, damit sie Horace auszahlen konnten. Und nun – wenn sie Fabiana das Geld nicht zurückzahlen konnten, gehörte die Zeitung ihr. Dann besaßen sie nichts mehr. Den McLeans gehörte nicht einmal das Haus, in dem sie jetzt wohnten. Alle seine Mißerfolge kamen ihm zum Bewußtsein. Er wußte, daß er seinen Vater enttäuscht hatte, weil er nicht schon früher andere Möglichkeiten in Betracht gezogen hatte. Er hatte die Notwendigkeit nicht erkannt und immer gewußt, was Jock dachte, wenn er sich abwandte und auf die Unterlippe biß, um ja nichts zu sagen. Bei dem Autogeschäft war es ebenso gewesen. James hatte geglaubt, das sei eine todsichere Sache. Und was für ein Fiasko war es geworden. Danach, als sie hierher gezogen waren, hatte die ganze Organisation und die Unruhe Freya einfach überfordert, und sie hatte das Baby verloren. James gab sich selbst die meiste Schuld daran. Er schüttelte den Kopf und stöhnte.

Wie sollte er seine Schulden bezahlen? Wie würde Fabiana reagieren, wenn er nicht zahlen konnte? James fürchtete das Schlimmste.

„Sind Sie okay, Sir?" James hob den Kopf. Ein Polizist sah ihn durch das offene Fenster an.

„Ja. Ja." James ließ den Motor an und fuhr weiter, aber er war wie benommen. Er fuhr eine ganze Weile nur so herum. Er fuhr am Eingang des Broadlands Hotels vorbei und beobachtete vom Wagen aus die Golfspieler, wie sie in der Spätherbstsonne auf dem makellosen grünen Rasen ihre Bälle schlugen. Hatten sie keine Sorgen? Er fuhr zurück in die Stadt. Er wollte zu Jerrard Fox' Büro, doch dann änderte er seine Pläne. Er wollte selbst mit Fabiana sprechen und sie bitten, die Frist für die Rückzahlung zu verlängern. Sie würde bestimmt Verständnis für seine Lage haben.

Im Büro der *Gazette* wartete die Familie und besprach die Lage. Freya war gekommen, um bei der Buchführung zu helfen. Die Dinge standen schlecht.

„Du solltest fahren", sagte Freya.

Fabiana um Aufschub zu bitten war der einzige Ausweg. Doch ihr Eigensinn erleichterte es ihnen nicht gerade, ihren Stolz zu vergessen. Die McLeans waren Kämpfernaturen.

„Wir müssen den Gürtel eben noch enger schnallen", meinte Jock.

Sie kratzten das Geld für eine Fahrkarte zusammen, und am nächsten Tag fuhr James für vier Tage nach New York.

„Dad?"

„James! Wie ist es gelaufen?" Jock stand neben dem schwarzen Wandtelefon und preßte den Hörer ans Ohr.

„Wir kriegen eine Atempause." Freya zupfte an Jocks Bart und grinste.

„Wie hast du das geschafft, Sohn?"

„Tja, sie war nicht gerade glücklich darüber. Aber ich glaube, sogar Fabiana ist über die Verluste in der Wall Street schockiert. Stell dir vor, sie hat den *New York Courier* für ein Butterbrot übernommen. Komisch, daß für so etwas Geld da ist, und für uns nicht." Es klang verbittert. „Aber die Leute hier verkaufen alles."

„Zu schade, daß wir kein Kapital flüssig haben", meinte Jock.

„Stimmt. Aber jedenfalls hat sie uns einen Aufschub gewährt. Ich werde wohl nie erfahren, warum.“

„Wir können es schaffen, mein Sohn. Komm schnell nach Hause.“

5

Als Yarrow elf Jahre alt war, beschloß ihr Vater, in die Platane im Garten ein Baumhaus zu bauen.

Die Familie hatte damals ein anderes Haus gemietet. Nach dem Tod des kleinen Harold hatte Freya eine Abneigung gegen das Haus in der West Colorado Avenue entwickelt. James fand ein reichverziertes, solide gebautes Haus im viktorianischen Stil mit sechs Schlafzimmern, einem kleinen Garten, einer Veranda und einer Katze, die in einem Verschlag hauste. Von einem Badezimmerfenster im oberen Stock aus konnte man den Pikes Peak sehen.

Das Haus war halb verfallen und verdreckt; deshalb bekamen sie es billig. Freya krempelte die Ärmel hoch und verwandte ihre ganze Energie darauf, es bewohnbar zu machen. Sie scheuerte die Böden, strich die Wände neu, schrubbte die Kacheln und verputzte Risse. Sie hängte Gardinen vor die Fenster, stellte ihre Topfpflanzen auf, rollte die Teppiche aus, polierte ihre Möbel und verwandelte das Haus in ihr Heim. Im Frühjahr, als der Boden locker genug war, um mit dem Spaten zu arbeiten, grub sie den Garten hinter dem Haus um, säte Roggen und Klee und steckte hinter der Platane ein Fläche für ein Tomatenbeet ab. Bald blieben die Leute stehen und bewunderten das Werk, das sie an diesem alten Haus in der Bellevue Street vollbracht hatte, und Freya war stets damit beschäftigt, es noch schöner und besser zu machen.

„Zieh das Ding hoch, James“, rief sie, und Jock zog an dem Seil, um die letzte Sperrholzplatte für das Baumhaus an ihren Platz zu befördern. Mit Nägeln im Mund und einem Hammer im Gürtel kniete James auf dem Sperrholzboden, den er konstruiert hatte. Das Baumhaus war so niedrig, daß er nicht aufrecht darin stehen konnte.

„Ist es bald fertig, Daddy?“ rief Nellie ihrem Vater zu. Die dunkelhaarige kleine Nellie drückte selig die Katze an sich. Sie war ein ernstes Kind und hatte den Kopf voller Träume, die sie niemandem mitteilte. Sie behielt alles für sich, als hätte sie Angst, etwas von sich preiszugeben.

Die Katze kratzte sie nun so sehr, daß sie sie loslassen mußte. Sie sprang von ihrem Arm und lief in ihren Verschlag beim Haus. Nellie rannte jammernd hinter ihr her.

Greta klammerte sich an den Rock ihrer Mutter und schaute zu. Sie war jetzt fünf, und seit Harolds Tod war aus dem ruhigen Baby ein ängstliches Ding geworden. Freyas Leibesumfang ließ vermuten, daß wieder ein Baby unterwegs war.

Freya sah James zu, wie er das letzte Brett annagelte. „Laß mich einen Moment los, Greta", sagte Freya und löste Gretas Finger von ihrem Rock. Sie ging hinüber zu James, um ihm noch ein paar Nägel zu reichen. Greta lief ihr nach und griff wieder nach ihrem Rock.

Yarrow stand auf einer Leiter, die zu einem Loch im Boden des Baumhauses führte. Sie war ein richtiger Wildfang geworden und ständig von Kratzern und Schrammen bedeckt. Plötzlich begann Nellie im Verschlag zu schreien.

„Ich gehe schon", sagte Yarrow. Sie sprang von der Leiter und verschwand in dem Verschlag. Dort war es dunkel und kühl, und der Boden unter ihren Füßen war feucht und sandig. Für Erwachsene war der Durchgang zu schmal. Nellie hatte die Katze am Schwanz gepackt.

„Laß sie los", sagte Yarrow. „Weißt du nicht, daß sie das nicht leiden kann?"

Sie zog eine von Großvaters Zigarren und eine Schachtel Streichhölzer aus ihrer Tasche.

„Willst du die etwa rauchen?" Nellie ließ die Katze los.

„Natürlich. Deshalb bin ich ja hier, du Dussel." Yarrow biß das Ende der Zigarre ab, zündete sie an und begann daran zu ziehen, so wie sie es schon unzählige Male bei Jock gesehen hatte.

„Ich sag' es aber ..."

„O nein, das wirst du nicht", sagte Yarrow. „Du mußt auch eine rauchen, sonst kannst du nicht Mitglied im Klub werden."

„In welchem Klub?"

„Es ist ein Geheimklub. Willst du Mitglied werden?"

Nellie nahm widerwillig einen Zug, hustete, und dann sog Yarrow wieder an der Zigarre.

„Und jetzt müssen wir noch Blutsbrüderschaft schließen. Dann können wir uns nie mehr gegenseitig verraten."

Yarrow stach sich mit einer Sicherheitsnadel in den Finger und es kam ein kleiner Tropfen Blut heraus. „Und jetzt du."

„Muß das sein?"

„Ja, los. Na schön, mach die Augen zu. Ich tue es für dich. Nellie streckte ihr den Zeigefinger hin und kniff die Augen zu.

„Autsch!"

„Sei nicht so zimperlich. Das tut doch gar nicht weh. Und jetzt halten wir sie aneinander. Das Blut muß sich vermischen." Sie preßten ihre Finger aufeinander. Yarrow murmelte ein paar beschwörende Worte. „Diejenige, die nicht die Wahrheit sagt, soll sterben, weil sie den Eid gebrochen hat." Die Mädchen rauchten den Rest der Zigarre in feierlichem Schweigen.

„Was macht ihr beiden denn da", rief Freya vom Garten her.

„Nichts", antwortete Yarrow, drückte die Zigarre aus und kam mit unschuldiger Miene hervorgekrochen. Nellie sah ganz blaß aus.

„Ist das Baumhaus fertig?"

„Bald ist es geschafft, Liebling", rief James vom Baum herunter. Er war mächtig stolz auf sein Werk. Freya kritisierte seine Arbeit ständig.

„Du hast dich ein wenig verkalkuliert, mein Sohn", rief Jock ihm von der Hintertreppe aus zu. „Wie willst du aus dem Gehäuse wieder herauskommen?"

Das Hämmern verstummte, und dann hörte man James fluchen. Jock und Freya lachten sich halbtot. James schaffte sich gewaltsam einen Ausgang durch den Sperrholzboden, warf den Hammer auf den Boden und ging ins Haus.

„Mir ist schlecht", sagte Nellie, und prompt erbrach sie sich über die Schmucklilien.

„Was ist mit dir los?" fragte Freya, ging zu ihr hin und spritzte sie mit dem Gartenschlauch ab. Nellie stöhnte. Sie konnte ihre Mutter nicht belügen, und nicht einmal der Gedanke an den Tod oder an den Zorn ihrer Schwester konnte sie davon abhalten, mit der Wahrheit herauszurücken.

„Yarrow!"

Doch Yarrow war fort. Sie rannte die Straße hinauf und blieb den Rest des Tages verschwunden, bis sie meinte, daß sie getrost nach Hause gehen könne. Dort wartete Freya schon mit dem großen Holzlöffel auf sie, den sie sonst zum Umrühren der selbstgemachten Marmelade benutzte, und schlug Yarrow damit so lange auf die Waden, bis sie laut heulte.

Yarrow warf ihrer Schwester einen wütenden Blick zu und ging mit schmerzenden Beinen hinauf in ihr Zimmer, aber sie verlor nie ein Wort darüber. Ihr Vater stellte das Baumhaus niemals fertig.

Laura Brogan kam im Juli, als Eric geboren wurde. Sie kam zunächst für sechs Monate, doch dann blieb sie einfach. Als Freya ihr erklärte, daß sie ihr leider nicht viel zahlen könne, meinte Laura, das sei schon in Ordnung. Sie werde gehen, wenn sie einen anderen Job gefunden habe – was während der Depression nahezu unmöglich war.

Erics Schlafzimmer lag zwischen denen von Freya und Laura. Das Zimmer im unteren Stock, das ursprünglich für das Hausmädchen vorgesehen war, hatte Jock bekommen. Er zog es vor, für sich zu sein. Er las gern oder beobachtete von der Hintertreppe aus die Vögel.

Die Zimmer von Laura und Eric im oberen Stock befanden sich in der Nähe der Hintertreppe. Yarrows Zimmer lag direkt gegenüber dem Schlafzimmer ihrer Eltern, und von dort konnte sie auf eine Reihe von Häusern auf der anderen Straßenseite hinübersehen, die ähnlich aussahen wie ihres. Sie fragte sich manchmal, was ihre Nachbarn wohl lasen und ob sie ihnen eines Tages eine Zeitung verkaufen könnte. Sie schwankte, ob sie in die Fußstapfen ihres Vaters treten oder wie ihre Mutter werden sollte.

Im Dachgeschoß befanden sich zwei Abstellkammern, von denen die eine als Schlafzimmer für einen zahlenden Gast diente. Anfang der dreißiger Jahre waren die McLeans auf jeden Penny angewiesen.

James hatte den oberen Stock des Büros an einen Friedensrichter namens J. F. Smith vermietet. Er schaffte seinen Schreibtisch nach unten und zog eine Trennwand aus Glas, um den Lärm der Presse etwas zu dämpfen. Doch wenn die Presse lief, machte das kaum einen Unterschied, und man mußte schreien, um sich verständlich zu machen, selbst wenn die Tür geschlossen war. Trotzdem wurde die

Tür immer offen gelassen, und James rief den Kindern zu, wenn sie kamen, um zu helfen: „Seid ihr in einer Scheune zur Welt gekommen? IN EINER SCHEUNE?“

Es war fast so, als wäre man wieder in Galena und brächte den Humdinger heraus, mit dem Unterschied, daß die Schulden größer waren und die Tage länger, die James und seine Familie schufteten, um die Zeitung am Leben zu erhalten. Seine einzige Hoffnung war das Geld der Inserenten und Abonnenten, damit er seine Schulden bezahlen könnte. Doch als sich die Depression im ganzen Land verstärkte, wurde eine Art Tauschhandel gebräuchlich. Es hatte keinen Sinn, Fabiana oder Jerrard Fox erst noch mitzuteilen, daß die Rate für den vergangenen Monat wieder überfällig sei, weil das *Journal* kein Geld habe. Statt dessen bot er oft einen Karren voll Kartoffeln oder einen Klafter Holz an. Die neue Goss-Comet-Presse war noch immer nicht bezahlt. James und Jock hatten mit der Zeitung eine schwere Bürde übernommen. Zwischen Fabiana und den McLeans herrschte ein beunruhigender Waffenstillstand. James hatte alle Mitarbeiter entlassen, außer einem Vollzeitbeschäftigten, der die Linotype-Setzmaschine bediente. Drei Nachmittage in der Woche ging Yarrow nach der Schule ins Büro, um zu helfen. An den anderen Tagen kam ihre Mutter. Freya nahm einen neuen Untermieter auf. Er diente als Soldat in Roosevelts Forstarmee zur Verhinderung von Waldschäden.

In dem Jahr, als Eric zur Welt kam, wurden die Soforthilfeprogramme des Senats eingeleitet, um arbeitslose und hungrige junge Männer von der Straße zu holen. Sie überschwemmten geradezu die Städte, trieben sich vor Bäckereien und in den engen Gassen hinter Restaurants herum und suchten nach Eßbarem. Yarrow hatte einige von ihnen gesehen, wie sie bleich und ausgemergelt draußen vor dem Bürofenster herumlungerten. Ihr Vater ließ einen von den Jungs eine Woche lang im Büro übernachten, weil er erklärte, er wisse sonst nicht, wohin. Jeden Morgen brachte James ihm einen Krapfen und eine Tasse Kaffee aus dem Drugstore. Eines Morgens war der Junge fort. Ein paar Tage später gingen Yarrow und ihre Schwestern in der Nähe der Gleise spazieren – was ihnen eigentlich strengstens verboten war – und entdeckten die Leiche eines Jungen. Keine der Drohungen Freyas hatte je solchen Eindruck auf sie gemacht wie dieser grausige Fund. Sie sagten zu niemandem ein Wort. Als die Leiche von Erwachsenen gefunden wurde, sahen sich die Kinder nur an. James wußte nicht, ob es „sein" Junge war, denn viele sprangen auf die Güterzüge auf, ganz gleich, wohin die Reise auch gehen mochte. Es war keine Seltenheit, daß bei diesen gewagten Manövern ein Tramp unter die Räder kam. Die Kinder gingen nie wieder zu den Gleisen.

Als das Arbeitsministerium Ausbildungslager einrichtete, wurden die jungen Männer von der Straße geholt. Viele hatten keine Schulbildung, und nach der täglichen Arbeit, ob beim Straßenbau, beim Pflanzen von Bäumen oder bei der Bekämpfung des Borkenkäfers, wurden ihnen Fortbildungskurse oder Kurse im beruflichen Bereich angeboten. Einer der Lehrer war George Thringle.

Außerhalb von Platte City befand sich ein Camp, eines von 2 000, die im ganzen Land eingerichtet worden waren. George Thringle, oder Lem, wie ihn die Kinder nannten, wurde bald so eine Art Familienmitglied. Er war ein netter Mann unbestimmbaren Alters mit einem glattrasierten Gesicht. Er konnte mit einer Drehbank umgehen, einen tropfenden Wasserhahn reparieren oder einen Kühler abdichten. Er teilte sein Wissen gern mit seinen Schützlingen und war allem gegenüber aufgeschlossen. Er überredete Jock, ein paar jungen Männern die alte Technik des Schriftsetzens beizubringen. Lem suchte ständig nach Möglichkeiten, sie zu beschäftigen. Einer der Jungs, die Jock unterrichtete, kam aus New York. Sein Name war Elliot Weyden. 1935 brachten Jock und Lem ihn eines Tages zum Abendessen mit nach Hause.

Elliot war ein sehr dünner, großer Junge von sechzehn oder siebzehn Jahren mit stechenden dunklen Augen. Zu Anfang der Woche hatte ihn Yarrow zusammen mit ihrem Großvater hinten in der Setzerei gesehen. Anscheinend war Großvater jetzt ständig von irgendwelchen Jungs umlagert, denen er zeigte, wie man früher mit einer alten Handpresse gedruckt hatte. Yarrow ärgerte sich, wenn sie ihn umringt von seinen Bewunderern sah, vor allem deswegen, weil sie die „richtige" Arbeit machen mußte: sie tippte mit zwei Fingern auf der Schreibmaschine und nahm Anrufe entgegen.

Wenn Nellie kam, fegte sie immer nur den Boden; und Greta zog im Fenster eine Schau ab und tanzte, sehr zum Vergnügen der Passanten. Jock brachte jedoch nur dann Jungs mit ins Büro, wenn beim *Journal* alles normal lief. Lem war ihm unendlich dankbar, als einer seiner Schützlinge beschloß, ins Druckereigewerbe einzusteigen.

Elliot Weyden war anders als die anderen. Anfangs erklärte Großvater, aus ihm werde nie ein Drucker; er habe nichts übrig fürs Detail. Doch Jock hatte zu eben diesem Jungen eine besondere Zuneigung gefaßt. Er war intelligent und lebhaft, und alles um ihn herum interessierte ihn. In seinem Blick saß irgendwie der böse Schalk, und er konnte nicht stillsitzen. Und doch war er im Grunde so gerade und zielstrebig wie eine Zeile auf einer Zeitungsseite.

Als Elliot nach Colorado kam, teilte ihn Lem zum Straßenbau am Rimrock Drive ein, wo er Steine und Schutt herumkarren mußte. Er war nicht sehr kräftig, doch er arbeitete mit einer Verbissenheit, die Lem bestürzte. Eines Tages beobachtete er, wie sich Elliot mit einem riesigen Felsblock abmühte. Dann trommelte er ein paar andere Jungs zusammen und konstruierte mit ihnen aus ein paar Holzbrettern und einigen Steinen eine Hebevorrichtung. Als sich der Felsblock schließlich bewegte, stand ihm Elliot im Weg. Er erlitt eine Quetschung am rechten Fuß und einen Knochenbruch. Erst nach diesem Unfall fand Lem heraus, daß Elliot Schreibmaschine schreiben konnte. Er wurde in das Büro des Kommandeurs versetzt, wo es immer eine Menge Papierkram zu erledigen gab. Elliot nahm seine neue Aufgabe mit derselben Begeisterung in Angriff, die er beim Steineschleppen an den Tag gelegt hatte.

Elliot merkte bald, daß er die Arbeit als Hilfskraft des Kommandeurs praktisch mit einer Hand erledigen konnte. Es war leicht, wenn man organisieren konnte, und Elliot konnte es. In ruhigen Momenten dachte er darüber nach, wie er mehr Geld verdienen könnte. Er schickte seiner Mutter jeden Penny, den er verdiente. Für sich behielt er lediglich einen Dollar die Woche und die Essensmarken für die Kantine. Er kaufte Päckchen mit Bull-Durham-Tabak und Zigarettenpapier und verkaufte die fertig gedrehten Zigaretten um einen Penny billiger als die Kantine.

Lem fragte Elliot, ob er einen Lastwagen fahren könne. „Ja, Sir“, lautete die Antwort. Der Gedanke, in die Stadt hinein und wieder aus der Stadt heraus zu können, reizte Elliot. An der Steigung in der Nähe des Camps hatte er einige Schwierigkeiten mit den Gängen, und in einer Haarnadelkurve verlor er fast eine Ladung junger Arbeiter, weil er nicht genügend Tempo hatte und der Lastwagen rückwärts rollte. „Hey, Weyden, wo hast du den Führerschein gemacht?“ Elliot riß am Schalthebel und gab Gas. Er kam heil in der Stadt an, aber er sah blaß und elend aus, als sie vor dem Büro des *Journal* ausstiegen.

Elliot unterschied sich noch in anderer Hinsicht von den übrigen Jungs. Er war von einem lodernden Ehrgeiz getrieben. Es war, als ob ihm die Zeit davonlaufe. Er war der Meinung, eine verpaßte Gelegenheit käme niemals wieder. Das Fieber brannte so stark in ihm, daß er sich nur selten eine Ruhepause gönnte. Er träumte nicht in den Tag hinein, amüsierte sich nicht mit den anderen. Statt dessen las er fieberhaft, als müsse er sich unbedingt noch diesen Monat durch eine ganze Liste von Büchern durcharbeiten. Er war ein Einzelgänger, aber keineswegs unbeliebt. Jock hielt Elliot für die geborene Führernatur. Wenn Jock eine Gruppe Jungs um sich hatte, dann bestimmte Elliots Verhalten das Verhalten der Gruppe. Elliot selbst war zu beschäftigt, um über seine kleinen Erfolge nachzudenken; er neigte nicht dazu, sich selbst zu beobachten.

Am Abend büffelte Elliot für sein Diplom an der High-School. Er und Jock teilten die Liebe zu Büchern, was bis dahin nur Yarrow mit ihrem Großvater verbunden hatte. Eines Abends sah sie die beiden auf der Treppe zur Veranda sitzen, als sie hinausging, um für Laura Wäsche von der Leine zu holen. Elliot sprach über eine seiner Englischaufgaben, ein Buch von Theodore Dreiser. Großvater meinte, er müsse *Babbitt* oder *Der große Gatsby* lesen, um Amerika zu verstehen. Yarrow konnte sich nicht an der Diskussion beteiligen, weil sie zuwenig über das Thema wußte, und es machte sie eifersüchtig, daß ihr Großvater mit diesem schmächtigen jungen Mann zusammensaß, sich an seiner Gesellschaft erfreute und sie einfach ignorierte.

„Komm her zu uns, Yarrow“, sagte Großvater.

„Ich hab’ zu tun.“

Nellie huschte vorbei, und Großvater rief ihr zu: „Nellie, sei ein braves Mädchen und trag die Wäsche ins Haus. Ich möchte mit deiner Schwester sprechen."

Yarrow setzte sich eine Treppenstufe höher als ihr Großvater.

„Elliot lebt in New York", sagte Jock.

„In der Stadt?"

„Nein, außerhalb", antwortete Elliot. Er drehte sich um, sah sie an und lächelte. Seine Stimme war so durchdringend und dunkel wie seine Augen. Es klang irgendwie verschmitzt. „Meine Mutter wohnt noch dort." Er behandelte sie nicht wie ein Kind. Yarrow wurde rot und strich ihr Kleid glatt.

„Warum bist du nicht dort geblieben?"

„Ich habe keine Arbeit gefunden." Er zuckte mit den Achseln. „Meine Mutter und meine Schwester müssen essen."

„Was ist mit deinem Vater? Kann er sie nicht ernähren?"

„Yarrow", sagte Großvater und saugte an seinem Schnurrbart, „das geht dich nichts an."

Elliot zuckte erneut mit den Achseln. Yarrow wußte nicht recht, ob das ein Ausdruck von Lässigkeit war oder ein nervöser Reflex. Er hatte sehr schmale Schultern.

„Mein Vater ist tot." Er lehnte an dem Pfosten der Veranda, eines seiner langen, dünnen Beine ruhte auf dem Boden, das andere auf der Treppe. Sie fragte sich, wie es wohl sein mochte, wenn man jemanden verlor, den man liebte.

„Daß du ihnen deinen Lohn schickst, muß eine große Hilfe für sie sein", meinte Großvater.

„Sie haben sonst nichts", sagte Elliot. „Meine Mutter war Klavierlehrerin, aber jetzt will niemand mehr Klavierstunden nehmen. Mein Vater war Buchhalter."

„Ich kann auch Klavier spielen", sagte Yarrow.

„Warum spielst du uns nicht was vor", sagte Großvater.

Später wünschte Yarrow, sie hätte es nicht getan. Sie klimperte auf den Tasten herum und spürte, wie Elliot sich amüsierte. Als sie zum Essen hineingingen, schaute sie in seine dunklen Augen und fragte sich, ob es irgend etwas gäbe, was sich Elliot Weyden entgehen lassen würde.

Yarrows beste Freundin in der Schule war ein rothaariges Mädchen namens Mary-Ellen. Mary-Ellen nahm Tanzunterricht und spielte Klavier. Yarrows Familie hatte kein Geld für solchen Luxus. Doch sie und Mary-Ellen verstanden sich trotzdem prächtig. Mary-Ellen war ebenfalls die älteste unter ihren Geschwistern. Ihr Vater war Arzt, und das Vorderzimmer, das als Warteraum diente, war immer voller Leute – Leute mit Hexenschuß, Genickstarre und Warzen. Mary-Ellen und Yarrow bedauerten sich gegenseitig, weil sie ein so schweres Leben hatten.

Wenn Yarrow nach der Schule nicht beim *Journal* helfen mußte, ging sie oft zu Mary-Ellen nach Hause. Sie wohnte am anderen Ende der Stadt. Mary-Ellens Mutter war selten daheim; sie ging arbeiten. Das Haus war voller Bücher, die sich mit dem menschlichen Körper beschäftigten, während es bei Yarrow zu Hause nur Bücher über den menschlichen Geist gab.

In der Schule wollte Mrs. Turner mit der siebten Klasse, deren beste Schülerinnen Yarrow und Mary-Ellen waren, ein Stück aufführen: *Pygmalion* von George Bernhard Shaw. Mary-Ellen besaß schauspielerisches Talent. Sie sollte die Eliza spielen, und Yarrow, die keinerlei Begabung für die Bühne hatte, wollte bei den Kostümen und der Beleuchtung helfen, den Vorhang ziehen und bei der Programmgestaltung mittun. Das Problem war die Besetzung der Rolle des Professor Higgins. Keiner der Jungen, die den Part hätten übernehmen können, wollte in dem Stück mitspielen. Eines Tages wurde Yarrow während des Englischunterrichts erwischt, als sie Mary-Ellen einen Zettel zuschob. „Ich weiß, wer den Professor Higgins spielen könnte“, stand darauf. Sie wurde von einer Lehrerin gerügt, die die Vertretung der erkrankten Mrs. Turner übernommen hatte. Später erwähnte die Lehrerin bei der Behandlung von Wörtern mit Vokalkombinationen das Wort „Duo“. Auch Worte wie Trio, Quartett, Quintett und Sextett kamen zur Sprache, und als ein Witzbold fragte, was man hätte, wenn eine Gruppe aus mehr als sechs Leuten bestünde, da rief Yarrow gelangweilt aus: „Ein Orchester.“ Mrs. Turner hätte darüber gelacht, doch Miss Coyle behauptete, sie sei frech. Sie sollte nach der Schule dableiben und hundertmal an die Tafel schreiben: „Ich darf zu meiner Lehrerin nicht frech sein."

„Aber dienstags muß ich bei der Zeitung arbeiten! Können wir es nicht auf einen anderen Nachmittag verschieben?"

Miss Coyle wollte davon nichts wissen.

Yarrow schaute ungeduldig auf die Uhr und dachte an Vater und Großvater. Als Miss Coyle das Zimmer für einen Moment verließ, nutzte Yarrow die Gelegenheit, kletterte aus dem Fenster und erwischte gerade noch den Bus in die Stadt.

Sie fühlte sich ein wenig schuldig, als sie völlig außer Atem das vertraute, unaufgeräumte Büro betrat und das Klippklapp der Setzmaschine vernahm. Doch bald darauf war alles vergessen.

Am nächsten Tag stand Yarrow vor dem Schulleiter und Mrs. McLean wurde hereingerufen. Als ihre Mutter sie fragte, warum sie das getan habe, schaute Yarrow sie verwirrt an. „Du weißt doch, daß die Zeitung zuerst kommt, Mama." Das Ergebnis war, daß die Aufführung des Stücks, das die Mädchen vorbereitet hatten, verschoben wurde und Yarrow die nächsten zwei Wochen in ihrer freien Zeit Schulaufgaben machen mußte.

Im Garten hinter der Platane befand sich eine Schaukel aus Metall. Mit vierzehn war diese Schaukel für Yarrow ein Platz, an dem sie träumen und ihrer Fantasie freien Lauf lassen konnte. Je öfter sie sich in diesem Sommer auf der Schaukel in die Lüfte schwang, desto mehr überließ sie sich ihrer Traumwelt; je höher sie flog, desto mehr geriet sie in Verzückung.

„Was willst du mal werden, wenn du groß bist?" Elliots Frage schreckte sie aus ihren Träumen. Er lag, die Hände hinter dem Kopf verschränkt, im Gras, während Yarrow schaukelte. Er hatte seinen freien Tag.

Die jungen Männer waren gerade dabei, die alten Straßenbahngleise von der Pike's Avenue zu entfernen. Er strich vorsichtig über eine Blase an seinem Daumen. Der Himmel war so klar wie das Schmelzwasser in den Bergen. Über ihnen erhob sich schimmernd der Pikes Peak. Dieser Berg war so hoch, daß man immer meinte, er müsse viel näher sein, als er es in Wirklichkeit war.

Yarrow schwang sich auf der Schaukel wieder hoch hinauf. Abwechselnd zog sie die Beine an und streckte sie wieder. Sie wartete auf das befriedigende, taumelnde Gefühl, wenn man ganz oben war. Sie spürte, wie der Sitz unter ihr wegglitt, dann beugte sie den Körper nach vorn und landete auf dem Boden.

„Ich werde einmal eine Dame, habe viele Babys und trage Handschuhe."

Elliot lachte. „Das ist doch kein Ziel. Das tut man einfach. Ich meine ein richtiges Ziel, zum Beispiel nach dem College. Etwas, womit man Geld verdient."

Yarrow wurde rot. Erst kürzlich hatte sie über ihre Zukunft nachgedacht. Ihre Mutter hatte ihr alles erklärt. Die Fügung in das Unvermeidliche war das Ergebnis von Veränderungen, die in ihrem Körper stattfanden: die sanften Rundungen und die breiter werdenden Hüften, die sie beim Laufen mit den Ellbogen berührte. Ihre Gefühle wechselten wie die Gezeiten. Sie war immer entweder fröhlich oder traurig, aber nie etwas dazwischen, und wenn sie überhaupt einmal an die Zukunft dachte, dann schwebte ihr ein Leben der Gegensätze vor.

Elliot schien auf eine Antwort zu warten, obwohl er sich nicht rührte hatte. Er ist heute erstaunlich ruhig, dachte sie. Er lag steif wie ein Stock im Gras, die Augen waren geschlossen, und auf seiner Brust lag ein aufgeschlagenes Buch.

„Ich könnte Dad helfen", meinte sie. „Aber ich will trotzdem Babys und Handschuhe und andere Dinge haben. Und was ist mit dir, Elliot? Was willst du mal werden?"

„Ich?", sagte Elliot, öffnete die Augen und setzte sich abrupt auf. „Ich werde aufs College gehen, und später werde ich sehr, sehr reich werden."

„Du! Du verdienst doch nur ein paar Dollar in der Woche und schickst alles deiner Mutter. Wie willst du mal reich werden? Du hast ja nicht einmal einen Gürtel in der Hose, sondern nur einen Strick."

„Du wirst schon sehen", meinte er. Er sah so mager aus, und seine spitzen Knie und Ellbogen zeichneten sich unter seiner Kleidung ab. „Eines Tages werde ich einen Ledergürtel tragen."

Er war so gelassen und selbstsicher, daß sie ihn einfach verletzen wollte. Sie mochte nicht von seinen Launen abhängig sein.

„Ja, sicher. Und wie wäre es mit einem Studebaker statt dieses blöden Lastwagens?"

„Auch das. Eines Tages darfst du mitfahren."

„Und wie willst du das alles bezahlen?"

Elliot öffnete ein Auge, streckte seine Hand aus und packte sie am Knöchel. Er tat ihr weh. „Du gehst mir auf die Nerven, kleines Mädchen. Geh ins Haus und spiel mit deinen Puppen."

In diesem Zustand war nicht mit ihm zu spaßen. Manchmal begriff sie einfach nicht, was in seinem Kopf vorging.

Yarrow ging ins Haus, und Elliot blieb still im Gras liegen. Dann zog er einen Bleistiftstummel und ein kleines, abgegriffenes Notizbuch aus der Tasche, schlug eine Seite auf, in die er mit dem Daumennagel einen Kniff gemacht hatte, und fügte einer langen Liste von Dingen folgendes hinzu:

Ein Ledergürtel. Braun.

Ein Studebaker. Groß.

Dann blätterte er das Buch durch und sah sich die anderen Eintragungen an – das Geld, das er seiner Mutter nach Hudson schickte, den Zeitplan, den er für die Zukunft aufgestellt hatte, die Bücher, die er noch lesen wollte. Dann steckte er das Notizbuch behutsam zurück in die Brusttasche seines Hemdes und knöpfte sie zu. Er stand auf und ging zum Haus nebenan, wo ihm die Witwe einen Dollar fünfzig versprochen hatte, wenn er ihr das Holz hacke und aufstapele. Als Yarrow zurückkam, um ihn zu fragen, ob er mit ihnen zu Abend essen wolle, war er bereits fort.

In der Woche, in der Yarrow zur Frau wurde, saß sie an einem öden Tag an dem Schreibtisch am Eingang. Ein Landstreicher kam ins Büro und fragte, ob er eine Kleinanzeige aufgeben könne. Yarrow gab ihm das Formular zum Ausfüllen, und er setzte sich auf die Holzbank am Fenster, die Zeitung der vergangenen Woche auf dem Schoß. Er brauchte anscheinend ziemlich lange, doch Yarrow dachte sich nichts dabei. Nach einer Weile stand sie auf und schaute über den Tisch. Die Zeitung lag auf dem Boden, und was sie in seiner Hand sah, hielt sie für einen Gummiknüppel. Yarrow wußte zuerst nicht, was das sein könnte, doch dann erinnerte sie sich daran, was Mary-Ellen ihr einmal über fiese alte Kerle und ihr Ding erzählt hatte. Sie stand nur sprachlos da. Dann kam Großvater vom Metteurtisch herüber und rieb sich den Rücken. Er begriff sofort, was los war, rief etwas, das gälisch klang, und jagte den Landstreicher, mit der rechten Hand ein Setzschiff schwingend, aus dem Büro. Yarrow erschien es merkwürdig, daß so etwas gerade in der Woche passierte, in der sie zum ersten Mal ihre Monatsblutung hatte, als ob die Männer wüßten, daß sie jetzt eine Frau war. Und Yarrow veränderte sich tatsächlich, obwohl sie selbst es nicht wahrnahm.

6

Nach Erics Geburt war Freya füllig geworden. Es störte sie nicht, weil sie längst alle Eitelkeit abgelegt hatte. Vor Harolds Tod hatte sie sehr auf ihr Äußeres geachtet. Als sie nach Platte City kamen und sie die jungen Frauen mit ihren schicken kurzen Haaren sah, überlegte sie, ob sie sich nicht auch die Haare abschneiden lassen sollte. Sie trug noch immer die Flechten ihres dichten honigfarbenen Haares um den Kopf gewunden. James ließ die Zeitung sinken, sah sie über den Rand seiner Brille an und meinte: „Nur über meine Leiche." Sie schaute Yarrow an, lachte und sagte: „Man könnte meinen, es ginge um seine Haare." Doch sie ließ sich die Haare nicht schneiden, und Yarrow fragte sich, ob die Haare ihrer Mutter womöglich ihrem Vater gehörten.

Ein- oder zweimal zog James Freya wegen ihres Leibesumfangs auf, doch sie tat die Neckerei mit einem Achselzucken ab. Sie fühlte sich wohl. Ihre Fülle verlieh ihr Stärke; was die Betreuung der Kinder und des Haushalts sowie die Erledigung ihrer eigenen Angelegenheiten betraf, war ihre Energie ungebrochen. Ihre Liebe zu James verwandelte sich in mütterliche Zuneigung und Nachsicht. Sie schliefen jetzt nur noch selten miteinander. Freyas mangelnde Eitelkeit gab einer Art universeller Liebe Raum. Je mehr sie sich damit beschäftigte, wie sie anderen helfen könnte, desto weniger sah sie, was direkt vor ihrer Nase passierte.

‚James' Kumpel', wie sie seine Freunde nannte, kamen zu jeder Tages- und Nachtzeit vorbei, um zu essen und zu trinken, oder auch nur um zu reden. Freya arbeitete entweder im Elternbeirat mit oder engagierte sich in einem Komitee, das Geld für ein Kinderkrankenhaus sammelte. Sie saß unentwegt entweder am Eßzimmertisch, in der Küche oder sogar im Schlafzimmer, unterhielt sich mit irgendwelchen Frauen und stillte dabei Eric. Manchmal waren nicht einmal genügend Sitzgelegenheiten vorhanden. James war der Meinung, der

Junge sei schon zu alt, um noch gestillt zu werden, aber Freya fühlte, daß Eric ihr letztes Kind war, und erklärte, daß ihr das Stillen Spaß mache.

Doch auch James war nicht ganz schuldlos daran, daß ihr Leben auseinanderdriftete. Er wurde immer schweigsamer. Für seinen Beruf als Redakteur war es nützlich, daß er zuhören konnte; doch als Vater führte seine Schweigsamkeit zu immer größerer Distanz zu seiner Familie. Das *Journal* nahm ihn völlig in Anspruch. Er hielt sich über die neuesten Entwicklungen auf dem laufenden und informierte sich über Druckpressen und Setzmaschinen, die den großen Zeitungen angeboten wurden. Er schrieb die Leitartikel und die meisten Texte und übernahm auch noch die Arbeit des Mannes an der Linotype-Setzmaschine, wenn dieser krank war. Er las Korrektur, sammelte die Anzeigen, besorgte das Papier und die Druckerschwärze, saß bis spät in die Nacht hinein über seiner Abrechnung und schlief neben Freya ein, noch ehe sie das Licht ausgemacht hatte.

Sie waren wie zwei Bäche, die, scheinbar parallel, unmerklich in verschiedene Richtungen flossen. Yarrow bemerkte dieses Auseinanderdriften, doch sie betrachtete den schmalen Streifen Land dazwischen als kontinentale Wasserscheide.

Freya und James wurden immer mehr ins öffentliche Leben integriert. James gehörte nun ohne sein Zutun zur besseren Gesellschaft von Platte City. Wie Jock vor ihm, mußte er feststellen, daß man als Inhaber einer Zeitung stets auch ein Teil des gesellschaftlichen Lebens einer Stadt war. Als die wirtschaftliche Flaute vorüber war, unterstützte er die Anstrengungen im Hinblick auf Wohlstand, Wachstum und Bürgerstolz: den Bau von Schulen, Krankenhäusern, Kirchen, die Einrichtung einer Kunstgalerie und eines Konzertsaales. All das bildete den Lebensnerv der Stadt, und ohne es gab es keine Stadt, keine Gemeinde, keine Geschäfte und keine Zeitung.

Eines Tages erhielt James im Büro einen Anruf. Yarrow tippte an diesem Nachmittag gerade einen Artikel auf der Schreibmaschine.

„Morty, was kann ich für dich tun?" Morty war ein Freund, ein Mitglied des Gemeinderats.

„James", Mortys Stimme versagte. „Es geht um meinen Sohn. Er ist letzte Nacht verhaftet worden. Der Unfall mit Fahrerflucht..."

„Das tut mir leid, Morty." James wußte, was jetzt kam. Ein leichtes Ziehen machte sich in seinem Magen bemerkbar.

„James, ich bitte dich nur um eins. Drucke diese Geschichte nicht." Morty versagte erneut die Stimme. „Es würde meine Mutter umbringen. Sie hält große Stücke auf meinen Jungen. Bitte."

James schloß die Augen und preßte seine Finger gegen die Schläfe, daß eine tiefe Falte in seiner Stirn entstand.

„Morty", sagte er leise, „das kann ich dir nicht versprechen."

Es gab eine Pause, dann wurde der Hörer aufgelegt. Yarrow tippte weiter.

Der Artikel erschien. Es war eine große Sache für eine Kleinstadt, wo jeder jeden kannte. Seitdem schnitten der Mann und seine Familie die McLeans, wo immer sie sich begegneten. Freya war sehr verletzt, und Nellie ärgerte sich. Alle Kinder aus ihrer Klasse waren zu der Party von Mortys Kindern eingeladen worden, nur sie stand stand nicht auf der Gästeliste. James erklärte seiner Familie, das sei der Preis, den sie bezahlen müßten, wenn sie Zeitungsleute sein wollten.

James' dringlichstes Problem war, die Auflage des *Journal* zu erhöhen. *Journal* und *Record* lagen ungefähr gleichauf. Jock konnte immer noch nicht begreifen, wie Max den *Record* am Leben erhielt. Doch Max war in Gelddingen schon immer clever gewesen, und irgendwie schaffte er es, daß seine Zeitung täglich als Konkurrenz zu ihrer erschien.

James verdoppelte seine Anstrengungen, seine Zeitung aufzubauen, nachdem die Wirtschaft der Stadt durch die schlimmsten Jahre der Depression ins Wanken geraten war. Er holte Redakteure und Besucher von außerhalb in die Stadt und warb um Inserenten. Er beschränkte seine Arbeit nicht nur auf sein Büro, sondern dehnte sie auch auf sein Familienleben aus, brachte Besucher mit nach Hause zum Essen, während Freya im Obergeschoß bei einer Tasse Kaffee eine weinende Frau tröstete, die zu ihr gekommen war, um wegen eines treulosen Ehemannes oder eines ungezogenen Kindes ihr Herz auszuschütten. Freya klopfte ihr ermutigend auf die Schulter und sagte: „Ich bin gleich wieder da." Dann ging sie die Treppe hinunter und servierte mit einer Hand Essen, während sie Laura mit der anderen Anweisungen gab.

Manchmal war das alles zu viel für Yarrow. Sie brauchte Platz für sich und kannte bereits ein paar Winkel im Haus, in die sie sich zurückziehen konnte. Eines Tages nahm sie die Daunendecke von ihrem Bett und setzte sich mit ihrem Buch – einem Roman von Philomena Smart mit dem Titel *The Passionate Embrace* – im Schlafzimmer ihrer Eltern hinter dem Vorhang auf die Fensterbank. Sie zog die Enden der Daunendecke fest um ihre Schultern und versank in ihrer eigenen Welt.

Kaum hatte sie den Lärm ausgesperrt, da öffnete sich die Tür zum Schlafzimmer. Sie drückte sich an die Wand, um nicht entdeckt zu werden. Dann hörte sie die Stimme ihres Vaters. Er hatte den Telefonhörer abgenommen und eine Nummer gewählt. Er fragte nach Mrs. Truitt. Eine Weile herrschte Schweigen, dann hauchte er mit sanfter Stimme ins Telefon: „Fabiana."

Yarrow fror plötzlich in ihrem Versteck. Doch es war zu spät. Jetzt konnte sie sich nicht mehr bemerkbar machen. Ihr Vater lachte leise – ein jugendliches Lachen, und in Yarrow stieg ein Gefühl der Eifersucht auf. Yarrow hörte, wie ihr Vater seufzte und den Hörer auflegte. Ihr Vater mußte ein Verhältnis mit Fabiana haben. Was sonst konnte das bedeuten?

Yarrow starrte auf den Umschlag ihres Liebesromans. Ausgerechnet mit Fabiana, der Frau mit den häßlichen Narben! Fabiana konnte doch nicht meinen, sie sei schön? Yarrow ließ das Buch in ihren Schoß sinken und überlegte, wie harmlos doch die Handlung im Vergleich zur Wirklichkeit sei.

Als sie sicher war, daß ihr Vater fort war, schlich sie aus dem Zimmer und stieß mit Elliot zusammen, der gerade den kleinen Eric auf den Schultern herumtrug.

„Was ist los", fragte er.

In diesem Moment kam ihre Mutter unten zur Tür herein, und beim Klang ihrer Stimme, brach Yarrow in Tränen aus. Obwohl Erics kräftige Beinchen im Weg waren, legte Elliot den Arm um sie und versuchte sie zu beruhigen, aber das machte alles nur noch schlimmer.

„Patience legen ist die falsche Bezeichnung", meinte Großvater. Er legte seinen Kugelschreiber beiseite und sah zu, wie Elliot und die Mädchen ihre Karten mischten.

„Los“, sagte Elliot, und sie legten ihre Karten in Reihen auf den Boden. Elliot kniete auf einem Bein, als wäre er notfalls bereit loszusprinten. Nellie saß im Schneidersitz und Greta lag auf dem Bauch. Yarrow kniete am Boden und knallte eine Karo Zwei auf ein As, das Elliot hingelegt hatte.

„Ich habe es nicht gesehen“, sagte Nellie, die mit ihrer Karte zu spät kam.

Yarrow und Elliot mischten schnell ihre Karten. Eins, zwei, drei, schnippschnapp, eins, zwei, drei, schnippschnapp.

„Knickt die Karten nicht“, sagte Greta und warf ihr blondes Haar über die Schultern.

Elliots Hände flogen über die Karten. Yarrow betrachtete seine Karten und ihre. Sie hatte einen Herzbuben, die Herzdame und den Herzkönig. Plötzlich schlug er eine Herz Zehn auf. Yarrow sprang auf, legte mit beiden Händen ihre Karten auf den Stapel mit den Herzkarten. Doch Elliot war schneller und schob seinen König unter ihre Finger.

„Du hast gemogelt“, sagte Yarrow.

Elliot lachte, als Yarrow versuchte, ihre Karten unter seinen König zu schieben.

„Oh, die spielen nie ehrlich“, sagte Nellie. Sie betrachtete das Durcheinander und warf ihre Karten auf den Boden. Greta hatte bereits aufgegeben.

Großvater nahm das Blatt Papier zur Hand. „Und ich schreibe diesem Menschen gerade, was für ein ehrlicher und reifer junger Mann du bist.“

Yarrow und Elliot mußten anscheinend immer streiten. Und wenn sie zusammen waren und sich einmal nicht stritten, dann wurde er übertrieben höflich, und sein vornehmes Getue machte Yarrow wütend.

„Du bist doch nur ein paar Jahre älter als ich.“

„Ich bin neunzehn. Ich bin schon ein Mann – du bist noch ein kleines Mädchen.“

„Ich bin vierzehneinhalb.“

„Warum bist du dann so gereizt? Ich habe doch nur gesagt, daß ich glaube, daß Greta unter Angstzuständen leidet.“

„Angstzustände? Was meinst du damit? Nur weil sie die Schule geschwänzt hat ..."

„Du bist wie ein Palisadenzaun", meinte er.

„Was?"

„Ein Palisadenzaun. Wenn der Moment kommt, wo du meinst, jemand kritisiere deine Familie, willst du sie alle hinter den Palisaden in Sicherheit bringen."

„Was ist daran falsch? Wenn ich Kritik üben will, dann werde ich es tun. Du hast kein Recht dazu. Ich werde meine Familie bis aufs Messer verteidigen."

„Ich will deine Familie nicht herabsetzen. Ihr seid zu gut zu mir gewesen, aber du mußt doch merken, daß Greta irgendwie einen verlorenen Eindruck macht. Ihr seid alle sehr beschäftigt. Keiner hat Zeit, sich um sie zu kümmern, obwohl sie Hilfe braucht."

„Siehst du? Du gibst es zu. Du kritisierst herum."

„Ich kritisiere nicht herum. Ich möchte mich nur ernsthaft mit dir darüber unterhalten, daß Greta allen Dingen aus dem Weg geht."

Der Vergleich mit dem Palisadenzaun hatte Yarrow verletzt. Doch Elliot war ebenso leicht in Rage zu bringen. Auch er baute Barrikaden um sich auf, wenn ihm Leute zu nahe kamen. Yarrow horchte ihn gerne aus, und er reagierte dann sehr schroff. Er konnte es nicht ertragen, wenn man sich über seine Pläne lustig machte. Zuerst lachte er nur, doch dann erschien ein drohendes Funkeln in seinen Augen.

„Du bist wie ein Schirm", warf sie ihm an den Kopf.

„Yarrow!" sagte Freya, die ihnen zugehört hatte.

„Du bist schön zusammengelegt, bis sich dir jemand nähert, und dann geht der Schirm plötzlich auf und man muß sich ducken, damit man nicht von den Enden der Speichen aufgespießt wird."

Elliot war überrascht. Die Analogie zu seiner Analyse war einfach zu treffend.

Gegen Ende des Sommers erklärte Freya auf einmal, daß sie es im Tal nicht länger aushalten könne. Sie wollte in die Berge und wieder frische Luft atmen. Es war ein sehr heißer und trockener Sommer gewesen, und so gerne James auch mitgegangen wäre, er konnte nicht weg. Er und Großvater mußten dableiben, aber er bestand darauf, daß Elliot Freya und die Kinder begleite, falls es Schwierigkeiten gebe. Er sprach mit Lem über Elliots Abreise, und die Familie fuhr mit dem alten Chrysler los. Der Wagen war mit einer kompletten Campingausrüstung und Essen vollgepackt. Die Vorräte hätten für eine kleine Armee gereicht.

Sie fuhren über den Independence-Paß hinunter in das Tal von Galena. Auf der ganzen Fahrt erzählten Freya und die Kinder Elliot Geschichten von früher, von der Silbermine, von der *Gazette* und von Mollie McLean, die bei der Geburt von Yarrows Vater gestorben war. Sie brachten Laura zum Haus ihrer Eltern, und während Freya mit hineinging, um einen kurzen Besuch zu machen, zeigte Yarrow Elliot ihr altes Haus. Sie besichtigten, was von der Stadt noch übrig war, und Yarrow borgte sich den Schlüssel zum Büro der *Gazette.*

„Es ist irgendwie traurig", meinte er, als sie das staubige Büro betraten, wo einem noch immer der Geruch von Druckerschwärze in die Nase stieg.

„Mir gefällt es hier", sagte Yarrow. Sie saß auf dem Metteurtisch und baumelte mit den Beinen. „Ich spüre, daß es ein Teil von mir ist."

Elliot sah sie an, als sie ihr üppiges, widerspenstiges Haar aus der Stirn strich.

„Ich wünschte", sagte sie, „ich wäre dabeigewesen, als Großvater hierherkam. Ich wünschte, ich wäre an Mollies Stelle gewesen und hätte diesen Ort gekannt, als alles anfing."

Er ging zu ihr und ergriff ihre Hand. Sie entzog sie ihm, doch ihre Augen hielten seinem Blick stand.

Sie sprang vom Tisch herunter. „Mama wird sich schon wundern, wo wir stecken."

Später fuhren sie zur Hütte hinauf und packten ihre Sachen aus. Es war zu schön, um nach drinnen zu gehen. Deshalb kampierten sie unter dem Sternenhimmel. Elliot machte Feuer, und sie aßen geröstete Marshmallows und verbrannten sich die Zunge daran. Als die Kinder nach dem Essen in ihren Schlafsäcken lagen, erzählte Freya ihnen eine Geschichte.

„Es war einmal eine Göttin, die in einen Baum verwandelt wurde, weil sie etwas sehr Schlimmes getan hatte. Zur Strafe, weil sie ihr Wort gebrochen hatte, mußte sie für immer mit erhobenen Armen inmitten einer Lichtung im Wald stehen. Nach vielen Jahren nistete sich eine Eule in ihren Zweigen ein. Es war ein schöner Vogel, und er hatte eine Spannweite von mehr als einem Meter. Tag für Tag schlief er in ihren Zweigen, und bei Nacht jagte er Mäuse und andere kleine Tiere. Jedesmal brachte er seine Beute mit seinen großen schwarzen Greifern zurück und verspeiste sie im Laub des Baumes. In dieser Zeit erzählte die Göttin ihm ihre Lebensgeschichte, und er berichtete ihr, was er auf seinen Streifzügen gesehen hatte. Eines Tages gingen zwei Verliebte durch den Wald und kamen zu dem prächtigen Baum, der ja in Wirklichkeit die Göttin war. Sie ließen sich unter seinem Blätterdach nieder, und die Göttin hörte all ihre zärtlichen Worte und Versprechungen. Sie versuchte sie zu warnen, doch statt ihrer Worte hörten die Liebenden nur das Gewisper in den Zweigen. Die Eule befahl ihr, still zu sein, und der Befehl klang wie ein ‚Huu, huu.'"

Die Kinder machten im Dunkeln „Huu, huu".

„Der Baum bat die Eule, dem jungen Paar zu folgen, denn die Göttin wollte wissen, was aus den beiden werden würde. Darauf flog die Eule davon und kehrte nicht zurück. Als drei Monate vergangen waren, fragte sie den Wind, ob er etwas von dem Vogel gehört habe, doch der Wind verneinte. Nach weiteren drei Monaten fragte sie den Mond, ob er ihre Freundin gesehen habe, doch der Mond antwortete, er habe viele Eulen gesehen. Wie solle er da eine von der anderen unterscheiden? Im neunten Monat fragte sie einen Adler, der vorüberflog, ob er die Eule gesehen habe. Als auch er ihre Frage verneinte, wollte sie verzweifeln. In derselben Nacht kam ein gewaltiger Sturm auf, und sie fühlte sich so einsam, daß sie den Blitz zu sich einlud. Er nahm ihre Einladung an, und bei seinem Besuch spaltete er sie in zwei Hälften. Am nächsten Morgen kam die Eule zurück. Sie war weit herumgekommen, und nun kam sie zu spät. Als sie ihren Freund, den Baum, suchte, fiel ein langes weißes Band von einem Babyschuh aus ihren Greifern. Es fiel hoch vom Himmel. Man kann es noch heute in den Federwolken über den Bergen erkennen."

„Das ist so traurig, Mama", sagte Yarrow. „Ist das eine von den Geschichten, die dir dein Vater erzählt hat?"

„Nein", antwortete Freya. „Ich habe sie mir selbst ausgedacht."

Yarrow drehte sich in ihrem Schlafsack um und schaute nach

Elliot. Er lag nur ein paar Zentimeter von ihr entfernt in seinem Schlafsack. Seine Augen waren geschlossen, und seine Hand lag geöffnet und wehrlos im Gras. Bei diesem Anblick überkam Yarrow eine Woge von Zärtlichkeit. Sie hatte ihm ihre Hand entzogen, obwohl sie damals der Meinung gewesen war, seine Hand sei das Wärmste auf der Welt. Sie dachte an ihren Vater und an ihre Mutter; wie James manchmal in die Küche gekommen war, wenn ihre Mutter am Spülbecken oder am Herd stand, und seine Arme um sie gelegt hatte und wie Freya sie abschüttelte oder wegnahm und dabei verlegen nach den Kindern schaute. Yarrow sah das Gesicht ihres Vaters vor sich und wie er seine Arme sinken ließ und hinausging. Elliot seufzte im Schlaf, und Yarrow ließ ihre Finger über das Gras zu seiner Hand hinübergleiten. Sie wollte seine Hand unter die Decke stecken, damit er nicht friere. Sie berührte sein Handgelenk und legte ihre Finger in seine Handfläche. Seine Finger schlossen sich sanft um die ihren. Sie betrachtete im Schein des Feuers sein Gesicht. Seine Augen waren geöffnet. Er lächelte, und Yarrow spürte, wie ihr Herz schlug, aber sie zog ihre Hand nicht weg, und bald darauf schloß sie die Augen und schlief ein.

Die folgenden Tage erschienen Yarrow wie ein Traum. Es war warm, und die Sonne schien, und sie, Elliot und die Kinder liefen über Wiesen mit meterhohem Wiesenkerbel. Wenn sie sich völlig außer Atem und schwindlig von der Sonne und dem süßen Duft ins Gras fallen ließen, lauschten sie dem Zwitschern der Vögel, beobachteten, wie die Falken am Himmel ihre Kreise zogen, und entdeckten im Schatten unter dem Gras den Ansatz von Roggenhalmen, von dunkelblauem Eisenhut und Glockenblumen, von lila Rittersporn und Lupinen.

Eines Tages sagte Elliot inmitten von gelb-orangefarbenen Astern und Sonnenhut: „Ich liebe dich."

„Ich liebe dich", wiederholte er.

„Wie kannst du sowas sagen?" Sie lachte ihn aus.

„Ich weiß es einfach", meinte er, legte sich ins Gras und verschränkte die Hände hinter dem Kopf. Sie kitzelte seinen Hals mit einem Grashalm. Er stützte sich auf einen Ellbogen. „Du mußt auf mich warten. Du weißt, daß ich fort muß."

„Warum?"

„Es gibt noch viel für mich zu tun. Außerdem wirst du erwachsen sein, wenn ich zurückkomme."

Freya saß mit Eric bei der Hütte auf einer Decke und las ihm etwas vor. Sie lehnte gegen einen Baumstamm und sah, wie ihre Tochter und Elliot über die Wiese zurückgelaufen kamen. Sie beobachtete, wie Elliot Yarrow einfing und zu sich herumwirbelte und wie die langen dunklen Haare ihrer Tochter wie ein Vorhang hin und her schwangen. Freya sah Elliots Gesicht. Yarrow wird erwachsen, dachte Freya, aber nicht so schnell, wie Elliot es gern hätte. Freya wollte mit Jock reden, daß er Elliot in Platte City mehr einspannte. An diesem Abend legte sie ihren eigenen Schlafsack zwischen die beiden.

„Mr. McLean! Mr. McLean!"

Elliot kam mit wehender Jacke und roten Wangen in das Büro der Zeitung gestürzt. Yarrow hob den Blick. Nach all den Versprechen des Sommers hatte sie Elliot seit ihrer Rückkehr kaum zu Gesicht bekommen. Zuerst war sie verwirrt und verletzt gewesen, dann verärgert und zeigte sich schließlich arrogant.

Es war Spätherbst, und die Stadt hatte bereits ihren ersten Blizzard hinter sich. Yarrows Vater blickte von seiner Schreibmaschine auf; er war durch die plötzliche Störung aus dem Konzept geraten. Seit dem Sommer waren die Auflagenhöhe und die Zahl der Anzeigen gestiegen. Seine Zeitung warf nun einen kleinen Profit ab, und er war mit seinen Zahlungen an Fabiana Truitt nicht in Verzug geraten. Statt der Unmenge von Briefen, die früher aus New York eintraf, hörte man nun seltsamerweise nichts mehr. Und in gewisser Weise war er froh darüber.

Auch die kleinen Anzeichen des Wohlstandes, die sich in der Stadt bemerkbar machten, beruhigten ihn – das fragile Skelett eines neuen Gebäudes, das in der Nähe des alten Straßenbahndepots emporwuchs, oder die Eröffnung eines Damenhutgeschäfts neben der Bäkkerei. Und es kamen keine Jungs mehr unter die Räder von Güterzügen. Diese positiven Anzeichen ermutigten ihn, freitags eine sechzehnseitige Ausgabe herauszugeben. Das bedeutete, daß in zwei Arbeitsgängen gedruckt werden mußte und danach die ganze Familie die Seiten von Hand einfügt. James hatte einen Arbeiter eingestellt, der mithalf, Papier in die Presse zu legen und wieder herauszunehmen. Außerdem hatte er zugestimmt, daß Elliot versuchte, Inserenten zu werben. Elliot schien mehr Zeit außerhalb als innerhalb des Camps zu verbringen. James fragte sich, welche Ausreden er wohl seinen Vorgesetzten auftischte.

„Nun, was ist es diesmal?"

„Mann, ich habe gute Neuigkeiten", sagte Elliot und warf eine abgenutzte Aktentasche auf James' Schreibtisch.

Yarrows Vater streckte die Hände aus, um seinen Text zu retten.

„Hast du ein paar Anzeigenseiten verkauft, Elliot?"

„Ja und nein. Ich war im Holzlager und habe Anzeigenmaterial für die morgige Ausgabe gesammelt, und da war einer, der hat Rohrleitungen gekauft. Ich habe mich mit ihm unterhalten, und ich sage Ihnen, Mr. McLean, der Kerl ist ein Genie. Er stellt Zubehörteile für Maschinen her. Er hat in New York und Chicago gearbeitet, und er weiß alles über Goss-Pressen. Soviel ich sehe, haben Sie mit dieser Presse vor allem zwei Probleme. Ich bin kein Mechaniker, aber ich habe Sie beobachtet. Sie müssen die Zeitung schneller drucken, um sie unter die Leute zu bringen. Das würde die Auflagenhöhe steigern. Die Comet-Presse arbeitet langsam. Und außerdem kostete es eine Menge Zeit, die Walzen auszuwechseln."

Elliots Freund hatte eine genaue Wiedergabe der Comet-Presse gezeichnet, und an dem Ende, wo die Achse für die schwere Zeitungspapierrolle angebracht war, hatte er einen Eisenständer entworfen, der drei Rollen auf einmal halten konnte. Die Rollen konnten ausgewechselt werden, wenn das Papier der laufenden Rolle zu Ende ging. Das ganze funktionierte nach einem vereinfachten Prinzip der Rollenrotationspresse.

„Was halten Sie davon?"

James lehnte sich so weit mit seinem Stuhl zurück, daß sich die Laufrollen drehten. „Das ist keine neue Idee, Elliot. Und für unsere Bedürfnisse ist das Ganze eine Nummer zu groß. Das ist was für eine große Zeitung, aber nicht für das *Journal*."

Doch Elliots Begeisterung war nicht so leicht zu erschüttern. „Plan B", sagte er und zog noch ein Blatt Papier aus der Tasche.

James lachte.

„Okay. Plan B. Das Falzen. Wenn Sie in diesem Büro etwas dringend brauchen, dann ist es eine Falzmaschine. Wir haben letzte Woche sechs Stunden gebraucht, um das Papier zu falzen und die Seiten zu sortieren. Wir können eine Falzmaschine bekommen."

„Elliot, ich kann mir keine Falzmaschine leisten."

„Sie können. Ich habe eine gefunden. Mein Freund sagt, beim *Golden Republican* ist eine zu haben. Sie wird seit letzten Samstag nicht mehr gebraucht. Er hat sie sich angesehen und kann sie auf die Comet-Presse umstellen."

„Wieviel soll sie kosten?"

„Nennen Sie Ihren Preis. Sie steht einfach ungenutzt herum. Das meiste wird es kosten, sie vom *Golden Republican* hierher zu transportieren. Sind Sie interessiert?"

„Ich bin interessiert", sagte James und ließ seinen Stuhl wieder nach vorn kippen.

„Zuzüglich einer kleinen Provision für meinen Freund und mich."

„Provision?" sagte Yarrow.

„Das kommt nicht in Frage, Elliot", sagte James und spannte neues Papier in die Schreibmaschine.

„Nein. Hören Sie zu." Elliot legte seine Hand auf die Walze, so daß James nicht schreiben konnte, und fing an, ihn mit Zahlen und Fakten zu überhäufen und von Geschwindigkeit und Kosten zu sprechen. Yarrow hörte verblüfft zu. Sie hatte seit ihrer Kindheit für ihren Vater und ihren Großvater gearbeitet. Ihr Blut war mit Druckerschwärze vermischt, und da kam auf einmal dieser Elliot, der in den vergangenen zwei Jahren in diesem Büro ein und aus gegangen war, und beschäftigte sich mit technischen Einzelheiten, deren sie sich noch überhaupt nicht bewußt geworden war.

„Mr. McLean", sagte er, „es ist ein gutes Geschäft. Eine Gelegenheit, die Sie sich auf keinen Fall entgehen lassen dürfen. Wissen Sie, daß der *Record* überall in der Stadt seine Anzeigenpreise senkt?"

„Woher weißt du das?"

„Das ist allgemein bekannt. Überall, wo ich hinkomme, um Anzeigen zu verkaufen, kommt der *Record* nach mir und unterbietet mich. Sie haben Angst, Mr. McLean, und wenn wir sie mit unserem Ausliefertermin schlagen können, sind sie noch in diesem Jahr aus dem Geschäft. Sie können es sich einfach nicht leisten, keine Falzmaschine anzuschaffen."

„Okay, okay. Ich werde mit deinem Freund reden. Und du findest inzwischen heraus, wieviel sie tatsächlich kostet."

„Und fünf Prozent?"

„Wir wollen erst mal sehen, was sie kostet."

„Abgemacht."

Elliot nahm seine Aktentasche und wickelte sich den Schal um den Hals.

„Du siehst hübsch aus, Yarrow", meinte er augenzwinkernd.

„Ah, wirklich", sagte sie so kühl wie möglich.

Er war schon halbwegs aus dem Büro, als James ihm nachrief: „Ich habe nur gesagt, daß ich mit dem Mann reden werde."

Elliot winkte ihnen durchs Fenster zu, und seine Augen leuchteten.

„Er hat schon immer gesagt, er würde einmal reich werden", sagte Yarrow.

„Ja, aber nicht durch mich, hoffe ich." James schüttelte den Kopf und schaute sie über den Rand seiner Brille hinweg an. „Ich glaube nicht, daß diese Stadt für ihn groß genug ist."

Yarrow wurde rot, als der Blick ihres Vaters sie traf. „Ich glaube es auch nicht." Sie ging an ihren Schreibtisch zurück und holte die Schere hervor.

Die Stimme ihres Vaters klang gedämpft: „Hast du was dagegen, Liebling?"

„Natürlich nicht. Ich wünschte, du würdest endlich begreifen, daß ich nicht in ihn verliebt bin oder sowas."

Yarrow begann wie wild zu schneiden und zu kleben. Ihr Vater fing wieder an zu tippen, und sie murmelte: „Ich werde mit Sandy Heartland ausgehen."

„Was hast du gesagt, Liebling?"

„Ich werde mit Sandy Heartland ausgehen", rief sie und strich eine Strähne ihres dichten schwarzen Haares zurück. Warum war ihr Vater nur so schwer von Begriff?

Sandy Heartland besuchte die Abschlußklasse der Platte City Highschool, und seine Schwester Anita war eine Mitschülerin von

Yarrow. Anita, Yarrow und Mary-Ellen hatten Auszeichnungen bekommen und besuchten gemeinsam einige Kurse für Fortgeschrittene. Yarrow hatte Anitas Bruder bei ihnen zu Hause kennengelernt, als sie sich dort mit Anita auf eine Prüfung vorbereitete.

Sandy hatte gerade den Führerschein gemacht, und mit viel Schmeichelei und gutem Zureden schaffte er es von Zeit zu Zeit, daß sein Vater seinem einzigen Sohn erlaubte, mit seinem Auto zu fahren. Es war ein klappriger alter Buick, der im Winter die meiste Zeit in der Garage stand. Sandy hatte Yarrow gefragt, ob sie mit ihm in die Stadt fahren und sich in der Nachmittagsvorstellung den neuen Film der Marx Brothers anschauen wolle. Freya sagte, sie könne mitfahren, vorausgesetzt, Nellie käme mit.

Greta stand am Wohnzimmerfenster und hielt Ausschau. Es war Yarrows erste Verabredung mit einem jungen Mann, und nach Gretas Aufregung zu urteilen, hätte man meinen können, sie sei es, die abgeholt werde. Sie hörte das Auto als erste; es machte einen Krach, als ob der Auspuff undicht wäre.

„Dein Freund ist da“, rief sie.

Wie immer war Yarrow zu spät nach Hause gekommen und war noch nicht fertig. Sie unterhielt sich in der Küche mit ihrer Mutter und hatte ihren kleinen Bruder auf dem Schoß. Eric wühlte mit seinen Fingern in ihren Haaren.

„Ma, was soll ich nur anziehen? Ich kann doch nicht so ausgehen! In einem Buick!“

„Ich sehe nicht ein, warum nicht. Aber kämme dir bitte die Haare, Yarrow. Sie sehen immer so unordentlich aus.“

„Er wendet schon den Wagen vor dem Haus“, rief Greta.

„Ma!“ jammerte Yarrow und setzte Eric von einem Bein auf das andere. Er faßte wieder mit den Händchen in ihre Haare.

„Na gut, nimm meine Seidenbluse, wenn du willst, aber schütte nichts darüber.“

„Oh, danke, Ma. Hier, Nellie, nimm Eric. Ich glaube, er wiegt bald eine Tonne.“ Eric kroch wie eine große Schnecke von einer Schwester zur anderen. Dann ging die Türglocke. Freya und die Kinder marschierten zur Vordertür, um Sandy Heartland zu begrüßen. Er war sehr groß, hatte ein breites, hübsches Gesicht, eine gerade Nase und ein Grübchen im Kinn. Alle waren der Meinung, er werde ein Sportstipendium fürs College bekommen. Großvater behauptete jedoch, nachdem er ihn einmal in der Schule gesehen hatte, daß etwas mit seinen Augen nicht stimme; sie lägen zu eng beieinander.

Sandy schüttelte Freya die Hand und verbeugte sich förmlich, wobei seine blonden Haare nach vorne fielen. Dann strich er sie sorgsam zurück.

Die drei Kinder saßen im Wohnzimmer und musterten ihn, während ihre Mutter ihm ein Glas Saft holte. Nellie sprach als erste.

„Meine Schwester", sagte sie, „hat in Wirklichkeit eine Glatze. Sie ist völlig kahl. Lassen Sie sich nicht von all den Haaren täuschen."

„Nellie, das stimmt doch gar nicht", sagte Greta.

„Es ist sehr traurig. Sie mußte eine Medizin einnehmen, und danach sind ihr alle Haare ausgegangen." Nellie hatte eines der medizinischen Bücher gelesen, die Yarrow von Mary-Ellen mitgebracht hatte. Greta versuchte, Nellie gegen das Schienbein zu treten, aber Nellie brachte ihre Beine rasch in Sicherheit.

„Normalerweise hat sie zu Hause einen Turban auf, aber wenn sie ausgeht, trägt sie eine Perücke."

Sandy Heartland fuhr sich mit dem Finger in den Kragen. „Wie interessant."

„Haben Sie schon unsere Kusine Clara kennengelernt? Sie ist Pazifistin", erklärte Nellie. Sie hatte das Wort nachschlagen müssen, als sie es zum erstemal hörte. „Ich bin auch Pazifistin."

Freya kam mit dem Saft zurück.

„Gehen Ihnen die Kinder auf die Nerven, Sandy?"

„O, nein, es ist alles sehr interessant." Er trank hastig seinen Saft.

Yarrow kam in der Seidenbluse ihrer Mutter und mit aus der Stirn gekämmtem Haar ins Zimmer. Ihre Wangen glühten vor Aufregung.

„Ma, wir müssen jetzt gehen", sagte sie, schlüpfte in ihren Mantel und warf Nellie den ihren zu. „Los, Sandy, sonst kommen wir zu spät zu dem Film." Das klang so bestimmt, daß Sandy sogleich von seinem Stuhl aufsprang.

Yarrow fing an zu lachen, als sie zum Auto liefen. Es war eine klare, aber sehr kalte Nacht, und als sie einstiegen und Nellie sich zwischen sie quetschte, holte Yarrow eine Baskenmütze aus ihrer

Tasche und setzte sie auf. Sie spürte, wie jemand sie an den Haaren zog.

„Autsch! Was soll das, Sandy?"

„Ich wollte nur etwas nachprüfen." Er grinste. Er sah Nellie an und schnitt eine Grimasse. Sie wickelte sich in ihren Mantel und schlug den Kragen hoch.

„Nellie! Was hast du ihm erzählt? Oh, eines Tages bringe ich dich noch um."

Einen Monat später kam Elliot Weyden, um sich zu verabschieden. Er war jetzt über zwei Jahre in Colorado gewesen und hatte die meiste Zeit bei den McLeans verbracht. Freya hatte ihn wie einen Sohn behandelt. Seit Jock mit ihm darüber gesprochen hatte, daß Yarrow noch sehr jung sei, hatte er die McLeans nicht mehr so häufig besucht, aber wenn er es tat, dann kam er nie ohne ein Geschenk. Er mochte Frauen, und er verstand sie.

Auch mit den Kindern war er gern zusammen. Er drückte und umarmte Eric und warf ihn in die Luft, wenn er sich unbeobachtet fühlte. Freya beobachtete ihn am letzten Tag, als sie im Schlafzimmer saß und Dankesbriefe für den Verkauf von Backwaren schrieb. Auf diese Weise war Geld für eine Anzeigetafel in der Schulturnhalle zusammengebracht worden. Er saß mit Eric am Boden und versuchte ihm das Lesen beizubringen. Eric lächelte, als Elliot mit seinen Lippen Worte formte. Er hielt es für ein neues Spiel.

„Wann, glauben Sie, wird er sprechen?"

„Ich weiß es nicht", sagte Freya und setzte erneut ihren Namen unter einen Brief. „Der Arzt sagt, er sei völlig gesund, sein Gehör und alles andere sei ausgezeichnet, aber er will einfach nicht sprechen. Willst du wohl, du ungezogener Junge?"

„Noch mal", sagte Eric und legte Elliots Finger wieder auf seine Wangen.

„Jock sagt, er will Ihnen helfen, einen Job im Osten zu finden. Sie sind wohl nicht am Zeitungsgeschäft interessiert, oder?" fragte Freya.

„Doch. Ich habe wirklich gern beim *Journal* gearbeitet, aber selbst Mr. McLean hat eingesehen, daß ich nicht zum Journalisten tauge.

Ich eigne mich besser als Buchhalter, Verkäufer oder etwas in der Richtung. Mr. McLean sagt, er will seinen Freunden beim *Herald* und bei der Associated Press schreiben, ob sie mir vielleicht in einem dieser Bereiche einen Job anbieten können. Darf ich Ihnen etwas sagen, Mrs. McLean? Ich glaube nicht, daß es auf der Welt irgend etwas gibt, das mich davon abhalten könnte, das zu erreichen, was ich will. Das hat nichts mit Arroganz zu tun. Ich kann es nicht erklären, aber ich spüre, daß ich alles erreichen kann, was ich erreichen will, wenn ich nur bereit bin, etwas dafür zu tun. Könnten Sie das Yarrow begreiflich machen?"

Freya betrachtete den schlanken jungen Mann. Er hatte sich seit ihrer ersten Begegnung verändert. Er hatte zugenommen und Farbe bekommen. Doch noch etwas anderes an ihm hatte sich verändert. Er war innerlich gefestigt. Er wußte jetzt, was er wollte und wie er es erreichen konnte. Seine dunklen Augen blickten nachdenklich. Sein Blick war immer entweder nachdenklich oder schelmisch; dazwischen gab es nichts. Und dementsprechend reagierten die Leute auf ihn, dachte sie sofort. Entweder jemand mochte Elliot Weyden, oder er verabscheute ihn. Sie sah ihn aufmerksam an und sagte: „Bei Gott, Sie werden es schaffen."

Auf dem Weg zum Bahnhof schaute Elliot im Büro vorbei, um sich von James und Jock zu verabschieden. Er hoffte, daß Yarrow dort sein werde. Ein ernstes Gespräch mit Jock hatte ihn etwas verstört. Yarrow sei noch so jung, hatte Jock gesagt. Es sei nicht gut für sie, wenn ein neunzehnjähriger junger Mann so viel Zeit mit ihr verbringe. Elliot hatte ihm zugestimmt. Er wollte die McLeans auf keinen Fall verärgern. Er wußte, daß er zu Yarrow zurückkehren werde. Doch jetzt würde sie ihm nicht einmal guten Tag sagen. Außerdem, woher sollte eine Fünfzehnjährige schon wissen, was Warten hieß? Als er Yarrow zum Geburtstag das Kaninchen schenkte, war er nicht sicher, ob sie es überhaupt annehmen werde, weil sie sich in letzter Zeit bei seinen Besuchen immer sehr abweisend verhalten hatte. Doch das weiche Fell des Kaninchens ließ das Eis schmelzen, und sie offenbarte ihm ihre Ängste. All die kleinen Dinge, die sich in einem Jahr in ihr aufgestaut hatten, die vermeintlichen Kränkungen, die ihr Vater ihrer Mutter zugefügt hatte, ihre Gleichgültigkeit und gegenseitige

Unabhängigkeit. Oh, sie haßte Fabiana Truitt für das, was sie getan hatte.

„Aber das mit diesem ... diesem Telefonanruf, das ist doch schon über ein Jahr her, und außerdem ist es ... ist es absurd", meinte Elliot. Er konnte sich beim besten Willen nicht vorstellen, daß jemand über vierzig noch Leidenschaft entwickeln sollte. Und James war fünfundvierzig, das wußte er.

„Hör bitte auf zu stottern."

Elliot fing an zu lachen. „Du glaubst, sie haben eine Affäre, weil er im Schlafzimmer ein Privatgespräch geführt hat ... und daß er deine Mutter nicht mehr liebt?"

Yarrow wünschte, sie hätte nie darüber gesprochen. Er nahm die Sache überhaupt nicht ernst. All ihre Zweifel und Ängste im Hinblick auf ihre eigene Geschlechtlichkeit mischten sich mit ihren Gefühlen gegenüber Fabiana Truitt und ihrem Vater. Sie erinnerte sich daran, wie sie als kleines Mädchen den Duft von Fabianas Parfum geliebt und ihre Kleidung bewundert hatte, und wie sie von ihr fasziniert gewesen war. Sie hatte auch bemerkt, wie ihr Vater in ihren Bann geriet. Sie war damals nur ein kleines Mädchen gewesen, doch sie fragte sich, ob alle Männer so schwach waren.

„Zunächst einmal", fuhr Elliot fort, „woher sollte dein Vater die Zeit nehmen? Er ist immer hier. Er arbeitet ständig."

„Man kann sich schreiben."

Elliot lachte. „Brieflich klappt das aber nicht mit dem Sex."

Elliot hatte „Liebe" gemeint, aber er sagte aus Versehen „Sex". Er dachte zur Zeit ständig an Sex. Jock hatte recht, ihn von Yarrow fernzuhalten. Yarrow stieß einen tiefen Seufzer aus. Er wollte seinen Arm um sie legen, aber sie wehrte ihn ab und seufzte noch schwerer. Er wußte nicht, wie er sich verhalten sollte, und stand einfach nur da und tat nichts. Wie konnte er auch ahnen, daß sie sich nichts sehnlicher wünschte, als daß er sie umarmte? Sie wollte, daß er sie festhielt; sie wollte, daß er blieb; und mit diesem ganzen Theater versuchte sie ihm auch ohne Worte begreiflich zu machen, daß er dableiben sollte.

Dann kam Nellie herein und schrie, sie hätten herumgeknutscht. Yarrow stürzte hinaus, und Elliot begann wortreich zu erklären, worüber sie sich unterhalten hatten.

Dann kam Jock, und nachdem sie sich verabschiedet hatten, fragte Elliot, wann Yarrow denn mit dem College fertig sei.

„Sie hat noch gar nicht damit angefangen", sagte Jock und fügte dann milde hinzu: „Du versäumst noch deinen Zug, Junge. Du schreibst uns doch, nicht wahr?"

Elliot umarmte den alten Mann. Er liebte ihn wie einen Vater. Seinen eigenen Vater hatte er kaum gekannt.

„Würden Sie Yarrow das von mir geben?" Elliot zog einen kleinen Briefumschlag aus der Tasche und drückte ihn Jock in die Hand. Dann verließ er das Büro, ohne sich noch einmal umzusehen.

Als Yarrow später den Umschlag öffnete, fand sie darin eine Spielkarte. Es war der Herzkönig. Es lag kein Brief dabei, doch als sie die Karte umdrehte, stand auf der Rückseite: ‚Für Dich'.

7

„Lem und ich haben beschlossen zu heiraten", sagte Laura.

Freya ließ beinahe den Holzstab in den Waschkessel fallen, wo die Weißwäsche eingeweicht war. Im Haus war es sehr still; nach den Weihnachtsferien waren die Kinder wieder in der Schule. Es war nun schon über ein Jahr her, daß Elliot nach New York zurückgekehrt war.

„Wir haben lange darüber gesprochen, Mrs. McLean. Nun ja, und die Truppe löst sich allmählich auf. Wir möchten von nun an unser eigenes Leben leben." Laura stand in ihrem schlichten Kleid vor ihr und hatte die Hände vor dem Bauch verschränkt. Zehn Jahre lang hatte sie für die McLeans gearbeitet.

„Liebe Laura, ich freue mich so für dich." Die beiden Frauen umarmten sich, und dabei tropfte Seifenschaum von Freyas Arm auf Lauras Kleid. „Komm, wir gehen nach oben und trinken eine Tasse Kaffee zusammen."

Yarrow kam mit ihren Schulbüchern unter dem Arm zur Tür hereingestürmt. Einzelne Locken ihrer dichten schwarzen Haare quollen unter einem Band hervor.

„Willst du mal raten?" Sie packte ihre Mutter, umkreiste sie, tanzte herum und lachte.

„Was, Yarrow? Um Himmels willen, was ist los?"

Yarrow packte Laura und wirbelte mit ihr herum. „Sie haben mir ein Stipendium fürs College angeboten. Ich habe es eben in der Schule erfahren."

„Für welches College?"

„Für die Concord Academy. Ich muß noch ein Jahr zur Schule gehen, aber ich habe das Stipendium! Ist das nicht wundervoll?"

„Oh, Yarrow, ich gratuliere", sagte Laura und umarmte sie. Freya brach in Tränen aus und setzte sich auf einen Stuhl im Flur.

„Mama, was ist?"

„Jetzt verliere ich meine beiden Mädchen auf einmal. Das Haus wird nicht mehr dasselbe sein."

„Du verlierst uns beide?"

„Laura will heiraten." Freya fing erneut an zu schluchzen. „Ich bin so glücklich", sagte sie.

Bei einem Kaffee in der Küche erzählte ihnen Laura von ihren Plänen. Sie und Lem wollten in der Nähe von Galena ein Ferienlager für Jungen leiten. Im Sommer wollten sie das Camp führen, und im Winter sollte sich Lem als Mädchen für alles betätigen. Es gab so vieles, was er tun konnte.

„Das werde ich auch vermissen", meinte Freya lachend und schnitt sich noch ein Stück Apfelkuchen ab.

„Laura", sagte Yarrow, „du mußt hier im Garten heiraten. Das wäre doch schön, nicht wahr, Ma? Oh, bitte, sag ja."

„Das hier ist ebenso dein Zuhause gewesen wie unseres, Laura, deines und Lems."

Es wurde abgemacht, und Anfang Juni wurde das Haus neu gestrichen und mit Blumen geschmückt, daß man es kaum wiedererkannte.

Am Abend vor der Hochzeit entschied Eric im reifen Alter von sechs Jahren, daß er auch Reden halten könnte, und sprudelte einen vollständigen Satz hervor. „Laura, ich bin schon zu alt, um mich von dir baden zu lassen", meinte er und sperrte sie aus dem Badezimmer aus. Laura rannte die Treppe hinunter, um der Familie das Wunder mitzuteilen, daß das Kind in ganzen Sätzen gesprochen habe.

„Jetzt wird er nicht mehr aufhören", meinte Nellie. Sie hatte die Neuigkeit von Lauras Heirat als Störung empfunden. „Was soll der ganze Rummel? Es geht doch nur um Lem und Laura." Sie befestigte gerade einen Zeitungsausschnitt über den britischen Premierminister Neville Chamberlain an ihrer Schlafzimmertür. Kusine Clara hatte ihn ihr aus Washington geschickt. Kusine Clara war Pazifistin. Großvater hielt Chamberlain für einen Beschwichtigungspolitiker, doch Nellie erklärte, sie habe eine eigene Meinung. „Frieden in unserer Zeit" schrieb sie unter den Zeitungsausschnitt. Greta war traurig, daß Laura sie verließ. Sie hatte so lange an ihrer Nagelhaut gekaut, bis sie blutete. Greta war der Meinung, daß nur Laura sie verstand. Sie bildete sich ein, daß ihr das, was sie am meisten liebte, genommen würde. Sie wußte, daß es verrückt war, und versuchte, es zu erklären. Mama fuhr fort, eine Lammkeule zu spicken. „Das ist schön, meine Liebe“, sagte sie. Es sollten vierzehn Leute zum Essen kommen, und sie fragte sich, ob das Fleisch reichen werde.

Nellie schloß ihr Tagebuch und hielt es demonstrativ vor der Brust, bis Greta fertig war, und dann machte sie weiter, als ob sie nie gestört worden wäre. Yarrow spielte an ihrem selbstgebastelten Radioempfänger herum. Ihr Gesicht hellte sich auf, als er endlich funktionierte; sie hatte nichts von dem mitbekommen, was Greta gesagt hatte. Doch Laura hatte ihr Staubtuch weggelegt und zugehört. Sie legte ihre große, flache Hand auf Gretas Arm und sagte, sie verstehe, was sie meine.

Greta schluckte, als Yarrow die Treppe heraufkam. „Die Tür gehört zur Hälfte mir“, sagte Greta zu Nellie. „Willst du das nicht lieber wieder abmachen?“

„Was ist *das*“, fragte Yarrow und deutete auf Chamberlain und Hitler. „Das will ich nicht in meinem Haus haben.“

Nellie drückte sich platt gegen die Tür. „Du wirst es nicht wegnehmen.“

„Faschistin!“

„Bin ich nicht!“

„Bitte streitet nicht“, sagte Greta und rang verzweifelt die Hände.

Freya stand unten an der Treppe und wischte sich die mehligen Finger ab. „Mädchen, hört auf. Yarrow, deine Schwester kann in diesem Haus ebensogut ihre Meinung äußern wie du.“

„Aber sie ist ein Nazi!“

„Bin ich nicht!“

„Schluß jetzt.“

„Das wär's dann“, rief Yarrow. „Wenn sie ihre Meinung sagen darf, darf ich es auch.“

Für die Trauung besorgte jemand einen blauen Teppich, ein anderer brachte noch zusätzliche Stühle, und Lem nahm die alte Schaukel ab und machte aus dem Gestell eine Laube. In die Bäume wurden Lampions gehängt, und über den Büschen hingen Papierlaternen. Das Klavier wurde ans Ende des Wohnzimmers geschoben und das Fenster so weit geöffnet, daß die Gäste die Musik hören konnten. Einer der Nachbarn erklärte sich bereit, für sie zu spielen. Freya und Laura nähten das Hochzeitskleid und die Kleider der Brautjungfern, und sogar Yarrow legte bei einigen der Säume Hand an, obwohl sie warnend erklärte, daß man ihre Stiche schon von weitem erkennen werde.

Lauras Vater machte den Brautführer. Sie sah an seinem Arm hübsch und unverdorben aus. Die Mädchen folgten ihnen in ihren geblümten Kleidern. Freya fürchtete, daß sie ihren Streit bei der Feier fortsetzen würden, aber sie sahen wie unschuldige Engel aus. Zuerst kam die sechzehnjährige Yarrow, die ihr Haar so zurückgekämmt hatte, daß es wie ein dichter schwarzer Wasserfall auf ihre Taille fiel. Hinter ihr folgte Nellie. Die Jüngere war fast fünfzehn und hatte ihre hohe Stirn unter dem geraden Pony versteckt. Und dann kam Greta. Sie hatte sich mit ihren dreizehn Jahren zu einer Schönheit entwickelt. Freya begann zu schluchzen, lauter noch als Mrs. Brogan, und während der ganzen Trauung hörte man sie vor Rührung glucksen und schniefen. Endlich erklärte der Pfarrer Lem und Laura zu Mann und Frau.

Nach der Trauung halfen alle, die Tische zu decken. Nachbarn und Freunde hatten Essen beigesteuert, und nun wurden unter den schaukelnden Laternen Brote, Salat, Hähnchen, Schinken, Maiskolben, Käse, Wein, Bier, Biskuitkuchen und Götterspeise aufgetischt. Ein Freund von Lem spielte auf dem Akkordeon, und ein anderer Mann schlug mit dem Löffel gegen die Tür. Yarrow freute sich an der Musik. Plötzlich klopfte ihr jemand auf die Schulter.

„Hallo, Yarrow."

„Elliot! Bist du es wirklich?" Yarrow war völlig durcheinander. „Du sagtest zwar, du werdest kommen – ich meine, du hast geschrieben, daß du vielleicht kommst. Was für eine Überraschung. Wann bist du angekommen? Was machst du?"

Er hob beschwichtigend die Hand. „Langsam, eins nach dem anderen. Wie geht es dir?"

Sie kehrten dem Lärm der Party den Rücken und gingen hinaus in den Garten, wo Verwandte und Freunde herumschlenderten. Laura kam auf ihn zugestürzt, und ihre Augen strahlten unter dem zurückgeschlagenen weißen Schleier. „Sie sind doch gekommen“, sagte sie. „Ich wußte es.“

„Um nichts auf der Welt hätte ich Ihre Hochzeit versäumen wollen.“

Yarrow sah ihn von der Seite an, als er mit Laura sprach. Sie kam sich unbeholfen vor, wie ein kleines Mädchen, während sie ihn beobachtete. Sie konnte sich nicht erklären, warum Elliot ein solches Gefühl in ihr wachrief, denn er hatte sie immer wie eine Erwachsene behandelt. Doch in seiner Gegenwart war sie immer nervös und abwartend, und das gefiel ihr nicht. Sie sagte dann Dinge zu ihm, die sie hinterher bereute.

Elliot unterhielt sich jetzt mit Lem. Er erzählte ihm, daß er in der Finanzabteilung einer New Yorker Zeitung gearbeitet habe und nun bei einer Investmentbank beschäftigt sei. Und abends bereite er sich auf sein Examen vor.

„Eine Bank ist der richtige Ort für dich“, meinte Lem. „Solange sie aufpassen, daß am anderen Morgen das Geld noch da ist und du nicht irgendeine Firma aufgekauft hast.“

„Ganz so ist es nicht. Geld bekomme ich nie zu Gesicht; es steht alles nur auf dem Papier, alles nur Ideen.“

„Das macht ja überhaupt keinen Spaß“, sagte Lem.

Jetzt kam die ganze Familie, um Elliot zu begrüßen, und Greta zog ihn schließlich mit sich fort.

„Komm, laß uns tanzen“, sagte sie. „Du hast es versprochen. Kann ich mit dir etwas besprechen?“

Elliot lachte und ließ sich ins Wohnzimmer zerren, wo schlimmer auf dem Klavier herumgehämmert wurde als je zuvor. Yarrow und Mary-Ellen sahen zu, wie sie sich unter die Tänzer mischten. Yarrow versuchte ihre Eifesucht zu unterdrücken, als sie durchs Fenster ihre Schwester und Elliot beim Tanzen beobachtete. Lem ging zu Yarrow und bat sie, mit hineinzukommen; dann klatschte Lem bei Elliot ab, und Yarrow tanzte mit Elliot. Sie spürte seine Hand auf ihrem Rücken, als er ihre Haare zur Seite schob, um sie zu führen. Sie konzentrierte sich so sehr darauf, daß sie ihm auf die Zehen trat.

„Tut mir leid, Elliot."

Er lachte. „Ist schon in Ordnung."

Als die Torte angeschnitten wurde, kam Eric taumelnd unter dem Tisch hervorgekrochen. Auf seiner Brust trug er ein Plakat mit der Aufschrift „Nieder mit dem Faschismus!", und auf dem Plakat, das auf seinem Rücken prangte, stand „Unterstützt unsere Verbündeten!" Yarrow hatte ihm eine gute Belohnung dafür versprochen – sie wollte einen Monat lang den Abfalleinmer aus der Küche zum Komposthaufen bringen, eine Arbeit, die er am meisten haßte. Später, nachdem Yarrow den Brautstrauß aufgefangen hatte, Reis über das Auto gestreut worden war und Laura und Lem unter dem Geklapper der Dosen, die an der hinteren Stoßstange befestigt waren, die Straße hinuntergefahren waren, gesellte sich Elliot zu den Männern. Sie saßen ein wenig abseits im Garten und unterhielten sich. Beim Wegräumen der Papierschlangen und Gläser hielt Yarrow ab und zu inne und lauschte.

Sie sprachen über Krieg. Sogar der Präsident, sagte James, sei der Meinung, daß die Chancen fünfzig zu fünfzig stünden, daß es in Europa Krieg gebe. Yarrow begann zu zittern, und Elliot, der sie neben dem Baum stehen sah, ging zu ihr, zog seine Jacke aus und legte sie ihr um die Schultern.

„Du trägst ja einen Gürtel", sagte sie. „Er ist hübsch." Er sagte nichts, sondern kratzte hinter ihrem Kopf die Rinde vom Baum. „Glaubst du, daß es Krieg gibt?" fuhr sie fort.

„Ja, ich bin sicher."

„Wirst du gehen?"

„Ich habe vermutlich keine andere Wahl."

„Aber würdest du auch gehen, wenn du nicht müßtest?"

„Ich bin nicht der Meinung, daß es Amerikas Krieg ist."

„Dad sagt, Amerika sei zu lange pazifistisch gewesen."

„Und wie denkst du darüber?"

Sie richtete sich auf. „Ich glaube, wir sollten England unterstützen, doch meine Kusine behauptet das Gegenteil. Sie ist Kongreßabgeordnete."

„Wie ist ihr Name?"

„Clara Russell, Großtante Hildas einzige Tochter – wahrscheinlich meine Kusine zweiten Grades. Sie ist mindestens fünfzig, und sie wurde letztes Jahr von Pennsylvania in den Kongreß gewählt."

„Ist sie Historikerin?"

„Nein, Pazifistin. Sie ist Quäkerin geworden. Sie ist Nellies Vorbild."

„Deines nicht?"

„Nein. Ich glaube nicht, daß ich eines habe. Ich denke zu nüchtern."

Er bohrte seine Zunge in die Wange, als habe er ein Loch in einem Backenzahn entdeckt.

„Hast du einen Freund?"

Die Frage überraschte sie. „Ja, eine Menge." Sie bereute ihre Antwort sofort.

James kam herüber und gesellte sich zu ihnen. Er hatte viel Bier getrunken. „Hast du schon gehört", sagte er zu Elliot, „daß unser kluges Mädchen ein Stipendium für irgend so ein feines College im Osten bekommen hat? Wenn sie im nächsten Jahr dorthin geht, mußt du auf sie achtgeben, Elliot."

„Ja, Sir. Wie kommen Sie mit der Falzmaschine zurecht?"

„Gut. Gut. Du hast mir damit einen Gefallen getan, Elliot. Wann fährst du nach New York zurück?"

„Mein Zug geht morgen. Kann ich morgen früh vorbeikommen?"

„Ich würde gerne hören, wie es dir ergangen ist."

„So ein Unsinn, ‚morgen früh vorbeikommen'. Sie müssen natürlich hierbleiben", sagte Freya. „Lems Zimmer ist frei. Sie können es sich dort bequem machen. Dann können wir uns alle beim Frühstück Ihre Neuigkeiten anhören."

„Tja, wenn Sie meinen, daß es Ihnen nicht zuviel Mühe macht."

„Und ob ich das meine. Sie sind doch fast wie mein Sohn."

Als alle anderen Gäste nach Hause gegangen waren, holte Elliot seine kleine Reisetasche aus dem Schrank in der Diele und ging, anstatt in irgendeinem Hotel in der Stadt zu wohnen, in Lems früheres Zimmer hinauf. Er lachte, als er die Treppe hinaufging, denn Yarrow hatte über der Diele ein Plakat mit der Aufschrift „Tötet die Deutschen" angebracht. Elliot mußte sich ducken, um darunter hindurchzugehen. Chamberlain war darauf mit erhobener Hand abgebildet.

Eric wollte unbedingt bei Elliot im Zimmer schlafen, doch Freya erlaubte es nicht, und Eric jammerte eine halbe Stunde lang in seinem Zimmer, bis Nellie hineinging und ihre Schuhe nach ihm warf, damit er endlich still sei. Sie wünschte, er hätte nie sprechen gelernt.

Yarrow klopfte an die Schlafzimmertür ihrer Eltern. Ihr Vater schlief schon, oder er tat zumindest so. Ihre Mutter saß vor ihrer Frisierkommode und bürstete sich die Haare. Yarrow nahm ihr die Bürste aus der Hand. „Laß mich das machen", sagte sie.

Das Haar ihrer Mutter war immer noch sehr schön und reichte ihr bis zur Taille.

„Glaubst du, daß ich jemals heiraten werde?"

„Natürlich."

„Es ist komisch, sich vorzustellen, daß Laura jetzt verheiratet ist."

Freya nahm ihr die Bürste aus der Hand, ließ ihr Haar nach vorn über die Schulter hängen und flocht es zu einem Zopf.

Yarrow nahm ein Hochzeitsfoto ihrer Eltern zur Hand. „Wie alt warst du, als du Daddy geheiratet hast?"

„Neunzehn."

„Nur zweieinhalb Jahre älter als ich."

„Doch alt genug, um zu wissen, was ich wollte."

„Wie hast du es gemerkt?"

„Ich habe mich bei ihm einfach wohl gefühlt, so, als ob ich ihm alles von mir erzählen könnte."

„Wie hast du ihn kennengelernt?"

„Mama Halvorsen nahm mich mit nach Galena, um einige ihrer alten Freunde zu besuchen. Bei einem dieser Besuche habe ich deinen Vater kennengelernt. Mama Halvorsen war der Meinung, er sei zu alt für mich."

„Warum hat sie ihre Meinung geändert?"

„Dein Vater brachte einen sehr netten Artikel über unseren Besuch in der *Gazette* und schickte meiner Mutter Blumen. Danach fand sie ihn wunderbar." Vom Bett her kam lautes Schnarchen.

„Gute Nacht, Mama." Yarrow gab ihrer Mutter einen Kuß. Dann ging sie zu ihrem Vater hinüber und zögerte einen Moment. Sie beugte sich über ihn und küßte ihn auf die Wange.

Als Yarrow im Bett lag, war ihr, als höre sie im ganzen Haus

Stimmen. Draußen vor dem offenen Fenster, dessen Vorhänge sie nie zuzog, warf der Mond Schatten auf das Fensterbrett, und sie stellte sich vor, wie die gelben Laternen vor den dunklen Schatten der Sträucher und Bäume tanzten. Einmal dachte sie, sie habe ihre Mutter rufen hören, aber bald darauf war alles ganz still, und dann mußte sie wohl eingeschlafen sein, denn das Schlagen einer Tür und der Duft von gebratenem Speck sagten ihr, daß schon jemand auf war.

Sie fuhr mit der Bürste durch ihr zerzaustes Haar, streifte den Morgenrock über und rannte die Treppe hinunter. Doch Elliot war schon fort – er mußte den Frühzug erreichen, und Großvater hatte ihn zum Bahnhof gefahren.

8

Kurz nach der Hochzeit brach zwischen dem *Journal* und dem *Record* der totale Krieg aus. Mit zunehmender Regelmäßigkeit erschienen Leitartikel auf den Titelseiten, die entweder mit Maxwell T. Horace, Eigentümer, oder mit John Buckley McLean und James McLean, Herausgeber und Chefredakteur, unterzeichnet waren und in denen jeweils der Gegner als Lügner und Scharlatan geschmäht wurde.

Jock war in seinem Element. „Ganz wie in alten Zeiten", meinte er. Er vergaß sein Rheuma in den Beinen und ging täglich ins Büro, um eine neue Salve loszulassen. Als Max Horace das *Journal* in verletzender Weise als „Käseblatt" bezeichnete, „das sich nicht als Lektüre für einen Gentleman eignet", schlug Jock auf ähnliche Weise zurück. Er stellte die Frage, mit welchem Recht sich ein „abgehalftertes Mammut aus Cornwall" als Richter über Gentlemen aufspiele. Max bezahlte ein paar Jungs dafür, daß sie in ihren Zustellbezirken Exemplare des *Journal* stahlen. Jock rief beim *Record* an und erzählte eine frei erfundene Geschichte über den Bürgermeister. Der *Record* veröffentlichte die Geschichte und mußte sie am nächsten Tag wieder dementieren. Max tobte.

Seit der Zeit bei der *Gazette* hatte Jock sich stets an den Grundsatz gehalten, niemals die Kündigung eines Abonnements zu akzeptieren. Er warf die Kündigungsschreiben einfach weg und behauptete, die meisten Leute würden sowieso vergessen, daß sie ihr Abonnement gekündigt hätten. Sie würden dann schon mit dem Geld herausrükken, wenn die Rechnung komme. Aber natürlich gab es auch Leser, die überhaupt nicht zahlten, ganz gleich, ob sie nun ihr Abonnement gekündigt hatten oder nicht. Der *Record* besaß, ebenso wie das *Journal*, eine ganze Liste mit Namen von Abonnenten, die mit ihrer Zahlung im Rückstand waren. Gerade in dieser Phase des Zeitungskrieges machte Max Horace einen entscheidenden Fehler. Er veröffentlichte eine Liste mit den Namen der Abonnenten, die mit ihrer Zahlung im Verzug waren. Die Bevölkerung von Platte City war empört, und nicht wenige schworen sich, nie wieder eine Ausgabe des *Record* zu kaufen.

„Max hatte nie ein gutes Urteilsvermögen", erklärte Jock und schüttelte ungläubig den Kopf, als er die Liste in der Zeitung sah. „Man sollte doch meinen, daß wenigstens Hinton ihn davon hätte abhalten können."

Noch am gleichen Tag versetzte James ihm den Gnadenstoß. Er erinnerte sich daran, daß Max ihre Preise unterboten hatte, als Elliot versuchte, neue Anzeigenkunden zu werben. Jetzt war es an der Zeit, es Max mit gleicher Münze heimzuzahlen. James rief sämtliche Inserenten des *Record* an und bot ihnen für sechs Monate den halben Preis, wenn sie im *Journal* annoncierten. Dieser Herausforderung konnte sich Max Horace nicht mehr stellen.

Doch selbst auf dem Höhepunkt des Wortgefechts zwischen den beiden Zeitungen, als Jock seine spitzeste Feder führte, sprach James jede Woche mit Max Horace – „um die Verbindungen aufrechtzuerhalten". Trotz allem waren ihre Ähnlichkeiten größer als ihre Unterschiede. James sagte am Schluß des Telefongesprächs immer: „Lassen Sie es mich wissen, wenn Sie aufhören wollen."

Max sagte jedesmal „Niemals" und hängte ein.

Als James eines Tages mit Max telefonierte und ihn spaßeshalber fragte: „Na, Max, bist du endlich bereit, aufzugeben?", fiel er beinahe vom Stuhl, als Max seine Frage bejahte.

An diesem Morgen hatte sich Albert Hinton seine Hand an der Presse verletzt. Max graute beim Gedanken, sich allein abplagen zu müssen, bis Hinton wieder arbeitsfähig war.

James bat Jerrard Fox, Fabiana anzurufen. Fabiana erklärte, sie könne nicht nach Platte City kommen; James solle statt dessen nach New York kommen.

„Diese Frau ist eine Plage", sagte James und legte seine Hemden für die Reise nach New York zurecht. „Für sie sind Zeitungen einfach Papier, mit dem man sich die Schuhe ausstopft."

„Und was ist mit dem New Yorker *Courier*", fragte Freya und reichte ihm ein zweites Paar Schuhe. Freya sah erschöpft aus. Sie setzte sich auf sein Bett, während er packte. Yarrows Verdacht in bezug auf ihren Vater und Fabiana erhielt neue Nahrung. Sie legte ihre Hand auf die Schulter ihrer Mutter.

„Sie ist eine Geschäftsfrau und keine Blattmacherin", meinte James. „Das ist der Unterschied."

„Mußt du unbedingt fahren", fragte Yarrow. „Ich dachte, wir würden alle zu Großvaters Hütte hinaufgehen."

Wenn es sich irgendwie einrichten ließ, fuhren alle jedes Jahr einmal in die Berge. Die Rockies zogen die McLeans an wie ein Magnet.

Bei den Worten seiner Tochter hörte James einen Moment auf zu packen. Er war von der Idee begeistert, Max Horace endlich loszuwerden, doch die Stimme seiner Tochter holte ihn auf den Boden der Tatsachen zurück. Sie hatte sich im vergangenen Jahr immer weiter von ihm entfernt, und er wußte nicht, warum.

„Ich kann nicht. Aber ich werde nur ein paar Tage weg sein. Denk daran, deinem Großvater zu helfen."

„Laß dich zu nichts überreden. Max Horace hat nichts weiter zu bieten als eine schäbige alte Zeitung."

„Hast du noch einen Rat für mich?"

„Nein. Ich sage nur, was ich denke."

„Danke." Er machte seinen Koffer zu und nahm ihn vom Bett. „Sei ein braves Mädchen, Yarrow. Und sei nicht frech."

„Ich bin nicht frech. Ich tue alles, was man mir sagt, aber niemand dankt es mir. Ich arbeite im Büro. Ich helfe Ma. Ich bekomme ein Stipendium. Alle halten das für selbstverständlich, außer Großvater. Ihr benutzt mich alle nur."

„Yarrow..."

„Ich habe es satt, hört ihr? Ganz einfach satt." Yarrow brach in Tränen aus, stürzte aus dem Zimmer und schlug die Tür hinter sich zu.

„Au weia!" sagte ihr Vater und zog die Augenbrauen in die Höhe. Yarrow riß die Tür wieder auf. „Ich habe es gehört."

„Was ist eigentlich...?"

Yarrow schlug die Tür erneut hinter sich zu. Nellie kam herein, um zu sehen, was los war.

„Ich muß meinen Zug erreichen“, sagte ihr Vater. „Vielleicht kannst du rauskriegen, was mit Yarrow los ist – und hilf deiner Mutter, sie sieht müde aus...“

„ Mach dir um die Mieswurz keine Sorgen. Sie hat ihre Tage. Das hat ihre Hormone durcheinandergebracht. Außerdem“ – Nellie machte eine große Kaugummiblase und ließ sie auf ihren Lippen zerplatzen – „hat Elliot Weyden noch nicht geschrieben, und deshalb hat sie schlechte Laune. Ich wünsche dir eine gute Reise.“

Am nächsten Tag arbeitete Freya im Garten. Sie stützte sich gerade auf ein Vertikutiergerät. Eric gab dem Ding einen Schubs, sie rutschte aus und verletzte sich am Schienbein. Im Krankenhaus bat sie den Arzt, er möge, wenn sie schon einmal hier sei, auch gleich den kleinen Knoten in ihrer Brust untersuchen.

Yarrow war bei ihrer Mutter, als der Arzt ihr mitteilte, daß sie Krebs habe. Freya wollte nicht, daß Yarrow Vater anriefe.

„Bitte, tu es nicht, Yarrow. Es wird ihn mehr aufregen als mich.“

Bei James' Rückkehr lag Freya mit einem ordentlich versorgten Schienbein im Krankenhaus. Eine Brust war amputiert. Er saß da, weiß wie die Wand, und hatte tiefe Furchen in den Wangen. Yarrow haßte ihren Vater, warf ihm innerlich vor, daß er nicht dagewesen war, als er gebraucht wurde. Jetzt schluchzte er in Freyas Kissen. Yarrows Entrüstung wuchs noch, als sie seine Schwäche sah.

„Warum hast du mich nicht angerufen?“ sagte er.

Yarrow schaute auf den gesenkten Kopf ihres Vaters und auf die Hand ihrer Mutter mit dem Ehering. Die Hand war tüchtig und stark, mit kurzen Fingernägeln und kräftigen Fingern. Sie sah aus wie ihre eigene.

„Nun bist du ja da“, sagte Freya und trocknete seine feuchten Wangen mit dem Ende ihres Zopfes. „Ich brauche dich jetzt.“

Beim Verlassen des Krankenzimmers legte James seinen Arm tröstend um Yarrow, doch sie schüttelte ihn ab. Sie konnte nicht ertragen, daß er sie anrührte.

Freya erholte sich langsam, doch das Haus in der Bellevue Street wirkte trostlos. James wich nicht von ihrer Seite, bis sie ihn bat, wieder ins Büro zu gehen.

Yarrow sollte im September aufs College gehen, doch ihr kam vor, sie hänge irgendwie in der Luft. Sie war weder Kind noch Frau, sie besuchte weder die Abschlußklasse der Highschool, noch war sie Studentin im ersten Semester. Sie übernahm den Haushalt und kochte, aber das einzige, wo sie es ihrer Mutter gleichtat, ja diese noch übertraf, war Freyas Pfennigfuchserei. Das wirkte sich auch auf das Essen aus.

„Was ist das", fragte Nellie eines Abends, als sie einen Löffel von der Fleischsoße probierte, die auf dem Herd köchelte.

„Spaghettisoße, du Dummkopf. Was sonst?"

Nellie tat so, als müßte sie sich übergeben, und Yarrow warf einen Teller nach ihr.

„Hört auf", sagte Greta. Nellie stürmte aus der Küche. Yarrow brach in Tränen aus. Greta legte die Arme um sie. Ihr Herz war so groß wie ihre Schönheit. Sie war schon jetzt größer als Yarrow, und sie hatte Freyas breite Schultern und den schlanken Hals. Ihre Taille war schmal, und sie hatte wohlgeformte Hüften.

„Eric und ich werden das Abendessen machen. Eric, komm her und probiere, und dann sag mir, was du davon hältst."

Eric steckte seinen Finger in die Soße und zog eine Grimasse. Greta probierte selbst.

„Es schmeckt nicht allzu gut, Yarrow. Was hast du hineingetan?"

Yarrow saß am Tisch und seufzte. „Die Packung Fleisch aus dem Kühlschrank. Ich weiß es nicht. Ist mir auch egal."

„Das war Corned Beef. Man nimmt doch kein Corned Beef für Spaghettisoße."

„Es hat eine Ewigkeit gedauert, bis ich es in kleine Stücke geschnitten hatte."

„Ich weiß, was wir machen." Greta holte die Zuckerdose aus dem Schrank und schüttete etwas davon in die Soße. Dann gab sie noch ein paar Tomatenstückchen und Knoblauch dazu. Eric war der Meinung, daß es jetzt besser schmecke, wenn auch nicht gerade gut, und für den Rest des Sommers übernahm Greta das Kochen, sehr zur Erleichterung der Familie.

Der Arzt erklärte Freya, Schwimmen sei eine gute Übung, um ihren Oberarm zu kräftigen. Man hatte bei ihr eine vollständige Brustamputation vorgenommen, wobei zwei Brustmuskel und die Lymphknoten im Arm entfernt worden waren. Dreimal in der Woche, sofern sie sich stark genug fühlte, wurde Freya von James oder Yarrow morgens ins Schwimmbad gefahren. Sie ging gerne früh hin, wenn noch niemand da war.

Eines Morgens wartete Yarrow am Beckenrand, bis ihre Mutter fertig war. Sie ließ die Füße ins Wasser hängen.

„Willst du nicht mit mir schwimmen, Liebling?"

Yarrow bekam eine Gänsehaut. „Daß ich mir den Schnupfen hole? Nein, danke."

Yarrow hatte den anderen ein Frühstück mit Cornflakes und Milch auf dem Küchentisch gerichtet. Sie hoffte, Greta würde nicht kochen; sie haßte es, hinterher aufzuräumen und zu spülen. Sie sah zu, wie Freya langsam aus dem Wasser stieg. Sie hatte stark abgenommen.

„Ich liebe dich, Mama", sagte sie und legte ihr das Handtuch um.

„Ich liebe dich auch."

„Ich werde nicht auf die Concord Academy gehen."

„Yarrow ..."

„Ich werde nicht gehen, Mama, und damit basta. Ich werde einen Sekretärinnenkursus besuchen. Dann kann ich weiter zu Hause wohnen."

„Mir wird übel."

„Möchtest du dich hinsetzen, Ma?"

„Nein – wenn ich ans College denke."

„Oh, Mama."

„Dein Vater will bestimmt nichts davon hören. Er war nie auf dem College."

„Ich habe mich entschlossen. Er wird mich nicht umstimmen."

Nellie steckte den Kopf zu Yarrows Schlafzimmertür herein. Yarrow saß auf dem Boden und las ein Buch. Sie hatte Elliot von der Krankheit ihrer Mutter geschrieben, und er hatte geantwortet und ihr ein Buch von Dickens geschickt. Sie hatte seinen Brief dreimal gelesen, doch hinter seinen Worten nichts entdecken können, was er ihr mitteilen wollte.

„Ma weint."

Yarrow erhob sich, lief aus dem Zimmer und über den Flur. Die Tür war offen, aber sie klopfte dennoch an. Ihre Mutter saß vor der Frisierkommode. Auf ihrem Gesicht zeigten sich Flecken, und ihre Augen waren vom vielen Weinen gerötet.

„Mama, weine nicht."

„Es ist so verrückt. Mir die Brust wegzuschneiden, das konnte ich sie bitten, und jetzt kann ich mir nicht einmal die eigenen Haare abschneiden."

Yarrow entdeckte die Schere auf dem Schoß ihrer Mutter.

„Warum willst du dir die Haare abschneiden?" Sie berührte den langen Zopf mit den Fingern.

„Ich kann meinen Arm nicht heben, um sie zu bürsten." Sie gab Yarrow die Schere. „Bitte, schneid ihn ab."

„Was wird Dad dazu sagen?"

„Tu es einfach."

Es war gar nicht leicht, den Zopf abzuschneiden, denn Freyas Haar war sehr dick. Dann legte Yarrow ihrer Mutter den abgeschnittenen Zopf in die kräftigen Hände. Freya sah Nellie im Spiegel, wie sie neben der Tür stand.

„Es ist alles vorbei, Nellie. Jetzt geht es mir besser."

Während Freya sich ausruhte und die drei jüngeren Kinder mit ihren Fahrrädern in den Park fuhren, ging Yarrow an diesem Nachmittag zu ihrem Großvater auf die hintere Veranda.

„Hallo, Mädchen", sagte er. „Willst du mit mir reden?"

Sein Bart und seine Haare waren jetzt weißer als je zuvor, und auch spärlicher. Sie setzte sich neben ihn und lehnte ihren Kopf für eine Weile an seine Schulter. Er roch wie immer nach einer Mischung aus Tabak und Druckerschwärze. Sie schlug gegen die Brusttasche seines Hemdes, wo das vertraute Stück Blei ein Loch in den Stoff gerissen hatte.

„Ich habe heute einen Brief von Elliot bekommen. Er hat mir noch ein Buch geschickt. Ich soll Grüße bestellen."

„Tatsächlich? Und was macht er jetzt?"

„Er arbeitet an der New Yorker Börse. Die Salomon Brothers haben ihn eingestellt."

„Letztes Mal hörte ich, er sei bei der *Times* und arbeite in der Finanzabteilung. Außerdem hätten sie durch ihn 120 000 Dollar an Versicherungskosten gespart, weil er ihnen den Vorschlag machte, auf Regale und Zubehörteile aus Metall umzustellen."

„Hat Elliot dir das erzählt?"

„Nein. Du weißt, daß er nicht sein eigenes Loblied singt. Ein Freund von mir bei der *Times,* der ihm den Job verschafft hat. Ihm ist noch nie einer wie Elliot begegnet. Außerdem hat Elliot auch noch sein Examen gemacht."

„Großvater, ich werde nicht aufs College gehen."

„Ja, deine Mutter hat es mir gesagt. Sie kommt wieder auf die Beine, Yarrow. Ihre Chancen stehen gut – du hast den Arzt gehört. Sie ist eine sehr starke Frau."

Yarrow lehnte sich an den Pfosten. Sie hatte ein rotes Band im Haar, und ihre weiße, ausgeschnittene Bluse ließ ihre sonnengebräunte Haut noch dunkler erscheinen. Sie sah ihren Großvater mit ihren grauen Augen an.

„Ich werde nicht gehen und damit basta!"

„Tja, ich gestehe, daß mich das nicht überrascht. Aber ich bin enttäuscht."

„Du bist nicht überrascht?"

„Bei Frauen geht die Liebe vor."

„Was für ein Blödsinn."

„Aber es stimmt. Auf deine Großmutter traf das zu. Sie stellte die Liebe zu deinem Vater über ihre Gesundheit. Sie hätte niemals ein Kind haben dürfen. Man hatte sie gewarnt. Schau dir meine Schwester an. Sie hat Schottland und alle, die sie kannte, verlassen, um mit diesem Scheißkerl von Ehemann nach Pennsylvania zu gehen." Großvater strich sich den Bart.

„Ich muß nicht unbedingt aufs College. Ich könnte einen guten Job bekommen, wenn ich stenographieren kann. Sogar Dad könnte mich einstellen. Schreibmaschineschreiben kann ich schon ganz gut."

„Ich wünschte, du wärst ein Junge."

„Vielen Dank."

„Du weißt, wie ich es meine." Er tätschelte ihr das Knie. „Hast du jemals über die Zukunft nachgedacht, Yarrow? Wer, glaubst du, wird einmal die Zeitung leiten?"

„Eric?"

„Tja, ich weiß, er ist erst sieben, und es könnte vielleicht noch was aus ihm werden. Aber wenn man ihn mit dir vergleicht, als du in seinem Alter warst, ist er keinen Pfifferling wert. Keinen Pfifferling. Und ich weiß nicht, ob er wirklich Interesse an der Zeitung hat."

„Greta wird nicht wollen." Yarrow betrachtete ihre kurzen Fingernägel und seufzte. „Sie muß auch nicht, denn sie ist so schön. Sie kaut nicht mehr an ihren Nägeln herum und macht bei der Wahl zur Miss Highschool mit. Ich wette, sie gewinnt. Und Nellie will Krankenschwester werden."

„Nein, du mußt es tun", sagte Großvater. „Du kannst schreiben, du hast ein kluges Köpfchen, und du hast keine Angst davor, deine Meinung zu sagen. Wenn ich dir nur begreiflich machen könnte, was das heißt. Nur wenige Leute trauen sich, gegen die Meinung der Mehrheit zu sprechen. Manche reden von der Macht der Presse – das ist alles Unsinn. Macht ist nur, was man daraus macht. Aber diese Vorstellung der Leute von der Macht der Presse – nun ja, es ist eine subtile Art der Macht. Man muß sie geschickt einsetzen, oder die Leute durchschauen sie."

„Hast du meinen Artikel über das Feuer in der 14. Straße gelesen? Dad hat ihn auf Seite zwei gesetzt."

„Ja. Du benutzt Worte wie eine Kamera. Das ist eine Gabe, Yarrow. Du darfst sie nicht wegwerfen."

Sie plauderten weiter im Sonnenschein auf der Treppe. Dann ertönte eine Autohupe, man hörte schallendes Gelächter, und jemand rief Yarrows Namen.

„Es ist Sandy Heartland. Ich habe ihn eine Ewigkeit nicht mehr gesehen", sagte sie, stand auf und lief über den Flur zur Tür.

„Hallo, was machst du denn hier?"

Sandy sprang aus dem Wagen. Er studierte an der Purdue University und kam selten nach Hause. Die Leute behaupteten, Sandy verstehe sich nicht mit seinem Vater und seine Mutter leide unter chronischer Nervosität. Großvater erklärte jedoch, das sei nur eine beschönigende Formulierung für Trunksucht. Doch in diesem

Moment machte Sandy den Eindruck, als ob er keine Sorgen hätte. Das Auto war voller junger Leute. Yarrow kannte einige von ihnen. Sie sah Mary-Ellens rotes Haar durch die Scheibe. Sandys Blondschopf leuchtete in der Sonne, und seine Zähne blitzten. Sie wollten am Fuß der Berge mit dem Schlauchboot auf dem Fluß fahren und fragten, ob sie mitkommen wolle.

„Ich kann nicht."

Sandys Lächeln war verführerisch. Er legte seine Hand auf ihren Arm. Ein Schauer durchlief sie, wie damals, als sie mit Elliot Weyden auf Lauras Hochzeit getanzt hatte.

„Ach, komm schon, Yarrow", sagte Mary-Ellen und steckte ihren Kopf durch das Fenster. Sie trug ihr Haar nach der neuesten Mode mit einer Welle in der Stirn und die Spitzen zu einer Rolle nach außen gedreht. „Wir sind noch vor Einbruch der Dunkelheit zurück."

Plötzlich stand Großvater hinter Yarrow. „Warum gehst du nicht mit, Mädchen? Es wird dir guttun. Ich werde es deiner Mutter erklären, wenn sie aufwacht."

Yarrow zögerte noch einen Moment. Sie dachte an das Buch, das Elliot ihr geschickt hatte. Sie hatte sich vorgenommen, es am Nachmittag zu lesen, doch die Sonne spiegelte sich im Kotflügel des Wagens und nahm ihr die Entscheidung ab. „Wartet eine Minute, bis ich meinen Badeanzug geholt habe."

Yarrow ließ Sandy und ihren Großvater neben dem Wagen stehen. Eines der Mädchen drehte das Radio an.

„Helen Forrest", sagte Sandy und meinte damit die Sängerin.

„Wie geht es Ihnen, Helen", fragte Großvater und schüttelte Mary-Ellen die Hand. Wegen ihrer neuen Frisur hatte er sie nicht erkannt. Sandy hielt sich vor Lachen den Bauch, und Großvater ärgerte sich, nicht nur deswegen, weil ihm ein Fehler unterlaufen war, sondern weil Sandy keine Manieren hatte. Er trollte sich und brummelte vor sich hin, er sei schon immer der Meinung gewesen, daß Sandys Augen zu eng beieinander lägen.

Als sie mit viel Getöse in einer Staubwolke davonfuhren, blickte sich Yarrow noch einmal um und sah, daß ihr Großvater immer noch in der Tür stand. Sie dachte zum ersten Mal, wie gebrechlich er allmählich wurde, und sie konnte nicht genau sagen, wann das angefangen hatte. Sie runzelte die Stirn, als sie sich zu erinnern versuchte, und dann nahm Sandy eine Hand vom Steuerrad und legte seinen Arm um ihre Schulter. Er drückte sie an sich, und sie spürte wieder diesen seltsamen Schauer und dachte: „Vielleicht bin ich dabei, mich zu verlieben, und so ist das eben." Sie vergaß Elliots Buch und Elliot und was sie fühlte, wenn er in ihrer Nähe war.

In Jerrard Fox' Büro fand eine Besprechung statt. Jock, James, Fox und Max Horace saßen um einen Tisch. Mr. Fox vertrat Fabiana Truitt.

Sie hatte eine kluge Idee gehabt und sie James erläutert, als er in New York gewesen war. Freyas Krankheit hatte jedoch die Durchführung dieser Idee verzögert. Wenn Fabiana und die McLeans neue Anteile an ihrem Unternehmen ausgaben, dann konnten sie diese statt Bargeld benutzen, um den *Record* zu erwerben. James und Jock gefiel der Gedanke nicht, daß Max Anteile am *Journal* erhalten sollte. Hatte es sie zuvor nicht verdammt viel Zeit gekostet, ihn loszuwerden? Doch Fox meinte, der Plan sei ganz einfach. Da Max nicht stimmberechtigt wäre und sie sich gleichzeitig noch mehr Anteile sichern würden, sei Max klar in der schwächeren Position.

Jock erklärte, er glaube nicht, daß jemand anders diese verdammte Zeitung haben wolle. „Und warum sollen wir sie dann kaufen?"

Max zog einen Brief von einer Bank aus dem Osten aus der Tasche. Die Bank äußerte die Absicht, den *Record* zu kaufen. Jock prüfte den Brief sorgfältig. Der Grundgedanke war, beide Zeitungen mit derselben Presse zu drucken. Aus dem *Record* sollte eine Abendzeitung werden, und die *Gazette* würde wie bisher am Morgen erscheinen.

„Max wird davon nicht gerade begeistert sein", meinte Jock draußen auf dem Gang. Er und James hatten sich dorthin zurückgezogen, um unter vier Augen miteinander zu reden. Doch überraschenderweise willigte Max Horace ein – wenn auch nach einigem Gefeilsche bezüglich der Einzelheiten. Es wurde vereinbart, daß ein bestimmter Prozentsatz aus künftigen Profiten des *Record* bezahlt und daß 200 neue Aktien ausgegeben werden sollten: 100 nicht stimmberechtigte Anteile an Max Horace und jeweils 50 an Fabiana und die McLeans. Jock war der Meinung, Max müßte nicht ganz richtig im Kopf sein, wenn er sich ohne einen Pfennig Beteiligung am Profit abspeisen ließ.

Doch später am Tag erhielt Jock einen Anruf, und dann, nach einigen Telefonaten, ordneten sich die Teile des Puzzles in seinem Kopf wie die Typen in einer Setzmaschine. Er fuhr in die Stadt und engagierte einen jungen Rechtsanwalt. Fox war nicht der einzige Anwalt in der Stadt. Danach ging er zu einer Bank, wo er seine bescheidenen Ersparnisse aufbewahrte, lieh sich etwas Geld, und weil er wußte, daß es nicht ausreichte, ging er noch zu einer anderen Bank, in deren Aufsichtsrat einer von James' Freunden saß. Jock schöpfte alle Überziehungskredite voll aus. „Halten Sie das für klug", fragte ihn der junge Anwalt, als er sah, wie sich Jocks Schulden häuften.

„Ich werde mich dieser Schlangenbrut heute ein für allemal entledigen", sagte Jock.

Sie fuhren mit einem Taxi zum Büro des *Record*, wo die Dame mit dem Kneifer, die heute keinen Tag älter aussah, Jock nicht daran hindern konnte, das Büro von Max Horace zu betreten. Er sprach eine halbe Stunde mit ihm. Der Anwalt lief draußen auf und ab und kaute an seinen Fingernägeln. Dann kam Jock ruhig aus dem Büro und erklärte, sie beide könnten jetzt nach Hause fahren. Er werde ihn morgen bei der Unterzeichnung des Vertrages im Büro von Jerrard Fox erwarten.

Bei der Unterzeichnung wurden die neuen Anteile wie besprochen vergeben: 100 nicht stimmberechtigte an Max Horace und jeweils 50 an Fabiana und die McLeans. Während Fox Fabiana in New York anrief, um ihr die guten Neuigkeiten mitzuteilen, machten Jock und sein Anwalt ihren Handel mit Max perfekt. Jock bat seinen Anwalt, Fox die Papiere am nächsten Morgen auszuhändigen.

In New York war es elf Uhr vormittags, als Fox Fabiana anrief. Sie war gerade erst aufgewacht. Fox hatte eben sein Büro in Platte City betreten und den dicken Umschlag geöffnet, den ihm Jocks Anwalt übergeben hatte.

„Sie haben ein falsches Spiel mit uns getrieben", brüllte Fox ins Telefon. Er war kaum zu verstehen. „Die McLeans haben Max Horaces Anteile gekauft. Sie haben das Geschäft gemacht, das wir ..." Fabiana kreischte vor Wut und knallte den Hörer auf die Gabel. Als sie zu Bett gegangen war, hatte sie noch die Aktienmehrheit an der Zeitung besessen, und nun war sie aufgewacht und mußte feststellen, daß den McLeans fünf Achtel gehörten. Fabiana warf voller Zorn das Telefon gegen den Spiegel in ihrem Schlafzimmer.

„Das werden die McLeans büßen, und wenn es dauert, solange ich lebe."

„Aber woher wußtest du das, du alter Fuchs? Wie hast du herausgefunden, daß das Unternehmen, das den *Record* kaufen wollte, nur eine Scheinfirma von Fabiana Truitt war?" James versuchte immer noch, die Einzelheiten des Plans zu verstehen. Alles war so schnell gegangen.

Jock lachte und trank seinen Whisky.

„Elliot hat es herausgefunden. Er arbeitet für eine Investmentgesellschaft in New York, und sie haben ihn zu ihr nach Hause geschickt, um die Papiere zu unterschreiben. Er roch den Braten und rief mich an."

„Okay. Aber wie hast du Max Horace dazu gebracht, dasselbe Geschäft mit dir zu machen, das er mit Fabiana vereinbart hatte?"

„Sagen wir mal so: Ich war sehr überzeugend." Jock lachte. „Ich habe ihn an ein paar Dinge erinnert. Ich kenne da ein paar Geschichten aus Max Vergangenheit."

Nachdem Max Horace aus dem Geschäft heraus war, beschloß James, die beiden Zeitungen zum *Platte City Journal-Record* zusammenzuschließen. Die alten Räumlichkeiten des *Journal* wurden verkauft, und James zog als Herausgeber in das neuere Gebäude am anderen Ende der Stadt. Der *Record* verfügte über eine neue Duplex Tubular Presse und eine gewerkschaftlich organisierte Arbeiterschaft. Und der noch nicht völlig wiederhergestellte Albert Hinton war der Betriebsratsvorsitzende.

Die ganze Familie war anwesend, als die erste Zeitung mit ihrem neuen Impressum aus der Presse kam. Es gab eine kleine Verzögerung mit der Maschine. Sie wirkte im Vergleich zu der alten Comet-Presse wie ein Gigant. James hatte beschlossen, die Zeitung in zwei Arbeitsgängen zu drucken und ihr eine kleinformatige Anzeigenbeilage beizufügen. Da die Duplex-Presse nach dem Prinzip des Rotationsdrucks arbeitete, wobei zwei Druckplatten jeweils vier Normalseiten druckten, war es einfach, die Spalten seitwärts zu drehen, um eine kleinformatige Zeitung herauszugeben. Aus jeder großformatigen Seite, die waagerecht durch die Walze lief, wurden jetzt zwei kleinformatige Seiten, die horizontal gedruckt wurden. Was die Druckplatten betraf, war Yarrow völlig auf dem laufenden, und sie erklärte Eric am Metteurtisch, wie die Formen, die früher direkt von der Flachbettdruckpresse auf das Papier gedruckt wurden, nun mit Matrizenpapier abgedeckt wurden. Matrizenpapier ähnelte einem sehr feuchten Pappmachébogen. Yarrow gab Eric einen Bogen von dem trockenen, geformten Matrizenpapier, und er fuchtelte damit vor Nellies Gesicht herum. Doch sie stieß ihn weg und erklärte, dieses Zeug interessiere sie nicht.

Jock war mit einem Glas Whisky in der Hand in die Druckerei gegangen. Er nickte Albert Hinton und den anderen Gewerkschaftsmitgliedern zu. Kopfschüttelnd verfolgte er die Vorbereitungen und die rege Geschäftigkeit, an der er nicht mehr teilhatte.

Yarrow ergriff seine Hand und drückte sie, und sie spürte die Schwielen an seinen Fingern. Wie viele Male hatten sie schon die Lettern genommen und sie mit der Signaturrinne nach oben, Reihe um Reihe, in den Winkelhaken gelegt? Jock kannte die Anordnung des Alphabets im Setzkasten, und fast ohne hinzuschauen hatte er seine Worte, seine Ideen direkt auf das Blei übertragen. Es war von Anfang bis Ende seine Zeitung.

„Das ist nicht wie beim alten Humdinger, oder?“

„Nein, ganz und gar nicht, Mädchen.“

Eric durfte auf den Knopf drücken, der die große Presse in Gang setzte. Wie von Geisterhand wurde das leere weiße Papier mit Geschichten und Schlagzeilen, Bildern und Leitartikeln bedruckt, und daraus entstand der neue *Platte City Journal-Record.*

Alle nahmen eine frisch gedruckte Zeitung zur Hand, als sie aus der Presse kam. „Gefalzt“, riefen Yarrow und ihr Großvater zugleich. Das neue *Journal* sah anders aus als das alte. James hatte im hinteren Teil eine Seite mit Comics eingefügt, was Eric sehr gefiel. Außerdem hatte er seine Kusine Clara Russell in Washington gebeten, gelegentlich eine Kolumne mit der Überschrift „Neuigkeiten aus der Hauptstadt" zu schreiben. James war sehr stolz darauf, vor allem, weil er Clara als Autorin so billig bekommen hatte. „Seht euch das an", sagte er immer wieder und blätterte die Seiten um. Auf Seite zwei entdeckte er einen Druckfehler, und er lief hinüber zum Setztisch, um ihn dem Setzer zu zeigen.

Großvater nahm Eric bei der Hand und führte ihn ins vordere Büro. Er kam sich hier jetzt überflüssig vor. Er hatte alles getan, was in seinen Kräften stand. Er war mit James losgezogen und hatte die Darlehen besorgt, als Fabiana Truitt Fox anwies, ihre noch verbleibenden Anteile zu verkaufen. „Wer A sagt, muß auch B sagen", hatte er erklärt. Nun gehörte ihnen alles. Es war ihr Eigentum.

Noch immer stand der alte Name der Zeitung am Fenster. Ein Mann war damit beschäftigt, die Goldbuchstaben mit einer Rasierklinge abzukratzen. An der Wand hing als Dekoration ein alter Setzkasten.

„Er hängt verkehrt herum."

„Woran siehst du das, Großvater?"

„Ganz einfach, mein Junge. Er hängt an seinem Griff." Eric kicherte. Er lief hinüber und hob einen von den goldenen Schnipseln auf, die am Boden lagen. „Weißt du", sagte Jock und setzte sich auf eine Bank an der linken Wand, „daß das U und das J bei den Großbuchstaben fast ganz am Ende kamen? Ich habe mir immer gedacht, daß das Alphabet in Wirklichkeit JUXYZ lauten müßte."

„Das ist albern, Großvater."

„Ja", sagte Jock. Er starrte auf den alten, nutzlosen Setzkasten und lehnte seinen Kopf gegen die Wand. „Das war es."

Zweites Buch

1940–1953
Die Verfolgung

9

Im November wurde Jock achtzig, und am selben Tag feierte Yarrow ihren achtzehnten Geburtstag. James brachte aus diesem Anlaß ein Faksimile der ersten Ausgabe des Humdinger heraus.

Yarrow las Eric die Geschichten über das Camp der Minenarbeiter aus dem Jahr 1881 und den ersten Leitartikel seines Großvaters vor. Sie saßen zusammen in einem großen Lehnstuhl vor dem Kamin. Alle warteten darauf, daß im Radio das Wahlergebnis bekanntgegeben würde. Der Präsident kandidierte für eine dritte Amtszeit. James war in seinen Leitartikeln für Willkie eingetreten, doch Clara Russell sprach sich in ihren Kolumnen gegen ihn *und* gegen Präsident Roosevelt aus. Clara war Isolationistin und plädierte leidenschaftlich dafür, daß sich die USA aus der Weltpolitik heraushielten. Jock behauptete, nur ein Schizophrener könne diese Zeitung noch lesen und verstehen.

„Hört euch das an", sagte Yarrow und schlug die Beine übereinander, während sie auf die Nachrichten warteten. Sie hatte eine sanfte, tiefe Stimme, die sich auch gut dafür eignete, laut vorzulesen: „‚Eine Zeitung in einem reichen und ständig wachsenden Bergwerkscamp wie Galena ist mehr als ein erfreulicher Luxus; sie ist eine Notwendigkeit, und zwar in doppelter Hinsicht, denn in einem Bergwerkscamp hat die Zeitung zwei Aufgaben zu erfüllen: Zum einen versorgt sie das Camp mit den Neuigkeiten von draußen, und zum anderen erfährt die Außenwelt durch sie von der Produktion und den Streiks im Camp. Die *Galena Gazette* verspricht, diese beiden Aufgaben zu erfüllen, und wir versprechen außerdem, dem Camp und den Kapitalisten kräftig einzuheizen.‘ Hört sich das nicht ganz nach Großvater an?"

„Natürlich tut es das", meinte Jock, der eben ins Zimmer kam und mit dem Fuß nach dem Feuer stieß. „Ich habe es ja geschrieben. Lies dem Jungen mal die Stelle über die Folterung der Nihilisten vor."

„Ja, ja“, schrie Eric. Seine Fantasie lebte gerade von gedruckter Kost voll Mord und Totschlag.

„Er wird mal einen guten Reporter abgeben“, sagte Großvater.

„‚Die Mörder des Zaren, Russakoff und Jaliboff, wurden in Gegenwart von General Melikoff gnadenlos mit Stromschlägen gequält‘“, las Yarrow. „Das ist ja furchtbar, Großvater.“

„Los, weiter. Sei kein Weichling.“

„‚Ein Reporter der *New York Sun* unternahm im Interesse der Wissenschaft das Experiment mit der Induktionsspirale.‘“

„Tut das weh“, fragte Eric.

„Nur wenn man lacht“, entgegnete Großvater.

Yarrow warf die Zeitung auf den Boden. „Ich will nicht mehr weiterlesen.“

Jock lachte, als Eric nach der Zeitung griff. „Lies du es mir vor, Großvater. Bitte.“

„Oh, ich kenne es auswendig“, meinte Jock und setzte sich auf einen anderen Stuhl. Er lächelte Yarrow mit seinen vom Tabak gebräunten Zähnen an, während Eric zu ihm hinüberkrabbelte. Yarrow drehte das Radio lauter. Der Gesang einer Frauenstimme erfüllte den Raum.

„Still“, sagte Großvater, als der Sprecher die laufende Sendung unterbrach.

„Präsident Franklin D. Roosevelt ist mit einer Mehrheit von fünf Millionen Stimmen gegenüber dem ehemaligen Großindustriellen Wendell Willkie wiedergewählt worden ...“

„Hurra“, rief Großvater und drückte Eric an sich. „Ich habe deinem Vater ja gesagt, daß Willkie nicht gewinnen kann.“

„Willkie war in Colorado erfolgreich“, sagte Yarrow. Sie lauschte noch immer dem Sprecher im Radio.

„Heißt das, daß wir jetzt, wo Präsident Roosevelt gewonnen hat, in den Krieg eintreten“, fragte Eric.

„Das ist mehr als wahrscheinlich.“

„Ich muß Laura anrufen. Lem ist zur Marine gegangen. Sie wird sterben vor Sorge“, meinte Freya.

„Elliot mußte sich im vergangenen Monat in die Musterungslisten eintragen“, sagte Jock.

„David sagt, er wird sich freiwillig melden“, erklärte Yarrow.

Freya schlang die Arme um ihre Tochter. „Ich bin sicher, wenn deine Kusine Clara ihren Kopf durchsetzt, dann werden die Kriegstreiber was für ihr Geld erleben.“

Die Familie feierte weder Großvaters noch Yarrows Geburtstag, man wollte bis Silvester warten, wenn Laura mit ihrem Baby käme. Lem war irgendwo im Pazifik. Kusine Clara kündigte ihren Besuch an, und Elliot, der sich noch in einem Ausbildungslager befand, schrieb Jock, er werde kommen, falls er Winterurlaub bekomme.

Yarrow erklärte Mary-Ellen, daß sie nicht mehr in Elliot Weyden verliebt sei. Es sei nur eine kindische Schwärmerei gewesen. Jedenfalls schrieb er nur noch selten; und wenn, dann kritzelte er lediglich ein paar Worte in ein Buch, das er ihr hin und wieder schickte. „Hüte dich vor diesem Typ“, hatte er das letzte Mal geschrieben. Sie wußte, daß er damit Sandy meinte, obwohl er ihn nicht einmal kannte.

Am Silvesterabend war es bitterkalt, so daß sie draußen nicht einmal das Feuerwerk über dem Pikes Peak bewundern konnten. Deshalb versammelten sich alle ein paar Minuten vor Mitternacht im Badezimmer der Kinder im oberen Stock, denn nur von dort aus hatte man einen Blick auf den Berg. Sie gruppierten sich auf dem Rand der Badewanne und auf der Toilette und tranken Champagner.

„Macht das Licht aus“, sagte Nellie. „Dann können wir das Feuerwerk besser sehen.“

„Ich kann überhaupt nichts sehen“, sagte Eric und drängelte sich an ihnen vorbei zum Fenster.

„Du wirst schon was sehen, wenn du geduldig bist“, meinte Kusine Clara und blieb wie festgewachsen auf dem Kachelboden stehen. Sie war nicht sehr groß, aber sie verstellte das dunkle Fenster fast zur Gänze. Sie trug eine rote Perücke, weil ihr Haar ziemlich dünn war. Kusine Clara war etwa so alt wie James, wirkte aber viel älter. Sie war in den 77. Kongreß der Vereinigten Staaten wiedergewählt worden, und ihr markantes Kinn sprang jetzt noch mehr vor als früher.

Jock befreite sich mühsam aus der Ecke neben dem Waschbecken und forderte Eric durch einen Wink auf, seinen Platz einzunehmen. Das Bad war ziemlich überfüllt. Er stellte sich neben Yarrow und Greta in die Nähe der Tür.

„Man sollte Politikern nicht zu nahe kommen."

„Du hast mir doch erzählt, daß du selbst einmal für das Amt des Bürgermeisters kandidiert hast!"

„Ja, und ich wurde Gott sei Dank geschlagen. Ich habe nicht behauptet, daß ich frühzeitig zu dieser Einsicht gelangt wäre, Yarrow, sondern nur, daß ich aus eigenem Schaden klug geworden bin. Man kann als Zeitungsmann nicht auf zwei Hochzeiten tanzen."

Yarrow hörte ihm nur mit halbem Ohr zu. Sie blickte ständig zur Tür, um zu sehen, ob jemand die Treppe heraufkäme.

„Auf wen wartest du denn", fragte Großvater, obwohl er es genau wußte. „Auf Elliot?"

„Nein. Warum sollte ich? Er wußte ja nicht, ob er kommen kann. Wenn du es unbedingt wissen willst, ich warte auf Sandy."

Der erste Feuerwerkskörper explodierte am Himmel.

„Ein frohes neues Jahr."

„Einen fröhlichen Silvesterabend." Jock wischte den Champagner aus seinem Schnurrbart und küßte Yarrow auf die Wange. „Ich möchte dir ein kleines Geschenk überreichen", sagte er und faßte in seine Jackentasche.

„Was ist das?"

Er legte ihr das kleine Stück Blei in die Hand, das er immer bei sich getragen hatte.

Sie hielt es gegen das Licht auf dem Flur. „Da steht ja ‚Yarrow' drauf. Das habe ich nicht gewußt."

„Ja. Es war das erste Wort, das ich mit der Linotype-Setzmaschine goß, als du ein Jahr alt warst – und es war das letzte. Ich habe es nie kapiert. Seither habe ich es immer bei mir getragen."

„Großvater!" Yarrow umarmte ihn.

Es hat wohl noch nie eine Familie gegeben, dachte Yarrow, in der sich alle so oft umarmt und geküßt haben. Sogar diejenigen, die nicht direkt mit ihnen verwandt waren, wurden davon angesteckt, als ob einem die enge Freundschaft mit den McLeans das Vorrecht zum Küssen gebe. Laura drehte sich um und drückte Yarrow so fest an sich, daß diese sofort wußte, an wen sie dabei dachte. Yarrow gab ihr ebenfalls einen Kuß.

„Der ist für den kleinen Lem."

Der kleine Lem schlief in Lauras früherem Zimmer. Greta, die so lange Haare wie Rapunzel hatte, kam herüber und umarmte ihren Vater. Nellie stand neben Kusine Clara, als ob sie es ihr künftig gleichtun wolle.

„Ein frohes neues Jahr, Clara." Als Quäkerin hätte Clara die Anrede „Kusine" zurückgewiesen.

„Du mußt mich einmal in Washington besuchen", sagte Clara zu Nellie.

James umarmte seine Kusine. Er küßte Freya besonders liebevoll und ließ die Hand auf ihrer Schulter liegen, als er aus dem fahlen Licht der Diele in den kleinen überfüllten Raum trat.

Die größte Zuneigung jedoch erwies James seinem Vater. Er umarmte ihn so fest, daß der alte Mann ins Wanken geriet. Yarrow wandte sich ab, damit die anderen nicht merkten, wie gerührt sie war. Und dann sah sie Sandy die Treppe heraufkommen.

„Du hast ja gesagt, daß du vorbeikommen würdest", sagte sie und ging ihm ein paar Stufen entgegen. Er blieb stehen, bis sie etwa auf gleicher Höhe waren, und dann nahm er ihr Gesicht in seine Hände. Sie waren eiskalt. „Ein frohes neues Jahr", sagte er und küßte sie. Es war ihr erster richtiger Kuß, und Yarrow wurde schrecklich rot. Beide fingen an zu lachen. Gerade als sie sich wieder küßten, ging unten die Haustür auf und ein Schwall kalter Luft kam herein. Es war Elliot, in seiner olivgrünen Armeeuniform und mit einem schneidigen Schiffchen auf dem Kopf. Er hatte eine große Schachtel unter dem Arm und meinte: „Ich glaube, ich komme eine Minute zu spät."

„Ja", sagte sie, „das Feuerwerk hat schon angefangen. Kennt ihr beide euch schon?" Sie war nervös und machte Elliot dafür verantwortlich.

Elliot stellte die Schachtel auf den Boden, und Sandy ging die Treppe hinunter.

„Elliot Weyden."

„Sandy Heartland."

Sie gaben sich die Hand. Sandy war ein paar Zentimeter größer als Elliot, doch Elliot, der noch immer sein Schiffchen in der Hand hielt, sah in seiner Uniform so geschniegelt, finster und adrett aus, daß er mit seinen scharfen Augen wie eine Schwarzdrossel wirkte.

„Ein frohes neues Jahr, Yarrow", sagte Elliot. Sie erlaubte ihm, sie auf die Wange zu küssen.

Aus dem Badezimmer kam lautes Freudengeschrei, als die nächsten Raketen am Himmel zerplatzten und Leuchtkugeln in allen Farben ausspien. Es klang fast wie das Geschrei der Menge bei einem Boxkampf. Großvaters Kopf erschien in der Tür. „Yarrow, komm herein, du verpaßt alles. Na, so was, wenn das nicht Elliot ist! Komm rauf, komm rauf."

Elliot eilte an Sandy vorbei die Treppe hinauf.

„Ich freue mich, dich wiederzusehen, Elliot", sagte der alte Mann. „Heh, seht mal her, Elliot ist da."

„Guten Abend, Sir", sagte Sandy, der hinter Elliot die Treppe heraufkam. Es herrschte große Aufregung. Großvater winkte ihm mit einer Hand zu, während er die andere auf Elliots Schulter liegen ließ.

„Na, in letzter Zeit mal wieder gute Musik gehört", fragte Jock. Sandy hob verwundert die Augenbrauen. Eric konnte den Blick nicht von seinem Helden wenden und strich mit seinen Fingern immer wieder über die kleinen Metallbuchstaben „U. S." auf Elliots rechtem Revers.

„Ich werde euch nicht in den Krieg schicken", sagte Clara. „Wenn es im Kongreß zur Abstimmung kommt, dann werde ich dagegen stimmen."

Als das Feuerwerk vorbei war, gingen die Älteren auf den Flur hinaus und die Treppe hinunter.

„Es macht mich krank, wenn ich das Gerede der Isolationisten höre", sagte Großvater, während er langsam die Treppe hinunterstieg. „England ist am Verbluten."

„Und wir werden das auch bald sein, wenn wir uns einmischen."

„Man muß doch für etwas kämpfen."

„Ich werde niemals zustimmen."

Gerade als alle ins Wohnzimmer gehen wollten, erklärte Elliot, er habe ein Geschenk für Eric mitgebracht. Er stand neben der großen Schachtel und grinste.

„Was ist das", fragte Eric und kniete sich neben die Schachtel, während die anderen gespannt zusahen. Aus dem Innern der Schachtel hörte man ein leises Wimmern.

„Mach sie auf und sieh nach." Elliot liebte es über alles, andere zu überraschen. Er platzte fast vor Ungeduld.

Eric riß die Pappe auseinander, und aus einer Unmenge von Papierschnipseln strampelte sich ein junger Hund frei, mehr Beine als Körper, und begann mit seiner langen rosa Zunge Erics Gesicht abzulecken.

„Eine dänische Dogge."

Eric schlang seine Arme um den Hals des Tieres. Der Hund war fast so groß wie er selbst.

„Ich liebe ihn. Ich werde ihn Sherlock Holmes nennen."

Während alle den neuen Familienzuwachs bestaunten, brachte Laura den Pappkarton in die Küche, um das mit Urin durchtränkte Papier wegzuwerfen. Zwischen dem Papier lag eine Karte. „Für Yarrow, die Königin meines Herzens. Alles Gute zum Geburtstag. In Liebe, Elliot." Laura blickte von der Diele hinüber zu Eric und der Familie, die alle um den Hund herumstanden, und zu Yarrow, die mit Sandy Händchen hielt. Sie ließ die Karte in ihrer Tasche verschwinden.

Im Wohnzimmer wich Sandy nicht von Yarrows Seite. Elliots Anwesenheit verwirrte ihn ein wenig. Eric und der Hund lagen vor dem Kamin und waren allen im Weg.

Clara klopfte sich ein Kissen zurecht, um es sich hinter den Rücken zu stecken. „Wenn das Leih-Pacht-Gesetz angenommen wird", sagte sie zu James, „sehen wir unser Geld nie wieder. Taft hat bereits erklärt, daß das Verleihen von Waffen etwa so ist, wie wenn man Kaugummi verleiht – man will die Dinger nicht wiederhaben."

„Mädchen, Mädchen", sagte Jock ärgerlich, „das ist doch keine Frage des Geldes."

Es war schon lange her, daß jemand die Kongreßabgeordnete Clara Russel Mädchen genannt hatte, und nun richtete sie sich auf und starrte Jock wütend an. Das Kissen fiel zu Boden.

„Nun gut, wenn es schon nicht um das Geld der Steuerzahler geht, dann wirst du doch zumindest zugeben müssen, daß unser Land garantiert in diesen Krieg verwickelt wird, wenn wir so weitermachen."

„Wir sind schon mitten drin, Clara."

„Still, ihr beiden“, sagte Freya und sah von ihrem Strickzeug auf. Sie strickte Babyschuhe für den kleinen Lem.

„Wie fangen Kriege eigentlich an?“ wollte Eric wissen.

„Zwei Länder haben eine Meinungsverschiedenheit, und deswegen bekämpfen sie sich“, sagte James.

„Aber wir kämpfen nicht gegen Deutschland, oder?“

„Nein, aber sie kämpfen gegen England. Und England ist unser Freund.“

Eric ging in Schußposition und tat so, als halte er ein Gewehr im Anschlag. „Peng, peng, peng.“

„Nehmen wir mal an“, sagte James und klemmte seine große McLean-Nase zwischen Daumen und Zeigefinger, „du bist eines Tages auf dem Spielplatz und irgend so ein Rüpel kommt daher und schlägt deine Schwester. Würdest du ihr dann nicht helfen?“

Eric preßte seine Zunge zwischen die Lippen und überlegte einen Moment. „Das kommt darauf an“, meinte er.

„Auf was?“

„Wie groß der Kerl ist.“

Großvater lachte. „Wir haben hier vielleicht noch einen angehenden Pazifisten, Clara.“

Clara ballte ihre Fäuste. „Pazifismus hat nichts mit mangelndem Mut zu tun, Jock.“

„Wollt ihr beiden wohl endlich aufhören“, sagte Freya. „Ihr benehmt euch wie Kinder.“

Elliot hatte sich jetzt ebenfalls in die Nähe des Kamins begeben und beobachtete Yarrow und Sandy, die hinter dem Sofa standen. Immer wenn er versuchte, ihrem Blick zu begegnen, schaute sie weg. Sandy streichelte ihre Hand. Ihre Wangen waren gerötet.

Clara war sich nicht bewußt, was hinter ihrem Rücken vorging. Nellie, die sich anscheinend sehr zu ihr hingezogen fühlte, saß neben ihr auf dem Sofa.

„Jeanette Rankin ...“, begann Clara. Jock räusperte sich mißbilligend, und Clara wandte sich an Nellie: „... war die erste Frau, die in den Kongreß gewählt wurde. Sie stimmte 1917 gegen den Krieg.“

Jock nahm die Zigarre aus dem Mund. „Und damit war ihre politische Karriere beendet.“

„Sie ist wieder da."

„Ein Irrtum."

„Wir sind nicht alle Pragmatiker, Jock. Einige von uns haben auch Prinzipien."

„Ich muß zugeben, daß private Überzeugungen und Zivilcourage bei Politikern selten nebeneinander vorkommen."

Sandy flüsterte Yarrow ins Ohr: „Können wir für einen Moment nach draußen gehen?"

Sie schlichen gerade auf Zehenspitzen aus dem Zimmer, als Laura mit Greta und dem kleinen Lem hereinkam. Greta liebte Babys.

„All dieses Gerede über den Krieg macht mich ganz nervös", hörten sie Laura sagen, als sie die Tür hinter ihr zumachten.

Yarrow und Sandy gingen durch das Eßzimmer in die Küche. Schneeflocken wirbelten gegen das Fenster über dem Spülbecken. Er küßte sie wieder. Yarrow fand seine Küsse wunderbar. Ihr Gesicht glühte, und sie spürte, wie ihre Lippen und ihr Kinn bebten.

„Ich liebe dich", sagte er.

Sie vergaß die scharfe Kante, die sich in ihren Rücken bohrte.

„Liebst du mich", fragte er.

„Ich glaube schon."

„Willst du meinen College-Ring tragen?"

Er nahm ihn ab und streifte ihn über ihre Finger, um zu sehen, an welchem er paßte. Doch er war zu groß.

„Ich werde ihn an einer Kette tragen."

Freya kam mit ein paar schmutzigen Gläsern in die Küche. „Ach, da seid ihr." Yarrow wischte sich mit der Hand über den Mund, doch Freya schien nichts zu merken. Sie gab Sandy ein Tablett mit Austern auf Toast, die Greta vorbereitet hatte. Er ging hinaus, um sie herumzureichen.

„Er sieht sehr gut aus", sagte Freya.

„O ja, nicht wahr? Schau, was er mir geschenkt hat, Mama." Sie nahm ihre Hände aus dem Spülbecken und zeigte Freya den Ring in ihrer Tasche. „Er fährt in ein paar Tagen zurück nach Purdue. Oh, Mama, ich glaube, ich bin verliebt."

Freya sah ihre Tochter an. Sie war vor ihren Augen zur Frau herangereift, und sie hatte es nicht bemerkt.

„Das ist schön“, sagte sie.

„Könntest du ein bißchen mehr Begeisterung zeigen, Mama?“

„Tut mir leid.“

„Was ist los?“

„Oh, nichts.“

„Los, sag schon. Es ist wegen Sandy, nicht wahr? Keiner von euch mag ihn wirklich.“

„Das ist es nicht. Aber ich dachte immer, du magst Elliot. Ich dachte, er sei deshalb zurückgekommen.“

„Oh, Mama. Ich wünschte, ihr würdet es euch endlich aus dem Kopf schlagen, daß ich in Elliot verliebt bin. Er ist doch schon so alt!“

„Er ist dreiundzwanzig!“

„Er ist wie ein Bruder für mich. Aber bei Sandy ist es so – so anders.“ Yarrow seufzte, und ihre Mutter warf ihr einen Spüllappen zu.

„Los, Julia. Spül das Geschirr, und dann wird es für alle Zeit, nach Hause zu gehen. Auch für Romeo.“

10

Clara Russell lud Yarrow ein, sie noch in diesem Jahr in Washington zu besuchen. Yarrow war sicher, daß die Kusine ihres Vaters sie mit Nellie verwechselt hatte. Doch wie dem auch sei, im Dezember stieg Yarrow mit einem neuen grauen Hut und passenden Handschuhen sowie einem Stenoblock unter dem Arm in Denver in den Rock Island Expreß. Seit sie Miss Smithins' Sekretärinnenschule besucht hatte, konnte sie neunzig Worte in der Minute stenographieren, und auch im Maschineschreiben war sie besser geworden. Sie hatte angefangen, für ihren Vater als Reporterin zu arbeiten, was sie, wie sie ihrer Mutter erklärte, schon jahrelang getan habe – mit dem geringfügigen Unterschied, daß sie jetzt dafür bezahlt werde.

Yarrow schlug die Beine übereinander und betrachtete die vorüberziehende Landschaft, als der Zug durch die weiten Ebenen des amerikanischen Mittelwestens in Richtung Chicago fuhr. Sie hatte noch nie zuvor den Staat Colorado verlassen, und man gab ihr Ermahnungen mit auf den Weg, ja vorsichtig zu sein und nicht mit Fremden zu sprechen. Yarrows rosiger Teint, die strahlenden Augen und das schwarze lockige Haar, das ihr Gesicht umrahmte, zogen viele Blicke an. Doch sie erwiderte keinen davon. In Chicago mußte sie an der LaSalle Street Station in die Pennsylvania Railroad umsteigen, und erst am Freitagmorgen um 7.40 Uhr kam sie mit zerknitterter Kleidung und erschöpft, aber aufgeregt an der Union Station in Washington D. C. an.

Doch ihre Kusine war nicht da, um sie abzuholen; nur eine von Claras Sekretärinnen, eine ehrgeizige junge Frau, die sich ihre Koffer schnappte und sie aus dem Bahnhofsgebäude hinaus in ein kleines graues Auto bugsierte. Auf dem Rücksitz lagen eine Menge Papiere, Flugblätter und Aktenordner.

„Tut mir leid wegen des Wagens“, sagte sie. „Ich hatte keine Zeit mehr, alles wegzuräumen.“

„Oh, das macht nichts.“ Yarrow verhielt sich gegenüber dieser selbstsicheren, energischen jungen Frau sehr zurückhaltend. „Ist das Ihr Auto?“

„Ja. Ich heiße Rebecca. Clara läßt sich entschuldigen, daß sie Sie nicht selbst abholen konnte. Sie ist in Pittsburgh aufgehalten worden, wo sie eine Rede gegen den Krieg gehalten hat. Wir werden sie später im Kapitol treffen. Sind Sie das erste Mal in Washington?“

„Ja.“

„Dann werde ich Ihnen jetzt einige Sehenswürdigkeiten zeigen.“

Yarrow drehte und wendete sich, um durch das Fenster des Wagens alles zu sehen, und sie hatte in der Tat den Eindruck, als befinde sich Washington bereits mitten im Krieg. Als sie ausstiegen, um ein wenig zu Fuß zu gehen, wimmelte es auf den Straßen nur so von Militär. Die Stadt geriet in einen Sog der Instabilität. Entlang der Hauptstraßen waren Bäume gefällt worden, um die Fahrbahnen zu verbreitern; zersägte Baumstämme warteten darauf, abtransportiert zu werden. Vom neuen National Airport strömte der Verkehr in die Innenstadt. Statt des gemessenen Schrittes der Geschichte, den Yarrow auf dem Kopfsteinpflaster zu hören erwartete, wurden ihre Ohren von dem Lärm vorbeihastender Menschen gepeinigt. Da strömte es unentwegt vorüber: Angehörige der Armee und Berater für die Rekrutierung und Ausbildung von Wehrdienstpflichtigen; Verwaltungsbeamte, die die Wohnungsprobleme einer Stadt lösen mußten, die mit einem monatlichen Zustrom von 5 000 neuen Einwohnern aus allen Nähten platzte; Lobbyisten und Experten, die vor dem Truman-Komitee erschienen, das Verschwendung und Betrügereien im Verteidigungsministerium untersuchte; Industrielle und Geschäftsleute, deren Sachkenntnis gefragt war, wenn es darum ging, den Anforderungen des Leih-Pacht-Gesetzes zu entsprechen; Leute, die mit ihrem Einfluß hausieren gingen; Finanzstrategen, die in die Hauptstadt strömten, um direkt am Puls der Geschichte zu sein; alles Männer, die es so eilig hatten, als fürchteten sie den letzten Akt in einem Drama zu verpassen.

Später, im Cannon House Office Building, verstärkte sich dieser

Eindruck von Männlichkeit und Macht noch. Selbst die Sprache schien männlich derb, als Rebecca sie durch das Kapitol führte, vorbei an Kongreßabgeordneten und Senatoren, Wahlhelfern und Wählern, Touristen und Lobbyisten. „Das ist Senator James Mead aus New York", sagte Rebecca und deutete auf eine Gestalt, die gerade in einem Zimmer verschwand. Yarrow sah nur noch das Hosenbein des Mannes. „Er ist ein Anhänger Roosevelts, aber er gehört zum Truman-Komitee, das die Ausgaben der Regierung für Verteidigungsprogramme überprüft."

„Ah ja", sagte Yarrow und merkte, was sie alles nicht wußte.

Schließlich gelangten sie zur Speaker's Lobby, wo eine feierliche Ruhe herrschte. Dort blieb Yarrow wartend stehen. Sie sah, wie ihre Kusine sich angeregt mit einem alten Herrn unterhielt.

„Das ist George Norris", flüsterte Rebecca. Norris war ein Progressiver, der 1917 gegen den Kriegseintritt gestimmt hatte. „Er ist auch diesmal dagegen", sagte Rebecca.

Clara entdeckte sie und kam zu ihnen herüber. Hier, in ihrer gewohnten Umgebung, sah man Clara Russell sofort an, wohin sie gehörte. Sie scheute sich nicht, ihre Meinung zu äußern, und als sie durch die Halle zu ihrem Büro gingen, stellte sie Yarrow allen denen vor, die stehenblieben und mit ihr sprachen. Sie strahlte ein Selbstvertrauen aus, das unzweifelhaft der Grund für ihre Anziehungskraft als Kandidatin war. Yarrow hatte sich gefragt, wie jemand überhaupt Clara Russell mit ihrer altmodischen Kleidung und ihren stämmigen Beinen wählen konnte. Aber wie sie sie hier unter ihresgleichen sah, erkannte Yarrow mit einer gewissen Scham, daß Claras Besonderheit ihre Stärke war. Für Vetternwirtschaft sei hier kein Platz, erklärte Clara. Sie sah Yarrow dabei mit ihrem seltsam verkniffenen Lächeln an.

Die Kongreßabgeordnete Russell wohnte in einer Pension Ecke Sechzehnte und Achtzehnte Straße, von wo aus sie mit dem Bus zum Kapitol fahren konnte. Sie hatte zwei Zimmer, und hinter der Wand im Wohnzimmer verbarg sich ein Schrankbett. Yarrow amüsierte sich königlich, weil sie noch nie so ein Ding gesehen hatte. Die Möbel waren schlicht und nichtssagend; ein Stuhl, ein Tisch und eine einfache Lampe, die dem Zimmer den Anschein von Wärme und Behaglichkeit verlieh. Überall standen Bücher, und wo keine Bücher waren, lagen Stapel von Zeitschriften über Pazifismus, Frauenfragen und Außenpolitik herum. Ehe man sich setzen konnte, mußten erst jede Menge Briefe von den Stühlen genommen werden. An der Wand hing ein Foto von Claras Eltern. Ihre Mutter Hilda, Jocks Schwester, hatte eine gewisse Ähnlichkeit mit ihrem Bruder. Sie sah ziemlich energisch aus. Mr. Russell dagegen nicht. Während das Kinn seiner Frau hervorsprang, hatte er ein fliehendes Kinn, und während aus ihrem Blick ein scharfer Verstand leuchtete, war Mr. Russells Blick matt und ohne Glanz.

Alles in Washington war für Yarrow neu und aufregend. Selbst die Straßenlaternen und die Pflastersteine weckten ihr Interesse. Am Samstag war Clara tagsüber beschäftigt, aber abends gingen sie zusammen ins Kino, um sich den neuesten Film von Bette Davies anzusehen. Yarrow blamierte sich, weil sie bereits vor dem Ende der ersten Pause zu schluchzen begann. Rebecca und Clara hingegen hielten den Film für sentimentalen Quatsch.

„Aber für Frauen steht doch die Liebe an erster Stelle, oder", fragte Yarrow.

„Nein", meinte Rebecca. „Ich bin eine Karrierefrau. Ich werde nie heiraten."

„Das bedeutet nur, daß dir etwas anderes wichtiger ist als die Ehe", sagte Clara.

Am Sonntag war es sehr unfreundlich und kalt, und Yarrow war froh, daß sie im Haus bleiben und Musik hören konnte, während Clara ihre Korrespondenz erledigte.

„Hör dir das an", sagte Clara, nahm einen Brief zur Hand und wandte sich Yarrow zu. „Hier hat mir ein Mann fünf Dollar geschickt, damit ich ‚weiterhin im Einklang mit meinem Gewissen abstimme'."

„Wie könntest du sonst noch stimmen?"

„Nun, ich könnte für das stimmen, was ich für richtig halte, oder für das, was meiner Meinung nach die Mehrheit der Wähler meines Wahlkreises will."

Clara stand von ihrem Schreibtisch auf und ging in die kleine Küche, um Kaffee zu kochen. Mit einem Mal verstummte die Musik im Radio, und Yarrow wollte gerade an dem braunen Knopf drehen, als die Stimme eines Sprechers zu hören war. Er meldete, daß die Japaner Pearl Harbor bombardiert hätten.

„Was war das?“ fragte Clara und kam aus der Küche geeilt. Sie hielt einen benutzten Kaffeefilter in der Hand.

„Die Japaner haben Pearl Harbor bombardiert.“

„Großer Gott“, sagte Clara. Sie ließ den Filter zu Boden fallen und stürzte zum Telefon. Sie wählte eine Nummer, und erst als sie das Freizeichen hörte, wandte sie sich wieder Yarrow zu. „Jock hat gewonnen“, sagte sie. „Amerika wird in den Krieg eintreten.“

Am nächsten Morgen trat der Kongreß zu einer Sondersitzung zusammen. Yarrow hatte sich unter dem Schutz des Reporters einer Nachrichtenagentur zur Pressetribüne durchgeschlagen. Üblicherweise war die vorderste Stuhlreihe für Reporter von Nachrichtenagenturen reserviert. Die Pressetribüne befand sich über dem Rednerpult, wo der Präsident sprechen würde, und Yarrow kniete auf engstem Raum neben ihrem Mentor und kaute nervös an ihrem Bleistift.

In dem großen Saal unter ihr herrschte lautes Stimmengewirr, die Atmosphäre war emotionsgeladen. Auf den gegenüberliegenden Tribünen drängten sich Diplomaten, Beamte und Besucher auf den noch vorhandenen Plätzen. Die Tribüne der Fotografen war vollgepackt mit Fotoausrüstungen, Leuten und Tonfilmkameras. Von ihrem Platz aus konnte Yarrow die Abgeordneten der Republikaner sehen, die auf der linken Seite des Plenarsaals saßen. In ihren Reihen entdeckte sie Clara. Sie saß in ihrem dunklen Kleid mit dem perlenverzierten Kragen und dem Hut mit der geschwungenen Krempe etwas abseits von ihren Kollegen. Sie war die Nacht zuvor nicht ins Bett gegangen und hatte immer noch ihre Sonntagskleider angehabt, als Yarrow aufgewacht war. Clara hatte versucht, Jeanette Rankin, die Pazifistin aus Montana, anzurufen. Aber Miss Rankin war nicht erreichbar gewesen.

Die Mitglieder des Senats, allen voran der Vizepräsident, kamen herein und nahmen ihre Plätze ein. Der Türsteher meldete die Richter des Obersten Bundesgerichts. Dann folgten die Mitglieder des Kabinetts des Präsidenten, und schließlich wurde um 12.30 Uhr die Ankunft von Präsident Roosevelt gemeldet. Der ganze Saal, vom Boden bis zur Decke, erhob sich. Als der Präsident erschien, brandete Applaus auf, und Beifallsrufe wurden laut, als er sich anschickte zu sprechen. Yarrow stellte sich ihn vor, wie er vor dem bronzenen Leitmotiv unter ihr stand – „Frieden durch Stärke". Sie fragte sich, ob Clara wohl derselben Ansicht sei. Während sie sich Notizen machte und überlegte, wie sie für ihren Vater darüber berichten würde, wünschte sie, sie könnte den Präsidenten an dem einfachen Rednerpult stehen sehen.

Scheinwerfer wurden auf ihn gerichtet. Yarrow lauschte der vertrauten Stimme. Die Rede des Präsidenten wurde ständig von Beifall unterbrochen. Als sie geendet hatte und die Sitzung aufgelöst wurde, bat der Mehrheitsführer Mr. McCormack das Parlament, die gemeinsame Resolution Nr. 254 zu verabschieden, und der Schriftführer mußte sie vorlesen. Yarrow war froh, daß sie jetzt besser stenographieren konnte, und hoffte nur, später alles entziffern zu können.

„Hiermit erklären wir offiziell den Kriegszustand zwischen den Vereinigten Staaten und der kaiserlichen Regierung Japans, der den Vereinigten Staaten aufgezwungen wurde..."

„Wird eine zweite Erklärung gefordert?" fragte Speaker Rayburn. Daraufhin erhob sich Miss Jeanette Rankin aus Montana und rief: „Ich erhebe Einspruch!" Ein Raunen ging durch den Saal.

Der Sprecher erklärte, daß der Einspruch nicht zulässig sei und wiederholte seine Frage: „Wird eine zweite gefordert?"

Yarrow sah, wie die weißhaarige Frau mit Brille einfach ignoriert wurde, und Miss Rankin setzte sich wieder. Yarrow schaute hinunter zu ihrer Kusine und sah, wie sie nervös ihre Handtasche auf- und zumachte. Vierzig Minuten lauschte Yarrow den leidenschaftlichen Reden. Jeder, der zu Wort kam, war mit dem Präsidenten einer Meinung, denn durch die Bombardierung von Pearl Harbor waren mit einem Mal alle Meinungsverschiedenheiten zwischen den Parteien vergessen. Die Republikaner, schrieb Yarrow, wollen jetzt jede Erinnerung an ihre früheren Einwände gegen Roosevelts Kriegsvorbereitungen auslöschen. Sie wartete darauf, die Stellungnahme eines Kongreßabgeordneten aus Colorado zu hören, und überprüfte ihre Namensliste: Lewis, Hill, Chenoweth, Rockwell.

Mr. Reed aus Illinois war der letzte Sprecher bei dieser Debatte, und Mr. McCormack aus Massachusetts bat um die Ja- und Nein-Stimmen.

„Mr. Speaker..." Jeanette Rankin hatte sich erneut von ihrem Platz erhoben. Speaker Rayburn ignorierte sie.

„Der Gentleman aus Massachusetts verlangt eine Abstimmung. Diejenigen, die für eine Abstimmung mit Ja oder Nein sind, sollen sich erheben und so lange stehenbleiben, bis die Stimmen gezählt sind."

„Mr. Speaker, ich bitte um Gehör!"

„Es wurde eine namentliche Abstimmung verlangt. Die Frage ist, wird das Parlament die geltenden Vorschriften außer Kraft setzen und die Resolution verabschieden?"

„Mr. Speaker, eine Verfahrensfrage!"

„Eine namentliche Abstimmung darf nicht unterbrochen werden."

Von den Bänken kamen Buhrufe. Schließlich rief jemand: „Ach, setz dich hin, Schwester", und dann begann die Abstimmung. Yarrow schwitzte vor Aufregung und Anspannung. Auf ihrem Notizblock bildeten sich feuchte Flecken. Sie sah, wie Clara auf Miss Rankin zuging und dann plötzlich wieder umkehrte. Die Namen wurden verlesen: Kirwan, Kleberg, Klein, dann Pierce, Pittenger, Ploche, Ramspeck, Randolph. Lauter Ja. Rankin aus Montana. Jeanette Rankin sagte mit fester, deutlicher Stimme: „Nein." Yarrow beobachtete Clara. Rockefeller, Rodgers aus Pennsylvania, Rogers aus Massachusetts, Russell aus Pennsylvania...

Clara sagte: „Ja", aber ihre Stimme war so leise, daß der Schriftführer sie nicht hörte und sie erneut aufrief. „Ja", sagte sie noch einmal und schaute zu Yarrow auf die Pressetribüne. Es lag so viel Angst in ihrem Blick. Yarrow dachte: „Arme Clara", und sie kritzelte mit dem Bleistift sinnloses Zeug auf ihren Notizblock. Doch als sie später auf ein freies Telefon wartete und ihre Notizen durchsah, entdeckte sie, daß sie geschrieben hatte: „Hat sie ihrer Überzeugung gemäß gehandelt?"

Als sie sich einen Weg durch die Menge bahnte, um Clara zu suchen, war ihr, als habe sie in einer Gruppe von Offizieren Elliot gesehen. Als sich der Mann umdrehte, erkannte sie, daß es tatsächlich Elliot war. Er unterhielt sich angeregt und lebhaft. Seine dunklen Augen funkelten, er lachte über etwas, das sein Kamerad zu ihm gesagt hatte. „Elliot! Elliot!" Er konnte sie nicht hören. Auf den Treppen herrschte ein furchtbares Gedränge, und es wurden strenge Sicherheitsvorkehrungen getroffen. Yarrow versuchte, sich zu ihm durchzuarbeiten; sie hatte seit dem Silvesterabend nichts mehr von ihm gehört. Als sie sich durch eine Gruppe von Leuten vor ihr hindurchgedrängt hatte und nach ihm Ausschau hielt, war er verschwunden.

Schließlich fand sie Clara, oder Clara fand sie. Jeanette Rankin habe sich in einer Telefonzelle in der Garderobe eingeschlossen, sagte sie. Sie habe zu ihr hingehen und sich entschuldigen wollen.

Auf den Stufen des Kapitols ergriff Clara Yarrows Hände. „Ich hoffe, du verstehst, Yarrow. Ich hatte keine andere Wahl."

„Ich verstehe."

Doch Yarrow verstand nicht. Sie spürte so etwas wie Enttäuschung in sich aufsteigen. Clara hatte sie enttäuscht; und sie hatte es nicht geschafft, Elliot zu sprechen. Sie griff nach der Kette um ihren Hals und dachte an Sandy.

„Du wirst sicherlich sehr beschäftigt sein, Clara. Ich glaube, ich sollte nach Hause fahren."

Zwei Tage später verließ Yarrow Washington und fuhr nach Colorado zurück. Im Zug mußte sie die ganze Zeit daran denken, was sie alles gesehen hatte, und das Rattern der Räder klang mit einem Mal in ihren Ohren wie die Linotype-Setzmaschine. Liebe oder Karriere? Liebe oder Karriere? Sie stellte sich vor, wie sie selbst, wie Kusine Clara, gefolgt von einer Sekretärin, durchs Kapitol schritt. Sie stellte sich vor, wie einflußreiche Leute sie um Rat fragten oder ihr Informationen lieferten, aus denen sie Knüller für die Presse machen konnte. Jetzt sah sie es deutlich vor sich. Ihr Magen krampfte sich zusammen bei dem Gedanken, daß sie einen Vorgeschmack von dem bekommen hatte, was Macht bedeutete. Yarrow versuchte das Gefühl zu ignorieren und hörte auf das Rattern des fahrenden Zuges.

Die Räder hatten ihren Takt geändert. Liebe zur Zeitung, sagten sie. Yarrow konnte es kaum erwarten, wieder an die Arbeit zu gehen.

11

Leutnant Elliot Weyden kehrte von zu Hause gerade rechtzeitig zur gemeinsamen Sitzung des Kongresses nach Washington zurück. Er war General Marshalls Stab in Washington D. C. zugeteilt worden und hatte einen Tag Urlaub bekommen, um seine Mutter zu besuchen. Als seine Mutter angerufen hatte, wußte er genau, daß es wieder mal um seine Schwester Vivienne ging. Und er hatte recht behalten.

„Sie ist einfach fortgegangen", schluchzte Mrs. Weyden. „Ohne ein Wort zu sagen. Ich kann sie ohne dich nicht finden."

Sie saßen im Wohnzimmer ihrer Wohnung in der 28. Straße. Vor achtzehn Monaten hatte er dort seine Mutter und seine Schwester untergebracht, nachdem sie ihr Haus im Norden des Staates New York verkauft hatten.

Elliot Weydens Mutter hatte ihr ganzes Leben lang hart gearbeitet. Sie war ein musisch begabtes Kind gewesen, doch ihre eigenen Erwartungen und die ihrer Eltern stimmten nicht überein, und seitdem war sie von ihrem Kurs abgekommen. Sie hatte Elliots Vater aus Liebe geheiratet und war bereit gewesen, alles für ihn aufzugeben; damals hatte sie nicht geahnt, wie schwer das sein würde. Sie konnte ihr musikalisches Talent nicht weiterentwickeln, weil sie nicht genug Ausdauer besaß, lange am Klavier zu sitzen und zu üben. Schwierige Stücke oder widerspenstige Schüler verstärkten nur noch ihren Wunsch, die Notenblätter wegzulegen und sich in ihr abgedunkeltes Zimmer zurückzuziehen. Als ihr Mann starb, machte die Anwesenheit ihrer lebhaften und immer zu Streichen aufgelegten Kinder, die im Gegensatz zu ihr alles andere als ruhig und verträumt waren, ihre Migräneanfälle nur noch schlimmer. Auch als es ihr wieder besser ging, gab sie keinen Klavierunterricht mehr, sondern nahm eine Stellung als Haushälterin an. Schon wenn sie das Klavier sah oder daran dachte, was aus ihr hätte werden können, bekam sie wieder Kopfschmerzen. Aber sie wollte das Klavier nicht verkaufen; es stand wie ein großes Fragezeichen im Vorraum ihrer Wohnung, und sie mußte jeden Tag daran vorbeigehen.

Doch dies war nur ein Zug ihrer Persönlichkeit, mit der Elliot nicht zurechtkam; sie war überdies der Meinung, daß sie es nicht besser verdiene.

Das machte Elliot wütend. Wenn er konnte, schickte er ihr hübsche Dinge, zum Beispiel eine Kamee-Brosche oder einen Seidenschal. Er wußte, daß ihr solche Dinge gefielen. Doch sie wurden sogleich in Seidenpapier eingewickelt und in Schubladen und Schränke gelegt. „Oh, es ist viel zu schön für mich“, sagte sie dann, ging hinaus, tauchte ihre Hände in einen Eimer und zog einen stinkenden Putzlappen heraus, um ihn auszuwringen.

Als er jetzt der schlanken Gestalt in dem gemusterten wollenen Morgenrock gegenübersaß und ihr sein Taschentuch reichte, da verstand er all ihre Fehler und verzieh sie ihr, ohne näher darüber nachzudenken. Schließlich war sie seine Mutter. Er war da, um sich um sie zu kümmern. Während der Depression hatte er ihr jeden Dollar und jeden Cent aus Colorado geschickt, und jetzt war er froh, daß sie ihn aus Washington hatte kommen lassen.

„Ich habe sie vor diesem Mann gewarnt“, sagte seine Mutter, „aber sie wollte nicht hören. Ich sagte, Vivienne, ein verheirateter Mann will von einem jungen Mädchen doch immer nur das eine, und an eine Ehe denkt er bestimmt nicht. Wie konnte sie uns das antun?“

Elliot betrachtete die schwieligen roten Hände seiner Mutter. Sie hatte ziemlich kleine Hände; dabei hatte sie früher einmal eine Oktave auf dem Klavier greifen können, fiel ihm ein.

„Dein Vater würde sich im Grabe umdrehen, wenn er das wüßte. Ich glaube, sein Akzent hat es ihr angetan. Sie hatte schon immer eine Vorliebe für alles Englische, und sie hat gesagt, er würde ihr helfen, zum Theater zu kommen. Zum Theater! Oh, Elliot, mit dir wird sie sprechen, da bin ich sicher.“

„Ich weiß, wo sie ist – wenigstens habe ich eine Idee. Sie hat mich gestern im Truppenstützpunkt angerufen.“

„Dann finde sie, Elliot, und bring sie nach Hause.“

„Vielleicht will sie nicht ...“

Mrs. Weyden richtete sich auf und schaute ihren Sohn in seiner Uniformjacke an. Er hatte die Offiziersausbildung beendet und sah blendend aus.

„Elliot, du kannst jeden dazu bringen, daß er tut, was du willst."

„Dich ausgenommen, Mutter", entgegnete er.

Er war schon einmal mit seiner Schwester aneinandergeraten. Sie war stur, schön und eigensinnig.

„Nun, ich werde sehen, was ich tun kann. Aber ich habe nur einen Tag Urlaub."

„Aber es ist doch noch nicht Krieg."

„Sag das mal General George Marshall." Er stand auf und legte seine Hände auf ihre Schultern. Sie legte eine Hand auf seine. Er drückte ihre Schulter. „Ich werde sie finden. Übrigens, wo ist eigentlich der Teppich, den ich dir geschickt habe?" Von dem ersten richtig verdienten Geld – er hatte es zuwege gebracht, daß die komplizierte Fusion zwischen der Grove Innovation Company und einer Papierfabrik zustande kam, und darum gebeten, sein Honorar in Form von Obligationen zu vergüten – hatte er seiner Mutter einen alten Kelim gekauft.

„Oh, Elliot, er ist doch viel zu wertvoll, um jeden Tag darauf herumzulaufen. Ich habe ihn in den Schrank im Flur gestellt."

„Ma, ich möchte, daß du diese Dinge auch benutzt."

„Ich weiß, mein Lieber. Ich weiß. Ich werde mir Mühe geben. Bestimmt."

Elliot schüttelte den Kopf, setzte sein Käppi auf und machte sich auf die Suche nach seiner Schwester.

Im Gegensatz zu ihrer Mutter wußte Vivienne genau, was sie wollte, und war restlos überzeugt davon, daß sie es auch verdiente. Sie hatte Elliot anvertraut, daß sie jede Chance nutzen würde, um ihrer trostlosen Umgebung zu entfliehen. Elliot respektierte ihre Gefühle und zeigte Verständnis dafür, aber er hatte sie dennoch gebeten, den rechten Augenblick abzuwarten. Wenn der Krieg vorüber sei, erklärte er, könne er ihr alles geben, was sie sich wünsche. „Wenn der Krieg vorbei ist...", hatte sie geschrien. „Und was soll ich in der Zwischenzeit machen? Einfach hier mit Mutter herumsitzen und alt werden?

Für dich ist es einfach, du kannst fortgehen und dir draußen einen Namen machen. Ich habe nur eine Ware anzubieten. Ich werde nicht warten, bis ich eine alte Jungfer bin.“ Sie hatte eingehängt, bevor er weiter mit ihr streiten konnte.

Vivienne war ungeduldig, und sie hatte in der Person eines gewissen Mr. Clive Basingstoke ihre Chance gewittert. Sie hatte Elliot erzählt, daß Basingstoke immer im Plaza wohne, wenn er in New York sei. Elliot nahm sich ein Taxi und bat den Fahrer, unterwegs zuerst vor einem Haus aus rötlichbraunem Sandstein anzuhalten.

Wenn der Krieg vorbei ist . . ., dachte Elliot, als er im Taxi saß. Der Krieg hätte für ihn zu keinem ungünstigeren Zeitpunkt kommen können. Er hatte gerade angefangen, einen Run auf die Wall Street zu starten, und nun mußte alles zurückgestellt werden. In den paar Jahren, in denen er hier war, hatte er kaum Geld verdient, und er ärgerte sich bei dem Gedanken, von den 3 000 Dollar im Jahr leben zu müssen, die er von der Armee bekam. Er mußte sparsam mit dem Geld umgehen, dachte er, und schaute auf den Taxameter.

„Sieh mal an, wer da ist.“ Die hübsche Frau, die die Tür öffnete, stemmte für einen Moment die Hände in die Hüften. Dann schlang sie ihre Arme um Elliots Hals.

„Hallo, Mrs. Neil“, sagte er.

„Mädchen. Mädchen. Kommt und seht, was uns die Katze da ins Haus geschleppt hat“, rief sie über ihre Schulter hinweg, während Elliot sie herumwirbelte. Mehrere junge Frauen erschienen und kreischten vor Lachen, als sie Elliot erkannten. Er schloß die schwere Haustür und sah, daß der Mund des Taxifahrers weit offen stand.

„Heilige Mutter Gottes, das ist eine Überraschung“, sagte Mrs. Neil. Vor langer Zeit einmal war sie Katholikin gewesen. Sie ging mit wiegenden Hüften in ihr Büro und schickte die Mädchen wieder an ihre Arbeit. „Ich dachte schon, wir müßten dein Zimmer neu vermieten. Hast du Zeit für einen Drink, Soldat?“

„Natürlich. Warum nicht.“ Elliot lockerte seine Krawatte und machte es sich bequem. Er sah gern zu, wie Mrs. Neil sich bewegte. All ihre Kleider schienen an ihr zu kleben. Selbst das einfachste Kleid mußte über ihrem Busen festgesteckt werden, oder es klaffte auseinander, und immer, wenn sie sich setzte, rutschte ihr Rock bis zu den Oberschenkeln hinauf. Er hatte sie kennengelernt, als er nach New York kam und ein billiges Zimmer suchte. An einem heißen Sommertag war er an dem Haus aus rötlichbraunem Sandstein vorbeigekommen, und sie hatte in der Tür gelehnt. „Suchst du einen Job“, hatte sie ihn gefragt. „Nein, ein Zimmer.“ – „Ich habe Zimmer. Kannst du einen Warmwasserboiler reparieren?“ – „Sicher.“ Er hatte seinen Koffer hinter die Eingangstür gestellt, und sie führte ihn in den Keller und deutete auf den Boiler. Er sah sofort, woran es lag. Doch er schüttelte den Kopf und meinte: „Junge, das wird eine Weile dauern. Hätten Sie ein Glas Milch oder einen kühlen Drink für mich?“ – „Bist du sicher, daß du weißt, was du tust?“ Als sie gegangen war und er glaubte, daß genug Zeit vergangen sei, zündete er mit einem Streichholz die Zündflamme wieder an. Mrs. Neil war beeindruckt. „Wir brauchen einen Mann hier im Haus“, sagte sie. „Du kümmerst dich um den Boiler und den Ofen und machst kleine Reparaturen, wenn es nötig ist, und dafür kannst du hier umsonst wohnen.“ So fand Elliot also ein Zimmer, und er war so naiv und so beschäftigt – tagsüber arbeitete er an der Börse, abends besuchte er die Schule, und nebenbei reparierte er den Boiler, wenn mal wieder die Zündflamme ausging –, daß es Wochen dauerte, bis ihm klarwurde, daß die „Mädchen“ nicht Mrs. Neils Töchter, sondern Prostituierte waren.

Mit achtzehn war Elliot bei den Tanzveranstaltungen der Heilsarmee in Platte City nicht über harmloses Herumfummeln hinausgekommen. Als er in Mrs. Neils Etablisment einzog, war er auf sexuellem Gebiet immer noch unerfahren, und die Mädchen zogen ihn deshalb auf. Manchmal fragten sie ihn, ob er nicht mit auf ihr Zimmer kommen wolle, und einmal hatte ihn ein aufgewecktes Mädchen namens Maureen in ihr Zimmer geschmuggelt, damit er durch ein Guckloch einer Neuen bei der Arbeit zuschauen konnte. Noch Wochen später verfolgte ihn die Vorstellung, wie er einer Frau seinen Penis in den Mund schob, und zu den unmöglichsten Zeiten – vor allem in Situationen, wo es äußerst peinlich war – versteifte sich sein Glied. Er stand jedesmal Höllenqualen aus bei dem Versuch, die Erektion zu unterdrücken.

Er war zu pingelig, um die Mädchen einfach zu benutzen, und er hatte Angst vor Geschlechtskrankheiten. Deshalb verschaffte er sich Erleichterung durch Masturbieren. Er schämte sich und dachte an die warnenden Worte seiner Mutter, als er noch ein kleiner Junge war. Sie hatte ihm damals erklärt, daß er damit seine Gesundheit ruiniere, oder, was noch schlimmer sei, daß sein Schwanz abfallen würde. Er fürchtete tatsächlich um seine Gesundheit, weil er danach erschöpft war. Er studierte gleichzeitig Jura und Wirtschaftswissenschaft, arbeitete den ganzen Tag, lernte am Abend, und zwischendurch rief Mrs. Neil nach ihm, damit er den Boiler, die Wasserleitung, eine klemmende Tür oder einen kaputten Heizofen repariere. Es gab sonst keine Möglichkeit, den Zeitplan einzuhalten, den er für sich aufgestellt hatte. Und nun kam auch noch dieses dringende Bedürfnis hinzu, sich Erleichterung zu verschaffen, obwohl er doch gar keine Zeit für Mädchen hatte.

„Heilige Mutter Gottes", sagte Mrs. Neil eines Tages, als sie ihn im Kesselraum mit dem Penis in der Hand ertappte. „Komm in mein Büro, wenn du kannst."

Elliot war sicher, daß er seinen Job verlieren würde und sich ein neues Zimmer suchen müßte. Doch Mrs. Neil hatte andere Pläne. Als er in ihr Büro kam, saß sie in ihrem rosa Morgenrock, den sie trug, wenn sie gerade nichts zu tun hatte, auf ihrem Sofa und sagte: „Komm her, Elliot." Sie gab ihm zu verstehen, daß er sich neben sie setzen sollte. Mrs. Neil redete mit ihm und stellte ihm allerlei Fragen, und allmählich entspannte sich Elliot. Sie nahm seine Hand und steckte sie in den Ausschnitt ihres Morgenrocks. Zögernd streichelte seine Hand ihre große warme Brust, oder vielleicht bewegte auch Mrs. Neil ihre Brust unmerklich unter seiner Hand. Schließlich küßte er sie unbeholfen und stürmisch, und dann ließ sie ihn gewähren, bis er kam – allerdings viel zu schnell. Als er so dalag, meinte sie: „Komm mit." Sie führte ihn zu einer Nische, die er bisher nicht bemerkt hatte. Dort stand ein großes Bett, und sie legte sich hinein und bat ihn, sich auszuziehen. Sie öffnete ihren Morgenrock und sagte: „Und nun machen wir es auf meine Weise."

Sie war die beste Lehrerin gewesen, die er hatte finden können: Geliebte und Mutter in einer Person. Mrs. Neil mixte ihm auf einem Tablett in der Nähe des Fensters einen Cocktail.

„Auf dein Wohl, Leutnant“, sagte Mrs. Neil und gab ihm den Drink. „Wirst du länger bleiben oder bist du nur auf der Durchreise?“

„Ich habe nur einen Tag Urlaub von Washington. Ich bin gekommen, um ein paar von meinen Sachen zu holen.“

„Du kannst das Zimmer haben, solange du willst. Du fehlst uns hier. Wir haben doch immer viel Spaß miteinander gehabt, oder?“

Er lachte.

„Oh, das auch. Aber als du unseren Mietvertrag neu ausgehandelt hast, was, Elliot?“

„Das war mein erster großer Fall.“

„Hast du inzwischen ein Mädchen? Jeder Soldat sollte ein Mädchen haben.“

„Ich tue mein Bestes.“

Es läutete an der Haustür. Elliot stand auf und leerte sein Glas in einem Zug.

„Ich muß nur noch ein paar Sachen aus meinem Zimmer holen und einen Anruf erledigen.“

Elliot meldete ein Gespräch mit dem Plaza Hotel an, um sicherzugehen, daß Mr. Basingstoke tatsächlich dort wohnte. Dann wählte er eine andere Nummer und sprach mit einer jungen Frau, mit der er manchmal ausging, wenn er in New York war. Er wollte wissen, ob er sie später sehen könne. Gerade als er ihr einen Kuß durchs Telefon schickte, kam Mrs. Neil zurück.

„Du tust wirklich dein Bestes“, sagte sie.

„Kein Grund zur Eifersucht“, meinte er und faßte sie unters Kinn. „Sie werden immer meine Favoritin bleiben.“

„Deine erste auf jeden Fall.“

Als sie zur Tür gingen, kamen einige der Mädchen angelaufen, um ihn zum Abschied zu umarmen. Mrs. Neil geleitete ihn die Treppe hinunter. Als er ins Taxi stieg, sagte sie: „Komm mal wieder, um der alten Zeiten willen. Okay?“

„Jederzeit, Lady, jederzeit“, sagte der Taxifahrer.

„Nicht Sie, Sie Trottel. Auf Wiedersehen, Elliot.“

„Mann, was für eine Frau, was für eine Frau“, sagte der Taxifahrer, als sie das Viertel verließen. Er betrachtete im Rückspiegel den gutaussehenden jungen Mann. „Was doch so eine Uniform ausmacht, Sie Glückspilz."

Elliot betrat das Plaza Hotel in der 59. Straße. Er benutzte das Haustelefon, und nach kurzem Zögern bat ihn Mr. Basingstoke, heraufzukommen.

Mr. Basingstoke war in Zivil. Er trug einen dunkelblauen Maßanzug mit feinem Nadelstreifenmuster. Als er Elliot in Uniform erblickte, entschuldigte er sich sogleich für seinen Aufzug.

„Schlimmes Bein", sagte er und versetzte seinem linken künstlichen Bein einen Schlag mit seinem Spazierstock. Er hatte dünnes Haar und ein längliches, intelligentes Gesicht, doch der Rest seines rundlichen Körpers schien jemand anderem zu gehören. Er benahm sich so ungezwungen wie ein vornehmer englischer Gentleman, bot Elliot einen Drink und Nüsse zum Knabbern an, sprach über das Wetter, über den gegenwärtigen Stand des Krieges in Europa und über sein Geschäft – soweit Elliot verstand, hatte es etwas mit der Stadt zu tun; und er sprach in sehr geringschätzigem Ton von sich selbst, damit nur ja niemand auf die Idee kommen käme, er nehme sich selbst ernst. Nach Elliots Schätzung war er etwa fünfundvierzig. Elliot fiel auf, daß Basingstoke es vermied, Vivienne zu erwähnen, bis er den ersten Schritt tat.

„Mr. Basingstoke..."

„Clive."

„Clive, meine Schwester ist neunzehn. Seit mein Vater tot ist, trage ich die Verantwortung für sie. Ich bin hier, um sie nach Hause zu holen."

„Mein lieber Freund, Vivienne erzählte mir, sie sei einundzwanzig und könne ihre Entscheidungen selbst treffen."

„Ist sie hier?"

Basingstokes ethische Grundsätze verboten es ihm, zu lügen. Sein Blick fiel auf die Schlafzimmertür.

„Vivienne ist etwas Besonderes für mich", erklärte er. „Ich würde nichts tun, was sie verletzen könnte."

„Ich muß an ihre Zukunft denken, Mr. – äh – Clive, und diese Romanze wird ihr eine Menge Kummer bereiten."

„Wir leben in der Realität, Mr. Weyden."

„Nicht meine Schwester. Sie ist wie meine Mutter. Die beiden haben keine Ahnung, wie es in der Welt zugeht. Ich werde nicht gehen, bis Vivienne mit mir kommt."

Hinter der Tür zum Schlafzimmer war ein schwaches Geräusch zu hören.

„Ich habe Vivienne nicht gezwungen, zu mir zu kommen. Sie kann jederzeit zu Ihnen zurückkehren, wenn sie will." Bei diesem winzigen Anflug von Schwäche stürzte Vivienne ins Zimmer, fiel Basingstoke um den Hals und bedeckte sein Gesicht mit Küssen.

„Ich könnte dich nie verlassen, Darling. Nie, nie." Sie sah aus wie ein kleiner bunter Schmetterling.

„Ist schon gut, meine Liebe. Du brauchst nichts zu tun, was du nicht willst."

„Ich werde ihn niemals verlassen, Elliot. Niemals", sagte sie und sah dabei ihren Geliebten unverwandt an.

Er strich ihr übers Haar und wischte ihr die Tränen von den Wangen. „Das mußt du auch nicht, Darling", sagte Basingstoke. Elliot sah, wie der Mann auf dem Sofa dahinschmolz.

„Dann wäre da noch einiges zu besprechen", erklärte Elliot.

„Das wird wahrscheinlich eine Weile dauern", meinte Basingstoke, „und es ist schon sehr spät. Warum gehen wir nicht hinunter zum Abendessen und sprechen nachher weiter?"

Elliot seufzte und schaute auf die Uhr. Er dachte an seine Verabredung und fing einen Blick seiner Schwester auf. „Okay", sagte er.

Vivienne war glücklich und verschwand kurz, um sich die Nase zu pudern. Dann gingen sie hinunter und aßen im Eichenzimmer zu Abend. Als sie wieder nach oben gingen, war es Elliot vollkommen klar, daß seine Schwester Basingstoke um den kleinen Finger gewikkelt hatte.

Um elf öffnete Basingstoke eine neue Flasche Bourbon, und Elliot mußte sich die ganze Geschichte von seiner Verwundung im Ersten Weltkrieg anhören. In Gedanken korrigierte Elliot sein Alter. Um Mitternacht war Vivienne auf der Tagesdecke des Bettes eingeschlafen, und Basingstoke ging hinein und deckte sie zu. Diese zärtliche Geste überzeugte Elliot endgültig davon, daß er Basingstoke an einer sehr empfindlichen Stelle treffen mußte, wenn er etwas erreichen wollte.

Er erinnerte sich an die Verhandlungen, die er mit der Grove Innovation Company geführt hatte. Im letzten Moment hatte sich Mr. Grove gegen das Geschäft entschieden. „Ich kann es nicht zu Ende führen." Elliot hatte ihn am Revers gepackt. „Den Teufel werden Sie tun. Sie unterzeichnen jetzt diesen verdammten Vertrag und bringen zu Ende, womit Sie bereits einverstanden waren." Mr. Grove hatte unterschrieben. Es gibt Leute, dachte Elliot, die sich einfach nicht entscheiden können. Basingstoke war einer von ihnen.

Gegen ein Uhr gab Basingstoke zu, daß er und seine Frau schon jahrelang getrennt lebten und ihre Ehe nur noch auf dem Papier bestehe. Er erklärte, Vivienne sei das süßeste, liebenswerteste Geschöpf der Welt und er könne nicht mehr ohne sie leben. Um drei Uhr nannte Basingstoke Elliot seinen „kleinen Bruder", und ein paar Minuten später brachte Elliot ihn dazu, eine Absichtserklärung zu verfassen und zu unterschreiben – daß er, Clive Basingstoke aus Sully Corners, Essex, seine geliebte Vivienne noch in diesem Jahr heiraten werde. Daraufhin kippte er um, und Elliot schob ihm ein Kissen unter den Kopf, machte das Licht aus und ging.

Nachdem Elliot das Hotel verlassen hatte, rannte er sieben Blocks weiter zu dem Apartmenthaus, wo er verabredet war. Er klingelte so lange an der Sprechanlage, bis sich schließlich eine Frauenstimme meldete. Als sie merkte, daß er es war, schrie sie, er solle verschwinden. Für wen halte er sich, daß er sie so einfach versetze? Dann hängte sie ein, und er starrte auf die verschlossene Tür. Es gab anscheinend ein paar Dinge, die Mrs. Neil ihm nicht beigebracht hatte.

Elliot hatte versprochen, den ganzen Tag mit seiner Mutter zu verbringen, doch als sie an diesem Nachmittag von einem Spaziergang aus dem Park zurückkamen, erfuhren sie aus dem Radio von dem Angriff der Japaner auf Pearl Harbor. Er war wie gelähmt. Er wußte, daß er umgehend zu seinem Stützpunkt zurückkehren mußte. Vivienne kam mit der Neuigkeit nach Hause, daß Basingstoke ihr einen Heiratsantrag gemacht habe. Seine Mutter war nicht allzu glücklich darüber, aber immerhin war sie ihre größte Sorge los. Elliot erklärte ihnen, daß der Krieg nun unausweichlich sei und er nicht wisse, wann er sie wiedersehen werde. Nachdem er gegangen war, fing seine Mutter an zu weinen, dann holte sie gemeinsam mit Vivienne den Teppich aus dem Schrank und rollte ihn auf dem Flur neben dem Klavier aus. Ihr fiel ein, daß der Boden mal wieder gebohnert werden müßte, und sie machte sich an die Arbeit. Vivienne hörte ihre Mutter bei der Arbeit vor sich hinsummen. Sie öffnete ihren Kleiderschrank und überlegte, was sie einpacken sollte.

12

Im Mai fiel Lem bei der Schlacht im Korallenmeer. Hoher Schnee machte noch immer den Independence-Paß unpassierbar, und deshalb konnte Freya erst einen Monat später über die Wasserscheide fahren, um Laura zu besuchen. Greta begleitete sie, weil Yarrow den ganzen Tag beim *Journal* arbeitete.

Im Juni kam Yarrow eines Morgens unangemeldet in das Büro ihres Vaters und schlug die Glastür hinter sich zu. Er saß in seinem Drehstuhl und telefonierte. Er legte seine Hand über die Sprechmuschel.

„Yarrow, was ist denn? Ich bin beschäftigt."

„Ich muß mit dir reden."

„Später."

„Nein, jetzt, Dad."

„Brian, ich rufe Sie zurück." Er knallte den Hörer auf die Gabel. „Um Himmels willen, Yarrow, du bist verdammt unhöflich und ungeduldig..."

„Ich habe auch allen Grund dazu. Ich habe eben erfahren, daß du diesem neuen Reporter mehr zahlst als mir..."

„Yarrow, er war auf der Universität..."

„Darum geht es nicht. Er versteht nichts von diesem Geschäft. Er kann keinen Satz schreiben, ohne ein Wort zu benutzen, das man im Wörterbuch nachschlagen muß; und er bekommt die besten Storys, während ich mich mit der Eröffnung eines neuen Schuhgeschäfts herumschlagen muß. Das ist einfach nicht fair. Warum wird er besser bezahlt als ich?"

„Er ist ein junger Mann und muß eine Frau ernähren."

„Was hat das damit zu tun! Ich arbeite genausoviel wie er."

„Männer werden nun mal besser bezahlt. Außerdem wird er wahrscheinlich ein paar Jahre beim *Journal* bleiben."

„Was glaubst du denn, was ich tun werde?"

„Frauen heiraten normalerweise und hören auf zu arbeiten. Bei ihm werden die Zeit und das Geld, das ich in ihn investiere, wieder hereinkommen."

Draußen im Hauptbüro reckten ein paar Leute die Köpfe, weil sie die lauten Stimmen gehört hatten.

„Und was ist mit meiner Zeit und meinem Geld? Ich habe jahrelang hier gearbeitet, und nun soll ich diesen ... diesen Mist hier machen." Sie fuchtelte mit einer Handvoll Kladden vor seinem Gesicht herum.

„Yarrow, ich möchte nicht, daß du so mit mir sprichst."

„Okay. Ich gehe."

Yarrow riß die Tür auf, und alle beugten sich wieder über ihre Schreibmaschinen und tippten weiter. Sie ging zu ihrem Schreibtisch, nahm das Stück Blei, das ihr Großvater ihr geschenkt hatte und das sie nun als Briefbeschwerer benutzte, und steckte es zusammen mit den Notizbüchern in ihre Handtasche. Sie setzte ihren Hut auf und stürmte aus dem Büro. Sie kam sich vor wie eine Sprungfeder. Sandy war immer noch auf dem College. Sie hätte so gerne mit ihm gesprochen. Wenn er erst einmal sein Examen hatte, wollte er eine Offiziersausbildung machen. Er wollte heiraten, und wie immer geriet Yarrow ins Wanken, wenn sie an ihn dachte. Sie versuchte sich vorzustellen, wie es wohl sein mochte, jeden Morgen aufzuwachen und seinen blonden Kopf neben sich auf dem Kissen zu sehen, und der Gedanke daran war tröstlich. Doch dann sah sie sich durch das Büro gehen und hörte den Lärm der Leute und Maschinen, und sie spürte, wie sich ihr vor Wut die Nackenhaare sträubten. Warum machte es sich ihr Vater nicht leichter? Aber vielleicht machte er es ihr leichter. Er war einfach nicht imstande, ihren Wert als Journalistin zu erkennen – sie würde immer nur seine Tochter bleiben. Er würde sie niemals ernst nehmen.

Yarrow biß die Zähne zusammen, als sie das Gebäude verließ. Sie würde es ihm schon zeigen. Sie ging zum Bahnhof und machte wie immer am Zeitungskiosk halt. Sie nahm sich ein paar Exemplare des *Journal* und wollte sie gerade auf einen Stapel des *Globe* legen, als sie plötzlich inne hielt. Sie hatte einen Entschluß gefaßt, und noch ehe sie ihre Meinung ändern konnte, stieg sie in den Zug nach Denver.

„Mr. Schaeffer, bitte."

„Wen darf ich melden?"

„Yarrow McLean."

Yarrow wurde in Larry Schaeffers Büro geführt. Der Besitzer des *Globe* kam ihr lächelnd entgegen. Er war ungefähr sechzig und hatte dünnes Haar. Wenigstens hat er keine Probleme mehr mit Schuppen, dachte Yarrow, als er etwas Zigarettenasche von seiner Jacke entfernte.

„Miss McLean, was verschafft mir die Ehre? Ich habe Sie schon lange nicht mehr gesehen."

„Mr. Schaeffer, ich brauche einen Job, und ich würde gern für den *Globe* arbeiten."

„Ich habe mir Ihre Arbeiten angesehen. Sie sind gut. Ich habe Ihren Artikel über die Regulierung von fließenden Gewässern gelesen."

Yarrow stöhnte. „Ich möchte von solchen Geschichten wegkommen. Ich würde gerne einen Artikel über den Aufbau von Camp Carson schreiben. Wissen Sie, wieviel Geld für den Bau bereitgestellt worden ist?"

„Warum wollen Sie Ihren Artikel nicht für das *Journal* schreiben?"

„Dad gibt mir bei wirklich guten Stories einfach keine Chance."

„Weiß Ihr Vater, daß Sie hier sind? Oder, was noch wichtiger ist, weiß es Jock?"

Yarrow schluckte trocken. „Noch nicht. Aber sie werden es schon rechtzeitig erfahren. Mr. Schaeffer, ich bin eine sehr gute Reporterin und ich kenne mich in dieser Stadt aus."

„Sie sind doch nicht hier, um zu spionieren, oder ...?"

„Natürlich will ich hier nicht spionieren. Ich möchte Arbeit, das ist alles." Larry Schaeffer ging um seinen Schreibtisch herum und nahm einen Brieföffner zur Hand.

„Ich weiß nicht recht", sagte er. Larry Schaeffer mochte die Familie McLean. Er hatte Jock und James schon bei zahlreichen Veranstaltungen getroffen.

Yarrow stand auf. Sie trug einen gelben Hut, der zu ihrem karierten Rock paßte. Sie hatte ihr Haar aus dem Gesicht gekämmt, und ihre klaren grauen Augen unter den dunklen Brauen sahen Larry Schaeffer wachsam an.

„Ich brauche eine Chance, das ist alles. Wenn Sie mit meiner Arbeit nicht zufrieden sind, kann ich ja wieder gehen."

Larry Schaeffer betrachtete die entschlossene junge Frau. Man sagte, sie schlage ihrem Großvater nach. Schaeffer hatte Respekt vor dem alten Rauhbein – wenn er sich das auch nur widerwillig eingestand. Er erinnerte sich daran, wie Yarrow vor Jahren als kleines Mädchen in der Nähe des Broadlands Hotels ins Wasser gesprungen war, um ein anderes Kind zu retten. Sie hatte damals denselben komischen Ausdruck im Gesicht gehabt, zum einen das Entsetzen darüber, was sie getan hatte, zum anderen die Erregung bei dem Gedanken, daß sie es geschafft hatte. Das war eine Kombination, der er nicht widerstehen konnte.

„Okay", sagte er. „Wir geben Ihnen eine Chance." Er drückte auf den Knopf der Sprechanlage und bat seine Sekretärin herein. „Miss Hines, nehmen Sie Miss McLean mit und stellen Sie sie dem Chefredakteur vor. Sie wird bei uns arbeiten."

„Sie erinnern sich wohl nicht mehr an mich, oder", fragte Miss Hines, als sie zusammen die Treppe hinuntergingen. Yarrow sah die Frau mittleren Alters genau an. Sie war ein maskuliner Typ, aber dennoch attraktiv. „Sie waren damals noch sehr klein. Ich habe für Max Horace gearbeitet."

„Ach, Miss Kneifer. Natürlich, der Kneifer, ich erinnere mich. Oh bitte, verzeihen Sie. Was machen Sie hier?"

„Ich arbeite hier. Aber sollte nicht eher ich Ihnen diese Frage stellen?"

Miss Hines öffnete die Tür zum Redaktionszimmer. Es war ein riesiger Raum voller Schreibtische, Leute, Schreibmaschinen und Telefone. Es herrschte ein geschäftiges Treiben. Leute liefen hin und her, Telefone klingelten, Redakteure brüllten herum. Auf einer Seite befanden sich abgeteilte Büros für den Chefredakteur und Zimmer für die Korrektoren und Fernschreiber.

„Willkommen in der Klappsmühle", sagte Miss Hines.

Wie soll ich das nur meinem Vater beibringen, dachte Yarrow plötzlich.

„Du hast was getan?"

„Ich habe es dir doch schon gesagt, Dad. Ich habe einen Job als Reporterin beim *Globe* angenommen und bei Miss Hines, Mr. Schaeffers Sekretärin, ein Zimmer gemietet."

Yarrow stand in der Tür zum Zimmer ihres Großvaters. Ihr Vater schrie sie an. Jock war wie vom Donner gerührt. Es ging ihm nicht gut, und er lag im Bett. Durch das jahrelange Rauchen hatte er sich einen schlimmen Husten geholt. Gerade bekam er wieder einen Hustenanfall, und Nellie schob ihren Vater, der neben dem Bett stand, zur Seite und gab Jock etwas Hustensaft. Als er wieder zu Atem gekommen war, sagte er nur: „Mädchen, wie konntest du nur?" Dann ließ er sich wieder auf sein Kissen sinken. Erics Hund kam und legte seine Schnauze auf die Bettdecke.

„Weil Dad mich nicht ernst nimmt. Er behandelt mich immer noch wie ein kleines Mädchen. Alle anderen werden auf die Jagd nach Storys geschickt, und mich schickt er los, um ihm noch eine Tasse Kaffee zu holen."

„Das stimmt nicht", sagte Nellie. „Du hast im Büro immer deine Chance bekommen."

„Ich kann mir nicht vorstellen, daß du ins Büro stürzt, um für ihn zu arbeiten. Wenn ich eines Tages Chefredakteur werden soll, muß man mir die Möglichkeit geben, mich an handfeste Storys heranzuwagen, und mir beibringen, wie man einen Text redigiert. Da reicht es nicht, mir den Kopf zu tätscheln und mich beiseite zu schieben."

„Ach, so ist das", sagte Nellie und stemmte die Hände in die Hüften. „Es wird also mal deine Zeitung, wie? Und was ist mit uns – mit Greta, Eric und mir? Ich nehme an, wir sollen da einfach nur zustimmen, oder?"

„Nellie, jetzt ist es genug!"

„Hört auf, Mädchen! Hinaus! Ich kann es nicht ertragen, euch streiten zu hören." Jock scheuchte sie weg und fing wieder an zu husten. Yarrow lief weinend aus dem Zimmer, und Nellie preßte ihre Lippen zusammen und folgte ihr.

James setzte sich bedrückt auf das Bett seines Vaters. Er war erschöpft. Yarrows Verrat war für ihn wie ein Dolchstoß.

„Ich kann es einfach nicht glauben, daß Yarrow zum *Globe* gegangen ist."

Jock schüttelte den Kopf.

„Weiß sie es denn nicht, haben wir es ihr denn nicht oft genug gesagt, daß die Familie zusammenhalten muß? Du hast sie falsch angepackt, James."

„Oh, Dad, laß mich in Ruhe."

„Sie ist klug, aber sie hat auch ihren Dickkopf. Du hättest ihr mehr Verantwortung übertragen sollen."

„Du bist doch derjenige, der immer gesagt hat, daß Frauen und Geschäft nicht zusammenpassen."

„Bei den meisten Frauen stimmt das auch. Aber bei Yarrow ist es etwas anderes."

„Sie ist zu hitzköpfig. Sie will nicht auf mich hören. Sie will alles auf einmal."

Jock seufzte. Draußen vor seinem Fenster konnte er den dunklen Schatten der Platane gegen den Abendhimmel erkennen.

„Was wirst du tun, James?"

„Ich hoffe, sie kommt bald zurück. Es ist wahrscheinlich ganz gut für Yarrow, mal für eine andere Zeitung zu arbeiten."

„Ich meine, wenn ich tot bin."

„Ach, Dad. Du wirst doch hundert."

„Höchstwahrscheinlich nicht. Aber was ist, wenn du mal nicht mehr da bist – du hast drei Töchter und einen Sohn, wer soll dann die Zeitung leiten? Wirst du dir einen Nachfolger suchen, oder willst du, daß sie es untereinander ausfechten?"

James erhob sich. Es gefiel ihm nicht, wenn sein Vater so redete.

„Wir haben noch viel Zeit, an die Zukunft zu denken, und außerdem lösen sich einige Dinge sowieso von selbst."

Jock schaute wieder hinüber zum Fenster. „Je mehr Zweige ein Stammbaum hat", sagte er, „desto eher wird wohl der Stamm gespalten."

Sandys Scheinwerfer fielen auf Yarrows Rock und Beine, als er in die Bellevue Street einbog. Er hatte sich das Auto seines Vaters ausgeliehen und war so schnell er konnte in die Stadt gefahren.

„Yarrow", rief er aus dem Wagen.

„Sandy! Ich freue mich so, dich zu sehen."

„Liebling, was ist los? Du weinst ja."

Sie stieg in den Wagen und sank in seine Arme. Er strich ihr sanft über das schwarze Haar.

„Ich habe meinen Job beim *Journal* aufgegeben. Ich werde von jetzt ab beim *Globe* arbeiten."

„Das glaube ich nicht."

„Oh, fahr schon los. Ich will nicht, daß sie herauskommen und mich sehen."

Sandy legte den Gang ein und fuhr Richtung Norden. Yarrow schüttete ihm weiter ihr Herz aus und weinte in ihr Taschentuch.

„Alles geht schief, und dabei will ich doch nur, daß alles in Ordnung ist."

„Erzähle."

„Ich habe mich mit Dad und Großvater gestritten, und Nellie haßt mich. Mama und Greta sind zu Laura gefahren. Wo Eric ist, weiß ich nicht. Wahrscheinlich wird er mich auch hassen." Sandy küßte ihre Hand. „Ich habe dich vermißt. Es ist so schön, dich zu sehen. Ich hatte niemanden, mit dem ich reden konnte, niemanden, der mich versteht."

Sie kamen in eine Gegend im Norden der Stadt, die die Einwohner den Garten der Götter nannten. Dort standen vereinzelt riesige Findlinge, rote und graublaue, die aus dem Boden ragten. Vor vielen Jahren war dies für die Indianer ein heiliger Ort gewesen, und Yarrow hatte hier mit ihrer Mutter oft ein Picknick gemacht.

„Laß uns anhalten und ein Stück zu Fuß gehen", sagte sie. Sie war ziemlich aufgeregt, aber sie hatte aufgehört zu weinen. Sie gingen zwischen den Felsblöcken hindurch, die neben ihnen aufragten.

„Ich habe noch gar nicht gefragt, was du machst", sagte sie.

„Man hat mich für die Offiziersausbildung genommen." Er blieb stehen und faßte sie an den Schultern. „Ich liebe dich."

„Ich liebe dich auch."

Er nahm ihr Gesicht in seine Hände. Als er sie küßte, waren alle ihre Probleme vergessen. Yarrow ließ es einfach geschehen.

„Ich möchte dich heiraten."

„Oh, Sandy."

„Ich möchte dich beschützen und lieben und für dich sorgen und jeden Abend zu dir nach Hause kommen." Er drückte sie gegen einen Felsen und küßte sie leidenschaftlich. Er fuhr mit der Hand über ihre Brust.

„Nicht, Sandy."

„Wenn du mich wirklich liebst, dann laß mich. Laß mich dich einfach berühren; laß mich dich ansehen, laß mich dich küssen." Er hatte ihre leichte Sommerbluse aufgeknöpft und sie aus dem Bund ihres Faltenrocks gezogen. Seine Hand entblößte ihre Brüste.

„Sandy, Liebling. Nicht." Yarrow spürte, wie sie sich verkrampfte. „Sandy, ich liebe dich wirklich, aber ich möchte jetzt nicht. Wir sollten noch warten." Sie riß sich von ihm los. Er stöhnte und gab nach.

„Ich werde mit deinem Vater sprechen. Dein Vater und ich kommen gut miteinander aus. Nur dein Großvater mag mich nicht. Ich wünschte, wir könnten gleich heiraten. Aber ich werde sparen müssen. Wie wäre es in einem Jahr?"

„Ja. Laß uns in einem Jahr heiraten. Ich brauche auch noch ein Jahr Zeit. Ich habe eine Verpflichtung gegenüber dem *Globe*. Ich kann Larry Schaeffer nicht im Stich lassen."

„Sag noch einmal, ‚Ich liebe dich, Sandy'. Los, sag es."

Sie lachte. Er sah wie ein kleiner Junge aus, mit seinen weichen blonden Haaren, die ihm in die Stirn fielen.

„Ich liebe dich, Sandy, ich liebe dich, ich liebe dich, ich liebe dich. Und nun sag du es."

Er nahm seine Hände vom Steuerrad, hielt sie wie einen Trichter an den Mund und rief: „Ich liebe Yarrow McLean und ich werde sie heiraten."

Als sie vor ihrem Haus ankamen, bat sie ihn, nicht mit hinein zu kommen. Es war schon sehr spät. Sie gaben sich einen langen Gutenachtkuß. Als sie ins Haus kam, stand ihr Großvater in seinem gestreiften Pyjama am anderen Ende der Diele. Er sah sie an. Ihre Haare waren zerzaust, und die Bluse hing halb aus ihrem Rock. „Gute Nacht, Großvater", sagte sie. Doch er antwortete nicht, sondern starrte sie nur an.

Yarrow arbeitete nun schon über ein Jahr beim *Globe.* Es gefiel ihr da, und sie strengte sich mächtig an. Larry Schaeffer jr. ließ ihr immer mehr freie Hand, und ihr Adreßbuch wurde immer dicker. Eines Abends hatte Yarrow beim *Globe* Spätdienst. Sie befand sich auf dem Kontrollgang und hatte nichts zu tun. Sie schlenderte durch den Raum mit den Fernschreibern, um mit dem jungen Redakteur von der Nachtschicht zu plaudern. Er war eingeschlafen. Er hatte seine Füße auf den Schreibtisch gelegt und seine Mütze über die Augen gezogen. Neben ihm auf dem Boden lag ein wirrer Haufen von Meldungen von Nachrichtenagenturen. Sie hob eine auf und raschelte damit an seinem Ohr. Er stöhnte.

„Blitzmeldung", sagte sie. „Das Allerneueste. Der Krieg ist aus."

Ned Griffin schnellte mit weit aufgerissenen Augen von seinem Sitz hoch. Yarrow lachte ihn aus, und er ließ sich mit einem Seufzer wieder auf seinen Stuhl sinken.

„Mach das nie wieder."

Yarrow setzte sich auf die Kante seines Schreibtisches. „Ich habe dir Kaffee gebracht. Hier." Sie und Ned waren gute Freunde.

„Siehst du Mary-Ellen noch?"

„Wir wollen heiraten."

„Nein! Warum hat mir das niemand gesagt? Das ist ja fantastisch. Wann?"

„Sobald sie mit dem College fertig ist. Und was ist mit dir und Sandy?"

Yarrow fuhr sich mit den Fingern durchs Haar und machte ein merkwürdiges Gesicht. „Unsere Verlobung ist die längste, von der ich je gehört habe. Zuerst war Dad nicht einverstanden, dann erklärte Sandy auf einmal, er müsse noch mehr sparen, bevor wir heiraten könnten." Ihren Großvater erwähnte sie nicht. Der Gedanke schmerzte sie, wie sehr er gegen diese Heirat war. Er sprach kaum mehr ein Wort mit ihr. „Immerhin habe ich Sandy jetzt mehr in meiner Nähe. Er ist in Camp Carson stationiert, und wir haben das Datum schon festgesetzt – so ungefähr. Ich habe jedenfalls schon angefangen, meine Aussteuer zu kaufen."

Ned war ein untersetzter junger Mann mit roten Haaren, die fast denselben Farbton hatten wie Mary-Ellens Haar. Er war Ende Zwanzig und hatte sich zum Wehrdienst gemeldet, war aber untauglich erklärt worden. Ned hatte einen angeborenen Herzfehler, aber so wie er aussah, wirkte er stark wie ein Ochse. Er begann die Papiere durchzuwühlen, die auf seinem Schreibtisch verstreut lagen, und spannte eine Kladde mit Durchschlag in seine Schreibmaschine. „Wo ist eigentlich dieser Artikel, den du gestern über den Mord geschrieben hast?"

„Ich habe ihn zerrissen. Er ist miserabel."

„Es ist ein guter Artikel für den Lokalteil. Geh und hol die Fahne, ich will sie sehen."

Yarrow seufzte und ging in die Setzerei. Die Setzerei des *Globe* war in einem neuen Gebäude aus Ytong-Steinen hinter dem alten Büro untergebracht. Sie ging an den Linotype-Maschinen vorbei, die jetzt mächtig und still dastanden; ihre silberfarbenen Gußformen hingen über den Bleitiegeln. Es waren nur wenig Leute da. Einer der Setzer pfiff, als sie vorbeiging.

Yarrow sah die Fahnen durch, die an einem Haken hingen. Ihr Artikel war nicht dabei. Der Meister kam herüber, und sie erklärte ihm, wonach sie suchte.

„Einen Moment", sagte er. „Hey, Joe", rief er einem Setzer zu, der untätig an einer Maschine saß. „Schaff mal diesen Stehsatz weg." Er deutete auf einen Stapel Matrizen in einem Karton, der neben seinen Füßen stand. Der Setzer fluchte. Yarrow wußte, warum der Mann es nicht tun wollte. Der schon einmal gesetzte Text mußte von neuem gesetzt werden. Die Worte mußten alle neu gegossen und die Druckplatten für die Fotos neu gemacht werden. Und wenn die ganze Seite neu zusammengestellt war, machte der Meister einen Probeabzug davon und leerte das ganze Blei wieder in den Defektenkasten, um es einzuschmelzen. Beim *Journal* wurde dasselbe Verfahren angewandt.

Als sie sich das erste Mal dessen bewußt wurde, war Yarrow so fasziniert gewesen, daß sie sich über die Ursprünge informierte. Diese Praxis ging auf das siebzehnte Jahrhundert zurück. Damals hatte die Londoner Innung der Buchhändler, Verleger und Papierwarenhändler einen Plan ausgearbeitet, um die Erfahrung und die Arbeitsplätze ihrer Arbeiter zu erhalten: „Daß kein Arbeiter ohne ausdrückliche Genehmigung des Meisters gesetzte Lettern herausgibt, bei Strafe, den Anspruch auf Feiertage und kostenlose Abzüge zu verlieren."

„Ich glaube, ich werde einen Artikel über Stehsatz schreiben", sagte sie, als sie mit dem Fahnenabzug der Mordgeschichte in den Raum mit den Fernschreibern zurückkam.

„Wenn du das tust, sind wir erledigt", meinte Ned.

Im Redaktionszimmer läutete das Telefon. Yarrow ging hinüber und nahm den Hörer ab. „*Globe.* Nachrichtenredaktion."

„Liebling?"

„Sandy. Warum rufst du mich um diese Zeit hier an?" Sie wußte, daß etwas passiert war. Seine Stimme klang schrill und aufgeregt.

„Wir werden eingeschifft. Ich habe es gerade erfahren."

„Oh mein Gott." Yarrow setzte sich auf den Schreibtisch.

„Ich möchte, daß wir morgen heiraten."

„Aber was ist mit den Bluttests und der Heiratserlaubnis?"

„Das ist kein Problem. Ich kenne jemanden bei der Behörde. Wir können morgen früh unsere Heiratserlaubnis bekommen und ihnen später unsere Bluttests schicken. Darling, ich liebe dich."

„Ich liebe dich auch, aber ..."

„Ich hole dich morgen früh ab, und wir fahren direkt nach Platte City. Punkt acht."

Sie legte auf und ging in den Raum mit den Fernschreibern. Sie hob einen Armvoll Meldungen von Nachrichtenagenturen vom Boden auf und warf sie in die Luft.

„Du kannst mir gratulieren, Ned. Morgen um diese Zeit bin ich eine verheiratete Frau. Ich gehe jetzt, um mich fertigzumachen."

„Und was ist mit meiner Mordgeschichte? Ich brauche sie für morgen früh."

Yarrow setzte ihr reizendstes Lächeln auf. „Du kannst dir die Geschichte an den Hut stecken, Ned." Sie gab ihm einen herzhaften Kuß auf den Mund. „Bis später."

Am nächsten Morgen erschien Sandy mit einem kleinen Schmuckkästchen mit fünf Ringen darin.

„Nun frag bloß nicht, wo ich sie herhabe", sagte er. „Such dir einfach einen aus."

Yarrow suchte sich einen schmalen Ring mit einem kleinen Rubin und einen dazu passenden Ehering aus.

„Werden deine Eltern zur Hochzeit kommen", fragte sie, als sie nach Platte City fuhren.

„Ich habe sie nicht gefragt." Yarrow sagte nichts weiter.

Nachdem mit der Heiratserlaubnis alles geregelt war, ging sie mit Greta einen Hut kaufen. Sie wollte ein Kostüm aus ihrer Aussteuer tragen, ein goldfarbenes Kostüm von Jablow mit einer weißen gerüschten Seidenbluse. Greta suchte einen weißen Strohhut aus mit einem steifen schwarzen Schleier. Er kostete 25 Dollar, aber Greta meinte, das sei er wert. Als Sandy sie am Nachmittag abholte und ihr eine Orchidee ans Revers steckte, begann Freya zu weinen. Es war nicht die Art von Hochzeit, die sie sich für Yarrow erträumt hatte. Sie war doch noch viel zu dünn und zu jung, um zu heiraten. „Du siehst wundervoll aus", sagte Freya. Sandy trug seine neue Uniform mit den goldenen Streifen eines Leutnants der US-Armee. „Und du siehst prächtig aus", meinte Nellie.

„Ich gehe nur eben und sage Großvater auf Wiedersehen", sagte Yarrow.

Sie standen Hand in Hand an seinem Bett. Er war nun schon seit mehreren Monaten bettlägerig und brauchte ständige Pflege. Eine Nachbarin saß bei ihm.

„Großvater, ich bin es, Yarrow, und Sandy."

Er sah sie mit seinen blauen Augen an. Sie waren trübe. Er schien sie nicht zu erkennen. Yarrow berührte seine Hand.

„Ich heirate heute."

Der alte Mann blinzelte. Sein Blick ruhte auf ihrem Gesicht.

„Gibst du mir deinen Segen?"

Sein Blick veränderte sich nicht. Sie kniete nieder, um ihn zu küssen, aber er drehte den Kopf zur Wand, so daß sie nur die tiefen Falten seines Halses unter dem dünnen weißen Haar sehen konnte.

„Ich liebe dich. Auf Wiedersehen, Großvater."

13

Auf dem Weg nach Camp Hale verlangsamte der Bus in einer Haarnadelkurve seine Fahrt, um ein paar beladene Maulesel vorbeizulassen.

„Ich hasse diese Kurven", sagte das Mädchen neben Yarrow. „Wie lange sind Sie verheiratet?" Ihrer Aussprache nach zu urteilen, stammte sie aus Brooklyn.

„Zwei Wochen – und Sie?"

„Seit letztem September. Wir waren zuerst in Camp Tanin in der Nähe von Tyler. Aber Bud hat sich zur 87. Infanteriedivision versetzen lassen. Er behauptet, das würde mehr Spaß machen. Hey, sehen Sie sich das an." Die Maultiere waren in Panik geraten und galoppierten die Böschung hinunter. Die Soldaten aus dem Camp rannten schreiend und fluchend hinter ihnen her.

Yarrow saß schweigend da, und der Bus fuhr weiter. Sie konnte es kaum erwarten, Sandy wiederzusehen. Am Tag nach ihrer Hochzeit hatte er sich um 5 Uhr morgens wieder auf dem Stützpunkt melden müssen. Bei dem Gedanken an ihn wurde sie rot. Ihre erste gemeinsame Nacht war nicht sehr befriedigend verlaufen; er war sehr ungeduldig und sie einfach zu nervös gewesen. Er meinte, das würde besser werden. Yarrow schaute aus dem Fenster und hoffte dasselbe.

Jetzt war er aus dem Manöver zurück und hatte ihr telegrafiert, daß sie mit dem Bus herkommen solle. Sie könne ein oder zwei Wochen im Offizierswohnheim beim Camp wohnen. Er selbst wohnte in der Kaserne. Ihr ganzes Leben drehte sich jetzt nur noch um ihn. Sie hatte nicht gewußt, daß es so sein würde. Es war, als ob man in einen tiefen Brunnen sprang und schließlich feststellte, daß man sich im Meer befand; die Strömung zog einen mit sich fort. Yarrow betrachtete die vorbeiziehenden Berge. Der Schnee auf den dunklen Gletschermoränen sah aus wie die weißen Flecken auf dem Rücken eines Wals.

In Camp Hale war eine kleine Stadt aus Armeebaracken entstanden. Hier wurde die 10. Gebirgsdivision für militärische Operationen im Winter ausgebildet. Sandy war da, um sie zu begrüßen, und sie starrte ihn an, voll Angst, er könnte in den zwei Wochen, in denen sie getrennt gewesen waren, seine Meinung über sie geändert haben. Doch sie sah nur eine kleine Frostbeule an seiner Nase. Er brachte sie zum Offizierswohnheim, wo sie sich mit einer anderen Soldatenfrau ein Zimmer teilen mußte. Es gab da Feldbetten, eine Gemeinschaftsdusche und einen kleinen Empfangsraum. Er hatte ihr einen kastenförmigen Fußschemel gekauft, den sie als Truhe benutzen konnte. Die Mahlzeiten wurden im Offizierskasino serviert.

„Was meinst du?“ fragte er.

„Es gefällt mir.“

Sie sah ihn kaum, und wenn, dann immer viel zu kurz. Sie und Lisa, die sie im Bus kennengelernt hatte, richteten sich miteinander in dem Zimmer ein und verbrachten ihre Tage damit, in dem kleinen Empfangsraum Bridge zu spielen. Sie durften nicht einfach im Camp herumlaufen, doch das störte sie wenig, denn es war sehr kalt. Es gab Tage, da schneite es so stark, daß sie gar nicht aus dem Haus konnten. Dann wuschen sie ihre Unterwäsche aus, badeten, saßen herum und rauchten Zigaretten oder unterhielten sich. An manchen Abenden war der Himmel so klar, daß der Mond greifbar nah schien wie der Gipfel des nächstgelegenen Berges. Yarrow fühlte sich wie im Himmel. Wenn Sandy keinen Dienst hatte, saßen sie im Empfangszimmer und unterhielten sich, und im Hintergrund spielte leise das Radio. Lisa zog sich dann diskret in ihr Zimmer zurück, und er erklärte ihr, wie der Gebirgsjäger beim Marschieren sein Gewehr auf dem Rücken und seine Skier auf der rechten Schulter trug, wie er auf Skiern Haltung vor einem Offizier annahm und wie er lernte, seine Skier zu stapeln und sie nummernweise herunterzunehmen. Sie hörte ihm die ganze Zeit zu, doch sie spürte nur ihren kleinen Fuß in seiner Hand, und wie er den Spann mit seinem großen Daumen rieb. Sie hatten nur wenig Zeit füreinander, aber für Yarrow war das die schönste Zeit ihrer Ehe, weil sie nicht genug voneinander bekommen konnten. Ebenso wie Lisa blieb sie länger, als geplant, im Wohnheim, und beide waren jeden Augenblick darauf gefaßt, daß sie aufgefordert wurden zu gehen. Doch es wurde April und Mai, und sie waren immer noch da.

Einmal hatte Sandy über Nacht Ausgang, und sie fuhren in das alte Bergwerksstädtchen Leadville, wo Holzbohlen als Bürgersteige dienten. Sie übernachteten im Vendôme-Hotel und schliefen miteinander in einem Himmelbett. Anscheinend war ihr Körper geschmeidiger geworden, denn als er in sie eindrang, tat es nicht mehr so weh. Er kam schnell zum Höhepunkt, und sie freute sich für ihn. Sie fragte sich jedoch, was das ganze Theater sollte und warum Frauen angeblich überhaupt Spaß am Sex hatten.

Anfang Juni saß Yarrow eines Morgens mit Lisa im Offizierskasino beim Frühstück. Das Radio war an, und ein paar Kriegsgefangene malten auf die Innenwand des Hauses eine Gebirgslandschaft. Plötzlich begannen die Deutschen aufgeregt miteinander zu reden. Einer schwenkte seinen Pinsel herum, und auf dem Holzboden landete ein Spritzer blaue Farbe.

„Was ist los“, fragte Yarrow. „Was ist passiert?“

Die Deutschen waren völlig aus der Fassung. Sandy kam herein, um nach ihr zu sehen, und befahl der Wache, die Gefangenen hinauszubringen.

„Heute ist der Tag X“, sagte Sandy. „Die Alliierten sind in der Normandie gelandet.“

Yarrow war erleichtert; sie dachte, der Krieg sei nun bald vorbei und Sandy müsse nicht mehr fort. Doch er war enttäuscht, weil er sich nicht ins Kampfgewühl stürzen durfte. Sie wußte, daß er gereizt war; sie hatte einmal beobachtet, wie er auf dem Schießplatz einen Soldaten anschnauzte, doch sie führte das auf seine Enttäuschung darüber zurück, daß er schon zu lange in Camp Hale festsaß.

Etwa um diese Zeit hatten sie ihren ersten Streit wegen einer völlig belanglosen Sache. Sandy hatte sich für einen weiteren Ausflug nach Leadville einen Wagen besorgt – ein unerwarteter Luxus. Er fuhr rasant durch eine Kurve, und sie klammerte sich am Sitz fest. Die Räder kamen auf Rollsplit und der Wagen geriet kurz ins Schleudern.

„Das war knapp."

„Du bist eine nervöse Beifahrerin."

„Du fährst zu schnell, Sandy."

„Wenn du fahren willst, dann halte ich hier an."

„Ich möchte nicht fahren. Ich möchte nur, daß du langsamer fährst."

„Okay, ich halte jetzt an. Gleich hier. Du kannst das Steuer übernehmen."

Sie begriff einfach nicht, warum sie sich über so etwas stritten. Ihr Atem ging unregelmäßig. Die restliche Fahrt über sprachen sie kein Wort miteinander. Als sie in ihr Zimmer kamen, legte er die Arme um sie, doch sie stieß ihn weg.

„Was soll das jetzt wieder? Herrgott noch mal bist du schwierig."

Er ging erneut auf sie zu und begann, ihre Bluse aufzuknöpfen.

„Laß mich in Ruhe."

Er küßte sie derb. Sie spürte, wie er die Zähne zusammenbiß. Seine Nacken- und Schultermuskeln waren angespannt. „Es tut mir leid", sagte er.

Sie war immer noch verärgert. Sie sah, wie erregt er war; er wollte sie. Yarrow war verwirrt. Für sie waren Wut und körperliche Liebe unvereinbar. Aber nicht für Sandy. Sie hätte vor Enttäuschung schreien mögen, als sie spürte, wie er kam, doch er, der den Streit verursacht hatte, rollte sich einfach auf die Seite, nachdem er sich Erleichterung verschafft hatte, und schlief unschuldig und zufrieden wie ein Baby ein.

„Ich habe an deinen Vater geschrieben", sagte er eines Nachmittags, als sie im Offizierskasino Apfelkuchen aßen.

„Ich habe angefragt, ob ich einen Job haben könnte, wenn das alles hier vorbei ist."

„Das wäre wunderbar, wenn du zu uns kämst."

„Und du hättest nichts dagegen?"

„Warum sollte ich?"

„Oh, ich dachte nur. Du bist doch immer so komisch, wenn's um die Zeitung geht. „

„Was meinst du mit ‚komisch'?"

„Besitzergreifend."

„Ich bin überhaupt nicht besitzergreifend. Denke daran, daß ich beim *Globe* gearbeitet habe."

„Ich nehme an, es gibt zwischen einer Zeitung und einer anderen keinen großen Unterschied."

Yarrow hatte ein Gefühl, als habe ihr jemand Pfeffer in die Nase geblasen.

Bud, Lisas Mann, steckte den Kopf zur Tür herein. „Wir werden nach Texas gebracht, und dann weiter Richtung Italien."

Im Juli fuhren die Männer mit dem Zug nach Bastrop, Texas. Yarrow, Lisa und noch eine Frau fuhren im Auto dorthin. Sie brauchten fünf Tage, und als sie dort ankamen, ging es Yarrow so schlecht wie noch nie. „Das ist nur die Hitze", meinten die anderen, doch Yarrow wußte, daß es nicht am Wetter lag. Ich bin schwanger, dachte sie.

„Ich muß meine Mutter anrufen."

Erst viele Jahre später kam es ihr seltsam vor, daß sie diese Neuigkeit zuerst hatte ihrer Mutter mitteilen wollen und nicht ihrem Mann.

Freyas Stimme war sehr weit weg, als sie endlich durchkam. „Darling", sagte sie unter Tränen, „ich versuche seit Tagen, dich zu erreichen. Jock ist am Freitag gestorben. Wir haben ihn gestern beerdigt."

Yarrow hörte ihre Mutter am Telefon schluchzen, aber sie weinte nicht. Sie hatte das Gefühl, daß sie ihn bereits vor Monaten verloren hatte, an ihrem Hochzeitstag, als er das Gesicht zur Wand drehte.

Am Nachmittag desselben Tages, als sie sich in der Mittagssonne im Garten hinter dem Haus aufhielt, das sie mit Lisa gemietet hatte, fiel ihr ein, daß sie vergessen hatte, ihrer Mutter die Neuigkeit mitzuteilen. Das Haus warf seinen Schatten auf den Hof; eine Seite lag völlig im Schatten, auf die andere brannte die Hitze. Warum, dachte sie, sind die Schatten am tiefsten, wenn die Sonne am höchsten steht?

Sie weinte erst viel später, in der Nacht, als das dumpfe Geräusch eines Güterzuges in ihr Zimmer drang und sie begriff, wie sehr er ihr fehlen würde.

Sandy war überglücklich, als er die Neuigkeit erfuhr. Er bemutterte sie regelrecht. So oft er konnte, holte er sie ab, und sie fuhren zum Schwimmen an den Lake Austin, und auf dem Heimweg gingen sie in ein mexikanisches Restaurant essen. Als er schließlich mit der *U. S. S. West Point* von Newport News in Virginia aus in Richtung Neapel in See stach, war es bereits Anfang Januar, und Yarrow war zu ihrer Mutter nach Hause gefahren, um sich auf die Geburt ihres Kindes vorzubereiten.

Während ihrer Schwangerschaft fühlte sich Yarrow schön und fett wie eine Kuh auf satter Aue. Ihr Bauch wurde dicker, ihre Haut brannte, und sie tappte, die Hände unter dem Bauch gefaltet, um das Haus ihrer Eltern herum.

Ihre Mutter lachte. „Ich hätte nie geglaubt, daß du ein mütterlicher Typ bist. Ich dachte immer, das passe besser zu Greta."

„Greta ist so grazil geworden. Es würde ihr nicht gefallen, so fett zu sein. Ich mag es. Ich denke, ich mache mir noch eine heiße Schokolade."

„Jetzt, wo sie als Mannequin arbeitet, kann Greta es sich nicht leisten, mollig zu werden. Ich kann dir gar nicht sagen, was sie in New York verdient. Ein Vermögen. In dieser Zeitschrift neben deinem Bett ist ein Foto von ihr." Yarrow nahm die Zeitschrift zur Hand und blätterte sie durch. Sie saßen in ihrem alten Schlafzimmer, und Freya strich die Fußleiste neu – „für das Baby", wie sie sagte.

„Es ist Greta, aber, meine Güte, das Bild sieht ihr gar nicht ähnlich."

„Sie hat sich die Zähne richten lassen. Nellie ist neidisch auf das viele Geld, das sie verdient. Sie sagt, sie muß als Krankenschwester für einen Hungerlohn arbeiten."

„Nellie ist immer neidisch."

„Ich wünschte, ihr beide würdet besser miteinander auskommen."

Yarrow blätterte weiter in der Zeitschrift. „Es ist schwer, mit Nellie auszukommen. Sie ist so starrsinnig und rechthaberisch. Sie erinnert mich an Clara."

„Clara ist eine gebrochene Frau. Seit sie ihren Sitz im Kongreß verloren hat, schreibt sie deinem Vater die kläglichsten Briefe."

„Gütiger Himmel! Hier ist ein Bild von Elliot Weyden. Aus Europa!"

„Als dein Großvater starb, hat Elliot deinem Vater einen sehr lieben Brief geschrieben.“

Yarrow starrte stumm auf das Foto von Elliot in Uniform. Er stand neben einer Frau, die einen Hut mit einem ausgestopften Vogel aufhatte. Die Hutkrempe verdeckte ein Auge der Frau.

„Was macht er jetzt?“

„Er war damals in England. Von sich hat er nicht viel geschrieben.“

„Kühler, besonnener Elliot. Er wird sich nie ändern.“

Sie saßen gerade in der Küche und tranken heiße Schokolade, als Eric aus der Schule kam. Er war jetzt zwölf. Er wollte sich ein Sandwich holen, ehe er wieder ging, um sein tägliches Pensum bei der Zeitung zu erledigen.

Freyas Küche hing voller getrockneter Kräuter, und auf den Regalen standen Ableger von Pflanzen. Eric nahm sich einen Eierbehälter mit Sämlingen. „Was ist das?“

Freya nahm ihn ihm aus der Hand. „Thunbergia. Laß die Finger davon.“

„Ich hätte es beinah gegessen.“

Freya machte ihm ein Thunfisch-Sandwich.

„Ich muß immer die lausigen Jobs machen“, sagte er. Er ließ für Sherlock ein Stück Brot auf den Boden fallen. Eric war ganz wie sein Vater, groß und derb, mit einer Locke in der Stirn. „Warum lassen sie mich nicht ein paar Artikel schreiben?“

„Das ist auch besser so“, sagte Freya, als er mit dem Hund hinausgegangen war. „Er steht mit der Rechtschreibung auf Kriegsfuß.“

Yarrows Baby strampelte in ihrem Bauch, und man konnte unter ihrem Leinenkittel eine kleine Bewegung wahrnehmen.

„Das muß seine Ferse sein“, meinte sie.

„Seine?“

„Ich bin sicher, daß es ein Junge wird. Ich spüre es, wenn er Wasser läßt.“

Freya zog Yarrow den Ehering ab und riß ihr ein langes schwarzes Haar aus. Sie band den Ring an dem Haar fest und ließ ihn über Yarrows Bauch schweben. Der Ring begann zu pendeln, und dann bewegte er sich im Kreis.

„Du irrst dich", sagte sie. „Es wird ein Mädchen."

„Sandy wird enttäuscht sein. Er spielt schon mit dem Gedanken, seinen Sohn in eine Football-Mannschaft zu stecken."

„Er wird sich damit abfinden. Ich frage mich, wie sich Sandy als Journalist machen wird", sagte Freya.

Yarrow griff nach dem Ring in ihrer Hand. „Kannst du mir das nicht auch irgendwie prophezeien?" Sie lachte.

Freya ging zum Spülbecken, als ob sie die Becher ausspülen wollte, doch sie schaute durch das Fenster in die weiße Winterlandschaft hinaus.

Yarrow stand auf, stapfte zu ihrer Mutter hinüber und umarmte sie. „Außerdem hat Sandy mich, Mama. Was braucht er noch mehr?"

Freya lachte. „Ja, das habe ich ganz vergessen."

Im März wurde Yarrows Tochter Lily geboren. Sie war ein gesundes, kräftiges, lautes Baby mit glatten blonden Haaren. Yarrow hatte noch nie ein hübscheres Kind gesehen. Sie schrieb an Sandy, um ihm die Ankunft seiner Tochter mitzuteilen, aber sie hatte keine Ahnung, wann er den Brief erhalten werde. Seine leidenschaftlichen, aber zensierten Briefe an sie trafen schubweise ein. Sie sagten ihr alles und nichts.

Aufgrund seiner Briefe hatte sich Yarrow aufs neue in Sandy verliebt. Er konnte gut und lebendig schreiben, und dadurch gewann er für sie an Format. Die Derbheit, die in seinen Briefen zum Ausdruck kam, erregte sie. Sie vergaß ihre Enttäuschung im Bett und nahm sich vor, sich mehr Mühe zu geben, wenn er wieder bei ihr war.

Sie sehnte sich danach, sich an ihn zu schmiegen, und sie stellte sich vor, wie er Lily auf dem Arm hielt. Er schickte ihr einen Teil seiner Löhnung, und sie kaufte dafür Kriegsanleihen.

Im Frühjahr – sie saß gerade auf der Fensterbank im Schlafzimmer ihrer Mutter und stillte Lily – erhielt sie ein Telegramm, in dem ihr mitgeteilt wurde, daß Sandy im Kampf verwundet worden sei. Sie war tagelang verzweifelt und fühlte die Anspannung im ganzen Körper. Lily bekam nicht genügend Milch und schrie vor Hunger. Dann kam ein Brief von ihm aus dem Krankenhaus. Es gehe ihm gut, er sei am Kopf verwundet worden, aber außer ein paar Schrammen sei er ganz der Alte. Lisa schrieb ihr aus New York, sie habe von Bud erfahren, daß Sandy sich ohne Erlaubnis aus dem Krankenhaus entfernt habe, um sich wieder seiner Truppe anzuschließen. Wieder stockte bei Yarrow der Milchfluß, und Freya schlug vor, Lily mit der Flasche zu füttern.

Yarrow stellte sich stundenlang unter die Dusche, damit die Milch abflösse, die sich in ihren Brüsten angesammelt hatte. Warum war Sandy nicht hier? Warum mußte sie sich mit diesem trägen, widerspenstigen Baby herumplagen, das nicht aus der Flasche trinken wollte? Sie kam sich häßlich, unerwünscht und ausgenutzt vor. Mitleid überkam sie. Und dann dachte sie an Sandy, an seine Verwundung, und schämte sich.

„Greta will einfach keine Entscheidungen treffen", sagte Nellie. Sie tippte einen Text, den sie am Montag brauchte. Sie lernte für ihr Schwesternexamen. Es war ein Samstagvormittag im Juli, und auf dem Eßtisch lagen rund um die alte Olivetti ihres Vaters Lehrbücher und Notizblöcke verstreut. „Greta zwingt andere, für sie die Entscheidungen zu treffen, damit sie ihnen die Schuld geben kann, wenn etwas schiefgeht. Ich habe schließlich nicht umsonst Psychologie studiert", erklärte sie.

„Arme Greta", meinte Yarrow. „Sie wirkt immer so unbeschwert."

„Nicht unbeschwert. Unentschlossen. So, fertig." Sie zog das Papier so schnell aus der Maschine, daß es ein zischendes Geräusch gab. „Sie lebt mit diesem Fotografen auf dem Land." Ihre Stimme senkte sich. „Und er ist alt genug, um ihr Vater zu sein. Dad würde einen Anfall bekommen, wenn er das wüßte."

„Für mich hört sich das aber gar nicht so unentschlossen an."

„Ist es aber. Sie hat mir gesagt, es sei eben irgendwie passiert. Sie will, daß ich für sie die Entscheidung treffe, ob sie bei ihm bleiben oder ihn verlassen soll. Ich habe ihr gesagt, daß sie das selbst entscheiden muß. Ich möchte nämlich nicht, daß sie sich hinterher an meiner Schulter ausweint, wenn die Dinge nicht so laufen, wie sie es sich vorgestellt hat."

„Was hat sie geantwortet?"

„Sie sagt, sie will darüber nachdenken. Sie ist ein hoffnungsloser Fall."

„Sie ist liebenswert."

„Seit du ein Baby hast, bist du nicht mehr ganz richtig im Kopf."

„So wird es dir auch mal ergehen."

„Das bezweifle ich." Nellie stand auf und streckte sich. Sie hatte immer noch so dünne Arme wie als kleines Mädchen. „Es dauert noch ein Jahr, bis ich mein Diplom habe. Ich werde für zwei Jahre an eine Rehabilitationsklinik gehen und danach als private Krankenpflegerin arbeiten, damit ich Reisen machen und etwas von der Welt sehen kann. Ich habe die Nase voll von Platte City und vom Krankenwaschen."

Ihr Vater kam mit der Post herein. Yarrow schnappte sich die Briefe, und ihr Vater nahm Lily auf den Arm. Das Kind lehnte sich an James' Schulter und lutschte am Daumen.

„Was in aller Welt meint er damit?" rief Yarrow und überflog rasch den aufgerissenen Brief. „Er schreibt, ich soll ihm die Sommeruniform nach Indiana bringen'. Ich kenne niemanden in Indiana."

„Das heißt, daß er nach Hause kommt, du dumme Gans", sagte James und strich seiner Enkelin über die feinen Haarbüschel. Yarrow schrie vor Freude auf und küßte ihn. Sie hatte ihn schon seit Jahren nicht mehr so herzlich geküßt. Sie rannte in die Küche und tanzte um Nellie herum. „Er kommt nach Hause, er kommt nach Hause." Dann brach sie in Tränen aus.

„Ja, natürlich kommt er nach Hause."

„Oh, Nellie, du verstehst das nicht. Ich hatte mich schon darauf gefaßt gemacht, daß er nie wieder kommt. Da habe ich gelernt, daß ich alles ertragen kann, was auch passiert."

Eine Woche bevor der Krieg zu Ende war, kam Yarrow nach Indiana. Sie hörte die Meldung im Radio, als sie mit Lisa, ihrer alten Freundin aus Camp Hale, zum Bahnhof von Fort Wayne fuhr. Die Leute waren völlig aus dem Häuschen. Autos hupten. Auf dem Bahnhof verloren sich Yarrow und Lisa sogleich in der Menge, und jedes Mal, wenn ein Soldat durch die Sperre kam, dachte sie, er könnte es sein. Und dann war Sandy endlich da, größer und kräftiger, als sie ihn in Erinnerung hatte, und schloß sie in seine Arme. Alles an ihm nahm sie auf einmal wahr: die kurzgeschnittenen Haare, die hervorstehenden Wangenknochen, und die Wunde, die an seiner linken Schläfe eine leichte Delle zurückgelassen hatte. Um die Augen hatte er Falten. Waren sie schon vorher dagewesen? Sie hielt ihn ganz fest. Es war schön, ihn wieder zu Hause zu haben.

„Oh, hallo", sagte er, „hallo, junge Mutter."

14

Nach den Siegesfeiern in London fuhr Elliot zum Haus seiner Schwester nach Essex, um dort das Wochende zu verbringen. Seine Entlassung aus dem Militärdienst stand nahe bevor. Er war bei der 9. US-Armee gewesen, hatte den Krieg heil überstanden und war dankbar dafür. Er war jetzt siebenundzwanzig und begierig darauf, daß das Leben weiterging.

Elliots dunkle Augen leuchteten, als er durch Epping Forest fuhr und dann in die Straße zur Sully Corners Farm einbog. Eine kleine Herde Schafe überquerte die Fahrbahn, als er sich dem Haus näherte. Er konnte Schafzucht und Vivienne, wie er sie von früher kannte, nicht unter einen Hut bringen. Seit Kriegsbeginn hatte er sie nicht mehr gesehen. Er hielt vor dem zweistöckigen, mit Stuck verzierten Gebäude, einem soliden Haus im georgianischen Stil, das an der Vorderfront mit Efeu bewachsen war. Als er den Kofferraum öffnete, um sein Gepäck herauszuholen, riß Vivienne die Tür auf.

„Darling", sagte sie und umarmte ihn, „du hast dich überhaupt nicht verändert. Doch, du hast dich verändert. Du siehst noch besser aus als früher. Hast du viele gebrochene Herzen auf dem Festland zurückgelassen?"

Er lachte und küßte sie. Sie sah gut aus, und sie schien glücklich zu sein. Sie war immer noch dasselbe unbezähmbare Geschöpf; doch sie wirkte nicht mehr so amerikanisch wie früher. Er konnte nicht glauben, daß sie und Basingstoke besonders gut miteinander auskämen. Doch es gab keinerlei Anzeichen für Streit oder Langeweile. „Unterschätze Clive nicht", sagte sie, als hätte sie seine Gedanken erraten. Sie umarmte ihn und bat, er solle, sobald er fertig sei, zum Lunch hinunterkommen. Das Essen wurde an einem kleinen Tisch im Eßzimmer in der Nähe des Erkerfensters eingenommen. Basingstoke trug sein tweedfarbenes Wochenendjackett. Auch jetzt konnte

Elliot keine Disharmonie feststellen. Das verblüffte ihn. Nicht, daß er enttäuscht war, weil es keinen Streit gab – in Wahrheit war er erleichtert, weil er wußte, daß er Basingstoke zu dieser Heirat gedrängt hatte.

„Ihr beide werdet euch eine Menge zu erzählen haben", meinte Basingstoke und erhob sich gleich nach dem Essen. Zum Abschied gab er Vivienne einen Kuß auf die Stirn. „Unser Pächter will, daß ich mir eine junge Kuh ansehe."

„Laß uns einen Spaziergang machen", sagte Vivienne und zog ihren Bruder vom Stuhl. „Der Rhododendron blüht jetzt so schön." Sie band sich ein Kopftuch um und zog Gummistiefel an. Die alte Vivienne hatte sich nun vollständig in die Ehefrau eines englischen Gutsbesitzers verwandelt. Elliot lachte. In der Halle betrachtete sie sich im Spiegel und begriff sofort, was ihn so belustigte.

„Als nächstes wirst du mir noch einen Eintopf vorsetzen", sagte er.

„Du hast erraten, was es zum Abendessen gibt!"

Er hängte sich bei ihr ein, und sie gingen hinaus.

Dann erzählte sie ihm alles über „ihren" Krieg, wie sie ihn nannte, über ihre Arbeit bei den Pfadfinderinnen, über das Erntedankfest in der Kirche, über Clives Stiefkinder, die sie „haßten", und über ihren Garten.

„Du bist glücklich, nicht wahr?"

Sie nahm seinen Arm und drückte ihn, und sie gingen die flachen, breiten Stufen zum Teich hinunter.

„Wärst du es nicht? Ich würde dich gern ebenso gut versorgt sehen wie mich. Ein Haus, eine Frau, ein Garten – dann wärst du auch glücklich."

„Ich bin glücklich."

„Nur Junggesellen meinen, sie seien glücklich. Du wirst so lange nicht wissen, wie es wirklich ist, bis du heiratest und all das hier auch hast."

„Ich brauche nichts."

„Ach nein? Und was ist mit diesem kleinen Buch, das du immer bei dir trägst?"

„Woher weißt du das?"

Sie sprang über eine Pfütze. „Ich habe spioniert. Immer, wenn du aus deinem Zimmer gegangen bist, habe ich darin gelesen. Alles über Mrs. Neil", sagte sie.

„O Gott."

„Und Yarrow McLean ..."

„Sie ist längst verheiratet."

Sie hängte sich wieder bei ihm ein. „Gibt es im Moment eine Frau?"

„Nein." Er lachte. „Nur dich."

„Gut. Ich habe nämlich jemanden für dich, den du heute abend unbedingt kennenlernen mußt."

„Vivienne, spiel nicht die Kupplerin. Nicht jeder ist so glücklich wie du."

„Einmal gut, immer gut."

Kurz bevor er zum Essen hinunterging, kam sie in sein Zimmer und setzte sich auf die Bettkante. Er band gerade seine Krawatte.

„Wir haben im Krieg ein paar Freunde verloren. Du auch?"

„Ja."

„Möchtest du darüber sprechen?"

„Nein."

Sie hörten, wie unten der Türklopfer bedient wurde.

„Ich gehe schon", rief Basingstoke von der Halle herauf.

„Bist du unversehrt", fragte sie, als habe das Klicken der Beinprothese ihres Mannes sie daran erinnert.

„Derselbe wie zuvor", sagte er, als sie das Zimmer verließen und das Licht ausmachten. „Abgesehen von einem verkümmerten Hoden", flüsterte er.

„Um Himmels willen", sagte sie. Sie blieb kurz stehen und griff nach dem Treppengeländer. „Warst du schwer verwundet?"

„Nein, nur ein schwerer Fall von Mumps, den ich mir in Deutschland eingehandelt habe."

„Und du bist ...?"

„Weder zeugungsunfähig noch impotent."

„Da bin ich aber erleichtert."

„Ja, du darfst mich ruhig allen deinen Freundinnen vorstellen. Für eheliche Geschichten eigne ich mich hervorragend."

„Benimm dich heute abend, Elliot."

„Wie seriös du geworden bist."

„Der Vikar wird auch hier sein."

„Hat er eine Tochter?"

„Mehrere, aber keine von ihnen ist dein Typ. Nein, ich habe genau die Richtige für dich."

Sie öffnete die Tür zum Salon. Ein Feuer brannte im Kamin, und Basingstoke bot den Gästen Sherry an. Elliot ließ den Blick über die Damen schweifen. Er war neugierig, wen seine Schwester wohl für ihn auserkoren hatte – doch die erste, die ihm auffiel, war Fabiana Truitt.

„Hat man Sie schon miteinander bekannt gemacht", fragte Basingstoke und stellte sie vor.

„Ich hatte noch nicht das Vergnügen", sagte Elliot. Mrs. Truitt erinnerte sich gewiß nicht mehr an jenen jungen Angestellten von der Wall Street, der vor dem Krieg zu ihr gekommen war, damit sie ein Stück Papier unterzeichne.

„Mrs. Truitt", erklärte Basingstoke, „gehört der *‚New York Courier.‘*"

„Sie heißt jetzt Mrs. Newnom", sagte ein schmächtiger Mann mit einem Vogelgesicht, trat an ihre Seite und schüttelte Elliot die Hand. Elliot hatte schon von Mr. Newnoms Unternehmen in der Wall Street gehört. Er war wahrscheinlich der mächtigste Mann in New Yorks Finanzkreisen. Bestimmt aber der reichste.

„Dann muß man ja gratulieren", sagte Elliot. Fabiana Truitt ist wirklich eine attraktive Frau, dachte er bei sich.

Basingstoke stellte ihn dem Vikar und seiner Frau vor; und da war noch ein anderes Paar, ein englischer Major mit einer Witwe am Arm. Die Witwe hatte große Brüste und ein schönes Profil. Elliot hob die Augenbrauen und schaute diskret zu seiner Schwester, doch sie schüttelte unmerklich den Kopf. Am Kamin stand eine Gruppe junger Leute, von denen einige Uniform trugen. Elliot wurde auch ihnen vorgestellt, aber er konnte einen nicht vom anderen unterscheiden.

Newnom trat an ihn heran und sagte: „Ich habe mit Ihrem Schwager geschäftlich zu tun. Er sagte mir, Sie wollen zur Wall Street zurück."

„Ja, Sir."

„Haben Sie schon etwas im Auge?" Newnom machte einen sehr eleganten Eindruck. Er roch förmlich nach Geld. „Nutzen Sie Ihre Verbindungen", fuhr er fort, ohne eine Antwort abzuwarten. „Das machen alle. Befolgen Sie meinen Rat. Als meine Mutter mich nach Amerika mitnahm, sprach sie kein Wort Englisch. Als sie ihren Namen nannte, verstand kein Mensch sie. Häufig wurde ‚Noname' daraus. Und so ist der Name Newnom entstanden. Aber was ist schon ein Name? Nur ein Symbol, wie das Geld. Nichts im Vergleich zu Ehrgeiz und Entschlossenheit."

„Daddy, erzählst du wieder deine alten Geschichten", sagte ein junges Mädchen und löste sich aus der Gruppe am Kamin. Es war ein schlankes, blasses Mädchen von ungefähr sechzehn Jahren. Ihre blauen Augen waren direkt auf Elliot gerichtet. Dann errötete sie und blickte zu Boden.

„Blanchette, gönne doch einem alten Mann seinen Spaß." Aus seinem Mund erscholl ein gackerndes Lachen, und er ging zu Fabiana hinüber, die ihn um Haupteslänge überragte.

„Interessieren Sie sich auch für Geld, Leutnant Weyden?"

„Natürlich, Sie nicht?"

Sie überlegte einen Moment und sagte dann entschieden: „Nein." Sie schüttelte den Kopf, und ihre hellen Haare bekamen im Schein des Kaminfeuers einen goldenen Schimmer.

„Dann sind Sie damit aufgewachsen und wissen gar nicht, wie es ist, keins zu haben."

„Ja, ich vermute, diesen Luxus hat er mir verschafft. Diesen – und andere."

„Was zum Beispiel?"

„Oh, zum Beispiel – Sicherheit. Bei Kriegsbeginn ging ich hier zur Schule, und er hat mich nach New York zurückgeholt."

„Sind Sie Engländerin oder Amerikanerin?"

„Ich habe einen amerikanischen Paß."

„Was werden Sie nach der Schule machen?"

„Warum wollen Sie das wissen?"

„Ich bin neugierig, für welches Land Sie sich entscheiden werden."

„Sie sind ein Chauvinist."

„Ich wette, für England."

„Wenn Sie es unbedingt wissen wollen, ich werde hier in London Kunst studieren."

„Darf ich Ihnen einen Drink bringen?"

„Ja, einen Manhattan."

Er lachte. „Dafür sind Sie noch ein bißchen jung, oder? Und außerdem serviert Basingstoke nur Sherry..."

„Na gut, bringen Sie mir einen, aber passen Sie auf, daß mein Vater es nicht sieht."

„Ist sie nicht vollkommen?" fragte ihn Vivienne, als er sich an der Bar bediente.

„Sie ist noch ein Kind", sagte Elliot und schaute seine Schwester verwundert an.

„Sie wird schon noch erwachsen werden. Und sie wird dir Schliff beibringen. Und was ihre Kontakte in New York betrifft..."

Elliot war betroffen über die gesellschaftlichen Ambitionen seiner Schwester.

„Vivienne, ich brauche nicht die Tochter eines reichen Mannes zu heiraten. Ich schaffe es allein. Mit Ehrgeiz und Entschlossenheit."

„Ja, aber eine reiche Frau würde auch nicht schaden", meinte Vivienne und wandte sich wieder den anderen Gästen zu.

Elliot brachte Blanchette ein Glas Mineralwasser.

„Uff", stöhnte sie. „Da hatten wir in der Brearly School aber mehr Gaudi."

Zum Dinner hatte Vivienne Elliot zwischen Blanchette und ihre Stiefmutter plaziert. Fabiana strahlte. Sie plauderte angeregt und witzig, ihr Geist funkelte wie ihr Kleid. Elliot erklärte, er werde gerne beim *Courier* vorbeischauen, wenn er wieder in New York sei. Weder er noch sie erwähnten Colorado.

Elliot spürte, wie Blanchette ihr Knie gegen seines drückte. Darüber vergaß er völlig, was er eben zu Fabiana hatte sagen wollen.

„Sie kommen mir so bekannt vor, Leutnant Weyden", fuhr Fabiana fort. „Sind Sie sicher, daß wir uns nicht schon früher einmal begegnet sind?"

Elliot zögerte.

„Ich habe das Gefühl, als kenne ich sie von irgendwoher."

„Im Krieg tragen viele Männer Uniform." Blanchette begann, ihr Knie an seinem zu reiben.

„Entschuldigen Sie", sagte er und tat so, als habe er seine Serviette fallen lassen. Er beugte sich unter den Tisch und flüsterte Blanchette wütend zu: „Hör auf damit, du kleines Aas."

Blanchette warf ihm einen unschuldigen Blick zu und brach in ein glucksendes Gelächter aus.

Während des ganzen Essens rutschte Elliot unruhig auf seinem Stuhl hin und her, weil Blanchette ihn ständig neckte. Er versuchte, sich mit ihrem Vater und ihrer Stiefmutter zu unterhalten, und als ihre Hand über seinen Schenkel strich, zuckte er zusammen, als habe sie ihn mit einem glühenden Schürhaken berührt.

„Was ist denn los", fragte Fabiana und hielt ein Glas fest, das bedrohlich zu wackeln begann.

„Verzeihen Sie, das Tischbein..." sagte er. „Das Tischbein ist mir immer im Weg."

Elliot konnte es kaum erwarten, bis das Dinner vorüber war. Unter anderen Umständen hätte es ihm Spaß gemacht, mit Blanchette herumzuschäkern, doch die Anwesenheit ihres Vaters irritierte ihn. Ihr Vater, der mächtigste und reichste Mann von New York, strahlte ihn über den Tisch hinweg an.

„Wir fahren übermorgen mit dem Schiff nach New York", sagte Newnom. „Ich möchte, daß Sie mich anrufen, wenn Sie wieder dort sind. Man hat mir erzählt, Sie riechen ein gutes Geschäft auf eine Meile Entfernung."

Im stillen dankte Elliot seinem Schwager. „Sir", sagte Elliot. Er hörte, wie Blanchette ihrem Tischnachbarn zuflüsterte, sie habe eine „Schwäche" für Männer in Uniform. Elliot klangen die Ohren. Die Witwe, die neben Newnom saß, sah ihn unverwandt an und fuhr mit ihrer Zunge über den Rand ihres Glases. Die Botschaft war eindeutig. Sie verkündete allen Anwesenden, daß sie heute abend nicht mehr nach London zurückfahre, sondern im „Crown and Feather" übernachte.

Nach dem Dinner fand er in seiner Tasche ein Stück Papier. „Blanchette" stand darauf, und ihre Telefonnummer. Er stöhnte und ließ sich aufs Bett fallen. Bei Vivienne und Blanchette kam er sich vor wie ein Todeskandidat. Er dachte an Blanchette, wie sie errötete, weil er sie vor dem Essen von oben herab behandelt hatte, und wie sie es ihm bei Tisch heimgezahlt hatte. Ein Lächeln zeigte sich auf seinem Gesicht, und dann fing er an laut zu lachen. „Kleines Biest", sagte er, holte das Stück Papier hervor und schaute wieder auf die Telefonnummer. Dann dachte er an Richard Newnom. Sein Unternehmen hatte die alteingesessenen Firmen bereits weit hinter sich gelassen. Er wollte für Newnom arbeiten. Bis er so viel Kapital zusammen hatte, um ein eigenes Unternehmen zu gründen, mußte er sowieso für jemanden arbeiten. Newnom war der beste Lehrmeister; von ihm konnte er viel lernen. Elliot war begierig auf die Möglichkeiten, die sich ihm boten. Jetzt, wo der Krieg vorüber war, mußte Geld verdient werden.

Er stand vom Bett auf. Er war rastlos. Er hatte so viele Ideen. Er sah auf die Uhr. Zwei Uhr morgens. Das Zimmer war kalt. Er setzte sich, in die Daunendecke gewickelt, mit ein paar Bogen Papier an den Tisch vor dem Fenster. Er wollte verhindern, daß Newnom ihn sofort wieder vergaß. Er wollte gleich morgen mit ihm sprechen – oder vielmehr heute noch. Und wenn er sich an Rich Newnom verkaufen wollte, dann hatte er vorher noch einiges zu tun.

Er teilte das Blatt Papier vor sich mit einem kühnen Federstrich in zwei Spalten auf. In die erste Spalte trug er seine bereits getätigten Investitionen ein, angefangen mit „American Car and Foundry". In die zweite Spalte schrieb er einige seiner Ideen. Er hatte einen Plan ausgearbeitet, Immobilien zu einem Preis zu erwerben, wie er vor der Depression galt. Durch eine Anzahl von Einzelverkäufen beabsichtigte Elliot, sie unter ihrem buchmäßigen Wert wieder zu verkaufen. Aufgrund der bestehenden Steuerstruktur würde sich bei den Unternehmen ein buchmäßiger Verlust zeigen – Elliot hingegen würde seinen steuerfreien Profit wieder neu anlegen, weil er plante, die Geschäftsanteile der Unternehmen zu kaufen, denen auch die Immobilien gehörten. Er wußte, daß es funktionieren würde. Und er hoffte, daß Newnom ebenso dachte.

New York
1945

Liebe Blanchette,

Ich hoffe, es geht Dir gut und Du hast noch immer Spaß an London und an Deinem Studium. Danke für den Schal. Ich werde ihn im Winter tragen und an Dich denken. Du fragst, was ich mache. Nun, wie Du weißt, wohne ich bei meiner Mutter. Mein Tagesablauf ist von Routinearbeit geprägt, und das paßt zu mir. Ich stehe jeden Morgen zwischen vier und fünf Uhr auf und arbeite bis sieben Uhr abends. Nein, ich mache keinen Urlaub. Und ich habe auch keine Freundin. Du willst wissen, wie ich mein Geld verdiene? Also, meistens bin ich bereit, Geld zu verleihen (normalerweise gehört es Deinem Vater, und manchmal auch Banken und Institutionen), und dann verkaufe ich im Unternehmen Wandelschuldverschreibungen. Ich erledige meine Arbeit vor allem per Telefon. Mein linkes Ohr ist vom vielen Zuhören schon so groß und rot wie ein Kohlkopf. Ich gehe Risiken ein, und ich spiele. Ja, ich bin einsam. Kleine Blanchette, Du weißt ja noch gar nicht, was Liebe ist. Geh aus und triff Dich mit jungen Männern.

Elliot

New York
1946

Blanchette,

Das Ganze wird langsam lächerlich. Du bist siebzehn Jahre alt. Ich fühle mich geschmeichelt, daß Du mir einen Heiratsantrag gemacht hast, aber ich kann ihn nicht annehmen. Danke für das Eau de Cologne. Die goldenen Manschettenknöpfe kann ich nicht annehmen. Ich schicke sie Dir zurück. Dein ganzes Leben liegt noch vor Dir. Mach etwas daraus.

Elliot

New York
1946

Blanchette,

Ich möchte Deine Gefühle nicht verletzen. Du bist eine sehr attraktive junge Frau, und Du hast viele Talente. Natürlich kannst Du mir weiterhin schreiben. Es freut mich, etwas über Kunst und Möbel zu erfahren. Du bringst mir etwas bei. Nein, es gibt keine andere. Ich habe wenig Zeit für Liebesabenteuer.

Elliot

London
1946

Liebster Elliot,

Daddy sagt, Du hast bei dem Zusammenbruch der öffentlichen Versorgungsbetriebe einen Riesengewinn gemacht – was immer das auch bedeutet. Heißt das, daß Du bald sehr reich bist und heiraten kannst? Ich komme nächsten Monat nach New York – mit dem Flugzeug! Mein erster Flug über den Ozean, ist das nicht aufregend? Wirst Du mich abholen? Hast Du das Buch über Fragonard bekommen, das ich Dir geschickt habe? Es sind wirklich sehr schöne Bilder darin. Wenn wir verheiratet sind, werden wir eines in unseren Salon hängen. Wehre Dich nicht dagegen, Darling. Ich werde Dich sehr glücklich machen, und Daddy wäre zufrieden.

Ich liebe Dich
Blanchette

„Mrs. Neil?“

„Elliot! Was für eine treue Seele du doch bist. Ich dachte, du würdest nur anrufen und nicht selbst vorbeikommen.“

„Ich hatte Lust auf einen Spaziergang.“

Mrs. Neil stand in der Tür ihres Sandsteinhauses. „Es ist ein schöner Tag. Ich werde meinen Hut holen und dich begleiten.“

Als sie in Richtung Innenstadt gingen, bemerkte Elliot, daß aus Mrs. Neil eine hübsche, stattliche Matrone geworden war. Nur die langen Glasohrringe, die beim Gehen hin und her schaukelten, deuteten darauf hin, daß sie vielleicht doch nicht das war, wonach sie aussah.

„Du bist nett", sagte sie und legte ihre behandschuhte Hand auf seinen Arm. „Ich glaube all die Geschichten nicht, die ich über dich gehört habe."

„Über mich?"

„Daß du rücksichtslos und undurchschaubar geworden bist – und kriecherisch. Das hat jedenfalls jemand behauptet. Daß du mit Menschen und mit Geheimnissen dein Spiel treibst ..."

„Ich? Ich bin wie ein offenes Buch. Aber Gerüchte laufen durch alle Gassen."

Sie gingen in ein Café auf dem Broadway, um ein Eis zu essen, doch Mrs. Neil änderte ihre Meinung und bestellte Nußbrot mit Guavengelee. Das aß sie immer, wenn sie Sorgen hatte.

„Was ist los", fragte Elliot und nippte an seinem schwarzen Kaffee.

„Sie wollen mein Haus schließen. Mein Mietvertrag wird nicht verlängert." Sie begann zu weinen. „Um mich mache ich mir keine Sorgen, ich komme immer irgendwo unter. Aber um meine Mädchen. Niemand wird sich so um sie kümmern, wie ich es getan habe. Ich habe immer ein ordentliches und sauberes Haus geführt, Elliot. Und ich habe für meine Mädchen gesorgt."

„Ich will sehen, was ich tun kann. Wollen Sie noch Kaffee?"

„Nein danke. Wie soll ich dir nur danken? Kann ich dir ein Mädchen vorbeischicken? Ganz diskret."

Elliot lachte. „Es gibt da eine junge Frau, die mich heiraten will. Damit liegt sie mir nun schon seit zwei Jahren in den Ohren, und sie hat mich dazu gebracht, daß ich ja sagte. Sie hat mich herumgekriegt."

„Du scheinst darüber ja nicht gerade begeistert zu sein. Liebst du sie?"

„Ich mag sie – sehr sogar. Ich bewundere sie. Sie wäre die Richtige für mich."

Mrs. Neil schaute mißbilligend drein. „Du siehst so gut aus, bist so erfolgreich und so verdammt dumm."

Sie erhoben sich, Elliot bezahlte die Rechnung, und sie gingen hinaus in den Sonnenschein und den Verkehr auf dem Broadway.

„Was ist eigentlich aus dem Mädchen geworden, von dem du immer gesprochen hast – die aus Colorado?"

„Yarrow? Ich habe gehört, sie hat gerade Zwillinge bekommen. Ihre Schwester hält mich auf dem laufenden." Sie kamen an einem Schaufenster mit einem Plakat vorbei, auf dem ein schönes Mädchen eine Zigarette rauchte. „Das ist Greta, ihre Schwester."

„Man sieht ihr Foto überall", sagte Mrs. Neil.

„Sie geht mit dem jungen Palmer Truitt", sagte Elliot, als sie weitergingen. „Seine Mutter wird meine … – ist die Frau meines Chefs."

„Oh, Elliot, du und deine Verbindungen", sagte Mrs. Neil. Sie bogen in ihre Straße ein. „Du wirst es nicht vergessen, nicht wahr?"

„Schon erledigt." Er wartete noch, bis sie an der Haustür war, dann ging er zurück zu der Straßenecke, wo sein Fahrer mit dem Wagen auf ihn wartete. Er sah auf die Uhr. „Zum Flughafen", sagte er. „Wir müssen Miss Newnom abholen. Aber fahren Sie zuerst zur 46. Straße. Ich möchte mir die Schlachthöfe ansehen."

Er hatte das Gerücht gehört, daß Webb und Knapp, einer Wohnbaugesellschaft, das Grundstück der ehemaligen Fleischwarenfabriken angeboten worden war, das an den East River grenzte und sich südwärts bis nach Tudor City erstreckte. Wenn das stimmte, würde der Wert von Mrs. Neils Sandsteinhaus und all den anderen Häusern in dem Altbauviertel mit der Sanierung gewaltig steigen. Im Moment wollte niemand sie haben, weil der Gestank von den Schlachthöfen unerträglich war, wenn der Wind vom Fluß gegen das Viertel wehte. Hier konnte man den Quadratmeter Boden für vier bis fünf Dollar bekommen, während sich die Preise in der Innenstadt um hundert bis zweihundert bewegten.

Auf dem Weg zum Flughafen arbeitete Elliot einen Plan aus, um Mrs. Neil zu helfen. Er wollte das Grundstück kaufen. Ihm war aufgefallen, daß es in der Straße noch andere Sandsteinhäuser gab, die aussahen, als hätten sie bessere Zeiten erlebt. Er machte sich eine Notiz und überlegte, ein eigenes Unternehmen aufzubauen und in Immobilien zu investieren. Er würde von Newnom noch mehr Kapital brauchen. Sie konnten ein Riesengeschäft machen, wenn sie schnell handelten. Wo immer er auch hinsah, entdeckte er Möglichkeiten, Geld zu machen.

Er ließ den Wagen vor einem Blumengeschäft halten und ging hinein, um für Blanchette eine Orchidee zum Anstecken zu kaufen. Eine große Vase mit roten und weißen Rosen am Eingang erinnerte ihn an Yarrow. Er hatte seit Jahren nicht mehr an sie gedacht. Greta hatte ihm von der Geburt der Zwillinge erzählt, und er hatte ihr ein paar Rosen geschickt. Yarrow hatte kurz geschrieben, ein formales Dankschreiben. Im Fond seiner klimatisierten Limousine sitzend, dachte Elliot an Yarrow. Doch er sah in ihr nicht eine Frau aus Fleisch und Blut, sondern die Verkörperung der Wärme und Zuneigung, die er im Hause der McLeans erfahren hatte – das Prasseln des Feuers, den Essensgeruch, die Kinderstimmen, die Streitereien, das Lachen, die Freude. Nun stellte er sich Yarrow inmitten dieser Szenerie vor.

Elliot mußte an sein eigenes Leben denken: an die kleine, kalte Wohnung, die endlosen Telefonate, die Stunden am Schreibtisch, die Geschäftsessen, die Frauen mit ihren schrillen Stimmen, die harten Männer, die er nun seine Freunde nannte. Es wäre schön, dachte er und starrte aus dem Fenster, zu jemandem nach Hause zu kommen, ein Kind zu haben und ihm die Dinge zu schenken, die man als Kind selbst nicht gehabt hatte. Er stellte sich Blanchette in dieser Rolle vor. Sie würde ihre Sache großartig machen. Jetzt konnte er es sich leisten, eine reiche Frau zu heiraten. Sein Stolz wurde dadurch nicht mehr verletzt. Er hatte sich und ihrem Vater bewiesen, daß er Geld verdienen konnte. Er, Elliot Weyden, hatte den reichen Rich Newnom und seine Firma noch reicher gemacht. Bald würde er imstande sein, sich selbständig zu machen. Er hatte sogar schon einen Namen für sein Unternehmen – Phoenix. Er brauchte nur noch eine Chance, und dann konnte er anfangen. Er hatte auf die fallenden Aktienpreise öffentlicher Versorgungsbetriebe gesetzt. Er hatte alles aufs Spiel gesetzt, als der Oberste Gerichtshof die Befugnisse der Kommission für Wertpapiere und Devisen bestätigte, um die großen Konzerne zu spalten. Die Aktienpreise waren gefallen, und er hatte gekauft und gekauft und gekauft. Er hatte alles gewagt, und nun machte es sich bezahlt.

Er hätte nicht mehr Eindruck auf Blanchette machen können. Sie hatte keine Ahnung gehabt, daß er sie abholen würde, und sie flog in seine Arme, eine blasse junge Frau von achtzehn Jahren in einem blauen Kostüm. In der Abgeschiedenheit des Autos, hinter der Glasabtrennung, schloß er die Augen und küßte sie. „Ich liebe dich, Elliot", sagte sie. Sie sehnte sich danach, dieselben Worte aus seinem Mund zu hören, aber er schwieg.

Er faßte sie unters Kinn. „Nun bist du erwachsen." Selbst nachdem er seine Hand fortgenommen hatte, spürte sie immer noch seine Finger auf ihrer Haut. Blanchette seufzte. Sie roch an der Orchidee, die er ihr geschenkt hatte, aber sie duftete nicht. Dennoch hielt sie sich für die glücklichste Frau der Welt.

„Sie wollten mich in einer persönlichen Angelegenheit sprechen, Elliot", fragte Rich Newnom, als er hereinkam und sich in einen Ledersessel fallen ließ.

Eine große Maisonettewohnung in der Fifth Avenue mit Blick auf das Metropolitan Museum war der Zweitwohnsitz der Newnoms. Am Tage fiel das Sonnenlicht durch die großen Fenster in die Bibliothek. Jetzt, am Abend, hatte Elliot hier darauf gewartet, daß Newnom sein Abendessen beende, und beobachte, wie die Lichter in den Apartmenthäusern auf der West Side angingen, bis der ganze dunkelnde Himmel von den leuchtenden Türmen wieder erhellt war.

Dann hörte er Männerstimmen und ging auf den Flur, um Newnom zu begrüßen. Er sah, wie ein kleiner Mann mit großen Ohren und breitem Mund durch die Vordertür hinausging. Newnom stellte ihn nicht vor. Er kam in seiner gewohnt eleganten, saloppen Art ins Zimmer und setzte sich. Er zündete sich eine Zigarre an und bot Elliot ebenfalls eine an. Elliot lehnte ab. Er nahm sich einen Stuhl. Er bemerkte, daß es sich um einen Regency-Stuhl mit gekreuzten Beinen und mit Knöpfen versehener Polsterung handelte – Blanchettes Lektionen machten sich langsam bezahlt.

„Es geht um zwei Dinge", sagte Elliot und preßte seine Fingerspitzen fest gegeneinander. Er erzählte Newnom von seiner Idee, das Land rund um die Schlachthöfe zu kaufen. Newnom beobachtete ihn durch den Rauch seiner Zigarre. Elliot schlug vor, drei oder vier

Makler zu beauftragen, die Hypotheken rund um die Schlachthäuser aufzukaufen. Es habe keinen Zweck, den Leuten mitzuteilen, was sie vorhätten – die Preise würden steigen, noch ehe sie wüßten, was los sei. Er wisse, sagte Elliot, daß keine Möglichkeit bestünde, sich an dem Geschäft zu beteiligen, das Mr. Zeckendorf von Webb und Knapp mit den Besitzern der Verpackungsfirmen ausgehandelt habe. Doch sie, Elliot und Newnom, säßen auf wertvollem Eigentum, wenn die Preise nach oben gingen – was unausbleiblich sei. Elliot machte Newnom deutlich, daß er es als sein Geschäft betrachte; Newnom solle lediglich sein Partner werden. Diesmal wolle er sich nicht nur mit einem Anteil begnügen.

„Wieviel brauchen Sie?"

„Eine halbe Million Dollar."

Newnom erklärte sich so rasch einverstanden, daß Elliot überrascht war.

„Und worüber wollten Sie noch mit mir sprechen", fragte Newnom.

„Es geht um Blanchette. Ich nehme an, Sie wissen, was ich für sie empfinde, und wir – das heißt, ich möchte sie gerne heiraten."

Newnom stieß wieder sein gackerndes Gelächter aus. Elliot bemerkte, daß er auch diesmal keineswegs überrascht war.

„Also hat sie Sie doch noch rumgekriegt, he? Nein, nein, nein, Elliot, seien Sie nicht beleidigt. Ich könnte mir für Blanchette keine bessere Partie wünschen. Ich bin wirklich froh." Er läutete nach dem Butler und bestellte Champagner. „Gott sei Dank hat sie sich einen richtigen Mann ausgesucht und nicht so einen wie Fabianas Taugenichts. Himmel, was für eine Dilettantin. Wie kann sich eine so kluge Frau derart von einem Jungen blenden lassen? Aber du, mein Sohn, du ..." Er drohte ihm mit dem Finger. „Ich habe dich beobachtet. Ich habe dich bewundert. Du kannst verhandeln. Du hast Ideen. Und du hast Urteilsvermögen." Er leckte sich die Lippen und paffte weiter seine Zigarre. Liebst du sie?"

„Sir, sie bedeutet mir mehr als irgendeine andere Frau. Ich werde sie beschützen und für sie sorgen."

„Aber paß auf, daß sie nicht die Oberhand gewinnt. Dann hast du die Hölle auf Erden." Er gackerte erneut los. „Na los, ich weiß doch, daß du hinaufgehen und sie sehen willst. Sie liegt mit einer Erkältung im Bett. Sag ihr, ihr habt meinen Segen."

Elliot entschuldigte sich und rannte die Treppe hinauf, wobei er drei Stufen auf einmal nahm. Blanchette spähte im Morgenmantel durch den Spalt einer Tür. Sie konnte ihm ansehen, daß ihr Vater ja gesagt hatte. Sie riß die Tür auf, und er nahm sie in die Arme und wirbelte sie herum. „Ja, meine Schöne, ja", sagte er. Er küßte sie, und sie hielt seinen Kopf in ihren Händen.

„Bist du krank?"

„Nein. Dad wollte mit einem Gast essen, und ich war dabei nicht sehr willkommen."

„Der kleine Mann, den ich hinausgehen sah?"

„Ja, das ist er. Mansky, Lansky, oder so ähnlich."

„Meyer Lansky?"

„Ja. Kennst du ihn?"

„Nein. Aber ich bin überrascht, daß dein Vater ihn kennt. Er ist ein Gangster."

Meyer Lanskys Foto war vor wenigen Monaten im *Courier* erschienen. Es zeigte ihn und Frank Costello, wie sie sich von Lucky Luciano verabschiedeten, als dieser nach Italien abgeschoben wurde.

„Oh, vergiß doch Daddy und das Geschäft. Sieh mich an." Sie küßte ihn mitten auf den Mund.

Er setzte sie auf das rosa und weiße Bett und nahm aus einer Schachtel einen Saphirring heraus. Blanchette fing an zu weinen.

„Was ist los?"

„Den habe ich nicht verdient." Sie schneuzte sich in den Ärmel ihres Morgenmantels.

„Du redest wie meine Mutter."

Sie umarmte ihn und kuschelte sich an ihn wie ein Kätzchen.

„Bist du glücklich", fragte sie.

„Ja."

„Wirst du bei mir bleiben?"

„Nein", sagte er. Er gab ihr einen langen, leidenschaftslosen Kuß und ließ dabei die Augen offen. Er dachte an all die Telefonate, die er noch erledigen mußte. Er wollte bei dem East-River-Geschäft keine

Zeit verlieren. „Wir wollen noch warten. Ich verspreche dir, daß es sich lohnt."

„Oh, Elliot", sagte sie. „Ich liebe dich so." In ihren Augen standen Tränen. Elliot war gerührt. Er küßte sie auf die Wange und spürte unter ihrem rechten Auge einen leichten Pulsschlag. Dort verweilte er.

„Ich werde dich lieben", sagte er. „Ich werde dich lieben."

Er stand abrupt auf, ging zur Tür und warf ihr eine Kußhand zu. Als er fort war, spürte sie immer noch die Last seines Körpers auf dem ihren und den Stoff seiner Hose auf ihrer Haut. Sie steckte ihre Hand zwischen die Beine und merkte, daß sie feucht war. Das hatte sie noch nie zuvor erlebt, und sie zog vor lauter Schreck die Hand zurück. Doch dann ließ sie sie ganz langsam wieder hinabgleiten und streichelte sich. Elliot, dachte sie, oh, Elliot, mein Liebster.

15

„Elliot Weyden", las Yarrow laut, „der Senkrechtstarter von der Wall Street, hat gestern Miss Blanchette Newnom geheiratet. Die Trauung fand im Elternhaus der Braut in Larchmont, New York, statt. Miss Newnoms Vater, Richard Newnom von Newnom, Farkas und Weyden, machte den Brautführer."

Yarrow winkte ihren Kindern mit dem Zeitungsausschnitt. Lily schaute nicht einmal von ihrer Zeichnung auf. Sie war inzwischen zwei Jahre alt und daran gewöhnt, daß ihre Mutter laute Selbstgespräche führte, doch die Zwillinge lächelten sie an. „Danke, meine Lieblinge", sagte Yarrow. Sie saß auf dem Fußboden und stillte einen der Zwillinge, während der andere, gegen ein Kissen gelehnt, auf ihrem Knie ruhte. Die beiden waren fünf Monate alt, und Yarrow vergötterte sie. Getreu ihrem Kindheitstraum hatte sie einen Jungen Zebulon genannt und den anderen, als habe sich ihre Einfallskraft damit bereits erschöpft, John.

„Du hast erreicht, was du wolltest", sagte sie und betrachtete den Zeitungsausschnitt und das Foto von Elliot und seiner hübschen jungen Braut. „Und was habe ich erreicht? Nichts." John machte ein Bäuerchen, und sie nahm ihn von ihrer Brust und rieb kreisend seinen Rücken. „O nein, Darling, das stimmt ja gar nicht. Ich habe doch etwas. Kinder. Die Mutterschaft ist schuld daran. Sie hat mir den Ehrgeiz genommen, Zeb. Es kam ganz allmählich – es begann damit, daß mich die warme Hand deines Daddy im Garten der Götter berührte. Und dann habt ihr, du und deine Geschwister, mit euern kleinen Mündern noch mehr aus mir herausgesaugt. Weißt du das, Lily?" Lily schaute auf und lachte, als sie ihren Namen hörte. Ihr Haar war dünn und beinah weiß. Sie hatte Sandys breites Gesicht, aber Yarrows Augen. „Ja, du bist entzückend, aber du hast meine Hoffnungen zunichte gemacht. Und ihr beiden, warum habt ihr mir den letzten Rest von Ehrgeiz vertrieben? Er hob die Schwingen wie ein Vogel und flog davon.“

Momentan fühlte sie sich eher wie eine Muttersau. Sie wußte: immer, wenn sie laut mit den Kinden sprach, war das Selbstmitleid nicht weit. Die Decke fällt dir auf den Kopf, hätte Großvater dazu gesagt. Yarrow stand auf und knöpfte ihr Kleid zu. „Eine fette alte Sau.“ Doch das war ein allzu strenges Urteil. Ihre Brüste waren durch die Milch voller geworden, ihre Taille aber war wieder so schlank wie früher. Es nahm sie so sehr in Anspruch, für die drei Kinder zu sorgen, daß sie jetzt wieder ihr altes Gewicht hatte. Ihre Figur war fraulicher geworden, und wäre ihr das bewußt gewesen, dann hätte sie auch wissen müssen, daß ihr Körper schöner geworden war. Auch ihr Gesicht war voller und weicher, und vor allem Männer entdeckten in ihrem Blick eine Sinnlichkeit, die vor der Geburt der Kinder noch nicht dagewesen war.

Sandy hatte es auch bemerkt, und es machte ihn eifersüchtig. Wenn die Männer sie mit ihren Blicken verfolgten, gab deren Bewunderung seinem eigenen Gefühl der Unzulänglichkeit nur neue Nahrung. Es tröstete ihn nicht, daß er Yarrows Ehemann war. Wenn sie abends ausgewesen waren und jemand sie bewundert hatte, dann nahm er sie anschließend und verfuhr dabei ungeduldig, roh und flüchtig. Für ihn war Liebe ein aggressiver Akt. Selbst bei den Kindern konnte er schroff und gelangweilt sein. Sie begriff nicht, warum er so war. Ärger und Auseinandersetzungen mit Sandy machten ihr Leben nur schwieriger, das hatte sie erkannt. Also wurde sie im täglichen Umgang mit ihm immer unterwürfiger. Sie merkte es selbst und haßte sich dafür. Im Bett wurde sie immer passiver. Ihr sexuelles Desinteresse brachte ihn in Rage, und er wurde noch unsensibler gegenüber ihren Bedürfnissen. Es tat ihr weh, wenn er in sie eindrang, und der Akt machte ihr keinen Spaß. Sie wartete nur darauf, daß es vorbei wäre, und wenn er sich von ihr herunterwälzte, waren beide unzufrieden.

Und dennoch wünschte sich Yarrow, daß ihre Ehe funktioniere. Gegen Scham und Stolz kämpfte sie mit ihrer Entschlossenheit an, sie zu einem Erfolg zu machen.

„Okay, genug“, sagte Yarrow. „Laßt uns spazierengehen.“ Wenn es ihr ging wie jetzt, brauchte sie die Gesellschaft von Erwachsenen. Sie vermißte das Büro, die Hektik und die Kameradschaft. Ihr Vater hatte Sandy zum stellvertretenden Chefredakteur gemacht. Yarrow wünschte, sie wäre an seiner Stelle. Sobald sie aus dem Haus waren, fühlte sie sich gleich besser, und sie ging zu Fuß den langen Weg bis zum Büro ihres Vaters.

Sie mochte den Herbst. Er war ihre liebste Jahreszeit. Im Herbst lag alle Schwermut, die zu Yarrows romantischem Wesen paßte. In der frischen Luft fühlte sie sich richtig lebendig. Selbst die Kinder spürten es. Ihre kleinen Wangen glühten wie rote Äpfelchen. Yarrow küßte die Fingerknöchel ihrer Tochter. Sie hatte kleine Grübchen an den Fingern. Beim Gehen wirbelten ihr Blätter und Papierfetzen um die Beine.

In der Eingangshalle wurde sie von Erics Hund Sherlock freudig begrüßt. Als die dänische Dogge die Pfoten auf ihre Schulter legte, um ihr das Gesicht zu lecken, beschmutzte sie Yarrows Mantel mit frischem Pferdemist. Sandy war verärgert, als sie lachend und völlig außer Atem mit den Kindern, dem Hund, dem Kinderwagen und nach Pferdemist duftend hereinkam. „Ich kann nichts dafür", sagte sie und ließ sich auf einen Bürostuhl fallen. Zeb ritt auf ihrem Knie.

„Was schreibst du da?"

„Dein Vater hat mich gebeten, einen Artikel über . . ."

„Lily, laß die Bleistifte auf dem Schreibtisch deines Vaters liegen. Entschuldige, was hast du gesagt?"

John wachte auf und fing an zu weinen.

„Yarrow", sagte Sandy, „ich bin wirklich sehr beschäftigt."

„Oh, ist schon okay. Ich habe nur gedacht, du möchtest vielleicht die Kinder sehen. Manchmal kommst du so spät nach Hause, daß sie alle schon schlafen."

Sandy kam hinter dem Schreibtisch hervor, klappte den Kragen ihres Mantels hoch und küßte sie auf die Stirn. „Ich weiß. Ich werde versuchen, heute abend früh nach Hause zu kommen."

„Versprochen?"

„Versprochen."

Als sie hinausging und die Kinder vor sich her schob, tätschelte er ihren Hintern. Sie ging an einer schicken Reporterin vorbei und winkte ihr zu. Das Mädchen lächelte zurück, und sie deutete das als Zeichen der Sympathie.

Sie schob den Kinderwagen bis zum Büro ihres Vaters und steckte den Kopf durch die Tür. „Hey, erinnerst du dich noch an mich?“

Ihr Vater schien Sorgen zu haben, doch als sie hereinkam, hellte sich sein Gesicht auf. „Komm nur herein.“ Er gab ihr einen Kuß und wischte ihren Mantel mit der Hand ab. „Wie ich sehe, ist Sherlock wieder da. Kannst du diesen Hund nicht nach Hause schicken, wenn du wieder hinuntergehst?“

Sie lachte, und er küßte die Kinder. „Bleib doch zum Kaffee“, sagte er. Lily krabbelte auf dem Boden herum und blätterte in Zeitschriften. Yarrow setzte sich auf einen Stuhl gegenüber seinem Schreibtisch. Seit sie verheiratet war, verstanden sie sich viel besser. Was wohl daher kam, daß sie jetzt keine Bedrohung mehr für ihn war.

„Was ist los mit mir? Ich vermisse das alles hier“, sagte sie.

Er nahm die Brille ab und rieb sich die Augen. „Es wird einen Streik geben, und ich sehe keine Möglichkeit, ihn zu verhindern.“

„Die Journalisten?“

„Nein, die Druckerei. Es gab mehrere Pannen mit dem Papier, und ich wurde mißtrauisch. Gestern habe ich dann Kaugummi in den laufenden Pressen gefunden. Natürlich leugnen die Männer alles. Hinton behauptet, wir hätten minderwertiges Papier gekauft. Außerdem gab es Ärger mit der Versandabteilung – die Leute wollen keine Überstunden machen.“

„Was ist mit Hinton?“

„Er ist tüchtig, ehrlich, ehrgeizig – und unmöglich.“

„Ich wünschte, ich könnte dir helfen. Es juckt mich in allen Knochen, wenn ich das alles hier sehe.“

„Da kann niemand helfen. Die Internationale Druckergewerkschaft lehnt das Taft-Hartley-Gesetz ab, weil es den Gewerkschaftszwang für ungesetzlich erklärt. Sie wollen uns zwingen, uns an das Gewerkschaftsrecht zu halten. Verdammt noch mal, ich würde mich allem beugen, wenn es einen vernünftigen Grund gäbe. Doch was will Hinton?“ – Ihr Vater zählte die Forderungen an den Fingern ab: „Gewerkschaftszwang, die alten Prioritäten und die Beibehaltung der Regel, daß Stehsatz neu gesetzt werden muß. Ich bin froh, daß dein

Großvater das nicht mehr erlebt. Es würde ihm das Herz brechen." Er steckte sich ein paar Pillen in den Mund und spülte sie mit einem Glas Wasser hinunter. „Eine leichte Magenverstimmung", erklärte er. „Ich muß aufpassen."

Zwei Tage später war der Streik in vollem Gange. Sowohl das *Journal* als auch der *Globe* wurden bestreikt, und Albert Hinton, der Vorsitzende der Ortsgruppe 82, war wieder einmal ganz in seinem Element.

Mit siebzehn Jahren war Albert Hinton Drucker geworden. Er war erst zwei Jahre auf der Highschool, als er miterleben mußte, wie sein Vater, der ebenfalls Drucker gewesen war, arbeitslos wurde. Albert Hinton kannte die Hilflosigkeit und den Schrecken der Arbeitslosigkeit. Er hatte miterlebt, wie aus seinem Vater, einem ehemals stolzen Mann, ein hilfloser, aggressiver Säufer wurde, weil er keine Arbeit mehr bekam. Für den jungen Albert war die Gewerkschaft die Rettung gewesen, das war seine Überzeugung.

Hinton war ein Mann, der gelernt hatte, zu warten. Er traute niemandem, vor allem keinem Zeitungsverleger. Er glaubte fest daran, daß die einzige Möglichkeit, mit ihnen fertigzuwerden, sei, ihnen eine Eisenstange über den Schädel zu schlagen und sie an den Verhandlungstisch zu fesseln. Er hatte Max Horace nicht getraut, als er noch für ihn arbeitete, und eigentlich traute er weder James McLean noch Larry Schaeffer. Er haßte alle Unternehmer. Doch er behielt das für sich und trug in der Öffentlichkeit ein freundliches und höfliches Benehmen zur Schau, während er innerlich vor Wut kochte. Albert Hinton hatte gelernt zu warten, und im Lauf der Jahre hatte er sich in den Mauern der Arbeitgeber seinen eigenen Bereich geschaffen.

Nachdem er vor Jahren, als er noch für Horace beim alten *Record* arbeitete, zwei Finger verloren hatte, konnte er seinen Beruf nicht mehr ausüben. Damals nahm er die Organisation der örtlichen Gewerkschaftsgruppe in die Hand. Vor fünf Jahren war er zum Vorsitzenden der Ortsgruppe 82 gewählt worden. Nun, da es einen neuen Vertrag auszuhandeln galt, sah er darin eine Möglichkeit, die Macht der Unternehmer in Frage zu stellen, seine Kollegen zu schützen und die Aufmerksamkeit der Stammgewerkschaft auf seine eigenen Fähigkeiten zu lenken.

Die erste Versammlung wurde zwei Tage später im Konferenzraum des *Globe* abgehalten. Die Druckerei des *Globe* fiel in einen anderen Zuständigkeitsbereich, aber man war übereingekommen, daß Hinton bei den Verhandlungen sowohl für die Drucker als auch für die Druckereitechniker sprechen sollte.

Weder der *Globe* noch das *Journal* waren an diesem Tag erschienen. Larry Schaeffer vom *Globe* und sein Anwalt Pilcher waren anwesend sowie James McLean und Sandy Heartland vom *Journal* mit ihrem Anwalt Woodard. „Jetzt kannst du auch mal die Kehrseite des Berufs kennenlernen", hatte James zu seinem Schwiegersohn gesagt. Es waren auch Angehörige der Gewerkschaft da, darunter ein Mitglied der Ortsgruppe der Druckereitechniker. Auf dem Tisch lag der Vorschlag der Verleger für einen neuen Vertrag, doch Albert Hinton wollte ihn sich nicht ansehen.

„Sie verhandeln nicht mit dem Willen zu einer gütlichen Einigung", sagte er, als er schließlich mit dreißigminütiger Verspätung in den Konferenzraum kam. Hinton kannte sich in Psychologie aus. Er legte die Hände so auf den Tisch, daß man seine Linke mit den fehlenden Fingern genau sehen konnte. An einem der noch verbliebenen Finger steckte ein goldener Ehering. Jedermann wandte den Blick ab; das funktionierte immer – der Anblick verursachte diesen Scheißkerlen ein beklemmendes Gefühl.

„Was meinen Sie damit", fragte Pilcher.

„Sie haben den Vertrag bereits gebrochen. Sie haben Arbeiter eingestellt, die nicht der Gewerkschaft angehören – darunter sogar Frauen! Und Sie haben damit begonnen, noch ehe der Vertrag abgelaufen war."

„Wir haben das Recht, uns zu schützen", sagte Pilcher.

„Ihr seid schamlose Lügner."

„Wir haben den Vertrag nicht gebrochen. Wir haben die letzten zwei Tage keine Zeitungen produziert."

„Aber Sie bereiten sich auf die Produktion vor."

„Das ist etwas anderes. Schließlich haben wir das Recht, unsere Interessen zu schützen."

„Legen Sie etwas mehr Geld in die Lohntüte, und wir werden weiter versuchen, zu einer Einigung zu gelangen."

„Wir können Ihnen kein Geld anbieten, solange die Gewerkschaft ihre Taktik nicht ändert."

„Sie wollen uns ja noch nicht einmal ein Lohnangebot unterbreiten. Sie wollen über keine Einzelheit unseres Vorschlages verhandeln."

„Herrgott, Albert, wir können über diese Bedingungen nicht verhandeln. Nehmen wir nur die Klausel mit den sechzig Tagen – welche Sicherheit gibt das den Verlegern?"

„Sie wollen auf lokaler Ebene einfach keine Vereinbarungen treffen."

„Das stimmt nicht. Wir haben keinen Streit mit Ihnen. Es ist die Politik Ihrer internationalen Gewerkschaft, die uns trennt."

Sie brachen die Verhandlungen ab, ohne einen Termin für eine weitere Sitzung festzulegen. James schluckte noch ein paar Pillen. Nach Auseinandersetzungen fühlte er sich immer schlecht.

An diesem Abend gingen Freya und James zum Dinner zu Yarrow hinüber. James sah nicht gut aus. Er konnte einfach seine Sorgen nicht vergessen. Er verfügte nicht über die Ressourcen des *Globe,* um einen langen Streik unbeschadet zu überstehen. Er bezahlte immer noch täglich die Journalisten, die Leute vom Versand und die Büroangestellten, ohne daß Geld hereinkam. Er konnte nichts essen. Seine Haut war fahl und grau. Freya brachte ihn früh nach Hause.

Ehe er am nächsten Tag sein Büro betreten konnte, mußte er durch eine Kette von Streikposten hindurch. Er kannte die meisten Männer mit Namen, und er wollte gerade einen von ihnen begrüßen, als man eine große reife Tomate nach ihm warf. Er betrachtete den roten Fleck. Es sah aus, als ob Blut an seinem Hosenbein hinunterlaufe. Er spürte, daß er verblutete, wie seine Zeitung.

Am nächsten Tag schlug Hinton eine weitere Zusammenkunft vor. An diesem Abend trafen sie sich alle erneut im Büro des *Globe.*

Hinton schlug sogleich einen energischen Ton an. „Wir können das augenblicklich schnell und sauber regeln. Wir wollen keine Gesetze umgehen oder übertreten, doch Sie wissen ebensogut wie ich, daß wir alle viele Jahre hindurch Gesetze einfach ignoriert haben."

Damit bezog er sich auf den Stehsatz, der in beiden Redaktionen an den Haken hing.

„Es gibt keinen Grund, weshalb das Problem nicht sofort gelöst werden könnte, wenn Geld auf dem Spiel steht“, fuhr er fort. Kommen Sie bloß nicht mit Dingen daher, die für uns ohne Bedeutung sind.“

„Das ist nur eine Wiederholung dessen, was Sie uns schon neulich gesagt haben.“

„Sie haben Vorschläge unterbreitet, und wir antworten darauf. Es wird nichts vereinbart, wenn nicht auch über Lohnerhöhungen gesprochen wird. Nichts.“

„Dann ist also die Frage nach den Löhnen das Haupthindernis?“

„Völlig richtig, weil diese Gewerkschaft Ihre Schikanen uns gegenüber nicht hinnehmen kann.“

„Wir haben stets versucht, innerhalb eines bestimmten Rahmens zu einem Vertragsabschluß zu gelangen – das heißt, die Bindung der Bestimmungen an die Löhne. Das ist eine Verfahrensfrage.“

„Verfahrensfrage. Bei Ihnen ist alles eine Verfahrensfrage. Lassen Sie uns endlich übers Geld reden.“

„Am letzten Abend vor dem Streik wollten die Leute aus der Versandabteilung keine Überstunden machen.“

„So?“

„Ein Vertrag stellt an beide Seiten gewisse Verpflichtungen. Jetzt versuchen Sie uns weiszumachen, daß die Gewerkschaft keine Möglichkeit hat, die Leute zum Arbeiten zu bewegen.“

„Ich kann die Leute nicht zum Arbeiten zwingen, wenn sie nicht wollen. Wenn das Problem mit den Löhnen nicht gelöst wird, wird es noch schlimmer werden. Die Mitglieder werden nicht auf mich hören.“

„Albert, Sie müssen auch unseren Standpunkt verstehen. Wir befürchten, daß der Rahmen, den wir hier ausarbeiten, möglicherweise auch auf die Versandabteilung ausgedehnt wird.“

„Lassen Sie die Versandabteilung aus dem Spiel.“

„Wir müssen sie ins Spiel bringen. Ihr seid Fachkräfte, die Leute im Versand nicht.“

Um 16.30 Uhr machten sie Mittagspause, und jede Gruppe ging

in eine andere Richtung davon. James war überrascht, daß es draußen noch hell war. Er aß einen Cheeseburger mit Zwiebeln.

„Das wird deinem kranken Magen aber nicht guttun", meinte Sandy, der ein Roggenbrot mit Schinken und Käse hinunterschlang.

„Ich kann es nicht einmal richtig genießen", sagte James. „Dieser verfluchte Hinton hat mir den Appetit verdorben."

Danach kehrten sie in das Verhandlungszimmer zurück und machten dort weiter, wo sie aufgehört hatten.

„Sie fürchten", sagte Woodard, „daß wir den Betrieb mit Leuten aus dem Versand auffüllen und die Drucker, meist Gewerkschaftsmitglieder, an Einfluß verlieren könnten. Zwei Gewerkschaften beanspruchen für ihre Leute das Recht auf eine bestimmte Arbeit. Das sind die Probleme, die wir an diesem Tisch zu lösen versuchen."

„Wir haben diese Probleme in der Vergangenheit immer gelöst. Was Sie verlangen, ist die Perfektionierung der Arbeitsabläufe. Perfektion für Sie – und für uns gar nichts. Das ist wieder eine neue Finte von Ihnen."

„Warum können wir nicht zu einer Einigung kommen", fragte Woodard.

„Weil es uns das Taft-Hartley-Gesetz unmöglich macht, irgend etwas zu garantieren."

„Wie sollen wir die Zeitungen an die Kunden verteilen", fragte James.

„Das kann ich Ihnen nicht sagen." Hinton lächelte spöttisch. „Vielleicht bekomme ich heute abend die Antwort von der Versandabteilung."

„Es ist bereits Morgen", sagte Larry Schaeffer und sah auf die Uhr.

„Ich denke, Sie sollten endlich übers Geld reden – wir sind doch schon seit Stunden mit allen andern Fragen durch", meinte Hinton. Er kratzte sich mit seinen verstümmelten Fingern an der Nase.

„Wir möchten gerne eine Antwort haben", sagte James.

„Ich habe Ihnen bereits gesagt, daß wir keine Antworten geben werden, solange nicht über Lohnerhöhungen gesprochen wurde."

„Ehe wir über Löhne sprechen können, brauchen wir einen Rahmenplan."

„Dann müssen Sie dieses Verfahren ändern. Wir haben nun schon tagelang mit Ihnen über einen Rahmenplan gesprochen – sollten Sie jetzt nicht endlich mit uns über Geld reden?“

„Jetzt sind wir wieder da, wo wir bereits vor zwei Tagen waren“, sagte James.

„Wenn wir ohne Rahmenplan über Geld reden, verbuchen Sie es in Ihren Arbeitsbestimmungen und vergessen den Rest. Wir glauben, daß die Verleger das Recht auf eine Antwort haben“, sagte Woodard.

„Wir werden eine Antwort geben, wenn wir den ganzen Vorschlag geprüft haben ...“

„Nur zu, prüfen Sie ihn!“

„... aber Sie werden keine Antwort bekommen, bis die Lohnfrage geklärt ist. Um ganz offen zu sein, wir müssen das mit unseren Anwälten besprechen, bevor wir antworten können.“

„Als nächstes werden Sie uns sagen, daß wir unsere Zeitungen für sieben oder acht Cent verkaufen sollen.“

„Wenn sie vor einem Jahr fünf Cent gekostet hätten, müßten sie heute sicher sieben oder acht Cent kosten. Der Grund, weshalb das nicht der Fall ist, ist der, daß ihr Zeitungsleute aufgrund des Wettbewerbs eure Preise nicht erhöhen wollt, aber das ist euer Problem, nicht meins.“

„Verdammt noch mal, ich bin müde. Es ist vier Uhr morgens“, sagte James.

„Laßt uns Schluß machen“, sagte Schaeffer.

„Wann sollen wir die Verhandlungen fortsetzen? Brauchen Sie noch etwas Zeit zum Nachdenken“, fragte Woodard.

„Ich muß über nichts nachdenken, solange die Frage der Löhne nicht geklärt ist.“

„Was ist so schlecht an der üblichen Vorgehensweise? Sie haben das Angebot vor sich auf dem Tisch – früher sind Sie es immer Punkt für Punkt durchgegangen, warum können wir es jetzt nicht genauso machen?“

Hinton stand auf und streckte sich. „Ich schlage 10.30 Uhr vor. Gute Nacht, meine Herren.“ Die Sitzung wurde vertagt.

James kroch neben Freya ins Bett. Er war erschöpft. Eine Stunde später hörte sie, wie er wieder aufstand.

„James? Bist du in Ordnung?“

„Meine Pillen“, sagte er. „Magenverstimmung...“

Sie vernahm ein krachendes Geräusch. „James!“ Sie machte das Licht an. Er lag in seinem gestreiften Pyjama auf dem Boden. Freya stand auf und lief hin zu ihm. „James, was ist los?“ Doch er rührte sich nicht.

„Mein Gott, o mein Gott“, sagte sie. „Was haben sie dir angetan?“

James war tot. Sie wußte es, aber sie konnte es nicht akzeptieren. Nach einer Weile ging sie zum Telefon.

„Yarrow? Sandy? Kommt herüber. Es geht um James. Ich glaube, er ist tot.“

16

Chrysanthemen quollen aus der dickbauchigen blauen Vase in der Diele. Yarrow war stolz auf die Blumen, die sie selbst gezüchtet und arrangiert hatte. Sie war der Meinung, das mache ihr fehlendes Talent in anderen häuslichen Bereichen wieder wett.

„Feierst du das Ende des Streiks“, fragte Mary-Ellen Griffin, die auf einen Morgenkaffee vorbeigekommen war. Ihre beiden Mädchen spielten mit Lily im Garten.

„Es ist jetzt zweiundzwanzig Monate her, seit der Streik begonnen hat. Nur ein paar Leute kommen, einige von den Sekretärinnen, die die Varitype-Setzmaschinen bedienen.“

„Ich kann es gar nicht glauben, daß dein Vater schon so lange tot ist“, sagte Mary-Ellen. „Greta sah so hübsch aus, als sie zur Beerdigung kam. Ich wundere mich, daß sie noch nicht verheiratet ist.“

„Weil sie sich in einen Trottel verliebt hat, der sie nicht heiraten will, deshalb“, antwortete Yarrow.

„Palmer Truitt?“

„Genau der.“

„Dann wird ja die Traumtänzerin Nellie noch vor ihr verheiratet sein. Hast du das gewußt, als sie zur Beerdigung kam?“

„Nein, sie hat es für sich behalten.“

„Ich habe nicht einmal gewußt, daß sie nach Kalifornien gezogen ist.“

„Das wußte ich. Sie arbeitet dort in einer Privatklinik.“

Eine von Mary-Ellens Töchtern fiel hin, und Mary-Ellen rannte zu ihr, um sie aufzuheben.

Yarrow räumte in der Diele auf. Es hatte Monate gedauert, bis sie in der Lage gewesen war, über ihren Vater zu sprechen, ohne daß es ihr die Kehle zuschnürte. Es hatte sogar den Anschein, als sei ihre Mutter schneller über seinen Tod hinweggekommen als sie. Freya hatte ein paar Tage nach der Beerdigung im Büro des Anwalts die Situation als erste richtig erfaßt. Laut James' Testament waren die Geschäftsanteile der Familie zu gleichen Teilen unter den vier Kindern aufzuteilen. Für Freyas Unterhalt waren Vorkehrungen getroffen worden, und bis zu Erics einundzwanzigstem Geburtstag sollte sie dem Vorstand des Unternehmens angehören und sein Stimmrecht wahrnehmen.

Freya hatte Yarrow anvertraut, sie habe gehofft, James würde eines der Kinder zu seinem Nachfolger bestimmen. Zugegeben, alle drei waren sie noch ziemlich jung bei seinem Tod – Yarrow fünfundzwanzig, Nellie zweiundzwanzig, Greta einundzwanzig und Eric gerade vierzehn. Freya hatte das Thema ihm gegenüber ein- oder zweimal angeschnitten. Doch James wollte nie an die Zukunft denken. Schließlich stand er auf dem Gipfel seiner beruflichen Laufbahn.Und er war erst fünfundfünfzig gewesen, als er starb. Einen Nachfolger auszuwählen hätte seiner Meinung nach bedeutet, sich sein eigenes Grab zu schaufeln. Und welche Ehefrau wollte schon ständig ihrem Mann in den Ohren liegen, was wohl im Falle seines Todes zu geschehen habe?

James hatte wohl geglaubt, er habe alle Zeit der Welt, um die Dinge in Ordnung zu bringen, dachte Yarrow. Sie rollte eine Schnur auf, die um den Pfosten des Geländers gewickelt war. Er hatte Sandy aufgebaut, damit er einmal die Zeitung leiten könnte, das war offensichtlich, doch getreu seinem Charakter hatte er sich dagegen gesträubt, einen dem anderen vorzuziehen, und ihnen die Entscheidung überlassen.

Die Erbschaftssteuer betrug weit über 40 000 Dollar, und ihr Anwalt C. K. Pierson hatte angedeutet, daß es für die Witwe und die Familie besser wäre, die Zeitung zu verkaufen und das Geld anderweitig anzulegen.

Freya und Yarrow hatten ihn entsetzt angesehen. „Niemals", erklärten sie.

„Wer soll dann die Zeitung leiten?"

„Es war immer ein Familienunternehmen, und das wird es auch bleiben", sagte Freya. „Sandy kann es leiten, und wir werden ihn weiterhin unterstützen."

Sie verkauften die Hälfte des Landes, das Jocks Hütte in den Bergen umgab, und den Rest der Steuern bezahlten sie in Raten.

„Sandy hat keine Ahnung, wie man ein Geschäft führt“, meinte Nellie.

„Er wird es schon lernen“, sagte Yarrow.

Sandy hatte tatsächlich nur auf diese Gelegenheit gewartet. Die Familie hatte ihm die Aufgabe des Herausgebers und Chefredakteurs übertragen, und er war in James' Schuhe geschlüpft, als wären sie für ihn gemacht. Er hatte mit Schaeffer vereinbart, sich während des Streiks gegenseitig zu helfen. In den ersten Wochen wirkten die Zeitungen, die sie trotz des Streiks herausbrachten, eher dilettantisch, doch allmählich wurden sie immer besser.

„Ist es nicht komisch“, meinte Yarrow, als sie mit Mary-Ellen auf der Treppe vor dem Haus saß, „daß wir wieder Lettern gießen? Ich meine, wofür war der Streik überhaupt gut? Was wurde damit erreicht?“

Mary-Ellen schüttelte ihren roten Schopf. „Ned fragt sich dasselbe. Hast du gewußt, daß Albert Hinton als Gewerkschaftsboss nach New York geht?“

„Nein.“

„Ned denkt auch daran, fortzugehen. Seit Larry Junior beim *Globe* ist, rechnet er sich nicht mehr viel Chancen aus, jemals weiterzukommen. Man hat ihm einen Job in Kalifornien angeboten.“

Lily kam mit einer Menge Sand in den Händen herein. „Das ist für dich“, sagte sie, „und das ist für dich.“ Für das Backen von Sandkuchen war sie wirklich äußerst unpassend gekleidet – sie trug ein feines Batistkleid mit Rüschen.

„Greta hat das Kleid geschickt“, sagte Yarrow mit einem Seufzer. „Sie schickt den Kindern immer die teuersten Sachen.“

Mary-Ellen nahm ihre jüngste Tochter auf den Arm. „Du brauchst Hilfe, Yarrow. Warum holst du dir nicht ein junges Mädchen ins Haus?“

„Manchmal wünschte ich, ich würde eine zweite Laura finden.“

„Sieh dich bloß an. Deine Haare. Weißt du noch, wie sie mal waren?“

„Oh, Mary-Ellen, nörgle nicht an mir herum. Ich habe einfach keine Zeit mehr." Sie fuhr mit den Fingern durch ihre Locken. Das Haar stand ihr kraus vom Kopf ab. „Eines Tages werde ich es ganz abschneiden."

„Tu das bloß nicht. Weißt du noch, wie durcheinander du warst, als du deiner Mutter die Haare abschneiden mußtest?"

„Ich habe immer gedacht, sie würde als erste sterben. Ich hätte nie geglaubt, daß es Dad sein würde."

Mary-Ellen küßte sie auf die Wange. „Ich will dich bestimmt nicht kritisieren. Aber ich kann es nun mal nicht ertragen, daß du so – so erschöpft aussiehst."

„Es geht mir großartig, wirklich", sagte Yarrow, winkte ihr zum Abschied zu und ging dann ins Haus, um den Kindern das Mittagessen zu machen. Als Freya kam, saß sie mit ihnen in der Küche und aß Erdnußbutterbrote.

„Ich dachte, wir wollten heute überlegen, wie wir den hinteren Teil des Gartens anlegen", sagte Freya. Ihre Energie war immer noch ungebrochen.

„Das habe ich ganz vergessen. Kommt, Kinder, wir gehen nach draußen. Aufräumen werde ich nachher."

Freya zuckte zusammen. Das schmutzige Frühstücksgeschirr stand immer noch in der Spüle. Doch sie schwieg, und als sie an den gelben Chrysanthemen im Flur vorbeikamen, sagte sie: „Wie schön deine Blumen sind, Yarrow." Yarrow lächelte mit zusammengekniffenen Lippen.

Sie steckten eine Fläche für ein neues Blumenbeet ab. Freya hielt bei der Mauer einen Stock fest, während Yarrow mit Draht in der Hand auf dem Boden herumkroch. Zeb und John spielten zusammen in der Sandkiste. Lily badete eine Puppe in einer Tonne mit Wasser, die aus einer Dachrinne gespeist wurde.

„Deine Kinder sind richtige Engel", meinte Freya.

„Lily, laß das bitte", sagte Yarrow. Sie sprang auf und zog Lily von der Tonne weg. Lily fing an zu heulen. „Das erschreckt Mami."

Zeb ging auf wackligen Beinchen zu dem Draht hinüber, der um das neue Blumenbeet gespannt war. Yarrow schnappte nach ihm und packte ihn am Ärmchen.

„Du bist übermüdet", sagte Freya. Sie warf den Stock mit dem Fuß um und nahm Zeb auf den Arm, um ihn zu trösten. „Du brauchst jemanden, der dir mit den Kindern hilft."

„Fang du nicht auch noch damit an."

Yarrow hockte da, ihre Haare hatten sich aus dem Gummiband gelöst. Sie fühlte sich alt und verbraucht. Wie sehr sie sich doch bemühte, eine perfekte Ehefrau und Mutter zu werden. Aber immer wieder kam etwas dazwischen. Die Kinder, das Haus und Sandys Bedürfnisse lenkten sie von allem anderen ab. Doch in Wahrheit war sie mit ihrem Leben unzufrieden. In ihrem Innern war eine Leere, die sich nicht füllen ließ.

„Okay, Mama. Vielleicht hast du recht."

„Gut. Dann werde ich heute eine Annonce in die Zeitung setzen."

Eine Woche später stellte Yarrow ein Mädchen ein, das sogar ihrer Mutter gefiel. Sie hatte zwar keine besseren Zeugnisse als die anderen, die sich bei Yarrow vorgestellt hatten, doch als sie ins Haus kam, hob sie sogleich einige Spielsachen vom Boden auf und legte sie in eine Kiste, die neben der Tür stand. Und als sie es sich auch noch ohne Murren gefallen ließ, daß John auf dem Sofa über sie hinwegkroch, an ihren Haaren zog und ihre Zähne untersuchte, da wußte Yarrow, daß sie die Richtige war, und stellte sie sofort ein.

Obendrein war Belinda auch noch hübsch. Sie war achtzehn, kaute Kaugummi und trug weiße Socken, Turnschuhe, enge Pullover und dreiviertellange Hosen. Wenn sie frei hatte, tauchte immer eine ganze Reihe junger Männer auf, um mit ihr auszugehen. Yarrow und Sandy verdrehten immer die Augen bei dem Gekicher und Gebalge auf der vorderen Veranda, wenn die jungen Männer sie nach Hause brachten. „Komm ins Bett", sagte Sandy dann, als riefe die Anwesenheit des Mädchens und seiner Verehrer auch in ihm Gefühle wach. Auf Yarrows Gefühle blieb das ohne Einfluß, und ihre Enttäuschung im Bett blieb. Hinterher stand er auf, und sie hörte, wie er die Treppe hinunterging und den Kühlschrank öffnete. Sie hörte das Ploppen eines Flaschenkorkens und das Quietschen des Küchenstuhls, wenn er ihn unter dem Tisch hervorzog. Dann schlief sie ein und merkte nicht, wenn er wieder ins Bett kam.

„Darling, in der 64. Straße ist ein Haus aus braunem Sandstein zu verkaufen", sagte Blanchette Weyden. Sie saß in einem Sessel in ihrer Suite im Plaza-Hotel und studierte den Immobilienteil der *New York Times*.

„Zu weit abgelegen", meinte Elliot. Er saß an seinem Schreibtisch, hatte an diesem Morgen bereits mit London, Los Angeles und Florida telefoniert und Angebote über Bauxit-Minen und Avocado-Farmen von Australien bis Brasilien erhalten. Für Elliot war der Sonntag kein Tag zum Ausspannen, und außerdem war nicht überall auf der Welt Sonntag. Es gab Tage, da kam er sich, wenn er zwei Klienten zusammenbrachte, wie ein Ehevermittler vor. Was immer aus den Geschäften wurde, Elliot verdiente als Vermittler stets daran.

„Elliot, es liegt nur sechs Blocks von hier entfernt. Wir wohnen nun schon drei Jahre in diesem Hotel. Wir haben April 1950, Darling. Werden wir denn niemals ein eigenes Haus haben?"

„Mir gefällt es hier", meinte Elliot. Die meiste Arbeit erledigte er von einem Nebenzimmer aus, und außerdem gefiel ihm die Anonymität des Hotellebens. Die Frage nach einem „Heim" war der einzige wunde Punkt in ihrer Beziehung. Elliot fürchtete das häusliche Leben, das ein Heim, wie Blanchette es sich wünschte, mit sich bringen würde. Er wollte sich nicht mit Besitz belasten. Alles, was er kaufte – Bilder, Teppiche, Nippes – konnte verpackt, zusammengerollt und mitgenommen werden. Es gab ihm die Illusion, ein Zigeuner zu sein. Damit verbunden war ein Gefühl der Freiheit, das er um alles liebte.

„Hallo? Jules? Ja, ich bin es." Elliot lehnte sich auf seinem Stuhl zurück und führte ein langes Telefongespräch. Blanchette seufzte. Es hatte keinen Zweck, ihn zu etwas überreden zu wollen, wenn er dagegen war. Ansonsten war er der netteste und großzügigste Ehemann. Er überschüttete sie geradezu mit Geschenken; mal waren sie wertvoll, mal nicht, aber sie bekam sie, weil er ihr gerne eine Freude machte. Sie wußte, daß er es bei seiner Mutter, seiner Schwester und bei den zahllosen anderen Frauen, die er zu seinen Kundinnen zählte, ebenso machte. Er arbeitete hart und saß stundenlang an seinem Schreibtisch. So etwas wie Freizeit oder Ferien gab es für ihn nicht. Elliot liebte seine Arbeit. Wenn das Telefon eine Stunde lang mal nicht klingelte, fragte er sich gleich, ob man ihn vergessen habe. Einmal hatte sie gehört, wie er jemanden anrief und gereizt fragte, was er falsch gemacht habe, daß man ihn so links liegen lasse? Ein andermal rief er die Telefonzentrale des Hotels an und erkundigte sich, ob sein Telefon in Ordnung sei; es hatte zwanzig Minuten nicht geklingelt. Als Blanchette ihren Gynäkologen aufsuchte – sie wurde einfach nicht schwanger –, begleitete er sie und arbeitete im Wartezimmer inzwischen auf der Rückseite von Briefumschlägen oder auf Zeitungsrändern Angebote aus, bis sie wiederkam. „Noch nichts Neues", sagte sie. Er drückte ihren Arm unter der Zobelstola. „Wir werden uns eben noch mehr anstrengen müssen", meinte er.

Zu ihrem 21. Geburtstag hatte er den Rainbow-Saal gemietet, ihn mit Freesien und Rosen schmücken lassen und Freunde eingeladen. Sie tanzten bis zum Morgen. Alle behaupteten, das sei die schönste Party gewesen, die sie je erlebt hätten. Blanchette wußte, daß sie eigentlich glücklich sein sollte, doch ein Zweifel nagte an ihr und quälte sie wie ein schmerzender Zahn. Ihr war klar, daß sie ihren Mann mehr liebte, als er sie. Sie war auf jede Frau, die seinen Weg kreuzte, wahnsinnig eifersüchtig. Sie machte ihm keine Szenen. Dafür war sie zu gut erzogen. Doch sie spürte, wie sie zitterte und ihr Magen sich zusammenkrampfte, wenn sie sich vorstellte, wie er mit einer anderen Frau zusammen war.

Blanchette beobachtete, wie er seinen Kopf gegen die Kopfstütze seines Ledersessels lehnte, während er telefonierte. Er hatte seine langen, nackten Beine unter dem Schreibtisch ausgestreckt. Sie wußte, was sie jetzt tun würde.

Blanchette stand auf und ging ins Bad, um eine Schüssel mit Wasser und ein paar Handtücher zu holen. Sie brachte auch ihren Maniküreset mit – Schere, Nagelfeile, Creme und Nagelbürste. Sie kniete sich vor ihn hin und stellte seine Füße in das warme Wasser. Elliot seufzte, sah sie einen Moment an und sprach dann weiter. Blanchette wußte, daß er ein Genußmensch war. Nach dem Fußbad massierte sie seine festen Waden und die spitzen Knie, und schließlich hörte sie ihn sagen: „Jules, ich rufe Sie zurück." Sie lächelte.

„Was tust du da", fragte er und zog sie auf seinen Schoß. Sie schmiegte sich an ihn, und er küßte sie. Dann hob er sie hoch und trug sie zum Bett. Er hatte soeben den Knoten ihres Gürtels aufgemacht, als das Telefon klingelte. Er versuchte es eine Weile zu ignorieren, doch dann gab er auf und nahm den Hörer ab. Plötzlich stand er auf und machte seinen Bademantel zu.

„Großer Gott", sagte er, „das habe ich ganz vergessen. Deine Stiefmutter kommt gleich herauf. Sie will mich sprechen."

Er eilte ins Badezimmer, und sie folgte ihm verärgert. „Warum kommt sie her, Elliot? Noch dazu an einem Sonntag?"

„Ich habe keine Ahnung. Sie sagt, es handle sich um etwas Persönliches. Schnell, sei lieb und bestell uns ins Nebenzimmer Kaffee und laß sie herein."

Während er in einen grauen Anzug aus feinster Seide und Wolle schlüpfte – er war immer korrekt gekleidet, sogar sonntags –, saß Fabiana im Nebenzimmer, das er als Büro benutzte, und trank Kaffee. Als er ins Zimmer trat, zog sich Blanchette taktvoll zurück.

„Es geht um Palmer, meinen Sohn. Wirst du mir helfen?"

„Ich will es versuchen. Worum handelt es sich?" Natürlich wußte er Bescheid, denn was Gerüchte und Tratsch anging, hielt ihn sein Telefon auf dem laufenden, und diese Informationen verwandelte er in Geld, Macht und Wissen.

Fabiana war nervöser als sonst. Sie stand auf. Sie war immer noch sehr schlank. Sie trug einen Hut, den sie elegant ins Gesicht gezogen hatte. Nur ein Eingeweihter wußte, daß sie häßliche Narben an Kinn und Hals verdeckte. „Mit Rich kann ich nicht darüber reden. Er hat keine Zeit für Palmer. Palmer ist ein guter Junge, aber er hat nicht die richtigen Freunde."

„Was heißt das?" Er wollte sie dazu bringen, es auszusprechen.

„Er nimmt Drogen." Sie ließ die Hand über ihre Augen gleiten. „Ich habe alles versucht. Ich habe ihm gedroht. Aber er lügt mich an. Oh, er kann so gut lügen. Elliot, was soll ich nur tun?"

„Enterbe ihn."

„Das kann ich nicht! Er ist mein Sohn." Sie hielt einen Moment inne. „Immerhin wollte ich es tun. Er bestiehlt mich. Wenn er ins Haus kommt, fehlt hinterher immer etwas. Rich hat ihm jetzt sogar verboten, das Haus zu betreten. Er bestiehlt vermutlich auch Greta – oder sie gibt ihm das Geld freiwillig und unterstützt damit noch seine Sucht."

„Greta McLean?"

„Ja. Er wohnt manchmal bei ihr. Du kennst die McLeans aus Platte City?"

„Ja. Während der Depression war ich in Colorado. Sie waren sehr nett zu mir."

„Das hast du nie erwähnt. Zu mir waren sie nicht sehr liebenswürdig. Sie haben bei einem Geschäft ein doppeltes Spiel mit mir getrieben."

Elliot sagte nichts und fragte sich, ob sie insgeheim wußte, daß sie nicht die Wahrheit sagte.

„Trotzdem haben sie mir einen Gefallen getan", meinte sie. „Wenn ich in Platte City nicht gegen sie verloren hätte, hätte ich niemals den *Courier* gekauft. Elliot, du hast mich in der Vergangenheit so gut beraten. Wirst du mir auch diesmal helfen – wirst du meinem Sohn helfen? Er kommt nicht mehr ans Telefon, wenn ich anrufe. Wenn Greta ihm helfen könnte, wäre ich froh, aber sie ist nicht stark genug, um mit ihm fertigzuwerden."

„Das weiß ich."

„Auf dich wird er vielleicht hören. Wenn du ihn überreden könntest, in ein Sanatorium zu gehen. Hier" – sie kramte in ihrer Tasche und holte ein Adreßbuch heraus – „es ist in Connecticut. Da hast du auch noch Gretas Telefonnummer. Bitte, Elliot."

„Ich werde es versuchen."

„Und sag Rich nichts davon, ja? Er denkt, ich falle immer wieder auf Palmer herein."

Als sie gegangen war, meldete er ein Gespräch mit Greta an. Er wollte schon auflegen, als Greta sich endlich meldete. Sie war nicht so gelassen wie sonst, ihre Stimme klang irgendwie abwesend.

„Palmer ist nicht da", schluchzte sie. „Er ist nicht da. Was soll ich nur tun?"

„Greta, soll ich zu dir kommen?"

„O nein. Du kannst mir nicht helfen." Er konnte hören, wie sie versuchte, sich zu beherrschen. Er wollte sich nicht aufdrängen.

„Wenn Palmer kommt, sag mir Bescheid, ja?"

„O ja. Ja. Auf Wiedersehen, Elliot."

Nachdem er den Hörer aufgelegt hatte, war er immer noch so beunruhigt, daß er sich wieder hinsetzte und sein Adreßbuch durchblätterte. Doch er mußte die Fernsprechauskunft anrufen.

„Hallo? Hallo, Yarrow? Ja, ich bin es. Wie schön, daß du meine Stimme nach so langer Zeit wiedererkennst. Ja, es muß fast zehn Jahre her sein. Yarrow, ich mache mir Sorgen um Greta. Ich glaube, du solltest nach New York kommen und sie aufsuchen."

Am Abend des nächsten Tages war Yarrow in New York. Sie fuhr mit einem Taxi direkt zu Gretas Wohnung. Nach dem Gespräch mit Elliot hatte sie versucht, sie telefonisch zu erreichen, jedoch ohne Erfolg. Sie hatte mit Belinda und den Kindern soweit alles organisiert und die erste Maschine genommen.

Ein spanisch sprechender Portier erklärte ihr, Miss McLean sei nicht zu Hause.

„Natürlich ist sie da", sagte Yarrow, zwängte sich an ihm vorbei und stieg mit ihren Koffern in den Lift. „Sie erwartet mich."

Sie klopfte so lange an die Tür, bis sie Gretas Stimme hörte.

„Geh weg. Um Himmels willen, verschwinde."

„Greta. Ich bin es, Yarrow. Laß mich rein."

„Yarrow?" Sie hörte ein schlurfendes Geräusch, dann wurde der Riegel zurückgeschoben, die Tür ging auf und Greta fiel ihr um den Hals. „Oh, Gott sei Dank, daß du gekommen bist."

Das Bettlaken war voller Blut. Greta war auf dem Boden zusammengebrochen. Ihr Gesicht war blaß und glänzte. Auch auf ihrem Nachthemd und auf dem Boden war Blut.

„Greta, du blutest ja. Greta?"

Greta war ohnmächtig geworden. Sie war totenbleich, aber ihr Körper glühte im Fieber. Yarrow ging ins Bad, um einen feuchten Waschlappen zu holen. Dort lagen noch mehr blutverschmierte Handtücher und Laken auf dem Boden. Sie wischte ihrer Schwester sanft mit dem Waschlappen übers Gesicht und legte ihn ihr auf die Stirn. Dann rief sie Elliot an.

„Elliot, es tut mir leid, daß ich dich so früh belästige. Ich brauche dringend einen diskreten Arzt. Greta verblutet sonst." Sie wagte das Wort kaum auszusprechen, das sie so erschreckte, aber es bestand kein Zweifel. „Greta hat eine Abtreibung vornehmen lassen."

Während der Arzt bei ihrer Schwester war, sah sich Yarrow zum ersten Mal in der Wohnung um. Es war ein großes Atelierzimmer mit dem Bett auf der einen und einem riesigen Fenster auf der anderen Seite. Greta hatte es mit denselben schweren und praktischen Möbeln ausgestattet, mit denen sie beide aufgewachsen waren. Nichts deutete darauf hin, daß hier ein elegantes Fotomodell wohnte, bis sie einen Kleiderschrank öffnete und ihr haufenweise Kleider aus Brokat, Taft und Tüll entgegenkamen. Sie schob sie zurück, preßte ihr eigenes Kleid, das sie zum Wechseln mitgenommen hatte, mit hinein und schloß die Tür.

Der Arzt kam hinter dem Paravent hervor, der das Bett verdeckte. Er habe eine Curettage vorgenommen, erklärte er, und ihr eine Spritze gegeben, damit sie schlafen könne. Sie habe eine Infektion bekommen, weil bei der Sache gepfuscht worden sei. Er lasse ihr ein paar fiebersenkende Pillen da.

„Sie wird wohl wieder in Ordnung kommen, aber nie mehr Kinder haben können. Warum lassen das Frauen nur mit sich machen?"

Yarrow mußte sich eine ärgerliche Antwort verkneifen. Männer hatten schließlich auch etwas damit zu tun.

„Wie alt ist sie?"

„Dreiundzwanzig."

Er gab Yarrow ein braunes Fläschchen mit Pillen und eine Telefonnummer. „Wenn sie wieder anfängt zu bluten, rufen Sie mich unter dieser Nummer an. Das Fieber muß heruntergehen. Ich komme morgen früh um acht wieder vorbei." Er blieb an der Tür stehen. „Genehmigen Sie sich einen Scotch. Sie sehen aus, als könnten Sie einen gebrauchen."

Yarrow stellte einen Stuhl neben das Bett und wickelte sich in eine Decke. Sie mußte eingenickt sein, denn plötzlich hörte sie Greta stöhnen. In der Wohnung war es vollkommen dunkel, nur eine Pepsi-Cola-Reklame blinkte ab und zu auf der anderen Straßenseite. Sie knipste die Nachttischlampe an.

„Wasser", sagte Greta. Die Lippen ihrer Schwester waren in dem bleichen Gesicht kaum zu erkennen, und sie waren so trocken, daß sich eine Kruste gebildet hatte. Yarrow fing an zu weinen. Sie mußte daran denken, wie Greta als kleines Mädchen gerne mit Puppen gespielt hatte, wie sie Lauras kleinen Lem angebetet und ihren eigenen Kindern immer die unpassendsten Geschenke geschickt hatte. Greta war immer ein stilles Kind gewesen, über das sich nie jemand ärgern mußte. Vielleicht war es das. Vielleicht hätte man ihr mehr Aufmerksamkeit geschenkt, wenn sie danach verlangt hätte. Aber hätte das einen Unterschied gemacht? Wäre aus ihr ein anderer Mensch geworden, wenn sie gesagt hätte: Ich brauche Hilfe? Wenn sie es doch nur gesagt hätte. Wenn sie doch diesmal Yarrow um Hilfe gebeten hätte. Yarrow hätte ihr geholfen. Wenn du das Baby nicht willst, hätte sie zu ihr gesagt, dann werde ich es adoptieren und aufziehen wie mein eigenes.

Greta phantasierte. Ihre Augen waren nicht ganz geschlossen. Yarrow fragte sich, was sie wohl in ihren Fieberträumen sah. In der Nacht stand sie mehrmals auf und wechselte den Waschlappen. Sie wischte ihrer Schwester die Stirn, streichelte ihre Hand und summte leise vor sich hin, wie es früher ihre Mutter getan hatte und wie sie es bei ihren eigenen Kindern machte.

Als in der großen Stadt New York am Morgen die Sonne ebenso schön aufging, wie Yarrow es in den Bergen erlebt hatte, begann Gretas Fieber zurückzugehen. Sie atmete ruhiger und langsamer, und ihre Haut wurde kühler. Yarrow schlief auf dem Stuhl ein, und um acht kam der Arzt noch einmal. Nachdem er gegangen war, brachte sie Greta eine Tasse Apfeltee. „Hallo, kleine Schwester", sagte sie und reichte Greta die Tasse.

„Oh, Yarrow. Sag Mama nichts davon."

„Natürlich nicht."

„Erzähl es bitte auch sonst niemandem."

„Nur ich weiß es – und Elliot. Ich mußte es ihm sagen. Ich mußte doch einen Arzt holen."

Greta lag erschöpft in ihren Kissen. „Ich mußte es tun. Er wollte nicht, daß ich das Kind bekomme. Er sagte, ich müsse es loswerden. Er warf mit der Kaffeekanne nach mir. Ich machte mit diesem schmierigen Kerl einen Termin aus. Ich war gerade im Weggehen, als Elliot anrief. Es war schrecklich. So schmutzig. Ich hätte genausogut einen Strick nehmen können." Greta und Yarrow schluchzten gemeinsam.

„Ich mußte Bargeld mitbringen. Es hat weh getan, als sie es wegmachten. O Gott, Yarrow, wie hat es weh getan. Sie haben es mir regelrecht aus dem Leib gerissen. Es war nicht etwas, das mich nichts anging – es war ein Teil meines Körpers. Ich weiß nicht, wie ich wieder nach Hause gekommen bin." Sie schloß die Augen. „Hast du Palmer gesehen? Hat er angerufen?"

Yarrow schüttelte den Kopf. Der gemeine Hund hatte sich aus dem Staub gemacht. Ich hätte ihn damals ertrinken lassen sollen, dachte Yarrow.

„Es sind die Drogen. Du darfst ihm keine Schuld geben. Er hat die Sucht zuerst sehr gut vor mir verborgen. Dann ist er plötzlich dreister geworden. Er wollte mich auch dazu überreden ..."

„Du hast es doch nicht getan ...?"

„Nein." Zum ersten Mal zeigte sich ein Lächeln auf Gretas Gesicht. „Ich bin immer noch das kleine Mädchen aus Platte City."

„Ich werde dich jetzt mit einem Schwamm abreiben", sagte Yarrow und stand auf. „Dann wirst du dich gleich besser fühlen." Nachdem sie ihr in ein frisches Nachthemd geholfen und die Laken gewechselt hatte, nahm sie etwas Talkumpuder und streute ihn auf Gretas Haar. Dann verteilte sie ihn mit zwei Bürsten. Dabei sprachen sie von der Zeit, als sie noch klein gewesen waren und es noch keine Männer in ihrem Leben gegeben hatte.

„Weißt du noch, wie Großvater dir das Boxen beigebracht hat? Einmal bist du mir in der Schule zu Hilfe gekommen, und ein Junge hat dich zu Boden geschickt", sagte Greta.

„Wie könnte ich das vergessen. ‚Kein Mumm in den Fäusten', hat Jock immer zu mir gesagt, ‚polier ihm die Nase mit deinen Knöcheln'. Aber ich bin gleich wieder aufgestanden. Ich glaube, ich habe ihn K. O. geschlagen."

Greta lachte und schloß die Augen.

Yarrow zog ihr die Decke höher hinauf und breitete ihr gebürstetes Haar darauf aus. „Ich werde jetzt unter die Dusche gehen", flüsterte sie. Sie trug immer noch die Kleider, in denen sie gereist war.

Sie schrubbte sich und wusch sich die Haare, bis sie sich sauber fühlte. Durch diese ganze schmutzige Sache mit Greta und Palmer fühlte auch sie sich irgendwie befleckt. Sie zog eine Bluse und lange

Hosen an, die sie mitgebracht hatte, und trug gerade etwas Lippenstift auf, als es an der Tür klingelte. Sie dachte, der Arzt sei noch einmal zurückgekommen, doch als sie die Tür öffnete, fiel ihr Blick auf den Mann an der Tür. Es war Elliot – mit einem Lächeln auf den Lippen und einem großen Blumenstrauß in der einen und einer Thermosflasche in der anderen Hand. „Hühnersuppe", sagte er. „Meine Mutter behauptet, damit könne man alles kurieren."

Sie nahm ihm Hut und Mantel ab, und dann umarmte er sie. Sie klammerte sich an ihn wie an einen verloren geglaubten Freund. Er schob sie ein Stück von sich weg und sah sie an. Kein Flackern in den Augen, keine Spur einer Veränderung in seinem Verhalten deutete darauf hin, daß er etwas anderes in ihr sah als die Yarrow von damals. Und doch wußte sie, daß sie erschöpft war, älter aussah und abgetragene Kleider trug. Doch er schien jede Faser ihres Seins in sich aufzunehmen.

Greta schlief. Er setzte sich auf einen Stuhl neben Yarrow und stützte die Ellbogen auf die Knie. Yarrow fiel auf, daß er keinen Schmuck trug, keine Ringe, keine Uhr, keine Krawattennadel. Es machte sie froh. Es hätte ihr nicht gefallen, wenn er eitel und geckenhaft geworden wäre. Er sprach leise mit Yarrow, und dann stand er auf, um zu gehen.

„Kann ich noch etwas für dich tun", fragte er, als Yarrow ihm in den Mantel half. Der Mantel war aus feinstem Kaschmir und fühlte sich unter ihren Fingern an wie Seide.

„Nein. Du hast schon genug getan."

„Dann komme ich morgen wieder vorbei." Sie gaben sich die Hand. „Ich habe weder Blanchette noch Fabiana etwas gesagt. Sie brauchen es nicht zu wissen."

„Danke."

Für einen Moment sah er sie mit seinen braunen Augen an. Dann tippte er an die Krempe seines Hutes und ging.

Am nächsten Tag kam er um die Mittagszeit mit einer braunen Lebensmitteltüte und einem Paket unter dem Arm wieder. Er freute sich, daß Greta schon wieder aufrecht im Bett saß. Sie bedankte sich bei ihm, daß er ihre Schwester angerufen hatte. Er winkte ab.

„Ich habe Nahrung für den Leib und für die Seele mitgebracht", sagte er.

„Kannst du zum Mittagessen bleiben?"

„Ja. Ich habe meiner Sekretärin die Nummer gegeben. Wir machen ein Delikatessen-Picknick. In New York gibt es die feinsten Leckereien der Welt."

Er wickelte das zweite Paket aus. „Ich habe es heute morgen für mein Büro gekauft, doch ich dachte, du möchtest es vielleicht für ein paar Tage hier haben." Es war ein kleines Bild in einem vergoldeten Rahmen. Ein Stilleben. Auf einer weißen, zerknitterten Tischdecke lagen Walnüsse und ein Messer mit einem Heft aus Elfenbein. Außerdem stand da noch ein Nußknacker aus Chrom, und auf einem Teller mit blauem Rand lagen purpurrote Trauben. Er nannte den Künstler, aber der Name sagte Yarrow nichts. Er lehnte das Bild an einen Stuhl, damit sie es alle sehen konnten, und sie betrachteten es beim Essen.

„Es strahlt Ruhe aus", meinte Greta. „Es ist wunderschön."

„Das habe ich auch gedacht", sagte er. „Blanchette erklärt mir immer, ich müsse in die Dinge hineinschauen, um sie in ihrem Innersten zu erkennen. Sie hat mir eine Menge über Kunst beigebracht, aber in der Hauptsache hat sie mich gelehrt, auf meine eigenen Empfindungen zu vertrauen."

Das Telefon klingelte. Es war für ihn. Yarrow beobachtete, wie er sich veränderte, gewissermaßen auf ein anderes Gleis wechselte. Er sprach jetzt klar, präzise und sachlich. Als er zurückkam, war er wieder der alte.

„Ich habe mit Palmer gesprochen", sagte er nach einer Weile. „Er ist bereit, in ein Sanatorium zu gehen. Was wirst du tun, Greta?"

Yarrow sah ihre Schwester an. Sie war immer noch blaß und hatte dunkle Ringe unter den Augen, doch ansonsten wirkte sie jetzt so ruhig wie das Bild.

„Man hat mir ein Angebot für Probeaufnahmen an der Westküste gemacht. Ich denke, ich werde es versuchen. Was meinst du, Yarrow? Ich könnte bei Nellie wohnen."

„Ich halte das für eine ausgezeichnete Idee." Ihr wäre alles recht gewesen, wenn sie nur von New York und Palmer Truitt wegkam.

„Hast du einen Agenten", fragte Elliot.

„Nein. Brauche ich einen?"

„Jeder in diesem Geschäft braucht einen." Er machte sich eine Notiz. „Ich werde mich umsehen und dir morgen Bescheid geben."

„Warum führst du Yarrow morgen nicht zum Mittagessen aus? Sie ist noch nie in New York gewesen. Alles, was sie bisher gesehen hat, sind die Hinterhöfe von Queens."

„Nein, Greta, ich werde bei dir bleiben", sagte Yarrow abwehrend.

„Mir geht es gut. Wirklich. In ein paar Tagen fährst du doch schon wieder. Bitte, Yarrow."

„Ich schicke dir um zwölf Uhr dreißig den Wagen vorbei", sagte er, und seine braunen Augen leuchteten. „Ich zeige dir das hübscheste Restaurant von ganz New York."

Nachdem er gegangen war, wagte Yarrow es nicht, ihrer Schwester in die Augen zu sehen.

„Du liebst ihn, nicht wahr?" sagte Greta.

„Nein. Ja. Oh, ich weiß es nicht. Ich kann keinen klaren Gedanken fassen, wenn er da ist." Sie hielt einen Moment inne. „Hast du schon seine Frau kennengelernt?"

„Ja. Sie ist sehr nett."

Später hörten sie Radio, und Yarrow fragte ihre Schwester: „Wenn Palmer jetzt zur Tür hereinkäme, was würdest du tun?"

„Ich würde weinen."

„Und?"

„Ich würde zu ihm gehen."

„Greta, wie kannst du nur? Nach all dem? Wo ist dein Stolz geblieben?"

Greta sah sie mitleidig an. „Wenn es um Liebe geht, gibt es keinen Stolz. Es ist also nur gut, daß ich nach Los Angeles gehe, nicht wahr?"

Yarrow weinte an ihrer Schulter.

„Hey", meinte Greta, „wir müssen etwas zum Anziehen für dich finden. In der Kluft kannst du morgen nicht ausgehen. Ich borge dir etwas von mir."

Er hatte ein sehr hübsches Restaurant ausgesucht, ein französisches mit Bänken aus rotem Samt und einer mit allegorischen Nymphen bemalten Wand. Auf den Tischen standen frische Blumen, und er bestellte Fisch und Wein in einer weltmännischen Art, die sie bewunderte.

„Du siehst wundervoll aus", sagte er.

Sie hatte sich von Greta ein rotes Kostüm geliehen. Der Saum des Rockes hatte wegen der Länge umgenäht werden müssen.

„Du solltest öfter Rot tragen."

„Es ist eine so auffällige Farbe", meinte sie.

„Was ist schlimm daran, aufzufallen? Früher warst du nicht so zurückhaltend."

Er sah sie bewundernd an. Es war lange her, daß jemand mit ihr geflirtet hatte. Sie errötete.

„New York tut mir gut", sagte sie.

„Du hast es verdient. Geht es dir nicht immer gut, Yarrow?"

Sie hatte die Gabel halb zum Mund geführt und hielt einen Moment inne. „Nein." Und nach und nach erzählte sie ihm von den Kindern und von Sandy. Sie sagte ihm nicht alles über Sandy, weil sie nicht illoyal sein wollte. Sie entschuldigte sein Verhalten. Sie versuchte, die Probleme ihrer Ehe zu beschönigen, doch Elliot war einfühlsam genug, um aus ihren Worten alles herauszuhören. Gerade das, was sie nicht aussprach, sagte ihm alles. Er bemühte sich, sie aufzuheitern, und plötzlich tauchte vor ihm wieder die selbstsichere Yarrow von früher auf.

„Ich weiß nicht, warum ich dir das alles erzähle", sagte sie.

„Ich weiß es auch nicht. Warum?"

„Du bist ein alter Freund. Du kennst mich wahrscheinlich besser als irgend jemand sonst."

„Bist du glücklich?"

„Natürlich bin ich glücklich. Ich habe drei wunderbare Kinder, einen Mann ..." Sie schluckte trocken. Für ihn war klar, daß sie unglücklich war.

„Warum arbeitest du nicht wieder?"

„Willst du mich auf den Arm nehmen?"

„Ich meine es ernst."

„Weißt du eigentlich, wieviel ich mit drei Kindern um die Ohren habe?"

„Du hast doch gesagt, du hast jetzt dieses Mädchen ..."

„Belinda, ja. Aber Sandy wäre dagegen. Er glaubt noch an die alte, traditionelle Beschützerrolle des Mannes. Er verdient die Brötchen, und die Frau steht in der Küche."

„Aber wie denkst du darüber? Wenn du unglücklich bist, Yarrow, dann hast du die Möglichkeit, das zu ändern. Ah, da kommt Blanchette. Sie sagte, sie würde uns vielleicht beim Kaffee Gesellschaft leisten.“

Blanchette hatte ihre Neugier nicht unterdrücken können. Sie wollte Elliots alte Freundin kennenlernen. „Er hat mir schon so viel von Ihnen erzählt“, sagte sie. An diesem Morgen hatte er sie gebeten, mit ihnen zu Mittag zu essen, doch sie hatte abgelehnt. Sie hatten sich sicherlich viel zu erzählen, und dabei wollte sie nicht stören. Da er wußte, wie eifersüchtig sie war, hatte er ihr gesagt, wo sie sie finden könnte, falls sie es sich anders überlegen sollte. Den ganzen Morgen hatte sie mit sich gerungen, ob sie hingehen sollte oder nicht, und nun war sie doch gekommen. Und er blieb kühl wie der Wein in seinem Glas und nahm es auf, ohne mit der Wimper zu zucken.

Sie ist keine Schönheit, dachte Yarrow, aber sie ist elegant und eine angenehme Erscheinung.

„Geht es Ihrer Schwester besser? Elliot sagte, sie sei sehr krank gewesen.“

„Ja, danke.“

„Was war es noch gleich...?“

„Rippenfellentzündung“, sagte Elliot. „Ich habe es dir doch schon erzählt, Blanchette.“

„O ja, natürlich. Nein, nur einen Kaffee und ein Petit Four“, sagte sie zu dem Ober. „Tut mir leid, daß ich so spät komme, aber ich habe mir noch ein paar Häuser angesehen.“

„Und“, fragte er.

„Ich habe ein entzückendes Haus aus den siebziger Jahren gefunden. Es würde perfekt zu dir passen, Elliot.“

Elliot legte seine gebräunte Hand auf ihre blassen Finger. Man konnte es als beruhigende Geste, als Ermahnung oder als ein Zeichen von Zärtlichkeit deuten. „Ich möchte kein Haus, Blanchette.“

So ist die Ehe, dachte Yarrow, nach außen scheint alles in Ordnung, und tief drinnen herrscht Finsternis.

„Wir wollen eine richtige Familie haben“, sagte Blanchette und lächelte Yarrow zu. Als sie lächelte, hellte sich ihr Gesicht auf. „Haben Sie Kinder?“

„Ja. Drei."

„Du meine Güte, Sie sehen noch gar nicht so alt aus. Wie glücklich Sie sein müssen. Aber Sie könnten Elliot vielleicht erklären, daß es unmöglich ist, Kinder in einem Hotel großzuziehen."

„Das wäre sehr schwierig."

„Er fürchtet das häusliche Leben. Wenn das so weitergeht, werde ich noch für mich allein ein Haus kaufen und Elliot in seinem Hotelzimmer gelegentlich besuchen."

Elliot kniff die Augen zusammen, und dann lächelte er. Er küßte seiner Frau die Hand. „Dränge mich nicht", sagte er.

„Ich muß zurück zu Greta", sagte Yarrow und griff nach Handtasche und Handschuhen.

„Ja, wir müssen auch gehen. Wann fliegst du zurück nach Colorado?"

„Morgen oder übermorgen."

„Es war nett, Sie kennenzulernen." Ihre Hand war weich und kühl.

„Können wir dich irgendwo absetzen", fragte Elliot, als er neben seiner Limousine stand.

„Nein, danke. Ich nehme ein Taxi. Elliot, ich kann dir gar nicht genug dafür danken, daß du mich wegen Greta angerufen hast."

Elliot küßte Yarrow auf beide Wangen. Sie atmete den Duft seines Rasierwassers ein.

„Wir bleiben in Verbindung", sagte er. Als er ins Auto stieg und sie sich hinabbeugte, um Blanchette auf Wiedersehen zu sagen, sah sie, daß Blanchette bereits ihre Hand auf Elliots Knie gelegt hatte. Sie stand auf dem Bürgersteig und sah den Wagen wegfahren. Es wird Zeit, daß ich nach Hause fahre, ehe ich auf dumme Gedanken komme, dachte sie.

Sie war verliebt in New York: in das Gedränge, die Menschen, die Autos, in die Radfahrer, die die Verkehrsregeln mißachteten, in die Straßenverkäufer mit ihren Kastanien und Brezeln, in den Dampf, der aus den Schachtdeckeln stieg, in die Zeitungskioske und in die Leute, die zwischen dem Verkehr auf der Seventh Avenue Kleiderständer hin und her schoben. Sie hätte sich nicht träumen lassen, wie sehr der Adrenalinspiegel anstieg, wenn man die Luft von Manhattan einatmete. An der Ecke kaufte sie ein ganzes Bündel Zeitungen, und zwar alle acht Tageszeitungen, die in Manhattan verkauft wurden. Es war verrückt, daran zu denken, aber sie fragte sich, ob es jemals wieder eine Möglichkeit geben würde – nun ja, sie schüttelte den Kopf. Elliot hatte ihr wieder Lust auf den Beruf gemacht, den sie liebte. Sie *wollte* wieder bei der Zeitung arbeiten. Sie mußte es nur noch Sandy beibringen.

17

Yarrow kehrte mit dem Entschluß aus New York zurück, ihr Leben neu zu gestalten. Gretas Unfähigkeit, dasgleiche mit ihrem Leben zu tun, ließ Yarrow schlagartig aktiv werden. Elliots Glaube an sie spornte sie an. Bevor der Mut sie noch einmal verließ, erklärte sie Sandy, daß sie wieder anfangen wolle zu schreiben und – sie holte tief Luft – daß sie aufs College gehen werde. Sandy war entsetzt, doch er mußte sich damit abfinden, und Yarrow schrieb sich halbtags an der Universität ein, um ihren Abschluß in Geisteswissenschaften zu machen. Sie hatte sich immer öfter geschämt, weil sie so wenig wußte.

Zwei Jahre gingen im Flug vorüber, und Nellie schrieb, daß sie einem Sohn das Leben geschenkt habe. Sie wollte ihn Justice nennen.

Yarrow schrieb zu Hause eine Kolumne über das Fernsehen und dessen Einfluß auf das Zeitgeschehen. Sie hatte sich ausführlich über die Untersuchungen des Kefauver-Komitees über das organisierte Verbrechen ausgelassen. „Gerichtsverfahren per TV" hatte sie es genannt. Jetzt schrieb sie gerade über Richard Nixon und seinen Hund.

Sie ging nur selten ins Büro. Es war schwierig mit Sandy als Boss. Es war, als wolle er sie dort nicht haben. Obwohl er ein Mitglied der Familie sei, erklärte er, gehöre er in Wirklichkeit nicht dazu. Er sei nur ein bezahlter Geschäftsführer, ein Angestellter wie alle anderen. Und dieser Umstand nagte an ihm. Seit dem Streik war Yarrow nur einmal durch die Setzerei gegangen. Dort, wo sie sich in der Vergangenheit so heimisch gefühlt hatte, kam sie sich jetzt wie eine Fremde vor. Es gefiel ihr dort nicht mehr. Sie vermißte die alte Kameradschaft. Doch das Schreiben zu Hause und ihre Kurse am College waren „mit ihren Mutterpflichten vereinbar", wie Sandy es ausdrückte, nachdem er sich erst einmal in das Unvermeidliche gefügt hatte.

Sie tippte in ihre Maschine: „23. September 1952. Richard Nixon, der Kandidat der Republikaner für das Amt des Vizepräsidenten ..." Das Telefon klingelte. Es war Sandy.

„Weißt du, daß wir heute abend Gäste zum Dinner haben?"

„Ja, ich weiß. Ich habe Mrs. Hillier gebeten, zu kochen."

Mrs. Hillier war die beste Köchin in Platte City. Yarrow hatte es aufgegeben, so zu tun, als verstehe sie etwas vom Kochen. Sie und Belinda stürzten den Haushalt von einer häuslichen Krise in die nächste. Yarrow verbrachte die meiste Zeit zu Hause an ihrem Schreibtisch oder in der Bibliothek. In ihrer Ehe waren sie und Sandy in eine Phase der Gleichgültigkeit getreten. Es war keine besonders glückliche Phase, aber auch keine unglückliche.

Sandy hatte sich verändert. Er hatte sich einen Schnurrbart wachsen lassen; er hing in blonden Fransen über seine Oberlippe. Er war genauso beschäftigt wie sie. Der unterschwellige Streit flackerte immer nur dann auf, wenn keiner von beiden genügend aufpaßte.

Eines Tages erschien sein Bild auf der Titelseite neben einem Artikel, den er geschrieben hatte. Das *Journal* startete eine Kampagne gegen Korruption in der Gemeindeverwaltung.

„Mußtest du unbedingt dein Bild in die Zeitung setzen", fragte sie ihn an diesem Abend.

Er sah sie böse an. „Waren deinem Vater oder deinem Großvater nie Bilder in der Zeitung?"

„Nur neben ihren Todesanzeigen", sagte sie.

Ein andermal, als sie ihm wegen der hohen Kosten im Büro Vorhaltungen machte, schrie er sie an: „Wer zum Teufel bin ich eigentlich? Bloß irgend so ein gottverdammter Angestellter?"

Sie fürchtete seinen Zorn. Er hatte das Telefonbuch quer durch das Zimmer nach ihr geworfen, und sie war in Lilys Zimmer gegangen und hatte die Nacht bei ihrer Tochter verbracht. Lily hatte ihre weichen, dünnen Ärmchen um ihren Hals gelegt. Sie machte sich Gedanken darüber, welche Auswirkungen ihr Verhältnis wohl auf die Kinder hatten. Doch sie war der Meinung, so sei es immer noch besser als eine Scheidung. O ja, sie hatte daran gedacht. Aber wer wollte schon mit dreißig allein sein, noch dazu mit drei Kindern?

Was sie aufrecht hielt, waren ihre Arbeit und ihre Kurse am

College. Yarrow ging es gleich viel besser, wenn sie etwas zu tun hatte. Sie verbrachte ihre Zeit gern in der Universitätsbibliothek, und sie war erleichtert, wenn sie zu den Kindern nach Hause kam und Sandy noch nicht da war.

Lily war schon sehr selbständig und genauso kess, dreist und fröhlich, wie Yarrow es gewesen war. Zeb und John gingen in den Kindergarten. Zeb hatte ständig irgendwelche Schrammen. Wenn es irgendwo einen hohen Baum gab, bei dem er die untersten Äste erreichen konnte, dann saß er im nächsten Moment auch schon oben in der Krone.

Eines Abends hatte sie ihn im Schlafanzug auf dem Dach des Hauses gefunden. „Was machst du denn dort oben", fragte sie, holte die Leiter und kletterte zu ihm hinauf.

„Ich habe Zebulon Pike gespielt. Ich wollte auf den Gipfel."

Sein Zwillingsbruder John dagegen war ruhiger. Er war launisch, schwer zu durchschauen, eher ein Mitläufer als ein Führer. Gleichsam der Schatten seines Bruders. Doch die Jungen waren unzertrennlich. Sandy hatte ihnen im hinteren Teil des Gartens einen Spielplatz angelegt, wo ein paar Bäume und Felsbrocken Yarrows gartenbauliche Pläne überlebt hatten. Die Jungen nannten diesen Teil des Grundstücks „die Wildnis".

Yarrow war der Ansicht, sie bekämen die Aufmerksamkeit, die sie brauchten. Sie war vielbeschäftigt, und stolz und glücklich darüber, wie sich die Dinge entwickelten. Sie spürte Tag für Tag, wie sie wieder Routine im Schreiben und Recherchieren bekam und wie ihr Selbstvertrauen zurückkehrte.

„Gut, ich werde um sieben zu Hause sein", sagte Sandy. „Der Gouverneur kommt um halb acht."

„Keine Sorge", meinte sie. Doch als sie den Hörer aufgelegt hatte, seufzte sie und betrachtete den Bogen Papier in ihrer Schreibmaschine. Sie stand auf, um die Küche zu inspizieren. Mrs. Hillier war schon da. Sie war eine großartige Köchin, aber sie hatte ein furchtbares Temperament.

„Ich finde keine Kasserolle für die Crêpes, Mrs. Heartland", sagte sie und stemmte die Hände in die Hüften.

Yarrow kramte in den Schränken. „Geht das damit auch?"

An Mrs. Hilliers Gesicht konnte sie ablesen, daß es damit nicht gehen würde.

„Ich bin sicher, Sie werden etwas finden, das besser geeignet ist, Mrs. Hillier. Ich habe großes Vertrauen zu ihnen."

Yarrow flüchtete ins Eßzimmer. Belinda hatte schon den Tisch gedeckt, und Yarrow kümmerte sich um die Blumen. Sie überprüfte die Servietten und Gläser und ging dann in den Salon. „Wirst du heute abend beim Servieren helfen, Belinda?"

Belinda war in letzter Zeit ziemlich mürrisch. Yarrow vermutete, daß eine unglückliche Liebe dahintersteckte. In den letzten Monaten hatte Belinda nicht mehr so viele Anrufe bekommen.

Sie saß am Boden und streichelte den neuen, gelben Labrador, den Sandy den Kindern geschenkt hatte.

„Ich kann nicht noch ein Kind im Haus brauchen", hatte Yarrow gerufen, als sie ihn sah. Aber Rufus blieb. Er fing an, auf sämtliche Teppiche und an alle Vorhänge zu pinkeln. „Er markiert nur sein Territorium", hatte Belinda erklärt.

Belinda erhob sich. Yarrow schüttelte die Kissen auf dem Sofa auf, überprüfte den Eiskübel, die Blumen, die Nüsse, lief in die Gästetoilette und sah nach der Seife, den Handtüchern und dem Toilettenpapier. Warum machten Gäste nur so viel Arbeit? Es war Zeit, die Kinder abzuholen. Sie hörte, wie Belinda den Wagen aus der Garage fuhr, und kehrte an ihren Schreibtisch zurück, um noch eine Stunde zu arbeiten. Sie ging auf Zehenspitzen an der Küche vorbei, damit Mrs. Hillier sie nur ja nicht hörte und herauskäme, um sich wieder über etwas zu beschweren.

Nachdem die Kinder gefüttert, gebadet und im Bett waren, ging Yarrow um sieben in die Küche. Als sie die Tür öffnete, wußte sie gleich, es hing was in der Luft. In einer halben Stunde kamen die Gäste.

„Stimmt etwas nicht", fragte Yarrow.

„Ich werde das hier nicht machen, Mrs. Heartland", sagte Mrs. Hillier und verschränkte die Arme vor der Brust. Belinda hatte einen Stapel Geschirr von den Kindern im Spülbecken zurückgelassen.

„Natürlich nicht, Mrs. Hillier. Das ist Belindas Aufgabe."

„Nun, ich glaube nicht, daß sie und ich in einer Küche arbeiten können. Ich bin es nicht gewohnt, daß man mich so behandelt. Ich kann nicht für zwölf Personen kochen und gleichzeitig aufräumen. Und man kann nicht von mir erwarten, daß ich mein Bestes gebe, wenn ich nicht einmal das richtige Gerät habe."

Schweißperlen zeigten sich auf Yarrows Stirn. Dieses Abendessen war sehr wichtig für Sandy.

„Mrs. Hillier..."

„Und was den Hund betrifft, wie soll ich in einer Küche arbeiten, wenn mir dauernd dieser Köter im Weg ist? Und sehen Sie sich das an. Er hat unter den Tisch geschissen. Ich werde das nicht wegmachen."

Yarrow stöhnte. „Mrs. Hillier, bitte..."

„Wenn ich gewußt hätte, wieviel Arbeit auf mich zukommt, hätte ich nicht zugesagt..."

Yarrow hatte einen Topf geholt. Wenn diese Frau nur endlich still sein wollte! Sie versuchte, an das Menü zu denken, und was sie tun würde, falls Mrs. Hillier sie im Stich ließ.

„Und was den Ofen betrifft – dieser Thermostat hat schon das letzte Mal, als ich hier war, nicht funktioniert. Ich hatte Sie doch gebeten, ihn reparieren zu lassen, Mrs. Heartland..."

„Jetzt reicht's!" schrie Yarrow und warf den Topf gegen die Küchentür.

„Nun", meinte Mrs. Hillier, „hier bleibe ich gewiß nicht."

Sie stürmte durch die Küchentür auf den Flur. Yarrow geriet in Panik. Mein Gott, die Crêpes, dachte sie. Kognaksoße. Sie eilte zur Speisekammer und holte die Flasche mit dem Kognak, der zum Kochen verwendet wurde. Ihre Hände zitterten. Ich muß einen Schluck trinken, um meine Nerven zu beruhigen, dachte sie. Sie zog mit den Zähnen den Korken aus der Flasche, und gerade als sie sich einen Schluck genehmigte, kam Sandy in die Küche.

„Was zum Teufel ist denn hier los? In fünfzehn Minuten wird der Gouverneur hier sein. Draußen steht eine wütende Köchin, Belinda sitzt heulend im Salon, und was ist das? Hundescheiße auf dem Boden, und meine Frau säuft in der Küche Kognak. Verdammt noch mal, Yarrow, kannst du nicht einmal einen Haushalt führen? Du kannst doch nicht kochen! Mrs. Hillier!“ Sandy rannte durch die Hintertür nach draußen. „Mrs. Hillier!“ Es läutete an der Haustür. Yarrow nahm noch einen Schluck Kognak, ging zur Tür und wischte sich mit dem Handrücken über den Mund.

„Herr Gouverneur, wie schön, Sie mal wiederzusehen. Und Ihre Frau. Ich bin entzückt.“ Yarrow tat so gelassen, wie sie konnte. „Würden Sie mich bitte einen Augenblick entschuldigen? In der Küche gibt es eine kleine Krise.“

Als sie in die Küche zurückkam, stand Mrs. Hillier wieder an der Spüle. Sandy lag auf den Knien und wischte den Hundekot auf. Mrs. Hillier ignorierte Yarrow einfach. „Frag mich lieber nicht, was ich dafür hinblättern mußte“, flüsterte Sandy und schob Yarrow aus der Küche. „Sag Belinda, sie soll sich gefälligst entschuldigen.“

Zum Glück bereitete Mrs. Hillier für die Heartlands und ihre Gäste ein ausgezeichnetes Mahl. Bei Tisch versuchte Yarrow, charmant zu plaudern, und sie sagte Dinge, an die sie sich hinterher nicht mehr erinnern konnte. Sie lauschte immer wieder angestrengt, ob aus der Küche Krach zu vernehmen sei, was darauf hingedeutet hätte, daß Mrs. Hillier gleich davondampfen würde. Sie beobachtete, wie Belinda schmollend das Gemüse herumreichte, und hoffte inständig, sie würde nicht gerade der Frau des Gouverneurs Broccoli mit Käsesoße aufs Kleid kippen. Als das Dinner endlich vorbei war und die Gäste gegangen waren, ließ sich Yarrow auf das Sofa sinken und überließ es Sandy, mit Mrs. Hillier zu verhandeln.

„Ich glaube nicht, daß sie wiederkommt“, sagte Sandy, als er aus der Küche zurückkam.

„Du mußt doch zugeben, daß es sehr lustig war“, meinte Yarrow und fing an zu lachen. Sandy war wütend. Yarrow mußte darüber nur noch mehr lachen. Tränen liefen ihr übers Gesicht, als sie sah, wie Sandy in ohnmächtigem Zorn kochte. Das war alles so wichtig für ihn. Es war komisch und traurig zugleich.

„Laß uns nie wieder eine Dinnerparty geben“, sagte Yarrow. „Ich glaube nicht, daß ich das noch einmal aushalte.“

In der Nacht wurde Yarrow durch ein leises Geräusch geweckt. Verwirrt setzte sie sich im Bett auf. Sandy lag nicht neben ihr. Er war doch wohl nicht mehr böse wegen heute abend? Sie stand auf, zog sich ihren Morgenmantel über und ging hinunter in die Küche. Das Licht brannte, aber er war nicht da. Dann hörte sie ein leises Murmeln, das aus Belindas Zimmer kam. Die Erkenntnis traf sie wie ein kalter Guß. Die Farbe wich aus ihrem Gesicht. Sie versuchte, die Tür zu öffnen. Sie war verschlossen.

„Mach die Tür auf, Sandy." Sie hämmerte mit den Fäusten gegen die Tür. „Mach sofort die Tür auf!" Sie kümmerte sich nicht darum, wer sie hörte.

„Um Himmels willen", rief er von drinnen. Sie vernahm ihre eigene kreischende Stimme wie von ferne.

Er öffnete die Tür. Es war ihm peinlich, aber er spielte immer noch den Draufgänger, und deshalb verachtete sie ihn um so mehr. Er hatte nur seine Pyjamahose an und knotete die Kordel zusammen.

Sie schlug mit den Fäusten gegen seine Brust. „Wie konntest du nur? Mit ihr, in meinem Haus, und oben schlafen die Kinder!"

„Dein Haus. Dein Haus. Alles gehört dir, ist es nicht so, Yarrow? Das Geschäft, die Kinder, das Haus. Aber nicht ich, mein Schatz, nicht dieser nette alte Knabe. Ich bin nicht dein Eigentum." Er stieß sie mit dem Finger und traf sie an der Schulter.

Belinda setzte sich bleich und entsetzt im Bett auf.

Yarrow lief zu ihr und zog sie an den Haaren. „Du Hure", sagte sie. „Am Tage kümmerst du dich um meine Kinder und nachts schläfst du mit meinem Mann. Verschwinde! Hinaus!"

„Komm, Belinda", sagte Sandy. „Ich bringe dich in ein Hotel."

„Du kannst gleich mitgehen und bei ihr bleiben", schrie Yarrow. Sie rannte die Treppe hinauf und öffnete den Schrank, in dem sie die Koffer aufbewahrten. Sie zog sie heraus und warf sie die Treppe hinunter. „Wage es nicht, zurückzukommen." Sie hörte, wie die Tür ins Schloß fiel. „Und nimm gleich diesen verdammten Köter mit."

Ein Monat war vergangen. Es hatte einen plötzlichen Kälteeinbruch gegeben, und der frühe Winter hatte ganz Colorado fest in seinem eisigen Griff.

Ein paar Tage nachdem sie Sandy mit Belinda im Bett erwischt hatte, hatte er sie angerufen. Sie legte einfach auf. Aber er rief immer wieder an. Er bat sie um Verzeihung. Sie müsse doch verstehen, wie einsam er sich gefühlt habe. Sie sei immer so beschäftigt gewesen. Sie hätten nicht einmal mehr miteinander geschlafen. Und da sei Belinda gewesen, ja, und dann sei es eben passiert. Er schwor ihr, es sei nur dieses einzige Mal vorgekommen. Er sei wütend gewesen wegen der Dinnerparty und weil sie ihn ausgelacht habe. „Du weißt genau, wie du einen Mann demütigen kannst“, sagte er. Er sei in die Küche hinuntergegangen, um sich Milch zu holen, und da sei Belinda hereingekommen. „Versteh mich doch, Yarrow, du bist doch auch nur ein Mensch. Wir sind nun mal nicht alle vollkommen.“

Sie hörte ihm schweigend zu. Sie fühlte sich schuldig, weil sie ihren eigenen Interessen nachging. Ihre Artikel und ihr Studium nahmen viel Zeit in Anspruch. Sie war sich ihrer Fehler bewußt, daß sie oft müde und schlecht gelaunt war und gefühllos gegenüber seinen Bedürfnissen. Gerade was die sexuelle Seite ihrer Ehe betraf, hatte sie ihre Pflichten ihm gegenüber vernachlässigt. Wahrscheinlich war sie die einzige Frau mit drei Kindern im Staate Colorado, die immer noch Jungfrau war. Für ihn bedeutete ihr Schweigen sowohl das Eingeständnis von Schuld als auch die Hoffnung auf Vergebung. „Vermissen mich die Kinder?“

„Ja.“

„Kann ich wieder nach Hause kommen?“

Sie zögerte. Es gab so vieles, was sie verband: das Büro, das Haus, die Kinder, ihr Treueschwur. Was hatte sie geschworen? Ihn zu lieben, ihn zu ehren und ihm zu gehorchen. Welchen Schwur hatte sie zuerst gebrochen? Welchen er? Sie glaubte an die Ehe als Institution; sie glaubte daran, daß sie ihre Versprechen in guten und in schlechten Tagen halten würde. So hohl die Worte jetzt auch in ihren Ohren klangen, sie wollte sich nicht geschlagen geben. Vielleicht war es Stolz. Was hatte Greta damals gesagt? Wenn es um Liebe geht, gibt es keinen Stolz. Yarrow wußte, daß sie Sandy nicht liebte. Es wurde ihr auf einmal zutiefst bewußt.

„Ja, komm nach Hause“, sagte sie.

Sie war entschlossen, ihre Ehe zu retten. Sie sprach lange Zeit mit niemandem über ihre Schwierigkeiten. Doch eines Tages wählte sie

Elliots Nummer in New York. Sie hörte seine Stimme: „Hallo? Hallo?“ Dann verließ sie der Mut, und sie legte auf.

An diesem Wochenende mußte sie eine Seminararbeit fertigstellen. Lily blieb über Nacht bei Mary-Ellen, und ihre Mutter nahm ihr am Sonntag John ab. Zeb sollte auch mit, aber er wachte mit einer Erkältung auf, und sie behielt ihn zu Hause. Er quengelte und bat sie immer wieder, mit ihm in den Garten der Götter zu gehen.

„Liebling, ich bin beschäftigt“, sagte sie. „Ich verspreche dir, daß ich dich nächste Woche mitnehmen werde.“ Aber er ließ ihr keine Ruhe und störte sie bei der Arbeit.

„Sandy“, rief sie. Er schaute sich im Fernsehen Fußball an. „Würdest du bitte mit ihm an die frische Luft gehen?“

„Ich dachte, er ist erkältet.“

„Nur eine Stunde. Er macht mich noch wahnsinnig, und ich muß das unbedingt heute fertigkriegen.“ Sandy murmelte etwas vor sich hin.

„Hast du nicht gehört“, fuhr sie ihn an. „Ich habe dich doch nur gebeten, ein Weilchen auf deinen Sohn aufzupassen.“

Sandy schaltete widerwillig den Fernseher aus. Er zog Zeb an, nahm den Hund an die Leine, und dann gingen sie hinaus. Er schlug die Tür hinter sich zu, und sie atmete tief durch und versuchte, sich auf ihre Arbeit zu konzentrieren.

Es war ungefähr fünf Uhr nachmittags, als das Telefon klingelte. Draußen war es bereits dunkel. Sie hatte jedes Zeitgefühl verloren und war überrascht, daß es schon so spät war. Sandy und Zeb hätten eigentlich längst wieder zu Hause sein müssen.

„Hallo?“

„Mrs. Heartland?“

„Ja.“

„Hier spricht Doktor Epson vom Kreiskrankenhaus.“

Ihr Herz begann laut zu pochen. „Ja?“

„Es tut mir leid, aber ich habe schlechte Neuigkeiten. Ihr Mann ist hier mit Ihrem Sohn.“

„Was ist passiert?“

„Können Sie gleich herkommen, Mrs. Heartland?“

Später fehlte Yarrow jede Erinnerung daran, wie sie ins Krankenhaus gelangt war. Sie hatte nicht einmal einen Mantel oder Stiefel angezogen und ließ den Motor laufen und die Autotür offen, als sie in die Notaufnahme rannte. Sie wurde bereits von Doktor Epson erwartet.

„Mrs. Heartland?" Er führte sie in ein Wartezimmer, wo Sandy auf einem Plastikstuhl mit Beinen aus Chromstahl saß. Er hatte den Kopf in den Händen vergraben.

„Wo ist Zeb? Was ist passiert?"

„Er ist tot, Mrs. Heartland. Wenn wir ihn etwas eher aus dem Wasser gezogen hätten, wäre er vielleicht noch zu retten gewesen. Aber er war schon zu lange unter dem Eis. Es tut mir leid."

Yarrow sank auf einen Stuhl. „Zeb? Ertrunken?"

Sie schaute Sandy nicht an, und sie streckte auch nicht die Hand aus, um ihn zu berühren.

„Ich möchte meinen Sohn sehen."

Man führte sie in einen Raum voller Apparate und Bildschirme. Er wirkte so klein in dem hohen Bett. Aber er sah so friedlich aus, fast, als ob er nur schlafen würde. Sie erwartete, er würde jeden Augenblick den Kopf bewegen und „Hallo, Mum" sagen. Sie berührte seine Hand. Sie war so kalt wie das Eis, unter dem er gestorben war. Seine Haut war bläulich verfärbt. „Zeb! Zeb!" schrie sie. Sie kannte die Todesangst, die er ausgestanden haben mußte, als er plötzlich in die Tiefe gezogen wurde, konnte sich genau vorstellen, wie es gewesen sein mußte, als sich sein Mund, seine Nase und seine Ohren mit Wasser füllten.

„O Gott", sagte sie, „warum konnte nicht ich es sein? Warum hast du ihn zu dir geholt?" Ihr brach fast das Herz. Sie küßte ihren Sohn zum letzten Mal, dann führte eine Schwester sie aus dem Zimmer.

Im Wartezimmer gewann ihr Zorn die Oberhand.

„Wie ist das passiert?"

„Yarrow ..."

„Wie konntest du es geschehen lassen? Du solltest doch nur mit ihm spazierengehen!"

Sie warf ihm alle Gemeinheiten an den Kopf, zu denen sie fähig war, als wäre das die einzige Möglichkeit, ihrem Schmerz und Zorn Luft zu machen. Ihr Blick drückte all den Haß und alle Abscheu aus, die sie empfand.

„Du hast ihn getötet, du verantwortungsloser Hund!" schrie sie. „Was hast du gemacht? Wieder mit irgendeiner Hure herumgeschäkert?"

Die Tür des Wartezimmers stand offen. Jemand schloß sie von außen. Es kümmerte sie nicht, daß die Leute sie hörten. Der Schmerz brach sich unaufhaltsam Bahn.

Sandy hatte sich die ganze Zeit nicht von seinem Stuhl gerührt, doch jetzt hob er die Hand, als wolle er ihre Worte abwehren. Er hatte angefangen zu weinen.

„Es ist alles so schnell gegangen. Ich habe gesagt, Zeb, geh nicht zu weit hinaus. Aber du kennnst ja Zeb. Einen Augenblick lang blieb er mit seinem Schlitten neben mir auf dem Eis, und im nächsten Moment war er fort. Ich konnte nicht hin zu ihm, ich war zu schwer. Ich habe ihm gesagt, er soll durchhalten. Halt durch, Kumpel."

Sandy begann erneut zu weinen. Keiner vermochte den anderen zu trösten.

Pok. Pok. Pok. Sandy drückte die Knöpfe am Radioschrank neben dem Bett. Was macht er nur? fragte sich Yarrow. Sie hatte zwei von den rosa Schlaftabletten genommen, die ihr der Arzt verschrieben hatte. Es war jetzt eine Woche her, seit Zeb verunglückt war. Sie konnte einfach nicht schlafen. Der Kummer hielt sie wach. Es tat so weh. Sie war zu den Kindern gegangen und hatte ihnen einen Gutenachtkuß gegeben. Sandy legte sich zu ihr ins Bett und berührte ihre Hand. Es war das erste Mal seit langem, daß er sie berührte und sie ihre Hand nicht wegzog. Sie sah ihn gleichgültig an. Die Trauer machte ihn ihr fremd. Sie sah in die Augen dieses Fremden und entdeckte Tränen darin. Wut stieg in ihr hoch, verschwand wieder, und an ihre Stelle trat lähmende Apathie. Das sind meine Tränen, dachte sie, und ihre eigenen Augen füllten sich mit Tränen des Selbstmitleids. Sie betrachtete den Mann, dem sie ewige Liebe versprochen hatte und den sie nun verachtete. Dann sah sie in ihm auf einmal nicht mehr ihren Ehemann, sondern einen Mann, der seinen Sohn verloren hatte, einen Mann, der weinte und trauerte und ebenso litt wie sie. Und sie empfand Mitleid für ihn, sank zurück auf ihr Kissen und ließ ihren Tränen freien Lauf. Der Fremde zog ihr das Nachthemd von den Schultern und liebkoste mit seinem Mund ihre Brüste. Sie dachte: Armer Mann, und sie öffnete die Augen und betrachtete sein helles Haar in dem grünlichen Licht. Oh, Zeb.

18

Es wurde Frühling, aber Yarrow fühlte eine große Leere in sich. Schon seit längerem kam sie sich krank vor. Ihr Haar war strähnig, ihre Haut fahl. Sie war ohne jeden Tatendrang, ging nicht mehr in ihre Fortbildungskurse und schrieb auch ihre Kolumne nicht mehr. Immer dann, wenn es ihr besonders schlecht ging, tauchte Mary-Ellen einem Schutzengel gleich auf und tröstete sie.

John behandelte sie ständig widerlich. Er erinnerte sie zu sehr an Zeb. Sie wußte, daß das ungerecht war. Er war ungeschickt und ließ ständig etwas fallen. Eines Tages fragte er kurz vor dem Mittagessen, ob er seinen Frühstücksbrei mit ins Wohnzimmer nehmen dürfe. Er wolle fernsehen. Erst vor kurzem hatte Yarrow einen neuen Teppichboden verlegen lassen, und Rufus durfte nicht mehr ins Haus.

„Nein, John. Du wirst ihn nur verschütten."

„Bestimmt nicht."

„Also gut. Aber wenn du etwas verschüttest, gehst du sofort ins Bett."

Sie beobachtete ihn, wie er mit seiner Schüssel ins Wohnzimmer ging. Sie sah ihre Post durch und trank noch eine Tasse Kaffee. Eine Minute später stand John vor ihr.

„Entschuldige, Mama. Wo ist mein Schlafanzug?"

Freya hatte sehr wohl bemerkt, daß Yarrow ihren Kummer an den Kindern ausließ. Sie schlug daher vor, Yarrow solle für ein paar Tage zu Laura fahren. Yarrow war einverstanden, und sobald Lily Schulferien hatte, packte sie ihre beiden Kinder ins Auto und fuhr mit ihnen über den Paß hinüber nach Galena.

Dort wurde sie von Laura und dem kleinen Lem, der eigentlich George hieß, herzlich willkommen geheißen. Zum Empfang gab es Brathähnchen und Kartoffelpüree. Yarrow schlief an diesem Abend zum ersten Mal seit Zebs Tod ohne Schlaftabletten die Nacht durch.

Am nächsten Tag schaute sie sich mit den Kindern den Laden an, den Laura in der Stadt am Fuß des Berges eröffnet hatte. Man hatte hier für die Skifahrer, die jetzt wieder in diese Gegend kamen, aus altem Bergbaumaterial einen Schlepplift gebaut. Die Männer der ehemaligen 10. Gebirgsdivision erinnerten sich gern an die Skipartien, die sie hier bei ihrer Grundausbildung gemacht hatten. Seit Kriegsende kamen sie jetzt in diese Gegend zurück.

Laura verkaufte in ihrem Laden Skianzüge, Handschuhe, Mützen, Wollsocken und Sonnenbrillen. „Ich habe große Pläne", erklärte sie. „Im hinteren Teil möchte ich eine Skireparaturwerkstatt einrichten. George ist genau wie sein Vater: Er kann einfach alles reparieren. Wir könnten den Leuten die Skier wachsen und Skischuhe und andere Dinge verkaufen."

„Das ist doch wunderbar", sagte Yarrow und warf einen Blick auf den dreizehnjährigen George, der gerade John und Lily zeigte, wie sie ihre Bindungen schließen mußten. Ihre Augen füllten sich mit Tränen. Laura legte ihr die Hand auf den Arm.

„Ich muß weg", sagte Yarrow.

„Das kann ich gut verstehen. Als Lem starb, ging es mir genauso", erwiderte Laura.

Yarrow schaute zu den Berggipfeln hinauf: „Ich möchte gern ein paar Tage hinauf auf die Hütte und allein sein."

„Dann tu's doch. Lily und John sind hier gut aufgehoben. Wir haben ihnen eine Menge zu zeigen, und sie können mit George Ski fahren", sagte Laura.

Am Nachmittag machte sich Yarrow auf den Weg zur Berghütte ihres Großvaters. Als die Straße zu Ende war, schnallte sie sich ihre Skier an, schulterte den Rucksack und erreichte bei Einbruch der Dunkelheit die Hütte. Sie machte Feuer und holte genügend Holz für die Nacht herein. In einem Eimer holte sie sauberen Schnee zum Schmelzen und machte Kaffee. Kurze Zeit später hatte sie es sich in einem Stuhl vor dem Feuer bequem gemacht und trank eine Tasse Kaffee. Sie hatte keinen Hunger, ihr fehlte nichts. Später lag Yarrow in ihrem Schlafsack auf dem alten Feldbett, das ihr Großvater selbst gebaut hatte. Jetzt erst überkamen sie der Schmerz und das Selbstmitleid. Hier hörten die Kinder sie nicht, hier war niemand, für den sie sorgen mußte, hier konnte sie endlich ihrem Schmerz freien Lauf lassen. Sie mußte auf keinen Ehemann Rücksicht nehmen, sich keine Sorgen darum machen, ob sie durch ihre Trauer seine Schuldgefühle noch vergrößerte. Sie ließ diese Gefühle zu. Es war ein befreiendes Erlebnis, das sie sich bisher nicht gestattet hatte. Was war falsch am Selbstmitleid? Wenn man sich nicht selbst bemitleiden konnte, von wem war dann noch Vergebung zu erhoffen? Der Wind blies durch die Kiefern, strich um die Hütte und wehte den Schnee, kleinen Rauchschwaden gleich, vom Dach. Yarrow begann hemmungslos zu weinen, und je mehr sie weinte, desto lauter heulte der Wind. Schließlich schlief sie in einem Zustand der Erschöpfung ein, den jedes Gefühl hinterläßt, dem man sich ganz hingibt.

Als sie am nächsten Morgen aufwachte, war es bereits spät. Sie war ganz steif vor Kälte. Das Wasser im Wassereimer war mit einer dicken Eisschicht bedeckt. Yarrow zerschlug das Eis und wusch sich das Gesicht. Ihre Augen waren vom vielen Weinen verquollen, aber es schien ihr, als sei in ihr etwas in Bewegung geraten. Sie machte Feuer und setzte Wasser auf. Dann zog sie sich warm an und machte einen Spaziergang hinunter zu dem Bach, in dem sie vor Jahren fast ertrunken wäre. Sie dachte an Jock, an ihren Vater und an ihren Sohn. Eine religiöse Erziehung im eigentlichen Sinne hatte sie nicht genossen. Jock hatte ganz am Anfang mit den Kindern gebetet und ihnen aus der Bibel vorgelesen, und Freya hatte ihnen in sehr vager Form christliche Menschenliebe nähergebracht. Yarrow fühlte, daß sie jetzt Religion und Rituale bitter nötig hatte. Sie würden ihr über die Trauer um ihren Sohn hinweghelfen. Sie erinnerte sich daran, wie sie Freya einmal gefragt hatte, ob es einen Gott gebe und ob er wie Großvater aussehe. Und Freya hatte geantwortet: „Er ist überall, in allem, was du siehst." Jetzt wurde dieses Tal ihre Kirche.

In dieser Nacht stand der Mond so hoch am Himmel, daß sie Lust hatte, im Freien zu übernachten. Der Wind hatte sich gelegt, und es war nicht mehr so kalt wie gestern. Sie erinnerte sich daran, daß sie hier vor Jahren schon einmal mit ihrer Mutter und Elliot im Freien campiert hatte. Damals war es allerdings wärmer gewesen. Trotzdem wollte sie im Freien sein, keine Wände zwischen sich und der

Natur haben. Sie machte ein großes Feuer, wie die Lappländer das taten. Ihre Mutter hatte ihr das beigebracht.

Sie schleifte zwei große, vom Blitz gespaltene Baumstämme heran und legte dazwischen auf der gesamten Länge Feuer. Sie hielt Brot an einem Stöckchen übers Feuer und aß von dem Fleisch, das Laura ihr mitgegeben hatte. Dann kroch sie mit der Mütze auf dem Kopf und mit Handschuhen in den Schlafsack, ließ sogar ihre Stiefel an, damit das feuchte Innenfutter nicht über Nacht gefror. Sie schaute ins Feuer und lauschte auf die Geräusche des Waldes. Tiere waren nicht zu hören, dazu war es zu kalt, dafür aber das Ächzen der Bäume und die dumpfen Laute des Schnees, der von den überlasteten Zweigen fiel. Yarrow war allein, sie, die noch nie in ihrem Leben allein gewesen war. Wovor mußte sie Angst haben? Eigentlich war alles sehr einfach: Es gab nur das eigene Ich und den Glauben an dieses Ich. Aus diesem winzigen Zentrum des Universums mußte man seinen ganzen Mut schöpfen. Ihre Gedanken schweiften ab, und selbst der eiskalte Boden unter ihr konnte nicht verhindern, daß sie in einen erlösenden Schlaf fiel.

Morgens wurde sie von einem kleinen Murmeltier geweckt. Es hatte keine Angst vor ihr und saß bewegungslos auf ihrer Brust und starrte sie an. Yarrow wollte nicht die erste sein, die sich bewegte, und so starrten sie sich eine Weile in die Augen. Dann stieß das Tier einen hohen Pfiff aus und flüchtete in seinen Bau.

Yarrow schmerzten alle Knochen im Leib vom langen Liegen auf dem harten Boden. Als sie sich mühsam aufrichtete, sah sie das kleine Tierchen auf einem Steinhaufen sitzen. Ein zweites, noch kleineres tauchte auf, das größere stieß einen Warnschrei aus, und die beiden ergriffen gemeinsam die Flucht. Es war wohl gerade Paarungszeit, dachte Yarrow und erstarrte: Ich bin wieder schwanger.

Die plötzliche Erkenntnis machte sie so schwach, daß sie sich wieder zurückfallen ließ. Sie mußte unwilkürlich lachen. Ihre Regel war zweimal ausgeblieben. Oder schon ein drittes Mal? Aber sie hatte das auf die Aufregung über Zebs Tod zurückgeführt. Es war verrückt: Ein Kind war ihr genommen worden, und jetzt bekam sie ein anderes. Und dieses Kind war nicht aus Liebe gezeugt worden, sondern aus Mitleid. Armes Wurm, dachte sie, und legte die Hände auf den Bauch. Aber sie würde diesem Kind alle Liebe geben, ihre Liebe und die Sandys, denn er würde nicht mehr da sein, um das Kind zu lieben. Sie war hier oben in ihren geliebten Bergen zu einer Entscheidung gekommen. Sie würde ihr Leben so leben, wie es ihr paßte. Sie hatte bisher immer das getan, was andere Leute von ihr erwarteten. Das genügte einfach nicht. Wenn man etwas wirklich wünschte, würde es auch geschehen, hatte sie in ihrer Naivität bisher geglaubt. Aber so war es eben nicht. Wunschdenken allein bewirkte überhaupt nichts.

„Ich gehe nach Hause", sagte Yarrow, und der Gedanke, daß Lily und John sie bereits erwarteten, machte sie glücklich. Sie stand auf und rief laut: „Ich komme." Komme-komme-komme schallte es von den Bergen zurück. Sie erinnerte sich, daß ihr Großvater vor langer Zeit dieses Fleckchen Erde den Garten Gottes genannt hatte.

DRITTES BUCH

1953–1961
DIE PRESSE

19

Zwei Wochen später sagte Yarrow eines Morgens zu Sandy: „Ich möchte mich scheiden lassen."

„Was?"

Yarrow machte gerade das Frühstück. „Ein oder zwei Eier?" fragte sie.

„Was ist eigentlich los, Yarrow? Seit du wieder zurück bist, kenne ich dich nicht wieder."

Sie schlug die Eier hoch in der Luft auf und ließ sie in die Bratpfanne fallen. „Wie du mich jetzt siehst, siehst du mein wahres Ich. Ich habe beschlossen, mich nicht mehr zu verstellen. Unsere Beziehung ist doch seit Jahren tot, nur wollte es keiner von uns zugeben. Ich möchte, daß wir uns in aller Freundschaft scheiden lassen. Doch das liegt ganz bei dir."

„Es ist wegen Belinda, nicht wahr?"

Sie wendete die Eier und fragte: „Möchtest du sie knusprig?"

Er stand vom Tisch auf und packte sie an der Hand. „Tu mir den Gefallen und hör mit dem blöden Spiel auf."

„Es ist nicht wegen Belinda, obwohl das sicher auch eine Rolle gespielt hat."

Keiner von beiden hatte Zeb auch nur mit einem Wort erwähnt.

„Ich bin schwanger."

Sandy lachte laut auf. „Na großartig. Das erklärt natürlich alles. Jetzt möchtest du dich scheiden lassen, damit unser Kind in einem glücklichen Zuhause aufwächst."

„Wir sind doch schon lange nicht mehr glücklich, oder?"

„Ich verstehe dich einfach nicht", sagte er, ohne sie anzusehen. „Ich verstehe dich jetzt nicht und habe dich nie verstanden. Als wir heirateten, dachte ich, du liebst mich, aber wir haben uns eigentlich immer nur gestritten, selbst in den Tagen in Camp Hale. Ich habe mir weiß

Gott Mühe gegeben, Yarrow." Sandy trommelte mit den Fingern auf den Tisch. „Warum zum Teufel kannst du keine richtige Ehefrau sein?"

Yarrow hatte die Eier aus der Pfanne genommen und auf einen Teller gelegt. Sie starrte sie an. Sie waren knusprig und dunkelbraun. „Willst du sie?" fragte sie Sandy. Er schüttelte nur den Kopf, und sie ließ sie in den Abfalleimer vor ihr fallen.

„Du wolltest einfach zuviel von mir," fuhr sie fort. „Du wolltest jedes Stückchen von dem haben, was mich zu der Person macht, die ich bin. Du wolltest es mir wegnehmen, es zerstören. Und es ist dir beinahe auch gelungen. Du hast mir meinen Stolz und meinen Ehrgeiz genommen."

„Aha, deinen Ehrgeiz. Da haben wir's wieder, das alte Lied."

„Genau! Du willst das einfach nicht akzeptieren. Über diesen Teil von mir kannst du nur lachen."

„Die Zeitung?"

„Ja, die Zeitung." Sie hatte sich vorgenommen, ruhig zu bleiben.

„Nicht mit mir", erklärte Sandy.

„Brauchst du auch nicht. Ich werde Pierson aufsuchen, und dir rate ich dasselbe."

Er sprang wütend vom Tisch auf und verschüttete dabei Kaffee über das Titelblatt des *Journals*. AIR-FORCE-AKADEMIE AUF STANDORTSUCHE lautete die Schlagzeile.

„Wie ich schon sagte, ich möchte, daß wir uns in Frieden trennen. Aber ich werde von jetzt ab die Zeitung selbst leiten. Ich lasse dir noch etwas Zeit, bis du eine neue Stelle gefunden hast."

„Du läßt mir Zeit. Wie großzügig! Ich will aber nicht länger für dich arbeiten. Es war schon hart genug, für die eigene Ehefrau schuften zu müssen, aber jetzt auch noch für die Frau zu arbeiten, die sich von mir scheiden lassen will – nein danke."

Sie standen sich gegenüber, und er atmete schwer. Sie sahen sich eine Weile an, und als sie wieder sprach, war ihre Stimme ruhig: „So denkst du also in Wirklichkeit. Daher deine Unzufriedenheit. Meinst du, ich hätte das nicht längst bemerkt? Ich habe dich beim Schlafen beobachtet, habe deinen Mund angesehen und gewußt, daß du mich belogen hast." Sie wandte sich von ihm ab. „Ich möchte dich nicht mehr sehen, Sandy. Komm heute abend also bitte nicht nach Hause zurück."

Sie hatte sich umgedreht und lauschte, was er jetzt tun würde. Sie hörte ihn toben und fluchen. Dann fiel die Haustür ins Schloß, und er ließ den Motor seines Wagens an. Der Kies spritzte hoch, als er davonfuhr. Sie rief ihre Mutter an und bat sie, herzukommen und die Nacht über bei ihr zu bleiben.

„Ist irgendwas nicht in Ordnung?" fragte Freya.

„Ich erzähle dir alles, wenn du hier bist."

Yarrow saß am Tisch, und John kam barfuß in die Küche getapst. Sie versuchte ihn auf den Schoß zu nehmen, aber er sträubte sich.

„Hast du dich wieder mit Daddy gestritten?"

„Du hast uns also gehört. Das tut mir leid."

„Magst du ihn nicht, Mummy?"

„Als du geboren wurdest, mochte ich ihn. Aber wir lieben dich beide. Und daran wird sich auch nie etwas ändern."

Seine Augen sahen sie anklagend an.

Sie versuchte mit einer Papierserviette die Titelseite der Zeitung trockenzuwischen. „Dein Vater hat seinen Kaffee verschüttet."

„Daddy ist genauso ungeschickt wie ich."

Sie versuchte die Zeitung zu lesen. Es ging das Gerücht in der Stadt, die Air Force habe ein Grundstück südlich der Stadt als Standort für ihre neue Akademie ausgewählt. Einige Leute spekulierten darauf, daraus Kapital zu schlagen. Yarrow vermutete, daß sich die meisten dabei die Finger verbrennen würden.

Später am Nachmittag erfuhr sie, daß möglicherweise auch Sandy einer dieser glücklosen Spekulanten sein würde. Sie saß bei ihrem Rechtsanwalt Pierson im Büro, und er fragte sie: „Wußten Sie, daß Sandy sich wegen dieser Grundstücksspekulation in Schulden gestürzt hat?"

„Was! Warum denn?"

„Er hat Land gekauft, weil er hofft, daß der Staat Colorado dieses Land kaufen wird, um darauf die neue Akademie der Air Force zu bauen. Er hat dafür tief in die Tasche gegriffen."

„Wo liegt dieses Land?"

„Zwölf Meilen nördlich der Stadt." Pierson hatte die Morgenzeitungen ebenfalls gelesen. „Sieht gar nicht danach aus, als ob die Akademie dort gebaut würde."

„Das ist ja schrecklich!"

„Das müssen Sie doch gewußt haben, Yarrow."

„Nein, ich hatte keine Ahnung."

„Er hat die Zeitung als Sicherheit angeboten. Ich habe die Papiere hier. Sie haben unterschrieben, und Sie sind schließlich die Hauptaktionärin."

Ihr wurde ganz schlecht, als sie die Papiere durchsah. Kein Zweifel, sie hatte unterschrieben. Jetzt erinnerte sie sich auch daran. Sie hatte die Schriftstücke kaum angesehen, weil sie so beschäftigt gewesen war, und Sandy hatte sie ihr mit einem ganzen Stapel anderer zur Unterschrift vorgelegt. Es war ihre eigene Schuld. Sie nahm sich vor, nie wieder so vertrauensselig zu sein.

Als sie das Büro verließ, war sie wie betäubt. Dann aber schlug ihre Verwirrung in kalte Wut um. Wie konnte er es wagen, das *Journal* zu gefährden. Sandy hatte nie begriffen, was diese Zeitung für ihre Familie bedeutete. Einmal hatte er zu ihr gesagt, für ihn sei eine Zeitung wie die andere. Ihm war es nie aufgegangen, daß die Zeitung ihr Lebensnerv war. Für sie war das *Journal* die Fortführung von Jocks erstem Unternehmen, dem alten Humdinger.

Yarrow war wütend wie nie zuvor. Trotzdem schwor sie sich, ruhig zu bleiben. Sandy war es nicht wert, daß sie sich gehenließ. Sie ging durch die vom Schneematsch nassen Straßen. In den Gärten zeigten sich schon hin und wieder schmutzigbraune Grasflecken. Die Rinnsteine und Abflußkanäle waren voller Schmelzwasser. Im Gebäude des *Journal* angelangt, ging sie schnurstracks in Sandys Büro. Es war das ehemalige Büro ihres Vaters, von wo aus man in der Ferne den Pikes Peak sehen konnte.

„Ich möchte, daß du sofort dieses Haus verläßt", sagte sie mit bebender Stimme.

„Würdest du bitte aufhören zu schreien?"

Ihre Stimme klang hart und kalt. Sie unterdrückte das Beben. „Du hast mich als Ehefrau und als Geschäftspartnerin hinters Licht geführt. Ich möchte, daß du auf der Stelle verschwindest."

„Wovon redest du eigentlich? Geht es um den Grundstückskauf?"

„Genau davon spreche ich."

„Ich hielt es für eine hervorragende Gelegenheit. Ich dachte dabei an dich und die Kinder."

„Ach ja. Und darum hast du mir wohl auch nichts davon erzählt. Dem dummen Frauchen braucht man ja nicht alles zu erzählen. Hältst du mich eigentlich für bescheuert?"

Seine Sekretärin steckte den Kopf zur Tür herein. „Kann ich irgendwie helfen?"

„Ja, Sie können eine Belegschaftsversammlung einberufen. Jetzt gleich, im Zimmer des Chefredakteurs."

„Du hast noch eine letzte Amtshandlung in deiner Eigenschaft als Chefredakteur dieser Zeitung auszuführen, Sandy ..."

Er unterbrach sie: „Hör dir doch erst einmal an, was ich zu diesem Immobiliengeschäft zu sagen habe."

Sie hielt sich die Ohren zu. „Ich will nichts davon hören. Es interessiert mich nicht. Wir sind Zeitungsherausgeber und keine Immobilienmakler. Du wirst jetzt mit mir vor die Belegschaft treten und deinen Rücktritt erklären. Was du als Erklärung vorbringst, ist mir völlig egal. Auf jeden Fall wirst du erklären, daß ich ab morgen die Leitung der Zeitung übernehme."

„Scheiße", sagte er.

Sandys Gesicht war aschfahl. Was für ein Schwächling war er doch. Sie betraten gemeinsam den Raum, in dem sich bereits die Mitarbeiter drängten. In einer kleinen Firma wie dieser gab es keine Geheimnisse. Sandy sagte sein Sprüchlein auf und verschwand. Alle reckten die Köpfe, um die neue Chefin zu sehen, aber sie war zu klein. Daher stieg sie schließlich auf einen Tisch, machte ein paar belanglose Bemerkungen und verabschiedete sich dann bis zum nächsten Tag. Beim Heruntersteigen hörte sie, wie ein Mann einem anderen zutuschelte: „Die muß aufpassen, daß sie sich nicht ihre Titten in der Schreibmaschine einklemmt."

Sie fuhr herum und sagte so laut, daß jeder sie hören konnte: „Sie sind entlassen."

Sandys Sekretärin trat auf sie zu. „Mr. Heartland hat mich eingestellt. Ich weiß nicht, was ich jetzt tun soll."

„Tun Sie, was Sie wollen", erwiderte Yarrow.

„Dann würde ich, glaube ich, lieber gehen. Ich fände es nicht anständig, zu bleiben."

Yarrow nickte. „Das verstehe ich." Sie fragte sich, wie vielen es wohl ähnlich ginge. „Könnten Sie noch eine Woche bleiben, bis das Wichtigste geregelt ist?"

„Aber selbstverständlich", erwiderte das Mädchen erleichtert. Dann verschwand sie.

Yarrow sah sich im Zimmer um. Sie hatte keine Ahnung, wo sie anfangen sollte. Sie schlug das Telefonbuch auf und wählte eine Nummer. „Miss Hines? Raten Sie, wer am Apparat ist. Yarrow McLean! Können Sie sich noch erinnern, daß ich sie vor Jahren einmal fragte, ob Sie vielleicht eines Tages für mich arbeiten möchten? Jetzt ist es soweit. Möchten Sie für mich arbeiten? Ich bin jetzt Verlegerin und Chefredakteurin des *Platte City Journal.*"

Am nächsten Morgen zog Yarrow ihr schlichtestes Kleid an. Sie hoffte, darunter ihren sich bereits wölbenden Bauch besser verbergen zu können. Sie nahm immer am Anfang ihrer Schwangerschaften besonders viel zu. Ihr schwarzes Haar band sie zu einem Knoten zusammen. Diese Frisur macht mich viel älter, dachte sie, als sie sich im Spiegel betrachtete. Aber das war genau das Richtige für diesen Morgen.

Die achtjährige Lily fragte: „Wohin gehst du?"

„Ins Büro, mein Schatz."

Lily stemmte ihre Arme gegen die Hüften und fragte: „Hast du vor, das jetzt dein ganzes Leben lang zu tun?"

„Nun, ich denke schon, Lily."

„Und wer kümmert sich um mich?"

„Großmutter bleibt bei uns."

Yarrow kam nun als Chefredakteurin und nicht als Sandys Ehefrau ins Büro. Als sie in den Parkplatz einbog, sah sie, daß auf ihrem Abstellplatz noch das Schild ‚Mr. Heartfield' stand. Sie fuhr wieder aus dem Parkplatz hinaus und parkte am Straßenrand. Sie stellte den Motor ab und fing an zu weinen. Ihre Nerven versagten. Ich kann nicht. Ich kann nicht. Sie putzte sich die Nase und dachte an ihren Großvater. Danach fuhr sie direkt auf ihren Abstellplatz und grüßte beim Betreten des Gebäudes den am Eingang postierten Sicherheitsbeamten.

„Guten Morgen."

„Guten Morgen. Wie heißen Sie?"

„Miss McLean."

„Haben Sie einen Passierschein?"

„Nein."

„Dann kann ich Sie nicht hineinlassen." Er verschränkte die Arme vor der Brust und starrte sie an. Die Lifttür ging auf, und die Sekretärin kam heraus.

„Tyler, das ist unsere neue Chefin, Mrs. Heartland."

„*Miss* McLean", sagte Yarrow, als sie die Aufzugkabine betrat. Sie spürte, daß Tyler ihr immer noch nachsah und sie vor seinen Augen keine Gnade gefunden hatte.

Ihre erste Besucherin an diesem Tag war die Buchhalterin. Sie war eine kleine Frau mit fahlem Gesicht, hatte Hamsterbacken und war kurzsichtig.

„Ich würde wirklich gern bleiben, aber ich kann nicht für eine Frau arbeiten. Ich hoffe, Sie nehmen mir das nicht übel."

„Nein, überhaupt nicht", sagte Yarrow und wartete auf die nächste Katastrophe.

Am nächsten Morgen parkte sie wieder zuerst an der Straße, brach in Tränen aus, legte dann neuen Lippenstift auf und fuhr wieder auf den Parkplatz des Chefredakteurs.

„Guten Morgen, Tyler."

„Name?"

„Miss McLean."

Er suchte ihren Namen auf seiner Liste und sagte dann: „Sie können durch."

An diesem Morgen kündigte der Redaktionsassistent, und Yarrow kam abends mit rasenden Kopfschmerzen nach Hause.

Am dritten Tag wollte Yarrow morgens nicht ins Büro. Ihr Magen schien zu einem Knoten geballt, ihre Beine und ihr Rücken schmerzten. Ihre Mutter sah sie bloß an, als sie immer neue Entschuldigungen vorbrachte, warum sie nicht ins Büro gehen könne.

„Was ist los?" fragte Freya.

„Es geht nicht, Mama. Siehst du das nicht ein? Das wird der größte Reinfall meines Lebens."

Es klang aggressiv, aber Freya ließ sich nicht einschüchtern.

„Und was gedenkst du zu tun?"

„Du erwartest doch nicht von mir, daß ich wieder hingehe? Du hast keine Ahnung. Sie lassen mich alle im Stich. Ich bin allein völlig hilflos, und das wissen sie."

„Bist du eine McLean oder eine Maus? Bist du eine Frau oder ein kleines Mädchen?"

Ihre Mutter warf ihr ein Metallschild zu, auf dem ‚Yarrow McLean' stand. Yarrow hatte das Schild bisher zum Öffnen des defekten Toasters in der Küche benutzt.

„Wie soll ich es bloß schaffen, Mama?" Yarrow starrte auf das Namensschild. „Es gibt so viel zu tun, und ich weiß so wenig."

„Dann machst du eben eins nach dem anderen. Nimm dir jeden Tag etwas anderes vor." Ihre Mutter drückte ihr die Handtasche in die Hand. „Los jetzt! Mach, daß du wegkommst!"

Yarrow wollte schon an der Parkplatzeinfahrt vorbeifahren, riß das Steuer aber doch noch herum und bog in die Einfahrt ein.

„Guten Morgen, Miss McLean", begrüßte sie Tyler und hielt ihr die Lifttür auf. „Ein wunderbarer Tag, nicht wahr?" Er drückte sogar den Stockwerksknopf für sie.

Sie ging hinauf in ihr Büro, wo die Sekretärin schon den Kaffee für sie bereitgestellt hatte. Sie stellte sich das Namensschild ihres Großvaters auf den Schreibtisch. Die Sekretärin ihres Mannes erschien mit einem Notizblock und wartete auf ihre Anweisungen.

„Erstens: Sorgen Sie dafür, daß der Name auf meinem Parkplatz geändert wird. Zweitens: Schicken Sie meiner Mutter Blumen."

Es klopfte an der Tür und Miss Hines stand vor ihr. Sie trug einen Filzhut, in dem eine Hutnadel in der Größe einer Stricknadel steckte. „Wo ist mein Schreibtisch?" fragte sie. „Ich möchte sofort anfangen."

Yarrow stand auf. „Wunderbar. Ich auch."

Es war August, einer der heißesten Monate in Platte City seit Menschengedenken. Im Büro der Lokalredaktion war es drückend heiß.

„Was ist denn das?" fragte Yarrow einen jungen Redakteur, der an seinem Schreibtisch saß. „Äh, Kladden", stotterte er. Sie hatte die Blätter aus dem Papierkorb gefischt. „Verschwenden Sie in Zukunft kein Papier mehr. Das kann ich mir nicht leisten."

Sie ging durch die Redaktion und erkundigte sich bei den Redakteuren nach den Stories, an denen sie gerade arbeiteten. Sie schaute ihnen über die Schulter und hörten ihnen beim Telefonieren zu. Sie kam am Schreibtisch ihres Bruders Eric vorbei, der diesen Sommer als Jungredakteur in der Zeitung arbeitete. Er war gerade zwanzig. „Jean, ich rufe zurück. Ja, ich liebe dich auch." Er legte auf. „Hallo Schwesterherz." Dann verschwand er mit ein paar Ausdrucken aus dem Fernschreiber.

Sie hängte ein Schild mit der Aufschrift „Keine Privatgespräche in der Redaktion" ans Schwarze Brett. Ein andermal lautete die Mitteilung: „Verschwenden Sie nichts – verlangen Sie nichts." Dieses Schild wurde sogar im Waschraum aufgehängt. Sie war bestürzt darüber, wieviel Seife, Klopapier und Wasser hier verbraucht wurden.

Yarrow ging wochenlang mit Miss Hines und einem neuen Buchhalter die Bücher durch. Jede dieser Überprüfungen förderte weitere schlimme Überraschungen zutage. Das Unternehmen war zweifellos verschuldet: Es wurde mehr Geld ausgegeben als eingenommen. Sie schichtete das Firmenkapital um, die Schuldenlast blieb jedoch nach wie vor drückend. „Wir werden die Zeitung eines Tages noch für einen Apfel und ein Ei verscherbeln müssen", befürchtete Yarrow. Sie verschob den bereits festgesetzten Termin für den Neuanstrich der Außenfassade und stornierte Bestellungen für neue Schreibmaschinen und Schreibtische.

„Heute nachmittag findet eine Gewerkschaftsversammlung der Drucker statt."

Yarrow stöhnte.

„Es geht um die Rüge, die Sie anläßlich des Nachrufs für Mr. Johnson ausgesprochen haben."

Yarrow stöhnte abermals und sah die vor ihr liegende Post durch. Es hatte sehr viel Ärger wegen dieser Sache gegeben. Sie hatte am Schluß eines Artikels über Mr. Johnson, den sie flüchtig gekannt hatte, aber nicht leiden konnte, geschrieben: „Der einfältige Kerl ist tot." Dieser Kommentar war lediglich für den Redakteur, der den

Artikel geschrieben hatte, bestimmt gewesen, aber mit ihrem Kommentar abgedruckt worden.

„Sie dürfen nicht vergessen, daß die Maxime der Drucker lautet: Der vorliegende Text wird ohne jede Veränderung gesetzt und gedruckt, selbst wenn der Inhalt hanebüchen ist", erklärte ihr Miss Hines.

„Außerdem waren die Setzer gestern spät dran."

„Sie behaupten, die Artikel seien zu spät hereingekommen."

„Meiner nicht. Mit wem bin ich zum Mittagessen verabredet?"

Miss Hines warf einen Blick auf ihr Notizbuch. „Mit Mr. Elliko von der Firma FinPap. Sie wollten ihn fragen, warum er dem *Globe* zwar dieselbe Papierqualität liefert, aber zu einem wesentlich günstigeren Preis." Sie klappte das Buch zu und fuhr fort: „Er wird alles abstreiten, er wird Ihnen erklären, daß FinPap bereits letztes Jahr zu einem festen Preis bestellt habe. Aber das stimmt nicht. Wenn Sie hart bleiben, werden Sie ihn kleinkriegen. Außerdem ist er ein Mensch, der auf Schmeicheleien anspricht."

„Was würde ich nur ohne Sie anfangen, Miss Hines?"

„Ohne mich würde gar nichts klappen", erwiderte sie und ging aus dem Zimmer. Aber schon zwei Minuten später meldete sie, Yarrows Mutter sei am Telefon.

„Was ist los, Mama. Ist etwas passiert?"

Freya war in Yarrows Haus eingezogen und hatte dort die Zügel in die Hand genommen. Für Yarrow war es eine große Erleichterung, ihre Mutter um sich zu haben; und Freya wiederum hatte nun etwas, wofür sie lebte.

„Nein, alles in Ordnung. Ich wollte mich nur vergewissern, daß du dich auch ausruhst. Du solltest jetzt nicht mehr den ganzen Tag auf den Beinen sein. Du weißt, daß es bald soweit ist."

„Damit du es genau weißt: Ich sitze am Schreibtisch und habe meine Beine hochgelegt." Sie legte eine ihrer schlanken, wohlgeformten Waden auf den Schreibtisch. Das Bein wirkte an ihrem fülligen Leib merkwürdig.

„Dann ist es ja gut. John wird heute nachmittag bei einer Aufführung der Sommerschule mitspielen. Er spielt Rip Van Winkle. Kommst du?"

„Ich versuche es." Sie machte sich Sorgen um John. Er hatte weder den Tod seines Bruders noch den Auszug seines Vaters verkraftet. Er war seit je ein introvertiertes Kind gewesen, aber jetzt verdrängte er diese Desertationen, als die er sie ansah nur noch mehr und ließ niemanden an sich heran. Sie hatte es versucht, hatte versucht, ihn zu berühren, aber immer wenn sie ihn auf den Schoß nehmen wollte, machte er sich steif wie eines jener Stofftiere, die man an Jahrmarktsbuden gewinnen kann. Sie beließ es dann bei einem Kuß und gab ihn wieder frei.

Ihr Mittagessen mit Mr. Elliko war ein voller Erfolg. Er reagierte genauso, wie Miss Hines es vorausgesagt hatte. Yarrow hatte die Zahlen parat. Nach einer Weile erzählte sie ein wenig ruhmselig von ihren skandinavischen Ahnen und kramte in ihrem Gedächtnis nach weiteren Geschichten aus Freyas Legendenschatz. Mr. Elliko war entzückt. Bei Thunfischbrötchen und Suppe, die Miss Hines aus dem nahegelegenen Delikatessengeschäft hatte kommen lassen, vereinbarten sie einen für beide Seiten zufriedenstellenden Preis. Nachdem er sich verabschiedet hatte, ging Yarrow zu Miss Hines ins Zimmer: „Ich werde mal einen Blick in die Setzerei werfen und auskundschaften, was die Kerle dort wieder aushecken."

Yarrow bückte sich, um ein Blatt Papier vom Boden aufzuheben. Da merkte sie, daß Wasserbäche an ihren Beinen hinunterflossen. „O Gott, ich kann mein Wasser nicht mehr halten."

„Nein, das ist es nicht", sagte Miss Hines. Sie kam auf Yarrow zu und drückte sie auf einen Stuhl. „Ihre Fruchtblase ist geplatzt. Das Baby kommt."

„Das geht doch nicht. Ich muß wissen, was in dieser Versammlung beschlossen wird. Wenn ich nicht dabeibin, wird der Vorarbeiter verlangen, daß mehr Leute eingestellt werden oder daß für Überstunden 50 Prozent Lohnzuschlag bezahlt wird. Außerdem muß ich noch den Leitartikel für morgen schreiben."

Miss Hines rief bereits einen Krankenwagen. „Machen Sie sich keine Sorgen, es wird alles in Ordnung kommen."

„Notieren Sie bitte." Miss Hines schlug ihr Notizbuch auf. „Der Staat Colorado verabschiedete gestern endgültig einen Gesetzesentwurf..."

Die Männer von der Ambulanz waren im Nu mit einem Rollstuhl zur Stelle. „Hallo, Mrs. Heartland, sind die Wehen stark?"

„Seid vorsichtig, wenn ihr mit ihr die Treppen hinuntergeht..."

„...der die Einrichtung einer Konkurrenzakademie zu den Militärakademien in West Point und Annapolis vorsieht..."

„Hebt mal das eine Ende hoch."

„...Allein die Lohnkosten im zivilen Bereich werden auf eins bis einskommafünf Millionen Dollar pro Monat geschätzt, was von unschätzbarem Vorteil..."

„So. Bitte, einsteigen, Mrs. Heartland. Wir müssen die Tür schließen."

„...Streichen Sie den letzten Satz. Miss Hines, steigen Sie ein. Ja, selbstverständlich kommt sie mit... Durch die im Quellenabzugsverfahren erhobene Lohnsteuer und die Einkommenssteuer der Bauarbeiter...oooh...aaah..."

„Sollen wir jetzt nicht besser aufhören? Einer der Redakteure kann den Artikel zu Ende schreiben."

„...erwartet man, daß die Bevölkerung unserer großartigen Stadt in den nächsten zwanzig Jahren auf das Dreifache anwachsen wird..."

„Ich muß zugeben, daß ich im Moment nur an einem einzigen Bevölkerungszuwachs interessiert bin. Mrs. Heartland?"

„Ja?"

„Geben Sie mir Ihre Hand."

20

Yarrow brachte an diesem Nachmittag einen kräftigen, über 4 kg schweren Jungen zur Welt. Er war viel größer als die beiden Zwillinge und dicker als die magere kleine Lily, die nur aus Armen und Beinen zu bestehen schien, als sie zur Welt kam.

„Wie soll er heißen?" fragte John, als Freya abends mit ihm und Lily ins Krankenhaus kam.

„Buckley. Nach deinem Großvater."

„Das gefällt mir. Darf ich ihn ansehen?"

„Ja, aber nur durch die Scheibe. Wenn wir wieder zu Hause sind, darfst du beim Füttern und Baden helfen."

„Soll er Zeb ersetzen?"

Yarrow starrte ihren sechsjährigen Sohn an, wie er da in Jeans und T-Shirt neben ihrem Bett stand. „Aber nein, mein Schatz. Niemand kann Zeb ersetzen."

„Bekommst du wieder ein Baby, wenn ich sterbe?"

„Aber nein. Du wirst nicht sterben. Ich brauche dich, John. Du bist doch jetzt der Mann im Haus. Und eines Tages werde ich dich auch für die Zeitung brauchen." Alles, was sie sagte, klang so abgedroschen. Sie fand einfach nicht die richtigen Worte, um John zu trösten und ihm begreiflich zu machen, was er ihr bedeutete.

Freya merkte, daß Yarrow müde wurde, und ging mit den Kindern wieder nach Hause.

Abends gegen zehn streckte eine Krankenschwester den Kopf zur Tür herein. „Sind Sie wach?"

„Ja, ich bin gerade aufgewacht."

„Ihr Mann ist gekommen."

Yarrow fand es nett von Sandy, daß er sie besuchte. Sie hatte nicht erwartet, daß er das tun würde. Doch als die Tür aufging, stand nicht Sandy, sondern Elliot Weyden vor ihr. Er trug einen schwarzen

Anzug, hatte einen großen braunen Teddybär unter dem Arm und wirkte sehr verlegen.

„Tut mir leid", sagte er. „Ich habe ihnen gesagt, daß ich nicht dein Mann bin, aber sie wollten mir nicht glauben. Wahrscheinlich hätten sie mich sonst gar nicht hereingelassen."

„Elliot Weyden! Wie kommst du denn hierher?"

Er beugte sich zu ihr hinunter und küßte sie auf die Stirn.

„Elliot, ich sehe bestimmt furchtbar aus. Könntest du mir wohl mal den Spiegel reichen?" bat Yarrow.

Er gab ihn ihr und sagte: „Stimmt überhaupt nicht. Du siehst wunderbar aus. Die Mutterschaft steht dir."

Sie lächelte. Es war heiß im Zimmer, und er zog sein Jackett aus und hängte es über den Stuhl. Er setzte sich zu ihr aufs Bett. Ihr Haar bedeckte ihre Schultern, und er nahm eine Strähne in die Hand. „Du siehst aus, als hättest du gerade einen Erholungsschlaf hinter dir. Wie geht's dem Baby?" Sie sagte, daß es ihm gutgehe, und er fuhr fort: „Das mit dir und Sandy tut mir leid."

„Woher weißt du es?"

„Deine Mutter schreibt mir, und Laura auch."

„Haben sie dich aufgefordert, herzukommen und mich zu besuchen?"

„Nein. Aber wenn sie es getan hätten, wäre ich auch gekommen. Nein, ich habe geschäftlich hier zu tun. Es ist purer Zufall. Hier hat sich einiges verändert. Einer meiner Klienten besitzt eine Menge Land in dieser Gegend. Er möchte gern wissen, ob die neue Akademie der Air Force auf seinem Land gebaut werden soll. Weißt du zufällig, ob die Air Force schon einen Standort gewählt hat?"

„Nein, aber die Leute behaupten, südlich der Stadt."

„Mein Klient ist da aber anderer Meinung."

„Ich kann das Gerede um diesen Standort schon nicht mehr hören. Wenn die Akademie im Süden der Stadt gebaut wird, ist Sandy ruiniert. Ich wünschte, du wärest länger hier und könntest ihn beraten." Sie erzählte ihm, daß sich Sandy in Schulden gestürzt hatte. „Mit seinem Gehalt wird er diese Schulden nie abzahlen können. Er arbeitet jetzt beim *Globe,* und rate mal, als was – als Wirtschaftsredakteur."

„Vielleicht könnte ich die Kredite umschulden. Würde das helfen?"

„Könntest du das wirklich?"

„Ich kann es wenigstens versuchen." Er nahm ihre Hand: „In Galena tut sich auch einiges. Der Schnee und die Berge dort oben sind das Kapital, und nicht das, was unter der Erde liegt."

„Wovon redest du eigentlich?" Sie hatte ihm nicht richtig zugehört, weil sie immer nur daran dachte, daß ihre Hand in der seinen lag.

„Vom Skifahren. Galena entwickelt sich zu einem richtigen Ferienort mit Hotels und einer Skischule, und für den Sommer ist auch schon ein Musikfestival geplant."

„Der Ort hat doch nur 500 Einwohner."

„Ja, im Moment noch, aber warte mal ein paar Jahre ab. Du solltest dir wirklich Gedanken machen, was du aus dem alten Büro der *Gazette* machen willst."

Yarrow mußte über seinen Eifer lachen: „Du bist einfach unverbesserlich, Elliot. Tust du mir einen Gefallen? Drück mich, ganz fest."

Er legte sich neben sie auf das Bett und nahm sie in den Arm. Er küßte sie nicht, sondern hielt sie nur ganz fest im Arm. Keiner von beiden sagte etwas, aber als sie sich wieder losließen, hatten sie sich auch ohne Worte verstanden.

Elliot stand auf und nahm sein Jackett.

„Ist der Teddybär für mich?" fragte Yarrow.

„Nein, für ..."

„Buckley."

„Ja, für Buck." Die Nachtschwester kam herein und verbreitete Geschäftigkeit. Elliot beugte sich zu Yarrow hinunter, um sich zu verabschieden. „Ich werde versuchen, morgen noch einmal hereinzuschauen." Er sah sie an, und als er ihrerseits kein Zögern bemerkte, küßte er sie. Er küßte sie ganz sanft auf die Lippen, aber dieser Kuß blieb ihr in Erinnerung.

Dann war er auch schon fort.

„Ihr Mann ist wirklich attraktiv, Mrs. Heartland. Alle Schwestern schwärmen von ihm."

„Er ist aber nicht mein Mann", sagte Yarrow.

„Oh, tut mir leid. Da hab ich wohl was mißverstanden", sagte die

Schwester. Schon komisch dachte sie, daß ausgerechnet die Leute, von denen man meint, sie passen ausgezeichnet zusammen, überhaupt nicht zusammengehören. Sie hätte schwören können, daß sie noch nie zwei Menschen gesehen hatte, die so verliebt waren wie die beiden.

Am nächsten Tag kam Sandy, um sich seinen Sohn anzusehen. Draußen war es brütend heiß, und der Ventilator in ihrem Zimmer quirrlte nur heiße Luft. Die Stimmung zwischen ihnen war gespannt, es wollte einfach kein Gespräch in Gang kommen.

„Hast du ihn schon gesehen?“ fragte Yarrow ihren Mann. „Ich führe dich zu ihm.“ Sie stand vorsichtig auf, und er half ihr, den Morgenmantel und die Pantoffeln anzuziehen. Die Nähte taten furchtbar weh, aber sie schlurfte tapfer über den Gang zur Kinderstation. Die Schwester hatte sie bereits gesehen und zeigte ihnen Buckley durch die Scheibe. Er war so fest eingewickelt, daß fast nichts von ihm zu sehen war.

„Ist er nicht wunderschön?“ fragte sie ihren Mann.

Sie machte der Schwester ein Zeichen, sie solle den Kleinen ein bißchen auspacken, damit ihn sich sein Vater richtig ansehen könnte.

„Den Kopf hat er von den McLeans“, sagte Sandy, „aber ansonsten ist er ein ganzer Heartland. Er wird sicher mal ein Football-Spieler.“

„Woher willst du das wissen?“

„Schau dir seine Hände an, und diesen Hals.“ Sandy grinste albern. Yarrow sah ihn an, und ihr wurde klar, daß sie ihm nicht böse sein konnte. Sie hätten nie heiraten dürfen. Das einzige, was sie verband, waren ihre drei Kinder. Von der ersten Nacht an war alles schiefgelaufen.

„John vermißt dich“, sagte sie auf dem Rückweg in ihr Zimmer. „Ich mache mir Sorgen um ihn. Er braucht dich mehr als Lily.“ Und viel mehr als mich, dachte sie im stillen.

„Ich weiß. Wenn ich eine eigene Wohnung hätte, könnte er mich öfter besuchen.“ Er sagte zwar nicht, daß er bei Belinda wohnte, aber sie wußte es auch so.

„Wenn es dir recht ist, werde ich ihn heute von der Schule abholen. Ich habe etwas mit ihm zu besprechen.“

„So, was denn?"
„Ich ziehe um."
„Wohin?"
„Mir wurde eine Stelle in New York angeboten. Beim *Courier*."
Yarrow war betroffen. Sandy würde also für Mrs. Truitt arbeiten, oder wie immer sie jetzt heißen mochte. Warum sollte Mrs. Truitt ausgerechnet auf einen unbedeutenden kleinen Chefredakteur aus Colorado aufmerksam werden und ihm eine Stelle anbieten? Das ganze sah eher nach einem klug eingefädelten Komplott aus, einer Art Rachefeldzug dieser Mrs. Truitt gegen ihre Familie. Sie hätte sich keine bessere Demütigung für Yarrow einfallen lassen können, als ihren Ex-Ehemann einzustellen. Obwohl Yarrow ihren Mann nicht mehr für sich haben wollte, gönnte sie ihn auch keiner anderen. Eine derartig seltsame Regung hatte sie eigentlich nicht bei sich vermutet.
„Geh bitte behutsam vor, wenn du es John sagst. Es wird ihm das Herz brechen."
„Yarrow, was ich noch sagen wollte, wegen dieses Grundstückskaufs ..."
„Ich möchte nichts davon hören."
„Es kann noch alles gut werden. Du mußt mich anhören. Wenn die Air Force sich das Gelände aussucht, auf das ich spekuliert habe, gehört dir die Hälfte des Geldes."
„Und wenn nicht?"
„Dann werde ich dir jeden Cent zurückzahlen."
Er stand vor ihr und schien fast den ganzen Raum einzunehmen. In seinem leichten Sommerjackett wirkte er recht zerknirscht.
„Ich bin nicht böse auf dich", sagte er. „Manchmal denke ich, wenn das mit Zeb nicht passiert wäre ..."
Sie drehte sich so schnell auf die andere Seite, daß die Nähte durch die abrupte Bewegung wieder zu schmerzen begannen. Tränen stiegen ihr in die Augen. Als sie sich wieder unter Kontrolle hatte, drehte sie sich um und schaute ihn an. Er sah sehr niedergeschlagen aus.
„Ich wollte, daß du das weißt", sagte er.
Sie nickte nur, weil sie befürchtete, ihre Stimme könnte versagen.

Er erwartete wohl von ihr, daß sie ihm dieses Geständnis hoch anrechnete.

„Du wirst mir doch erlauben, die Kinder so oft wie möglich zu sehen?"

„Selbstverständlich."

„Auf Wiedersehen, Yarrow." Er beugte sich zu ihr hinunter und küßte sie auf die Stirn. Sein Schnurrbart kitzelte sie an der Schläfe, als er sich wieder aufrichtete.

Nachdem er gegangen war, rief sie ihre Mutter an und erzählte ihr die neuesten Nachrichten von Sandy. „Außerdem hatte ich gestern abend noch Besuch – Elliot war hier", endete Yarrow mit einem Seufzer.

„Er hat mich vor kaum zehn Minuten angerufen, Yarrow. Er hat versucht, dich im Krankenhaus zu erreichen, aber du hast dich nicht gemeldet."

„Ich war wahrscheinlich gerade mit Sandy unterwegs."

„Er läßt dir sagen, daß er ganz schnell nach Galena mußte. Aber er hat versprochen, nächste Woche, bevor er wieder in den Osten zurückreist, bei uns hereinzuschauen."

Yarrow hatte ein bißchen das Gefühl, im Stich gelassen worden zu sein. Sie gestand sich nicht ein, wie sehr sie sich auf seinen Besuch gefreut hatte. Sie legte auf und ging die Post durch, die Miss Hines ihr heute morgen gebracht hatte. Clara Russell hatte geschrieben. Sie wünschte ihr alles Gute für die Schwangerschaft und die Geburt. Zum Schluß schrieb sie:

Ich habe ein paar Artikel für unser Lokalblatt geschrieben. Ich füge sie bei, damit Sie sie lesen können. Sie wissen ja, wie gern ich vor dem Krieg diese Kolumnen für Ihren Vater geschrieben habe. Es ist mir klar, daß sich unsere Wege schon vor vielen Jahren, nach Ihrem Besuch in Washington, trennten. Ich kann Ihnen aber versichern, daß Sie bestimmt nicht mehr von mir enttäuscht waren als ich selbst. Alles Liebe. Clara.

Yarrow las die Artikel und fand sie gar nicht übel.

Während der nächsten Tage hatte Yarrow genug Zeit, über ihre eigene Zeitung nachzudenken. Sie machte sich Notizen, las Zeitungen aus Denver, Chicago und New York, die Miss Hines ihr mitgebracht hatte, und ließ sie hinterher einfach auf den Boden fallen. Manche las sie von der ersten bis zur letzten Seite. Sie ging zuerst die Artikel, dann die Leitartikel durch, die sie besonders auf die ihnen zugrundeliegenden Denkmodelle hin untersuchte. Sie prüfte kritisch und stellte sich die Frage, warum die eine Zeitung besser war als die andere, die eine leichter verdaulich, die andere schwerer. Sie ging alte Nummern des *Journal* durch und kam zu dem Schluß, daß das Blatt unter Sandys Leitung zu trocken, zu männlich geworden war. Die Zeitung sollte mehr Leben kriegen. Sie brauchte größere Bilder und kürzere Artikel.

Yarrow fand, daß man auch ohne zusätzliche Ausgaben viel am Charakter des Blattes verändern könnte. Miss Hines sollte für sie jeden Tag ein Mittagessen mit zwei anderen Mitarbeitern arrangieren. Sie wollte sie alle kennenlernen und über die Stärken und Schwächen eines jeden Bescheid wissen. Immer noch hatte sie beim Umgang mit ihren Mitarbeitern mit alten hausinternen Fehden und festgefahrenen Einstellungen zu kämpfen. Die Redakteure und die Werbeleute befehdeten sich; der Vertrieb – die hochtrabende Bezeichnung für einen Raum, in dem ein älterer Mann mit seinem Sohn arbeitete – und die Setzerei lagen in ewigem Streit. Sie hätte nie geahnt, daß die Leitung eines Betriebs soviel diplomatisches Fingerspitzengefühl erforderte. Solange sie das alles noch nicht richtig durchschaute, mußte sie sich ihren Mitarbeitern gegenüber sehr vorsichtig verhalten.

Am vierten Tag nach der Geburt kam sie nach Hause. John und Lily hatten ein großes Schild mit der Aufschrift ‚Willkommen zu Hause' über der Haustür aufgehängt. Drei Tage danach – sie hatte Buck gerade gestillt und ihn dann ihrer Mutter übergeben – ging sie für zwei Stunden ins Büro. Die gesamte Redaktion stand auf und klatschte, als sie zur Tür hereinkam.

Yarrow war gerührt. „Nur weil ich jetzt ein bißchen dünner bin, heißt das noch lange nicht, daß ich auch gutmütiger geworden bin", sagte sie und floh dann rasch in ihr Büro, wo sie in Tränen ausbrach.

„Ein klarer Fall von postnataler Depression", sagte Miss Hines und reichte ihr eine Schachtel Papiertaschentücher.

„Woher wissen Sie denn so etwas?"

„Ich lese viel, und ich beobachte..."

Sie ging mit Miss Hines rasch das Nötigste durch und hielt dann eine Redaktionskonferenz ab, bei der jeder seine Ideen für die weitere Entwicklung der Zeitung einbrachte.

Zwei oder drei der jüngeren Leute waren ihr bereits aufgefallen. Sie bewunderte ihren Elan, doch mitunter mußte dieser jugendliche Enthusiasmus gebremst werden. Daneben gab es auch wie überall eine Reihe von Faulenzern, an die sie keine Zeit verschwendete. Sobald sie Zeit hatte, wollte sie gemeinsam mit Miss Hines alle Arbeitsverträge durchgehen. Es machte ihr nichts aus, wenn sie sich unbeliebt machte. Ihr war klar, daß einige harte Personalentscheidungen anstanden, wenn auch nicht sofort.

Nach der Konferenz setzte sie sich mit Ed Greene zusammen, der sie während ihrer Abwesenheit als Chefredakteur vertreten hatte. Er war ein schon älterer Mann, hatte eine fleckige Haut und vom vielen Trinken erweiterte Äderchen unter den Augen. Sie fragte sich, ob sie ihn wohl behalten könne. Um ihn auf die Probe zu stellen, bat sie ihn, auch weiterhin die Leitartikel zu schreiben. Nachdem sie über mögliche Themen gesprochen hatten, ging er.

Über die Gegensprechanlage wurde ihr gemeldet: „Ein Mr. Weyden möchte Sie sprechen."

Elliot kam herein, noch immer im selben Anzug – vielleicht hatte er aber auch zwei, die völlig gleich waren.

„Solltest du nicht besser im Bett liegen?" fragte er.

„Ich wollte gerade gehen. Möchtest du dich vorher noch etwas umschauen? Du wirst sehen, es hat sich einiges verändert."

„Übrigens habe ich die Neufinanzierung durchkalkuliert. Du kannst drei Prozent bei deinen Zinszahlungen einsparen", sagte er beim Hinausgehen.

„Elliot!" sagte sie und drückte seine Hand.

„Und das mit dem Landkauf war vielleicht gar keine so schlechte Idee von Sandy. Ich habe meinem Kunden geraten, noch abzuwarten und nicht zu verkaufen."

„Das wäre ja etwas ganz Neues, wenn Sandy mal in Finanzdingen den richtigen Riecher gehabt hätte."

Sie führte ihn überall herum und erzählte ihm von ihren Plänen für die Zeitung. „Eines Tages werde ich eine Sonntagsausgabe herausgeben. Im Moment können wir uns das noch nicht leisten. Wir werden eine ganze Reihe neuer Setzmaschinen brauchen, dazu muß die Wand da drüben herausgeschlagen werden. Wir werden diese Maschinen sicherlich brauchen, denn die Stadt wird wachsen. Ist das nicht aufregend? Auf jeden Fall sind die Maschinen dann am Wochenende nicht ausgelastet. Das hier ist der Raum für Fernschreiber, den haben wir auch neu eingerichtet." Sie zeigte auf eine große Kaffeemaschine und sagte: „Und das ist unsere Kantine. Die Leute wollen eine Sandwichbar. Aber das geht nicht. Ich meine natürlich: noch nicht."

Nachdem er alles gesehen hatte, kehrten sie um. „Du hast mich da kürzlich auf eine Idee gebracht, was ich mit dem alten Humdinger anfangen könnte", sagte Yarrow. „Ich weiß zwar nicht, was alles auf mich zukommen wird, aber für einen meiner Mitarbeiter, Alan Craig, wäre der Humdinger genau das richtige. Er ist noch einer von der alten Riege, hat Druckererfahrung und kennt die Berge. Da ist er ja. Er kannte Jock noch. Alan, darf ich Ihnen Elliot Weyden vorstellen. Er arbeitete in den 30er Jahren stundenweise für meinen Großvater beim *Journal*."

Sie kamen wieder in ihrem Büro an, und sie sagte: „Alan ist ein Mensch, dem ich voll vertrauen kann. Er hat mir erzählt, daß es ihm hier nicht gefällt. Der Laden hier ist ihm zu groß. Was meinst du?"

„Ich bin wirklich beeindruckt, Yarrow. Man könnte meinen, du hättest dein ganzes Leben lang nichts anderes getan, als dich mit der Leitung einer Zeitung zu beschäftigen", sagte Elliot.

„Nun ja, in gewisser Weise stimmt das ja auch."

Sie setzte sich und unterschrieb die Briefe, die Miss Hines getippt hatte.

„Ich habe dich noch nie mit hochgesteckten Haaren gesehen."

„Weißt du, so fallen sie mir nicht dauernd ins Gesicht. Gefällt es dir?"

Nach einer Weile sagte er: „Es paßt zu dir. Ich glaube, ich lerne dich erst jetzt so richtig kennen."

Sie machte es sich auf dem Stuhl bequem, verschränkte die Arme und lächelte ihn an. Sie war glücklich, daß er hier war.

„Yarrow ..." Er stand auf, machte ein paar Schritte und setzte sich dann wieder. „Blanchette ist nach Virginia gezogen."

Ihr Herz klopfte. „Sie ist umgezogen?"

„Wir haben uns entschlossen, für eine Weile getrennt zu leben. Sie hat sich immer etwas gewünscht, was ich ihr nicht geben konnte. Ich weiß nicht, vielleicht habe ich sie auch bewußt getäuscht. Vielleicht habe ich mir selbst vorgemacht, wir hätten dieselben Interessen: ein Haus, einen Freundeskreis, Kinder. Sie hatte letztes Jahr wieder eine Fehlgeburt."

„Das tut mir aber leid." Yarrow wurde sich ihrer eigenen Fruchtbarkeit peinlich bewußt.

„Da sie sich dieses Haus so sehr wünschte, habe ich schließlich eingewilligt. Sie war wie besessen von diesem Plan. Sie ist in ganz Connecticut, Long Island und Pennsylvania herumgereist und hat sich Häuser angesehen. Ihre Wahl fiel schließlich auf Virginia. Sie hat sich ein Haus in der Nähe von Charlottesville gekauft – weil es sie so sehr an England erinnert, wie sie sagt. Das Haus ist wirklich hübsch. Aber ich möchte nicht dort leben." Er beugte sich über den Tisch und nahm ihre Hand. „Ich möchte nicht mit ihr zusammenleben. Ich möchte mit dir zusammensein."

Ihr Herzschlag stockte, ihr Mund war wie ausgedörrt. „Elliot..."

„Ich habe kein Recht, dich das zu fragen. Yarrow, bitte sag mir ehrlich, ob ich deine Gefühle mir gegenüber falsch einschätze. Ich liebe dich. Ich möchte nicht, daß dich irgendein anderer Mann bekommt. Wirst du warten, bis ich frei bin?" Er schaute ihr die ganze Zeit über fest in die Augen. Er zog ihre Hand an seine Lippen und küßte sie.

„Ich ... ich weiß nicht, was ich sagen soll, Elliot."

„Ich habe dich überrumpelt. Es war einfach zu früh."

„Nein. Ja. Nun ja, ich denke schon. Weißt du, ich habe gerade erst ein Kind zur Welt gebracht. Ich bin im Moment emotionell zu ..."

Er küßte wieder ihre Hand und ging um den Tisch herum auf sie zu, ohne ihre Hand loszulassen.

„...und dann die Zeitung. Ich muß mich erst zurechtfinden."

„Ich habe keine Eile. Ich kann warten. Ich muß nur wissen, ob du mich willst", sagte er.

„Elliot, ich habe dich schon immer gewollt. Seit wir Kinder waren. Ich habe es nur nicht gewußt."

„Ich hätte nie von hier fortgehen dürfen."

Sie lachte und sagte: „Doch, das mußtest du. Vater sagte damals schon, daß Platte City zu klein für dich ist."

Sie umarmten sich.

„Ich muß gehen. Ich fliege heute noch nach Chicago", sagte Elliot.

„Ich weiß, daß du nicht hierbleiben kannst."

„Ich liebe dich."

„Ich liebe dich auch."

An der Tür drehte er sich noch einmal um. „Habe ich dir eigentlich schon gesagt, wie schön du bist?"

„Ja, das hast du."

„Ich bin sechsunddreißig, und du?" fragte er.

„Das weißt du doch genau. Ich bin einunddreißig. Paßt das zusammen?"

„Genau das richtige Alter für eine Frau. Goldrichtig."

Er grüßte Miss Hines, die gerade zur Tür hereinkam, und sagte: „Passen Sie gut auf sie auf!"

Miss Hines starrte Yarrow an. Ihre junge Chefin konnte das Glücksgefühl, das sie gerade durchströmte, nicht verbergen.

Sie nahm einen Handspiegel aus ihrer Tasche und betrachtete sich im Spiegel. „Ich habe Übergewicht und gerade mein viertes Kind geboren, ich habe eine Krampfader an meinem linken Knie, und dieser wunderbare Mann sagt, daß er mich liebt. Miss Hines, Sie sehen die glücklichste Frau der Welt vor sich." Dann fing sie an zu weinen. Sie nahm ein Taschentuch und wirbelte Miss Hines im Kreis herum.

„Seien Sie nicht böse. Ich gehe jetzt nach Hause. Ich möchte Sie bitten, Buckleys Taufpatin zu werden. Sind Sie einverstanden?" Sie gab ihrer Assistentin einen Kuß auf die Wange und ging.

Miss Hines zog ihr Taschentuch heraus und putzte sich die Nase. Irgend etwas stimmt mit diesem Zimmer nicht, dachte sie. Jedem, der hier hereinkommt, schießen die Tränen in die Augen. Vielleicht Staub oder sowas.

21

Elliot flog nach Chicago, aber in Gedanken war er bei Yarrow. Er hatte sie von dem Tag an geliebt, an dem er sie zum ersten Mal in Platte City gesehen hatte. Er hatte gewartet, bis sie erwachsen war. Und dann war es zu spät gewesen. Er hatte seinen Ehrgeiz über seine Gefühle gestellt. Damit sollte jetzt Schluß sein. Er hatte sich vorgenommen, dieses Wochenende nach Virginia zu fahren und Blanchette um die Scheidung zu bitten. Er hatte Blanchette nie geliebt. Darüber war er sich immer im klaren gewesen. Wahrscheinlich hatte sich Blanchette darüber auch nie Illusionen gemacht, was ihre Unsicherheit ihm gegenüber nur noch schlimmer machte. Aber sie begehrte ihn so sehr, daß sie selbst das in Kauf nahm.

Wenigstens hatten sie keine Kinder, aber es würde für sie trotzdem nicht einfach sein. Arme Blanchette. Sie hatte bisher im Leben immer alles erreicht, was sie sich wünschte. Das hatte ihn schon immer an ihr verblüfft. Sie hatte es sich in den Kopf gesetzt, ihn zu heiraten, hatte zu diesem Zweck einen Feldzug gestartet, der letztendlich erfolgreich war. Wo immer er hinging, war sie vor ihm da. Und schließlich hatte sie gewonnen. Sie hatte sich ein Haus gewünscht und ihn so lange bedrängt, bis er einwilligte. Sie hatte sich im hügeligen Virginia das wunderschöne alte Herrenhaus Coakley gekauft, zu dem 120 Hektar Land gehörten. Dort lebte sie jetzt und spekulierte darauf, daß er zuletzt auch in diesem Punkt nachgeben und das Leben eines Gentleman der alten Südstaaten führen werde.

Blanchette wünschte sich ein Kind mehr als alles in der Welt. Und je mehr sie es sich wünschte, desto aussichtsloser schien es. Organisch waren sie beide völlig gesund, wie ihnen die Ärzte bestätigten. Sie zeichnete ihre Zyklen peinlich genau auf, maß jeden Morgen ihre Temperatur und trug sie in einen Kalender ein. Ein Anstieg der Temperatur zeigte ihr, daß sie einen Eisprung hatte und somit ihre fruchtbarsten Tage gekommen waren. Dann kam sie zu ihm, und er erfüllte seine ehelichen Pflichten. Das hatte zuweilen schon zu amüsanten Situationen geführt. So war sie zum Beispiel eines Tages unerwartet in Boston aufgetaucht. Er verhandelte gerade in seiner Suite im Ritz mit dem Präsidenten der Bostoner Effektenbank, als sie zur Tür hereinkam. Ihr helles Haar verschwand unter einem riesengroßen grauen Hut, und dazu trug sie ein graues Kostüm, dessen Jacke ihre Wespentaille betonte. Sie zog ihn ins Schlafzimmer und knöpfte ihm das Hemd auf.

„Honey, flüsterte er, „denk an die Männer da draußen. Ich bin dabei, einen Geschäftsabschluß in Höhe von 200 000 Dollar zu tätigen. Sie werden gehen ..."

„Die kommen wieder. Heute ist der richtige Zeitpunkt. *Ich* brauche dich." Sie wedelte mit einem Thermometer. Dann liebten sie sich. Sie hatte sich ein Kissen unter den Rücken gelegt. Nachdem er sich aus ihr zurückgezogen hatte, verharrte sie in derselben Position: die Beine in die Luft gestreckt, ihre Scheide wie einen Kelch in die Höhe erhoben. Dann rauchte sie eine Zigarette und sagte zu ihm: „Danke." Er fühlte sich immer mehr zum bloßen Samenspender degradiert.

Er fragte sich, ob ihre Ehe wohl anders verlaufen wäre, wenn sie Kinder gehabt hätten. Das Flugzeug überflog beim Anflug auf Chicago den Michigan See. Elliot packte seine Papiere in die Aktentasche und schob ein kleines Foto von Yarrow in die Innenseite des Deckels.

„Hübsche Frau", sagte sein Nebenmann, der das Foto gesehen hatte. „Ist es ihr erstes?"

Elliot brauchte lange, bis er kapierte, daß der Mann auf den Umstand anspielte, daß Yarrow auf dem Bild hochschwanger war. Das war ihm bisher überhaupt nicht aufgefallen. Er brummte etwas vor sich hin, schloß die Aktentasche und sah dann aus dem Fenster. Es würde ihm nicht leicht fallen, Blanchette von Yarrow zu erzählen. Sie war besitzergreifend, ein Leben lang daran gewöhnt, das zu bekommen, was sie wollte. Er fürchtete sich davor, ihr zu sagen, daß er sich scheiden lassen wolle.

Elliot brachte seine Termine an diesem Morgen schnell hinter sich.

Zum Mittagessen traf er sich mit einigen Mitgliedern der Handelskammer und engagierte einen jungen Mann namens Dixon Dwyer, der als Makler an der Börse arbeitete. Dwyer war ein As im Warentermingeschäft. Elliot beobachtete ihn später vor Ort in seinem Maklerstand. Er war ein mittelgroßer Mann mit einem stattlichen Bauch, weil er seine Mahlzeiten immer auf dem Sprung einnnehmen mußte. Dwyer hatte die unheimliche Fähigkeit, die Preisentwicklungen vorauszusehen. Elliot freute sich darüber, daß dieser Mann für ihn arbeiten würde. Er wollte in Chicago ein Büro eröffnen, und mit Dixon Dwyer hatte er den richtigen Mann für die Leitung dieser Filiale gefunden.

Am Abend war Elliot zu einem Dinner zu Ehren von Gouverneur Stevenson eingeladen, wo er eine Rede halten sollte. Er sprach über die Eisenhower-Administration, deren Laissez-faire-Politik gegenüber der Wirtschaft er heftig attackierte. Er lobte Adlai Stevenson, gestand, daß er ihn sehr bewundere, und gab nach seiner Rede der Lokalpresse ein Interview. Die Zeitungen lobten Elliots Rede, und die führenden Köpfe der Demokraten, die an diesem Dinner teilgenommen hatten, zeigten sich beeindruckt.

Am Donnerstag hielt sich Elliot in New York auf, und am Freitag war er in Washington. Freitagabend fuhr er dann von dort aus nach Virginia zum Landsitz seiner Frau. Komisch, Coakley war für ihn immer das Haus seiner Frau geblieben, obwohl er selbst es bezahlt hatte.

Abraham, der Diener, nahm ihm sein Gepäck ab: „Mrs. Weyden und die Gäste sind auf der Veranda." Elliot stöhnte innerlich. Mit seinem dunklen Anzug fühlte er sich inmitten der leger gekleideten Gäste deplaziert. Hier in Virginia fühlte er sich immer ganz besonders als Yankee.

„Hallo, mein Schatz", begrüßte ihn Blanchette. Sie stand auf und ließ sich von ihm auf die Wange küssen. „Darf ich dir Lyle Moss vorstellen. Und das ist Ginger..." Blanchette war wie immer die charmante Gastgeberin. Er gab allen Anwesenden die Hand, wußte jedoch bei den meisten nicht, wen er vor sich hatte. Abraham brachte ihm auf einem Silbertablett einen großen Bourbon mit Limonensaft. Elliot setzte sich neben Ginger. Das Korbsofa ächzte unter seinem Gewicht.

Abraham reichte warme Käsehäppchen und ein Gebäck, das mit Tomaten und Sardellen gefüllt war. Elliot hatte Hunger und aß davon zwei oder drei, denn er hatte heute nicht zu Mittag gegessen. Er trank einen weiteren Bourbon. Die Sardellen hatten ihn durstig gemacht. Normalerweise trank er nur sehr selten Alkohol, und wenn überhaupt, dann nur Wein. Aber der Bourbon schmeckte ihm. Elliot entspannte sich. Es war ein heißer Spätsommerabend, Glühwürmchen schwebten durch den nächtlichen Garten. Er hörte dem Gespräch der anderen zu. Sie unterhielten sich eifrig über Simone de Beauvoirs Buch *Das andere Geschlecht*, das soeben in englischer Übersetzung erschienen war. Natürlich kannten es nur wenige wirklich. Simone De Beauvoir hatte geschrieben, daß die Frau für den Mann lediglich ein Zeitvertreib sei, der Mann für die Frau aber deren ‚Existenzberechtigung'. Elliot betrachtete Blanchette, fragte sich, ob das wohl stimme, und wischte sich eine lästige Mücke von der Stirn.

Er mischte sich in die Unterhaltung ein: „Das Streben nach Glück ist doch zur schieren Jagd nach materiellen Gütern verkommen." Ginger starrte ihn an, und Elliot lehnte sich zurück und nahm noch einen Bourbon.

Was hatte er da eigentlich gesagt? Genau das war doch früher seine eigene Lebensphilosophie gewesen, aber jetzt beunruhigte ihn die um sich greifende Tendenz zur Konformität. Eine Konformität, die sämtliche Lebensbereiche erfaßte. Fuhren sie nicht alle dieselben Autos – Buicks mit Rippen und Chrom? Dazu Konformität im politischen Bereich. Jeder aufrechte Amerikaner applaudierte laut oder im stillen McCarthy. Dieser Retter des Vaterlandes und Kommunistenjäger McCarthy machte Elliot ganz krank. Er dachte an die Hinrichtung der Rosenbergs im Juni in Sing Sing. Was passierte eigentlich auf der Welt?

Es war eine lange Woche gewesen, und Elliot wurde schläfrig, doch Blanchette hatte soeben noch einmal Drinks bringen lassen. Elliot war müde, er hatte genug. „Wenn Sie mich bitte entschuldigen wollen", sagte er und stand auf. „Ich gehe zu Bett. Viel Vergnügen beim Abendessen."

Blanchette warf ihm einen Blick zu, der einen Schwächling hätte erzittern lassen. Elliot verbeugte sich vor ihr und sagte nur:

„Madam.“ Der Süden oder der Bourbon hatte ihn geschafft. Er zog sich zurück. Als er durchs Wohnzimmer und dann die geschwungene Mahagonitreppe zum ersten Stock hinaufging, hörte er, wie Blanchette sich bei den anderen Gästen für ihn entschuldigte. Er ging in ein kleineres Zimmer, das ihm als Ankleideraum diente. Die Möbel waren erlesen, wie alles, was Blanchette ausgewählt hatte. Er warf seine Krawatte und sein Hemd über einen Louis XVI-Lehnsessel und tapste über den Aubusson-Teppich ins Bad. Abraham hatte seinen Schlafanzug bereits auf dem antiken Bett ausgebreitet, das die Form eines Pferdeschlittens hatte. Laut Blanchette hatte es einer Geliebten Napoleons gehört. Elliot war das völlig gleichgültig. Er warf den Schlafanzug auf den Boden und schlüpfte nackt zwischen die kühlen Bettlaken. Lange bevor die Gäste auf der Veranda mit ihrem Sorbet anfingen, schlief er bereits.

Am nächsten Morgen fühlte er sich wie neugeboren. Die Niedergeschlagenheit des gestrigen Abends war verschwunden, und er dachte an Yarrow und an die Zukunft. Er wand sich ein Handtuch um die Hüfte und ging zu dem Swimming-pool, den Blanchette innerhalb der Mauern eines ehemaligen Rosengartens hatte anlegen lassen. Während er seine Längen kraulte, stellte er sich vor, wie es hier wohl zu Zeiten des Bürgerkriegs ausgesehen hatte. Coakley lag inmitten großer Schlachtfelder, auf denen sich einst Amerikaner gegenseitig getötet hatten. Vielleicht war deshalb die Vegetation hier so grün und üppig, weil der Boden mit dem Blut der Männer gedüngt worden war. Nachdem er geduscht hatte, steckte er den Kopf durch die Tür von Blanchettes Schlafzimmer und sah, daß sie noch schlief. Er schämte sich, als ihm bewußt wurde, wie erleichtert er darüber war. Pfeifend ging er nach unten und frühstückte.

Nach dem Frühstück machte er einen langen Spaziergang zu den Pferdeställen, wo Blanchette ein paar Pferde hielt, und dann zu den Außenbezirken der Farm, wo sie einen Spring-Parcours anlegen wollte.

Es war wirklich wunderschön hier, alles war bis ins letzte geplant. Das mußte man Blanchette lassen: Geschmack hatte sie. Sie wußte genau, was sie wollte. Sie glich darin ihrem Vater aufs Haar. Rich Newnom war in letzter Zeit kränklich. Er litt an dem Skandal, den es wegen seiner Verbindung zu Meyer Lansky während des Krieges gegeben hatte. Elliot wollte näheres über seine Verbindung zu Lansky wissen, und Newnom erklärte ihm, er habe lediglich dessen Geld angelegt. Daran gebe es doch wahrlich nichts auszusetzen. Erwartete man von ihm, daß er sich Referenzen über seine Geschäftspartner geben ließ, bevor er mit ihnen Geschäfte machte? Und außerdem – hatte nicht auch die US Navy während des Krieges mit Frank Costello Geschäfte gemacht, um die Kaianlagen in New York in Betrieb zu halten? Lansky hatte dabei auch seine Finger im Spiel gehabt. Wenn die Regierung mit der Mafia Geschäfte machen durfte, warum dann nicht auch er? Elliot fragte sich, ob mit Newnoms Geld, Mafia-Geld also, Blanchettes Swimming-pool gebaut worden war. Er überwies Blanchette jeden Monat einen bestimmten Betrag, und da sie ihn noch nie um eine Erhöhung dieser Summe gebeten hatte, nahm er an, daß sie zur Finanzierung der Ausgaben für Coakley genügend Geld zur Verfügung hatte. Sie war eine Frau, die finanziell unabhängig war, und er hatte sich noch nie dafür interessiert, wofür sie ihr eigenes Geld ausgab.

Blanchette wachte erst kurz vor Mittag auf. Sie ging nach unten auf die Veranda, wo Elliot gerade Zeitung las.

Sie hat ein bißchen zugenommen, dachte er, als sie sich setzte.

„Guten Morgen“, begrüßte er sie. „Tut mir leid wegen gestern abend. Ich war einfach zu müde und mußte schlafen.“

Sie bestrich ein Maisbrot mit Butter und sagte mit ruhiger Stimme: „Du hast mich gestern abend gedemütigt, Elliot.“

„Das ist nicht wahr.“

„Doch, das hast du getan. Alle meine Freunde waren da. Ich hatte sie extra eingeladen, um dich zu Hause zu begrüßen. Du hast dich auch ihnen gegenüber sehr unhöflich verhalten.“

„Ich wollte nicht unhöflich sein. Ich entschuldige mich, aber ich konnte einfach nicht aufbleiben und mir das Geschwätz dieser alten Narren anhören, die nichts arbeiten und nie vor Mittag aufstehen. Ich arbeite, Blanchette.“

„Dieser Abend war ganz allein dir gewidmet. Ich hatte sogar Champagner bestellt.“ Ihre Augen waren gerötet. Er starrte sie verwirrt an.

„Siehst du mich eigentlich nicht mehr an? Fällt dir nichts auf?"

Sie stand auf.

„Elliot. Siehst du es denn nicht?" Ihre Hände glitten über ihren Bauch. „Wir bekommen ein Baby."

„Ist das wahr?"

Sie kam auf ihn zu, das Sonnenlicht fiel auf ihre dünnen Arme.

„Ja, es ist wahr. Ich habe dieses Mal sehr lange gewartet, bis ich zum Arzt ging, um es mir bestätigen zu lassen. Ich bin die ersten zehn Wochen im Bett gelegen. Ich wollte dir nichts sagen, bevor ich nicht sicher war. Bist du glücklich?"

„Aber, Blanchette. Natürlich bin ich glücklich." Er stand auf, und sie umarmte ihn.

„Das haben wir uns immer gewünscht, nicht wahr?"

Er war zu schockiert, um irgend etwas sagen zu können.

„Das Baby kommt im Dezember zur Welt. Ich würde es gern zu Hause, hier in Coakley, zur Welt bringen."

„Selbstverständlich", sagte er.

Das war es also. Sie war schwanger. Er hatte wohl bemerkt, daß sie sich verändert hatte, aber er hatte gemeint, sie hätte einfach ein paar Pfund zugenommen. Sie war immer sehr dünn gewesen. Es schien, als habe er nur noch mit Frauen in verschiedenen Stadien der Schwangerschaft zu tun. Sie ging ins Haus zurück, um die Anweisungen für das Mittagessen zu geben, und er lehnte sich über die Brüstung der Veranda und betrachtete die grünen Hügel. Er dachte an Yarrow. Er hatte sie gebeten, auf ihn zu warten. Er hatte versprochen, sich aus seiner Ehe zu lösen. Was jetzt? Er konnte Blanchette nicht verlassen; er konnte seine schwangere Frau nicht im Stich lassen und mit seiner Jugendfreundin auf und davon gehen. Das war unmöglich. Undenkbar. Er wurde Vater, und seine Frau hieß Blanchette. Blanchette. Immer wieder sagte er ihren Namen, um den Namen der anderen aus seinem Gedächtnis zu tilgen. Wie war es möglich, daß sein ganzer Lebensplan innerhalb von wenigen Minuten völlig über den Haufen geworfen worden war? Er hatte sich den Kopf zerbrochen, wie er Blanchette beibringen sollte, daß er sie verlassen wolle. Jetzt war sein einziges Problem, wie er Yarrow erklären sollte, daß er sein Versprechen nicht einhalten könne.

Ende September war ein Elterntreff in der Schule. Mary-Ellen war gerade aus Kalifornien zu Besuch da und begleitete Yarrow zu diesem Treffen. Mit bis unters Kinn hochgezogenen Kniensaßen sie auf den viel zu kleinen Stühlen, während die Lehrer vorgestellt wurden.

„Es ist schon komisch, wie verschieden dein und mein Leben verlaufen sind", sagte Mary-Ellen in einer kleinen Pause, während der sie sich warmen alkoholfreien Kirschsaftpunsch und kleine Käsehäppchen vom Imbißtisch holten.

Yarrow versuchte einen Stengel Sellerie zu finden, der nicht welk wie Gummi war.

„Was ich meine, ist, daß ich doch diejenige war, die damals aufs College ging und Karriere machen sollte. Und du bist durchgebrannt und hast Sandy geheiratet."

„Nun ja, der Krieg hat die Dinge damals ein wenig beschleunigt."

„Ja, schon. Aber was ist inzwischen passiert, Yarrow? Du hast mich wirklich überrascht. Ich hätte nie gedacht, daß du Sandy verlassen würdest, zumal du ja schwanger warst. Das tut man doch nicht. Ich meine, ich könnte Ned in so einer Situation nie verlassen."

Mary-Ellen war wieder mal bei ihrem Lieblingsthema, und Yarrow spürte, daß sie schon lange auf die Gelegenheit wartete, diese Dinge loszuwerden.

„Ich glaube, eine Frau findet ihren Lebenssinn in ihrem Mann", begann Mary-Ellen wieder. „Ich finde, eine Frau sollte zu Hause bleiben, den Mann in jeder Beziehung unterstützen und die Kinder erziehen. Das ist doch auch Arbeit, oder? Eine Frau muß doch nicht arbeiten gehen um ihr Selbstwertgefühl zu bestätigen. Das gibt einem doch auch die Arbeit zu Hause."

„Bei manchen Frauen ist das sicher so", sagte Yarrow.

„Bei den meisten", erwiderte Mary-Ellen. „Ich wette, daß keine einzige Frau von den Frauen hier arbeiten geht."

Yarrow wurde allmählich klar, daß Mary-Ellen sich durch ihre Entscheidung bedroht fühlte. Das hatte sie nie bedacht, und es überraschte sie. Sie sah Mary-Ellen plötzlich in einem völlig anderen Licht. Sie hatte einen netten Kurzhaarschnitt und spitz zulaufende Brüste – das kam von den modernen Büstenhaltern. Sie hatte nicht daran gedacht, daß sie durch ihre Entscheidung, Sandy zu verlassen, beziehungsweise durch die Aufforderung, er solle ausziehen, neue Verhaltensrichtlinien aufstellte. Sie hatte einfach das getan, was ihr zum damaligen Zeitpunkt für richtig erschien. Mit dem Entschluß, die Zeitung selbst zu leiten, war es dasselbe: Sie hatte einfach damals das Gefühl gehabt, das Richtige zu tun. Yarrow war froh, daß sie Mary-Ellen nichts von Elliots Heiratsantrag gesagt hatte. Sie fürchtete, die ganze Sache zu gefährden, wenn sie irgend jemandem davon erzählte.

Als sie gegen neun aus dem Schultor traten, stand Elliot vor der Schule und wartete auf sie.

„Aha, ich verstehe. Du bist ein schlauer alter Fuchs", sagte Mary-Ellen, die sofort die Zusammenhänge sah. Yarrow errötete. Es war einfach unmöglich, vor Mary-Ellen etwas geheimzuhalten.

„Ich hole inzwischen den Wagen", sagte Mary-Ellen.

Yarrow spürte, daß mit Elliot etwas nicht stimmte, daher sagte sie: „Fahr du mit dem Auto nach Hause. Wir gehen zu Fuß." Dann ging sie schnell auf Elliot zu.

„Elliot, warum tauchst du hier plötzlich auf wie ein Gespenst. Wie geht's?"

Im Licht der Straßenbeleuchtung wirkte er gealtert. Die Grübchen in seinen Wangen waren tiefer geworden. Sie wollte ihn fragen, ob irgend etwas nicht in Ordnung sei, aber dann sah sie, daß er seine Gefühle nur mühsam unter Kontrolle halten konnte. Sie wartete und nahm nur seinen Arm. Dann machten sie sich auf den Weg.

Sie wußte, daß irgend etwas schiefgegangen war. Er hielt ihren Arm fest. Nasser Schnee fiel vom Himmel, und sie gingen langsam weiter.

„Es ist wegen Blanchette, nicht wahr?" sagte Yarrow, um ihm das Sprechen zu erleichtern. „Sie hat nicht in die Scheidung eingewilligt."

„Yarrow, ich wünschte, es wäre so einfach."

Wieder gingen sie ein paar Schritte weiter. „Ich habe sie gar nicht gefragt. Ich konnte einfach nicht. Sie ist schwanger, Yarrow."

Sie blieben stehen. Er schaute sie an. „Yarrow, mein Liebling, ich schwöre dir, ich wollte mich scheiden lassen. Ich habe so lange auf dich gewartet. Als ich hörte, daß du und Sandy euch getrennt hattet, sah ich meine Chance. Ich wollte dich nicht wieder verlieren. Ich hätte nichts zu dir sagen dürfen, bevor ich meine Ehe nicht gelöst hatte. Aber ich wollte das Risiko nicht eingehen. Und jetzt."

„Sei still", sagte sie. Sie waren an einer Bushaltestelle angelangt, und Yarrow fühlte sich plötzlich erschöpft. „Ich glaube, ich kann jetzt nicht nach Hause laufen", sagte sie. Ein Bus kam angefahren. Sie hielt ihn an und stieg ein. Elliot sprang hinter ihr auf und kramte nach Kleingeld. Sie waren die einzigen Fahrgäste.

„Yarrow, es tut mir leid. Ich will dir nicht weh tun. Aber ich kann sie doch nicht verlassen. Das kann ich nicht machen. Ich bin sicher, daß das auch in deinem Sinne ist." Sie antwortete ihm nicht. Er zog ihr die Handschuhe aus und küßte ihre Hände.

„Ich muß hier aussteigen", sagte sie. „Komm bitte nicht mit."

„Yarrow, bitte. Ich bitte dich . . . „

„Um was willst du mich bitten? Du hast kein Recht, mich um irgend etwas zu bitten."

Der Bus hielt, und der Busfahrer fragte: „Steigen Sie jetzt aus oder nicht?"

Elliot hielt ihre Hand immer noch fest.

„Laß mich los, Elliot. *Laß mich los!*"

Elliot ließ sie los. Yarrow taumelte aus dem Bus. Hätte er doch im August nichts gesagt. Hätte er sie doch nie die Freude spüren lassen, ihn festzuhalten, ihm zu gehören. Dadurch hatte er sie verwundbar gemacht. Wie hatte sie nur so dumm sein können, anzunehmen, daß alles so einfach sein würde? Daß er einfach in ihr Leben treten könnte und es würde ein Happy-end geben wie im Märchen? Sie schloß die Haustür auf, trat ins Haus und hängte ihren feuchten Mantel auf. Ihre Mutter und Mary-Ellen saßen vor dem Fernseher.

„Buck schläft immer noch", rief Freya ihr zu, ohne sich umzudrehen.

„Soll ich dir was zu essen bringen?" fragte Mary-Ellen, die vor Neugier fast platzte. Aber sie wußte genau, daß Yarrow ihr nichts verraten würde.

„Nein danke. Ich mache das selbst." Es war Zeit für Bucks Zehn-Uhr-Mahlzeit. Yarrow machte sich in der Küche eine heiße Schokolade und nahm sie mit in ihr Schlafzimmer. Sie hob Buck aus seiner

Wiege und legte sich mit ihm ins Bett. Als er an ihren Brüsten saugte, begann sie zu weinen.

„Jetzt gibt es nur dich und mich, mein Kleiner“, sagte sie. Sie hielt inne. Das stimmte doch gar nicht. Buck würde sich später nicht an diesen Augenblick erinnern können. Zu seinem Leben würden andere Erinnerungen gehören. Nur sie würde sich an die Flugzeuge auf seinem Schlafanzug, an den Haarflaum auf dem ansonsten kahlen Kopf und an die gelbe Babydecke mit dem Loch erinnern. Sie würde alles im Gedächtnis behalten, Buck nichts. „Dann gibt es eben nur mich“, flüsterte sie. „Nur mich.“

22

Die nächsten neun Monate vergingen wie im Flug. Yarrow hatte keine Zeit zum Trübsalblasen. Immer war eine Versammmlung zu besuchen, eine Entscheidung zu fällen oder jemand aufzusuchen, und das half ihr, nicht an Elliot zu denken. „Packen wir es an", wurde ihr Motto. „Es" waren in ihrem Fall das Leben, das *Journal* und ihre Kinder. Die Nächte waren am schlimmsten. Wenn sie schlaflos lag, konnte sie sich nicht durch Geschäftigkeit betäuben. Sie war einsam – eine junge, attraktive Frau mit normalen sexuellen Bedürfnissen. Sie brauchte einen Mann, und sie wollte mit Elliot schlafen. Die Probleme, die sie in ihrer Ehe mit Sandy gehabt hatte, beunruhigten sie nicht mehr. Sie wußte, daß ihre Sexualität bisher noch nicht geweckt worden war.

Der 24. Juni 1954 war ein Glückstag, denn die Air Force gab bekannt, daß die neue Akademie nördlich der Stadt, nahe Pine Valley, gebaut werden würde. Sandy hatte zumindest hier recht behalten. Die 28 Hektar, die er – oder vielmehr *sie* – für 120 000 Dollar gekauft hatte, waren jetzt das Dreifache wert. Sie schickte ihm ein Glückwunschtelegramm. Für sie war Sandys Erfolg das Zeichen dafür, daß Platte City eine glückliche Zukunft bevorstand. Wenn die Stadt weiterhin wuchs, hatte die Zeitung nicht genügend Druckkapazität. Sie bestellte daher vier neue Goss Universal Druckerpressen und eine Falzmaschine und hoffte, die Maschinen bei der Lieferung auch bezahlen zu können. Die Stadt – und somit auch das *Journal* – befand sich im Aufwind.

Im Juli wurde Eric einundzwanzig und damit Mitglied des Verwaltungsrats der Firma, und Freya zog sich aus diesem Gremium zurück. Yarrow hielt dies für einen guten Zeitpunkt, um mit der Familie über die Zukunft des Betriebes zu sprechen. Ihre eigene Zunkuft hing inzwischen völlig vom Erfolg der Zeitung ab. Deshalb war es ihr sehr wichtig, daß die anderen Familienmitglieder sie als Chefin akzeptierten und hinter ihr standen.

Freya war ganz außer sich vor Freude, daß all ihre Kinder, die aus beruflichen oder privaten Gründen über das ganze Land verstreut lebten, wieder einmal versammelt sein würden. Sie traf Vorkehrungen für eine Familienfeier. Nellie und ihr Mann Jack, den sie noch nicht kennengelernt hatten, sollten hier im Haus übernachten. Greta hatte ihnen mitgeteilt, sie werde sich ein Zimmer im Hotel nehmen. Sie kündigte an, sie habe eine Überraschung für Freya. Eric richtete sich ein Lager auf der Veranda.

Nellie kam als erste. Sie fuhr immer noch den klapprigen Plymouth, mit dem sie schon vor sieben Jahren zur Beerdigung ihres Vaters gekommen war. Dieses Mal kam sie jedoch in Begleitung ihres zweijährigen Sohnes Justice und ihres Ehemanns, Jack Hoggart, einem Lehrer mit Schnauzbart und einem ovalem Gesicht mit feinen Zügen. Alles an Jack war lang – seine Arme, seine Beine, seine Finger. Seine Schultern füllten das Hemd nicht aus. Er nahm die Koffer und fragte Nellie: „Wohin damit?"

Yarrow führte sie in Lilys Schlafzimmer im oberen Stockwerk. Sie hatte die beiden kleinen Betten zusammengeschoben und für Justice ein Kinderbett ausgeliehen. „Ich hoffe, das Bett ist lang genug für Jack", sagte sie.

„Oh, mach dir deswegen keine Sorgen. Wir haben uns schon daran gewöhnt, daß alle Betten zu kurz für ihn sind. In keinem Motel der Westküste gibt es Betten für Leute über einsneunzig."

„Reist man denn in deinem Beruf so viel? Ich dachte, du seist Lehrer", fragte Yarrow.

„Das ist eine lange Geschichte. Wir erzählen dir alles nach dem Essen. Wo sind die Kinder? Ich möchte sie gern sehen."

Jack folgte seiner Frau die Treppe hinunter. Er schien eine schwere Last auf den Schultern zu tragen. Yarrow dachte, dieser Mann habe etwas unsagbar Trauriges an sich.

Kurz vor dem Abendessen kam Greta an. Sie begrüßten sie an der Tür, Greta umarmte alle überschwenglich und stieß kleine Freudenschreie aus. Im Dämmerlicht hinter ihr stand ein Mann mit vielen Päckchen in der Hand. „Das ist meine Überraschung", sagte sie freudestrahlend. Sie hatte wunderbare Zähne, Yarrow hatte sie nicht so ebenmäßig in Erinnerung gehabt. Aber ihr Lächeln war das gleiche geblieben, das ihnen von Reklamewänden im ganzen Land entgegenstrahlte. Greta zog den Mann unter das Ganglicht, und Yarrow erschrak. „Das ist er. Das ist meine Überraschung. Palmer und ich haben vor zwei Wochen geheiratet", verkündete sie.

„Palmer Truitt. Nein, so was ..." sagte Freya.

„Wir haben uns vor zwei Monaten wieder getroffen und kurzerhand beschlossen zu heiraten", erklärte Greta und umarmte ihren frischgebackenen Ehemann.

Yarrow konnte sich über diese Bereitschaft zu vergeben und über den Mut, spontanen Begegnungen nachzugeben, nur wundern. Das war eben Greta, die unerschütterliche Greta, die alles auf sich zukommen ließ und immer wieder Risiken einging. Yarrow umarmte ihre Schwester ein zweites Mal und reichte Palmer die Hand. In dem dunklen, hübschen Gesicht erkannte sie immer noch den kleinen Jungen von damals. Aber die Züge waren gröber geworden, und sein Mund war derb und gewöhnlich.

Freya war außer sich vor Freude. Sie sah in Gretas übermütigem Entschluß etwas ganz besonders Romantisches. Von dem ekelhaften Zwischenfall vor fünf Jahren, als Yarrow in New York ihre Schwester nach der Abtreibung gepflegt hatte, wußte sie nichts. Für sie war Palmer ein gutaussehender, wohlhabender Mann Mitte Dreißig, dessen Mutter früher Teilhaberin beim *Journal* gewesen war. Freya klatschte in die Hände und rief: „Darauf müssen wir anstoßen – mit Champagner!"

„Mama, wir haben doch keinen Champagner im Haus", sagte Yarrow.

„O doch", erwiderte Lily, sprang auf und sagte zu ihrer Mutter: „Die gute Hausfrau ist immer vorbereitet."

Nellie lachte. „Die redet genau wie ich früher."

„Ja, ich denke, ich werde für sie eine Kolumne einrichten: Ratschläge für die Haushaltsführung", bemerkte Yarrow trocken. Sandy würde sich über seine angepaßte Tochter sicher freuen. Sie entsprach bestimmt voll und ganz seinen Vorstellungen von einer ‚richtigen Ehefrau'.

Die Männer fragten sie über die Zeitung aus. Palmer Truitts Fragen gingen Yarrow auf die Nerven. Sie konnte nicht vergessen, wessen Sohn er war. Als es Zeit zum Abendessen war, unterhielten sich jedoch alle angeregt. Selbst der sonst oft scheue Eric plauderte munter mit seinen neuen Schwägern.

„Zu guter Letzt habe ich doch noch eine feste Anstellung beim *Courier*, der Zeitung meiner Mutter, gefunden. Selbstverständlich in der Geschäftsleitung“, sagte Palmer.

„Warum ist das so selbstverständlich?“ fragte Yarrow. Sein arroganter Ton störte sie. Er tat gerade so, als seien alle anderen Betätigungen im Zeitungsgeschäft schmutzig oder gesundheitsschädlich. Sie verteidigte ihr Metier verbissen, war auf jeden einzelnen Arbeitsgang stolz. „Ich mag den Journalismus nicht“, sagte Palmer. „Ich hasse das ewige Getratsche und das Gehabe der Journalisten, die sich so unendlich wichtig nehmen. Das Zeitungsgeschäft ist ein Geschäft wie jedes andere auch. Der einzige Unterschied besteht darin, daß wir Zeitungen verkaufen und nicht Büroklammern.“

„Und was ist mit der Pressefreiheit?“ fragte Jack ruhig.

„Die Macht der Presse wird überschätzt“, antwortete Palmer. „Früher hatten die Zeitungen vielleicht einmal Einfluß, aber das war bereits in den 30er Jahren vorbei. Die Zeitschriften und Illustrierten haben die Tageszeitungen entmachtet.“

„Meinst du politische Macht?“

„Das ist die einzige Art von Macht, die sie überhaupt haben. Und jetzt geht es auch mit den Zeitschriften bergab. Denken Sie nur an *Collier's, Life, The Saturday Evening Post* – sie werden allesamt verschwinden. Ich habe gehört, daß *Collier's* jeden Moment dichtmachen kann. Auch Bildmagazine in Massenauflage gehören der Vergangenheit an.“

„Warum denn?“ fragte Yarrow interessiert. Sie mochte Palmer zwar nicht, aber was er sagte, stimmte. Er wußte, wo Geld zu verdienen war. Das hatte er von seiner Mutter geerbt.

„Das Fernsehen ist das Medium der Zukunft. Dort liegt die Macht.“

„McCarthy hat wohl einen Riecher dafür“, bemerkte Jack traurig.

„Und mit dem Fernsehen kann man auch Geld machen“, fuhr

Palmer fort. „Wenn ich aus dem Zeitungsgeschäft aussteigen könnte, würde ich es sofort tun. Das Fernsehen – darauf muß man setzen. Aber in dieser Branche haben überall die Gewerkschaften ihre Finger drin. Wenn ich wüßte, wie man auf einen Schlag sämtliche Gewerkschafter loswerden könnte, würde ich es tun."

Jack warf ihm einen traurigen Blick zu, sagte aber nichts.

Eric genoß diesen Abend. Seit dem Tod seines Vaters hatte er es eigentlich nur noch mit Frauen zu tun gehabt. Jetzt waren wieder Männer im Haus, und das gefiel ihm. Er liebte die Gesellschaft von Männern, ihre Stimmen, ihre Fragen, ihre Selbstsicherheit. Wenn seine Mutter und Yarrow richtig loslegten, fühlte er sich immer ein wenig unterlegen. Eric glich seinem Vater. Aber jetzt entspannte er sich. Er goß sich noch ein Glas Wein ein. Seine Mutter sah es und zog die Augenbrauen hoch, aber er prostete ihr nur zu und trank das Glas in einem Zug aus.

Die drei Schwestern boten an, das Geschirr zu spülen, während die anderen es sich im Wohnzimmer gemütlich machten. Yarrow schämte sich ein wenig für ihre Küche. Als sie und Sandy das Haus gekauft hatten, war es ein neues Haus in einem neuen Vorort von Platte City gewesen. Heute aber sah es nur noch schäbig aus.

„Warum läßt du das Haus nicht frisch streichen", fragte Nellie, als sie darauf zu sprechen kamen. „Und warum schaffst du dir keine Spülmaschine an?" fragte Greta vorwurfsvoll und betrachtete ihre gepflegten Hände. Yarrow warf ihr ein Paar Gummihandschuhe zu.

„Hört auf zu meckern, ihr beiden. Ich brauche mein Geld für andere Dinge."

„Freust du dich, daß Palmer und ich geheiratet haben?" fragte Greta.

„Ich freue mich für dich", antwortete Yarrow und ärgerte sich, weil sie anderen nach dem Mund redete.

„Weißt du, als Schauspielerin war ich eine Niete, und deshalb bin ich nach New York zurückgekehrt und habe wieder als Modell gearbeitet. Aber ich höre bald damit auf. Ich werde langsam zu alt für diesen Job."

Yarrow und Nellie sahen sich ungläubig an. Greta lachte. „Es stimmt aber. In diesem Geschäft ist man mit 27 uralt. Ich war sowieso noch nie sonderlich gut, was Fotoarbeit anlangt.

„Aber man sieht dein Bild doch überall!"

„Das sieht nur so aus. Meine Wangenknochen sind nicht ausgeprägt genug. Nicht so wie bei Mama oder bei dir, Yarrow. Mein großes Handikap beim Film war, daß ich vor den Kameras aufgedunsen wirkte."

„Dann hat dich Palmer also vor dem frühen Ende deiner Karriere bewahrt und dir den Ausstieg leichter gemacht", fragte Nellie.

„Ja, in gewisser Weise."

„Siehst du seine Mutter oft?" fragte Nellie.

„Nein. Ich glaube, sie akzeptiert mich nicht. Nach der Hochzeit hat sie uns einmal besucht, das war alles. Elliot war auch da. Seine Frau hat an Silvester ein Mädchen zur Welt gebracht. Sie haben ihr den Namen Meredith gegeben."

„Wohnst du eigentlich noch in derselben Wohnung?"

„Ja, Palmer mag die Wohnung. Er mag sogar meinen Geschmack, was die Einrichtung anlangt, sagt er." Darüber mußten sie lachen, denn von Gretas geschmackvoller Kleidung durfte man keinesfalls auf ihren Geschmack in Fragen der Wohnungseinrichtung schließen.

„Wann treffen wir uns mit Pierson, Yarrow?" fragte Nellie.

„Morgen früh."

„Kann Jack auch mitkommen?"

Die Frage ärgerte Yarrow. Sie befürchtete, Palmer würde dann auch mitkommen. Sie traute keinem Truitt. „Nein. Das sind Familienangelegenheiten. Nur die Anteilseigner dürfen dabeisein."

„Jack gehört schließlich jetzt auch zur Familie."

„Dann mußt du Jack eben ein paar von deinen Aktien übereignen, dann darf er auch dabeisein. Aber darüber können wir uns morgen unterhalten."

„Er hat eine schwere Zeit hinter sich. Du mußt wissen, daß er zu den Lehrern in Kalifornien gehört, die es abgelehnt haben, den Eid zu leisten."

„Was für einen Eid?"

„Das ist alles Teil dieser Roten- und Kommunistenhysterie und der

Hexenjagd, die McCarthy veranstaltet. Alle Angestellten im öffentlichen Dienst mußten diesen Eid leisten."

„Warum sollte er denn nicht einen Treueeid leisten? Jack war doch schließlich auch im Krieg. Da mußte er doch auch den Fahneneid schwören, oder nicht?"

„Ja, schon. Aber dieses Mal mußte jeder einen zusätzlichen Abschnitt in dem Fragebogen ausfüllen und angeben, ob er jemals Mitglied der Kommunistischen Partei oder irgendeiner anderen Organisation gewesen ist."

„Und?"

„Jack sagt, das verstoße gegen sein Recht auf Meinungsfreiheit, und daher werde er nicht unterschreiben. Und deshalb bekommt er jetzt keine Stelle als Lehrer."

„Er darf nicht unterrichten?"

„Bei jeder Bewerbung um eine Stelle muß er den Grund für seine Entlassung angeben, und der lautet: ‚Verweigerung des Treueeides.' Er ist ein Mann von festen Grundsätzen."

Als Yarrow nach diesem Gespräch ins Wohnzimmer zurückging, sah sie Jack mit ganz anderen Augen an. War er ein Mann mit Prinzipien, oder war er einfach dickköpfig? Ihrem eigenen auf die praktischen Erfordernisse gerichteten Wesen widersprachen beide Charakterzüge gleichermaßen.

Der kleine Justice war aufgewacht und tapste nun ins Wohnzimmer. Da die Nacht für Anfang Juni unerwartet kalt war, hatte Freya im Kamin Feuer gemacht. Justice ging auf den Kamin zu, und Freya wollte schon aufspringen, um ihn zurückzuholen. Aber Jack hielt sie zurück: „Tu's nicht Freya. Er muß lernen. Justice, komm her."

Der Kleine stand unsicher auf seinen Beinchen und sagte: „Heiß." Einen Moment lang sah es so aus, als ob er ins Feuer fallen würde. Alle hielten vor Angst den Atem an. Außer Jack. In ruhigem Ton sagte er: „Ich habe gesagt, du sollst herkommen. Geh weg vom Feuer, sonst wirst du dich verbrennen." Der Junge lachte. Er sah, daß alle Augen auf ihn gerichtet waren und machte eine schnelle Handbewegung in Richtung des Feuers. Dann aber rannte er schnell in die schützenden Arme seines Vaters. Alle atmeten erleichtert auf, und Freya stellte schnell den Blechschirm wieder vor den Kamin.

Er ist dickköpfig, entschied Yarrow. So dickköpfig, daß er es aus Prinzipienreiterei riskiert, daß sich sein Sohn verbrennt. Greta und Palmer verabschiedeten sich, sie übernachteten im Broadlands Hotel.

Yarrow bedankte sich für die wunderschönen Geschenke für die Kinder, und Palmer half Greta ins Auto.

„Wenn ich du wäre, würde ich mich vor deinem Schwager hüten."

„Warum?"

„Weil der Kerl ein Kommunistenschwein ist, deshalb."

Als Yarrow ins Wohnzimmer zurückkam, hörte sie, wie Jack zu Nellie sagte: „Du solltest dich vor deinem Schwager hüten. Er ist ein richtiges Kapialistenschwein."

Der Verwaltungsrat des *Journal* trat im Vorstandszimmer des Betriebs zusammen. Miss Hines hatte Notizblöcke und Stifte bereitgelegt, und Mr. Pierson hatte einen seiner Assistenten mitgebracht. Freya war nicht gekommen, und Yarrow, ihre beiden Schwestern und ihr Bruder saßen sich gegenüber. Mr. Pierson hatte an der Stirnseite des Tisches Platz genommen, neben ihm sein Assistent.

Yarrow fühlte sich zum ersten Mal in ihrem Leben inmitten ihrer Geschwister unwohl. Sie war sich darüber im klaren, daß sie sich von jetzt an nicht mehr nur als Geschwister betrachten konnten, sondern als Geschäftspartner. Die Situation würde eine völlig andere sein: sie würden ihre jeweiligen persönlichen Eigenheiten, Wünsche und Ziele nicht mehr vor dem Hintergrund geschwisterlicher Liebe betrachten, sondern unter finanziellen Gesichtspunkten.

„Können wir anfangen?" fragte Pierson lächelnd.

„Wie Sie wissen, ist Eric mit Erreichen der Volljährigkeit Mitglied des Verwaltungsrates." Pierson warf einen Blick über seine Brillengläser in die Runde. „Ich gratuliere, Eric." Er hüstelte und fuhr dann fort: „Es war der Wunsch Ihres Vaters, daß Sie gemeinsam zu einer Übereinkunft bezüglich der von ihm vererbten Vermögenswerte kommen sollten. Ich denke, Sie alle stimmen mir zu, wenn ich sage, daß es unter Yarrows Verwaltung zu einer beträchtlichen Steigerung dieser Vermögenswerte gekommen ist, aber selbstverständlich sind auch die Schulden höher geworden. Die Hütte und der Landbesitz bei Galena, wowon wir vierzig Hektar verkaufen mußten, um einen

Teil der Erbschaftssteuer zu bezahlen, das Gebäude und Inventar der *Galena Gazette,* das völlig wertlos war, und der hiesigen Zeitung, dem *Platte City Journal-Record,* waren die einzigen Vermögenswerte, die Ihr Vater Ihnen hinterlassen hat. Sie wissen auch, daß Sie alle gleich große Aktienpakete haben. Um genau zu sein, jeder von Ihnen besitzt 112 Aktien. Nur Yarrow besitzt fünf Aktien mehr. Diese Aktien hat sie von ihrem Großvater bei ihrer Geburt geschenkt bekommen." Pierson warf einen Blick auf seine Notizen und fuhr fort: „Und zwar vor 32 Jahren. Yarrow, ich glaube, jetzt wäre der richtige Zeitpunkt, um die Bilanzen offenzulegen."

Yarrow teilte an ihre Geschwister das von ihr, Miss Hines und dem Buchhalter vorbereitete Zahlenmaterial aus. Es verzeichnete die Vermögenswerte des Gebäudes, des Grundbesitzes und die Gewinn- und Verlustzahlen der Zeitung über die letzten sieben Jahre. Sie erklärte ihren Geschwistern sehr sorgfältig die Zahlen und beantwortete ihre Fragen. Dann legte sie ihnen ihre Pläne für die Zukunft dar.

„Ich glaube, daß wir mit dem *Journal* auf dem besten Weg sind, große Gewinne zu erwirtschaften. Ich bin darin so zuversichtlich, daß ich neue Druckerpressen bestellt habe, die zu Anfang des Jahres geliefert werden. Da wir die erwirtschafteten Gewinne wieder ins Unternehmen investiert haben, stehen wir jetzt auf soliden Beinen." Sie knackte mit den Knöcheln und atmete tief durch.

„Ich möchte hier klar und unmißverständlich erklären, daß ich das *Journal* liebe und daß ich auch meine Familie liebe. Aber diese Zeitung ist meine Lebensaufgabe. Ich möchte, daß ihr mich alle unterstützt. Ich möchte mich darauf verlassen können, daß ihr mich in allem unterstützt, was ich zum Ausbau des Betriebes oder eines Tages vielleicht sogar zur Expansion unseres Unternehmens über Platte City hinaus unternehme."

„Das ist doch selbstverständlich", murmelte Greta. Sie schaute ihre Schwester mit ihren großen blauen Augen an.

Yarrow legte eine Pause ein, im Bewußtsein, daß das, was sie jetzt zu sagen hatte, durch Gretas frischgebackenen Ehemann besondere Aktualität gewonnen hatte.

„Traust du uns eigentlich nicht?" fragte Greta.

„Loyalität zwischen Familienmitgliedern genügt mir jedoch nicht.

Ich möchte meinen Anteil am Aktienkapital der Firma auf einundfünfzig Prozent erhöhen."

Nellie schnappte nach Luft.

„Bitte versetzt euch einmal in meine Lage. Ich arbeite hier. Ich habe die Ideen. Es ist mein Blut und mein Leben, das in diesem Gebäude pulsiert. Ihr seid alle mit eurem eigenen Leben beschäftigt. Ein Vierergremium kann eine Firma nie so effektiv führen wie ein einzelner Mensch. Entscheidungen müssen getroffen, Risiken eingegangen werden, und ich werde eher bereit sein als ihr, diese Risiken auf mich zu nehmen. Meine Gewinne oder Verluste sollten das widerspiegeln, woran ich unternehmerisch glaube. Ich möchte gerne jedem von euch so viele Aktien abkaufen, daß sich mein Aktienanteil auf einundfünfzig Prozent erhöht. Ich denke, wir werden mit Hilfe von Mr. Pierson zu einer Übereinkunft darüber kommen, wieviel diese Aktien wert sind."

„Was ist mit Eric?" fragte Nellie und verschränkte die Arme. „Und was wird später einmal mit meinem Sohn Justice?"

„Diese Frage werden wir selbstverständlich bei der Ausarbeitung einer diesbezüglichen Regelung klären müssen", sagte Mr. Pierson.

„Eric", sagte Yarrow, „du hast überhaupt nichts gesagt. Was denkst du über diesen Vorschlag. Welche Vorstellungen hast du?"

„Er ist der Mann in der Familie", sagte Nellie.

„Ich bin mir dessen durchaus bewußt", erwiderte Yarrow, „aber ich bin Herausgeber der Zeitung."

„Ich möchte das tun, was Großvater auch getan hat", antwortete Eric und beugte sich über den Tisch. Er war rot geworden, aber er sprach mit fester Stimme. Er gleicht seinem Vater sehr, dachte Yarrow und betrachtete ihn mit schwesterlichem Wohlgefallen.

„Eines Tages möchte ich möglicherweise diese Position übernehmen, aber jetzt noch nicht. Ich bin noch nicht soweit. Und wenn ich Yarrow richtig verstanden habe, wird keiner von uns vor die Tür gesetzt. Wir werden auch in zehn Jahren noch an diesem Tisch sitzen und über grundsätzliche Dinge abstimmen", sagte Eric.

„Hoffentlich nicht", warf Greta ein.

„Ich möchte das tun, was Großvater auch getan hat. Ich möchte nach Galena gehen und die *Gazette* wieder herausbringen. Das wäre doch eine gute Möglichkeit, Erfahrungen zu sammeln, nicht wahr, Yarrow? Ich wäre mein eigener Boss, könnte meine eigenen Fehler machen, ohne daß ihr mir alle ständig über die Schulter schaut."

Yarrow richtete sich auf. Sie hatte schon daran gedacht, Alan Craig nach Galena zu schicken und die *Gazette* wieder zu publizieren. Alan zusammen mit Eric diese Aufgabe zu übertragen war eine viel bessere Lösung. Alan konnte Eric etwas beibringen, und Eric war nicht auf den Kopf gefallen.

„Ich denke, das könnten wir machen", sagte Yarrow. „Greta, was meinst du?"

„Ich bin völlig verwirrt. Ich sehe nicht ein, warum all diese Veränderungen notwendig sind. Warum kann nicht alles beim alten bleiben? Es ist doch auch so gut gelaufen", sagte sie mit bebenden Lippen.

„Ich versuche doch nur meine Position zu festigen. Das ist nicht persönlich gemeint, das ist nicht gegen dich gerichtet."

„Es sieht aber so aus. Und außerdem bin ich sicher, daß Palmer bei deinen Überlegungen eine Rolle gespielt hat."

„Nein, das stimmt nicht. Ich habe das schon lange geplant, bevor ich wußte, daß du Palmer geheiratet hast. Ich möchte nur nicht, daß wir das Unternehmen an einen Außenstehenden verlieren. Schau dich doch um – wir alle führen doch ein ganz unterschiedliches Leben. „Einer von uns sollte die Leitung der Zeitung übernehmen, und ich möchte, daß der Betrieb in der Familie bleibt. Wir sind gezwungen, ihn so zu organisieren, wie ich es vorgeschlagen habe. Nellie, wie steht's mit dir?"

Nellie dachte an das Geld.

„Ich weiß nicht, was ich sagen soll. Ich denke an die Zukunft von Justice. Wer weiß, was in zwanzig Jahren alles passiert."

Yarrow zuckte nur mit den Schultern. „Entweder hast du einen erheblichen Aktienanteil an einem sehr profitablen Unternehmen, oder wir sind alle bankrott. Diese Frage ist hypothetisch. Im Betrieb ist genug Platz für uns alle, aber einer muß der Boss sein."

Eine Zeitlang überlegten alle schweigend. Dann sagte Nellie: „Gut. Ich glaube, es ist das beste, wenn wir das tun, was du vorgeschlagen hast."

„Großartig", sagte Eric.

„Ich bin mir nicht sicher", sagte Greta. „Ich weiß nicht, was ich tun soll."

„Oh, Greta, entscheide dich endlich", drängte Nellie.

„Ich wollte Palmer dabeihaben, damit er mir bei der Entscheidung hilft."

Nellie wurde wütend. „Er kann dir aber nicht helfen, und ich werde dir auch nicht sagen, was du tun und lassen sollst. Los, entscheide dich jetzt."

Alle Blicke richteten sich auf Greta, und schließlich sagte sie: „Yarrow hat von uns allen immer die Zeitung am meisten geliebt. Und sie hat dafür gearbeitet, sie aus den roten Zahlen zu holen." Alle warteten auf Gretas Entscheidung.

„Stimmt genau", sagte Eric.

„Ich verstehe immer noch nicht recht, warum wir ausgeschlossen werden sollen", sagte Greta.

„Sie werden doch nicht ausgeschlossen. Sie drei bleiben immer noch Hauptaktionäe", warf Pierson ein.

„Wir drei hätten dann zusammen immer noch neunundvierzig Prozent des Aktienkapitals?" fragte Greta.

„Ja", antwortete Mr. Pierson.

„Also gut, dann soll Yarrow ihren Willen haben."

Sie brauchten eine Weile, bis sie begriffen, daß Greta schließlich eingewilligt hatte.

„Danke", sagte Yarrow. Pierson und sein Assistent kramten die Papiere zusammen.

„Wieviel wären dir unsere Aktienanteile wert, Yarrow", fragte Nellie.

„Jeweils ungefähr 100 000 Dollar."

Eric stieß einen Pfiff aus, und Pierson schaute Yarrow über seine Brillengläser hinweg an. Er wollte nicht, daß sie so frühzeitig zuviel preisgab. „Ich denke, das müssen wir erst noch genau ausarbeiten."

Yarrow wußte, daß der von ihr genannte Preis ungefähr hinkam. Sie war im Begriff, das größte Wagnis ihres Lebens einzugehen. Allein die Zinsen für das erforderliche Kapital zum Ankauf der Anteile würden sich auf über 12 000 Dollar jährlich belaufen. Sie hatte ihre

Hausaufgaben gemacht, und sie setzte alles auf ihre Fähigkeiten, ihre Bereitschaft zu harter Arbeit und ihre Kenntnis der Zeitungsbranche. Die Preise für Zeitungspapier waren stabil, die Schwierigkeiten mit den Gewerkschaften waren beigelegt. Es gab im Moment also keine akuten Probleme. Yarrow hatte vor, den Preis pro Abonnement um 50 Cent pro Monat zu erhöhen. Würden die Abnehmer daraufhin die Zeitung abbestellen?

Als die anderen weg waren, ging Yarrow in ihr Büro und schloß die Tür hinter sich. Sie stand am Fenster und schaute hinaus. Unter ihr auf der Straße brauste der Mittagsverkehr vorbei. Diese Menschen da unten entschieden über Erfolg oder Mißerfolg. Was wollt ihr lesen? Was wollt ihr wissen? Wenn sie die Antworten auf diese Fragen hatte – und Yarrow zweifelte nicht daran, daß sie sie finden würde –, dann brauchte sie keine Angst vor der Zukunft zu haben.

23

Yarrow hatte noch nie zuvor so hart gearbeitet. Sie war selten zu Hause. Manchmal unterhielt sie sich abends mit den Kindern am Telefon und arbeitete dann bis spät in die Nacht an ihrem Schreibtisch. Morgens war sie schon bei der Arbeit, bevor die beiden Älteren zur Schule mußten. Sie hatte Schuldgefühle, weil sie wenig Zeit hatte, sich kaum mit ihren Kindern beschäftigte und fast nur an die Zeitung dachte. Sie fühlte, daß sich der kleine John immer mehr von ihr distanzierte. Als sie ihm erklären wollte, daß sie nur für ihn so lange arbeite, glaubte er ihr nicht.

Die harte Arbeit zahlte sich jedoch aus. In den folgenden zwei Jahren expandierte das *Journal* rasch. Die Einwohnerzahl der Stadt stieg sprunghaft an, und diese neuen Einwohner hatten Geld. Yarrow war darauf vorbereitet. Ihre Leute führten in den neuen Vororten sofort Werbefeldzüge für die Zeitung durch. Ihre Vertriebsabteilung bestand längst nicht mehr aus einem alten Mann und dessen Sohn. Neue Einwohner bedeuteten neue Leser für die Zeitung. Das *Journal* wurde ihre Zeitung.

Sie warb einen neuen Sportredakteur aus Denver an, denn ihre Leser interessierten sich sehr für Sport, und sie selbst verstand nichts davon. Sie forderte von der Fotoabteilung bessere und lebendigere Bilder. Jetzt verging kaum ein Tag, an dem sich nicht jemand zu dem Foto auf der Titelseite äußerte. Sie scheute nicht davor zurück, ein Foto auf die Hälfte des Seitenformats zu vergrößern, wenn das erfolgversprechend erschien. Zahnlos lächelnde Babies und Fotos von Hunden kamen besonders gut an. Die Fotografen schlossen Wetten darüber ab, welches Foto ihre Chefredakteurin wohl auswählen werde. Sie irrten sich so regelmäßig, wie Yarrow regelmäßig ins Schwarze traf. Sie hatte ein Gespür für die Wünsche ihrer Leser. So viele Leser baten um Abzüge der Fotos auf der Titelseite, daß sie einen

Mitarbeiter einstellte, der sich ausschließlich um die Beantwortung der Briefe und um die Kopien der Fotos kümmern mußte.

Daß sie die neue Setz- und Druckmaschinen gekauft hatte, machte sich bezahlt. Die Umstellung des Maschinenparks auf das modernere Gerät war sehr schwierig, aber schließlich schafften sie es, und das *Journal* erschien ohne daß eine Ausgabe ausgefallen wäre. Yarrow schickte dem Vorarbeiter als Zeichen ihrer Dankbarkeit eine Kiste Whisky. Die Auflagenhöhe hatte sich verdoppelt, über 100 Leute waren jetzt beim *Journal* beschäftigt. Überdies gab Yarrow seit neuestem – unter großen Ängsten zwar – zusätzlich eine Sonntagsausgabe heraus.

Das *Sunday Journal* entwickelte sich zu einer Goldgrube. Yarrow wußte, daß dies teilweise dem Chefredakteur, Ed Greene, zu verdanken war. Er hatte sich bewährt. Was ihm an organisatorischen Fähigkeiten abging, machte er durch sein journalistisches Gespür wett. Er wußte genau, woraus sich eine Geschichte machen ließ, und – was noch wichtiger war – er kannte seine Leser und identifizierte sich voll und ganz mit ihnen. Immer wieder tauchte in den Artikeln, die das *Journal* über die Bürgerrechtsbewegung veröffentlichte, der Name Elliot Weyden auf. Yarrow wunderte sich über Elliots vermehrte politische Aktivitäten. Sein Ehrgeiz schien grenzenlos.

Alles, was Yarrow in diesen Jahren anpackte, schien sich in barer Münze auszuwirken. Selbst die *Galena Gazette* erwirtschaftete unter Erics und Alan Craigs Führung einen bescheidenen Gewinn. Yarrow stellte sich vor, wie ihr Großvater mit einem breiten Grinsen und einer Zigarre im Mund auf sie herabschaute, und hoffte, daß ihr Vater dasselbe tue.

Es war ihre Idee gewesen, Greta in New York mit einer Klatschspalte zu betrauen. Ihr Hauptquartier war das Restaurant El Marocco. Seit sie ihre Arbeit als Fotomodell aufgegeben hatte, aß Greta oft in den bevorzugten Restaurants der Schickeria und bekam so den New Yorker Tratsch hautnah mit. Sie schien ganz New York zu kennen. Jedesmal wenn sie ihren Artikel am Telefon durchgab, hörte man im Hintergrund lautes Stimmengewirr. Einmal stenographierte Yarrow selbst Gretas Artikel mit. Greta wußte nicht, wer am Apparat war, und galoppierte ihren Artikel herunter. Unter anderem berichtete sie, daß der schwerreiche Elliot Weyden mit einer Dame im El Marocco gesehen worden sei, die nicht seine Frau sei. Yarrow hatte keine Lust mehr, den Text weiter aufzunehmen. Es war besser, nichts zu wissen. Und doch hatte diese Information über Elliot ihr Interesse geweckt. Immer wieder hörte sie etwas über ihn. Er hatte sich in den letzten zwei Jahren zu einem landesweit bekannten Kritiker der Eisenhower-Administration entwickelt. Seine Frau hingegen wurde niemals erwähnt.

„Miss Hines", sagte Yarrow eines Tages im Juni 1956, „ich habe vor, Ned Griffin aus Kalifornien zurückzuholen und ihn zum Chefredakteur zu machen. Was halten Sie davon?"

Miss Hines hatte sich in all den Jahren, in denen Yarrow sie nun kannte, nicht verändert, sie war dieselbe dürre alte Jungfer geblieben. Ihr Blick fiel auf einen Stapel Briefe, der auf Yarrows Schreibtisch lag. „Bei der vielen Arbeit hier wäre das sicher nicht schlecht."

Yarrow strich sich über ihr dunkles Haar. Sie hatte es noch nie schneiden lassen und trug es in einem dicken Knoten. Sie nahm ein paar Haarnadeln heraus, und es fiel ihr auf die Schultern. Miss Hines kam sie unglaublich jung vor, wie sie dastand, ihr Haar um die Finger wickelte und es wieder hochsteckte.

„Ich habe so viel zu tun, daß ich nicht zum Lesen komme und nicht auf dem laufenden bin, was landesweite Ereignisse anbelangt. Wissen Sie, daß ich in meinem ganzen Leben nur zweimal aus Colorado herausgekommen bin, Miss Hines? Es muß doch noch etwas anderes geben als Platte City."

„Aber selbstverständlich. Dann sollten Sie wirklich hinfahren und ihn persönlich fragen."

„Wen?"

„Ned Griffin. Über ihn reden wir doch, oder nicht?"

Yarrow war rot geworden.

„Ja, also dann fliege ich morgen. Könnten Sie mir ein Zimmer buchen? Meinen Sie, daß Paddy und Sie hier klarkommen?"

Paddy, ihr Redaktionsassistent, 40 Jahre alt, stammte von der Ostküste. Er war zum Skifahren nach Platte City gekommen und hier hängengeblieben.

„Darauf können Sie Gift nehmen."

„Paddy könnte sich dadurch vielleicht übergangen fühlen. Ich glaube, daß er sich Hoffnungen auf den Posten des Chefredakteurs macht."

„Darüber können Sie sich später den Kopf zerbrechen."

„Ja, Sie haben recht. Es hat keinen Zweck, sich über Probleme Gedanken zu machen, die ich noch gar nicht habe."

Es lagen eine Reihe von Einladungen für Yarrow vor, die mit dem täglichen Routinebetrieb der Zeitung nichts zu tun hatten. Yarrows Doppelrolle als Herausgeberin und Chefredakteurin der Zeitung brachte einen stets übervollen Terminkalender mit sich. Miss Hines griff sich wahllos einen der Briefe heraus. Yarrow wurde eingeladen, am 5. Juni in Los Angeles einer Rede Adlai Stevensons beizuwohnen. „Soll ich diese Einladung bestätigen, weil Sie an dem Tag ohnehin in Los Angeles sind?" fragte Miss Hines.

„Ja, warum nicht", antwortete Yarrow.

Miss Hines nickte und legte die Einladung auf den ständig größer werdenden Stapel Post. Sie warf einen kurzen Blick auf die Karte und sah, daß Elliot Weyden, der Philanthrop und Wall-Street-Gigant, die Eröffnungsrede halten sollte. Aha, dachte sie bei sich, natürlich Ned Griffins Werk ...

Yarrow schaute Miss Hines an, aber deren Gesicht zeigte keinerlei Regung.

„In Los Angeles wird es warm sein", sagte Miss Hines und betrachtete Yarrows Jacke, die schon bessere Tage gesehen hatte. „Sie werden sich neue Kleider kaufen müssen."

„Warum? Das hier ist doch in Ordnung."

„Miss McLean. Sie repräsentieren die Firma. Und abgesehen davon, bevorzugen Männer Blau." Miss Hines verließ das Zimmer, und Yarrow lehnte sich an den Fensterrahmen und lächelte. Vor Miss Hines konnte man einfach nichts verheimlichen.

„Bungalow Nummer 44", sagte der Empfangschef des Beverly Hills Hotel und überreichte ihr ihren Schlüssel.

Beverley Hills war wunderbar, dachte Yarrow. Sie freute sich an den im Wind wogenden Palmen, an der milden Luft, an den Farbtupfen von Bougainvillaea und Bleiwurz auf den sattgrünen Rasen- und

Efeuflächen. Sie fühlte sich wie in Ferien. Der Bungalow war sehr schön und luxuriös eingerichtet. Sie hatte ein Schlafzimmer, ein Badezimmer, ein Wohnzimmer und einen eigenen kleinen Hof. Als sie das weiße Sofa in ihrem Wohnzimmer sah, stieß sie einen Freudenschrei aus, ließ sich auf das Sofa fallen und rief Miss Hines an.

„Miss Hines, stellen Sie sich vor: In meinem Zimmer steht ein weißes Sofa. Ich komme mir vor wie ein Filmstar. Aber jetzt im Ernst, meinen Sie nicht, daß Sie sich ein bißchen in der Preisklasse vergriffen haben. Dieser Bungalow ist doch viel zu teuer. Ich werde mich nach einem anderen Hotel umsehen müssen."

„Machen Sie sich darüber keine Sorgen. Der Bungalow kostet Sie genausoviel wie ein Zimmer. Die Macht der Presse nennt man so was."

Yarrow lachte und legte auf. Sie zog ihre schwarze Jacke aus und räumte ihre Kleider in den Schrank. Ihr fiel auf, daß ihre Kleider alle düster wirkten.

Das Telefon klingelte.

Mary-Ellen war am Apparat. „Willkommen in Kalifornien", begrüßte sie sie.

„Wie geht's den Mädchen? Wie geht's Sally?" fragte Yarrow. Sally war ihre Patentochter. „Ich kann es gar nicht erwarten, euch wiederzusehen. Wie wär's mit heute abend? Gut. Ich sehe dich und Ned dann gegen sechs."

Yarrow reservierte einen Tisch in der Polo Lounge, mietete sich einen Wagen und fuhr zum Wilshire Boulevard. Miss Hines hatte wie immer recht. Sie brauchte dringend neue Kleider.

Ned Griffin war nicht glücklich bei der *Los Angeles Times.* Mary-Ellen hatte Yarrow darüber berichtet, aber sie tat ihm gegenüber so, als sei das eine Neuigkeit für sie.

Die Griffins waren beide sehr in die Breite gegangen, seit sie weggezogen waren. Mary-Ellen war inzwischen zur, wenn auch ansehnlichen, Matrone geworden, deren ehemals dunkelrotes Haar zu einem schwachen Rotbraun verblaßt war. Ned war noch dicker geworden, untersetzt war er ja schon immer gewesen.

„Es fehlt mir einfach an Meinungsvielfalt in dem Blatt..." sagte

Ned. „Aber ich bin schließlich nicht der Chefredakteur und auch sonst nicht tonangebend. Es ist so frustrierend ...“, fuhr er fort. „Der Wahlkampf hier in Kalifornien läuft auf vollen Touren; Kefauver ist in der Stadt, Stevenson spricht. Die Politik ist mein Element, und über was schreibe ich ...?“

„Ich höre mir Stevenson morgen an“, fragte Yarrow „Was hältst du von ihm, Ned? Und wie steht's mit Nixon?“

Neds Augen leuchteten auf. Seine Lieblingsbeschäftigung neben dem Essen waren Diskussionen über Politik. Sie wollte ihm ein bißchen auf den Zahn fühlen. Schließlich konnte sie ihr Blatt nicht einem Mann anvertrauen, mit dem sie nicht einer Meinung war. Er hatte durchaus eine eigene Meinung, tendierte mehr zu den Demokraten als zu den Republikanern, war jedoch flexibel. Sie sprachen über die amerikanische Außenpolitik und über den Kalten Krieg, und am Ende war Yarrow davon überzeugt, daß sie mit Ned zusammenarbeiten könnte.

Sie gingen in den Speiseraum, und Ned wurde beim Essen ans Telefon gerufen.

Kaum war er fort, sagte Mary-Ellen: „Ich muß mit dir reden. Ich habe eine Affäre und möchte sie gern beenden, aber ich bring's nicht fertig. Ich habe schreckliche Angst davor, daß Ned oder die Kinder etwas davon erfahren. Aber immer wenn ich ihm sage, daß wir Schluß machen müssen, ruft er mich wieder an.“

Yarrow sah Mary-Ellen verwundert an. „Wie habt ihr euch kennengelernt?“

Mary-Ellen schenkte sich Wein nach. „Ich war einsam. Er ist ein Freund von Ned. Er war oft bei uns, und irgendwann kam er auch, wenn Ned Überstunden machte.“ Sie packte Yarrow am Arm. „Ich bin so leichtsinnig geworden, daß es mir selbst Angst macht. Vor kurzem kam Sally unerwartet früher nach Hause, und wir hatten uns gerade auf dem Wohnzimmersofa geliebt. Die ganze Zeit über, als ich mit ihr sprach, mußte ich auf meinen Slip starren, der unter dem Stuhl lag. Ich weiß, daß ich diese Sache unbedingt beenden muß, aber ich weiß nicht, wie.“

Ned kam zurück, und Yarrow war immer noch ganz verdutzt über Mary-Ellens Geständnis. Mary-Ellen selbst hatte sich überraschend schnell erholt und puderte sich die Nase. Unglaublich, die schlichte, hausmütterliche Mary-Ellen log, ohne rot zu werden.

Als sie den Nachtisch bestellten, bemerkte Mary-Ellen Elliot Weyden. Er war im Begriff zu gehen, wurde aber wie ein Politiker oder ein Filmstar an jedem Tisch aufgehalten und mußte Leute begrüßen. Eine Art Elektrizität schien von ihm auszugehen, seine Kraft schien ihn wie eine Aura zu umgeben. Yarrow hatte Elliot noch nie so erlebt, hatte nie zuvor diese Wirkung bemerkt, die er auf andere Menschen ausübte. Er hatte sie gesehen, zeigte aber keinerlei Reaktion. Plötzlich stand er an ihrem Tisch. Er war in Begleitung einer außerordentlich gutaussehenden Blondine. Eine Hollywood-Blondine, sagte sich Yarrow bissig. Er gab Mary-Ellen einen Kuß, begrüßte Ned und erklärte ihm, er kenne und bewundere seine Artikel, und lächelte Yarrow an. Selbstverständlich war es nicht einfach für ihn, sie über den Tisch hinweg zu begrüßen, dachte Yarrow. Sie hatte Elliot vor drei Jahren in dem Bus in Platte City zum letzten Mal gesehen. Er war gepflegt, schlank wie früher, nur um die Brust wirkte er breiter. War sein Haar länger, war es dünner geworden? Hatte er zugenommen?

Die anderen unterhielten sich, und sie bemerkte plötzlich, daß sie kein Wort mitbekommen hatte.

„Yarrow wird sich morgen deine Rede anhören", sagte Mary-Ellen.

Elliot warf Yarrow einen Blick zu und war wie vom Blitz getroffen, denn plötzlich war die Verbindung zwischen ihnen wieder hergestellt.

„Jeder hört sich morgen Stevenson an", stellte Elliot richtig. „Ich bin nur derjenige, der vorgeschickt wird, um das Publikum anzuheizen. Ich werde dafür sorgen, daß du einen guten Platz bekommst", sagte er zu Yarrow. „Wo wohnst du übrigens?"

Er ist schon ein schlauer Fuchs, dachte sie. „Hier."

Als Elliot gegangen war, fragte Ned: „Daß der Kerl sich eigentlich nicht wählen läßt! Hast du nicht seine Wirkung auf die Menschen hier bemerkt? Er würde mit Leichtigkeit die Hälfte der Kandidaten überflügeln."

„Nein, er hatte noch nie ein öffentliches Amt", sagte Yarrow. „Meinst du, er würde sich dafür eignen?"

„Erinnerst du dich an Willkie? Bei der Wahl 1948? Der hatte doch auch nie ein Amt bekleidet, bevor er gewählt wurde. Und dann wurde er auf dem Parteikonvent im sechsten Wahlgang zum Präsidentschaftskandidaten nominiert."

Neds Gedächtnis für politische Einzelheiten war wirklich phänomenal.

„Ned, würdest du unter Umständen nach Platte City zurückkommen und Chefredakteur des *Journal* werden?" fragte sie.

„Warum willst du den Posten aufgeben?"

Sie zeichnete mit ihrer Gabel Linien auf dem Tischtuch. „Ich liebe diesen Job, aber ich habe einfach zu viele andere Dinge zu tun. Ich glaube, daß ich nicht genügend Zeit in diese Arbeit investiere. Wir waren zu erfolgreich. Du kannst dir nicht vorstellen, wie viele Leute zu mir kommen und mir Zeitungs- oder Zeitschriftenverlage oder Radiosender zum Kauf anbieten. Ich habe sehr viele Pläne. Es wäre schön, wenn du dabeiwärst, Ned. Also, wie sieht's aus?"

„Oh Ned, es wäre schön, wieder zu Hause zu sein." Mary-Ellens Begeisterung verstand Yarrow nur zu gut. Ned überlegte. Sein breites, viereckiges Kinn lag auf seiner Krawatte, seine Lippen waren nur noch ein dünner Strich in seinem Gesicht.

„Denk in Ruhe darüber nach", sagte Yarrow und bedeutete dem Kellner, daß er die Rechnung bringen solle. „In Platte City wärst du der Hecht im Karpfenteich. Ich werde dich gut bezahlen, Ned. Überleg es dir und ruf mich morgen früh an, dann können wir über alles reden."

Sie verabschiedeten sich voneinander, und Yarrow ging zurück in ihren Bungalow. Vom Bett aus rief sie ihre Mutter und die Kinder an. Die Kinder schliefen schon, berichtete ihre Mutter. Buck sei heute von der Schaukel gefallen, aber außer einer Schramme am Knie habe er sich nicht ernstlich verletzt. Yarrow fragte sich, ob es für Freya nicht zu anstrengend wurde, sich um die Kinder zu kümmern. Aber Freya lehnte jegliche Hilfe ab. „Schließlich bin ich erst vierundfünfzig", sagte sie immer. Danach rief sie beim *Journal*, ihrem anderen Kind, an. Nachdem Paddy ihr berichtet hatte, daß alles nach Plan verlaufe, legte sie beruhigt auf. Kaum hatte sie aufgelegt, klingelte das Telefon.

„Yarrow?“

Sie erkannnte seine Stimme sofort.

„Ja.“

„Wie geht's? Dumme Frage, das habe ich ja selbst gesehen. Du hast heute abend wunderbar ausgesehen – schöner denn je.“

„Danke.“

„Bist du allein hier?“

„Ja. Und du?“

„Das war Amanda“, sagte er. „Wir sind gute Freunde, nichts weiter. Wie geht es mit der Zeitung? Man hört nur Gutes.“

„Ja, es läuft wirklich gut. Ich habe die Auflage verdoppelt.“

„Kommst du morgen wirklich und hörst dir meine Rede an?“

„Selbstverständlich.“

„Wirst du auch ausführlich im *Journal* über mich berichten?“

„Wenn du etwas Berichtenswertes zu sagen hast, schon. Wofür kandidierst du eigentlich?“

Er lachte. „Das erzähle ich dir morgen. Ich habe morgen nachmittag nichts vor. Hast du nach dem Essen Zeit? Ich würde mich gern mit dir unterhalten.“

„Ja, gut“, sagte sie, ohne zu zögern.

„Das blaue Kleid stand dir übrigens sehr gut.“

„Wie kannst du dir in dem Trubel nur merken, was ich getragen habe?“ Miss Hines hatte also doch recht behalten. Sie verabschiedeten sich.

Yarrow dachte an den morgigen Tag. Sie fühlte sich wie ein kleines Mädchen. Sie stand auf und stellte sich vor den Spiegel an der Badezimmertür. Sie zog ihr Nachthemd aus und versuchte ihre Figur einer möglichst objektiven Einschätzung zu unterziehen. Sie war schon immer sehr wohlgerundet gewesen. Ihre Brüste waren durch die Schwangerschaften noch üppiger geworden, ihre Taille war schmal, die Hüften voll. Wäre sie so klein gewesen wie Nellie, hätten ihre Formen dem modernen Schönheitsideal wohl kaum mehr entsprochen. Aber sie war größer, und die paar Zentimeter mehr steckten in ihren Beinen. Sie drehte sich auf die Seite und zog den Bauch ein. Ihre Haut wies helle Schwangerschaftsstreifen auf. Es hatte bisher nur einen Mann in ihrem Leben gegeben, ihren Ehemann Sandy. Diese

Schwangerschaftsstreifen waren sozusagen die Spuren, die er hinterlassen hatte. Jetzt, da sie an Elliot dachte, war sie das erste Mal bekümmert über diese Streifen. Ihre Figur war zwar nicht gerade vollkommen, aber gut.

Dann kam ihr Mary-Ellen und deren Affäre wieder in den Sinn. Yarrow hatte Elliot weder nach Blanchette noch nach seiner kleinen Tochter Meredith gefragt. Aber auch er hatte sich nicht nach den Kindern erkundigt. Sie fragte sich, ob es ihr Schicksal war, ein Leben lang ihre Liebesglut bloß zu schüren.

Elliots Rede erntete tosenden Beifall. Sie war ausgefeilt, und Elliot machte auf dem Podium eine gute Figur. Als er zu sprechen anfing, hatte man das Gefühl, als vereinige er alle Kraft im Raum auf sich. Yarrow war fasziniert. Elliot hatte wirklich Talent. Da er jedoch nicht der Hauptredner war, hielt er sich in Zaum. Er brachte die Zuhörer nur an jenen Punkt, an dem sie uneingeschränkt aufnahmebereit waren. Stevenson trat unter dem Applaus für Elliots Rede auf die Rednerbühne. Yarrow verfolgte Stevensons Rede sehr aufmerksam. Er war ein viel steiferer Redner als Elliot. Er attackierte Richard Nixon und forderte die Administration auf, 50 Millionen Dollar zur Erhöhung der Lehrerbesoldung bereitzustellen. Das würde Jack Hoggart gefallen, dachte Yarrow.

Elliot saß neben ihr, seine Augen funkelten vor Leben. „Komm, laß uns gehen“, forderte er sie auf. Sie brauchten eine Weile bis sie sich einen Weg zum Ausgang gebahnt hatten, denn ständig kamen Leute auf Elliot zu und klopften ihm für seine Rede anerkennend auf die Schulter. Mit jedem wechselte er ein paar Worte, viele kannte er persönlich. Draußen wartete ein Chauffeur, aber Elliot fragte: „Möchtest du auch lieber zu Fuß gehen?“ Elliot sagte dem Fahrer, wo er sie später abholen solle. Er ging mit ihr in eine Kunstgalerie. Sie sollte ihn bei einem Bilderkauf beraten.

Es war das Bild einer nackten Frau. Der Galerist kam sofort auf sie zu und ließ sie erst in Ruhe, als Elliot ihn wegschickte.

„Nun, was hältst du von dem Bild?“

„Ich habe doch keine Ahnung von Kunst“, antwortete sie. Sie fühlte sich nicht wohl, nicht, weil sie nichts von Kunst verstand, sondern weil sie gemeinsam das Bild einer Nackten betrachteten. Die Frau hatte sehr ausladende Hüften, und Yarrow fühlte sich an ihre eigenen erinnert.

„Du sollst mir nur sagen, ob dir das Bild gefällt. Dazu brauchst du nichts von Kunst zu verstehen", sagte Elliot und erklärte ihr das Bild.

Durch seine Erläuterungen angeregt, äußerte auch sie ihre Meinung: „Die Frau hat, glaube ich, gerade gebadet. Ihre Haut ist rosig, aber das Auge des Malers ist unerbittlich."

„Warum?"

„Ihr Korsett hat Striemen auf ihrer Haut hinterlassen, und die arbeitet er sehr genau heraus. Vielleicht mag er keine Frauen."

„Vielleicht mag er sie, und die Striemen machen ihm nichts aus." Danach zeigte er auf eine Landschaftsmalerei. „Und wie gefällt dir das?" Es war ein kleines Bild, sehr harmonisch in der Raumaufteilung.

Sie lächelte. „Sehr gut."

„Mir auch. Es ist ein Fragonard." Im Hinausgehen nickte er dem Galeristen zu.

„Und von wem war die Nackte?" fragte sie.

„Degas." Sie sah ihn an. „Den kenne sogar ich, und du bringst mich dazu, daß ich so herablassend über ihn rede."

„Aber du hattest doch völlig recht. Vielleicht mochte er keine Frauen, und vielleicht hat sie wirklich kurz zuvor ein Bad genommen."

Nach einem Kaffee in einem Hof unter einer riesigen Magnolie gingen sie zum Auto zurück. „Hast du Lust, mich heute abend zu begleiten?" fragte er sie, als sie einstiegen. „Aber ich warne dich, es kann sehr langweilig werden – ich treffe mich mit einer Gruppe hiesiger Demokraten."

„Sie könnten herausfinden, daß ich Republikanerin bin."

Er drückte ihren Arm und sagte: „Es wird dich freuen, zu hören, daß wir Demokraten an die Erlösung von der Erbsünde glauben."

Am Nachmittag besuchte Yarrow Mary-Ellen. Ned hatte noch keine Entscheidung getroffen, und Yarrow drängte ihn zu einer klaren Äußerung. Sie unterhielt sich noch mit den Kindern und ging dann ins Hotel zurück, um sich für das Abendessen umzuziehen.

Sie zog ein rotes schulterfreies Kleid mit einem weißen Blattmuster an. Sie war sich nicht sicher, ob es für den Anlaß passend war. In dem Ballsaal angekommen, fühlte sie sich erleichtert, denn die anderen Gäste waren auch nicht eleganter gekleidet als sie.

An diesem Abend war Elliot sehr aufmerksam ihr gegenüber. Er saß ständig neben ihr, brachte ihr Drinks und stellte sie allen möglichen Leuten vor. Er sprach über Politik, Kunst, Geschäfte, über Gott und die Welt – nur nicht über sie beide. Danach brachte er sie ins Hotel zurück und küßte ihr zum Abschied die Hand. Sie war sehr niedergeschlagen. Ich habe ihn gelangweilt, dachte sie. Er fand mich nicht attraktiv. Aber am nächsten Morgen weckte er sie mit seinem Anruf. Es war ein Samstag.

„Ich fahre ans Meer. Hast du Lust mitzukommen?"

Sie hatte gerade bei der Rezeption anrufen wollen, um sich ein Ticket für den Rückflug besorgen zu lassen.

„O ja, sehr gern", antwortete sie.

Dieses Mal fuhr er selbst. Er hatte ein Kabriolett gemietet, und sie band sich ein Tuch um den Kopf und ließ sich den Wind ins Gesicht wehen. Von Malibu fuhr er in nördlicher Richtung weiter, und sie kamen an einen Ort namens Paradise Cove. Sie stellten den Wagen vor einem modernen, grau und weiß gestrichenen Haus ab.

„Dürfen wir denn einfach hier in der Einfahrt parken?" fragte sie ihn.

„Wir können uns sogar hier umziehen, ich habe den Hausschlüssel." Er machte ihr die Tür auf. „Es gehört einem meiner Kunden – einem Republikaner. Leider. Er arbeitet deswegen nicht mehr mit mir zusammen."

„Ich dachte, du seist Geschäftsmann und nicht Politiker", rief sie ihm aus dem Nebenzimmer zu, wo sie sich umzog.

„Ja schon, aber um die Politik kommt man nicht herum. Wir treffen uns am Strand."

Am Strand angelangt, beobachtete sie, wie er sich in die Brandung warf. Sie ging ihm nach, aber er schwamm zu weit hinaus. Sie konnte nicht schwimmen und blieb daher in der Nähe des Ufers. Nach dem Bad unterhielten sie sich und machten einen langen Spaziergang am Ufer. Sie liefen meilenweit in beide Richtungen.

Später standen sie auf der Terrasse des Hauses und sahen zu, wie die Wellen sich zum sandigen Ufer brachen. Er stand neben ihr und ergriff ihre Hand. Dann nahm er sie in die Arme und küßte sie.

„Bleib doch hier. Wir können auch morgen in die Stadt zurück fahren", bat er sie. „Yarrow, bitte. Wirst du nie eine Nacht mit mir verbringen? Habe ich dir so weh getan?"

Seine Augen waren so schön und so flehend. Und sie fühlte sich so schwach. Er deutete ihr Schweigen als Zeichen ihres Zögerns.

„Ich fasse dich nicht an, wenn du nicht willst. Ich möchte nur, daß du bei mir bist, im selben Haus, daß du die erste bist, die ich morgen früh beim Aufwachen sehe."

„Ich würde sehr gern hierbleiben", antwortete sie. Sie duschte und zog sich um. Sie steckte ihr Haar nicht hoch, damit es schneller trocknete. Dann ging sie wieder auf die Terrasse hinaus. Auch er hatte sich inzwischen umgezogen und den Grill angezündet. Sie legte den Arm um ihn. Es war das erste Zeichen von Intimität zwischen ihnen, und beide waren sich dessen bewußt.

„Ich habe gar nicht gewußt, daß du kochen kannst", sagte sie und schenkte sich ein Glas Rotwein ein. Sie redeten über alles mögliche, es schien kein Thema zu geben, worüber sie sich nicht hätten unterhalten können. Der Mond stand schon am Himmel, und sie saßen immer noch auf der Terrasse. Elliot saß neben ihr und streichelte ihren Arm.

„Dir ist kalt", sagte er. „Sollen wir hineingehen?"

„Elliot, ich habe Angst", flüsterte sie.

Er hörte nicht auf, sie zu streicheln. „Ich auch."

Sie gingen in das Zimmer, in dem sich Yarrow umgezogen hatte. Er stellte eine Kerze auf den Nachttisch. Sie setzte sich aufs Bett, und er kniete sich vor sie auf den Boden und knöpfte ihre Bluse auf. Sie trug keinen Büstenhalter. Ihre Brüste waren fest, voll und rosig wie auf dem Bild, das er ihr gezeigt hatte. Er küßte ihre Brüste, und Yarrow wünschte sich, er wäre damals der erste gewesen und nicht Sandy. Er zog ihr den Rock aus, der Reißverschluß verhakte sich, und an dem Ruck, mit dem er ihn zu öffnen versuchte, merkte sie, daß er sehr ungeduldig war. Ihr kleiner weißer Slip verdeckte das Dreieck ihrer Schamhaare. Sie knöpfte sein Hemd auf und spürte seine weiche

Haut. Er hatte Haare auf der Brust und um die Brustwarzen. Sie streichelte sie und küßte sie, als ob er eine Frau sei.

Er stand auf und zog sich die Hose aus. Er gefiel ihr sehr, wie er so nackt vor ihr stand. Sie wußte, daß sie ihn liebte und daß er sie nicht enttäuschen würde. Er konnte sie gar nicht enttäuschen.

Sie ließen sich aufs Bett fallen, und er zog sie weiter aus. Sie erstarrte plötzlich, und er spürte es.

„Tut mir leid", sagte sie.

„Das braucht dir nicht leid zu tun. Liebende haben sehr viel Zeit", sagte er. Er küßte sie, seine Lippen liebkosten ihre Mundwinkel, sie spürte, wie ihre Bereitschaft zur Hingabe wuchs. Zum ersten Mal in ihrem Leben verspürte sie die wahre Zärtlichkeit eines Mannes. Er sagte ihr immer wieder, wie wunderbar er sie finde, alles an ihr. Sie verlor alle Furcht. Im Kerzenschein meinte sie noch schöner zu werden. Seine Hand glitt an ihrem Körper hinunter, und er zog ihr das letzte Kleidungsstück, ihren Slip, aus. Sie öffnete ihre Schenkel, so daß er in sie eindringen konnte, und sie hatte das Gefühl, daß zum ersten Mal ein Mann den Schlüssel zu ihrem Herzen gefunden habe. Ihre bisherigen Erfahrungen sagten ihr, daß alles bald vorbeisein werde. Aber er hatte sich unter Kontrolle. Immer wenn er kurz vor dem Orgasmus war und spürte, daß sie noch nicht soweit war, zog er sich aus ihr zurück. Er brachte sie mit seinen Händen, seinen Beinen, seinen Armen dem Höhepunkt näher. Als ihr Körper bereit war, ihm zu antworten, und sie fürchtete zu kommen, während er sich aus ihr zurückgezogen hatte, wußte er auch das sofort. Er tauchte in sie ein. Er war in ihr, sie war sein. Das war der Himmel auf Erden.

Ihre Haut war feucht von Schweiß. Auch ihr Haar fühlte sich feucht an. Er drehte sie herum, hob sie auf sich und sah sie an.

„Du bist mein", sagte er.

„Ich weiß."

„Ich kann nicht genug von dir kriegen."

Sie presste ihren Mund auf den seinen und küßte ihn. Sie schlief ein, während seine Zunge ihren Hals liebkoste. Er sollte nicht aufhören, sie zu berühren. Sie wollte ihn immer in sich spüren. Im Traum meinte sie zu sterben, wenn die Verbindung ihrer Körper unterbrochen würde. Sie wachte auf und spürte, daß sie feucht war. Seine

Zunge liebkoste nicht mehr ihren Hals, sondern ihre Scheide, und über dem Pazifik graute der Morgen.

24

Kaffeeduft weckte Yarrow am nächsten Morgen. Sie ging in die Küche, wo Elliot gerade das Frühstück machte, und umarmte ihn.

„Fruchtsaft, Kaffee und Schinken?"

„Nach dem Ehebruch?"

„Meine liebe Yarrow", antwortete er, „ich bin genausowenig verheiratet wie du."

„So?"

„Blanchette und ich führen völlig getrennte Leben. Sie lebt in Virginia, und ich gehe nur hin, um Meredith zu besuchen." Er stockte, und sie spürte, daß er unsicher war, wieviel er ihr erzählen sollte.

„Ich liebe Blanchette nicht. Ich liebe sie schon lange nicht mehr, und selbst als ich sie liebte, war es etwas völlig anderes als zwischen uns beiden. Unsere Ehe beruht auf einer Art Übereinkunft zum gegenseitigen Vorteil. Ihr Vater war ein mächtiger Mann und konnte mir bei meiner Karriere behilflich sein. Ich war ehrgeizig, und Blanchette wollte mich zum Mann haben. Es gibt schlimmere Übereinkünfte. Sie wird mich nie freigeben, Yarrow. Sie ist die Mutter meines Kindes."

Yarrow hörte zu und wußte genau, was er ihr sagen wollte: daß er Blanchette nie verlassen würde, daß sie nie richtig zusammensein könnten, daß immer andere Menschen zwischen ihnen stehen würden. Er wollte wenigstens in ihrer ehebrecherischen Beziehung ehrlich sein. Er wollte, daß sie sich hinsichtlich ihrer gemeinsamen Zukunft keinerlei Illusionen hingab. Es schmerzte sie, denn sie wünschte sich – wenn sie es auch nie ausgesprochen haben würde –, daß er aus übergroßer Liebe zu ihr Blanchette verlassen werde. Ihr war klar, daß er das genau wußte und ihr erklären wollte, warum es nicht möglich war.

„Sehe ich dich wieder?" fragte sie.

„Du wirst mich immer wieder sehen, mein Schatz. Du gehörst genauso zu mir wie Blanchette. Du vertraust mir doch, nicht wahr?“ fragte er und küßte sie.

Sie war eine Närrin, dachte sie. Sie war Mutter von drei Kindern, eine erfolgreiche Unternehmerin, eine Frau, die Entscheidungen treffen konnte, die in der Lage war, eine Beziehung zu beenden, die nicht funktionieren konnte. Sie war eine Närrin, daß sie diese Halbheit akzeptierte, nur weil sie ihn nicht ganz bekommen konnte. Das machte ihr Sorgen. Sie wollte es nicht so. Sie sah genau voraus, wie die nächsten Jahre verlaufen würden: nicht vollkommen, ganz und gar nicht vollkommen.

„Du weißt, daß ich heute zurück muß“, sagte sie.

„Ja, ich bringe dich zum Flughafen.“ Sie schlugen beide einen geschäftsmäßigen Ton an.

Sie rief in ihrem Büro an.

„O Gott“, sagte sie und legte die Hand auf den Hörer. „Eine unserer Druckerpressen ist heute nacht in Brand geraten. Sie haben versucht, mich im Hotel zu erreichen.“

„Was ist passiert?“

Sie ließ sich von Paddy berichten, was geschehen war, und hängte dann ein. Sie war beunruhigt.

„Die Zeitung erschien zu spät, und wir hatten dadurch Verkaufseinbußen. Zu blöd! Ich hätte Bescheid sagen sollen, wo sie mich erreichen können.“

„Du hättest von hier aus sowieso nichts ausrichten können.“

„Ja, wahrscheinlich hast du recht. Aber ich hätte sie moralisch unterstützen können.“

Sie holten ihr Gepäck vom Hotel ab und fuhren zum Flughafen. Sie wollte sich nicht von ihm trennen. Sie küßten sich lange und zärtlich, dann mußte sie an Bord. Dort weinte sie in ihr Taschentuch. Die Stewardess war sehr verständnisvoll und brachte ihr ein Aspirin.

„Mr. Weyden? Mrs. Weyden? Sie ist aufgewacht. Sie können jetzt zu ihr.“ Der Arzt der Washingtoner Kinderklinik führte sie ins Zimmer ihrer Tochter.

„Hallo, Schatz“, sagte Blanchette und umarmte das kleine Wesen, das in dem Bettchen lag. Meredith lächelte. Sie hatte dieselben stahlblauen Augen wie ihre Mutter.

„Hallo, Popette." Das war ihre Begrüßung für Elliot. Er trat an die andere Seite des Bettchens. Er strich ihr das blonde Haar aus dem Gesicht und vermied es, die häßliche Narbe an der Oberlippe seines Kindes anzusehen.

„Du bist ein sehr tapferes Mädchen", sagte er, „und wir lieben dich sehr." Meredith war zum dritten Mal operiert worden. Sie war mit einer Hasenscharte zur Welt gekommen. Blanchette sprach mit ihr über ihre Puppen und den kleinen Hund, der zu Hause auf sie wartete. Das Kind ließ seine Mutter nicht aus den Augen, und Elliot unterhielt sich in einer Ecke des Zimmers mit dem Arzt.

„Die Operation ist sehr gut verlaufen", sagte Dr. Glaston zufrieden. Es war eine schwierige und langwierig Operation gewesen. Elliot stiegen die Tränen in die Augen, als Glaston ihm die Einzelheiten erklärte.

„War das wieder nicht die letzte Operation?"

„Nein. Wir müssen abwarten, wie die Narben verheilen. Sie müssen sich darüber im klaren sein, daß sie einen Sprachfehler behalten wird, Mr. Weyden."

„Das ist mir egal, wenn sie nur gesund ist. Was ist mit der Nase? Werden Sie sie später operieren?"

„Ja, die Nasenkorrektur kommt später dran. Wir haben dabei sehr gute Erfolge erzielt, auch was das Aussehen anlangt." Er klopfte Elliot auf die Schulter. Für die Väter war eine solche Sache immer besonders schwer zu verkraften. „Lassen Sie sie jetzt schlafen", forderte er die Eltern auf.

Elliot führte seine Frau am Arm auf den Gang hinaus. Erst hier draußen, wo es ihr Kind nicht mehr sehen konnte, wischte sich Blanchette die Tränen aus den Augen.

„Es wird alles gut werden", sagte Elliot und legte den Arm um sie.

„Meinst du wirklich?"

„Aber sicher. Sie ist bei Dr. Glaston in besten Händen. Sie wird später einmal das schönste Mädchen von ganz Virginia."

Blanchette putzte sich die Nase und lächelte Elliot an. „Danke", sagte sie, als seien sie Fremde. „Kommst du heute abend nach Hause?"

„Nein, ich kann nicht", antwortete er und brachte sie zum Auto. „Ich habe ein Arbeitsessen im Hay-Adams und bleibe dann gleich dort. Wir treffen uns morgen früh hier im Krankenhaus. Aber du kannst mich jederzeit im Hotel anrufen, wenn du mich brauchst."

Sie stieg ins Auto, und er machte die Tür hinter ihr zu. Sie ließ sich auf die blauen Autositze fallen und fragte sich, ob er die Nacht mit einer Frau verbringen werde. Ihre ehelichen Beziehungen entsprachen der Rücksichtnahme auf ihre gesellschaftlichen Verpflichtungen. Sie würde ihre Stellung als Elliots Frau und Mutter seines Kindes stets behalten und materiell abgesichert sein. Er würde sie als Mrs. Elliot Weyden stets respektieren und in keine peinliche Situation bringen. Dasselbe erwartete er von ihr.

Sie wünschte sich, in dieser Beziehung nicht so schrecklich amerikanisch zu sein. Europäer akzeptierten derartige Abmachungen zwischen Eheleuten viel eher. Sie aber war Amerikanerin und als solche dazu erzogen, romantische Liebe und Ehe als unteilbare Einheit zu betrachten.

Blanchette schaute aus dem Fenster. Sie hatten Washington hinter sich gelassen und fuhren über freies Land. Vielleicht hatte sie sich mit Elliot übernommen. Sie hatte alles daran gesetzt, ihn für sich zu erobern, und geglaubt, als er in die Ehe einwilligte, sie habe gewonnen. Aber sein Herz hatte ihr nie gehört. Sie hatte Coakley gekauft und geglaubt, er werde sehr bald des Wohnens in Hotels überdrüssig werden. Aber das war nicht eingetreten. Sie hatte nicht erkannt, daß Elliot ein ausgesprochener Einzelgänger war. Er war nicht auf andere Menschen angewiesen. Er hatte zwar viele Bekannte, aber nur wenige enge Freunde.

Gott sei Dank hatte sie Meredith. Dem Himmel sei Dank. Sie war genau im richtigen Augenblick gekommen, ehe der letzte Rest von Elliots Gefühlen für sie aufgebraucht war. Elliot war in seine Tochter vernarrt. Sie wußte, Elliot würde selbst dann bei ihr bleiben, wenn Meredith ein völlig gesundes Kind wäre. Ohne Meredith hätte er sie sicher verlassen. Gesegneter Leib, dachte sie.

Blanchette ließ sich im katholischen Glauben unterweisen. Seit Meredith mit dieser schrecklichen Mißbildung geboren worden war, suchte sie Trost in der Religion. Ihr Vater war Mitglied der Episkopalkirche geworden und hatte seinen Namen ändern lassen, als er damals die amerikanische Staatsbürgerschaft angenommen hatte. Er verstand sie, und sie unterhielten sich manchmal am Telefon darüber. Manchmal aber erklärte ihr Fabiana am Telefon, ihr Vater könne nicht mit ihr sprechen. Er hatte mehrere Schlaganfälle hinter sich.

Die Republikaner hatten die Wahlen im November haushoch gewonnen, die Niederlage Stevensons hatte Elliot sehr deprimiert. Er hatte sehr viel Zeit und Geld in den Wahlkampf der Demokraten investiert. Er verbrachte daher das Erntedankfest in Virginia, um sich in der Abgeschiedenheit von Coakley von dem Schock zu erholen. Der Gouverneur von New York rief ihn an und bat ihn, Mitglied eines überparteilichen Untersuchungsausschusses zur Verbrechensbekämpfung zu werden. Elliot sagte, er werde es sich überlegen.

Meredith war wieder einmal erkältet. Sie saß auf seinem Schoß, und er las ihr vor. Die Behinderung seines Kindes quälte ihn. Wenn es irgend etwas gegeben hätte, um Meredith den Schmerz und die Demütigung zu ersparen, die sie durchmachen mußte, er hätte alles darangesetzt, es zu tun. Blanchette war für ein paar Tage zum Einkaufen nach New York gefahren. Und so war er mit Meredith allein, las ihr vor und versuchte zu verstehen, was sie sagte. Wenn er auf Reisen war und sich am Telefon mit ihr unterhielt, spürte er, wie enttäuscht sie war, wenn er sie nicht verstand. Sobald er mit ihr zusammen war und ihren Mund sehen konnte, während sie sprach, verstand er sie viel besser.

Auch Yarrow verbrachte das Erntedankfest im Kreise ihrer Familie. Dieses Mal waren auch Ned, Mary-Ellen und ihre Kinder mit von der Partie. Ned war jetzt Chefredakteur der Zeitung, und Yarrow fühlte sich dadurch einer großen Verantwortung enthoben. Mary-Ellen erzählte ihr, daß ihre Affäre vorüber sei, und erwartete, daß Yarrow ihr im Gegenzug nun auch ihre Geheimnisse anvertrauen werde. Aber Yarrow enttäuschte sie darin, und Mary-Ellen reagierte beleidigt.

Yarrow und Elliot hatten verabredet, zwischen Erntedankfest und Weihnachten ein verlängertes Wochenende in den Bergen zu verbringen. Jocks Hütte war vor kurzem behelfsmäßig instand gesetzt worden. Yarrow erklärte, sie wolle in die Hütte, um dort einmal nach dem Rechten zu sehen. Freya bestärkte sie in diesem Vorhaben, denn sie hatte in letzter Zeit eine positive Veränderung an ihrer Tochter festgestellt. Yarrow hatte Freya gegenüber ein- oder zweimal Elliots Namen erwähnt, und Freya reimte sich den Rest zusammen, ohne Fragen zu stellen. Ihre Tochter war schließlich 34, und sie hatte kein Recht, sie auszufragen.

Sie fuhren von Denver aus hinauf. Es war bitterkalt.

„Wir könnten eingeschneit werden", sagte Yarrow.

„Das wäre toll", antwortete Elliot lachend.

„Sag das nicht", erwiderte sie. „Das können wir uns nicht leisten, wir haben zuviel zu tun." Beide hatten Mappen voll Arbeit mit. So sieht die Romantik heutzutage aus, dachte Yarrow. „Dienstag muß ich wieder zurück sein, da kommt unsere große Vorweihnachtsausgabe heraus. Die ersten Anzeigen in Farbe. Hörst du mir überhaupt zu?"

Er packte die Lebensmittel aus, die sie mitgebracht hatte. „Was hast du eigentlich vor? Willst du das ganze Wochenende über kochen?"

Sie zog ihn von den Einkaufstaschen weg und sagte: „Ich will dir beweisen, daß ich wirklich kochen kann."

„So, da bin ich aber anders informiert. Außerdem sind wir nicht zum Kochen hierhergekommen. Komm mal her."

„Nein. Pack das zuerst aus, Elliot. Bitte, Elliot!"

Er zog sich nicht einmal die Stiefel aus. Es war noch so kalt in der Hütte, daß sie sich mit den Kleidern auf dem Leib liebten. Hinterher hatte sie einen hochroten Kopf, und ihr Haar war zerzaust.

„Du siehst toll aus und warst toll", sagte er und half ihr beim Aufstehen. „Meine wilde Yarrow, tust du mir einen Gefallen?"

„Was denn?"

„Laß dein Haar dieses Wochenende offen, steck es nicht hoch."

Sie packte die Lebensmittel aus, und er holte die restlichen Sachen aus dem Auto. Sie hatte einen tragbaren Schallplattenspieler und Platten mitgebracht. Er schaute die Platten durch. „Ich habe gar nicht gewußt, daß du Opern magst."

„Du weißt noch längst nicht alles über mich." Sie sah sich ein Buch an, das er mitgebracht hatte und sagte: „Und ich habe gar nicht gewußt, daß du Gedichte magst."

Am Nachmittag gingen sie Skilaufen. Die Temperatur lag unter dem Gefrierpunkt. Elliot hatte noch nie Geländeskilauf gemacht. Ständig fielen sie hin, lachten und halfen sich gegenseitig wieder auf die Beine. Sie kehrten zur Hütte zurück, aßen Brot und Käse und tranken Rotwein dazu. Dann gingen sie zu Bett. Das Feuer prasselte, das Licht flackerte, und der Geruch von Kerosin und Brennholz lag in der Luft.

Am nächsten Morgen wachte Yarrow als erste auf. Das Feuer war ausgegangen, und sie getraute sich fast nicht, ihre Füße auf den kalten Holzboden zu setzen. Sie lief zum Ofen, machte Feuer, stellte Kaffeewasser auf und kroch dann schnell wieder zu ihm ins Bett.

Nach dem Frühstück mußte Elliot das Fleisch von draußen hereinholen. Sie schnitt den durchwachsenen Speck in kleine Stücke und warf ihn dann zusammen mit den Gewürzen, dem Knoblauch und den Zwiebeln in eine Pfanne. Dann ging sie hinaus, um das Wasser von den eingeweichten Bohnen abzuschütten, und gab diese anschließend zu dem Speck in die Pfanne. Sie löschte mit Wasser ab und ließ es aufkochen. In dem kleinen Backofen briet sie das Lamm- und Schweinefleisch. Er sah zu, wie sie sich über die winzige Herdplatte beugte.

„Ich verstehe überhaupt nicht, warum sich Frauen immer eine große Küche wünschen, wo man doch alles auf einem Ofen machen kann, der kleiner ist als eine Aktentasche."

Am Nachmittag fuhren sie wieder Ski, und Yarrow erzählte Elliot von Jock. In die Hütte zurückgekehrt, legte Elliot Musik auf und las, während sie das gebratene Fleisch und die Würste zerschnitt und alles zusammen mit den Bohnen in einen großen irdenen Topf schichtete. Sie stellte sich vor, sie sei die Frau eines Siedlers der Pionierzeit. Nur die Musik störte, ansonsten stimmte alles, das Feuer, der Geruch von Essen, der Mann saß in seinem Stuhl, und draußen schneite es. Wie einfach doch das Leben damals gewesen sein mußte. Sie war froh, daß sie und Elliot die Gelegenheit wahrgenommen hatten, dieses einfache Leben gemeinsam zu genießen.

„Los, erzähl mir was", forderte sie ihn auf. Sie hatte Zeit, denn der Eintopf mußte jetzt drei Stunden lang bei kleiner Hitze köcheln. Draußen hatte es angefangen zu schneien. Er legte sein Buch beiseite, und sie setzte sich auf seinen Schoß. Er erzählte ihr von sich, dann von Blanchette und von Meredith, was ihm schwerfiel, weil ihn immer der Gedanke quälte, seine oder Blanchettes Gene könnten nicht in Ordnung sein. Sie erzählte ihm von Sandy und von ihren eigenen Unzulänglichkeiten, danach von Zeb und konnte dabei die Tränen, die ihr in die Augen stiegen, nicht unterdrücken. Sie gestand ihm, daß sie einfach nicht über Zebs Tod hinwegkäme. Inzwischen war es dunkel geworden. Elliot holte Holz von draußen, füllte Kerosin nach und machte die Lampe an.

Es gab kein Fließwasser in der Hütte. Sie holten statt dessen Schnee und schmolzen ihn in einem Topf auf dem Ofen. Sie wollte sich vor dem Essen waschen und sagte zu ihm: „Dreh dich bitte um." Er lachte, tat aber, was sie verlangte, und beobachtete ihren Schatten an der Wand. Er sah, wie sie ihre Arme hob, und hörte das Wasser in die Waschschüssel plätschern. Er sah, wie sie sich mit dem Waschlappen über die Brüste fuhr und sich zwischen den Beinen wusch. Er sah zu, wie sie ihr Haar bürstete und hörte das Geräusch der Bürste, wie sie durch ihr Haar fuhr.

Nach dem Essen gingen sie zu Bett. Sie waren satt, ein bißchen beschwipst und trunken von Liebe. Ihre Hütte war eine sichere Höhle, und niemand konnte ihnen etwas anhaben.

Am nächsten Morgen wirkte Elliot ruhelos. Er ging hinaus und hackte Holz. Danach gingen sie Skilaufen. Es schneite heftig. Nach kurzer Zeit fanden sie sich in einer Schneewüste wieder. Sie kamen an einen Steilhang, mit dem Yarrow nicht gerechnet hatte. Sie drehte sich um, weil sie wissen wollte, ob Elliot noch dicht hinter ihr war. Plötzlich schienen ihre Skier ins Leere zu stürzen. Sie taumelte, wollte sich noch aufrichten, aber da tauchte ein Baum vor ihr auf und sie schwang seitwärts, um ihm auszuweichen. Sie blieb mit einer Skispitze an dem Baum hängen und hörte beim Aufprall, wie es in ihrem Bein krachte. Dann wurde sie vor Schmerz ohnmächtig.

„O Gott, Yarrow." Ein Blick auf Yarrows verdrehtes Bein sagte ihm, daß es unterhalb des Knies gebrochen war. „Es tut dir bestimmt weh, wenn ich dich bewege. Tut mir leid, mein Schatz." Er war froh, daß sie ohnmächtig war, öffnete die Skibindungen und zog Yarrow Zentimeter für Zentimeter den Berg hinauf. Er brauchte eine Dreiviertelstunde, sie in die Hütte zu schaffen.

„Yarrow, Darling?" Sie kam wieder zu sich, hatte aber große Schmerzen. Er gab ihr Brandy.

„Dein Bein ist gebrochen."

„Hier oben passiert mir immer was. Tut mir leid."

„Hör auf, dich zu entschuldigen." Er machte sich Sorgen. Das Unwetter hatte sich über ihnen zusammengebraut, und im Moment war nicht daran zu denken, sie mit dem Auto nach Galena zu fahren.

Das Telefon klingelte.

„Blanchette?"

„Ja."

„Ich bin's – Fabiana. Deinem Vater geht es sehr schlecht. Du solltest kommen. Der Arzt sagt, es sei nur noch eine Frage von Stunden."

Blanchette versuchte Elliot zu erreichen, aber selbst seine Sekretärin Lainie wußte nicht, wo er war. Sie fragte sich, ob Lainie ihr etwas verschwieg. Sie nahm den Pendelzug nach New York, stieg dort in ein Taxi und fuhr zur Wohnung ihres Vaters in der Fifth Avenue.

Der Schlaganfall hatte ihn völlig gelähmt. Er konnte nicht sprechen, nicht einmal ihre Hand drücken. Hin und wieder riß er die Augen weit auf, und da wußte sie, daß er sie erkannte. Irgend etwas schien ihn zu bedrücken. Sie waren allein im Zimmer, und sie setzte sich neben ihn auf das Bett.

„Daddy, kann ich etwas für dich tun?"

Er starrte sie an.

„Wenn ich dich nur verstehen könnte. Geht es um mich oder um Fabiana? Geht es um dein Testament?"

Sie sprach sehr langsam, zählte alles auf, was ihr einfiel. Sie machte jedesmal eine Pause und achtete auf seine Reaktion. Erst als sie die Bibel herauszog und ihm etwas vorlesen wollte, sah sie etwas in seinen Augen, was sie stutzig machte. Sie schaute die Bibel an. Er war als kleiner Junge zum Christentum übergetreten. Jetzt stand er an der Schwelle des Todes.

Blanchette beugte sich zu ihm hinunter und flüsterte ihm zu: „Daddy, soll ich einen Rabbi kommen lassen?"

Eine Träne rann ihm die Backe hinunter.

Sie ging hinaus, sprach mit Fabiana und kam dann zurück. „Er wird bald hier sein." Sie legte die Bibel weg und hielt seine Hand, bis der Rabbi kam.

„Mami hat einen anderen Mann", sagte Lily.

„Das glaube ich nicht", antwortete John. Er biß sich auf die Lippen und schaute seine ältere Schwester an.

„Doch es stimmt. Sie waren zusammen Skifahren, und sie hat sich das Bein gebrochen. Deswegen ist sie nämlich nicht zu Hause. Sie liegt im Krankenhaus."

„Wer ist es denn, wenn du schon alles weißt?"

„Mr. Elliot Weyden, wenn du's genau wissen willst. Er ist reich. Sein Bild ist dauernd in den Zeitungen. Er hat ein eigenes Flugzeug."

„Du lügst."

„Nein, ich lüge nicht. Er hat ein Flugzeug und fliegt überall damit herum. Es hat sogar ein Badezimmer."

John schrie: „Das ist nicht wahr. Sie hat keinen anderen Mann!"

„John, werde endlich erwachsen", sagte Lily. Er rannte in sein Zimmer und schloß die Tür hinter sich ab.

Freya kam aus dem Wohnzimmer. „Was ist denn jetzt schon wieder los, Lily? Ihr habt euch doch in letzter Zeit so gut vertragen."

„Aber jetzt nicht mehr. Er ist unausstehlich. Er hat schon wieder Ärger in der Schule, weil er seine Hausaufgaben nicht gemacht hat."

Lily ging, um sich etwas zu essen zu holen. Freya blieb einen Moment stehen und schaute zur Treppe. Dann ging sie nach oben und klopfte an seine Tür.

„John? Ich möchte mit dir sprechen."

„Laß mich in Ruhe."

„Schatz?"

„Geh weg, Großmutter. Laßt mich doch in Ruhe!"

Freya versuchte die Tür zu öffnen. Er rührte sich nicht. Sie seufzte, schüttelte den Kopf und ging dann langsam wieder nach unten. John brauchte unbedingt eine starke Männerhand. Sie wurde einfach nicht mehr mit ihm fertig.

Yarrow lag wochenlang mit einem Streckverband im Krankenhaus. Die Ärzte hatten sie darauf vorbereitet, daß ihr Bein nie wieder ganz funktionstüchtig sein werde. Sie sagte Elliot, dieses Bein sei die Strafe für den begangenen Ehebruch. Er versuchte ihr das auszureden, aber sie war nicht davon abzubringen. Es war der erste richtige Streit in ihrer Beziehung. Er ließ sie mit seinem Privatflugzeug aus dem kleinen Krankenhaus in Galena nach Platte City bringen und besuchte sie dort. Sie versöhnten sich wieder, und der Streit war vergessen. Er brachte den Kindern Geschenke mit. Lily schaute zu John hinüber und zog die Augenbrauen hoch, als wolle sie sagen: ‚Na, was habe ich dir gesagt?' John hatte das Gefühl, er solle bestochen werden. Er haßte diesen Mann, der ihm seine Mutter wegnahm, und er haßte seine Mutter. Er warf einen Backstein durch das Fenster der Schulcafeteria, und Yarrow wurde zum Rektor zitiert.

„Mrs., äh, Miss McLean, John ist ein destruktives Element innerhalb der Schule. Besucht ihn sein Vater eigentlich oft?"

Yarrow saß mit ihrem Gipsbein und zwei Krücken im Büro des Rektors. Sie ärgerte sich über die Frage. Was hatte Sandy damit zu tun?

„Nein. John besucht seinen Vater manchmal in New York, aber eigentlich lebt er bei mir."

„Ich habe den Bericht des Schulpsychologen vor mir liegen. Daraus geht hervor, daß der Junge unbedingt eine männliche Bezugsperson bräuchte. Yarrow errötete. Dieser Mann sagte ihr im Grunde genommen, daß sie mit ihrem Sohn nicht mehr fertig wurde.

„Der Junge hat den Wunsch geäußert, bei seinem Vater zu leben. Haben Sie das gewußt?"

„Hat er das wirklich gesagt?" John hatte das ihr gegenüber noch nie erwähnt, aber sie hatte ihn ja auch noch nie gefragt.

Yarrow nahm sich vor, am Abend mit John darüber zu reden. Sie gingen zusammen zu einem Eishockeyspiel. John war ein Sportfanatiker. Sie mußten sich auf Eckplätze setzen, damit sie ihr Gipsbein ausstrecken konnte. Sie bot ihm Popcorn an. Er lehnte ab.

„Liebling, vermißt du deinen Vater sehr?"

Er war plötzlich ganz Ohr. „Warum?"

„Ich habe den Eindruck, daß du hier bei mir sehr unglücklich bist."

„Du willst mich loswerden."

„John, das ist einfach nicht wahr. Ich möchte dir helfen. Wärst du glücklicher, wenn du bei deinem Vater leben würdest? Ich liebe dich, John. Aber du läßt mich nicht an dich heran."

Er schaute sie nicht an. Sein Vater hatte auch gesagt, daß er ihn liebe, und ihn dann verlassen.

„Ich möchte zu Vater." Er sah sie nicht an, und sie konnte ihn auch nicht ansehen.

25

Im darauffolgenden Frühjahr brachte Yarrow John zu seinem Vater nach New York. Ursprünglich hatte sie damit warten wollen, bis das Schuljahr vorbei war, aber er hatte angefangen zu stehlen. Sie hatte lange versucht, sein Verhalten vor sich selbst, vor der Schule und vor ihrer Mutter als harmlose Jungensstreiche zu entschuldigen, aber das war jetzt nicht mehr möglich. Sie wurde einfach nicht mehr mit ihm fertig.

„Ich habe versagt", sagte sie zu Sandy am Telefon. „Und jetzt gebe ich das Problem an dich weiter."

„Warum tust du das?" fragte er.

„Was?"

„Warum gibst du immer dir selbst die Schuld?"

„Tu' ich das?"

„Ja, selbst was uns beide anlangt. Es war nicht deine Schuld."

„Danke, Sandy." Das waren ganz neue Töne.

„Du warst nicht mit mir unzufrieden, sondern mit unserer Ehe. Du hast einfach zuviel erwartet. Du bist zu romantisch."

Sie starrte das Telefon an. Immerhin, Sandys Selbstbewußtsein hatte keinen Schaden genommen.

„Bist du jetzt mit meiner Psychoanalyse fertig?"

„Das würde ich nie versuchen." Er hielt kurz inne und sagte dann: „Dein Freund hat ja großen Eindruck bei dem Untersuchungsausschuß zur Verbrechensbekämpfung gemacht."

Yarrow wurde vorsichtig. „Mein Freund?"

„Yarrow, man weiß doch allgemein über dich und Elliot Weyden Bescheid. Er steht zu sehr im Rampenlicht, als daß die Leute nicht reden würden."

„Ich bin schließlich eine alleinstehende Frau, Sandy."

„Ja, das stimmt, aber ich habe immer gehofft... Aber lassen wir das lieber." Er wechselte das Thema. „Ich habe übrigens heute etwas erfahren, was dich interessieren könnte. In Long Island steht ein Radiosender zum Verkauf an."

„Warum kaufst du ihn nicht?"

„Zu teuer. Und außerdem bin ich kein Unternehmertyp wie du."

„Schön, ich werde mir die Sache ansehen. Noch mal wegen John: Er ist faul und muß getreten werden."

„Yarrow, laß das Kind in Ruhe."

Das Telefongespräch ging ihr nicht aus dem Kopf. Das Gerede über Elliot und sie – diese Tratschmäuler von Journalisten konnten nicht anders – würde Elliot schaden. Sie mußten in Zukunft vorsichtiger sein.

Der schwere Gips war inzwischen abgenommen worden. Der Bruch war zwar gut verheilt, aber sie hatte nach wie vor Angst davor, das Bein zu belasten, und benützte deshalb einen Stock. Sie flog mit John nach New York und küßte Lily und Buck zum Abschied.

Sandy holte sie vom Flughafen ab. Er hatte sich kaum verändert. Er wirkte vielleicht etwas reifer, was sich auf sein Aussehen nur positiv ausgewirkt hatte. Auf Fotos von Sandy hatte sie früher immer Anzeichen von Schwäche in seinem Gesicht entdeckt, doch sie waren jetzt verschwunden. Seinem Sohn gegenüber verhielt er sich prahlerisch und polternd, aber sie war sicher, daß sich das schnell geben würde. Sie schämte sich ihrer Erleichterung darüber, daß Sandy ihr einen Teil der Verantwortung für John abnehmen würde. Gleichzeitig fiel es ihr jedoch sehr schwer, sich von ihrem Sohn zu trennen.

Als sie im Auto Richtung Manhattan fuhren, sagte Sandy: „Hier, da hast du die Bilanzen der Radiostation, von der ich dir erzählt habe."

„Wie geht's bei der Arbeit", fragte sie ihn.

Er verzog das Gesicht. „Fabiana Newnom hat sich nach dem Tod ihres Mannes aus dem Geschäft zurückgezogen, und seither ist Palmer der Boss. Von ihm habe ich auch von der Radiostation gehört. Er hat mich gebeten, die Bilanzen anzusehen und ihm dann zu sagen, was ich davon halte. Ausgerechnet mich. Ich bin Zeitungsreporter und habe keine Ahnung vom Radio. Er denkt wahrscheinlich, daß ich immer noch zur Familie gehöre. Das ist das Schicksal meines

Lebens – zuerst arbeite ich für meine Frau und dann für den Mann ihrer Schwester."

„Kannst du Palmer auch nicht leiden?"

„Nein, er ist ein fieser Typ." Sandy tippte sich gegen die Stirn: „Aber er hat Köpfchen. Und er ist ehrgeizig. Fährt einen harten Kurs gegen die Gewerkschaften. Die machen uns im Moment große Schwierigkeiten."

„Wem, dem *Courier?*"

„Allen Zeitungen. Der Gewerkschaftsboss Albert Hinton hat eine ganze Latte von Beschwerden formuliert. Wenn die Angestellten sich hinter seine Forderungen stellen, kann er uns jederzeit lahmlegen. Ein Gutteil dieser Forderungen läuft auf glatte Erpressung hinaus, und Hinton weiß das genau. Er spielt die Verleger gegeneinander aus. Unsere Zeitung erscheint nicht dank unserer Belegschaft, sondern trotz ihr."

Yarrow war überrascht. Sie hatte Sandy noch nie so heftig erlebt.

„Du klingst ja richtig wütend."

„Ja, das bin ich auch. Und dabei ist die Druckergewerkschaft noch nicht die schlimmste. Die Lastwagenfahrer sind es. Die Drucker sind wenigstens nicht korrupt, aber mir hängt die Zusammenarbeit mit ihnen zum Hals raus. Sie sträuben sich gegen neue Technologien. Was meinst du, warum wir immer noch im Bleisatzverfahren drucken? Erinnerst du dich noch an den Streik von 1948? Wir haben damals schon mit Fotosatz produziert. Bleisatz ist ein total veraltetes Verfahren. Aber jedesmal, wenn wir mit den Druckern über die Einführung von Fotosatzmaschinen reden wollen, führen sie andere Gründe an, warum das angeblich unmöglich sein soll."

„Wahrscheinlich ist genau das Hintons Problem."

„Eine Gewerkschaft kann es sich nicht leisten, Berufsgruppen zu betreuen, die es nicht mehr gibt. Das ist eine große Seifenblase, die früher oder später platzen muß – und zwar eher früher ..."

Sandy wandte sich seinem Sohn zu: „Hey, John. Was hältst du davon, wenn wir uns heute nachmittag ein Basketballspiel im Madison Square Garden anschauen? Wir können in der Presseloge sitzen."

Johns Augen leuchteten: „Au ja, toll", sagte er. Yarrow lächelte ihn an. Sie hoffte, daß sie die richtige Entscheidung getroffen hatte.

Sandy setzte sie am Plaza Hotel ab. Greta hatte ihr zwar angeboten, bei ihr zu wohnen, doch sie hatte abgelehnt. Sie wollte auf keinen Fall mehr Zeit mit Palmer verbringen, als unbedingt nötig.

Von ihrem Zimer aus versuchte sie Elliot im Carlyle zu erreichen, aber seine Nummer war besetzt. Sie rief Greta an, aber die hatte am Nachmittag bereits eine Verabredung. Danach rief sie einige Zeitungsleute an, mit denen sie sich während ihres Aufenthaltes in New York treffen wollte. Sie rief bei der Radiostation auf Long Island an und machte mit ihnen einen Termin für den übernächsten Tag aus. Sie konnte der Verlockung, Palmer bei einem Geschäft zuvorzukommen, das er selbst machen wollte, nicht widerstehen.

Dann setzte sie sich an den Schreibtisch am Fenster und ging die Bilanzen und die Einschaltquoten der Radiostation durch. Es war ein sonniger Nachmittag im Frühling. Von ihrem Fenster aus hatte sie einen herrlichen Blick auf den Central Park, aber sie war zu sehr in ihre Arbeit vertieft, um ihn zu genießen. Als sie wieder auf die Uhr sah, merkte sie, daß sie zwei Stunden gearbeitet hatte. Sie rief noch einmal bei Elliot an, aber es war immer noch besetzt. Sie legte den Hörer verärgert auf und zog sich ein leichteres Kleid an. Während sie den Reißverschluß ihres Kleides zumachte, wählte sie noch einmal Elliots Nummer.

„Du bist wirklich schwer zu erreichen“, sagte sie.

„Hallo, mein Schatz. Komm doch herüber!“

„Wie schön. Seit Monaten habe ich das Gefühl, daß wir nur eine Telefonbeziehung haben. Ich bin in einer halben Stunde bei dir.“

Elliots Apartment im Carlyle war über einen separaten Eingang zu erreichen; deshalb mußte sie nicht durch den Haupteingang des Hotels. Seine Sekretärin machte ihr die Tür auf. Ihr Blick fiel auf das Degas-Gemälde der nackten Schönen, das sie und Elliot sich vor einem Jahr in Los Angeles angesehen hatten. Elliot war aus seinem Büro gekommen, als er das Klingeln hörte, nahm sie in die Arme und küßte sie.

„Du hast mir gefehlt“, sagte er. Er sah sie an und nahm ihr den Stock weg. „Laß dich anschaun!“ Sie hatte ihr dunkles Haar wieder zu einem Knoten gebunden und ein paar dünne Haarspitzen abschneiden lassen, was er sofort bemerkte. „Es gefällt mir“, sagte er. Sie trug ein einfaches, ärmelloses Kleid mit einer kurzen Jacke. Es war ziemlich kurz, so daß ihre immer noch schönen Beine zu sehen waren, obwohl jetzt eines dünner war. Der Skiunfall hatte keinen bleibenden Schaden hinterlassen, obwohl sie immer noch leicht hinkte. „Kannst du auf den Stock nicht verzichten?" fragte er.

„Noch nicht. Du hast mir auch gefehlt."

Sie gingen in sein Büro. Der Schreibtisch war voller Papiere und Akten; außerdem standen drei Telefone darauf. Die Fenster zeigten nach Süden und Osten, und man hatte einen Blick auf die gesamte Silhouette von Manhattan.

„Ich habe noch ein paar Dinge zu erledigen, aber dann können wir uns ein Stück am Broadway ansehen, und hinterher gehen wir zu einer Party. Ich möchte dich vorzeigen."

„Was soll ich anziehen?"

„Laß mich dir etwas kaufen." Er telefonierte seiner Sekretärin: „Lainie, würden Sie bitte bei Bergdorf anrufen und sie bitten, einige Abendkleider für Miss McLean vorbeizuschicken." Er sah kurz zu Yarrow herüber und sagte dann: „Größe sechs." Er legte auf, und sie fragte sich, wie oft er das wohl schon gemacht hatte.

„Ich habe nicht gesagt, daß ich *nichts* zum Anziehen habe. Ich habe dich nur gefragt, *was* ich anziehen soll." Er lächelte und telefonierte schon wieder. Sie nahm sich vor, nicht eifersüchtig zu sein. Weder auf seine Arbeit noch auf seine früheren Affären. Sie saß in einem Sessel und blätterte in Büchern und Zeitungen, während er telefonierte. Beim Lesen hörte sie mit halbem Ohr seinen Gesprächen zu. Sie machte sich eine Liste aller Schritte, die sie tun mußte, wenn sie in New York eine Zeitung herausgeben wollte. Dann strich sie alles wieder durch. Alles Tagträume, dachte sie. Sie würde sich niemals eine Zeitung in New York leisten können. Nach allem, was Sandy ihr erzählt hatte, fragte sie sich, ob sich das jemand, der bei klarem Verstand war, überhaupt wünschen konnte.

Elliot hatte total vergessen, daß sie im Raum war. Er saß in seinen Sessel zurückgelehnt, telefonierte und sah zum Fenster hinaus. Eine halbe Stunde später kam Lainie ins Zimmer und bat sie mitzukommen. Als sie aufstand, drehte er sich blitzschnell um und fragte: „Wohin gehst du?"

„Kleider anprobieren."

Die Kleider waren wirklich schön, aber die Preise schockierten sie. Sie suchte sich das billigste aus, ein rotes, perlenbesetztes Abendkleid mit tiefem Ausschnitt, zu dem ein kleiner runder Hut gehörte. Elliot kam herein und bewunderte sie.

Sie gingen in seine Wohnung im Obergeschoß. Der Raum war geschmackvoll eingerichtet: viel Leder und gedämpftes Licht. Nichts sollte von den Gemälden an den Wänden ablenken oder um die Aufmerksamkeit des Betrachters buhlen.

„Du siehst abgespannt aus. Du arbeitest zuviel", sagte sie.

„Ach ja, im Moment ist es wirklich ein bißchen hektisch. Ich vermisse dich."

„Ich wünschte, ich könnte öfter mit dir zusammensein und mich um dich kümmern", anwortete sie. „Wer kocht und putzt für dich? Wer kümmert sich um deine Wäsche?"

„Ach, weißt du, das ist ja das schöne an diesem Hotel: Sie kümmern sich um alles, und ich brauche nicht viel." Er stand von seinem Stuhl auf und sagte: „Ich will rasch noch duschen. Kommst du mit? Dann können wir uns solange unterhalten."

Er hatte nicht die geringsten Hemmungen, sich vor ihr auszuziehen und sich zu rasieren, während sie miteinander plauderten.

„Tätigst du deine sämtlichen Geschäfte von hier aus? Nur mit einer Sekretärin und ein paar Telefonen?"

„Das meiste schon. Ich habe noch ein Büro in der Innenstadt. Aber Lainie managt fast alles. Ich verkaufe ja nur Ideen. Ich bin nicht im Tagesgeschäft wie du", antwortete er. In drei Tagen werde er nach Illinois, Texas und Kalifornien fliegen und Reden halten, sich mit Geschäftspartnern treffen, an Aufsichtsratssitzungen teilnehmen und Geschäfte vermitteln.

„Warum tust du dir das an?"

„Weil es mir gefällt. Übrigens, warum bleibst du nicht hier bei mir? Warum mußt du im Plaza wohnen?"

„Weil ich Kinder habe, weil ich Geschäftsfrau bin und weil du verheiratet bist."

„Weil du dickköpfig bist."

„Sag mal, was soll das? Gehen wir aus, oder bleiben wir hier und streiten uns?"

„Laß uns hierbleiben und streiten, und hinterher versöhnen wir uns", sagte er. Aber er zog sich an und kämmte sich.

„Setz den Hut auf", forderte er sie auf, „und laß dein Haar offen.

Sie löste den Knoten, und ihr dunkles Haar wallte unter dem kleinen Hut hervor. Sie betrachtete sich im Spiegel und fand, daß sie gut aussehe.

„Heute kommst du mir nicht so einfach davon. Ich werde nach der Party ganz bestimmt nicht mit in dein Hotel fahren und dann mitten in der Nacht hierhergondeln. Für solche Mätzchen bin ich zu alt." Er half ihr in die Limousine, und sie warf ihm einen Blick zu. Er hatte sie an der Angel, und er wußte es. Er kam ihrer Erwiderung zuvor.

„Außerdem habe ich heute Geburtstag", sagte er beim Einsteigen. „Deshalb fühle ich mich so alt."

„Wie alt wirst du denn?"

„Vierzig."

Sie schauten sich ein Stück an, das Elliot finanziell gesponsort hatte. Es war amüsant, aber er meinte, es würde sich nicht lange auf dem Spielplan halten können.

Im Anschluß feierte man in einem nahegelegenen Restaurant. Elliot stellte ihr den Autor des Stücks vor. Er war homosexuell und war geistreich ausschließlich in seinen Bühnendialogen. Ansonsten war er ein ebenso geckenhafter wie kriecherischer Mensch.

„Miss McLean", sagte er, als sie einander vorgestellt wurden, „ich habe schon viel von Ihnen gehört."

„Das wundert mich aber. Ich lebe doch auf dem platten Land."

„Der Ruhm hat lange Arme ... Und was Elliot anlangt, ist er einfach ein Gott. Wissen Sie, daß wir alle hoffen, daß er heimlich die Präsidentschaftskandidatur anstrebt. Er ist ein Außenseiter, aber das paßt zu ihm, finden Sie nicht auch? Ah, da kommt gerade mein bester Freund. Hat mich gefreut, Sie kennenzulernen."

Trotz ihres teuren Kleids fühlte sich Yarrow plötzlich deplaziert. Sie hielt nach Elliot Ausschau und sah plötzlich Greta auf sich zukommen: groß und blond, in einem hautengen weißen Kleid, das mehr enthüllte als verbarg.

„Schätzchen", begrüßte Greta sie. Irgendwie wirkte sie in dieser

Umgebung verletzlich. Ihre Augen blickten starr. „Palmer muß sich hier irgendwo rumtreiben. Hast du ihn gesehen? Wir wollten uns hier treffen. Da ist er ja! Schön, daß du hier in New York bist." Sie rief ihr aus einiger Entfernung durch das Menschengetümmel zu: „Wir sehen uns dann morgen, ja?"

Elliot kam zu ihr und wollte sie mit einigen Leuten bekanntmachen. Jetzt erst sah sie Palmer Truitt. Er stand in einer dunklen Ecke des Raumes und unterhielt sich mit dem Stückeschreiber. Er hatte gerade etwas getan, was sie sehr schockiert hatte, obwohl es eigentlich nichts Anstößiges war: Er hatte dem Stückeschreiber mit der Hand eine Fluse vom Revers genommen.

„Sollen wir gehen?" fragte Elliot. Sie nickte, und sie machten sich aus dem Staub.

„Gehen wir zu mir oder zu dir?" fragte er.

„Tu nicht so, du weißt genau, daß wir zu dir gehen."

„Du bist so, wie ich mir eine Frau wünsche: begehrenswert, intelligent und einfühlsam."

„Vorausgesetzt ich tue das, was du willst."

„Selbstverständlich."

Sie liebten sich und schliefen ein. Gegen zwei Uhr nachts weckte eine Sirene sie, Yarrow fing an, Elliot zu streicheln, und wenig später liebten sie sich noch einmal. Sie schliefen wieder ein. Ein leises Geräusch weckte sie. Es war zwanzig nach fünf. Elliot stand auf. Sie brummelte nur und drehte sich wieder zur Seite.

Verkehrslärm weckte sie. Elliot war weg, hatte ihr aber einen Zettel geschrieben: ‚Schlaf gut! Wir treffen uns heute abend um sieben bei mir. Laß dir von Lainie den Schlüssel geben. In Liebe, Elliot.'

Sie zog seinen seidenen Morgenmantel an. Sein Geruch haftete noch daran. Sie bestellte sich ein Frühstück und nahm sein Apartment in Augenschein. Es bestand aus einem Schlafzimmer, einem Arbeitsraum und einer Art Wohnzimmer. Alles war in gedämpften Brauntönen gehalten. Das Badezimmer hatte cremefarbene Marmorfliesen und viele Spiegel.

Nach dem Frühstück ließ sie sich Badewasser einlaufen. Auf der Suche nach einer Badekappe zog sie ein paar Schubladen auf. In der untersten Schublade einer Kommode fand sie schließlich eine Badekappe, und als sie sie herausholte, entdeckte sie ein paar Kosmetikartikel. Unter anderem war ein knallroter Lippenstift dabei, sicher nicht eine Farbe, die Blanchette benutzen würde. Sie durchwühlte die Schublade und stieß auf ein kleines Täschchen mit einem Zugband. Sie wußte noch bevor sie es öffnete, was darin war. Es enthielt ein sorgfältig mit Talkum eingepudertes Pessar. All seine Liebesschwüre! Was für eine dumme Gans war sie doch, diesen Mann so zu lieben. Er liebte sie gar nicht wirklich. Er wollte sie nur, wenn es ihm gerade paßte. Wenn sie nicht da war, hatte er offensichtlich andere Frauen. Angeekelt warf sie das Ding ins Klo. Mit dem Lippenstift, den sie gefunden hatte, schrieb sie ein großes „Nein" auf den Spiegel. Das Pessar trieb obszön schaukelnd in der Kloschüssel. Er soll ruhig hineingreifen müssen, um es herauszuholen, dachte sie.

Sie zog sich an und ging. Sie war froh darüber, daß sie von einer geschäftlichen Verabredung zur anderen hetzen mußte. Sie suchte die *Post*, das *World Telegram* und den *New York Herald Tribune* auf. Dann nahm sie ein Taxi und fuhr zu Greta.

Nachdem Palmer den *Courier* übernommen hatte, hatte Greta ihre Kolumne aufgegeben. „Er will nicht, daß ich arbeite", sagte sie. Sie rauchte seit neuestem und paffte eine Zigarette mit einem langen Mundstück.

„Was tust du dann die ganze Zeit?"

„Oh, ich gehe zum Frisör. Ich lasse meine Fingernägel maniküren. Ich gehe einkaufen. Das mache ich gern. Wie wär's mit einem Drink? Es ist gleich fünf."

„Greta?"

„Ja?"

„Nur etwas Antialkoholisches, bitte." Yarrow machte sich Sorgen. Sie erinnerte sich an Gretas glasige Augen auf der Party. Sie trank zuviel.

„Wie geht's Palmer?"

„Großartig. Er liebt die Zeitung." Yarrow sah, daß Greta schon ein paar Drinks intus hatte.

„Wir fahren diese Woche auf die Bahamas."

„Nur ihr beide?"

„Nein, nein. Mit ein paar Freunden. Palmer hat viele Freunde."

„Und wie steht's mit dir? Hast du Freunde? Greta, mein Schatz, sieh mich an. Hast du jemanden, mit dem du reden kannst?"

Gretas Augen flackerten und füllten sich mit Tränen. „Yarrow, ich muß dir etwas sagen, worüber ich noch mit keinem Menschen geredet habe. Du mußt mir versprechen, es nicht weiterzuerzählen."

Yarrow nickte nur und wartete. Greta nahm einen kräftigen Schluck.

„Wir schlafen nicht mehr miteinander. Nicht mehr richtig zumindest. Ich muß ihm eine ... eine Dusche verpassen, und danach macht er's mir."

„Wenn ihr es beide wollt, ist nichts dagegen einzuwenden. Aber ich glaube, du willst es gar nicht."

Greta fing an zu weinen. „Er macht mir Angst. Er liebt mich überhaupt nicht. Ich bin für ihn nicht ich, sondern was anderes. Er haßt nicht mich, er haßt uns." Yarrow legte den Arm um ihre Schwester.

„Um Himmels willen. Dann verlaß ihn doch. Laß dich scheiden."

Greta richtete sich wieder auf, strich sich das Haar aus dem Gesicht, wischte sich mit den Fingern die Augen und verschmierte dabei Wimperntusche. „Ja, ich glaube, das sollte ich wirklich." Sie stand auf und schaute in einen Spiegel: „Nun schau dir an, wie ich aussehe. Ich muß doch gleich weg."

Yarrow sah ihre Schwester an. Sie war immer die Schönste in der Familie gewesen. Jetzt war ihr Gesicht mit Wimperntusche verschmiert, und sie roch nach Alkohol. Yarrow hätte Palmer umbringen können, weil er ihrer Schwester das angetan hatte. Hatte er nicht schon genug angerichtet?

„Geh nicht weg. Ich bleibe bei dir."

„Nein. Ich bin völlig in Ordnung. Er wird bald nach Hause kommen. Bitte, geh vorher. Er weiß, daß du ihn nicht leiden kannst."

„Greta, hast du Angst vor ihm?"

„Nein. Er würde mich nie schlagen. Aber jetzt geh, bitte." Sie schob Yarrow mehr oder weniger aus der Wohnung.

Yarrow lief in der Dämmerung durch die belebten Straßen und überlegte, wie sie ihrer Schwester helfen könnte. Sie fühlte sich so hilflos. Warum in aller Welt blieb Greta bei Palmer? Sie beschloß, Nellie anzurufen. Nellie und Greta verstanden sich gut.

Sie ging ins Hotel und holte beim Portier ihren Schlüssel. Es lagen mehrere Nachrichten für sie da, einige von Elliot. Er hatte seit sieben Uhr alle fünf Minuten angerufen. Sie ging auf ihr Zimmer, zog die Schuhe aus und schaltete den Fernseher an. Dort lief gerade ein zehn Sekunden-Spot, in dem Elliot bei einem Essen der „Amerikaner für mehr Demokratie" sprach. Sie wurde wütend und schaltete den Apparat aus. Man konnte ihm nicht entrinnen. Das Telefon klingelte, Elliot war am Apparat. Sie legte auf. Sie beschloß, im Restaurant des Hotels zu Abend zu essen, um ihm aus dem Weg zu gehen.

Auf dem Weg dorthin erspähte sie ihn. Oder vielmehr er erspähte sie. Sie wandte sich ab, aber er packte sie am Arm.

„Yarrow, bitte laß mich dir alles erklären."

„Laß mich. Ich bin auf dem Weg zum Abendessen."

Keiner von ihnen erhob die Stimme, sie blieben ruhig und höflich. Sie gehörten nicht zu der Sorte Menschen, die einander große Szenen machten.

„Schatz, bitte nicht. Diese Dinge im Zimmer – ich weiß schon gar nicht mehr, wie lange sie dort herumliegen. Ich gebe zu, du hast allen Grund, wütend zu sein, aber gib mir bitte die Chance, dir alles zu erklären."

„Da gibt es nichts zu erklären."

„O doch. Es gibt sehr viel zu erklären: Ich liebe dich." Er wollte sie am Arm festhalten. Sie trat vor das Hotel und stieg die Treppe hinunter. Pferdekutschen, die zumeist nur von den Touristen benutzt wurden, warteten auf der Straße auf Kunden. Sie ging auf die nächstbeste zu und stieg ein: „Durch den Park", sagte sie zu dem Kutscher. Elliot sprang auf und setzte sich neben sie. Sie sprachen nicht, als sich die Pferde in Trab setzten.

Elliot seufzte. Sie warf ihm einen Blick aus den Augenwinkeln zu. Er war tief in Gedanken versunken. Auf seinem Gesicht hatte sich ein resignierter Ausdruck breitgemacht.

„Was soll ich sagen, außer daß es mir leid tut. Ich hatte keine Ahnung, daß noch irgend etwas von einer anderen Frau in meiner Wohnung herumliegt. Ich konnte ja nicht ahnen, daß du meine Schubladen durchsuchen würdest."

Sie schämte sich. „Das hätte ich nicht tun dürfen. Es war nicht recht von mir. Es hat mir nur so weh getan. Ich bin mir deiner einfach nicht sicher."

„Yarrow, wenn du wüßtest." Er zögerte kurz und küßte sie dann. Sie schmolz in seinen Armen dahin. „Bitte, Darling. Tu das nie wieder. Wenn du das Gefühl hast, daß ich dich vernachlässige oder dich gekränkt habe, dann sprich bitte mit mir. Geh nicht einfach so weg."

„Es tut mir leid, Elliot."

„Ich dachte, ich hätte dich für immer verloren." Sie hielten sich fest umschlungen. Als sie an der Upper East Side angekommen waren, wo die Droschken umdrehten und zur Fifth Avenue zurückfuhren, bezahlte er den Kutscher. Sie stiegen aus und gingen Arm in Arm in sein Hotel. Plötzlich fing er an zu lachen. Er lachte so sehr, daß ihm schließlich die Tränen in die Augen stiegen.

„Was ist denn so lustig?" fragte sie und fing dann selbst an zu lachen.

„Dieses verdammte Pessar. Ich sehe es immer noch im Klo schwimmen."

26

Der Kontrast zwischen New York und dem Leben in Platte City machte Yarrow nervös und ruhelos. Sie erzählte ihren Kindern viel von New York, konnte ihnen aber keine Vorstellung von der ungeheuren Lebendigkeit dieser Stadt vermitteln. Platte City war im Vergleich dazu weiß Gott langweilig. Kurz nach ihrer Rückkehr, wurde ihr mitgeteilt, daß ihr Angebot für die Radiostation in Long Island abgelehnt worden war. Palmer Truitt hatte das Rennen gemacht, was Yarrow mehr enttäuschte, als sie zugeben wollte. Sie hatte gehofft, der Radiosender würde ihr die Möglichkeit bieten, häufiger nach New York zu reisen. Sie hatte mit Elliot sogar darüber gesprochen, ganz nach New York zu ziehen. Er war von dieser Idee begeistert gewesen, denn er konnte nicht so oft nach Colorado kommen, wie er gewollt hätte.

Sie vermißte die redaktionelle Tagesarbeit in der Zeitung. Da sie selbst einige Male an Redaktionskonferenzen teilgenommen hatte, wußte sie, daß Ned seine Sache sehr gut machte und alles im Griff hatte. Sie wollte sich nicht zu sehr einmischen, weil sie befürchtete, dadurch Neds Autorität zu untergraben. Sie hielt sich daher bewußt aus den Entscheidungsprozessen heraus und überließ es ihren Mitarbeitern, anstehende Probleme zu lösen. Es war Zeit, sich eine andere Aufgabe zu suchen, aber sie wußte nicht, was. Sie wußte nur, daß sich etwas ändern mußte.

Ende des Jahres passierte jedoch etwas Aufregendes. Ned schrieb eine Story über den in der Stadt ansässigen Rechtsanwalt Q. B. Shield, der unter Anklage stand und den Yarrow flüchtig kannte. Eine Frau namens Skolly war die Richterin. Das *Journal* hatte dieser Richterin früher einmal vorgeworfen, nicht entschieden genug gegen Straftäter vorzugehen. Shield kündigte an, er werde wegen des gegen ihn eingeleiteten Disziplinarverfahrens den Obersten Gerichtshof anrufen.

Yarrow saß am Schreibtisch, als Miss Hines hereinkam und ihr einen Besucher ankündigte. Der Mann überreichte Yarrow einen Umschlag, der eine Abschrift der von Shield eingereichten Petition enthielt. Das Dokument erschien am folgenden Tag im *Journal,* und Yarrow wurde tags darauf vor Gericht zitiert.

Die Richterin Skolly verlangte von ihr den Namen des Mannes, der ihr den Umschlag gebracht hatte. Yarrow berief sich auf die verfassungsrechtlich garantierte Pressefreiheit und weigerte sich, den Namen preiszugeben. Die Richterin verurteilte Yarrow daraufhin zu einer 30tägigen Haftstrafe. Der allgegenwärtige Pierson, Yarrows Rechtsanwalt, flüsterte ihr zu: „Was soll ich tun? Ich kann Frau Skolly um Haftaufschub und Aussetzung einer Kaution bitten."

„Wieviel?" fragte Yarrow. „Diese gottverd . . . „

„Vorsicht, sie kann das Urteil ändern und Ihnen noch mehr aufbrummen."

„Ja, und ich wette, sie kann auch von den Lippen ablesen."

„Ich schätze, 500 bis 1 000 Dollar."

„Einverstanden."

Pierson stand auf und sagte: „Wir bitten das Gericht um Aufschub der Strafe um zehn Tage und die Aussetzung einer Kaution für Miss McLean."

Richterin Skolly antwortete: „In Anbetracht der Laxheit dieses Gerichts, die Miss McLean ja bekannt sein dürfte, stimme ich dem beantragten Haftaufschub zu und verhänge eine Kaution von 5 000 Dollar."

„Was?" Yarrow war außer sich. „Das kommt gar nicht in Frage, ich werde keine 5 000 Dollar bezahlen. Lieber sitze ich die Strafe sofort ab, Pierson."

Sie wurde aus dem Gerichtssaal geführt. Während ihre Fingerabdrücke abgenommen wurden, sagte sie zu Pierson: „Unterstehen Sie sich ja nicht, diese Kaution zu bezahlen." Sie sah zu, wie ihre Fingerspitzen über die klebrige schwarze Tinte gerollt wurden. „Das ist eine prima Schlagzeile für morgen: *Verlegerin beruft sich auf Pressefreiheit.* Kann ich mal telefonieren?"

Sie verbrachte die Nacht im Gefängnis. Freya kam sie am nächsten Tag besuchen.

„Warum bist du nur so dickköpfig? Mr. Pierson sagt, du brauchst nur die Kaution zu bezahlen, und schon bist du frei."

„Diese Skolly ist eine Hexe. Ich werde mir bei dieser Sache nicht die Finger verbrennen, aber sie. Bezahle die Kaution ja nicht. Komm, gib mir einen Kuß und erzähl mir, wie die Kinder reagiert haben."

„Lily ist in Tränen ausgebrochen. Ihre sämtlichen Freundinnen haben angerufen und gesagt, ihre Mutter sei eine Zuchthäuslerin. Es war sogar ein Kamerateam vom Fernsehen bei uns zu Hause. Sie haben es im überregionalen Fernsehen gebracht. Das hat auf Buck mächtig Eindruck gemacht. Sandy hat aus New York angerufen. Er will ein Exklusivinterview mit dir machen."

„Das ist doch eine bodenlose Unverschämtheit. Selbst wenn der *Courier* die einzige Zeitung in Amerika wäre, würde ich denen kein Interview geben."

Yarrow bereitete sich auf ihre zweite Nacht im Gefängnis vor, als ein Wächter mit einem breiten Grinsen hereinkam und sie aus der Zelle führte.

„Was soll das?"

„Ihre Kaution ist bezahlt worden."

Sie stöhnte. „Und ich wette, Sie wissen auch, von wem."

Sie ging in ihr Büro, wo bereits einige auswärtige Reporter und ein Kamerateam einer großen Fernsehstation auf sie warteten. Es war ein seltsames Gefühl, zur Abwechslung mal auf der anderen Seite des Tisches zu stehen. Erst jetzt wurde ihr klar, wieviel schwieriger es war, Fragen zu beantworten, als sie zu stellen. Sie wiederholte ständig denselben Satz: „Es war für mich eine prinzipielle Frage."

Sie formulierte ihre Stellungnahme, die Ned am nächsten Tag im *Journal* veröffentlichen sollte, und ließ sich dann von Miss Hines mit Elliot verbinden. „Sag mal, du Schlaumeier, warum hast du diese Kaution bezahlt? Ich brauche keinen Schutzengel, der mir aus der Patsche hilft."

Elliot lachte und sagte dann: „Wenn ich gewußt hätte, daß es dir soviel Spaß macht, hätte ich dich im Gefängnis schmoren lassen."

„Ich wollte beweisen, was diese alte Schachtel in Wirklichkeit ist – nämlich weiter nichts als eine rachsüchtige Demokratin."

Elliot mußte lachen und sagte dann in ernstem Ton: „Ich konnte doch nicht zulassen, daß mein Mädchen im Gefängnis sitzt."

„Ich weiß, du hast dir Sorgen um mich gemacht, und ich danke dir."

„Du fehlst mir. Kannst du dich nicht einen Tag freimachen?"

Sie ging ihren Terminkalender durch. „Und was ist mit dir? Kannst du nicht herkommen? Ich möchte dich auch gern sehen, aber ich will die Kinder nicht schon wieder allein lassen."

„Wie wär's nach Weihnachten? Blanchette fährt mit Meredith nach England zu meiner Schwester Vivienne. Wir könnten doch alle zusammen Ferien machen."

„Wir alle zusammen? In New York?"

„Nein, laß uns wohin fahren, wo die Sonne scheint. Nach Jamaica."

Sandy und John trafen sich mit Elliot am Flughafen in New York. Sandy hatte John hergefahren, und sie unterhielten sich, bis das Flugzeug aus Denver ankam. Sandy hatte Elliot als Yarrows Lebenspartner akzeptiert. Er bewunderte sogar dessen Erfolge und verfolgte Elliots Karriere mit mehr als bloß oberflächlichem Interesse.

Die Kinder waren aufgeregt, selbst Johns Griesgrämigkeit schien geschwunden. Sie machten in Kingston Zwischenlandung und flogen von dort aus nach Montego Bay weiter. Dort wollten sie eine Nacht im Hotel verbringen und dann entlang der Nordküste zu einem Haus weiterfahren, das sie gemietet hatten.

Die erste Woche war wunderbar. Elliot arbeitete, Yarrow machte mit den Kindern endlose Spaziergänge am Strand, wo sie Muscheln suchten. Sie selbst konnte nicht schwimmen, weil sie ihre Angst vor dem Ertrinken nie überwunden hatte. Sie hatte den Sohn des Hausverwalters beauftragt, Buck das Schwimmen beizubringen. Billy war neunzehn und groß und kräftig. Yarrow saß mit einem großen Strohhut am Strand und sah zu, wie ihre drei Kinder und Billy sich im Wasser tummelten, während sie versuchte, ihre Angst zu verbergen. Elliot ging mit John am Riff schnorcheln. Er mokierte sich nicht über Johns Launenhaftigkeit, und John respektierte Elliot allmählich, wenn auch unter Zähneknirschen. Zugegeben hätte er es jedoch nie.

Lily saß mit ihrer Mutter am Strand. Sie war zwölf und schon sehr fraulich. Ihre Vorstellungen waren so altmodisch, daß sich Yarrow oft fragte, was sie bloß falsch gemacht habe. Ihr Haar war sehr fein und fast weiß, ihr Gesicht oval, um die Augenpartie breit wie bei Sandy. Sie hatte dieselben blauen Augen wie ihr Vater und die Augenbrauen ihrer Mutter. Auf ihrer Brust zeigten sich kleine Schwellungen, und unter den Achseln sprossen die ersten Haare. Yarrow fragte sich, wann sie wohl ihre erste Periode haben werde.

„Liebst du Elliot?"

Yarrow legte ihr Buch beiseite. Sie hatte auf diese Frage gewartet. Sie wollte absolut ehrlich sein, fragte sich aber, wie weit sie gehen durfte.

„Ja."

„Er ist aber verheiratet."

„Ich weiß, Lily."

„Aber dann lebst du doch in Sünde."

„Woher hast du denn das?"

„Alle Mädchen in der Schule sprechen von nichts anderem. Lana Turners Tochter hat den Liebhaber ihrer Mutter erstochen."

„Ich glaube nicht, daß du Elliot mit diesem Johnny Wasweißich vergleichen kannst."

„Stompanato. Nein, tue ich auch nicht. Ich mag Elliot. Aber es wäre mir lieber, wenn ihr verheiratet wärt."

„Mir auch."

„Warum läßt er sich dann nicht scheiden und heiratet dich?"

„Nun ja, er hat eine kleine Tochter in Bucks Alter. Und außerdem, was ändert dieses Stück Papier? Ich weiß, daß das schwer zu verstehen ist, aber manchmal habe ich das Gefühl, wirklich mit Elliot verheiratet zu sein. Selbst wenn er sich von Blanchette scheiden ließe, würden wir einander nicht mehr gehören." Yarrow machte eine Pause. Sie führte sich noch einmal ihre Worte vor Augen. Stimmte es? Machte es ihr wirklich nichts aus? „Lily, eines Tages wirst du dich verlieben und heiraten und glücklicher sein, als dein Vater und ich es waren. Ich hatte eben nicht soviel Glück."

„Du bist aber doch seine Geliebte."

„Ich wünschte, du würdest dieses Wort nicht gebrauchen."

Lily schien das Interesse an diesem Gespräch zu verlieren. „Mama, darf ich mir die Ohrläppchen durchstechen lassen. Alle meine Freundinnen haben Ohrringe."

„Wenn du etwas älter bist, darfst du."

„Wieviel älter?"

„Sagen wir, wenn du deine erste Periode bekommst."

Sie sagte Elliot nichts von ihrem Gespräch mit Lily. Sie war nicht sicher, ob sie die Sache richtig angegangen war. Sie wollte keine Heuchlerin sein, aber sie wollte auch nicht, daß ihre Kinder sie für eine Frau mit unmoralischem Lebenswandel hielten. Genau das meinten wohl die meisten Leute. Sie liebte Elliot Weyden so bedingungslos, als ob sie wirklich verheiratet gewesen wären. Seine Ehe wahrte nur den äußeren Schein, er hielt sie hauptsächlich aus Rücksichtnahme auf seine Tochter aufrecht. Seine Beziehung zu ihr war seine wirkliche Ehe. Sie beobachtete, wie er mit John am Strand entlanglief. Er war braungebrannt, hatte breite Schultern, schmale Hüften und keinerlei Bauchansatz. Sie wußte, daß sie ihn auch dann noch lieben würde, wenn all das nicht mehr so sein würde. Sie war froh um die Zeit, die ihr mit ihm geschenkt war, in der sie ihn lieben und mit ihm zusammensein durfte. Und sie wollte jede Krume, die von Blanchettes Tisch fiel, bereitwillig aufsammeln.

Elliott kam zu ihr. „Billy besucht mit den Kindern eine alte Zukkerplantage. Ich habe ihm meine Autoschlüssel gegeben." Er streckte die Hand aus und zog sie hoch. Wir haben also den Nachmittag für uns."

Als sie im kühlen Schlafzimmer waren, sagte er: „Darauf habe ich schon die ganze Woche hingearbeitet. Ich liebe die Kinder, aber in ihrer Gegenwart bin ich gehemmt."

„Das ist mir noch gar nicht aufgefallen."

Er lachte und zog ihr den Badeanzug aus. Sie fielen auf das große Bett und freuten sich aneinander wie zwei Teenager.

„Ist dir aufgefallen, daß wir uns noch nie unter freiem Himmel geliebt haben?" fragte sie.

„Doch, wir haben es einmal probiert. Erinnerst du dich nicht mehr, damals am Lake Powell?"

Yarrow mußte lachen. Sie wollten damals das Bett auf den Balkon hinaustragen, weil Yarrow sich gewünscht hatte, er solle sie im Mondlicht lieben. Aber sie schoben zu schwungvoll, durchbrachen mit dem Bett das dünne Holzgeländer des Balkons, und das Bett stürzte in eine tiefe Schlucht.

„Wie könnte ich das je vergessen. Aber ehrlich gesagt, weiß ich nicht, wie du das dem Besitzer des Hotels erklärt hast."

„Überhaupt nicht. Ich legte einen großzügigen Scheck auf den Frisiertisch, und wir machten uns mitten in der Nacht aus dem Staub."

Als die Kinder zurückkamen, saßen sie bereits wieder unter einem Baum am Strand.

„Mami", sagte John, „wir haben Tante Greta getroffen. Sie wohnt in einem Hotel ein Stückchen weiter unten und hat uns zum Essen eingeladen."

Sie seufzte. „Dann werde ich wohl anrufen müssen." Sie hatte ganz und gar keine Lust, sich ihren Aufenthalt von Greta und Palmer verderben zu lassen.

„Ich übernehme das", bot Elliot an. „Ich werde sie schon abwimmeln, verlaß dich da ganz auf mich." Yarrow stand neben ihm, als er telefonierte. „Ja, in Ordnung. Bis morgen abend also", hörte sie ihn sagen. Er sah sie hilflos an: „Tut mir leid. Aber da war nichts zu machen."

Mitten in der Nacht, die Kinder waren schon im Bett, bat Elliot sie, mit ihm zum Strand zu kommen. Sie war nackt und wollte schon ihren Badeanzug anziehen, aber er sagte: „Nein, bleib, wie du bist." Er breitete ein Handtuch aus, und sie liebten sich am Strand. Sie hatte sich noch nie so frei und gleichzeitig auf eine so paradoxe Weise abhängig gefühlt wie bei diesem Mann.

Billy fuhr sie alle in einem Boot zu einer Höhle, in der die Einheimischen gern schwammen. Der Boden in der Höhle war glitschig von den im Wasser enthaltenen Chemikalien. Das Wasser selbst war grün und trübe. Die anderen gingen alle ins Wasser, nur Yarrow blieb im Boot. Billy und die Kinder faßten sich an den Händen, duckten sich unter einem Felsband und verschwanden in einer dahinter liegenden Höhle. Yarrow hörte, wie sie ihr von dort aus zuriefen. Ihre Stimmen hallten in der ganzen Höhle wider. Als sie wieder zurückkamen, hingen ihre Körper voller Blutegel. Billy streute Salz auf die Blutegel, und sie schrumpelten zusammen und fielen ab.

„Blutegel sind Hermaphroditen oder genauer gesagt Zwitter." Lily trumpfte mal wieder mit ihrem Wissen auf.

„Woher weißt du das?" fragte John. Er haßte es, wenn seine Schwester mit ihrem Wissen prahlte.

„Das haben wir in der Schule gelernt", antwortete sie.

„Kommt der Ausdruck von Hermes und Aphrodite?"

„Vermutlich", sagte Elliot und flüsterte ihr ins Ohr: „Welch eine Verschwendung."

Sie verbrachten ihren letzten Abend auf der Insel gemeinsam mit Greta und Palmer. Sie aßen auf einem Felsvorsprung über dem Meer zu Abend. Im Hintergrund spielte eine jamaikanische Band Calypso-Rhythmen. Bunte Lampions waren über der Tanzfläche aufgehängt, viele Leute tanzten. Sie bildeten eine hübsch anzusehende Gruppe. Greta im schicken New Yorker Look, der Schönling Palmer, Elliot, durchtrainiert und muskulös, dessen interessantes Gesicht die Aufmerksamkeit jeder Frau auf sich zog, und schließlich Yarrow, die ihr Haar offen trug und auf einer Seite eine gelbe Hibiskusblüte befestigt hatte. Sie entschuldigte die Kinder, die bei der Band sitzen wollten, und bestellte Fruchtsäfte, die mit Ananasstücken und bunten Papierschirmchen dekoriert waren.

Greta war schon ziemlich betrunken. „ Wir sind jetzt seit fünf Tagen hier", sagte sie, „und das ist heute der erste Abend, den Palmer mit mir verbringt. Wo hast du dich denn rumgetrieben, Palmer?"

„Halt die Klappe, Greta", fuhr Palmer sie an.

„Greta, ich glaube, es ist besser, wenn ich dich auf dein Zimmer bringe", sagte Yarrow.

„Warum denn? Was ist denn los?"

„Greta, du hast zuviel getrunken. Los, komm mit mir." Sie ging auf Greta zu und versuchte ihr beim Aufstehen zu helfen. Aber Greta machte keinerlei Anstalten.

Elliot wurde böse. „Palmer, bringen Sie ihre Frau zu Bett."

„Halten Sie sich da raus, Elliot", erwiderte Palmer, und zu seiner Frau sagte er: „Hau ab, du Schlampe." Greta stand schwankend auf.

„Sollen wir vielleicht nach oben gehen und Wasserspiele miteinander treiben, mein Schatz?“

Bevor jemand eingreifen konnte, war Palmer aufgestanden und schlug sie voll ins Gesicht. Greta taumelte zurück. Die anderen Gäste starrten erschrocken herüber. Die Band war aus dem Rhythmus geraten. Palmer holte erneut aus, aber Elliot sprang dazwischen und setzte Palmer mit einen Schlag außer Gefecht. Palmer lag quer über einem der benachbarten Tische, Blut floß aus seiner Nase. Zwei Kellner eilten herbei und hielten ihn fest.

„Ich möchte mich für diese Störung entschuldigen“, sagte Elliot zu den Gästen, deren Teller und Gläser weit verstreut herumlagen. „Ich werde selbstverständlich für den Schaden aufkommen. Yarrow, hol bitte die Kinder. Greta, du kommst mit uns.“ Er half Greta auf. Ihr Gesicht sah schlimm aus: Sie hatte ein blaues Auge und eine aufgeplatzte Lippe und weinte. Yarrow und die Kinder folgten den beiden. Keiner von ihnen warf einen Blick auf Palmer. Aber er schaute ihnen nach. Ein gemeines Lächeln huschte über sein hübsches Gesicht. Er befreite sich aus dem Klammergriff der beiden Kellner und wischte sich mit einer Serviette das Blut von der Nase. „Ich krieg ihn schon noch, den Scheißkerl“, sagte er.

27

Als Yarrow aus dem Urlaub zurückkam, wurde das *Platte City Journal* bestreikt. Es war der erste Streik, seit sie die Zeitung übernommen hatte, und er kam für sie relativ überraschend, denn das Verhältnis zwischen der Geschäftsleitung und den Gewerkschaften war nicht besonders gut, aber auch nicht ausgesprochen feindselig gewesen.

Es war ein Donnerstag, der Tag, an dem im *Journal* die meisten Kleinanzeigen veröffentlicht wurden. Die meisten Leute bekamen am Freitag ihren Lohn, und die Lebensmittelgeschäfte priesen daher schon am Tag vorher ihre Sonderangebote an.

Ned Griffin sagte zu einem Laufjungen: „Bring das dem Vorarbeiter." Es handelte sich um einen Artikel über einen Mordfall, der gerade vor Gericht verhandelt wurde.

Ned nippte an seinem Kaffee und redigierte weiter. Es war kurz vor Redaktionsschluß.

„Er druckt es nicht, Mr. Griffin."

Ned starrte den Jungen an. „Was soll das heißen, er druckt es nicht?" Er riß dem Jungen den Artikel aus der Hand und stürmte in die Setzerei. Dort ging er geradewegs auf den Vorarbeiter Joe Bellini zu. Er und Joe mißtrauten einander schon einige Zeit. Bellini war der jüngere von beiden, ein Drucker, der harte Töne anschlug und sich für seine Männer einsetzte.

„Was soll das, Joe?"

„Es ist keiner frei, der das drucken könnte. Die Männer haben jetzt Pause."

Ned sah sich um und fragte: „Und was ist mit diesen Männern?"

Er ging auf einen Mann im blauen Overall zu, der an der Setzmaschine saß. „Der macht gleich seine Mittagspause."

„Und was ist mit dem Jungen hier? Macht der auch gleich Mittagspause?"

„Jawohl, Herr Chefredakteur. Und der nächste auch, wenn Sie die ganze Reihe durchmachen wollen."

„Hören Sie mal, das Blatt muß jetzt in Druck gehen, und es muß jemand hier sein, der es druckt. Soll das heißen, daß Sie die Männer daran hindern wollen?"

„Soll das heißen, daß die Männer auf ihre Pause verzichten sollen?"

„Ja, verdammt noch mal. Sie können auch später Pause machen, wenn das hier fertig ist."

Bellini verschränkte die Arme vor der Brust. „Ich werde eine Gewerkschaftsversammlung in dieser Sache einberufen. Das hier ist unser Bereich, und die Männer haben ein Recht auf ihre Pause."

Ned fluchte leise. „Wir haben keine Arbeitsstreitigkeiten, Joe."

„Doch, jetzt schon. Das hier fällt nicht in Ihre Zuständigkeit. Ich werde jetzt eine Versammlung einberufen." Er machte kehrt, und in Windeseile sprach sich die Neuigkeit herum. Die Maschinen wurden abgestellt, und die Männer trotteten hinter ihrem Vorarbeiter hinaus. Die Stille war beängstigend. Ned starrte auf seine Uhr. Damit war die heutige Ausgabe gestorben. Er ging in sein Büro und rief Yarrow an.

Eine halbe Stunde später reichte Joe Bellini bei der Geschäftsleitung eine schriftliche Beschwerde wegen dieses Vorfalls ein. Es sei nicht richtig und verstoße überdies gegen das Abkommen mit der Geschäftsleitung, daß die Männer ihre Pause verschieben sollten, behauptete er in dem Schreiben. Die Beschwerde wurde von den Männern einmütig unterstützt. Sie weigerten sich, die Arbeit wiederaufzunehmen.

„Mr. Bellini, Sie wissen ganz genau, daß wir in dieser Angelegenheit völlig im Recht sind", erklärte Yarrow. „Betriebsversammlungen der Drucker dürfen nicht zu einem solchen Zeitpunkt abgehalten werden, daß das Erscheinen der Zeitung gefährdet ist. Das ist ebenfalls Teil unserer Abmachungen."

„Ich kann die Männer nicht zwingen, ihre Arbeit wiederaufzunehmen."

„Dann sind Sie entlassen, Mr. Bellini."

Bellini verließ Yarrows Büro. Sie saß gespannt vor dem Telefon. Fünf Minuten später rief Ned an. „Die Drucker haben die Arbeit niedergelegt. Sie streiken." Yarrow ging durch die Redaktion. Überall standen kleine Grüppchen zusammen.

„Sorgen Sie dafür, daß alle Türen abgeschlossen werden, und fordern Sie mehr Sicherheitskräfte an, um die Maschinen zu bewachen", sagte sie zu Miss Hines, die ihr gefolgt war.

Sie hatte nicht vor, das Büro während der Dauer des Streiks zu verlassen. Sicher würden auch etliche andere nicht Streikbrecher sein wollen. Sie hatte dafür Verständnis und erklärte Ned, daß die Zeitung am nächsten Morgen nicht erscheinen könne. Sie ließ in ihrem Büro ein Feldbett aufstellen und sich etwas zu essen bringen. In der ersten Nacht wurde ein Backstein durch ein Fenster im unteren Stockwerk geworfen. Sie bekam einen fürchterlichen Schrecken, als die Scheiben klirrend zerbarsten. Sie forderte daraufhin weitere Sicherheitskräfte zur Bewachung des Maschinenraums an. Sie war gespannt, wie sich die Männer der Sonntagsschicht verhalten würden. Die Gewerkschaft der Redakteure deutete ihre Bereitschaft an, die Arbeit fortzusetzen; sie unterstützten die Drucker nur selten in ihren Forderungen. Aber die Versandabteilung trat in einen Sympathiestreik.

Larry Schaeffer vom *Globe* rief an. Seine Drucker drohten damit, ihre Kollegen beim *Journal* zu unterstützen und ebenfalls zu streiken. Larry erzählte ihr, daß sie beim *Globe* dieses Jahr schon eine Reihe kleinerer Auseinandersetzungen mit den Gewerkschaften gehabt hätten. Es herrsche unter den Druckern im Moment eine unruhige Stimmung.

„Das ganze ist einfach lächerlich und sinnlos – wir haben doch nur drei Drucker aufgefordert, ihre Mittagspause zu verschieben."

„Dann blas das ganze ab. Wir können uns keinen Streik leisten."

„Ich hasse es, wenn ich nachgeben muß."

„Das geht uns allen so. Aber die Gewerkschaften haben die Macht. Wir haben schon lange die Kontrolle über unsere Betriebe verloren."

Yarrow überdachte alles noch einmal. Schaeffer hatte recht. Sie wollte nicht das Gesicht verlieren, aber diese Angelegenheit war keine Zerreißprobe wert. Sie erklärte Ned, sie werde Joe Bellinis Kündigung zurücknehmen. Ned war dagegen, aber Yarrow blieb hart. Die Nachricht verbreitete sich schnell, und binnen 24 Stunden wurde das *Journal* wieder ausgeliefert.

Aber der Vorfall lag Yarrow im Magen. Ned war beleidigt, weil sie ihm in den Rücken gefallen war. Doch sie hatte keine andere Wahl gehabt. In diesem Krieg mußte sie genau prüfen, welche Schlachten sie gewinnen konnte und bei welchen sie es sich leisten konnte, zu verlieren.

Der Rest des Jahres verging schnell und ohne Zwischenfälle, bis Elliot im Dezember anrief und ihr das mitteilte, worauf sie schon lange gewartet hatte.

„Hier in New York wird eine Zeitung verkauft. Wenn du Interesse hast, schlage ich vor, daß du herkommst. Ich werde für dich ein Treffen mit dem Besitzer der Zeitung arrangieren."

Es handelte sich um den *New York Telegraph.* Elliot lud Yarrow und Burt Reamington, den Besitzer des Blattes, zum Essen ein.

Der *Telegraph* und die anderen großen Tageszeitungen New Yorks waren derzeit von einem Streik der Zeitungsauslieferer und -austräger betroffen.

„Wir befinden uns jetzt in der zweiten Streikwoche", erklärte Reamington, „und ich glaube nicht, daß ich den Laden je wieder aufmachen kann. Wissen Sie, was mich dieser Streik kostet? Wissen Sie, daß in den Vereinigten Staaten im vergangenen Jahr achtzehn Zeitungen dichtgemacht haben? Und dieses Jahr sind es vielleicht noch mehr. Wir sind nicht die *Times,* wir sind ein kleines Blatt. Wir verkraften einen solchen Streik nicht. Ich kann es mir nicht leisten, das Blatt fortzuführen, aber ich kann es mir noch weniger leisten, dichtzumachen."

„Wie meinen Sie das?"

„Ich erinnere daran, daß wir mit der *Newspaper Guild* Verträge über Abfindungszahlungen abgeschlossen haben, wenn wir einen Betrieb schließen."

Diese Gewerkschaft, in der die Journalisten und Zeitungsangestellten organisiert waren, war in den Tarifverhandlungen zur wichtigsten Gewerkschaft der Zeitungsbranche geworden. Die *International Telecommunications Union,* ITU, die Gewerkschaft Albert Hintons, versuchte schon seit Jahren, ihr die Macht wieder zu entreißen.

Es wäre einfach zu teuer, jetzt dichtzumachen."

„Wie teuer?"

„Ein bis zwei Millionen Dollar. Und soviel habe ich einfach nicht."

„Ich auch nicht", erwiderte Yarrow und fragte sich, auf was sie sich da einlassen wollte.

„Burt möchte dir vorschlagen, daß du seine Schulden übernimmst. Seine Gläubiger würden dann deine Gläubiger, und Burt wäre aus dem Schneider", erklärte Elliot.

„Ja, so ähnlich stelle ich mir die Sache vor. Vergessen Sie nicht das Firmengelände, den Maschinenpark und den Goodwill der Firma. Das ist alles nicht zu unterschätzen. Aber was ich brauche, ist eine Unterschrift, mit der Sie bekunden, daß Sie den Laden übernehmen."

Yarrow war an dem Geschäft nur interessiert, wenn sie im Gegenzug zusätzlich die stimmberechtigten Anteile des Aktienkapitals bekam.

Nach dem Essen gingen sie ins Gebäude des *Telegraph* in der South Street. Nachdem sie sich alles angesehen hatten, bat Yarrow Reamington, ihr die Bilanzen zukommen zu lassen. Er sagte ihr zu, sie ihr noch an diesem Abend in ihr Hotel zu schicken. Sie versprach, ihn am nächsten Morgen anzurufen.

„Was hältst du davon?" fragte sie Elliot, als sie ins Auto stiegen.

„Laß die Finger davon. Ich hatte keine Ahnung, daß der Laden so hoch verschuldet ist."

Sie setzte Elliot in der Wall Street ab und fuhr in ihr Hotel.

Das Geschäft war ungeheuer riskant. Das Firmengebäude hatte früher als Lagerhalle gedient und war veraltet. An den Wänden kroch die Nässe hoch – später stellte sich heraus, daß der Fluß bei Regen regelmäßig den Keller überschwemmte. Die gesamte Zeitungsbranche im Land befand sich in Aufruhr. Streiks waren im Moment bei allen Zeitungen an der Tagesordnung, und eine Schlichtung war nicht in Aussicht. Hinzu kam die demographische Situation New Yorks. Es gab allein acht Zeitungen, die um die Leserschaft konkurrierten, und das in einer Zeit, wo die Mittelschicht vermehrt in die Vororte abwanderte. Der Siegeszug des Fernsehens verschärfte die Lage noch.

Aber Yarrow wollte unbedingt ein zweites Standbein in New York haben. Dieses Geschäft war vielleicht ihre letzte Chance. Sie konnte sich keine finanziell gesunde Zeitung kaufen, ganz zu schweigen von einem Monopolblatt in einer anderen Stadt. Ihr *Platte City Journal-Record* war ein Monopolblatt und würde den *Telegraph* finanziell mittragen müssen. Es fragte sich nur, wie lange die eine Zeitung für die andere bluten konnte.

Sie rief ihren Buchhalter in Platte City an und sagte ihm, er solle morgen früh sofort nach New York fliegen. Außerdem bat sie Pierson, zu kommen und sie zu beraten. Elliot erklärte ihr zwar, daß es in New York viele gute Rechtsanwälte und Wirtschaftsprüfer gebe, aber sie brauchte jetzt Mitarbeiter, die sie kannte und denen sie vertraute.

Die beiden gingen am nächsten Tag die Bilanzen mit ihr durch und sagten ihr dasselbe, was Elliot ihr bereits gesagt hatte: die Finger davon zu lassen. Yarrow dankte ihnen, die beiden verabschiedeten sich kopfschüttelnd und gingen zum Essen.

Sie saß lange in ihrem Hotelzimmer und grübelte über die Sache nach. Dann rief sie Elliot an: „Ich möchte das stimmberechtigte Aktienkapital gratis. Was Reamington dann herumerzählt, ist mir egal. Er kann von mir aus einen beliebigen Kaufpreis nennen, ich werde mich nicht dazu äußern."

„Bist du wirklich entschlossen zu kaufen, Yarrow?"

„Ja, mein Entschluß steht fest."

Er legte auf und rief sie eine halbe Stunde später wieder an: „Die Sache ist abgemacht. Ich weiß nicht, ob ich dir gratulieren oder dir mein Beileid aussprechen soll."

„Elliot, komm, sei ein netter Junge."

Abends gegen sechs gingen Yarrow, Elliot, Pierson und ihr Buchhalter zu Reamington. Es herrschte fröhliche und heitere Stimmung, nur Pierson machte ein sauertöpfisches Gesicht. Reamington hatte Champagner bereitgestellt, und als Yarrow die Papiere unterzeichnete, ließ er die Korken knallen, und damit war sie die Besitzerin des *New York Telegraph.* Jemand rief Reamington an, und er übergab Yarrow den Hörer. „Das ist jetzt Ihre Sache", sagte er. Der Anrufer teilte mit, daß der Streik der Zeitungsauslieferer und -austräger zu Ende sei. Sie betrachtete es als gutes Omen.

Sie war in höchster Erregung, als sie mit Elliot zu seinem Hotel ging. Ihr Kopf steckte voller Ideen für die neue Zeitung. Sie würde die Zeitung besser machen – viel besser –, aber der Chefredakteur würde möglicherweise seinen Hut nehmen müssen. In dem Fall würde sie Ned aus Platte City herholen. Er würde die Gelegenheit sicher gern beim Schopf packen. Paddy würde dann Chefredakteur beim *Journal* werden. Sie traute ihm das inzwischen zu. Sie hatte so viele Pläne.

Yarrow brauchte einige Wochen für den Umzug nach New York. Als erstes mußte sie Freya, Miss Hines und den Kindern die Neuigkeiten beibringen.

„Mama, was würdest du davon halten, nach New York zu ziehen?"

„Um Himmels willen, Yarrow. Das hast du also schon die längste Zeit vorgehabt."

„Mama, ich kann dir nicht sagen, wie aufregend das alles ist." Ihre Mutter saß am Fenster und flickte Bucks Hosen. Yarrow ging auf sie zu. „Wir haben damit die Gelegenheit, zu expandieren und ein größeres, bedeutenderes Unternehmen zu werden." Freya biß einen Faden ab. Sie hatte zugenommen und wog wieder soviel wie vor ihrer Krankheit. Ihre Beine schwollen schnell an, aber ihr Gesicht war immer noch so fein und ihre Haut so zart wie damals, als sich James in sie verliebt hatte. Ihr graues Haar war kurz geschnitten, und ihre Wangen hatten eine gesunde Farbe.

„Warum nicht", sagte sie. „Es klingt nach Abenteuer. Außerdem nehme ich an, daß du sowieso umziehen würdest. Und was soll ich hier ohne die Kinder, die nun meine Aufgabe sind?"

Yarrow legte die Arme um sie. „Danke, Mama. Ohne dich wäre das alles gar nicht möglich."

Buck fand ebenfalls, nach New York zu gehen wäre aufregend. Er zeichnete Wolkenkratzer, Autos und Leute und hängte die Bilder in seinem Zimmer auf. Zeichnen war seine Lieblingsbeschäftigung, er war ein guter Beobachter, feinfühlig und liebte die Natur und Tiere. In seinem Zimmer roch es wie in einer Kleintierzucht.

„Darf ich meine weißen Mäuse mitnehmen?"

Yarrow seufzte. „Wenn's sein muß."

„Dann komme ich mit."

Lily machte jedoch Schwierigkeiten. „Was ist mit meinen Freunden?" heulte sie. „Ich habe keine Freunde dort. Kein Mensch will in einer dreckigen alten Stadt leben. Du bist einfach gefühllos, Mama. Für dich ist es kein Problem, du hast ja Elliot. Aber ich habe niemanden dort."

Sie bat Miss Hines, sie nach New York zu begleiten. Miss Hines war innerlich gespalten bezüglich Yarrows Aufbruch ins Ungewisse.

„Ich kann nicht, aber ich werde Sie vermissen."

„Ich wünschte, Sie würden es sich noch einmal überlegen. Ich brauche Sie."

„Danke, aber ich muß hierbleiben. Platte City ist meine Heimat, und hier kann ich Ned helfen. Niemand kennt sich hier so aus wie ich."

Das Telefon klingelte. Lily rief aus der Schule an.

„Mama, ich kann mir jetzt Ohrlöcher stechen lassen."

„Was? Lily, was soll das? Machst du Scherze?"

Mit leiser Stimme sagte Lily: „Mama, darf ich mir jetzt Ohrlöcher stechen lassen?"

„Was soll das?"

Lily wiederholte mit gedämpfter Stimme: „Mama, darf ich mir jetzt Ohrlöcher stechen lassen? Erinnerst du dich nicht mehr, was du mir in Jamaica versprochen hast?"

Jetzt erst wurde ihr klar, worauf Lily anspielte. Ihre Tochter war im Begriff, eine Frau zu werden.

„Schatz, willst du damit sagen ..."

„Ja! Das wollte ich dir nur sagen. Ich liebe dich, Mama."

„Ich liebe dich auch."

„Und das mit New York geht auch klar."

„Lily, ich bin überzeugt, daß es dir dort gefallen wird."

Miss Hines verließ einige Minuten nach Yarrow das Büro. Sie ging nie vor ihrer Chefin nach Hause. Miss Hines war Mitte Fünfzig und unverheiratet. Der Betrieb war ihr Leben. Sie fuhr zu dem kleinen Backsteinhaus, in dem sie mit ihrem Vater lebte, seit sie für Yarrow arbeitete.

„Bist du's, Ariel?" rief ihr Vater.

„Ja, ich bin's, Vater." Das Wohnzimmer lag im Dunkeln, er bemerkte nie, daß es dunkel wurde.

„Wie war dein Tag?" fragte sie ihn.

„Ganz gut. Mrs. Reeves hat mich besucht, und wir haben zusammen Radio gehört."

„Schön. Was willst du zum Abendessen?"

„Ich hab' Kartoffeln geschält." Er stand auf und ging in die Küche. Er bewegte sich sehr sicher. Wenn alles am selben Platz stand, stieß er nie gegen etwas. Ihr Vater hatte lange gebraucht, bis er sich eingelebt hatte, als sie damals von Denver hierhergezogen waren. Sie konnte ihm nicht einen weiteren Umzug zumuten.

„Und wie war's bei dir?" fragte er.

„Gut. Miss McLean zieht nach New York. Sie hat mich gebeten, mit ihr zu kommen."

„Das täte mir leid, Ariel. Aber vielleicht komme ich ja auch allein zurecht."

„Ach, das ist doch Unsinn." Sie klopfte ihm auf die Schulter. „Mach ein bißchen Musik, ich komme gleich."

Miss Hines putzte sich die Nase und machte die Tür in den Garten auf, um die Katze hinauszulassen. Es war kalt und feucht. Weihnachten stand vor der Tür. Sie mußte einen Baum kaufen, den Truthahn und das Rezept für die Preiselbeeren besorgen. Die mochte ihr Vater so gern. Sie ging ins Haus zurück, wusch sich die Hände, nahm ein Blatt und einen Bleistift zur Hand und machte sich eine Liste.

28

Im Februar flog Yarrow mit ihrer Mutter und den Kindern nach New York. Sie konnten vorerst bei Greta unterkommen, bis Yarrow eine Wohnung für sie gefunden haben würde.

„Ich dachte, wir wohnen in einem großen Hotel mit Zimmerservice", sagte Buck enttäuscht.

„Genau das wollte ich vermeiden", erwiderte Yarrow. „Gretas Wohnung hat große Fenster und ist hell. Wir werden dort einige Tage kampieren."

„In einer Wohnung kampieren?" fragte Lily verächtlich.

„Warum habe ich nur so verzogene Kinder? Ihr könnt froh sein, daß wir überhaupt bei Greta wohnen dürfen."

Greta hatte für Yarrow und Freya Betten gerichtet, und die Schlafsäcke der Kinder wurden in eine Ecke des Zimmers gelegt, wo sie nicht im Weg waren.

„Du siehst wunderbar aus, Greta", sagte Yarrow, nachdem die Kinder zu Bett gegangen waren. Sie saßen an einem Tisch am Fenster und tranken Kamillentee.

„Ich gehe jetzt zu den Anonymen Alkoholikern", berichtete Greta. Ihre Augen waren nicht mehr trübe. „Palmer habe ich seit Jamaica nicht gesehen. Wir haben nur über unsere Rechtsanwälte Kontakt. Stell dir vor, er heiratet wieder. Er hat mich sowieso die ganze Zeit über betrogen. Na ja, auf jeden Fall habe ich mich verliebt."

„Greta! In wen denn?"

„Ich habe ihn bei unseren Treffen kennengelernt, er ist auch Alkoholiker."

„Greta, was machen wir morgen? Ich muß möglichst schnell eine Wohnung finden, damit wir dir nicht länger zur Last fallen."

„Ich habe mir schon ein paar Adressen notiert, die du dir anschauen kannst. Da ich nicht wußte, ob du lieber eine Wohnung oder ein Sandsteinhaus haben möchtest, habe ich eben beides ausgesucht."

„Weißt du, das hängt ganz von der Größe ab – und vom Preis. Die Möbel habe ich untergestellt, bis ich etwas gefunden habe."

„Hast du das Haus in Platte City verkauft?"

„Ja."

Am nächsten Tag war sie mit Greta und einer Immobilienmaklerin den ganzen Tag über in Manhattan unterwegs. Sie sahen sich die unterschiedlichsten Wohnungen und Häuser an. Als sie zurückkam, war sie so niedergeschlagen, daß selbst die Kinder es merkten. Abends kam Sandy mit John zu Besuch und ging mit den Kindern zu Luchow zum Essen. Freya und Greta wollten ins Kino, und Yarrow ging zu Elliot.

„Darf ich dir meine Mutter vorstellen", sagte Elliot. Eine feingliedrige Frau mit denselben dunklen Augen wie Elliot stand vor ihr. Sie war sehr dünn und hatte kleine Hände. Sie behielt Yarrows Hand eine ganze Weile in der ihren, betrachtete sie und lächelte.

„Ihren Händen sieht man an, daß sie arbeiten. Das gefällt mir", sagte sie.

Yarrow schämte sich wegen ihrer Hände. Sie brauchten dringend eine Maniküre.

Das Telefon klingelte, und Elliot ließ sie allein.

„Ich war letztes Jahr in England bei meiner Tochter. Kennen Sie Vivienne? Sie würde Ihnen gefallen", sagte sie und sah Yarrow genauso an, wie Elliot es manchmal tat. „Ich weiß, daß mein Sohn in Sie verliebt ist, Miss McLean. Das alles ist für Sie beide sehr schwierig, nicht wahr. Elliot ist ein sehr anständiger Mann. Aber das eigentliche Problem ist nicht Blanchette, sondern Meredith. Kennen Sie sie?"

„Nein, ich habe sie nicht kennengelernt."

„Kommen Sie, setzen Sie sich neben mich." Sie zeigte Yarrow ein Foto. Ein kleines Mädchen von ungefähr fünf Jahren mit blondem Haar und braunen Augen lächelte Yarrow an. Die Oberlippe des Mädchens war vernarbt, die Nase war nicht ganz symmetrisch. „Blanchette möchte mit Meredith nach England gehen. Sie hat in

London einen sehr guten Logopäden ausfindig gemacht. Blanchette stammt aus England, ihre Familie lebt immer noch dort. Aber Elliot ist dagegen. Es bricht ihm das Herz."

„Das wußte ich nicht."

„Elliot behält vieles für sich."

Elliot kam zurück, und sie verbrachten einen angenehmen Abend zusammen. Mrs. Weyden erzählte von der Zeit, als Elliot ein kleiner Junge gewesen war, und Yarrow berichtete ihr, wie Elliot auf sie gewirkt habe, als sie ihn damals in Platte City kennengelernt hatte.

„Das war für uns alle eine traurige Zeit", sagte Mrs. Weyden.

„Das finde ich nicht. Die Leute halfen sich damals gegenseitig viel mehr. Geld spielte noch keine so große Rolle. Mein Vater wurde damals mit Kartoffeln bezahlt."

„Du warst gut dran. Du hast nie hungrig zu Bett gehen müssen und dich gefragt, ob du morgen wohl etwas zu essen bekommen würdest", warf Elliot ein.

„Ist diese Erfahrung dein Antriebsmoment?"

Er lachte. „Ich weiß nicht. Wahrscheinlich ist alles doch ein bißchen komplizierter."

Mrs. Weyden sagte schließlich: „Es ist spät geworden. Ich muß jetzt nach Hause." Sie gab Yarrow die Hand und sagte: „Sie sind sehr hübsch, wirklich sehr hübsch."

Elliot brachte seine Mutter hinunter zum Wagen. Als er zurückkam, sagte er: „Sie mag dich."

Sie saßen auf dem Sofa, er hatte den Arm um sie gelegt. Sie küßte ihn, als ob es das letzte Mal wäre. Ihr Überschwang überraschte ihn. „Was ist denn los?" fragte er.

Sie konnte ihm nicht sagen, daß das Foto seiner Tochter sie beunruhigt hatte. Es hatte ihr klargemacht, daß andere Menschen mehr Recht auf ihn hatten als sie selbst. Ganz gleich, wie sehr sie sich selbst zu täuschen versuchte, ihre Liebe zueinander genügte nicht.

„Nichts, mein Schatz. Ich bin nur müde, und meine Beine tun mir weh. Ich bin den ganzen Tag auf der Suche nach einem Haus durch die Stadt gelaufen. Und was hast du heute gemacht?"

Er lächelte. „Einige Leute sind an mich mit der Bitte herangetreten, mich zur Wahl zu stellen."

„Elliot! Das würdest du doch, oder?"

„Ich habe ihnen wiederholt gesagt, daß absolut keine Hoffnung besteht, daß ich die Wahl gewinnen könnte. Aber sie meinen, das sei gar nicht so sicher."

„Wer sind denn *sie?*"

„Es gibt innerhalb der Demokraten verschiedene Fraktionen, die jeweils ihren eigenen Kandidaten unterstützen, und die Machteliten machen die Sache dann unter sich aus. So läuft das eben."

„Das ist aber nicht gerade demokratisch."

„So kann man das nicht sagen. Bei den Republikanern läuft das genauso. Ich habe noch nie ein Amt bekleidet und bin daher ganz besonders auf die Machteliten angewiesen."

„Ned Griffin hat mir erzählt, daß Willkie auch noch nie ein öffentliches Amt bekleidet hatte. Er wurde von Henry Luce und seinen Zeitschriften unterstützt."

„Und hat trotzdem nicht gewonnen."

„Dann würdest du also nicht mehr Adlai Stevenson im Wahlkampf unterstützen. Du würdest gegen ihn kandidieren?"

„Stevenson hat erklärt, daß er nicht wieder kandidieren wird."

„Aber die Wahl ist doch erst 1960, Ende nächsten Jahres."

„Die Vorbereitungen sind sehr langwierig, und ich hätte wirklich einiges zu tun. Vielleicht wird auch gar nichts daraus. Ich hätte sowieso nur eine Außenseiterchance."

Wieder klingelte das Telefon. Er machte sich die Krawatte auf, als er ins Nebenzimmer ging – für sie ein Zeichen, daß er wohl nicht so schnell wiederkommen werde. Wenn er wirklich kandidierte, hatte sie keinen Platz mehr in seinem Leben. Ihre Beziehung wäre untragbar für ihn. Es war ihr schlagartig klargeworden, während er sprach. Er würde sie dann verlassen müssen. Wie sollte sie nur ohne ihn leben?

Sie schlief auf dem Sofa ein, und als sie viel später aufwachte, wußte sie nicht, wo sie war. Die Tür zum Nebenzimmer stand auf, und sie schaute zu ihm hinein. Er telefonierte immer noch und war so tief in Gedanken versunken, daß er sie nicht bemerkte. Auf Zehenspitzen ging sie, nahm sich ein Taxi und fuhr zu Greta. Von dort aus rief sie ihn unter seiner Privatnummer an.

„Ja?"
„Elliot?"
„Wo zum Teufel bist du eigentlich? Ich dachte, du seist im Wohnzimmer, aber als ich nachsah, warst du weg."
„Ich bin bei Greta."
„Tut mir leid. Ich ..."
„Schon gut. Ich bin sehr müde. Ich rufe dich morgen an."
„Ich liebe dich", sagte er.
Sie wollte ihm noch sagen, daß sie ihn auch liebe, aber er hatte bereits aufgelegt. Andere Telefonate warteten.

Sie besichtigten ein Sandsteinhaus in Murray Hill, das einmal bessere Tage gesehen hatte. Drei Stufen führten von der Straße aus zur Haustür, der Keller hatte einen separaten Eingang. Die Maklerin schloß die Haustür auf, und sie traten in eine schmale Vorhalle. Links war die Küche, weiter hinten lag ein Raum, der die ganze Breite des Hauses einnahm. Dahinter gab es einen winzigen Garten, und in dem Garten stand ein Baum. Es war Februar, und der Baum war kahl. Aber Yarrow stellte ihn sich im Frühling vor, wenn er voller Blätter war. Buck konnte unter diesem Baum spielen, und Lily konnte es sich nach der Schule in seinem Schatten gemütlich machen.
„Ich nehme es", verkündete Yarrow, „Ich glaube, das kann unser Zuhause werden."
Sie nahm das Haus unmöbliert und ließ die Möbel aus Colorado kommen. Greta sorgte dafür, daß die Tapeten frisch gestrichen wurden, und Yarrow schaute sich nach Schulen für die Kinder um. Es war eher so, daß sich die Schulen sie und ihre Kinder ansahen, denn wie bei allem in New York gab es auch hier Konkurrenz um die besseren Plätze. Die Kinder mußten Tests über sich ergehen lassen und wurden ausgefragt. Lily fand das witzig, aber Buck war schüchtern und widersetzte sich allen Versuchen dieser Fremden, ihn aus der Reserve zu locken. In einer Privatschule von besonders gutem Ruf mußte Yarrow ihn vor dem Gespräch unter einem Sofa im Vorraum hervorholen. Er war fast sechs, aber groß für sein Alter, weshalb die Leute schon ein reiferes Betragen von ihm erwarteten. Zu ihrer Über-

raschung war man von ihm so angetan, daß er aufgenommen wurde. Sie meinten, er sei „künstlerisch veranlagt".

Am Montag ging sie zum ersten Mal in ihr neues Büro. Burt Reamington kam ihr am Eingang entgegen, führte sie hinauf in den vierten Stock und stellte sie ihren neuen Mitarbeitern vor. Er hatte ihr angeboten, noch ein oder zwei Wochen hierzubleiben und sie einzuführen. Aber sie lehnte sein Angebot ab. Sie wollte so früh wie möglich auf eigenen Beinen stehen. Als das Redaktionsteam einigermaßen vollständig im Haus anwesend war, begrüßte sie die Redakteure. Den Chefredakteur Mike Edwards konnte sie überhaupt nicht einschätzen. Reamington hatte ihn als erstklassigen Fachmann beschrieben und es dabei bewenden lassen. Edwards war ein attraktiv aussehender Mann mit dichtem grauem Haar. Er war ungefähr 45 und hatte früher bei der *Chicago Tribune* gearbeitet. Nachdem Reamington ein paar Worte gesagt hatte, stieg Yarrow auf einen Stuhl.

„Ich weiß, daß Sie alle sehr neugierig sind, aber ich versichere Ihnen, Sie sind bestimmt nicht halb so neugierig wie ich selbst. Ich möchte Sie und die Zeitung recht schnell kennenlernen. Ich möchte von Ihnen lernen, wie diese Zeitung funktioniert. Sie wissen wahrscheinlich, daß die Auflage in letzter Zeit rückläufig ist. Das möchte ich ändern. Wenn Sie bereit sind, mir dabei zu helfen, bin ich sicher, daß wir gute Freunde werden. Irgendwelche Fragen?"

Eine Männerstimme rief ihr zu: „Sind Sie verheiratet?"

Gelächter. Yarrow wußte, daß sie attraktiv war. „Die Antwort lautet nein. Ich hoffe jedoch nicht, daß der *Telegraph* sich auf dem Niveau dieser Frage bewegt."

„Welche Veränderungen haben Sie vor?"

„Darauf kann ich Ihnen noch keine Antwort geben. Aber Sie werden das sehr bald herausfinden."

„Planen Sie eine Sonntagsausgabe des *Telegraph?*"

„Nein. Zu teuer."

„Wird es Entlassungen geben?"

„Das weiß ich jetzt noch nicht. Ich glaube aber, Entlassungen vermeiden zu können. Wir können vorerst an anderen Stellen Einsparungen vornehmen. Ja, bitte?" Sie zeigte auf eine Frau in einem schwarzen Kleid, die ganz vorne stand.

„Wie ich höre, ist Ihre Zeitung in Colorado konservativ. Werden Sie Änderungen in der politischen Ausrichtung des *Telegraph* vornehmen?"

„Ich weiß nicht einmal, welche politische Richtung der *Telegraph* vertritt", antwortete sie. Sie wich in den Scherz aus, weil sie diese Frage vorerst vertagen wollte.

„Bolschewistisch", rief einer der Anwesenden.

„Dann werde ich es sicher ändern. Keine weiteren Fragen? Ich danke Ihnen."

„Wer war die Frau in dem schwarzen Kleid?" fragte sie Reamington.

„Gladys Greenhouse, die Vizepräsidentin der *Newspaper Guild.*"

Ihren ersten Tag im Büro brachte sie damit zu, sich einigermaßen zu orientieren. Sie sprach mit Reamingtons Sekretärin Margaret, die sich bereit erklärte, auch für sie als Sekretärin zu arbeiten. Margaret erwies sich als geschickt, und je länger Yarrow mit ihr zusammenarbeitete, desto mehr lernte sie ihre Fähigkeiten zu schätzen. Sie hatte ein Gespür dafür, was sich im Büro abspielte, und war daher in den ersten Wochen für Yarrow von unschätzbarem Wert.

Elliot rief an. „Gehen wir zusammen essen?"

„Tut mir leid, aber ich kann nicht. Ich habe einige Mitarbeiter zum Essen eingeladen, ich muß sie doch schließlich kennenlernen. Wie wär's mit Samstag?"

„Samstag? Yarrow, weißt du, daß wir heute Dienstag haben. Wie soll ich es bis Samstag aushalten?"

„Übertreib nicht, Elliot! Wenn ich jetzt in Platte City wäre, ginge es auch nicht."

„Du bist aber hier."

„Elliot, du hast doch selbst viel zu tun. Und außerdem, wenn wir zusammen sind, telefonierst du unaufhörlich. Letztes Mal hast du nicht mal bemerkt, daß ich weggegangen war."

Er lachte. „Tut mir leid, Schatz. Ich war so beschäftigt. Ich habe mich mit jemandem unterhalten, der mich Clark Clifford in Washington vorstellen will."

„Ein einflußreicher Mann bei den Demokraten. Und er kennt viele Leute."

„Ja, ich glaube, man kann ihn als einen der Rechtsanwälte der oberen Zehntausend bezeichnen."

„Apropos Rechtsanwälte: Du hattest recht, ich brauche einen guten Anwalt hier in New York. Kannst du mir jemand empfehlen?"

„Ich geb dir Bescheid. Ich liebe dich."

Elliot machte sie mit dem Rechtsanwalt Marvin Rifkin bekannt. Er hatte viel Humor, und sie erkannte sofort, daß er ein Mensch war, dem sie trauen konnte. Sie übertrug seiner Kanzlei die rechtliche Vertretung des *Telegraph*.

Es war ihr vierter Tag im Büro – Marvin Rifkin war gerade bei ihr –, als ein Delegierter der Gewerkschaft sie aufsuchte. Es wurde ziemlich schnell klar, daß er Yarrow bezüglich der Auslieferung der Zeitung zu erpressen versuchte.

„Sie werden keinerlei Schwierigkeiten bekommen, wenn Sie hier ein bißchen Kleingeld auf den Tisch legen. Sie können das als Lohnzahlungen für zusätzliche Fahrer deklarieren. Die werden Sie aber nicht brauchen. Wir kümmern uns um alles. Wenn Sie nicht zahlen, kann ich nicht dafür garantieren, daß Ihr Neubeginn in New York allzu erfolgreich werden wird."

„Würden Sie das freundlicherweise wiederholen?" sagte Yarrow. „Ich möchte, daß Mr. Rifkin das auf Band aufnimmt, damit ich bei eventuellen Schwierigkeiten den Behörden sofort den Verantwortlichen nennen kann."

Den Delegierten der Gewerkschaft schien das nicht im geringsten zu beeindrucken. Er stand auf und zog ab, als hätte er bloß eine völlig reelle geschäftliche Transaktion vorgeschlagen, die eben abgelehnt worden war.

„So was von Dreistigkeit ist mir noch nicht untergekommen. Was meinen Sie, was er tun wird", fragte Yarrow.

„Ich glaube, er blufft nur."

„Wir wollen es hoffen."

Sie ging das Gesamtbudget des Blattes durch. Je mehr sie sich in die Zahlen vertiefte, desto mehr wurde ihr bewußt, wie hoffnunglos die finanzielle Situation des Blattes war. Sie ließ sich die Zahlen für den Redaktionsbereich vorlegen und rief Mike Edwards zu sich.

Als er so vor ihr saß, dachte sie, daß er zwar sehr gut aussehe, aber auch ziemlich hochnäsig war. Er konnte seine Arroganz nur mühsam verbergen, und sie nahm an, daß er wohl nur aufgrund seines Aussehens so stolz auf sich war, denn was er bei der Arbeit leistete, war kaum Anlaß zu Überheblichkeit.

Sie war dem Chefredakteur gegenüber sehr offen. „Die Sache liegt ganz einfach, Mike: Entweder sparen wir, oder wir machen Pleite. Ich habe ein neues Budget für Ihre Abteilung ausgearbeitet, das unter keinen Umständen überschritten werden darf."

„Wir haben schon unter Buck mit einem äußerst knappen Budget auskommen müssen. Ich weiß nicht, wo wir noch einsparen könnten."

Yarrow schaute auf ein paar Blätter: „Sie haben im vergangenen Monat zwei neue Reporter eingestellt. Hatten Sie die Befugnis dazu?"

„Wir waren unterbesetzt. Burt hatte keine Ahnung ..."

„Sie hatten diese Befugnis also nicht. Und wie steht's damit? Sie haben einen Reporter nach Minnesota geschickt, um Hubert Humphrey zu interviewen. Warum haben Sie nicht telefoniert?"

„Interviews werden besser, wenn man sich gegenübersitzt."

„Dann warten Sie, bis Humphrey hierherkommt, oder lassen Sie ihn von unserer Außenstelle in Washington interviewen, wenn er dort ist. Geben Sie nicht unnötig Geld aus."

Yarrow hatte das Gefühl, gegen die Wand zu reden. Das arrogante Lächeln verschwand einfach nicht aus Mike Edwards' Gesicht.

„Warum glauben Sie, daß die Demokraten mich nominieren werden?" fragte Elliot.

Er saß mit vier anderen Männern in seinem Büro, mit denen er schon seit Jahren für die Demokraten gearbeitet hatte. Politik faszinierte ihn aus zweierlei Gründen. Aus intellektueller Sicht gefiel ihm der Kampf um die Macht, die Opfer, die dieser Kampf einem abverlangte, und die Lorbeeren, die man dabei ernten konnte. Seine andere Hälfte aber, den kleinen Jungen, der in der Depression aufgewachsen war und sich hochgearbeitet hatte, faszinierte an der Politik etwas ganz anderes. Er wollte anderen Menschen helfen. Er hatte miterlebt, wie die Menschen während der Depression alles verloren hatten. Er konnte sich immer noch mit dem Leid anderer Menschen identifizieren. Er glaubte an das amerikanische Regierungssystem und wollte mit Hilfe dieses Systems Veränderungen vorantreiben.

Der altgediente Senator Murray Bates stützte seine Arme auf die Knie. „Wir glauben, daß der Konvent der Demokraten sich 1960 nicht auf einen gemeinsamen Kandidaten einigen kann. Sie könnten sozusagen der Kompromißkandidat sein."

„Schauen wir uns doch mal an, wer überhaupt kandidieren wird, soweit man das zum jetzigen Zeitpunkt überblicken kann", sagte Lew Haniman. Er hatte eine sanfte Stimme, war aber innerhalb der New Yorker Demokraten eine mächtige Figur. „Hubert Humphrey – jeder liebt Hubert, aber wer kennt ihn schon außerhalb von Minnesota. Lyndon Johnson – ein Kandidat aus dem Süden? Er bringt vielleicht die Delegierten aus dem Süden auf seine Seite, aber nicht den gesamten Konvent. John Kennedy – ein Katholik aus Boston?"

„Wie steht's mit Gouverneur Brown?" fragte Deke Smith, ein Rechtsanwalt aus Kalifornien, der Verbindungen zu den Gewerkschaften hatte und schwarze Wähler mobilisieren konnte.

„Auch ein Katholik. Wenn es überhaupt ein Katholik schafft, dann nur Kennedy."

„Hört mal zu, ich hasse es, den Bescheidenen zu spielen, aber wie kommt ihr ausgerechnet auf mich?"

„Weil du Wirtschaftskreise ansprichst. Du bist ein Mann, der über Parteigrenzen hinweg wählbar ist. Du kannst all jene republikanischen Wähler auf deine Seite bringen, die niemals für Nixon stimmen werden. Du hast dich für Stevenson, für die Bürgerrechtsbewegung und für eine liberalere Sozialpolitik eingesetzt – all das spricht für dich. Du siehst außerdem gut aus, und du bist jung."

Elliot hielt dagegen: „Ich bin unbekannt; ich habe noch nie ein politisches Amt innegehabt; ich könnte die Vorwahlen niemals gewinnen."

„Wenn du mich fragst, sind das alles Pluspunkte, weil du keinem etwas schuldest. Du bräuchtest dich auch gar nicht zu den Vorwahlen stellen. Wir bearbeiten die Delegierten, und du kümmerst dich um die Presse. Wir werden dich auf dem Parteikonvent als Kompromißkandidat präsentieren."

„Meinst du, daß wir die Vorwahlen umgehen können?" fragte Deke Smith.

„Wenn er auf dem Konvent als Kompromißkandidat präsentiert werden soll, warum soll er sich dann schon ein Jahr vorher Feinde schaffen?"

Einen Moment lang herrschte Stille. Erst jetzt ergriff der vierte im Bunde das Wort. Es war Mel Gavins, der Kopf einer Werbeagentur, die sich im Lauf der Jahre einen Namen als „Königsmacherin" gemacht hatte.

„Wie steht's mit deiner Frau, Elliot? Wird sie dich im Wahlkampf unterstützen?" fragte er.

„Nein, das wird sie sicher nicht. Aber sie wird auch nicht gegen mich arbeiten."

„Es tut mir leid, das sagen zu müssen. Aber wenn du dich auf einen Wahlkampf einläßt, gibt es keine Privatsphäre mehr. Willst du dich scheiden lassen? Damit wärest du sofort aus dem Rennen."

„Es wird keine Scheidung geben", antwortete Elliot.

„Was ist mit Miss McLean?"

„Um alles in der Welt, laßt Yarrow aus dem Spiel."

„Elliot, jeder weiß doch Bescheid."

„Yarrow und ich haben eine Übereinkunft. Ich bin zu keinerlei Kompromissen in dieser Hinsicht bereit."

Die vier Männer sahen sich an. Jeder erhoffte sich auf seine Weise, bei dieser Wahl 1960 einen Teil vom Ruhm abzubekommen. Eisenhower und die Republikaner waren seit 1952 an der Macht. Diese Wahl würden sie nicht gewinnen. Die vier Männer, Bates, Haniman, Smith und Gavins, sahen die Chance für einen Neubeginn für gekommen. Sie alle mochten und respektieren Elliot Weyden. Mancher von ihnen hatte seinen Aufstieg zu nationaler Größe aufmerksamer beobachtet als viele andere. Sie wußten, daß Elliot ein Politiker mit Charisma war. Sie wollten sich diese Macht zunutze machen. Sie hatten ihrerseits die Fähigkeit, Menschenmassen zu mobilisieren und zu beeinflussen. Sie waren bereit, ein großes Risiko einzugehen. Sie nickten zustimmend. Elliot Weyden war ihr Mann. Jetzt mußten sie ihn nur noch dazu bringen, tatsächlich zu kandidieren.

Die anderen drei waren bereits gegangen, nur Mel Gavins war noch geblieben.

„Du mußt von ganzem Herzen hinter dieser Kandidatur stehen."

„Ich weiß."

„Die Presse wird jeden Winkel deines Privatlebens ausleuchten – auch dein Liebesleben wird vor die Öffentlichkeit gezerrt werden. Du mußt dich darauf gefaßt machen, daß deine schmutzige Wäsche gewaschen wird. Möchtest du deiner Frau und Yarrow das zumuten? Stehst du das durch?"

Elliot biß sich auf die Unterlippe. Er merkte, daß ihn die Lockungen der Macht reizten.

„Was schlägst du vor?"

„Beende deine Beziehung zu Yarrow McLean."

„Mel, diese Frau... Wir sind schon seit Jahren zusammen. Ich wollte sie heiraten."

„Elliot, du bist verheiratet. Du wirst dich um das Amt des Präsidenten der Vereinigten Staaten bewerben. Du kannst es dir nicht leisten, als Weiberheld zu gelten."

„Ich bin kein Weiberheld."

„Eine Frau neben der eigenen ist eine Frau zuviel. Eine Geliebte. Möchtest du, daß deine Beziehung zu Yarrow auf der Titelseite des *Telegraph* durchgehechelt wird? Oder wie wär's mit dem *Courier*? Überleg doch mal, sie ist Verlegerin zweier Zeitungen und außerdem auch noch Republikanerin."

„Wäre sie Demokratin, würde das auch nichts ändern. Ich kann genausowenig an ihrer politischen Einstellung etwas ändern, wie du mich dazu bringen wirst, sie aufzugeben. Ich werde sie sehr selten sehen. Ich werde sehr vorsichtig sein, aber ich kann sie nicht ganz aufgeben. Ich will in diesem Punkt aufrichtig sein, Mel."

„Aber du wirst das amerikanische Volk belügen, und die Leute werden es merken. Es ist eine sehr große und ehrfurchtgebietende Sache, auf die du dich einläßt, denn es liegt alles in der Hand der Menschen da draußen, in unserer Hand. Wir sind das Volk. Wenn deine Affäre herauskommt, bist du als Heuchler entlarvt. Man wird an deinem Urteilsvermögen und deinem Charakter zweifeln. Schlaf noch mal drüber, Elliot. Ich rufe dich morgen an."

„Mama sagt, wir fahren nach England, Tante Vivienne besuchen. Kommst du diesmal mit, Daddy?"

Elliot war in Coakley, Virginia, und machte mit seiner Tochter einen Ausritt.

„Schau mal, da ist Mami. Komm, wir reiten zu ihr und überraschen sie." Elliot wäre fast heruntergefallen, so sehr hatte seine Tochter das Pferd angetrieben.

„Du kleines Biest", sagte er, als das Pferd vor Blanchette stehenblieb. Meredith lachte, und er stieg ab und hob sie aus dem Sattel. Ihr Kindermädchen kam die Treppe der Veranda herunter und ging mit ihr ins Haus.

„Ich möchte nicht, daß du sie nach England mitnimmst", sagte er.

„Ich weiß, aber ich würde gern längere Zeit dortbleiben, damit sie meine Familie kennenlernt."

„Du warst doch erst letztes Jahr drüben. Könntes du es diesmal nicht bei einem kurzen Besuch bewenden lassen?"

„Elliot, ich habe hier nichts mehr verloren. Als Vater starb, wurde mir klar, daß damit meine letzte Verbindung zu diesem Land abgebrochen war. Ich bin letztes Jahr nach England gefahren, um mich zu prüfen. Ich fühle mich nach wie vor als Engländerin. Ich möchte nach Hause."

Er schämte sich für sie. Sie durfte sich nicht so vor ihm demütigen, ganz gleich, was zwischen ihnen war. Keiner von beiden erwähnte Yarrow. Er wußte nicht, inwieweit Blanchette Bescheid wußte. Er konnte sich nicht denken, wie sie es hätte erfahren können, die Zeitungen hatten nie etwas darüber berichtet, aber die Leute tratschten.

„Du hast hier eine Zukunft, Blanchette", erwiderte er. „Meredith ist unsere Zukunft. Ich bin ihr Vater."

Blanchette seufzte und lehnte sich in den Korbstuhl zurück. „Ich glaube nicht, daß das ausreicht, Elliot."

„Ich möchte, daß du hierbleibst. Es ist wichtig für mich."

„Du bist ehrgeizig", antwortete sie. Sie hatten schon vor Monaten über seine Pläne gesprochen. Sie war nicht dagegen.

„Du bist auch ehrgeizig, Blanchette. In diesem Punkt sind wir uns sehr ähnlich."

„Ich verstehe die amerikanische Politik nicht. Für mich ist das alles ein großes Durcheinander. Warum könnt ihr nicht auch ein Parlament haben, damit jeder Bescheid weiß, wer der Führer der Regierungsmannschaft ist und wer der Oppositionsführer?"

Er lachte. „Um das klarzustellen, haben wir schließlich mit England Krieg geführt."

„Ich werde auf keinen Fall die Werbetrommel für dich rühren."

„Das erwarte ich auch gar nicht."

„Ich möchte eine Wohnung in New York."

Er warf ihr einen Blick zu. Ihre Wangen glühten.

„Sollst du haben", sagte er. „Außerdem möchte ich nach England reisen können, wann immer es mir paßt."

„Ohne Meredith, ja."

„Ich werde darüber nachdenken." Sie stand auf und ging ins Haus, ohne ihn anzusehen.

Er verbrachte den Rest des Tages in seinem Arbeitszimmer. Abends aßen sie gemeinsam mit Meredith, und hinterher hörte er zu, wie Blanchette Meredith Geschichten vorlas. Blanchette kannte sehr viele Märchen und Kindergeschichten. Sie war eine gute Mutter. Sie widmete sich voll und ganz ihrer Tochter. Dafür war Elliot ihr sehr dankbar. Sie hatten beide noch nie von Scheidung gesprochen.

Als Blanchette zu Bett ging, fand sie auf ihrem Kopfkissen eine Schmuckkassette mit einem großen ovalen Saphir, den man als Anhänger tragen konnte. Sie hielt den Stein in der Hand und weinte. Sie hörte Elliot die Treppe heraufkommen und in das Zimmer neben dem ihren gehen. Sie ging auf die Verbindungstür zu und hörte, wie er die Tür abschloß.

Am nächsten Morgen kam sie zum Frühstück herunter, was sie sonst selten tat. Sie trug den Saphiranhänger. Keiner von beiden verlor ein Wort darüber. Sie legte die Hand an den Stein und drehte ihn so, daß das Sonnenlicht darauf fiel. Der Stein erschien Elliot wie das große, allwissende Auge einer Eule.

29

Yarrow mietete für den August ein kleines Haus am Meer bei Amagansett auf Long Island. Ihre Mutter und die Kinder sollten dort zusammen mit einer von Yarrow engagierten jungen Haushälterin den Sommer verbringen.

Das erste Wochenende verbrachte sie dort, um ihnen zu helfen sich einzurichten. Sie arbeitete gerade im Garten, als Mel Gavins vor dem Haus vorfuhr. Sie hatte ihn zwei- oder dreimal getroffen, einmal in Begleitung Elliots, und sie war sich sicher, daß er ihr mißtraute. Dies konnte also kein Höflichkeitsbesuch sein, denn sie kannten sich nicht so gut, daß er einfach vorbeikommen würde, um guten Tag zu sagen.

„Hallo, Mel. Kann ich Ihnen etwas zu trinken anbieten?"

„Nein, danke. Darf ich mich setzen?"

„Aber sicher."

„Schöne Blumen", sagte Mel.

„Ich mag sie nicht", erwiderte sie, „aber hier wächst ja nichts anderes."

Er setzte seinen Panamahut ab und wischte mit einem Taschentuch über seinen erkahlenden Schädel.

„Sie werden Elliot schaden", sagte er.

Sie schaute ihn nicht an, sondern wühlte weiter in ihren Blumenbeeten.

„Hat er Sie geschickt?"

„Nein. Er würde so etwas niemals tun."

Yarrow hielt eine alte Kartoffel, die sie ausgegraben hatte, in der Hand und starrte sie an.

„Was soll ich Ihrer Meinung nach tun?"

„Trennen Sie sich von ihm – zumindest für die Zeit des Wahlkampfs. Ich bitte Sie nicht gerne darum", sagte Mel.

Yarrow spielte weiter mit der Kartoffel. Nach einer Weile verabschiedete er sich. Sie wartete, bis sie seinen Wagen abfahren hörte, dann erst schaute sie hoch. Das grelle Sonnenlicht trieb ihr Tränen in die Augen. Sie warf die Kartoffel so weit weg, als sie konnte. Aber sie landete nur am anderen Ende des Blumenbeets.

Sie stand auf. Plötzlich fühlte sie sich uralt. Sie weigerte sich, über das, was Mel gesagt hatte, nachzudenken. Sie wollte einfach nicht.

„Bleibst du nicht hier bei uns, Mama?“ fragte Lily. „Du hast überhaupt keine Zeit mehr für uns.“

„Tut mir leid“, sagte Yarrow.

Sie verließ schweren Herzens das Haus und die Dünen und sah die winkenden Kindern im Rückspiegel kleiner werden. Nichts schien im Moment zu klappen. Sie machte sich Sorgen darüber, daß sie sich nicht genügend um die Kinder kümmerte. Sie machte sich Sorgen um die Zeitung. Und sie machte sich Sorgen wegen Elliot.

Sie hätte diesen Sommer gern mit den Kindern verbracht, aber sie konnte den *Telegraph* im Moment nicht aus den Augen lassen. Sie wußte, daß die Zusammenarbeit mit Mike Edwards nicht funktionierte, gab aber die Hoffnung nicht auf, daß alles sich einrenken würde.

Sie ließ Edwards und seinen Stellvertreter, Jim Burroughs, zu sich kommen und besprach mit ihnen die Ausgabe vom Vortag. Mike hatte sein übliches arrogantes Grinsen aufgesetzt, fläzte sich ihr gegenüber in einen Stuhl und legte die Füße auf ihren Schreibtisch.

„Nehmen Sie Ihre Füße da runter“, befahl sie ihm.

„Tschuldigung“, sagte er und nahm seine Füße ganz langsam herunter. Sie versuchte sich auf die vor ihr liegende Ausgabe des *Telegraph* zu konzentrieren und sein flegelhaftes Benehmen zu ignorieren. Sie blätterte die Zeitung von vorn bis hinten durch.

„Wie viele Leute interessieren sich wohl für die Ausgaben von Albany?“ fragte sie.

„Viele. Schließlich geben sie unser Geld aus.“

„Aber auf der Titelseite? Ich finde es langweilig, es macht die ganze Ausgabe langweilig. Die Zeitung muß schwungvoller werden, mehr Pep kriegen. Warum bringen wir schon wieder ein Bild des Gouverneurs auf Seite vier? So interessant ist er doch auch wieder nicht. Und was hat Mamie Eisenhower mit dieser Geschichte zu tun? Diesen Kopf sehe ich nun schon seit acht Jahren, es muß doch auch andere Bilder im Archiv geben. Mir hängt dieser Hut zum Hals raus."

Jim Burroughs war äußerlich das genaue Gegenteil von Edwards. Er war klein, hatte rauhe Gesichtszüge. Er sah aus wie ein Farmer aus dem Mittleren Westen. Yarrow mochte ihn viel lieber als Edwards.

„Ich möchte, daß das Blatt ausgewogener wird. Es ist mir zu verbissen, Mike. Es ist schließlich Sommer, und die Leute wollen keine schwerverdaulichen Geschichten. Machen Sie es bunter. Wie wär's mit ein paar Aufnahmen vom Strand? Oder mal ein hübsches Mädchen." Mike verdrehte die Augen. Yarrow stand auf, und die beiden gingen.

Sie wünschte sich, bei den Kindern am Meer zu sein.

Sie ging die Post durch und nahm sich dann einen Stoß europäischer Zeitungen vor. Dabei stieß sie auf ein Bild, das Elliot samt Frau und Tochter bei der Ankunft in London zeigte. *Präsidentschaftsbewerber optimistisch* lautete die Schlagzeile. Eine hübsche Familie, dachte Yarrow. Sogar die kleine Meredith war aus einem so günstigen Winkel fotografiert worden, daß man ahnen konnte, wie hübsch sie hätte sein können, wenn nicht eine grausame Laune der Natur sie verunstaltet. Sie vermißte ihn. Sie hatten sich seit Monaten nicht gesehen. Seit seine Mutter ihr das Foto von Meredith gezeigt hatte, lag ihr Verstand mit ihren Gefühlen im Widerstreit. Mels Besuch hatte sie nur noch in ihrem Vorhaben bestärkt. Sie war Elliot aus dem Weg gegangen, und er hatte das sicherlich bemerkt. Er rief sie immer wieder an. Wie auf ein Stichwort läutete das Telefon, und Elliot rief von London aus an.

„Ich habe gerade ein Bild von dir in der *Times* gesehen", sagte sie.

„Ich habe auch gerade an dich gedacht. Was machst du?"

„Ich versuche die Briefe zu beantworten, die während der letzten sechs Wochen liegengeblieben sind. Wenigstens sind die Leute im August nicht in der Stadt, und ich komme mal dazu, meine Rückstände aufzuarbeiten."

„Ich vermisse dich. Was ist los? Ich habe das Gefühl, daß du dich von mir abwendest. Liebst du mich noch?"

„Ja. Aber es ist nicht richtig, mein Schatz. Es ist nicht falsch, dich zu lieben, aber es ist falsch, dich für mich zu wollen. Du gehörst nicht zu mir. Ich wollte mir das einreden. Deine Frau und dein Kind – nun ja, ich habe sie einfach verdrängt. Es war für mich leichter, so zu tun, als gäbe es sie nur in meiner Vorstellung. Erst als ich die Fotos von Meredith sah, wurde mir klar, was Blanchette durchgemacht hat..."

„Schatz..."

„Du mußt wissen, daß ich ein Bild deiner Tochter gesehen habe. Deine Mutter hat es mir gezeigt. Ich mußte sofort an Lily denken und was sie mir bedeutet. Ich hatte das Gefühl, daß ich dich Meredith wegnehme – und Blanchette."

„Ich weiß nicht, was ich sagen soll. Ich will dich nicht verlieren. Yarrow, mein Schatz, verlaß mich nicht."

„Ich möchte, daß wir uns nicht wiedersehen, Elliot." Sie legte auf. Früher hatte immer Elliot zuerst aufgehängt.

Margaret kam herein und legte ein paar Briefe zur Unterschrift vor. Sie bemerkte Yarrows trauriges Gesicht und ihre rotumränderten Augen.

„Ist alles in Ordnung, Miss McLean?"

„Ja", log sie. „Ich habe gerade von einem Todesfall in der Familie erfahren."

Es war gar keine richtige Lüge. Etwas war gestorben, und sie litt darunter.

Der Herbst kam. Der Wind wirbelte Papierfetzen und Staub durch die Luft. Bevor sie in den Zeitungsladen an der Ecke ihres Hauses trat, zupfte sie sich ein Stück Papier vom Mantel.

„Hallo, Miss McLean", sagte der Mann hinter der Kasse. Er war ein fröhlicher junger Armenier mit einem schwarzen Schnauzbart. „Wir haben gestern zwanzig *Telegraphs* mehr verkauft als sonst. Das Geschäft läuft gut, nicht wahr?"

„Ja, das tut es. Hoffentlich haben Sie für heute und morgen mehr Zeitungen bestellt."

„Ich bin nur ein kleiner Fisch. Wenn ich anrufe, nimmt niemand davon Notiz."

„Ich werde mich darum kümmern." Sie ging in den hinteren Teil des Ladens, um ein paar Dinge für Bucks Geburtstagsparty zu kaufen.

Sie hatte seinen Geburtstag im August vergessen und ihm dafür versprochen, bei Schulanfang eine Party für ihn zu geben.

Lily kam in den Laden gestürmt. Sie war völlig außer sich. „Ich dachte mir, daß ich dich hier finden würde. Großmutter hatte einen Unfall." Yarrow ließ alles fallen und rannte wie eine Irre aus dem Geschäft. „Was ist passiert?" fragte sie immer wieder. „Was ist passiert?"

„Sie ist die Treppe hinuntergestürzt. Mehr weiß ich auch nicht."

Freya lag im ersten Stock. Die Männer von der Ambulanz waren schon da und machten Wiederbelebungsversuche.

„Du darfst nicht sterben, Mama. Du darfst mich nicht allein lassen." Yarrow fuhr im Ambulanzwagen mit. Der Herzschlag hatte wieder eingesetzt. „Sie ist eine Kämpfernatur", sagte einer der Helfer zu ihr.

„Ja, das ist sie", sagte Yarrow. Vom Krankenhaus aus rief sie Greta an. Zwanzig Minuten später war Greta da, und sie saßen zusammen auf dem Gang und warteten. Um Mitternacht war Freya über den Berg und erkannte ihre Töchter wieder.

„Ich hätte nie gedacht, daß mich meine Pumpe einmal im Stich lassen könnte", sagte sie langsam. „Ich dachte immer, weißt du..."

„Sei ruhig, Mama. Gott sei Dank, bist du wieder in Ordnung."

Yarrow engagierte eine Krankenschwester namens Edith, die sich um Freya kümmerte, als sie aus dem Krankenhaus entlassen wurde. Freya war halbseitig gelähmt und mußte wieder laufen lernen. Sie konnte nicht mehr richtig sprechen und vergaß ständig alles mögliche. Edith war eine dralle Australierin mit einem ansteckenden Lachen. Die Kinder waren sofort von ihr begeistert. Selbst Millie, das schüchterne kleine Hausmädchen, das ständig unter Freyas Fuchtel gestanden hatte, blühte unter der lärmenden Freundlichkeit der Australierin auf.

„Sie kommt schon wieder in Ordnung, Kumpel, jetzt, wo die alte Edith da ist. Ein schönes Bad und Sie sind wieder wie neu, nicht wahr, Mrs. Mac? Lily, kannst du deine Großmutter hochheben, während ich das Laken rausnehme?"

„Der ganze Laden hier muß besser organisiert werden, Miss McLean", sagte sie eines Tages zu Yarrow.

„Da haben Sie recht“, antwortete diese.

„Selbst wenn sich Mrs. Mac wieder ganz erholt hat, wird sie nicht mehr Treppen steigen können. Wir könnten doch im Kellergeschoß eine Wohnung für sie einrichten. Die paar Stufen ins Erdgeschoß könnte sie schaffen. Ich würde das für Sie übernehmen. Es ist bloß ein bißchen Arbeit.“

„Würden Sie das wirklich für mich tun?“ sagte Yarrow. „Macht es Ihnen nicht zuviel Umstände?“

„Machen Sie sich keine Sorgen, Miss McLean. Ich hole morgen bei Janovic einen Spachtel und Farbe. Millie wird mir helfen, nicht wahr, Millie?“

„Millie hilft Ihnen?“

„Ja, sie versteht was vom Heimwerken. Sie hat sogar ihrem Vater geholfen, ein Boot zu bauen. Stimmt's, Millie?“

„Ja, das stimmt, Miss Edith.“

„Und John wird die alte Farbe abkratzen. Machen Sie sich keine Sorgen, Miss McLean. Wir machen das schon.“

Yarrow zog sich in ihr korallenrot gestrichenes Schlafzimmer zurück und machte erleichtert die Tür hinter sich zu. Edith flößte allen Menschen Selbstvertrauen ein. Wenn sie nur auch in der Redaktion ein paar Mitarbeiter wie sie gehabt hätte.

Yarrow fand den Leitartikel, den ihr Mike Edwards vorgelegt hatte, einfach furchtbar. Es war eine langweilige Geschichte über einen Stadtrat, von dem jeder wußte, daß er bestechlich war.

„Wenn Sie auch nur im geringsten etwas Neues über diesen Mann zu sagen hätten, würde ich den Artikel durchgehen lassen. Aber es ist einfach langweilig. Ich werde es nicht drucken.“

Am Nachmittag ging sie die Ausgaben jeder Abteilung durch. Die meisten bewegten sich innerhalb der von ihr gesteckten Größenordnung. Manche Abteilungen hatten das Limit nicht eingehalten. Sie unterhielt sich mit allen Ressortleitern und hörte sich ihre Erklärungen an. Manches akzeptierte sie, anderes nicht.

Als letztes nahm sie sich die Zahlen der Redaktion vor. Sie explodierte fast vor Wut. Mike Edwards hatte sich erneut Kompetenzen angemaßt, die weit über seine Befugnisse hinausgingen. Er hatte gegen ihre Warnung und ihre Bitten einen weiteren Redakteur eingestellt und diesem überdies ein viel zu hohes Gehalt versprochen.

Sie wollte in die Redaktion hinunterstürmen, hielt sich aber in letzter Minute zurück. Sie zwang sich, in aller Ruhe nachzudenken. Sie hatte das Gebäude und die Zeitung liebgewonnen. Die Zeitung war stark und lebensfähig. Yarrow wußte, daß das ihr Verdienst war. Sie war doch nicht verrückt und ließ es zu, daß Leute wie Mike Edwards wieder alles zunichte machten. Yarrow nahm die Bleiletter in die Hand, die ihr Großvater ihr geschenkt hatte und die immer auf ihrem Schreibtisch stand. Was hätte er wohl in ihrer Situation getan?

Sie sagte Margaret, Mike Edwards solle sich bei ihr melden.

Sie war sehr ruhig, als er hereinkam. Er setzte sich, und sie legte ihm die Ausgabenaufstellung seiner Redaktion vor. Die Mehrausgaben waren rot angestrichen. Sie sagte kein Wort, und er setzte zu Erklärungen an.

„Es ist zu spät für Erklärungen. Wir haben das alles schon oft genug besprochen. Ich möchte Ihre schriftliche Kündigung in einer Stunde auf meinem Schreibtisch liegen haben."

Das Lächeln verschwand aus seinem Gesicht, und zum ersten Mal zeigte sich die Gemeinheit, die hinter seinem hochmütigen Gehabe steckte. Sie war überzeugt, daß er Schwierigkeiten machen würde. Er war eine Ratte.

Jim Burroughs war in ihrem Büro. Sie bat ihn, vorübergehend die Aufgaben des Chefredakteurs zu übernehmen. Das Telefon klingelte, und der Sicherheitsbeamte am Tor meldete, daß ein Fernsehteam draußen stehe.

„Was? Wer hat sie herbeordert?"

„Sie möchten Mr. Edwards sprechen, sagen sie."

„Einen Dreck werden sie", sagte Yarrow. „Nicht in diesem Haus. Schließen Sie die Türen. Lassen Sie niemand herein."

Gleich mußten die 6-Uhr-Nachrichten im Lokalfernsehen kommen. Yarrow schaltete den Apparat an und sah Mike Edwards aus dem Haus kommen, die Aktentasche unter dem Arm. Er erklärte, seine Verlegerin habe sich in seine Kompetenzen eingemischt und ihn in seinen Rechten als Chefredakteur beschnitten. Eine Gruppe von Journalisten umringte ihn und applaudierte ihm. Yarrow merkte sich sämtliche Gesichter.

Der Nachrichtensprecher erklärte in ernstem Ton, welche Bedeutung der verfassungsrechtlich garantierten Pressefreiheit zukomme. Yarrow schaltete aus.

„Möchten Sie den Job immer noch, Jim? Es ist keine Lebensstellung. Ich möchte erst herausfinden, wie wir miteinander zurechtkommen."

„Ich versuch's."

„Danke."

Als sie eine Stunde später das Gebäude verließ, wartete das Fernsehteam immer noch vor der Tür.

Der Reporter hielt ihr ein Mikrofon vor den Mund. „Miss McLean, was sagen Sie zu dem Vorwurf Ihres Chefredakteurs, Sie hätten ihn entlassen, um seinen morgigen Leitartikel nicht drucken zu müssen."

„Kein Kommentar", sagte Yarrow und stieg in den Mietwagen. Die kluge Margaret hatte ihr in weiser Voraussicht einen bestellt.

„Stimmt es, daß die Journalisten mit einem Sympathiestreik für Mr. Edwards gedroht haben?"

Yarrow schüttelte nur den Kopf. „Kein Kommentar." Sie bedeutete dem Fahrer loszufahren.

„Ich hab' dich im Fernsehen gesehen, Mama", erklärte Buck, als sie nach Hause kam. „Warum haben sie dir so viele Fragen gestellt?"

„Der Chefredakteur und ich waren in vielen Dingen anderer Meinung. Ich denke, er ist sauer, weil ich ihn gebeten habe, zu kündigen. Ich habe dir die Spätausgabe mitgebracht. Kannst du die Schlagzeilen lesen?"

„Ich habe dir schon mal gesagt, daß ich nicht in dieses Geschäft einsteigen will. Ich werde Künstler."

„Gehst du noch mal weg?" fragte Lily.

„Ja, leider. Ich habe seit Monaten versucht, an diesen Mann heranzukommen, und ausgerechnet heute abend ist er endlich mal in der Stadt."

„Ich werde nie Geschäftsfrau", sagte Lily und warf ihr Haar zurück. „Es ist viel zu anstrengend."

Yarrow küßte sie auf die Stirn. „Manchmal denke ich, daß du recht hast. Aber ich muß an die Leute im Büro denken, sie sind von mir abhängig. Ich muß gehen. Du würdest es doch genauso machen, nicht wahr?"

„Meine Kinder hätten immer Vorrang."

„Oh, Lily. Du verstehst es wirklich, mir weh zu tun. Ich denke dabei auch an deine Zukunft, das weißt du doch."

Yarrow ging mit zwei Drinks zu ihrer Mutter. Sie steckte einen Strohhalm in das Glas ihrer Mutter und setzte sich zu ihr. „Wohl bekomm's", prostete sie ihrer Mutter zu und hielt ihr das Glas hin, damit sie mit dem Mund an den Strohhalm herankam. Sie kam wieder zu Kräften, aber sie konnte ihre Handbewegungen immer noch nicht kontrollieren. Der Arzt deutete an, daß ihre rechte Seite für immer behindert bleiben würde.

Sie erzählte ihrer Mutter alles, was an diesem Tag passiert war. Freya nickte nur, und Yarrow gab ihr zwischendurch etwas zu trinken.

„Habe ich das Richtige getan?" fragte sie ihre Mutter.

„Ich denke, Jock hätte genauso gehandelt."

„Das hoffe ich."

„Wo ist Elliot?"

„Mama, ich hab dir das doch schon mal erklärt. Elliot und ich sehen uns nicht mehr."

„Elliot sollte jetzt bei dir sein."

„Ich muß mich umziehen. Ich treffe mich mit einem Inserenten im Club 21." Yarrow beugte sich hinunter und küßte ihre Mutter, und Freya legte ihre zittrigen Hände auf Yarrows Kopf. Als sie sich wieder erhob, hielt Freya ein langes graues Haar in der Hand. Yarrow nahm es ihr ab und wickelte es um ihren Finger.

„Danke, Mama. Jetzt geht es mir schon viel besser."

Der Inserent, mit dem sich Yarrow treffen wollte, war J. C. Calloway, ein Bierbrauer aus Denver. Ihr Anzeigenchef bemühte sich schon seit Monaten um diesen Auftrag. Jetzt hing alles nur noch von der Zustimmung Calloways ab. Yarrow und Calloway begrüßten sich im Foyer des Restaurants.

„Nennen Sie mich einfach Cal", forderte er sie auf.

„Denselben Tisch wie sonst, Miss McLean?“ fragte Tony und führte sie zu einem Tisch in der linken Hälfte des Restaurants.

Cal war ein angenehmer Tischpartner, wie sie mit Erstaunen feststellen mußte. Sie war auf einen ungehobelten, biertrinkenden Hinterwäldler gefaßt gewesen, aber Cal war weltmännisch und humorvoll. Er war um die sechzig, Witwer und hatte bereits graues Haar. Aber er sah immer noch gut aus und wirkte sehr vital, fand sie. Du lieber Himmel, sie war schließlich erst sechsunddreißig. Nein, siebenunddreißig. Sie lachte. Sie war in letzter Zeit so beschäftigt gewesen, daß sie sogar ihren Geburtstag vergessen hatte.

„Ich habe heute Geburtstag“, eröffnete sie ihm.

Cal bestellte Champagner, und sie genoß es derart, wieder einmal mit einem gutaussehenden Mann zusammenzusein, daß sie das Geschäftliche ganz vergaß. Immer wenn es ihr wieder einfiel, sagte Cal etwas Lustiges, und sie vergaß die Geschäfte wieder. Er flirtete mit ihr. Sie bat ihn, den Wein auszusuchen, was er auch tat. Der Umgang mit Alkohol war schließlich sein Metier. Er suchte einen vorzüglichen Rotwein aus. „Jetzt zeige ich Ihnen, wie man Rotwein probiert“, sagte er. „Ich war Meßdiener, vielleicht hat es damit etwas zu tun.“ Er spießte ein Stück Brot auf eine Gabel, tauchte sie in den Wein und hielt es ihr hin.

„Ich habe zu Hause auch Freunde aus ihrer Branche“, sagte er. „Man macht ihnen Schwierigkeiten bei der geschäftlichen Verflechtung von Fernsehstationen und Zeitungen. Und die für Rundfunk und Fernsehen zuständige Behörde, die FCC, klopften ihnen mächtig auf die Finger. Langweile ich Sie damit auch nicht?“

„Nein, ganz und gar nicht.“

Yarrow nahm gerade das Stück Brot von der Gabel, als sie sich umdrehte und Elliot an einem Ecktisch sitzen sah. Er schaute zu ihr herüber. Er saß mit Leuten am Tisch, von denen sie auch einige kannte. Lächerlicherweise hatte sie das Gefühl, etwas Unrechtes getan zu haben. Sie gehörte nicht Elliot. Das war längst vorbei. Je schneller sie ihn vergaß, desto besser.

Als Cal und sie gingen, mußten sie an Elliots Tisch vorbei. Einer der am Tisch Sitzenden grüßte sie. Sie ging hin, stellte Cal vor und gab Elliot die Hand, als sei er ein Fremder. Cal fühlte sich sehr geehrt,

Elliot Weyden kennenzulernen. Schließlich war er als möglicher Präsidentschaftskandidat in aller Munde. Als Cal ihm vorgestellt wurde, äußerte er sich überschwenglich über Elliots Leistungen. Yarrow war peinlich berührt. Wie hatte sie glauben können, ein gewöhnlicher Mensch könne sich mit Elliot messen?

Nachher im Mietwagen wurde Cal zudringlich.

„Bitte, Cal, lassen Sie das", sagte sie. Er entschuldigte sich für sein Verhalten und sagte, er habe einfach zuviel getrunken.

„Gute Nacht, Cal. Der Wagen wird Sie nach Hause bringen." Sie ging schnell ins Haus.

Sie lehnte sich gegen die Tür. Verflixt, diesen Kunden hatte sie verloren. Das war alles, woran sie denken konnte.

Aber am nächsten Tag wurde ein Strauß Rosen von Cal im Büro abgegeben. ‚Einer wunderbaren kleinen Frau die herzlichsten Geburtstagswünsche' stand auf der Karte, und Yarrow mußte lachen. Sie rief den Chef der Anzeigenabteilung an, und er berichtete ihr, der Vertrag sei unter Dach und Fach.

„Ich glaube, ich habe einen Verehrer", sagte sie zu Margaret, als sie die Blumen ins Wasser stellte.

Es zeigte sich, daß Jim Burroughs sich nicht zum Chefredakteur eignete. Yarrow beschloß daher, nach Platte City zu fliegen und Ned Griffin für eine Mitarbeit in New York zu gewinnen.

Miss Hines freute sich sehr, sie wiederzusehen. Es gab keinerlei Schwierigkeiten mit dem *Journal.* Ned und Paddy hatten gute Arbeit geleistet.

Sie und Ned saßen im alten Büro ihres Vaters. „Ned, ich möchte, daß du nach New York kommst. Mit dem *Telegraph* geht es bergab, und er wird uns alle ins Unglück stürzen, wenn ich den Abstieg nicht verhindern kann. Denk bitte darüber nach."

„Ok. Ich brauche zwei Minuten Bedenkzeit. Abgemacht – ich komme."

Yarrow lachte. „Das ging aber schnell. Möchtest du nicht mit Mary-Ellen darüber sprechen?"

„Laß das meine Sorge sein. Was wird mit dem *Journal?*"

„Ich werde Paddy zum Chefredakteur ernennen, aber mit der verlegerischen Arbeit kommt er nicht zurecht. Ich habe eine ganz verrückte Idee. Ich muß ausprobieren, wie du darauf reagierst. Du weißt, ich brauche eine qualifizierte Führungskraft hier, jemand, der mit den Arbeitern verhandelt, der was vom Drucken und von der Produktion versteht."

„Schon, aber an wen denkst du dabei?"

„An Joe Bellini."

Ned fiel vor Überraschung fast vom Stuhl. „Um Gottes willen, Yarrow. Das hieße ja den Bock zum Gärtner machen. Joe Bellini, den Gewerkschaftsfunktionär?"

„Du hast schon recht. Aber deshalb weiß er ja immer, was die Gegenseite vorhat."

„Na ja, es ist deine Zeitung."

„Schon, aber ich möchte deine Meinung hören."

„Ich finde, du hast Mut."

„Mit dir und Bellini würde es nicht gutgehen. Ihr seid nie miteinander ausgekommen. Aber mit Paddy ist es etwas anderes. Und ich habe sie beide unter Kontrolle."

„Dann tu's. Ich bin auf jeden Fall froh, nicht mit diesem Kerl zusammenarbeiten zu müssen. Wann sollen wir nach New York kommen?"

„Ich dachte an Ende Januar."

„Ok."

Yarrow stand auf und legte ihre Hände auf Neds Schultern. „Wie soll ich dir je danken, Ned?"

„Wie könnte ich dir etwas abschlagen, wenn du mich mit einem solchen Lächeln bittest?" Er grinste sie an und ging. Ned und Mary-Ellen waren wirkliche Freunde. Sie hatten sie nie im Stich gelassen und sie in allen Lebenskrisen tatkräftig unterstützt.

In bezug auf Joe Bellini hatte sie instinktiv ein gutes Gefühl. Sie hielt ihn für einen ehrgeizigen Mann, der jedes System zu seinem eigenen Fortkommen nutzte. Das Problem war nur, daß er jetzt noch für das gegnerische Lager arbeitete. Aber sie schätzte ihn als einen Mann, der ehrlich war und Führungsqualitäten besaß. Bellini hatte sich im Rahmen dessen, was von Gewerkschaftsseite mit der Arbeitgeberseite zu verhandeln war, immer fair verhalten. Sie beschloß, ihn zu fragen, ob er in der Geschäftsleitung mitarbeiten wolle. Sie hielt es jedoch für besser, ihm diese Frage auf neutralem Terrain zu stellen. Sie fragte Miss Hines nach dem besten italienischen Restaurant der Stadt und lud Joe Bellini für den kommenden Tag zum Abendessen ein.

Am Abend kam Cal aus Denver, und sie gingen gemeinsam zu einem Basketballspiel. Yarrow hatte schon lange nicht mehr so viel Spaß gehabt. Cal verhielt sich äußerst taktvoll. Er brachte sie ins Hotel zurück und küßte ihre Hand.

„Ich glaube, ich bin dabei, mich in Sie zu verlieben."

„Cal..."

„Keine Bange, ich werde nichts überstürzen. Ich wollte Ihnen nur sagen, was ich für Sie empfinde."

Nachdem er sich verabschiedet hatte, schaute sie ihm nach: Er war ein lieber, anständiger Kerl, aber sie war kein bißchen in ihn verliebt.

Yarrow und Bellini saßen in dem italienischen Restaurant. Sie erklärte ihm, was ihr vorschwebe, er nannte seine Bedingungen, und sie wurden handelseinig. Als die Flasche Chianti leer war, hatte Yarrow ein neues Mitglied der Geschäftsleitung. Sie verließ Platte City mit dem sicheren Gefühl, ihre Intuition in bezug auf Bellini trüge sie nicht. Es war ein kühner Schachzug, der aber bewies, daß es sich lohnte, gewisse Risiken einzugehen.

Bei ihrer Rückkehr nach New York eröffnete Yarrow der Redaktion, daß Ned Griffin, der bisherige Chefredakteur des *Platte City Journal-Record*, ab 1. Februar die Leitung des *Telegraph* übernehmen werde.

Das Murren der Redakteure über Mike Edwards' Kündigung hatte sie geflissentlich übersehen. Eine Reihe von ihnen hatte daraufhin ebenfalls gekündigt. Diese Kündigungen verursachten ihr kein Kopfzerbrechen. Vielen davon weinte sie sowieso keine Träne nach, nur um zwei oder drei tat es ihr leid.

Redakteure anderer Zeitungen waren ein weitaus größeres Problem, weil sie sich schadenfroh über ihre Schwierigkeiten mit der Zeitung ausließen. Sie registrierte mit Vergnügen, daß Mike Edwards kurz nach seinem Weggang von einem Konkurrenzblatt als Chefredakteur einer neuen wöchentlichen Beilage, des *Manhattan Style* engagiert wurde. Sie gab dem Blatt keine sechs Wochen. Und wirklich wurde es schon nach acht Wochen eingestellt. Mike Edwards verschwand daraufhin auf Rache sinnend aus der Stadt.

Weihnachten ging wie im Flug vorbei. Eric besuchte sie in New York. Er hatte seine Freundin mitgebracht, ein kleines, lebhaftes Mädchen namens Yanna. Sie wickelte den ungeschlachten Eric um den kleinen Finger. Er war jetzt 27 und sagte, alles könne für den Rest seines Lebens so bleiben. Wenn in Galena gute Schneeverhältnisse waren, hängte er ein Schild mit der Aufschrift „Geschlossen" an die Tür und ging Skifahren. Die Leute warfen dann ihre Anzeigen einfach in den Briefkasten. Yarrow wünschte sich, daß ihr Leben in New York auch so einfach wäre. Aber sie wußte auch, daß Erics geruhsames Leben sie nur langweilen würde.

Das Kellergeschoß war fertig. Edith hatte wirklich gute Arbeit geleistet. Yarrow hätte es nicht für möglich gehalten, daß man mit ein bißchen weißer Farbe und bunten Stoffen die dunklen Räume so verändern könnte. John und Eric trugen Freya in ihr neues Zuhause. Sie war entzückt von den Trockenblumen und Kräutern, die Edith überall aufgehängt hatte. Freya war wieder einigermaßen auf der Höhe, aber Edith hatte bisher mit keinem Wort erwähnt, daß sie jetzt ihre Stellung aufgeben wolle. Sie schmiß zwischenzeitlich den gesamten Haushalt.

Die Familie hatte allmählich zu einer Ruhe und Stabilität gefunden, die Yarrow sehr schätzte. Dieser Rückhalt gab ihr den Mut zum Weitermachen.

An Silvester rief sie zuerst Miss Hines und dann ihre sämtlichen Angestellten an und wünschte ihnen ein gutes neues Jahr. Es war spät geworden, als sie den Hörer auflegte. Edith und Millie waren zusammen ausgegangen. Sie holte sich eine Flasche Champagner und öffnete sie. Sie war allein. Sie trat hinaus auf die kleine Terrasse. Von weitem drangen die Geräusche der Stadt an ihr Ohr. Sie sah zur Terrasse des Nachbarhauses hinüber, wo eine Frau in einem weißen Bademantel stand. Ein Mann trat zu ihr und machte den Gürtel ihres Bademantels auf. Als sie sich umarmten, glitten seine Hände unter den Mantel. Yarrow sehnte sich nach Zärtlichkeit. Sie erhob ihr Glas und prostete den beiden zu. „Ein gutes neues Jahr."

30

Es war acht Uhr morgens. Der Ballsaal des Waldorf-Astoria war hell erleuchtet. 2 000 Menschen hatten sich zu einem Frühstück versammelt. Draußen auf der Park Avenue fiel ein Februarregen auf die zur Arbeit hastenden Fußgänger.

Vor dem Podium stand ein langer Tisch für die Ehrengäste, aber niemand saß an diesem Tisch. Alle Ehrengäste waren im Ballsaal unterwegs, schüttelten anderen Prominenten die Hände und begrüßten alte Bekannte. Informationen und Tratsch wurden ausgetauscht. Das Stimmengewirr von 2 000 Personen erfüllte den Ballsaal, und die Kellner in ihren kurzen roten Jacken bahnten sich mit ihren Tabletts einen Weg durch die Menge.

„Ladies und Gentlemen. Ladies und Gentlemen, bitte ..."

Ein Mann schlug mit einem Hammer auf das Rednerpult und bat um Ruhe. Zu seiner Rechten stand ein filzbezogener Tisch mit vier Stühlen, hinter ihm hing ein großes Transparent: *Die Demokraten New Yorks heißen Elliot Weyden willkommen*

„Ladies und Gentlemen, würden Sie bitte Platz nehmen. Wir sind soweit." Wieder schlug er mit dem Hammer auf das Rednerpult. Einige Gäste setzten sich an den Tisch auf dem Podium und bedienten sich mit Wasser aus den Karaffen.

Ein Teil der Leute strömte zum Tisch für die Ehrengäste. Dort saßen die Politiker und die Mächtigen der bedeutendsten Stadt der Welt. Händeschüttelnd bahnten sie sich den Weg zu ihren prominenten Verbündeten.

Yarrow saß mit anderen Presseleuten an einem Seitentisch in der Nähe des Podiums. Sie sah, wie Elliot Platz nahm. Sie hörte die einleitenden Worte des Zeremonienmeisters kaum. Abgesehen von dem kurzen Zusammentreffen im Club 21 letzten Sommer, hatte sie mit Elliot nicht mehr gesprochen. Jemand tippte ihr auf die Schulter. Es war Mel Gavins, der Public-Relations-Experte und Elliots Wahlkampfmanager. Er kniete sich neben ihr auf den Boden und sprach so leise, daß nur sie ihn verstehen konnte: „Er weiß, daß Sie hier sind. Er möchte Sie nach der Veranstaltung sehen."

„Nein, Mel. Mein Entschluß steht fest."

Mel nickte bloß und drückte ihre Hand. Worte waren überflüssig.

„Mel, sagen Sie ihm, ich wünsche ihm viel Glück."

„... Elliot Weyden", hörte man vom Podium, „ein Held des Zweiten Weltkriegs, der unter Einsatz seines Lebens seine Männer vor einem Maschinengewehrangriff der Deutschen gerettet hat." Wie auf Kommando brach ein Beifallssturm los. „Elliot Weyden, der so arm war, daß er die Löcher in seinen Schuhen mit Papier stopfen mußte, der Sohn armer Einwanderer, der unter der größten Depression, die unser Land je erlebte, gelitten hat und der für sein Recht auf seinen Anteil am amerikanischen Traum gekämpft hat. Elliot Weyden, der sich aus eigener Kraft zum Millionär emporgearbeitet hat, der nie seine bescheidene Herkunft vergessen hat und ein Beweis dafür ist, daß das Wirtschaftsleben ein humanes Antlitz hat." Wieder Beifallsstürme. „Ein Mann, der als zweiter Vorsitzender des vom Gouverneur eingesetzten Ausschusses zur Untersuchung des organisierten Verbrechens gegen die in unserer Stadt grassierende Korruption unerschrocken vorging. Ein Mann, der aus Menschenliebe in Washington eine Stiftung zur Erforschung von Geburtsfehlern bei Kindern gegründet hat. Ladies und Gentlemen, darf ich Ihnen den Lieblingssohn New Yorks vorstellen: Elliot Weyden." Tosender Beifall, begleitet von wildem Getrampel, ließen den ehrwürdigen Ballsaal erzittern.

Elliot sprang auf das Podium und beugte sich übers Mikrofon: „Ich heiße Elliot Weyden und kandidiere für das Amt des Präsidenten." Wieder tosender Beifall.

„Warum kandidiert jemand für das Amt des Präsidenten? Was sagt die Tatsache, daß ein Mann sich um das höchste Amt des Staates bewirbt, über seine Persönlichkeit aus? Meine sehr verehrten Landsleute, ich liebe mein Land. Sie alle haben mir diese Last aufgebürdet. Aber es ist eine Last, die ich mit Freuden auf mich nehme. Wir Amerikaner sind frei, wir leben in Freiheit, weil wir den Mut haben, an das Volk zu glauben. Wir glauben an die Fähigkeit des Volkes, zu denken. Wir glauben an die Fähigkeit des Volkes, zu wählen. Wir glauben an die Fähigkeit des Volkes, Mitgefühl zu zeigen. Es wird immer Amerikaner geben, die bereit sind, ein öffentliches Amt zu übernehmen, die bereit sind, sich zu mühen, zu arbeiten und für das zu kämpfen, woran wir glauben. Wir glauben an den Frieden in der Welt und an die Nächstenliebe. Deshalb bin ich überzeugt, daß es an der Zeit ist, gemeinsam die Republikaner aus dem Amt zu jagen. Die Republikaner glauben, so Calvin Coolidge, daß die Aufgabe Amerikas das Geschäft ist. Ich glaube, Amerika hat nur ein Geschäft: die Sorge um sein Volk."

Yarrow hörte nicht mehr auf seine Worte. Sie war wie gebannt von Elliots Auftritt. Sie hörte zum erstenmal in ihrem Leben einen Demagogen sprechen, und sie war schockiert, daß Elliot diese Entwicklung genommen hatte.

Als die Befragung des Kandidaten begann, verließ sie den Saal. Sie war Mitglied der republikanischen Partei, und es war ihre Überzeugung, daß die Menschen sich nicht auf den Staat verlassen, sondern sich selbst helfen sollten. Sie war keine dogmatische Republikanerin, sondern wählte einzelne Politiker oder politische Inhalte. Mit Elliot war das etwas anderes: Er glaubte, die Wirtschaftstheorie der Demokraten könne dem Land aus der Patsche helfen.

In ihrem Büro angekommen, brachte sie ihre Eindrücke von Elliots Rede zu Papier. Sie wußte, daß Ned einen Journalisten dafür abgestellt hatte, über Elliots Wahlkampf zu berichten. Im Dezember hatte Humphrey seine Kandidatur angekündigt, ebenso Kennedy im letzten Monat. Johnson stellte sich schon seit vielen Jahren zur Wahl, ob sich Symington zur Wahl stellte, stand in den Sternen. Bei den Republikanern hatte Gouverneur Rockefeller seine Kandidatur zurückgezogen. Und ob Vizepräsident Nixon kandidieren würde, war ungewiß. Das Rennen um die Präsidentschaftskandidatur bei den Demokraten war Thema eins der Zeitungen, und Yarrow hatte Ned angewiesen, unter allen Umständen am Ball zu bleiben.

Im März war Cal in der Stadt, und Yarrow lud ihn zu sich nach Hause zum Essen ein. Cal freute sich sehr über die Einladung und brachte Lily ein Paar silberne Ohrringe mit und Buck einen roten Lastwagen mit 18 Rädern. Der siebenjährige Buck meinte, er sei schon zu groß, um mit Autos zu spielen. Lilys Habgier jedoch, über die sich Yarrow hin und wieder Sorgen machte, schien durch dieses Geschenk für einige Zeit zufriedengestellt.

Nach dem Essen gingen sie hinauf ins Wohnzimmer, und sie machte Feuer im Kamin. Sie schenkte Cal einen Brandy ein und setzte sich. Er ergriff ihre Hand.

„Du bist eine wunderbare Frau, Yarrow“, sagte Cal.

„Danke.“ Sie saßen nebeneinander auf dem Sofa. Buck kam herein, um Gutenacht zu sagen.

„Darf ich mit Großmutter und Edith noch eine halbe Stunde fernsehen?“

„Buck, es ist schon spät.“

„Nur eine halbe Stunde, bitte ...“

„Also gut.“ Buck rannte aus dem Zimmer, weil er keine Sekunde des Films verpassen wollte.

„Buck ist ein raffinierter Schmeichler. Er kriegt mich immer herum.“

„Na, vielleicht gelingt mir das auch. Ich habe schon lange nicht mehr um eine Frau geworben. Als Mary noch lebte, habe ich keine andere Frau angesehen. Das hätte ich nie gemacht. Aber ich bin einsam. Bist du nicht auch sehr einsam, Yarrow?“

„Ja, das bin ich.“

„Ich bewundere dich. Du bist anders als die meisten anderen Frauen, die ich kenne. Zum Großteil sind es auch Witwen, meist Freundinnen von Mary. Aber sie stehen dem Leben völlig hilflos gegenüber. Ich weiß, wie man mit solchen Frauen umgeht, aber mit dir ist das alles anders. Ich will damit sagen, daß ich dich respektiere und achte, Yarrow. Es tut mir leid, daß ich bei unserem ersten Zusammentreffen so aufdringlich geworden bin.“

„Ach, das hab’ ich doch längst vergessen.“

„Ich möchte dich sehen, dich ab und zu zum Essen ausführen, wenn ich in New York bin. Ich möchte nicht nur geschäftlich mit dir zu tun haben.“

„Cal, eins solltest du wissen: Ich bin nicht auf der Suche nach einem Ehemann.“

„Das weiß ich, Yarrow. Aber vielleicht Kameradschaft, Freundschaft. Und wer weiß, vielleicht könnte eines Tages auch Liebe daraus werden."

Er stellte sein Brandyglas ab, beugte sich über sie und küßte sie. Seine Lippen waren warm und schmeckten nach Cognac.

„Cal, lassen wir es dabei und bleiben wir Freunde", sagte sie, ohne seine Hand loszulassen.

„Also Freunde, okay", antwortete er.

Deke Smiths Büro in Kalifornien lag nördlich des Wilshire Boulevards. Im April bekam Deke endlich von den Demokraten den offiziellen Auftrag, die Weyden-Kampagne zu organisieren. Elliot hatte bereits Tausende von Dollars investiert. Jetzt endlich durfte Deke mit voller Kraft Spendengelder für Elliots Präsidentschaftswahlkampf auftreiben.

Kleine Gruppen von Elliots Anhängern waren über 20 Bundesstaaten verstreut. Deke wollte die Bürger dieser Staaten mobilisieren und hatte dazu eine Reihe von Versammlungen und Kundgebungen organisiert, auf denen Elliot sprechen sollte. Er hatte Fernsehspots produziert, Sendezeiten gekauft und Anzeigen in Zeitungen aufgegeben, um seinen Kandidaten in der Öffentlichkeit bekannt zu machen. Es war alles eine Frage des richtigen Timings: Eine zu früh oder zu spät gestartete Werbekampagne konnte vernichtende Wirkung haben. Wenn er jetzt schon zuviel Geld ausgab, waren die Kassen im Endspurt des Wahlkampfs leer.

Er telefonierte. „Ja, okay. Hör zu, laß deine bürokratischen Allüren im Keller. Ich möchte, daß ihr die Luftballons aufhängt. Und die Leute müssen im Stadion sein, bevor Weyden ankommt." Er legte auf, schnappte sich seinen Mantel an der Garderobe, und während er zum Auto rannte, gab er seinem Stabschef die letzten Anweisungen.

Mit Dekes Anwaltskanzlei ging es seit seinem Einsatz für Elliots Wahlkampf ständig bergab. Aber das kümmerte ihn wenig. Er liebte Elliot Weyden. Weyden war aufrichtig und integer, und solche Männer bewunderte Deke. Elliot war nicht so zynisch und so kompromißbereit wie viele andere, für die er schon gearbeitet hatte. Deke hatte sich am Anfang gefragt, ob Elliot das Durchstehvermögen für ein hartes Wahlkampfjahr habe. Aber nachdem sich Elliot zur Kandidatur entschlossen hatte, legte er einen Enthusiasmus an den Tag, der ansteckend wirkte. Bis jetzt hatte er nichts falsch gemacht. Er rief jeden Tag seine Tochter Meredith an, ganz gleich, wo er sich gerade aufhielt. Elliot Weyden war der einsamste Mensch, dem Deke Smith je begegnet war.

Deke kam lange vor Elliot in dem Sportstadion an. Sein Hauptziel mit dieser Veranstaltung war es, Elliot in der Presse groß herauszubringen. Deke nahm hocherfreut zur Kenntnis, daß fast so viele Journalisten wie normale Besucher in das Stadion gekommen waren. Die unermüdlichen Wahlkampfhelfer der Demokraten hatten bereits die Luftballons an der Tribüne befestigt, auf denen „Nominiert Weyden" zu lesen war. Aber die Luftballons hingen ungünstig, denn die Zuschauer zu Hause an den Bildschirmem konnten den Text nicht lesen.

„Hängt die Ballons anders auf", befahl Deke. „Sie müssen vor die Kameras." Wenn nur Mel Gavins hier gewesen wäre. Mel wußte in solchen Dingen besser Bescheid. Aber Mel war schon in Scranton, um dort Elliots Auftritt am kommenden Freitag vorzubereiten.

Deke hatte noch in aller Eile die Leute instruiert, die Fragen an den Kandidaten stellen sollten. Einen Führer der Farbigen, einen Baptistenpfarrer und eine Frau mit einem Baby auf dem Arm. Ein kleines Mädchen von vier oder fünf Jahren sollte Elliot einen Blumenstrauß überreichen.

„Okay, Sie wissen jetzt, was Sie fragen sollen. Schauen Sie nicht in die Kamera, und stellen Sie sich nicht zwischen die Kamera und Mr. Weyden. Seien Sie einfach natürlich." Das kleine Mädchen nickte lächelnd. Da kam Elliot mit seinen Beratern an. Er sah gut aus und jugendlich. Einige Frauen kreischten bei seiner Ankunft wie Teenager. Der Kirchenchor sang „Amazing Grace", aber das kleine Mädchen blieb wie versteinert auf seinem Stuhl sitzen. Selbst als der Pfarrer das Kind anstieß, rührte es sich nicht von der Stelle. Elliot ging hin und nahm das Kind auf den Arm.

„Du erinnerst mich an meine eigene kleine Tochter", sagte er. Die Kameras surrten und klickten. Der Kandidat Elliot Weyden war ein

Kinderfreund und hatte Herz. Diese Botschaft würde heute abend in alle Wohnzimmer Amerikas getragen werden.

Deke war entzückt. „Sehr gut", sagte er nach der Veranstaltung. „Vertrau nur deinem Instinkt, Elliot. Damit liegst du immer richtig."

Palmer Truitt war Elliots Popularität ein Dorn im Auge. Jedesmal wenn er den Fernsehapparat anschaltete oder eine Zeitung aufschlug, sah er sich mit einem Interview mit Elliot konfrontiert. Palmer hatte Elliot nie verziehen, daß er ihn vor zwei Jahren in Jamaica niedergeschlagen hatte. Er war schließlich nicht irgendwer als Herausgeber des *Courier*. Selbst seine Frau Nancy lag ihm ständig mit Elliot Weyden in den Ohren. Sie fand ihn „vornehm", wie sie sich ausdrückte. „Er ist ein Gentleman. Der benutzt nicht solche Ausdrücke wie du, Palmer." Hatte die eine Ahnung! Außerdem war ihr Urteilsvermögen durch ihre erste Schwangerschaft beeinträchtigt.

„Ich kriege diesen Scheißkerl schon noch", sagte Palmer zu Sandy und warf ein Exemplar des *Courier* quer über den Schreibtisch. „Warum berichten wir eigentlich so wohlwollend über diesen Scheißkerl?"

„Wir berichten auch nicht wohlwollender als die anderen. Er ist ein vielversprechender Kandidat und obendrein aus New York."

„Auch er hat bestimmt Dreck am Stecken. Ich möchte, daß Sie alles über diesen Kerl herausfinden. Ich möchte wissen, was er zum Frückstück ißt und mit wem er vögelt. Einfach alles."

„Nehmen Sie eigentlich keinerlei Rücksicht auf Ihre eigene Familie? Er ist schließlich mit Ihrer Stiefschwester verheiratet."

„Das ist mir scheißegal. Bumst er eigentlich immer noch Ihre Frau?"

Sandy stand auf und warf einen Locher nach ihm, traf ihn aber nicht, weil Palmer sich duckte. „Sie Schwein", rief Sandy. Palmer schrie auf, als Sandy zum Schlag ausholte. „Nicht schlagen."

„Ich werde mit Ihnen nicht meine Zeit vergeuden", brüllte Sandy.

„Sie sind gefeuert!" schrie Palmer.

„Oh, vielen Dank. Ich habe es nicht nötig, für so einen Abschaum zu arbeiten."

Draußen vor Palmers Büro fing Sandy an zu zittern. Er mußte die Zinsen für eine Hypothek aufbringen, Raten für seinen neuen Wagen zahlen, und dazu kam der Unterhalt für seine drei Kinder. Er blieb eine Weile stehen und strich sich den Bart. Dann hatte er sich wieder beruhigt. Er würde auf keinen Fall zu Palmer zurückgehen und ihn bitten, ihn wieder einzustellen. Palmer Truitt würde selbst auf seine Mutter keine Rücksicht nehmen, wenn sie ihm im Weg stand.

Bei einer Pressekonferenz in Scranton, Pennsylvania, wurde Elliot zum ersten Mal von einem Reporter auf seinen Schwiegervater angesprochen.

„Stimmt es, Mr. Weyden, daß ihr Schwiegervater eine Geldwaschanlage für die Mafia betrieben hat?"

„Das stimmt nicht. Woher haben Sie diese Information?"

„War ihr Schwiegervater nicht ein enger Freund des jüdischen Gangsters Meyer Lansky?"

Elliot warf Mel Gavins einen Blick zu, der von seinem Stuhl aufgesprungen war.

„Kein Kommentar."

„Meine Damen und Herren, ich glaube, das genügt für heute." Mel trat vor die Mikrofone und holte Elliot aus der Meute der Reporter heraus.

„Werden Sie sich morgen zu diesen Fragen äußern, Mr. Weyden?"

Mel zerrte ihn aus dem Saal und in einen Aufzug.

„Worauf wollten die denn hinaus?" fragte Elliot.

„Die Kerle waren von den Skandalblättern", antwortete Mel. „Wir müssen herausfinden, wer diese Informationen unter die Leute bringt. Und du mußt mir die Wahrheit sagen."

„Das habe ich immer getan."

„Elliot, falls du noch mehr Leichen im Keller hast, solltest du es mir sagen, damit ich auf eventuelle Katastrophen vorbereitet bin." Mel wischte mit einem Taschentuch über seine Glatze. Er war mächtig am Schwitzen. Elliots Blick verriet ihm, daß er aufrichtig war.

„Ich weiß beim besten Willen nichts."

Palmer Truitt lehnte an der Tür zum Schlafzimmer seiner Mutter.

Fabiana war schwerkrank, aber die Wut hatte ihr Kraft gegeben. Sie schwenkte den *Courier* heftig hin und her.

„Wie konntest du nur diesen Schmutz über Rich verbreiten?"

„Er war nun mal ein Scheißkerl."

„Das war er nicht. Er war ein Ehrenmann. Du weißt genau, daß er zu vielen Leuten geschäftliche Beziehungen unterhielt. Das hier ist eine totale Verdrehung der Tatsachen, die lediglich deinen Interessen dient."

„Er war ein Miststück."

„Deine Sprache ist ebenso widerlich wie deine Moralbegriffe."

Palmer amüsierte sich. Die halbe Presse übernahm mittlerweile unter Berufung auf seine Zeitung die Geschichte über das „wahre Gesicht Elliot Weydens".

„Du behauptest, Elliots Haus sei mit Richs Geld bezahlt worden. Das gilt dann doch auch für mein Haus? Leben wir etwa auch von Mafiageld? Wie kannst du das deiner Familie antun?"

„Die Newnoms sind nicht meine Familie. Ich heiße Truitt. Und du lebst doch vom Geld dieses alten Trottels. Rich hat mich nie in sein Haus gelassen, und das schadet nun mal seinem Andenken. Du möchtest ihn in Erinnerung behalten als den netten Alten, der sich um dich gekümmert hat. Aber er war ein Geizkragen, der dir verbot, mich zu unterstützen. Er hat mich nicht mal in sein Haus gelassen, als ich Hilfe brauchte."

„Er hat dich so behandelt, wie du es verdienst. Und du hast seine Freundlichkeit ausgenutzt."

„Hör auf, die alles verzeihende Dame zu spielen, Mutter."

„Warum willst du Elliot vernichten? Hat er dir jemals etwas getan?"

„In meinen Augen ist er ein McLean. Auf diese Weise kann ich die Mcleans treffen."

„Ich verstehe dich nicht."

„Das mußt ausgerechnet du mir sagen. Du hast doch die ganze Zeit von Rache geredet. Durch dich bin ich so geworden, wie ich heute bin. Du hast mir den Haß eingeredet, du hast mir erzählt, wie die

McLeans dich betrogen haben und daß du ihnen das nie vergessen würdest. Warum kneifst du jetzt, wo ich sie da packen kann, wo es ihnen weh tut?"

„Du hast Greta geheiratet. Hast du sie nicht geliebt?"

„Nein, das war nur ein Spiel. Aber es hat bald keinen Spaß mehr gemacht, weil sie sich nicht gewehrt hat."

Fabiana legte sich in ihre Kissen zurück. „Ich kenne dich nicht mehr wieder, Palmer. Irgend etwas ist bei dir ausgerastet." Sie läutete ihrem Zimmermädchen: „Mr. Truitt möchte gehen."

Yarrow machte gerade einen ihrer sechswöchentlichen Besuche in Platte City, als sie die Telegramme über Elliots angebliche Mafia-Kontakte in die Hände bekam.

„Das darf doch nicht wahr sein", sagte sie und rief sofort bei Ned in New York an.

„Stimmt es?" fragte sie.

„Das spielt doch keine Rolle – der Mann bewirbt sich um das Präsidentenamt. Wir müssen es drucken."

„Hast du irgendwelche Beweise?"

„Der *Courier* hat da einiges ausgegraben."

„Ned, begreifst du nicht, daß das Palmers Rachefeldzug gegen Elliot ist?"

„Soll das heißen, daß ich es nicht drucken soll?"

„Nein. Wie willst du es herausbringen?"

„Es ist ein Reißer. Es muß in Großformat auf die erste Seite."

„Du mußt, wissen, was du tust. Ich bin in dieser Angelegenheit nicht objektiv."

Sie legte auf. Sie hatte das Gefühl, als hätte sie Elliot ein Messer ins Herz gestoßen. Sie versuchte ihn anzurufen, aber die Leitung war ständig belegt. Ob sie eine Zeitung aufschlug, das Radio oder den Fernseher einschaltete, überall wurde die Story um Elliot groß gebracht. Ein Fernsehteam kampierte vor Blanchettes Haus in Virginia, und jetzt wurde gezeigt, wie sie in ihrem Auto in die Einfahrt einbog. Yarrow schaltete angeekelt das Fernsehgerät in ihrem Hotelzimmer ab. Elliot sollte morgen in Denver eine Rede halten.

Am nächsten Tag fuhr sie im strömenden Regen nach Denver. Sie wollte sich eine zum Verkauf angebotene Fernsehstation ansehen. Cal hatte sie abends zum Essen eingeladen. Er wollte sie beim Sender treffen. Er kenne die Besitzer gut, sagte er.

Yarrow traf sich am Nachmittag mit den Programmdirektoren, und nachdem sie die Produktionsanlagen und die Studios besichtigt hatten, suchten sie einen Regieraum auf und sahen sich die Abendnachrichten an. Cal kam herein und legte ihr die Hand auf die Schulter. Der Nachrichtensprecher verkündete:

„Heute sind weitere Enthüllungen über Mr. Elliot Weyden, einen der aussichtsreichsten Bewerber der Demokraten um das Präsidentschaftsamt, ans Tageslicht gefördert worden. In einem Bericht des *New York Courier* wird behauptet, Mr. Weyden sei seit 1947 Besitzer eines Bordells in der East Thirty-eighth Street. Ein Treffen der ..."

Ein Assistent steckte den Kopf zur Tür herein und tuschelte mit einem der Journalisten. „Wir haben Weyden live. Unser Aufnahmeteam ist in dem Stadion, wo er heute abend eine Wahlkampfrede halten sollte."

Yarrow sprang auf: „Cal, bitte bring mich sofort hin."

Er stellte keinerlei Fragen, und im Stadion angekommen, begleitete er sie zur Tribüne. Einige Reporter verließen bereits die Arena. Es hatte aufgehört zu regnen, doch das Spielfeld war aufgeweicht und schlammig. Das Kamerateam war schon fertig, aber die Scheinwerfer waren noch eingeschaltet. Sie hatte Elliot noch nie so gesehen. Völlig vernichtet saß er auf einem Klappstuhl. Er wirkte um Jahre gealtert und nahm seine Umgebung kaum wahr.

„Cal ..."

„Du brauchst nichts zu sagen. Ich glaube, ich habe es von Anfang an gewußt. Wenn du mich brauchst, weißt du, wo du mich findest."

Sie sah, wie die Leute allmählich das Stadion verließen. Einige gingen nahe an ihr vorbei, und sie hörte Gesprächsfetzen.

„Der arme Kerl ist erledigt."

„Hast du die letzte Aufnahme im Kasten?"

„Bedeutet das das Ende seiner Wahlkampagne?"

„Was meinst du?"

Nur zwei oder drei Leute waren noch im Stadion. Elliot hatte sich nicht vom Fleck gerührt. Yarrow ging langsam weiter. Mel Gavins und Deke Smith bemerkten sie. Sie beachtete sie überhaupt nicht. Ihre Augen sahen nur ihn. Sie ging die paar Stufen zur Tribüne hinauf.

„Hallo, Kumpel", sagte sie, aber er reagierte nicht. Sie stand unmittelbar vor ihm. Er starrte auf ihre Schuhe. Er schluchzte und legte seine Arme um ihre Hüften.

Sie stand vor ihm, schützte ihn und drückte seinen Kopf gegen ihren Bauch. „Sie werden dir nie wieder etwas tun. Du darfst ihnen nie wieder die Chance dazu bieten."

31

Fabiana Truitt lag im Sterben. Sie lag zu Hause in ihrem Bett, ihre ehemals makellose Haut war aschfahl.

„Haben Sie eine Zigarette für mich? Die dummen Schwestern verbieten mir das Rauchen, aber das macht doch jetzt keinen Unterschied mehr. Sie hätten es mir schon vor Jahren verbieten müssen."

„Tut mir leid, ich rauche nicht", sagte Yarrow.

„Da drüben in der Schublade liegt eine Schachtel. Wenn es Ihnen nichts ausmacht." Yarrow fühlte sich im Schlafzimmer dieser Frau ganz und gar nicht wohl. Sie fand die Schachtel und Streichhölzer und reichte sie Fabiana.

„Könnten Sie die Fenster aufmachen?"

Fabiana steckte sich eine Zigarette an und inhalierte genußvoll. „Danke", sagte sie.

Yarrow setzte sich wieder. Neben ihr auf der Kommode lief ein Schwarzweißfernseher. Der Ton war ausgeschaltet, aber sie sah die Übertragung von Präsident John F. Kennedys Vereidigung und Amtseinsetzung. Es war der 20. Januar 1961.

„Ich möchte ehrlich zu Ihnen sein. Ich wollte gar nicht herkommen."

„Ich weiß. Aber ich mußte Sie herbitten. Ich sterbe, aber das ist kein Grund für falsches Mitleid. Ich hatte das Gefühl, daß ich Ihnen in bezug auf Palmer und Elliot eine Erklärung schuldig bin."

„Palmer hat Elliot vernichtet."

„Machen Sie sich um Elliot keine Sorgen. Er ist ein Stehaufmännchen. Er wird sich anderen Dingen zuwenden. Aber trotzdem hat Palmer etwas sehr Häßliches getan, und ich trage dafür die Verantwortung."

„Sie?"

„Ich habe schon vor ein paar Jahren von Auseinandersetzungen zwischen Palmer und Elliot gehört. Es ging dabei um Greta, nicht wahr? Aber das war nicht der eigentliche Grund. Der liegt viel weiter zurück in der Vergangenheit – bei Ihrem Großvater."

„Bei Jock?" Yarrow richtete sich in ihrem Stuhl auf.

„Ich haßte Jock – genau wie meine Mutter. Er hat meinen Vater um sein Erbe gebracht. Mein Vater und Colonel Truitt haben das *Platte City Journal* gegründet. Aber mein Vater hat seine Anteile für eine wertlose Mine und einen Sack voller Träume verkauft."

„Dann war Shipam Ihr Vater", konstatierte Yarrow verblüfft. Sie mußte erst verdauen, was Fabiana ihr da erzählte.

„Ja. Fabian Wallace Shipam. Woher wissen Sie das?"

„F. W. Shipam – mein Großvater hat mir von ihm erzählt."

„Ich habe Jock für viele Dinge die Schuld gegeben. Ich habe ihm für alles die Schuld gegeben, was in meinem Leben schiefgelaufen ist. So brauchte ich niemals die Schuld bei mir selbst zu suchen. Und doch, wenn er meinem Vater nicht sein Geld abgenommen hätte und wenn mein Vater nicht bei dem Versuch gestorben wäre, aus dieser Mine Silber herauszuholen, was wäre dann aus mir geworden." Fabiana stockte und hustete. Dann fuhr sie fort. „Man darf nicht sein ganzes Leben mit der Frage ‚Was wäre, wenn?' vergeuden. Das hat meine Mutter getan. Sie war fest entschlossen, sich an Jock zu rächen. Und wenn es ihr nicht gelingen sollte, dann sollte eben ich es tun. Jock McLean sollte bezahlen. Alle McLeans sollten bezahlen. Ich habe Palmer den Haß auf die McLeans eingeimpft", sagte sie und blies den Rauch ihrer Zigarette zum Fenster hinüber.

„Eins muß aber zur Ehrenrettung Jocks gesagt werden. Er kehrte zurück und versuchte, Ihren Vater zu finden. Aber das ganze Tal war verwüstet und menschenleer."

„Das überrascht mich nicht. Kurz nachdem wir ankamen, brach in dem Camp Typhus aus. Mein Vater starb daran, und meine Mutter und ich standen mittellos da. Wir hatten keine Bleibe und mußten betteln gehen. Später hat meine Mutter für andere Leute gewaschen. Wissen Sie, was mir meine Mutter Jahre später einmal gezeigt hat, als wir schon längst keine Angst mehr vor dem Verhungern haben mußten? Eine Dose Ölsardinen. Die hatte sie immer in ihrer Handtasche. Selbst als wir auf der Straße bettelten. Es war ihre eiserne

Ration, aber sie hat sie nie antasten müssen." Fabiana lachte. „Ich kann mich an Nächte erinnern, wo ich hungrig zu Bett mußte und weinte. Aber sie hat diese Notration immer aufgespart und sie ein Leben lang mit sich herumgetragen."

Yarrow sagte nichts, aber in ihrem Kopf schwirrte es von Fragen. Ihre bisherigen Vorstellungen von Fabiana waren über den Haufen geworfen. Sie hatte Fabiana beneidet und Schuldgefühle wegen ihres Neids auf sie gehabt. Sie hatte mit Lügen und Halbwahrheiten über Fabiana gelebt, die sich jetzt als falsch erwiesen.

„Es gab eine Zeit, da dachte ich, mein Vater sei in Sie verliebt."

Fabiana schaute sie mit großen Augen an und sah für einen Augenblick sehr schön aus, ganz wie einst. „Für James gab es immer nur eine Frau, und das war Ihre Mutter. Ich hab' mit ihm geflirtet, aber nur aus Bosheit."

„Was ist mit Max Horace? Warum gaben Sie ihm nicht wenigstens einen Teil der Schuld? Er hatte mit der ganzen Sache mindestens genausoviel zu tun wie die McLeans."

„Ich wußte, daß ich Max benutzen konnte, um Jock zu schaden. Er war ein schwacher Mensch, der für Geld alles tat. Aber das ist alles schon so lange her. Ich habe Palmer mit meinem Haß vergiftet. Das mit Greta tut mir schrecklich leid. Ich mußte Ihnen das einfach sagen. Bitte erklären Sie das auch Elliot. Er wird sicher nicht zu mir kommen. Wie ich höre, ist er immer noch außer Landes."

Die Pflegerin kam herein und flüsterte Yarrow zu: „Sie müssen jetzt gehen. Mrs. Newnom muß schlafen."

Fabianas Augenlider zitterten vor Müdigkeit.

„Schade. Wir beiden hätten gute Freunde werden können, Yarrow McLean."

Es war ein stürmischer Apriltag. Das Telefon in Yarrows Büro klingelte unaufhörlich. Margaret hatte inzwischen eine Assistentin. Die anfallende Arbeit war von ihr allein nicht mehr zu bewältigen.

„Warum sagen Sie nicht einfach alles ab?" sagte Yarrow und deutete auf einen Stapel Einladungen und Anfragen. „Oder werfen das ganze Zeug in den Papierkorb?" Margaret sah sie entgeistert an. „Das würde Ihre Ablage deutlich vermindern. Was soll das alles? Ich ertrinke in einem See von Informationen, die ich nicht brauche." Sie ging die Briefe und Einladungen durch und reichte Margaret eine Einladung zurück. „Schicken Sie einfach einen Scheck und schreiben Sie, ich sei an dem Tag nicht in der Stadt."

„Das geht nicht. Diese Einladung müssen Sie annehmen, Miss McLean."

„Warum?"

„Weil Sie zugesagt haben, Vorsitzende dieses Komitees zu werden. Ihr Name steht ganz oben auf der Einladung."

Yarrow stöhnte. „Ich hasse es, Leute um Geld anzubetteln. Wie bin ich bloß auf die Idee gekommen? Verbinden Sie mich mit Mrs. Griffin. Vielleicht weiß sie irgendwelche potenten Spender. Ich habe sämtliche Leute, die ich kenne, bereits abgeklappert. Ich kann doch nicht noch mal bei ihnen vorsprechen ... Margaret ...?"

„Ja, Miss McLean?" Margaret war bereits an der Tür.

„Wenn ich wieder einmal einem Wohltätigkeitskomitee beitreten oder eine Rede halten soll, unterbrechen Sie die Leitung."

Sie hatte vier Verabredungen heute, dazu noch ein Abendessen, das sie unmöglich absagen konnte. Sie hatte ein schlechtes Gewissen, weil sie Freya in letzter Zeit vernachlässigte. Sie wollte sich mit ihrer Mutter zusammensetzen und über die alten Zeiten reden. Seit Fabiana ihr von Jocks Betrug erzählt hatte, wollte sich Yarrow mit jemandem darüber aussprechen. Sie konnte das nicht in sich begraben. Elliot war vor Monaten nach England gefahren, um auf seine Weise mit seiner Verzweiflung fertigzuwerden. Wenn er sie anrief, was selten genug geschah, klang seine Stimme, als ob er um jemanden trauern würde. Sie sprachen nicht über die Dinge, die sie am meisten beschäftigten. Yarrow verbannte alle Gedanken an ihre Familie oder an Elliot aus ihrem Kopf. Sie las, diktierte, arbeitete am Telefon.

„Mrs. Griffin auf Leitung zwei", meldete Margaret.

„Mary-Ellen? Ich bin froh, daß wir dich erreicht haben."

„Sieh mal einer an? Welch eine Ehre, daß Miss McLean sich an ihre alten Freunde erinnert."

Yarrow spürte, daß etwas nicht in Ordnung war, lachte aber höflich und sagte: „Tut mir leid. Aber ich hatte so viel zu tun. Wie geht's dir und den Kindern?"

„Das Baby hat Bindehautentzündung, aber sonst geht's mir gut. Und auch den Kindern geht's gut."

„Mary-Ellen, ich brauche deine Hilfe. Ich bin Vorsitzende eines Wohltätigkeitskomitees und brauche reiche Spender. Du kennst doch viele Leute."

„Nicht so viele wie du."

„Du und Ned, ihr seid doch in so vielen Wohltätigkeitsvereinen. Hast du nicht eine Liste von Spendern? Könntest du mir nicht helfen?"

Mary-Ellen stieß einen Seufzer aus, und ihr Ton wurde ein wenig schärfer. „Hör mal, ich habe genauso viel zu tun wie du. Aber ich werde sehen, was sich machen läßt."

„Danke", sagte Yarrow und legte auf. Mary-Ellens schlechte Stimmung war ihr nicht entgangen.

Sie saß am Schreibtisch des Lokalredakteurs, als das Telefon klingelte. Es war Margaret. Sie fragte, ob sie Lainie, Mr. Weydens Sekretärin, durchstellen dürfe. Es sei dringend.

„Lainie? Was ist los?"

„Ich mache mir Sorgen um Mr. Weyden. Ich glaube, Sie sollten mal vorbeikommen?"

„Ist er wieder zurück? Ich dachte, er sei noch in Europa."

„Mr. Weyden ist schon seit einer Woche wieder hier. Aber er hat keinen Menschen getroffen oder angerufen. Ich hoffe, daß Sie das nicht als Mangel an Loyalität meinem Chef gegenüber auslegen, aber ich hatte das Gefühl, daß ich Sie anrufen muß. Er wiederholt ständig, Mrs. Weyden hätte ihm Meredith weggenommen. Sie wissen ja, wie sehr er das Kind liebt."

„Sie haben völlig richtig gehandelt. Ich komme in einer halben Stunde, jedenfalls so schnell ich kann."

„Er ist da drin. Er hat ziemlich viel getrunken und seit Tagen nichts mehr gegessen."

„Danke, Lainie. Gehen Sie jetzt nach Hause. Ich werde mich um ihn kümmern."

„Sind Sie sicher, daß Sie klarkommen, Miss McLean?"

„Ja, ganz sicher."

„Na gut. Meine Kinder warten auf das Abendessen. Gute Nacht."

Yarrow öffnete die Tür zu Elliots Arbeitszimmer. Der Raum war völlig dunkel, nur durch ein Fenster waren die Lichter Manhattans zu sehen. Sie tastete sich vor. Glasscherben knirschten unter ihren Schuhsohlen.

„Lainie, sind Sie's?"

Sie erkannte seine Stimme fast nicht wieder. Sie klang heiser und brüchig wie die Stimme eines alten Mannes.

„Nein, ich bin's. Yarrow."

Er stöhnte auf und sagte: „Geh fort."

„Darf ich Licht machen?"

„Nein."

Sie tastete sich weiter vorwärts. Auf dem Boden lagen Gläser, Kissen und Papiere verstreut. Sie bahnte sich einen Weg zu seinem Sessel. Als sich ihre Augen an die Dunkelheit gewöhnt hatten, sah sie ihn in seinem Sessel sitzen. Er war dem Fenster zugewendet, sein Kopf lag auf seiner Brust. Er hatte keine Schuhe an. Sie setzte sich neben ihn auf ein Sitzpolster und wartete.

„Sieht schön aus, nicht wahr?" Seine Stimme klang verzerrt. „Alle diese Lichter da unten. Sieht aus, als wäre alles in Ordnung, als könnte man hier gut leben. Zumindest sieht es aus der Entfernung so aus."

„Ja, Elliot."

„Genau das brauchen wir – Distanz. Komm mir nicht zu nah, sonst wirst du *zerstört."* Er schlug mit der Faust auf die Armlehne.

Sie sagte nichts.

„Die Zeitungen stinken. Der Journalismus ist ein stinkendes Geschäft." Er drehte sich um und schaute sie an: „Du bist in einer verkommenen Branche."

Sie sah ein Glitzern in seinen Augen.

„Ihr baut zuerst Leute auf und zerstört sie dann wieder. Ihr seid alle gleich, ihr habt kein Gefühl für Loyalität und Anstand. Sagt dir das Wort überhaupt etwas?" Er beugte sich vor, und sie roch den Whisky. „Anstand!" In seiner Stimme lag Gehässigkeit. Sie berührte seine Wange, seine dicken Bartstoppeln kratzten sie.

„Zugegeben, ich war Bordellbesitzer, aber ich hatte nichts damit zu tun. Ich hatte es völlig vergessen. Ich habe es gekauft, um einem

Freund zu helfen, einer Frau, die einmal gut zu mir war. Es hätte genausogut ein Lebensmittelgeschäft sein können." Er rieb sich mit der Hand das Gesicht. „Als das UN-Gebäude gebaut wurde, haben wir das meiste Land verkauft. Mrs. Neil sollte in dem Haus bleiben, solange sie wollte. War das, was ich getan habe, wirklich so unmoralisch? Prostitution ist ein schmutziges Gewerbe. Aber war das, was ich tat, so falsch? Wo fängt Schuld an, wo hört sie auf? Kannst du mir das sagen?"

„Ich weiß es nicht."

„Yarrow", sagte er. Zum ersten Mal, seit sie hier war, hatte er ihren Namen genannt. „Hättest du die Geschichte veröffentlicht, wenn einer deiner Reporter sie ausgegraben hätte. *Du bist meine Frau* – hättest du sie veröffentlicht?"

„Ich weiß nicht."

Er packte sie am Handgelenk und verdrehte es.

„Antworte mir!"

In seinen Augen sah sie den Schmerz. Aber sie liebte ihn zu sehr, um ihn zu belügen.

„Ja", sagte sie.

Er ließ ihren Arm los. „Das habe ich mir gedacht."

„Ich liebe dich, Elliot."

Er lachte. „Du und der *New York Telegraph* und all deine noblen Kollegen."

„Ja, wir weinen wenigstens nicht, wenn es uns schlecht geht. Wir sitzen nicht nur da und bemitleiden uns. Wir kämpfen. Wir schlagen zurück."

„Ach, komm mir nicht damit."

„Es war die Wahrheit. Die Wahrheit! Ich kann es auch nicht ändern, daß es dir geschadet hat. Du kannst dich zwar über meine Zeitung beklagen, und du kannst mir vorwerfen, daß ich eine Bande von Schmierfinken für mich arbeiten lasse, und du hast das Recht, mich zu verabscheuen. Aber ich tue nur meine Arbeit, damit mußt du leben. Wenn ich mit jedem armen Kerl, der meint, er würde schlecht behandelt, Mitleid hätte, könnte ich gleich Klopapier drucken."

„Das tust du meiner Meinung nach ohnehin."

Sie atmete schwer, ihr war schwindlig, und sie wollte mit diesem

Gerede aufhören. Sie fragte sich, ob er zwischen ihr als Frau und als Herausgeberin einer Zeitung unterscheiden konnte.

Sie zwang sich mühsam, die Stimme nicht zu erheben, und sagte: „Auf jeden Fall stinkst du im Moment. Du riechst nach Alkohol und Schweiß. Wie lange sitzt du eigentlich schon hier?"

„Ich weiß nicht. Zwei Tage? Vier? Keine Ahnung, ist doch auch gleichgültig."

„Mir nicht. Du gehst jetzt mit mir nach Hause. Ich kann nicht hierbleiben, und du brauchst mich."

„Ich gehe nicht weg von hier."

„Doch, das tust du."

„Du meinst wohl, du kannst hier hereinschneien und mein Leben wieder in Ordnung bringen, nachdem du es zerstört hast."

„Das wirst du schon sehen." Sie rief den Portier an und sagte ihm, er solle ihren Chauffeur heraufschicken. „Mr. Weyden geht es sehr schlecht", erklärte sie Vasik, ihrem Chauffeur, als er eintraf „Wir bringen ihn nach Hause. Zu mir nach Hause."

Sie war bestürzt, als sie Elliot im Licht ihres Badezimmers sah. Er war dünn geworden, sein Gesicht wirkte abgezehrt.

„Ich will nicht, daß du mich so siehst."

„Das bist nicht du", sagte sie.

Sie hatte noch nie einen Mann bei sich zu Hause übernachten lassen, und Buck fragte: „Bleibt Onkel Elliot hier?"

„Ja, er ist krank, und ich muß mich um ihn kümmern."

„In deinem Bett?"

„Ja, Buck. Du weißt, daß ich Elliot schon immer geliebt habe."

„Wirst du mit ihm schlafen?"

„Buck, wenn man jemanden sehr, sehr gern hat, dann möchte man mit ihm schlafen, um ihm zu zeigen, wie sehr man ihn liebt. Aber Sex ist nicht der Grund, warum man jemanden liebt."

„Ich mag Onkel Elliot."

„Ich auch. Geh jetzt schlafen."

Yarrow machte die Nachttischlampe aus und ging nach unten in die Küche. Edith hatte das Tablett mit Elliots Abendessen in der Hand.

„Mr. Weyden hat nicht viel gegessen, was? Ich hab' noch nie einen so dünnen Mann gesehen. Na ja, wir werden ihn schon wieder aufpäppeln. Keine Sorge."

Es dauerte eine Woche, bis Yarrow erste Anzeichen einer Erholung bei Elliot bemerkte. Er war nicht krank noch hatte er Fieber. Vielmehr schien es, als trauere er über einen Verstorbenen, als sei etwas in ihm zerstört worden. Abends legte sie die Arme um ihn und hielt ihn fest, als sei er ein kleines Kind.

Wenn sie morgens mit den Kindern gefrühstückt hatte, mußte Millie ihm die Zeitungen hinaufbringen und auf den Tisch neben dem Fenster legen. Abends, wenn sie heimkam, lagen sie noch unberührt dort. Er verließ das Zimmer nicht, und Lily und Buck klopften manchmal an seine Tür und traten schüchtern ein. Sie sahen ihn auf einem Stuhl vor dem leeren Kamin sitzen. Er trug das viel zu kleine Nachthemd ihrer Mutter. Yarrow hatte ihm seine Kleider bringen lassen, aber er hatte nicht die Energie, sich anzuziehen. Freya konnte ihn nicht besuchen, weil sie keine Treppen steigen konnte. Sie schickte ihm eine Bademischung aus selbstgezogenen Kräutern.

„Ist Freya hier?" fragte er eines Samstags. Yarrow hatte den Eindruck, daß er Gedächtnislücken hatte.

„Selbstverständlich", antwortete sie. Sie zögerte und fragte dann: „Weißt du eigentlich wo du bist?"

„Platte City? Nein, warte. New York? Stimmt das?"

„Ja, in New York."

„Ist ... ist Blanchette hier?"

„Nein, du bist bei mir."

Er wurde ganz aufgeregt. „Wo ist Meredith? Geht es ihr gut?"

„Sie ist bei ihrer Mutter. Möchtest du mit ihnen sprechen? Soll ich sie anrufen?" Sie hatte keine Ahnung, wo Blanchette war. Er nickte und sie rief Lainie an.

„Ich glaube, sie sind in London", sagte Lainie. „Sie sind alle zusammen von hier aus abgefahren, und dann kam Mr. Weyden allein wieder zurück. Aber ich kann sie ausfindig machen."

Abends kam ein Anruf aus Paris. Yarrow erkannte Blanchettes Stimme sofort.

„Ich möchte mit Elliot sprechen", sagte sie. Yarrow gab ihm den

Hörer und betrachtet sein Gesicht, die Furchen, aus denen sie die grauen Bartstoppeln rasiert hatte, die aufgesprungenen Lippen mit dem getrockneten Schorf.

„Es geht mir schon viel besser“, sagte er. „Darf ich mit Meredith sprechen? Nein, bitte, belüg sie nicht, Blanchette. Du wirst sie erschrecken.“ Er war still, schloß die Augen und Tränen rannen ihm über die Backen. „Hallo, mein Schatz. Wie geht es meiner Popette?“

Yarrow stand auf und ging hinaus. Er telefonierte lange, und als sie später wieder zu ihm ins Zimmer ging, war er eingeschlafen. Ein Lächeln lag auf seinem Gesicht. Als sie sich zu ihm legte, umarmte er sie zum ersten Mal. Sie lag neben ihm und lauschte seinen tiefen Atemzügen. Oh, mein Liebling, dachte sie, willkommen zu Hause.

VIERTES BUCH

1962-1988
Faksimile

32

„Margaret, was gibt's zu berichten?" Yarrow warf ihre Handschuhe, ihre schwarze Krokodillederhandtasche und ihren Spazierstock auf die Couch in ihrem Büro und ging an den Schreibtisch.

Es war Anfang Dezember, Höhepunkt der vorweihnachtlichen Werbesaison. Der *Telegraph* war voller Anzeigen.

Die anderen Erwerbungen von McLean Publishing verzeichneten ebenfalls Gewinne: Yarrow und Larry Schaeffer hatten zusammen die Zeitschrift *Mollie* gestartet, und es war ein Erfolg. Yarrow hatte die Fernsehstation in Denver gekauft–Cal hatte bei den Finanzierungsplänen mitgewirkt und war Juniorpartner – und KMZO hatte die höchsten Einschaltquoten. *Platte City Journal-Record* und *Sunday Journal* standen immer besser da. Das Unternehmen hatte begonnen, Dividenden an die Aktionäre der Familie zu zahlen.

Yarrow wollte ihr Unternehmen weiter vergrößern, aber sie zögerte, einfach ihren Instinkten zu folgen. Sie war immer noch unsicher, wieviel sie sich auflasten, wieviel sie erreichen konnte. Die Unsicherheit hatte zwei Ursachen. Erstens hatte Elliots spektakulärer Sturz ihre Zuversicht erschüttert. Wenn die Mächtigen so leicht vom Sockel gestoßen werden konnten, wie war's dann mit kleinen Fischen, wie sie einer war? Und zweitens zeigte sich, daß es wesentlich schwieriger war, als sie gedacht hatte, den *Telegraph* in die schwarzen Zahlen zu bekommen. Yarrow konnte nicht unbegrenzt Verluste mit dem *Telegraph* verkraften. Die Newspaper Guild hatte dem *Courier* Anfang des Monats einen Schlag versetzt, und Yarrow stand angesichts der langsamen Aufwärtsentwicklung des *Telegraph* permanent der Angstschweiß auf der Stirn. Wenn ihre Sorgen sie zu überwältigen drohten, setzte sie sich gewöhnlich an ihren Schreibtisch und stellte eine Liste der akuten Probleme auf. Greta, die sich mit Ängsten und Sorgen auskannte, hatte ihr diese Methode empfohlen. Yarrow stellte dann immer fest, daß die Liste mehrere Seiten lang wurde. Sie gab auf und beschloß, jedes Problem einzeln und zum gegebenen Zeitpunkt anzugehen. „Wenn etwas nicht kaputt ist, dann versuch es auch nicht zu reparieren", hatte schon ihr Großvater gesagt. Yarrow ertappte sich oft dabei, daß sie sich in Gedanken mit ihm unterhielt. Dann kam Margaret mit ihrem Block herein.

„Mr. Marx beim KZMO in Denver hat angerufen. Sie möchten ihn bitte so bald wie möglich zurückrufen."

„Der ist ja früh auf. Was noch?"

„Mr. Heartland hat aus Washington angerufen. Könnten Sie auch ihn bitte gleich zurückrufen? Außerdem hat Mr. Weyden angerufen. Er hat eine Nummer hinterlassen, unter der Sie ihn in Paris erreichen können. Dann noch Mr. Griffin – seine Frau hat ein Mädchen geboren."

„Gute, alte Mary-Ellen. Ich hatte vergessen, daß sie schwanger war. War es das vierte oder fünfte Kind?"

„Das fünfte." Margaret las die weiteren Mitteilungen vor und legte sie ihr auf den Schreibtisch.

Yarrow hatte Mary-Ellen schon seit Monaten nicht mehr gesehen. „Würden Sie Mary-Ellen bitte ein paar Blumen schicken? Und schauen Sie mal, ob ich sie nicht heute abend auf dem Heimweg im Krankenhaus besuchen kann?"

„Ihre Gäste kommen gegen halb acht."

„Ich habe den Eindruck, daß ich nur noch mit Leuten diniere", sagte Yarrow und machte in Gedanken eine Notiz. Sie mußte Edith wegen der Speisenfolge anrufen. „Aber in einer Oper", fuhr sie fort „kann man sich eben nicht über das Geschäft unterhalten." Margaret war noch im Zimmer, als sie schon wählte. Sie lauschte dem Wählton. Essen und telefonieren, dachte sie. Ihr Büro war nicht extravagant, es wirkte sogar eher ein wenig heruntergekommen. An der Wand zeigten sich feuchte Stellen. Margaret hatte sie darauf aufmerksam gemacht, aber Yarrow hatte beschlossen, sie zu ignorieren. Sie weigerte sich, den Raum tapezieren zu lassen. Es gab dringendere Aufgaben. Sie hatte den Schreibtisch eines Partners, ein Stück aus dem achtzehnten Jahrhundert, gekauft und die Naugahyde-Stühle versteckt, bis sie sich neue leisten konnte.

„Sandy", sagte sie, als er abhob. „Wie geht's dir in deinem neuen Job? Hast du in letzter Zeit irgendwelche gute Reden geschrieben?"

„Ich glaube, zwei meiner Worte sind letzte Woche nicht verändert worden – ‚und' und ein Geschlechtswort. Yarrow, ich rufe aus einem bestimmten Grund an. Ich heirate am Samstag."

Yarrow spürte einen Stich. „Ich gratuliere. Kenne ich die junge Dame?"

„Nein, ich habe sie hier kennengelernt. Meinst du, Lily und Buck könnten zur Hochzeit hierherkommen? Sie würden am Sonntagabend wieder zurück sein."

„Ich bin sicher, daß sie beide gerne kommen werden."

Yarrow legte den Hörer vorsichtig auf. Nach Sandys Ankündigung hatte sie das Gefühl, daß ein Teil ihres Lebens jetzt tatsächlich vorüber sei. Dieser Schnitt jetzt war viel sauberer als die Scheidung.

Margaret stellte durch: „Lily auf eins."

„Mama." Lily studierte im ersten Jahr an der Columbia University. Yarrow hörte an ihrem Tonfall, daß sie etwas wollte oder daß sie ihr wieder einmal aus der Patsche helfen sollte. Sie atmete tief durch und ergriff sofort selbst die Initiative.

„Ich bin froh, daß du anrufst. Ich wollte mit dir reden. Was haben denn all diese Strafzettel zu bedeuten, die mir zugeschickt werden? Dreihundert Dollar!"

„Ich kann dir das erklären."

„Nicht nötig. Ich werde sie von deiner monatlichen Überweisung abziehen."

Lily stöhnte auf. Yarrow hörte, daß sie einen anderen Ton anschlug. „Ich rufe an, weil ich ein Referat über Anthropologie schreiben muß. Hast du alte Bilder von dir, die ich ausleihen könnte?"

„Ich bin vierzig! Das ist wohl kaum alt genug, um eine Fallstudie für Anthropologen abzugeben."

Yarrow nahm einen Spiegel aus der Schublade und untersuchte ihren Haaransatz, während sie sich weiter unterhielten. Sie entdeckte eine graue Strähne über der rechten Schläfe.

„Bist du immer noch nicht darüber hinweg, daß du jetzt vierzig bist? Ich beziehe bloß einen Satz von Margaret Mead auf unsere Familiengeschichte."

„Und was hat Margaret Mead gesagt?“

„Daß die energischsten Mädchen im Dorf die Töchter prominenter Witwen sind.“

„Bemühe dich bitte, nicht alle Familiengeheimnisse auszuplaudern. Übrigens – der Exgatte dieser sogenannten ‚Witwe‘ hat angerufen. Dein Vater heiratet wieder!“

Lily quietschte. Ihre Sorgen waren für einen Moment vergessen.

„Er möchte, daß Buck und du zur Hochzeit am Samstag kommt. Ihr könntet am Freitagabend hinfahren und am Sonntag zurück sein.“

„Zahlst du die Fahrkarten?“

„Natürlich.“

„Prima. Ich kenne da einen tollen Typ, der immer in Washington auf Achse ist. Kann ich Edith wegen der Fotos anrufen?“

Ein Lämpchen an Yarrows anderem Telefon leuchtete auf.

„Ja, von mir aus.“

„Toll. Tschüß, alte Dame.“ Yarrow zuckte zusammen und nahm das andere Gespräch an.

„Tom Marx, der Leiter des Senders in Denver. Und Mr. Weyden auf der anderen Leitung“, meldete Margaret.

„Hier Tom Marx. Wir haben gestern unsere Einschaltquoten bekommen, und ich wollte Ihnen als erster mitteilen, daß wir gut im Rennen liegen.“

„Das ist schön. Aber wann verlängern Sie den Nachrichtenblock?“ Seit Monaten stritten sie sich über die Länge der Nachrichtensendung – Yarrow wollte sie um die Hälfte verlängern, auf dreißig Minuten jeden Abend. Tom hielt das für zu lang.

„Die Leute sehen sich keine halbe Stunde lang Nachrichten an, Yarrow“, wandte er ein.

„Natürlich tun sie das. Sie müssen sie nur packend präsentieren. Knallig, wie in einer Klatschspalte. Ich bin nächste Woche in Denver. Dann möchte ich eine Pilotsendung sehen, okay?“

„Also gut, Yarrow.“

Yarrow legte auf und nahm den anderen Hörer in die Hand. Sie wußte, daß Tom Marx nichts dergleichen unternehmen würde. Aber sie war mit der Sendeanstalt zufrieden. Tom hatte da ein schmuckes

Unternehmen unter sich, und die Ölindustrie in Denver blühte. KMZO machte Profit.

„Elliot? Wie geht's dir?"

„Es geht, aber ich bin frustiert. Jetzt bin ich mehrere Tage hier, aber ich habe sie nicht dazu gebracht, eine Entscheidung zu treffen." Elliot wohnte im Ritz in Paris, wo seine Firma als Vermittler zwischen der französischen Regierung und der Nuklearindustrie fungierte.

„Wie ist Merediths Operation verlaufen?"

„Ihre Mutter sagt, ihre Zähne sehen toll aus. Arme Kleine! Sie ist erst neun und hat schon neun Operationen hinter sich. Weißt du, daß sie Ärztin werden will?" Sie hörte den Stolz aus seinen Worten.

„Dann wird sie es wahrscheinlich auch werden. Sie wirkt sehr entschlossen. Aber um dich mache ich mir Sorgen." Yarrow hatte seit seinem Sturz nicht mehr dieses selbstbewußte, schelmische Glitzern in seinen Augen gesehen. Manchmal sah sie ihn ins Nichts starren, und dann überfiel sie immer der Drang, ihn in die Wirklichkeit zurückzuholen. Er war nicht mehr ihr alter Elliot, sondern ein weiserer, tief verwundeter Mensch.

„Du klingst so – bedrückt."

„ Das wollte ich mir nicht anmerken lassen. Ich wollte es dir nicht sagen. Ich habe Blanchette um die Scheidung gebeten, aber sie weigert sich. Sie würde um Meredith kämpfen."

Yarrow blieb still. Sie schluckte ihre Enttäuschung hinunter.

„Du fehlst mir", sagte er. „Du kannst ja nicht herkommen, oder?"

Sie hörte einen dissonanten Ton in seiner Stimme, der früher nie zu hören gewesen war.

„Nein, Elliot, ich habe zuviel zu tun."

„Wir könnten im Bois de Boulogne spazierengehen."

Yarrow schaute hinaus in den dunklen Dezemberhimmel über dem East River. Sie stellte sich vor, wie sie mit Elliot Paris besichtigte. Die Kinder waren über das Wochenende auf Sandys Hochzeit...

„Ach, zum Teufel mit allem. Ja, ich komme."

„Schön." Er klang fröhlicher. „Lainie wird die Details klären. Ich liebe dich." Er legte auf.

Yarrow lächelte, während sie ihre letzten Anrufe erledigte. Die

Schaeffer-Leute warteten draußen wohl bereits auf sie. Sie war in Hochstimmung bei dem Gedanken, in ein paar Tagen bei Elliot zu sein. Sie hatte Amerika noch nie verlassen. Sie war aufgeregt wie ein Kind.

An dem Morgen, an dem sie nach Paris fliegen wollte, bestreikte die Druckergewerkschaft vier New Yorker Tageszeitungen. Um zwei Uhr morgens erhielt Yarrow einen Anruf.

„Ja...?"

Es war Marvin Rifkin, ihr Rechtsanwalt.

„Es hat angefangen. Hinton und die Große 6 haben bei der *Times*, der *News*, dem *Journal-American*, und dem *World-Telegram and Sun* zugeschlagen."

Yarrow war sofort hellwach. Sie setzte sich auf und zog ihre Daunendecke fester um sich.

„Das bedeutet, daß auch wir keine Zeitung herausbringen dürfen, richtig?"

„Ja, du bist Mitglied des Verlegerverbands: Wenn eine nicht erscheint, erscheinen alle nicht."

„Solidarität auf beiden Seiten. Was ist mit den anderen Gewerkschaften – denen der Drucktechniker, der Vertriebsleute und den anderen?"

„Sie erklären sich sämtlich mit den Druckern solidarisch, genau wie die Stereotypeure, die Packer, die Fotosetzer..."

„Und der Journalistenverband?"

„Jeder einzelne. Zwanzigtausend Mann. Die Verleger werden heute morgen um zehn Uhr im Commodore Hotel tagen. Wirst du da sein?"

„Ja, ich komme." Die Reise nach Paris war auf unbestimmte Zeit verschoben. Sie rief Elliot in Paris an und erzählte ihm die Neuigkeiten. „Es wird ein langer Streik. Hat jedenfalls Albert Hinton angekündigt."

„Was wollen sie?"

„Nach außen hin mehr Geld, aber in Wirklichkeit will Hinton mehr Macht. Er will, daß die Große 6 wieder so mächtig wird, wie sie es in

New York einmal war. Sie machte sich alle Abschlüsse der Guild in den letzten Jahren zunutze."

„Wie konnte die Guild das zulassen?"

„Ein Problem des Kalenders – die Verträge der Guild liefen vor allen anderen ab, so daß sie alle Verhandlungen führte, und die anderen es ihr einfach nachmachten."

„Aber jetzt nicht mehr?"

„Nein. Hinton wartet schon sehr lange auf eine Gelegenheit. Es ist so deprimierend. Nicht alle Zeitungen sind wirtschaftlich gesund – besonders meine nicht. Ich weiß nicht, ob ich den Streik verkrafte, Elliot. Ich verdiene ja noch gar nichts am *Telegraph*."

„Vielleicht mußt du ihn verkaufen oder schließen. Hast du schon darüber nachgedacht?"

„Natürlich, aber ich würde alles tun, um die Zeitung zu retten. Sie ist mein Fleisch und Blut."

„Auf diese Art von Bindung spekuliert Hinton."

„Es tut mir so leid, daß ich nicht nach Paris kommen kann, Darling. Ich habe mich so darauf gefreut."

„Ich mich auch. Ich habe ein Geburtstagsgeschenk für dich gekauft."

„Was ist es denn?"

„Du wirst warten müssen."

„Ich schlafe besser noch eine Weile vor der Konferenz morgen früh. Melde dich wieder, Liebling, ja?"

„Viel Glück."

Als Yarrow am nächsten Morgen im schwarzen Kostüm den Verhandlungsraum des Commodore Hotels für das Treffen des Verlegerverbandes betrat, war sie sich sehr wohl bewußt, daß sie hier die Neue war.

Dort war die Konzentration der Macht – und hier stand sie. Die Einteilung basierte nicht auf der Einschätzung, wer wieviel Geld verlieren würde – die *Herald Tribune* zum Beispiel verblutete –, es war viel entscheidender, wieviel Einfluß eine Zeitung ausübte. Yarrow setzte sich neben Rifkin. Palmer Truitt, seit Fabianas Tod Verleger des *Courier*, saß Yarrow gegenüber. Sie nickte ihm kurz zu und ignorierte ihn dann.

„Die Drucker", sagte der Anwalt einer anderen Zeitung gerade,

„verlangen einen Zuschlag von 18 Dollar und 75 Cent über die nächsten beiden Jahre. Wir haben ihnen einen wöchentlichen Mehrverdienst von acht Dollar für denselben Zeitraum und eine vierte Urlaubswoche vorgeschlagen. Wir haben einen langen Streik vor uns, aber wir werden uns Mr. Hintons Erpressungsversuchen, die er als ‚Verhandlungsvorschläge' bezeichnet, nicht beugen."

„Er verlangt 48 Abänderungen im Vertrag", sagte ein Mann von der *News*. „Stellen Sie sich mal vor, was uns das kostet? 98 Dollar und vier Cent pro Mann und Woche." Im Saal erhob sich aufgebrachtes Gemurmel.

„Aber sie haben manche ihrer Forderungen seither zurückgenommen. Hinton will jetzt 38 Dollar die Woche – das war heute morgen kurz vor zwei – kurz bevor die Streikzeit ablief."

„Er will nicht verhandeln, er will uns ruinieren."

„Wir haben den Druckern ein Gegenangebot von 9 Dollar und 20 Cent pro Woche gemacht. Jetzt können wir nur abwarten. Ja bitte, Mr. Bradford?"

Amory Bradford, Vizepräsident und General Manager der *Times* und Verhandlungsführer für den Verlegerverband, erhob sich, um seine Rede zu halten.

Yarrow las die maschinengeschriebenen Seiten, die an jedem Platz in der Runde auslagen. Sie enthielten die Forderungen der Gewerkschaften und die Gegenangebote der Verleger sowie die Forderungen der anderen acht nicht streikenden Gewerkschaften, mit denen sie sich ebenfalls auseinandersetzen mußten. Auf einer Seite wurde auf die Verträge der Maschinisten und der Elektriker eingegangen. Diese Verträge liefen erst im März aus. Zusätzlich enthielten sie eine Liste der Komitees verschiedener Zeitungsverleger und der sie vertretenden Anwälte. Einige Verleger sollten in Schlichtungsausschüssen sitzen, andere sich mit der Automatisierung der Arbeitsabläufe beschäftigen. Yarrow entdeckte, daß der *Courier* und die *News* in kleineren Komitees vertreten sein würden. Der Vorsitzende ging zum nächsten Punkt der Tagesordnung über.

„Entschuldigen Sie", sagte Yarrow laut. „Ich glaube, hier hat man etwas übergangen – der *Telegraph* wird in keinem der Verhandlungskomitees erwähnt."

Bradford zog die Augenbrauen hoch. Einer seiner Berater meldete sich zu Wort.

„Miss McLean, wir haben Sie und Ihren Rechtsbeistand in ein Beraterkomitee gesetzt. Sehen Sie unter Punkt sieben nach. Wo waren wir stehengeblieben?"

Yarrow holte tief Luft. „Es tut mir leid, aber das genügt mir nicht. Ich fände es nur gerecht, wenn ich oder mein Beistand in einem der Ausschüsse säße, die die Verhandlungen mit der Großen 6 führen."

„Miss McLean, es steht in keiner Klausel des Verbandes der Zeitungsverleger, daß der *Telegraph* in irgendeinem Komitee vertreten sein muß."

Yarrow wurde rot. „Es steht auch in keiner Klausel, daß der *Telegraph* ein Mitglied des Verbandes bleiben muß."

„Es ist äußerst wichtig, daß wir Verleger gemeinsame Sache machen. Nur gemeinsam können wir uns gegen die Drucker wehren."

Es herrschte peinliche Stille im Saal.

Yarrow hielt dem Blick des Mannes stand. Er seufzte.

„Können wir darüber abstimmen, daß der *Telegraph* in einem der Verhandlungsteams vertreten sein soll? Das heißt, falls Sie nicht schon entschieden haben, in welchem Komitee Sie vertreten sein möchten?"

„In der Tat, das habe ich. Ich möchte im selben Komitee sitzen wie der *Courier.* Beide sind Nachmittagszeitungen."

Der Berater sah sich in der Runde um. „Wer ist dafür?" Die Mehrzahl hob zur Abstimmung die Hand.

„Angenommen? Angenommen. Können wir jetzt fortfahren, Miss McLean?"

„Natürlich, ich bin ganz zufrieden."

Yarrow schaute unauffällig hinüber zu Palmer Truitt. Dunkelrote Flecken zeichneten sich auf seinen Wangen ab. Er kochte vor Wut. Gut, dachte Yarrow, jetzt hatte sie ihn, wo sie ihn haben wollte, dort, wo sie ihn im Auge behalten konnte. Er würde sie nicht hereinlegen. Sie erschauerte bei dem Gedanken, daß er für sie die Verhandlungen hätte führen sollen. Sie sah den Bleistift an, den sie in der Hand hielt, und entdeckte, daß ihre Hand zitterte.

Am Nachmittag mußte Yarrow an den Streikposten vorbei in ihr Büro. Sie erkannte einige der Männer, die mit Plakaten vor dem Gebäude standen. Es war bitterkalt, und sie traten von einem Fuß auf den anderen und rieben sich in die Hände. Als Yarrows Wagen vorfuhr, fingen die Männer an, sie zu verhöhnen. Sie begriff, daß sie von ihnen nicht mehr als eine bestimmte Person, sondern nur noch als Symbol eines Systems gesehen wurde. Genau wie umgekehrt die Männer für sie nicht mehr John oder Joe oder Hank Birley waren. Hanks Vater hatte ihr einmal voller Stolz erklärt, daß er vierzig Jahre beim *Telegraph* gearbeitet habe. Jetzt waren sie alle eine Masse, eine unpersönliche und feindliche Masse.

Das Gebäude kam ihr vor wie ein Mausoleum. Yarrow schloß sich in ihrem Büro ein und bat Margaret, keine Telefonate durchzustellen. Sie hatte ein ungutes Gefühl, was den Streik betraf. Intuitiv fühlte sie, daß er lang und ungut werden würde. Sie hatte es in den Gesichtern der Männer draußen lesen können und auch in den Bekanntmachungen Albert Hintons. Unversöhnlichkeit sprach aus jedem Satz. Sie nahm eine Zeitung von außerhalb New Yorks zu Hand und las ein Interview, das Hinton gegeben hatte.

„Nur konkrete Stärke zählt. Wenn Streitigkeiten mit Vernunft oder Gerechtigkeit beigelegt werden könnten, dann bräuchte es keine Gewerkschaften zu geben."

Yarrow legte die Zeitung weg und sah sich die letzten Statistiken des *Telegraph* an. Sie war überall in den roten Zahlen. Wie passend, daß diese Tinte die Farbe des Blutes hatte.

Sie war sehr beunruhigt und ging ins Badezimmer. Dort betrachtete sie sich im Spiegel. Sie bekam Angst, als sie über ihre Schulden nachdachte und über sich, eine Frau, die sich als Unternehmerin betrachtete. Sie war Mutter dreier Kinder. Sie hatte eine Mutter, die ihre Tochter brauchte, einen Geliebten, den sie nie sah, Bücher, die zu lesen sie keine Zeit fand. Sie war müde und wütend und frustriert, weil die Tage zu kurz waren. Sie hatte kaum Zeit für ihre Kinder. Sie warfen ihr vor, daß sie immer beschäftigt sei – womit sie recht hatten. Aber mehr als alles andere machten ihr die Schulden zu schaffen. Was tat sie hier? Wen wollte sie beeindrucken? Würde sie alles in den Griff kriegen? Sie machte das Licht aus und ging hinaus zu Margaret.

„Ich fange an, Selbstgespräche zu führen. Ich fahre besser hinaus und sehe mir Bucks Footballspiel an. Später bin ich dann zu Hause zu erreichen, wenn Sie mich brauchen. Aber ich glaube nicht, daß sich heute noch etwas tut."

Sie ging durch die Druckerei hinaus. Vasik wartete auf sie. Die Streikenden standen immer noch vor dem Gebäude. Sie rückte eine blauweiße Polizeibarriere auf die Seite und stieg ins Auto. Ein Mann spuckte an das Fenster, als sie losfuhren.

Sie brauchte eine Weile, bis sie ihren Sohn in seinem Team entdeckte. Er war klein für seine neun Jahre, und bestimmt fror er jämmerlich.

Buck sah seine Mutter und rannte grinsend auf sie zu. „Hey, Mama! Hat dein Boss dir frei gegeben?"

„Witzbold", sagte sie.

Sie beobachtete Buck im Spiel. Er ist ein hoffnungsloser Fall, dachte sie. Er hat nichts von Sandys körperlichem Geschick geerbt. John war der Sportler. Buck – nun... Sie fuhr zusammen, als ein anderer Junge ihn umrannte.

Aber dann gelang Buck plötzlich ein Touchdown.

Nach dem Spiel ging Yarrow zurück zum Auto und rieb sich ihre eiskalten Füße. Buck kam zum Wagen, und sie kurbelte das Fenster herunter und fragte ihn, ob er mitfahren wolle.

„Oh, Mama, ich möchte mit den Jungs zurückfahren. Ist das schlimm?"

Er wollte den Kopf aus dem Fenster zurückziehen und stieß mit seinem Helm an. „Nein, natürlich nicht. – Buck, du hast mir heute richtig geholfen", bedankte sich Yarrow bei ihrem Sohn.

„Wie denn?"

„Mit deinem Touchdown."

„Jaaa", grinste er.

„Bis nachher, zu Hause."

Jaaa, dachte Yarrow, als sie sich in den Rücksitz lehnte und ihren Aktenkoffer öffnete. Buck hatte einen Touchdown erzielt. Nichts war unmöglich.

33

Der Duft von gebratenem Truthahn weckte Yarrow am Weihnachtsmorgen. Greta mußte schon hier sein, überlegte sie, schlüpfte in ihren Morgenmantel und ging die zwei Treppen hinunter in die Küche. Greta ließ sich gerade von ihrem zweiten Mann scheiden.

„Wir haben dich ausschlafen lassen.“ Edith hielt ihr eine Tasse Kaffee hin.

„Es ist elf Uhr“, meinte Freya. Mit ihrer gesunden Hand brach sie Bohnen. Es machte nichts, daß sie nur sehr langsam arbeiten konnte, die Hauptsache war, so Edith, daß sie sich nicht nutzlos fühlte.

„Wann bist du heimgekommen?“

„Um drei“, sagte Yarrow. „Wir haben gestern achtzehn Stunden lang geredet“, meinte Yarrow und blinzelte, um die Augen aufzukriegen. „Aber Grundlegendes haben wir noch nicht erörtert. Wo sind die Kinder?“

„Millie hat sie zu einer philippinischen Weihnachtsmesse mitgenommen. Lily hat erklärt, sie gehe nur aus wissenschaftlichem Interesse mit. John ging, weil Lily es ihm befohlen hatte. Nur Buck ist gegangen, weil ihm letztes Jahr die Musik gefallen hat.“

„Ich habe als Mutter vollkommen versagt“, gestand Yarrow. Sie trank ihren Orangensaft und hielt Edith eine Scheibe Weißbrot für den Toaster hin. „Ich hätte sie, solange sie klein waren, öfter in die Kirche schicken sollen.“

„Man kann sie nicht hinschicken“, sagte Freya langsam, „man muß mit ihnen hingehen.“

Yarrow beobachtete, wie mühsam ihre Mutter arbeitete. Hätte ihre Mutter nicht den Schlaganfall gehabt, wären sie jetzt alle bei Eric in Galena gewesen – nein, das wäre natürlich durch den Streik vereitelt worden.

„Sind Eric und Yanna gestern noch gekommen?“ Die beiden hatten im Sommer endlich in aller Stille geheiratet, aber niemanden eingeladen. Freya war sehr enttäuscht gewesen, und Yarrow hatte ihr zu erklären versucht, daß die jungen Leute von heute sich anders verhielten als früher.

„Ja. Sie sind jetzt bei Freunden und werden um ein Uhr hier sein. Hände weg, Yarrow.“ Greta zog die Schüssel mit Preiselbeeren zu sich.

„Ich wollte sie doch nur versuchen“, sagte Yarrow.

„Du mit deinem Geschmackssinn. Du würdest zuviel Zucker dran tun oder sonst irgend etwas verkehrt machen. Geh besser. Wie sollen wir hier kochen, wenn du uns im Weg herumstehst?“

Später, als alle satt um den Tisch saßen, fragte Yarrow, ob jemand von ihnen mit ins Büro kommen wolle. Greta und Nellie, Eric und Yanna und alle Kinder außer Thimi, Nellies Jüngstem, kamen mit. Jack wollte bei der kranken Thimi bleiben. Außerdem, so meinte er, wolle er nicht an den Streikposten vorbei müssen.

„Das verstehe ich“, sagte Yarrow. „Ich bin nicht gegen die Gewerkschaften, nur weil ich auf der anderen Seite stehe.“

„Hast du versucht, vernünftig mit Hinton zu reden?“ fragte Jack.

„Jack, erstens bestreiken sie nicht mich – eigentlich handelt es sich um eine Aussperrung. Und zweitens geht es nicht um Geld, egal, was der Vorsitzende des Verlegerverbandes sagt, sondern um Macht. Hinton will noch nicht reden. Wir haben noch nicht genug Verluste erlitten.“

Jack nickte zwar, aber Yarrow sah, daß er ihr nicht glaubte.

Es wurde schon dunkel, als sie vorfuhren. Am Hintereingang waren keine Streikposten zu sehen. In der Druckerei empfing sie der vertraute Geruch von Druckerschwärze und Papier. Eric wollte Yanna alles zeigen, denn sie hatte noch nie die Räume einer großen Zeitung gesehen. Er führte seine kleine, schwangere Frau vorsichtig die Treppen hinauf und hinunter. Die vier Kinder blieben auf der unteren Galerie.

Yarrow und ihre Schwestern beobachteten sie. Lily wurde im März achtzehn. Sie war sehr schlank und blaß. Die Schwierigkeiten, die sie mit ihr hatte, dachte Yarrow, waren darauf zurückzuführen, daß Lilys Ehrgeiz und Selbstvertrauen in einem Mißverhältnis zu ihren Fähigkeiten standen, und das war traurig. Lily meinte, sie sei reif und erwachsen, aber sie hatte immer Probleme mit ihrem Konto.

„Was sie wohl alle einmal werden, wenn sie erwachsen sind?“ fragte Greta und sprach damit aus, was sie alle dachten.

„John ist schon erwachsen“, sagte Nellie und verschränkte die Arme. Yarrows ältester Sohn schlenderte hinter den anderen her, die Hände in den Hosentaschen vergraben.

„Könnte er sich nicht mal kämmen?“ meinte Yarrow beim Anblick ihres fünfzehnjährigen Sohnes. Buck stieß mit ihm zusammen und warf dabei einen leeren Ölkanister um.

„Paß doch auf“, fuhr John ihn an und schob ihn mit der Faust weg.

„Laß mich in Ruhe.“ Buck gab den Stoß zurück. Justice, ihr elfjähriger Vetter, ignorierte sie.

Im Büro setzte Yarrow einen Kessel mit Wasser auf und ging dann sofort ans Telefon. Die Verleger telefonierten ständig miteinander. Es tat sich nichts. Für den nächsten Tag war ein weiteres Treffen anberaumt. „Es wird sich nichts Neues ergeben“, meinte Yarrow.

„Nächstes Jahr sollten wir alle Weihnachten in Galena verbringen“, schlug Eric vor.

„Ja, Galena fehlt mir“, meinte Greta.

„Warum ziehst du nicht wieder dorthin?“ fragte Eric.

„Und was soll ich dort machen?“

„Kochen!“ antwortete Eric. „Mach ein Restaurant auf. In der alten Stadt ist was los um diese Jahreszeit. Man kann jetzt sogar im Schlitten durch die Straßen fahren.“

„Jock würde sich dort sehr wohl fühlen“, meinte Yarrow.

„Ein Restaurant aufmachen ist teuer“, überlegte Greta. „Glaubst du wirklich, ich könnte so etwas?“

„Verkaufe deine Anteile an Yarrow“, sagte Eric. „Sie kauft sie dir ab.“

Neben Greta in ihren engen Hosen wirkten ihre Schwestern matronenhaft. „Ich lasse es mir mal durch den Kopf gehen.“

„Du hast dich sehr verändert", sinnierte Nellie.

„Wißt ihr, ich wollte nichts vor Mama sagen", sagte Eric und legte den Arm um Yanna, „aber das alte Blockhaus wird allmählich baufällig. Wenn wir uns nicht darum kümmern, wird es über kurz oder lang vermodern. Ich komme nicht oft genug hin und weiß nicht, was ich damit anfangen soll."

„Greta oder Yarrow sollen es nehmen", sagte Nellie. „Wir gehen nie zum Skifahren."

„Ich hätte Angst alleine da oben", meinte Greta.

„Aber es gehört Mama", warf Yarrow ein.

„Aber du hast doch immer von dem Blockhaus geträumt", erinnerte sie Nellie.

„Na ja, wir werden mal sehen", meinte Yarrow.

„Wie geht es Elliot?" fragte Nellie auf dem Rückweg.

„Es geht ihm gut", antwortete Yarrow.

„Warum heiratet ihr nicht?"

„Weil er verheiratet ist."

„Er sollte sich scheiden lassen."

„Nellie."

„Es ist unfair dir gegenüber, Yarrow. Wenn er sich nicht scheiden läßt, solltest du ihn verlassen."

„Das will ich aber nicht."

„Dann sorge dafür, daß du von ihm schwanger wirst. So habe ich es gemacht."

Yarrow starrte Nellie an.

„Ich konnte Jack nicht dazu bewegen, sich zu entscheiden, also habe ich ihm ein bißchen Druck gemacht."

Nellie hatte ihren Körper benutzt, um Jack zu bekommen. Greta hatte ihren Körper mißbraucht, um Palmer zu halten.

„Ich könnte das nicht."

„Er nützt dich aus."

Yarrow überlegte, wer hier wirklich wen ausnutzte.

„Elliot tut das nicht. Nellie ..." Yarrow legte die Hand auf den Arm ihrer Schwester. Die Fragen taten weh. Sie waren nicht neu, sie hatte sie sich oft genug selbst gestellt. Aber sie hatte nie eine bestimmte Strategie angewandt, um herauszufinden, was Elliot wollte.

Yarrow hatte im Gegenteil akzeptiert, daß sie Elliot wahrscheinlich nie bekommen und daß sie nie heiraten würden. Vielleicht war es gerade die lockere Verbindung, die sie zusammenhielt. Nellie verstand die Hauptsache nicht: daß Yarrow sich mit der Situation abgefunden hatte.

„Ich sorge mich nur um dich", sagte Nellie. Sie spielte mit ihrem Handschuh. Sie sprach selten von Gefühlen. Sie zeigten sich bei ihr meist in ihren Taten, und nicht in ihren Worten.

„Ich weiß."

„Ich habe zugehört", meinte Nellie, „wie Eric Greta vorschlug, ihre Anteile zu verkaufen. Ich überlege mir das auch. Wir haben eine Menge an der Börse verloren, und Jack möchte eine Ranch kaufen. Dann könnten wir davon leben, und Jack könnte seine Bücher schreiben und Vorträge halten."

„Sag mir Bescheid, wenn du deine Entscheidung getroffen hast", erklärte Yarrow. Sie würde ihren Bankier morgen anrufen. Sie konnte die Anteile nur kaufen, wenn sie genug Kredit bekam.

Yarrow betrachtete das kleine Stilleben von Cézanne, das Elliot ihr zum Geburtstag geschenkt hatte.

„Das Obst sieht aber nicht sehr genießbar aus", hatte sie Elliot geantwortet, als er wissen wollte, wie ihr das Bild gefalle. „Ich werde wohl nie besonders viel Kunstverständnis entwickeln."

Das Bild stand jetzt auf ihrem Nachttisch, damit sie es öfter betrachten konnte.

„Laß dir Zeit", hatte Elliot ihr geraten. „Auch ein Bild muß man kennenlernen."

Sie starrte es gedankenverloren an. Ihre Zeitung fehlte ihr sehr. Sie konnte nicht einmal schlafen. Es war fünf Uhr früh, und sie wartete darauf, endlich aufstehen zu können. Sie war so hilflos in der jetzigen Situation, hilflos und deprimiert, weil sie glaubte, daß für sie alle, für die Zeitungen und die Gewerkschaften, die Kosten enorm hoch sein würden und wofür?" Und keiner würde das zentrale Problem der Automatisierung auch nur erwähnen.

Sie starrte die Äpfel auf dem Bild an, nahm sie aber nicht bewußt wahr. Sie stand auf und ging ins Bad. Im Spiegel sah sie, daß sie furchtbar aussah. Sie spritzte sich kaltes Wasser ins Gesicht, duschte und ging hinunter in die Küche, um sich Kaffee zu machen. Dann wählte sie Elliots Nummer im Savoy in London.

„Mir ist ganz schlecht", sagte sie, „richtig elend. Ich hege schon Selbstmordgedanken. Elliot, was soll ich machen? Ich kann alles verlieren. Das ist der längste Streik in der Geschichte der New Yorker Zeitungen. Ich traue keinem von ihnen, weder den Druckern noch meinen Verlegerkollegen. Ich sitze einfach fest."

„Ich kann dir nicht helfen, mein Liebes", sagte Elliot. „Du mußt tun, was du für richtig hältst. Wenn's sein muß, sogar verkaufen."

Yarrow stützte den Kopf auf. „Wenn das so einfach wäre. Aber es hängen so viele Menschen von meinen Entscheidungen ab."

Sie waren beide still.

„War es schön an Weihnachten?" fragte sie.

„Ja. Ich wollte, ich könnte bei dir sein."

„Ich habe Cézannes Äpfel immer noch nicht verstanden."

Er lachte. „Oh, Yarrow, du bist wundervoll."

„Nein, bin ich nicht. Ich verstehe weder etwas von Kunst, noch bin ich imstande, eine Zeitung zu leiten."

Er sprach in zärtlichem Ton. „Hör auf. Wir weinen nicht, wenn wir niedergeschlagen sind. Wir kämpfen. Wir schlagen zurück."

„Danke, Miss McLean", sagte Yarrow. „Dein Gedächtnis hat seine Schattenseiten, Elliot."

„Nur, um dir zu helfen."

„Ich liebe dich."

„Ich dich auch. Ruf mich an, wenn du mich brauchst."

Sie brachte ihrer Mutter eine Tasse Kaffee hinunter. Freya war immer früh wach. Nur ihrer Mutter und Elliot gegenüber konnte Yarrow noch zugeben, daß es Dinge gab, die ihr Angst machten.

Freya war seit ihrem Schlaganfall alt geworden. Bald würde Yarrow vielleicht nur noch einen Menschen haben, dem sie sich anvertrauen konnte.

„Würdest du mich bitte in den Arm nehmen?" bat sie ihre Mutter. Der Gedanke, Freya zu verlieren, wurde unerträglich. „Halte mich fest wie früher." Freya stellte ihrer Tochter auch jetzt keine Fragen, sondern hielt sie einfach nur fest in den Armen.

Das Treffen zwischen dem Verband der Verleger und den Vertretern der Druckergewerkschaft fand im Commodore Hotel in der Park Avenue statt.

Yarrow konnte Albert Hinton nicht in die Augen sehen. Sie glaubte noch immer, er sei für den Tod ihres Vaters verantwortlich. Er war jetzt so alt wie ihr Vater, als er gestorben war. Sie fragte sich, ob Hinton das wußte. Er war ein gesund aussehender Mann von 57 Jahren mit einem pockennarbigen Gesicht.

„Fangen wir an?" fragte Amory Bradford. Alle nickten. Der Vorsitzende des Verlegerverbandes beugte sich mit vor der Brust verschränkten Armen vor.

„Sind Sie jetzt bereit zu verhandeln?" fragte Hinton.

„Mr. Hinton, wir sind bereit, zu einem Einvernehmen zu kommen, wenn Ihre Gewerkschaft zu einem Gesprächstermin mit der Bereitschaft kommt, ihre Position zu berichtigen und eine brauchbare Lösung zu erarbeiten."

„Wir haben unseren Vorschlag genau mit diesem Ziel vorgebracht. Als Basis für die Verhandlungen."

„Nun, wenn Sie Ihren Worten Taten folgen ließen, dann könnten wir vielleicht Fortschritte machen."

Hinton stand wortlos auf und verließ den Saal, zusammen mit seinen Beratern. Die Verleger waren schockiert.

Ein Berater rannte ihm nach und kam fünf Minuten später wieder zurück.

„Die Gespräche sind abgebrochen", sagte er. „Auf unbestimmte Zeit."

„Mistkerl", fauchte Truitt.

Yarrow war entsetzt.

Aber es wurde noch schlimmer, als sie befürchtet hatte. Während der nächsten Woche jagte sie von einem Gespräch zum nächsten. Noch am 12. Januar hatte keine der beiden Seiten nachgegeben. Am 14. hielten 8 000 Streikende eine Massenkundgebung vor dem

Gebäude der *Times* ab. Sie sprachen sich dafür aus, den Streik fortzusetzen.

Bei einem der Treffen zwischen Hinton und den Verlegern begannen Yarrow und ihr Anwalt, Rifkin, die Bedingungen der Verleger vorzutragen.

„Wir wollen Meldungen aus Fernschreibern direkt setzen“, sagte Yarrow.

„Aber darüber haben wir doch gesprochen“, sagte Hinton.

„Dieses Endlospapier, auf dem die Agenturen UPI und AP Nachrichten übermitteln, kann direkt von den neuen Linotypes übernommen werden. Börsentabellen, Sportergebnisse und anderes mehr. Andere Zeitungen machen das bereits. Die neue Technologie wird überall eingesetzt, nur nicht in New York, weil Sie es nicht zulassen.“

„Weil wir eine Vertragsklausel haben, die es untersagt.“

„Können wir über diesen Punkt verhandeln oder nicht, Mr. Hinton?“

„Ich bin nicht gegen automatisches Setzen, Miss McLean“, sagte Hinton, „vorausgesetzt, uns wird die Sicherheit der Arbeitsplätze garantiert und wir bekommen einen gerechten Anteil an der zunehmenden Produktivität.“

„Wenn Sie dem Einsatz des Endlospapiers zustimmen, werden die Männer nicht arbeitslos, sondern bekommen einen anderen Posten“, sagte ein Sprecher der *Times*.

„Was halten Sie davon, Mr. Hinton?“ fragte Yarrow.

„Nichts, solange Sie uns kein konkretes Angebot vorgelegt haben.“

„Das ist kein seriöser Verhandlungsstil, Mr. Hinton!“

„Lassen Sie doch diese hochtrabenden Reden. Machen Sie ein Angebot, und dann höre ich Ihnen auch zu.“

„Wir versuchen, uns mit den Änderungen, die Sie für den gültigen Vertrag vorschlagen, auseinanderzusetzen. Sie können nicht erwarten, daß wir verhandeln, ohne dafür etwas als Gegenleistung zu bekommen.“

„Was als Gegenleistung?“

„Beispielsweise der Neusatz, wenn Klischees bereits vorhanden sind.“

„Ah ja, der Neusatz." „Nach dem jetzigen Vertrag haben sich die Verleger an die Sieben-Tage-Klausel zu halten." „So steht's im Vertrag."

„Ich kenne den Vertrag." „Und die Gewerkschaft besteht auf Beibehaltung der Sieben-Tage-Klausel."

„Die Verleger legen Wert darauf, das Volumen neuer Klischees einzuschränken."

Hinton stand auf und streckte sich. „Wir sitzen jetzt schon acht Stunden hier. Ich muß mich mit meinen Kollegen absprechen. Ich komme erst wieder zurück, wenn Sie konkrete Vorschläge machen wollen." Er verbeugte sich kurz in Yarrows Richtung und ging hinaus. Sie standen alle auf und streckten sich.

„Warum bleibt Hinton immer so frisch und munter?" fragte Palmer, aber niemand antwortete ihm. Im Gang sah Yarrow Hinton mit ein paar Journalisten sprechen. Sie wartete auf der Toilette, bis die Männer gegangen waren, und sah dann, wie Hinton in einem Zimmer verschwand. Sie schaute über die Schulter. Voller Schuldgefühle ging sie zu der Tür, hinter der Hinton verschwunden war. Leise drückte sie die Klinke hinunter. Der Raum war leer, bis auf eine Decke auf dem Fußboden, unter der Albert Hinton bereits schnarchte.

Yarrow suchte den Nachtdienst tuenden Manager des Hotels auf. „Die Sicherheitsvorkehrungen in Ihrem Haus lassen einiges zu wünschen übrig."

„Ja, gnädige Frau?"

Er wußte genau, wer sie war.

„Einige sehr aufgebrachte Leute sind in diese Auseinandersetzung verwickelt. Es würde Ihrem Hotel sehr schaden, wenn ein Verrückter etwas anstellen würde."

‚Gnädige Frau?"

„Jede Tür in dem Stockwerk, wo wir verhandeln, sollte abgeschlossen werden. Es schleichen dort merkwürdige Gestalten herum, schlafen auf dem Boden . . ."

„Ich werde mich sofort darum kümmern."

Er holte den Hausmeister mit seinem Schlüsselbund, und Yarrow ging zurück zu ihrer Gruppe. Sie ließ die Tür zum Korridor offen, und nach einigen Minuten hörte sie Geschrei und sah, wie Hinton vor dem Hotelmanager hinaustrottete. Sie schienen sich fortlaufend voreinander zu entschuldigen. Yarrow lächelte. Hinton würde bei ihrer nächsten Zusammenkunft nicht mehr so erholt aussehen. Aber nach diesem Zwischenfall lehnte Hinton es ab, selbst mit den Verlegern zu diskutieren. Er bestand darauf, daß sich die beiden Parteien durch Vermittler verständigten.

Jeder wollte mitmischen. Ende Januar schaltete sich der Bürgermeister als Vermittler zwischen Verlegern und Druckern ein, aber es war kein Fortschritt zu verzeichnen. Am 28. Januar verhandelten sie 13 Stunden lang. Am 12. Februar brachen sie die Gespräche nach achtzehnstündigen Verhandlungen neuerlich ab. Die Gewerkschaftsführer behaupteten, die Verleger seien untereinander zerstritten, und die Verleger behaupteten dasselbe von den Gewerkschaften. Es herrschte große Verstimmung auf beiden Seiten.

Die Gewerkschaften hatten ein Einheitskomitee gebildet, um auf dem laufenden zu bleiben und die Informationen, die über die Gespräche zwischen Verlegern und Druckern durchsickerten, weiterzuleiten. Einige Gewerkschaften hatten die Bedingungen der Verleger bereits akzeptiert, bevor Hinton seine Männer abzog. Diese Gewerkschaftsmitglieder hatten seit dem 8. Dezember keinen Lohn mehr bekommen, und es war kein Ende abzusehen. Die Basis wurde unruhig.

Am 19. Februar sah Yarrow mit Buck und ihrer Mutter Hinton und Thayer abends im Fernsehen. Yarrow beschlich das Gefühl, man schließe sie mehr und mehr von den Verhandlungen aus. Offensichtlich waren Fortschritte erzielt und Entscheidungen gefällt worden. Sie war kaltgestellt, zusammen mit Palmer Truitt auf ein Abstellgleis geschoben und dort mit zeitraubenden Konfrontationen beschäftigt worden. Je länger sie das Programm verfolgte, um so sicherer war sie, daß man sie hintergangen oder zumindest auf die Seite gedrängt hatte.

Am 20. Februar trafen die Verleger die acht nicht streikenden Gewerkschaften. Thema war die Verkürzung der Arbeitszeit. Yarrow war nicht aufgefordert worden, bei der Versammlung zu erscheinen. Sechs Tage später wurden die Verhandlungen ohne Ergebnis abgebrochen, und Hinton verlangte eine Kartelluntersuchung auf Bundesebene wegen der „rigorosen Aussperrung“ der Angestellten von sechs Zeitungen.

Beim nächsten Treffen der Verleger wartete Yarrow, bis alle Punkte behandelt waren, und dann meldete sie sich zu Wort.

„Ich verlange, daß entweder ich oder Mr. Rifkin in das Verhandlungskomitee berufen werden.“

„Miss McLean, Sie sind bereits in einem Komitee.“

„Das ist doch nur ein Schwindel. Als Mitglied dieses Verbandes verlange ich, daß ich Gelegenheit bekomme, meine Interessen zu vertreten.“

„Stimmen wir ab, ob Miss McLean in dem Verhandlungsteam der *News* und der *Tribune* sitzen soll? Jastimmen?“

Keiner stimmte dafür. „Neinstimmen?“ Alle zeigten auf. „Abgelehnt, Miss McLean.“

Wutentbrannt nahm Yarrow ihre Tasche und preßte die Lippen fest zusammen, damit ihre Zähne nicht klapperten. Sie erhob sich.

„Dann erkläre ich hiermit meinen Austritt aus dem Verband der Verleger. Ich werde Mr. Hinton sofort telefonisch von diesem Schritt unterrichten. Guten Morgen, Gentlemen.“

Yarrow ging direkt zu einem öffentlichen Telefon im Foyer. Palmer Truitt rannte hinter ihr her.

„Das kann doch nicht dein Ernst sein.“

„Und ob.“ Sie suchte in ihrer Tasche. „Ich habe kein Kleingeld. Kannst du mir zwanzig Cent leihen?“ Er gab ihr Münzen, und dann kehrte sie ihm den Rücken zu und suchte Hintons Nummer im Telefonbuch.

„Lassen Sie uns gemeinsam zu Mittag essen“, schlug sie ihm vor. „Ich bin aus dem Verband ausgetreten.“

„Das glaube ich nicht.“

„Ein Uhr? Im Pierre?“

Als sie dort ankam, erwartete Hinton sie vor der Tür. Er machte ein langes Gesicht.

„Das Restaurant wird bestreikt“, meinte er. „Wir müssen woanders hingehen.“

Welch Ironie des Schicksals – der Gewerkschaftsführer und die abtrünnige Verlegerin bekamen nichts zu essen, weil gestreikt wurde. Yarrow ließ sich gegen die Mauer fallen und lachte.

„Also gut, Maestro, Sie geben den Ton an. Wo können wir uns unterhalten?“

„Hier ist gleich um die Ecke ein chinesisches Restaurant.“

34

Reporter und Kameraleute drängten sich im Foyer des Hotels Commodore, als Yarrow mit Albert Hinton zurückkam. Yarrow hatte Rifkin angerufen, und dieser hatte eine Pressekonferenz im Hotel und nicht im Gebäude des *Telegraph* anberaumt, da Hinton die Streikposten nicht durchbrechen wollte. Hinton hatte versprochen, daß die Streikposten am Nachmittag abziehen würden. Sie trat vor die Menge und sprach klar und einfach. In dem grellen Licht der TV-Kameras wirkte sie sehr blaß. Sie klang erheblich zuversichtlicher, als ihr zumute war.

Yarrow gab ihre Erklärung ab. „Ich bin aus dem Verlegerverband ausgetreten. Der *Telegraph* wird am Montag erscheinen."

Sie wurde mit Fragen bombadiert.

„Miss McLean, warum sind Sie ausgetreten?"

„Der Streik dauert schon sehr lange, und es ist kein Ende abzusehen."

„Bestand die Gefahr, daß der *Telegraph* eine Fortsetzung des Streiks nicht überstehen würde?"

„Ich habe es nie verheimlicht, daß der *Telegraph* keinen Profit abwirft. Ich kann nur bis zu einer bestimmten Grenze Einbußen verkraften."

„Haben Sie ein Sonderabkommen mit den Gewerkschaften getroffen?"

„Nein, die Drucker kommen zu den Bedingungen des alten Vertrags zum *Telegraph* zurück." Sie sah Hinton an, der neben ihr stand.

„Wir werden eine neue Vereinbarung treffen, wenn das hier ausgestanden ist", erklärte Hinton.

„Miss McLean, was halten die anderen Verleger davon, daß Sie die Seite gewechselt haben?"

„Ich nehme an, sie sind nicht besonders glücklich darüber."

Hinton lachte über ihre Untertreibung.

„Mr. Hinton, das macht Sie doch um so stärker. Was halten Sie von dieser Entwicklung? Wie denken Sie über Miss McLeans Austritt?"

„Ich finde, sie ist die einzige Verlegerin in New York, die Mut bewiesen hat."

Vor dem Eingang des *Telegraph* zerrissen die Männer bereits ihre Plakate und Transparente. Sie jubelten ihr beim Hineingehen zu. „So würden sie auch reagieren, wenn ich guillotiniert worden wäre", sagte sie zu Rifkin.

„Du warst doch großartig", sagte er und legte die Hand an ihre Taille, als sie den Fahrstuhl betrat.

Das Gebäude begann bereits zu vibrieren. Yarrow spürte es. Die erste Schicht der Drucker strömte herein, und einige Mitarbeiter der Werbeabteilung waren schon an ihren Schreibtischen. Ned Griffin hielt eine Redaktionskonferenz mit ein paar Reportern in seinem Büro ab. Yarrow hörte kurz zu und ging dann hinauf in ihr eigenes Büro.

Sie berief sofort eine Konferenz mit ihrem Produktionsstab ein. Die Pressen hatten 85 Tage lang stillgestanden. Sie ging wieder hinunter in die Druckerei, als sie dort bereit waren, einen Probedurchlauf zu starten. Yarrow sah mit verschränkten Armen zu, wie die großen Pressen anliefen. Sie liebte ihre Maschinen.

„Was ist mit dem Papier?" rief sie, um den Lärm zu übertönen. Es war in einer unbeheizten Lagerhalle gelagert worden. Die Gefahr war groß, daß es jetzt brechen würde.

Der Meister schrie ihr ins Ohr. „Es ist brüchig, aber wir tun unser Bestes." Sie nickte. Mehr konnte keiner von ihnen tun.

Oben im Büro hatte Margaret traurige Neuigkeiten für sie. „Macy's hat seine Werbung im *Telegraph* gestrichen, bis der Streit beigelegt ist."

„Wer ihn wohl unter Druck gesetzt hat?" fragte sich Yarrow. Vor einem hatte sie am meisten Angst – daß sie für ihren Bruch mit den Verlegern von ihren großen Anzeigenkunden bestraft würde. Sie wußte, daß Palmer Truitt nicht zögern würde, seinen Kunden zu drohen, wenn sie mit ihr zusammenarbeiteten. Yarrow streckte ihr Kinn vor. Nun, sie würde sich nicht unterkriegen lassen. Ihr Werbeleiter eilte den Gang herunter.

„Was gibt's?“ fragte sie ihn in ihrem Büro. Sie bat Margaret um Kaffee.

„ Die guten oder die schlechten Nachrichten zuerst?“

„Das mit Macy's weiß ich schon.“

„Es gibt noch mehr. Gimbels hat seine vier Seiten zurückgenommen, als er von Macy's Maßnahme hörte.“

Yarrow lehnte sich in ihren Drehsessel zurück und nagte an ihrer Unterlippe. Wenn sie gewohnt gewesen wäre zu fluchen oder Raucherin gewesen wäre, würde sie jetzt gewettert oder sich eine Zigarette angezündet haben. Aber sie hatte das Schlimmste immerhin hinter sich. Jetzt, da sie beschlossen hatte, im Alleingang ihre Zeitung herauszubringen, wußte sie, daß sie sich jeder Kritik, jedem Hohn stellen konnte. Sie hatte viele schlaflose Nächte hinter sich, in denen sie sich immer das Schlimmste ausgemalt hatte. Der größte Alptraum war der gewesen, den *Telegraph* schließen zu müssen.

„Das stinkt mir zwar gewaltig“, sagte sie mit den Worten ihres Sohnes, „aber wir werden es trotzdem schaffen.“

Am Montagmorgen war Yarrow unten in der Druckerei, um die erste, noch warme Ausgabe des *Telegraph* aus der Presse zu nehmen. Sie würden 750 000 Exemplare drucken, fast doppelt so viele wie sonst. Sie hatten zehn Seiten mit Kleinanzeigen, sechs Seiten vom A&S-Kaufhaus und vier Seiten von S. Klein's. „Sieht doch gar nicht schlecht aus“, sagte sie. Yarrow wußte, sie hatte die richtige Entscheidung gefällt, zu publizieren und verdammt zu werden.

Als sie in ihr Büro zurückkam, lag eine Erklärung für sie da. Die *Herald Tribune* hatte eine halbe Million Exemplare gedruckt. Die Schlagzeile lautete: *WENN MR. HINTONS ANGEBOT FÜR DEN TELEGRAPH GUT GENUG IST, WARUM IST ES DANN NICHT FÜR DEN HERALD TRIBUNE GUT GENUG?* Der Text erläuterte, daß der *Telegraph* unter den folgenden Bedingungen erscheinen dürfe:

> Wie immer die Entscheidungen der anderen Zeitungen ausfallen werden, der *Telegraph* muß sich dem Verhandlungsergebnis anschließen.
>
> Der *Telegraph* hat bei den endgültigen Beschlüssen kein Mitbestimmungsrecht.

Sollte der *Telegraph* die finanziellen Forderungen nicht erfüllen können, wird er geschlossen.

Die *Tribune* hatte dasselbe Angebot erhalten. Wir haben abgelehnt. Für das Privileg, heute zu erscheinen, drohte uns morgen der Bankrott.

Das Kriegsbeil war ausgegraben, dachte Yarrow. Margaret kam herein und schaltete das Fernsehgerät ein. „Mr. Hinton wird gerade interviewt."

Er wurde um eine Stellungnahme zu den Aussagen der *Herald Tribune* gebeten.

„Ich habe keine Verpflichtung gegenüber dem *Telegraph*", erklärte er. Yarrow beobachtete ihn genau. Wie auch bei ihrem ersten gemeinsamen Essen beeindruckte dieser Mann sie. Sie waren in fast allen Punkten unterschiedlicher Meinung, und er war ein schwieriger, sturer Mann. Kein Wunder, daß das Herz ihres Vaters versagt hatte. Die Verhandlungen waren sehr anstrengend gewesen. Aber sie wußte jetzt, daß Albert Hinton fair, intelligent und unbestechlich war.

„Die wichtigsten Ziele", sagte Hinton, „sind es, mit der Newspaper Guild und den anderen Gewerkschaften eine gemeinsame Geltungsdauer des Vertrags festzulegen, die Frage der Automatisierung zu klären und sich auf eine Verkürzung der Arbeitszeit zu einigen. Wenn der Streik vorüber ist, werden wir mit dem Management des *Telegraph* verhandeln. Vielleicht verlangen wir rückwirkende Zahlung für die jetzt arbeitenden Männer, vielleicht auch nicht, vielleicht streben wir den gleichen Vertrag an wie jetzt, vielleicht auch nicht." Hinton würde sich nicht festlegen lassen, da war Yarrow ganz sicher.

Ned Griffin, der Chefredakteur, hatte zwei seiner besten Reporter auf die Streikstory angesetzt. Yarrow verfolgte die Entwicklung des Streiks als Zuschauerin. Die Stimmung vor den bestreikten Zeitungen wurde zunehmend schlechter. Es war ein langer und harter Winter gewesen. Am Morgen des 6. März verkündete der Bürgermeister, daß die Verleger und die Gewerkschafter eine Einigung erzielt hätten.

Die Gewerkschaftsmitglieder mußten noch ihre Zustimmung geben, die Newspaper Guild hatte auch noch ein Wörtchen mitzureden, und die Verleger mußten noch mit den anderen streikenden Gewerkschaften einig werden. Die Verträge der Maschinisten und der Elektriker waren um Mitternacht ausgelaufen. Die Stereotypeure gaben bekannt, daß sie jetzt auch streikten. Und mit den Vertriebsleuten mußte verhandelt werden.

Yarrow schaltete den Fernseher aus und erledigte ihre Arbeit. Ein Sprecher der Verleger wurde vor dem Rathaus interviewt. Im Hintergrund sah sie Alfred Hinton.

Der Sprecher erklärte: „Dieses Paket kostet die Zeitungen über die nächsten zwei Jahre achtzehneinhalb Millionen Dollar. Die Gewerkschaften haben dem Einsatz von Fernschreibern zugestimmt. Außerdem garantiert das Abkommen, daß die Drucker und die Vertretungen, die an dem Tag arbeiteten, als der Streik ausgerufen wurde, nicht infolge des Einsatzes von Fernschreibern arbeitslos werden dürfen. Nur brauchen ihre Arbeitsplätze, wenn sie sie verlassen, nicht neu besetzt zu werden."

„Welche Seite hat nun gewonnen?" fragte der Reporter.

„Unsere", sagte Hinton. „Wir haben unsere drei Hauptpunkte durchgesetzt."

„Haben Sie Ihrerseits irgendwelche Konzessionen gemacht?"

„Ja. Wir hätten mehr Geld herausschlagen sollen."

Die Frage des Neusatzes trotz vorhandener Klischees wurde nicht erwähnt. Yarrow fragte sich, ob die Verleger die finanziellen Abmachungen verkraften konnten.

In den nächsten Tagen, während die Gewerkschaften sich mit den Verlegern trafen, hörte Yarrow immer wieder, daß verschiedene gewerkschaftliche Gruppen diese Abmachung ablehnen wollten. Die Mitglieder waren wütend. Aber der Fall lag jetzt ein wenig anders. Ihre Wut richtete sich jetzt gegen ihre eigenen Führer. Yarrow hatte erfahren, daß die *Journal-American/Mirror*-Zelle mit 415 zu zwei Stimmen das Angebot abgelehnt habe. Der *Mirror* hatte die zweithöchste Auflage in den Vereinigten Staaten und gehörte zur Hearst-Corporation.

Yarrow rief Albert Hinton an, um Näheres in Erfahrung zu bringen. Sie fragte sich, ob ihm bewußt war, welchen Stein er ins Rollen gebracht hatte.

„Ich werde meinen Mitgliedern vorsichtig raten, das Angebot anzunehmen. Es ist in ihrem Interesse, zu akzeptieren."

„Das klingt nicht sonderlich überzeugt."

„Die Leute müssen einsehen, daß uns die anderen Gewerkschaften, falls wir weitermachen, im Stich lassen würden."

Hinton tat Yarrow leid, als sie den Hörer auflegte. Nie hätte sie geglaubt, daß sie einmal Mitleid mit ihm empfinden könnte.

Am 17. März verfolgte Yarrow am Radio, wie Hinton eine halbe Stunde seine Mitglieder zu beeinflussen versuchte. Sie war trotz einer starken Erkältung gerade mit Greta im Auto auf dem Weg nach Connecticut. Greta hatte Yarrow vor Monaten gebeten, in dem Entziehungsheim, für das sie arbeitete, einen Gastvortrag zu halten. Je länger Yarrow der Übertragung zuhörte, um so sicherer war sie, daß die Stimmung im Manhattan Center, wo sich die Funktionäre der Druckergewerkschaft versammelt hatten, schlecht war. Hunderte von Druckern waren ausgeschlossen, die Tore waren von der Feuerwehr blockiert worden. Hinton wurde andauernd unterbrochen.

„Das ist die miserabelste Lösung, die man sich denken kann", rief ein Drucker. „Warum verkaufen Sie uns nicht ganz?" Die Zwischenrufe hatten bereits eingesetzt, als Hinton durch den Gang zu seinem Platz ging. Jetzt kündigte der Radioreporter das Eintreffen von Elmer Brown von der ITU an, und noch mehr Zwischenrufe wurden laut.

„Ich lasse mich nicht durch Ihr Verhalten hier einschüchtern", sagte Hinton mit seiner ruhigen Stimme. „Sie müssen mich anhören."

„Ach, halt's Maul!"

Es wurde nach Mick Fitzgerald, einem Ausschußmitglied, der gegen die Vorschläge opponierte, gerufen. „Fitz. Fitz. Fitz." Der Ruf wurde durch Getrampel bekräftigt.

„Setzen Sie sich, Mr. Fitzgerald", sagte Hinton. Er wollte fortfahren, aber seine Stimme ging im Tumult unter. Er mußte das Rednerpult wohl oder übel an Fitzgerald abtreten, denn plötzlich war der Jubel der Menge zu hören, und gleich darauf kam Fitzgeralds Stimme aus dem Lautsprecher.

„Wir sind gegen die Formel des Bürgermeisters", verkündete Mick Fitzgerald. Viele applaudierten. „Wir sind dagegen, denn sie gefährdet unsere Arbeitsplätze, weil sie dem Management zu große Rechte einräumt. Wir sind dagegen, weil die Frage der Gesundheitsvorsorge nicht geregelt wurde. Wir sind dagegen, weil zu viele Gewinne auf das zweite Jahr verlegt werden sollen. Wir sind dagegen, weil das Paket von Außenstehenden zusammengestellt wurde. Wir sind dagegen, weil die angebotene Summe lächerlich gering ist." Der Applaus schwoll an. „Nach 15 Wochen Streik hat die Gewerkschaft nicht mehr erreicht, als daß die Verleger uns jetzt 70 Cent mehr zahlen wollen als am 7. Dezember letzten Jahres."

Dann hörte sie Hinton, wütender als zuvor: „Wir haben unsere drei grundsätzlichen Forderungen durchgesetzt. Wir haben die Verkürzung der Arbeitszeit erreicht. Wir haben eine einheitliche Vertragsdauer. Wir haben die Zusage, daß wir an den durch die Automatisierung erzielten Einsparungen beteiligt werden." Zwischenrufe wurden laut. Hinton übertönte sie. „Das ist unser Weg in die Zukunft."

„Sie haben uns verraten und verkauft."

„Was ist mit den Fernschreibern?"

„Wir wußten genau, daß wir den Einsatz neuer Technik nicht ewig hinausschieben konnten, genausowenig wie Sie die Linotype aufhalten konnten." Die Männer schrien durcheinander. Hinton mußte seine Stimme heben. „Das Computerzeitalter ist angebrochen, und die Automatisierung wird um sich greifen. Sie können das nicht aufhalten. Sie müssen lernen, damit zu leben."

„Er hat verloren", sagte Yarrow kopfschüttelnd, während sie durch die ergrünende Landschaft fuhren. Allmählich verließen sie das Sendegebiet. Vasik versuchte den Sender auf einer anderen Frequenz zu bekommen, aber erst als sie wieder zu Hause waren, erfuhren sie, daß Hintons Vorschlag mit einer Mehrheit von 64 Stimmen abgelehnt worden war.

Am nächsten Tag hatte sich Yarrows Erkältung so verschlimmert, daß sie im Bett bleiben mußte. Sie konnte kaum noch sprechen. Rifkin rief an, um ihr mitzuteilen, daß Elmer Brown gedroht hatte, die Streikgelder für die Drucker zu stoppen. Er war, so war berichtet worden, außer sich, daß er bei der gestrigen Zusammenkunft von der Basis ausgepfiffen worden war.

„Er sagte", erzählte ihr Rifkin, „daß 100 000 Drucker im ganzen Land mit insgesamt vier Prozent ihrer Löhne die Streikenden der Großen 6 finanziell unterstützten und daß der Druck täglich zunehme, diese Unterstützung einzustellen."

„Wieviel bekommen die Drucker denn?" krächzte Yarrow heiser.

„Etwa 120 Dollar Streikunterstützung, aber das schließt schon die 50 Dollar Arbeitslosenversicherung ein."

„Was geschieht jetzt?"

„Ich vermute, sie werden ein weiteres Treffen der Großen 6 organisieren müssen. Ich habe gehört, daß der Bürgermeister den Madison Square Garden dafür zur Verfügung stellen will. Da passen mehr Drucker hinein."

„Und was passiert sonst noch?"

„ Die Newspaper Guild hat dafür gestimmt, den Vertrag wie vorgeschlagen zu verlängern."

„Gut."

„Und die Stereotypeure haben das Abkommen, soweit es sie betrifft, ebenfalls akzeptiert. Die Versandleute verhandeln noch, und die Gewerkschaft der Fotosetzer hat sich für einen Streik ausgesprochen, falls sie keinen zufriedenstellenden Vertrag bis heute mittag vier Uhr bekommen."

Rifkin wünschte ihr alles Gute und versprach, am nächsten Tag wieder anzurufen.

Edith brachte einen großen Strauß roter Rosen von Elliot herein. Er war wieder einmal im Ausland. Yarrow fragte sich, wie es wohl wäre, ihn oder einen Ehemann immer im Haus zu haben. Sie stellte sich vor, wie es wäre, mit ihm Bett und Bad zu teilen. Sie schlief in der Mitte des Doppelbetts. Es wäre schwierig, ihre gewohnte Unabhängigkeit auch nur etwas einzuschränken. Sie war ihr eigener Boss, hier und im Büro. Kein Mann saß am Kopfende des Tisches, sie saß dort. Sie hatte sich daran gewöhnt, allein zu sein und ihre eigenen Entscheidungen zu treffen. Konnte sie diese hart erkämpfte Unabhängigkeit überhaupt wieder aufgeben? Für Elliot? Aber er hatte sie ja nie darum gebeten.

Am Tage der Urabstimmung im Madison Square Garden war Yarrow wieder im Büro. Sie hatte selbst hingehen wollen, aber sie wäre gelyncht worden, wenn man sie dort entdeckt hätte. Also schaltete sie ihr Fernsehgerät ein.

Der Bürgermeister hatte der Gewerkschaft 50 Stimmenzählapparate zur Verfügung gestellt, um den Ablauf zu beschleunigen. 6 000 Drucker waren erschienen. Sie waren nicht zuletzt auch wegen Elmer Browns Drohung, die Zahlungen an die Streikenden einzustellen, sehr aufgebracht. Sie waren wütend auf ihre Führer. Nicht alle Drucker, die erschienen, arbeiteten für Zeitungen, aber insgesamt hatten 10 000 Gewerkschafter Stimmrecht in diesem Konflikt. Die Drucker waren schon immer eine stolze, sich von anderen Berufsgruppen distanzierende Gruppe gewesen. Von den 10 000 stimmberechtigten Mitgliedern arbeitete etwa die Hälfte in Druckereien in der Stadt, 1 800 waren pensioniert, der Rest war bei den großen Zeitungen angestellt.

Im Madison Square Garden war noch die Kunsteisbahn zu sehen, auf der am Abend zuvor ein Spiel zwischen einem amerikanischen und einem kanadischen Eishockey-Team stattgefunden hatte. Das Rednerpult stand hinter einem der Tornetze.

Um elf gingen die Flutlichter an und tauchten das Pult in ihr grelles Licht.

Hinton kündigte vierstündige Gespräche vor dem Wahlvorgang an.

„Wir haben genug geredet“, rief ein junger Mann. „Wir wollen jetzt abstimmen.“

„Ich möchte, daß jeder seine Meinung vortragen kann“, sagte Hinton unter Zwischenrufen.

In Yarrows Büro klingelte das Telefon. Rifkin rief aus dem Garden an, wo er die Ereignisse miterlebte. Die Beamten des Garden hatten ihm erklärt, die Redezeit müsse verkürzt werden, weil die Drucker sämtliche Korridore, die zu den Stimmenzählapparaten führten, blockiert hätten.

„Die Männer hören den Rednern sowieso nicht zu. Sie sind wütend und wollen nur die Hebel der Zählmaschinen drücken und dann nach Hause gehen.“

„Ruf mich wieder an, wenn's was Neues gibt.“

„Dieser Vertrag beleidigt unsere Intelligenz“, rief jemand aus der

Menge. Yarrow hörte den Klagen zu, die über die Mikrofone vorgetragen wurden. Manche waren für den Streik, andere dagegen.

„Wenn wir diese Lösung akzeptieren, dann war der Streik vollkommen umsonst."

„Seien Sie vernünftig. Bedenken Sie, was geschieht, wenn Sie ablehnen. Lassen Sie nicht diejenigen im Stich, die für Sie ihr Geld hinlegen. Wenn Sie diesen Vertrag ablehnen, stecken Sie in einer Sackgasse. Nehmen Sie ihn an", bat Hinton. „Für das Wohl der Gewerkschaft Männer, nehmt an."

Die Stimmabgabe ging in der Tat schnell vor sich. Auf jeder Zählmaschine stand zu lesen: „Soll der Zeitungsvertrag angenommen werden?" Die Abstimmenden mußten nur einen der beiden Hebel bedienen: *DAFÜR* oder *DAGEGEN*.

Der Vertrag wurde mit einer Mehrheit von drei Stimmen angenommen. Der längste Streik in der Geschichte der New Yorker Zeitungen war damit fast zu Ende.

Die *Times* und der *Herald* verkündeten sofort, daß sie ihre Kioskpreise auf zehn Cent anheben würden. Yarrow verkaufte den *Telegraph* bereits für zehn Cent.

Am 1. April liefen in allen New Yorker Zeitungen wieder die Pressen – zum ersten Mal seit 114 Tagen.

Am 18. April stimmten der *Telegraph* und die Vollversammlung dem Vertrag zu, den die anderen ausgehandelt hatten. Yarrow seufzte vor Erleichterung, als er unterschrieben war. Dann setzte sie sich ins Flugzeug und besuchte Elliot für vier Tage in Paris. Ihre Erkältung hatte sich zu einer Bronchitis ausgewachsen, und sie brauchte Ruhe.

Im Oktober schloß der *Mirror* seine Tore – die Zeitung mit der zweithöchsten Auflage in den USA war pleite. Im März 1966, nach weiteren Konflikten mit den Gewerkschaften, wurde der Untergang der *Tribune* durch eine Fusion mit dem *World-Telegram* und dem *Journal-American* vorübergehend aufgehalten. Aber die *World Journal Tribune* oder „Widget", wie sie auch genannt wurde, hielt dann auch nicht mehr lange durch.

Yarrow steuerte ihre Nußschale durch die tobende See der sechziger Jahre. Ihr Blatt mußte überleben, sagte sie sich immer wieder. Außerhalb von New York investierte sie vorsichtig und verbuchte bescheidene Erfolge. Nur der *Telegraph* blieb ein mageres Geschäft. Aber sie wollte die Zeitung nicht einstellen.

Sie beschloß, Erics Rat zu folgen und das Blockhaus für sich und ihre Mutter renovieren zu lassen. Über die Jahre hinweg wuchs ein richtiges Haus um die Überreste der Blockhütte empor, und dieses Haus wurde zu ihrem Zufluchtsort vor einer Welt, die sie sich selbst geschaffen hatte.

35

Schon vor seinem spektakulären Sturz während des Präsidentschaftswahlkampfs 1960 war Elliot ein Einzelgänger gewesen. Er hatte das immer gewußt und es für seine Stärke gehalten. Er war stolz darauf gewesen, daß niemand behaupten konnte, er kenne ihn wirklich oder habe Macht über ihn.

Obwohl er in der Demokratischen Partei mächtige Freunde besaß, war ihm keiner zu Hilfe geeilt, als die Rufmordkampagne begann. Niemand hatte die Anschuldigungen als Lügen oder Halbwahrheiten zurückgewiesen. In den vergangenen Jahren hatte er alles verlorene Terrain wieder aufgeholt. Aber der Einsatz war hoch gewesen. Er hatte die Zähne zusammengebissen und sich geschworen, er werde der Welt und besonders denen, die ihn nach seiner öffentlichen Demütigung wie einen Paria behandelt hatten, beweisen, daß er besser war als sie. Eines Tages würden sie alle wieder zu ihm kommen und ihn bitten, mit ihm Geschäfte machen zu dürfen. Und genau das geschah.

Er hatte sich um Leute gekümmert, für die er zuvor nie Zeit gehabt hatte. Sie, sagte er sich, würden in Zukunft seine Verteidiger sein. Er war nun nicht mehr der Einzelgänger oder Außenseiter, den niemand kannte. Er weckte noch immer ihre Neugierde, aber jetzt war er ihr geheimer Verbündeter, ihr Vertrauensmann, ihr Bankier. Er gab Ratschläge, er machte Komplimente. Er liebte die Frauen, und sie spürten es. Reiche Witwen kamen in Scharen in sein Büro. Er beriet sie in allem, und vor allem diskret. Obwohl er viele Gerüchte und Neuigkeiten zu hören bekam, behielt er alles für sich. Er nahm die Information auf und speicherte sie. Elliot Weyden, Investmentbankier, wurde unersetzlich. Sein Ruf war makellos. Er war unangreifbar.

Über seinen politischen Zielen hatte Elliot seine Geschäfte vernachlässigt. Seine Partner hatten ihn in seiner Abwesenheit vertreten, so gut sie konnten. Aber Phoenix and Company – das *war* Elliot. Ohne ihn an der Spitze hatte die Firma ihre Dynamik und Originalität eingebüßt. Die Company betreute ihre Kunden, gab Ratschläge und investierte, aber sie wuchs nicht. Erst als er zurückkam und sich wie ein Besessener in die Arbeit stürzte, erwachte Phoenix zu neuem Leben. In den sieben Jahren seit der Wahl hatte Elliot Phoenix and Company zum Star der Finanzwelt gemacht. Um das zu erreichen, arbeitete Elliot vom Morgengrauen bis in die Nacht hinein. Seine Partner in Paris hörten ihre Telefone oft schon läuten, wenn sie ihre Bürotüren aufschlossen. „Wo haben Sie gesteckt?" fragte er dann immer. „Ich versuche seit Stunden, Sie zu erreichen."

Er hatte eine Filiale in London eröffnet und seinen Schwager Clive Basingstoke angestellt (der von einem scheidenden Premierminister für erwiesene Dienste zum Ritter geschlagen worden war). Mittlerweile gab Elliot seiner Schwester recht, die ihm schon vor Jahren gesagt hatte, er solle Clive nicht unterschätzen. Clives vornehmes, selbstkritisches Verhalten täuschte darüber hinweg, daß sein Kopf wie eine Rechenmaschine arbeitete. Vivienne hatte schon immer ihre Mitmenschen gut beobachtet und richtig eingeschätzt.

Das Geschäft nahm Elliot total in Anspruch, und sein Drang, stets alle Fäden in der Hand zu halten, zwang ihn, ein rasantes Tempo vorzulegen. Immer öfter arbeitete er jetzt von seinem Büro in der Wall Street aus. Es blieb ihm keine Zeit mehr, nachmittags durch die Kunstgalerien zu schlendern. Es war nicht einfach, für ihn zu arbeiten. Und doch waren seine Leute ihm treu ergeben. Er wußte sie zu motivieren, zusätzliche Arbeit zu leisten, die sie für niemand anderen getan hätten.

Elliot hatte jetzt dreimal so viele Angestellte und Mitarbeiter in seinem Büro wie zu Anfang. Wenn sie ihm auf eine Frage keine klare Antwort geben konnten, dann schickte er sie mit einem Hochziehen seiner dunklen Brauen und einem beißenden Satz zurück an ihre Telefone und Schreibtische, wo sie dann ihre Anstrengungen verdoppelten. Aber er konnte auch locker und verbindlich sein. Er mochte es nur nicht, wenn man ihn bemutterte. Fand er einen Menschen sympathisch, war er großzügig und charmant.

Yarrow sorgte sich um ihn, weil er zuviel arbeitete, aber sie schwieg.

Sie war selbst sehr beschäftigt. In den sechziger Jahren hatte sie viele Erfolge verbuchen können. McLean Publishing war ein blühendes Unternehmen. Die Zeitschriftenabteilung gehörte ihr zu hundert Prozent. Sie hatte Schaeffer aufgekauft, und andere, neue Objekte waren dazugekommen: In Texas hatte sie eine Zeitung gekauft, in Chicago eine Vorort-Wochenzeitung, in Santa Barbara eine Rundfunkanstalt. Also ließ sie Elliot in Ruhe. Und dasselbe erwartete sie sich von ihm.

Sie fragte ihn auch nie nach Blanchette oder nach seiner Ehe, obwohl Blanchette jetzt die Hälfte des Jahres in London lebte. Elliot verbrachte immer noch alle Feiertage mit seiner Frau und seiner Tochter. Er hatte in jedem ihrer Häuser ein Zimmer nur für sich allein. Außenstehenden mußte die Ehe glücklich erscheinen. Die Menschen hielten sie für das perfekte Paar. Blanchette hatte sich von dem Debakel bei Elliots Kandidatur erholt, nachdem sein guter Ruf wiederhergestellt war. Sie unterstützte und verteidigte ihn gegen jegliche Kritik. Das machte es Elliot um so schwerer, auf der Scheidung zu bestehen.

„Du hast dich verändert", sagte Yarrow eines Tages zu ihm in London. Er hatte sich gerade am Telefon mit jemandem in Westafrika wegen einer Aluminiumfabrik gestritten. „Du bist ungeduldig und reizbar."

„Aber nicht mit dir." Er schenkte ihr ein strahlendes Lächeln und widmete sich wieder seiner Arbeit am Schreibtisch.

„Dann komm und geh eine Weile mit mir spazieren. Rede mit mir."

„Ich kann nicht, Liebling. Ich treffe mich um vier mit dem Minister und bin noch nicht richtig vorbereitet."

„Nur eine Stunde", bat sie und nahm ihn in die Arme. „Elliot!"

Er versuchte, über Yarrows Schulter hinweg einen Bericht zu lesen. „Elliot, ich bin über den Atlantik geflogen, um ein paar Stunden mit dir zu verbringen. Es ist mein erster Besuch in England, und ich sitze nur in diesem Zimmer. Ich möchte mit dir reden", sagte sie, „und dabei ein bißchen frische Luft schnappen. Bitte."

Er seufzte und sah noch einmal seinen Stapel Papiere an. „Also gut, bis drei gehöre ich ganz dir."

Sie nahm ihren Spazierstock – er war jetzt eines ihrer unvermeidlichen Accessoires wie für andere Frauen ein Schal –, und sie verließen das Hotel. Arm in Arm gingen sie durch den Park.

„Ich überlege, ob ich nicht hier eine Zeitung kaufen soll", sagte Yarrow.

„Ich wußte doch, daß du nicht über den Atlantik geflogen bist, nur um mich zu sehen", sagte er.

„Wird Phoenix für mich verhandeln?" Elliots Firma wickelte für Yarrow fast alle finanziellen Angelegenheiten ab, seit sie nach New York gezogen war. Sie war mit der Beratung sehr zufrieden. Yarrow hatte mit Investitionen in Immobilien viel Geld verdient, und Phoenix rettete einen Großteil ihrer Einkünfte vor zu hoher Besteuerung.

„Natürlich vertreten wir dich. Clive ist der richtige Mann. Er kennt sich in England gut aus."

Sie wanderten um den Teich und beobachteten die schnatternden Enten, die von Spaziergängern gefüttert wurden. Zwei Schwäne ignorierten hochmütig die aufgeweichten Brotstückchen auf dem Wasser.

„Wir sehen uns viel zu selten", klagte Yarrow plötzlich.

„Und wer ist schuld daran?" Es klang sehr böse.

„Wir beide."

Er blieb stehen und faßte sie an den Schultern. „Dann hör doch auf", sagte er. „Verkaufe dein Unternehmen und bleib bei mir. Ich brauche dich."

„Das kann wohl nicht dein Ernst sein", antwortete sie.

„Du hast eine kränkelnde Firma übernommen und sie in ein großes, erfolgreiches Unternehmen verwandelt. Kannst du jetzt nicht aufhören?"

„Könntest du das?"

„Das ist doch etwas anderes."

„Wieso ist das etwas anderes? Was hätte ich dann für eine Aufgabe?"

„Mit mir zu leben. Mit mir zu reisen."

„Ich wäre – überflüssig." Sie wollte nicht glauben, daß er einen solchen Vorschlag ernst meinte, und wandte sich von ihm ab.

Er zwang sie, ihn anzusehen. „Yarrow, wenn du dich über unsere

Situation beklagst, dann tu doch etwas, um sie zu verändern. Hör mir zu."

„Elliot, das ist, als würdest du mich bitten, eines meiner Kinder zu verkaufen. Ich dachte, du seist stolz auf das, was ich erreicht habe."

„Ich bin stolz auf dich."

„Aber du hättest nicht geglaubt, daß ich so erfolgreich sein würde. Oder daß ich unabhängig werden könnte." Sie wartete darauf, daß er antwortete.

„Ich habe immer gewollt, daß du erfolgreich bist, aber ehrlich gesagt, es ist manchmal nicht leicht, dich zu lieben. Ich sehe nicht gerne zu, wie du ohne mich im Geschäftsleben agierst. Inzwischen brauche ich ja einen Termin in deinem Terminkalender, um mich mit dir treffen zu können."

„*Du* brauchst einen Termin, um *mich* zu sehen?"

„Ich will eine Frau im Bett, Yarrow, nicht einen weiteren Konzern."

„Ich dachte, dir gefielen unabhängige Frauen. Aber du bist genauso wie die anderen Männer auch. Ihr wollt alle nur das Heimchen am Herd."

„Das stimmt doch nicht."

„Dann bist du nur verärgert, weil ich nicht mit dir über diese Londoner Zeitung gesprochen habe? Ich habe sie einmal erwähnt, aber damals warst du zu beschäftigt. Du hast mir gar nicht zugehört."

„Ich erinnere mich, daß du mich sehr beiläufig nach einer Zeitung gefragt hast. Ich hielt das für eine hypothetische Überlegung. Außerdem, wenn du mich schon um Rat fragst, warum nimmst du meinen Rat dann nicht an?"

„Das muß ich doch nicht. Ich kann meine Entscheidungen sehr wohl selbst treffen."

„Das ist nicht zu übersehen."

„Und in diesem Fall kann ich nicht widerstehen. Es ist eine Herausforderung. Weißt du, was die Fleet Street für einen Zeitungsverleger bedeutet?"

Elliot warf einen kurzen Blick auf seine Armbanduhr. „Ich muß zurück. Der Minister wartet auf mich. Können wir später weiterreden?"

Yarrow sah ihn eher traurig als wütend an. Sie zuckte die Schultern. Sie wußte, daß sie sich nicht wie eine erwachsene Frau verhielt, aber er hatte ihr weh getan.

„Verdammt noch mal“, sagte er, „dieser Termin ist sehr wichtig für mich!“

„Dann mußt du eben gehen“, sagte sie. Er zögerte einen Moment, dann drehte er sich um und ging den Weg, den sie gekommen waren, zurück.

Yarrow war unglücklich. Sie hatte sich so auf die Zeit mit Elliot gefreut. Um mit ihm zusammensein zu können, hatte sie dafür gesorgt, daß sie die Kinder nicht auf dem Hals hatte. Buck war im Sommercamp. Lily recherchierte Nachrichten für den Sender KMZO in Denver. Yarrow fragte sich, wie lange Lilys Begeisterung für diesen Job wohl anhalten würde. John, jetzt zwanzig, verbrachte seine Sommerferien vom College bei der *Washington Post.* Sie hatte sich sogar in einem Schönheitsstudio die Beine enthaaren und die Zehennägel lackieren lassen, bevor sie abflog. Sie hatte sich auf eine romantische Zweisamkeit gefreut. Und jetzt zankten sie sich zwischen Terminen. War er ihrer überdrüssig? Sie hatte einmal gehofft, daß er zwischen der Frau und der Verlegerin unterscheiden könnte. Zeigte sich jetzt, daß er dazu nicht fähig war? Sie wollte an der Liebe festhalten, wie sie in ihren Gedanken existierte, vollkommen und ewig neu. Sollte aber Elliots und ihre Liebe zu Ende gehen, überlegte Yarrow, dann wollte sie einen Schlußstrich ziehen, und zwar schnell. Sie hatte es nie für möglich gehalten, daß er sie einmal zwingen könnte, zwischen ihm und ihrer Karriere zu wählen.

Yarrow war so in Gedanken versunken, daß sie einer Reiterin vor das Pferd lief. Das Mädchen zügelte das Pferd gekonnt, aber Yarrow war schon hingefallen. „O Gott, es tut mir leid. Ich dachte, Sie hätten mich gesehen.“ Das Mädchen sprach ein wenig undeutlich.

„Es war meine Schuld“, sagte Yarrow und sah zu ihr auf. Die Reiterin sprang vom Pferd und half Yarrow beim Aufstehen. Sie war etwa dreizehn und hübsch, bis auf eine Narbe über der Oberlippe. Vermutlich hatte sie eine Hasenscharte gehabt und war operiert worden. Yarrow merkte plötzlich, daß sie in Elliots dunkle, durchdringende Augen sah.

„Sind Sie sicher, daß Ihnen nichts passiert ist?“

„Ja, ganz sicher. Danke."

Das Mädchen lächelte. „Da bin ich aber froh." Sie stieg wieder auf.

Meredith, dachte Yarrow. Aber da ritt sie auch schon unter den Ulmen davon. Kein Wunder, daß Elliot stolz auf sie war. Sie wirkte für ihr Alter sehr selbständig. Elliot hatte gesagt, sie wolle später einmal Ärztin werden. Yarrow fragte sich, ob Meredith dieselben Schwierigkeiten mit ihrem Vater haben würde, die Yarrow jetzt mit ihm hatte.

Um sechs Uhr suchte Yarrow eine Wohnung am Eaton Square auf, um die Randolphs, Besitzer des *Sunday Enquirer,* zu treffen. Auf Elliots Vorschlag hin war sie in Begleitung von Clive Basingstoke, dessen trockener Humor ihn ihr sofort sympathisch machte. Yarrow brauchte eine Weile, bis sie wußte, wer bei den Randophs wessen Sohn war, welche Paare zusammengehörten und wer der Cousin war, der in der Redaktion arbeitete. Kein Familienmitglied beeindruckte sie sonderlich. Sie fand es jedenfalls nicht verwunderlich, daß der *Sunday Enquirer* bei einer solchen Vetternwirtschaft zum Untergang verurteilt schien. Sie wußte, daß heute abend keine Geschäfte gemacht werden würden. Sie wurde nur begutachtet. Offenbar war Lady Randolph das Oberhaupt der Familie.

„Uns wurde ein Angebot von Piers Molinski unterbreitet, das ich eher als Drohung bezeichnen möchte", erklärte Lady Randolph. „Sherry?" Sie reichte Yarrow ein Glas, dessen Boden einen Zentimeter hoch mit Sherry bedeckt war. „Wir befinden uns in dieser Situation, weil ein Familienmitglied seine Anteile verkaufen möchte."

„Keinerlei Loyalität", sagte Sir Bing bedauernd.

„Wir können für die Anteile nicht soviel aufbieten, wie dieser heimtückische Mensch haben will. Mr. Lipton, unser Bankier, hat uns geraten, uns an Sie zu wenden. Er sagte, Sie hätten hervorragende Referenzen." Und genug Kredit bei meinen Banken, dachte Yarrow.

„Wenn wir schon in eine solche Situation gedrängt werden, möchten wir uns wenigstens unsere Bundesgenossen selbst aussuchen", sagte Lady Randolph. „Verstehen Sie?"

„Unser Neffe hat angekündigt, er werde Piers Molinski seine Anteile verkaufen. Sie werden von dem Mann gehört haben, Labour-

Abgeordneter, ein schrecklicher Mensch. Molinski bekäme mit 51 Prozent die Aktienmehrheit", erklärte Sir Bing, und Lady Randolph fügte hinzu: „Morgen früh um zehn öffnet die Börse, und wir befürchten, daß dieser Molinski sein Angebot erhöhen wird. Ist das nicht eine wundervolle Gelegenheit für Sie, meine Liebe, Anteile an unserem Unternehmen zu erwerben." Sie könnte sich diesen herablassenden Ton sparen, dachte Yarrow.

„Noch einen Sherry?"

„Nein, danke." Yarrow erhob sich. „Wir haben morgen früh einen Termin mit Mr. Lipton, Ihrem Bankier, und dann werden wir sehen, was sich machen läßt. Ich will zuerst wissen, wieviel Mr. Molinski bietet."

„Good-bye, Clive. Wir sehen dich ja wirklich kaum noch in letzter Zeit." Lady Randolph erhob sich und inspizierte Yarrow noch einmal von Kopf bis Fuß. Die Audienz war zu Ende.

Sie lagen im Bett in Elliots Suite, als das Telefon läutete. Sie hatten noch kein klärendes Gespräch geführt, aber miteinander geschlafen und waren jetzt etwas entspannter.

Als Elliot nach seinem Schreibblock griff, wußte sie, daß es ein wichtiger Anruf war. Sie lag neben ihm und beobachtete ihn, während er telephonierte. Sie kannte ihn sehr genau, doch gab es da einen Zug seines Wesens, den sie bloß fühlte, aber nicht hätte genau umschreiben können. Manchmal wollte sie in ihn eintauchen und sein Wesen erkunden. Nichts hätte es dann mehr in ihm gegeben, was nicht ihr gehört hätte. Aber zugleich fürchtete sie einen solchen Schritt. Die Strömungen unter der Oberfläche könnten sie mit sich fortreißen. Und hatte vielleicht auch er Angst vor dem, was ihr Innerstes ihm vorenthielt?

Konnte sie ihn jemals aufgeben, überlegte sie. Nein, er hatte ihr kein Ultimatum gestellt, das begriff sie jetzt, aber ihr war auch klar, daß ihre gegenwärtige Situation ihn verletzlich machte. Sie hatte Angst, er könnte sich in eine andere Frau verlieben, in eine Frau, die mehr Zeit für ihn hatte. Elliot wünschte sich eine Frau, der er alles bedeutete. Ich bin jetzt 45, dachte sie. Sie war sich ihrer wirklich zeitlosen Schönheit in keiner Weise bewußt, kannte wie ihre Mutter Freya keinerlei Eitelkeit. Wie konnte sie ihn halten? Ihre eigene Verletzlichkeit machte ihr klar, wie verwundbar auch Elliot war.

Nachdem er aufgelegt hatte, schloß er sie in die Arme, noch ganz in Gedanken vertieft.

„Ich muß aufstehen", sagte sie.

„Warum? Gehst du?"

„Nein. Ich höre nur das Telefon drüben in meinem Zimmer. Ich bin gleich wieder da."

Sandy rief aus Washington an. Sie spürte sofort, daß irgend etwas nicht stimmte.

„John ... John ist weg. Er ist nach Kanada, weil er nicht zur Army will. Ich habe eine unheimliche Wut auf ihn."

„O Gott, Sandy. Was ist passiert?"

„Er wollte nicht weiterstudieren ..."

Irgend etwas verschwieg Sandy ihr. John verschwand nicht einfach ohne Grund.

„Hast du ihn geschlagen?"

„Ja, ich muß leider zugeben, daß mir die Hand ausgerutscht ist. Er erklärte mir, er werde nicht für ‚dieses verdammte Land' kämpfen. Er ist ein elender Feigling. Du solltest die Flugblätter sehen, die er ins Haus bringt. Nur Antikrieg, Anti-Gesellschaft. Sie haben keinerlei Begriff mehr von Patriotismus. Ach, es macht mich ganz krank."

Yarrow stellte sich Sandy vor, in Uniform und mit seinen Orden aus dem zweiten Weltkrieg.

„Ich schwöre dir, Yarrow, wenn er zurückkommt, werde ich ihn selbst bei der Musterungsbehörde anzeigen."

„Sandy ..."

„Ich schwör's dir ..." Sie legte langsam auf.

„Kommst du wieder ins Bett?" fragte Elliot. Er stand im Türrahmen.

„Was ist denn, Yarrow?"

„Ach, nur Ärger mit meinem Clan."

Mitten in der Nacht, als das ungewohnte Heulen des Signalhorns eines Londoner Feuerwehrwagens sie weckte, flüsterte sie: „Hast du das ernst gemeint, als du vorgeschlagen hast, ich solle meine Firma aufgeben?"

„Nein, Liebling. Ich akzeptiere dich genau so, wie du bist."
Sie schmiegte sich an ihn und schlief ein.

„Eine Konferenz am Frühstückstisch?" entfuhr es Sir Bing.

Yarrow trat mit einem gezwungenen Lächeln einen Schritt vor. Sie trug ein klassisches, wenn auch etwas abgetragenes graues Kostüm. Sie wollte nicht überlegen wirken, schon gar nicht gegenüber Lady Randolph oder den anderen Frauen der Familie Randolph. Sie standen alle um den Mahagonitisch und warteten, bis der Patriarch sich setzte. Ein schwacher Tee wurde serviert. Yarrow wünschte sich eine Tasse starken Kaffee. Wie amerikanisch sie diesen Menschen vorkommen mußte, dachte sie.

Die Fragen und Antworten Liptons, des Bankiers der Randolphs, bewiesen, daß wenigstens er Realist war.

Clive hatte einen Vorschlag über den Austausch von Anteilen ausgearbeitet, durch den Yarrow die Kontrolle über das Unternehmen erhalten und der Familie Randolph ein Gesichtsverlust erspart bleiben würde. Er unterschied sich nicht sehr von Molinskis Angebot. Die Aktionäre würden nun entscheiden müssen, welcher Vorschlag ihnen mehr zusagte. Der Beschluß sollte in einer Vollversammlung einen Monat später gefaßt werden. Yarrow plante, einen Teil des McLean-Vermögens in das *Enquirer*-Unternehmen einfließen zu lassen.

Die Bankiers diskutierten, und Yarrow hing ihren Gedanken nach. Sie hatte wenig Mitleid mit den Randolphs. Sir Bing war vielleicht einmal eine Respektperson gewesen – aber das lag lange zurück. Und der Führungsstil seiner Söhne spottete jeglicher Beschreibung.

„Es stimmt doch", unterbrach Yarrow, als das Gespräch stockte, „daß für Ihre Beteiligung am *Platte City Journal-Record* und an der Zeitschrift *Mollie* 31 Prozent des *Enquirer* meiner Firma zufallen sollen. Sehe ich das richtig?"

„Ja, meine Liebe", antwortete Sir Bing.

„Dafür wird Ihr Unternehmen vor einer Übernahme der Aktienmehrheit durch Mr. Molinski bewahrt, und Sie, Sir Bing, bleiben uns hoffentlich als Vorstandsvorsitzender erhalten."

„Vorstandsvorsitzender und Geschäftsführer“, warf Lady Randolph lächelnd ein.

„O nein“, entgegnete Yarrow. „Sie haben mich mißverstanden. Ich setze nicht meine Firma und meinen Ruf aufs Spiel, wenn ich nicht allein das Sagen habe.“

„Aber das ist unmöglich. Es handelt sich um eine Randolph-Zeitung.“

Yarrow rückte ihren Stuhl vom Tisch zurück. „Nun, dann danke ich Ihnen für das Frühstück. Ich habe meinen Besuch in England genossen und weiter nichts verloren als die Kosten meines Flugtickets.“

„Überstürzen Sie nichts“, sagte Lipton. „Würden Sie uns bitte für ein paar Minuten entschuldigen, damit wir uns kurz beraten können?“

Yarrow wußte, daß sie gewonnen hatte. Sie warf Basingstoke einen Blick zu, und zusammen verließen sie den Raum. Im Salon zwinkerte sie ihm zu. „Nicht schlecht für ein Paar alte Tattergreise.“

Sie warteten zehn lange Minuten, bis die Randolphs und ihr Bankier in den Salon traten. Lady Randolph trug eine eisige Miene zur Schau. Der Aufsichtsrat würde das Angebot von McLean Publishing einstimmig befürworten.

Im Wagen lachte Clive auf. „Ich wünschte, Sie hätten Zeit, Vivienne kennenzulernen. Sie beide würden sich sehr gut verstehen.“

Bis zur entscheidenden Sitzung konnte Yarrow nichts tun. Sie war in großer Sorge über Johns Verbleib. Er war in Kanada untergetaucht. Wahrscheinlich lebte er dort unter einem anderen Namen. Was für ein Narr war dieser Junge doch. Wußte er denn nicht, daß er nie mehr heimkommen konnte, ohne fünf Jahre im Gefängnis absitzen und eine Strafe zahlen zu müssen? Sie fragte sich, ob er einen Paß bei sich hatte, ob er seine amerikanische Staatsbürgerschaft aufgeben wollte. Im Flugzeug blätterte sie Zeitschriften durch, aber sie berichteten alle über den Krieg. Sie waren voller Bilder von sterbenden Jungen, von Jungen, die Todesängste ausstanden. Es war ein häßlicher Krieg, und sie wollte ihren Sohn gewiß nicht verlieren, aber sie wünschte, er hätte sich der Herausforderung gestellt und wäre nicht vor ihr davongelaufen. Jetzt schämte sie sich für ihn. Sie würde ihn immer lieben, aber mit einer gewissen Traurigkeit, denn er hatte sie enttäuscht. Und darüber hinaus fühlte sie sich als Mutter schuldig.

Sie flog zurück nach New York, fest entschlossen, herauszubekommen, wo er sich aufhielt. Und fand sich in einer Krise, die sie nicht vorausgesehen hatte.

36

In New York war es heiß und feucht wie in einem Dampfbad. Die Hitze flimmerte über dem Beton. Jeder war gereizt, auf dem FDR-Drive war ein Auto mit einem Taxi zusammengestoßen. Yarrow sah zu, wie sich die Fahrer prügelten.

„Es ist gut, wieder hier zu sein", sagte sie. Vasik, gelassen und phlegmatisch wie immer, umfuhr die Unfallstelle.

Erleichtert betrat Yarrow ihr klimatisiertes Büro. Sie ging an den Schreibtisch und wollte sofort den Stapel Post in Angriff nehmen, der hier für gewöhnlich auf sie wartete. Aber es lag nur ein Briefumschlag da. Sie sah sich nach Margaret um, aber Margaret hatte urplötzlich den Raum verlassen. Es war ein offizielles Kündigungsschreiben, das ein Anwalt diktiert hatte. Ned Griffin kündigte. Das Schreiben enthielt kein einziges persönliches Wort. Yarrow fühlte sich, als hätte ihr jemand einen Schlag in den Unterleib versetzt. Sie starrte auf die kalten, unpersönlichen Zeilen.

Sie hatten sich auseinandergelebt, sie und Ned und Mary-Ellen. Yarrow hatte nicht auf der Stelle getreten, hatte ihren Horizont erweitert. Ned und Mary-Ellen hatten das nicht. Das gegenseitige Vertrauen war langsam geschwunden. Oder ging es hier etwa um Geld? Sie hatte nie über Neds Einkommen nachgedacht. Er hatte nie etwas zu ihr gesagt, also hatte sie angenommen, er sei zufrieden. Wie dumm, daß sie die Krise nicht hatte kommen sehen. Wie dumm von ihr, nicht zu bemerken, daß das, was sie für Freundschaft gehalten hatte, zu einem Arbeitgeber-Arbeitnehmer-Verhältnis geworden war.

Ihr wurde plötzlich übel. Sie rannte auf die Toilette und übergab sich. Anschließend wischte sie sich das Gesicht ab, gurgelte mit Mundwasser und ließ Ned zu sich rufen.

Er kam herein, freundlich wie immer, und küßte sie auf die Wange. Yarrow stand gleichsam unter Schock und brachte kein Wort heraus.

„Ich sehe, du hast meinen Brief bekommen."

„Ja ... Ich bin ein wenig überrascht."

„Es war einfach Zeit für eine neue Aufgabe", erklärte er. „Ich habe ein anderes Angebot."

„Aha. Darf ich fragen, von wem?"

„Ich wurde gebeten, noch nichts zu sagen."

Sie verabschiedeten sich mit vielen guten Wünschen. Yarrow ließ sofort Rifkin hereinrufen, um Neds Nachfolge zu diskutieren.

Andrew Rockman, der Lokalredakteur, war hocherfreut, daß er Neds Job übernehmen sollte, aber Yarrow fragte sich, ob sie ihn damit nicht überforderte.

In den nächsten Tagen wurde die Stimmung in der Redaktion immer schlechter. Ned war nach wie vor sehr beliebt, und in der Redaktion hatte immer eine freundliche, fröhliche Atmosphäre geherrscht. Jetzt war die Stimmung eher wie in einem Trauerhaus. Yarrow bat Ned, früher zu gehen. Sie rief Mary-Ellen nicht an.

Vor allem die Art, in der die Kündigung vor sich gegangen war, machte Yarrow zu schaffen. Mary-Ellen hatte bestimmt davon gewußt.

Wenige Tage später verkündete eine Schlagzeile auf der Titelseite des *Courier* schadenfroh, daß man dem *Telegraph* den Chefredakteur abgejagt habe. Yarrows Schmerz verwandelte sich in Zorn. Neds Sohn Malcolm war Reporter beim *Courier.* Yarrow veranlaßte Rifkin, Malcolm ein Angebot zu machen, das er nicht ausschlagen konnte. Noch in derselben Woche warb sie dem *Courier* außerdem seine beiden besten Sportreporter ab.

500 Aktieninhaber waren erschienen, um über die Zukunft des *Sunday Enquirer* zu entscheiden. Piers Molinski und Yarrow saßen in der vordersten Reihe und maßen einander, jeder den anderen taxierend. Dann trafen die Randolphs ein und nahmen auf dem Podium Platz. Alles applaudierte. Warum eigentlich? fragte sich Yarrow. Die Firma wird doch elendiglich geführt.

Sie wußte nicht viel über Molinski, lediglich, daß er nach dem Krieg als Vertriebener nach England gekommen war und in Bradford ein

Vermögen mit pharmazeutischen Produkten gemacht hatte. Vor vier Jahren war er ins Parlament gewählt worden. Es kursierten Gerüchte, was seine politischen Beziehungen und Geschäfte betraf. Clive und Yarrow wußten, daß Molinskis Angebot, das auf dem Papier besser aussah als das ihre, nur aufgebauscht war. Die britische Presse brachte die Geschichte ganz groß heraus. Die amerikanische Berichterstattung wirkte im Vergleich dazu regelrecht blaß. Molinskis Behauptung, daß Yarrow nicht zwei durch einen Ozean getrennte Geschäfte gleichzeitig leiten könne, brachte Yarrow in Wut.

Sie holte zum Gegenschlag aus. Gleich nach ihrer Ankunft in London berief sie eine Pressekonferenz ein. Sie focht Molinskis Zahlen an und hielt ihre dagegen. Sie zertrümmerte Molinskis Attacke auf ihre Zeitungen und ihre Führungsqualitäten. „Ich bin in Schottland geboren", sagte sie am Abend bei einem Interview, das sie der BBC gab, „und mein Großvater und mein Vater waren beide Drucker. Ich sollte eigentlich mehr über Zeitungen wissen als ein Mann, der Enten aus Gummi herstellt."

Molinskis Attacken erzürnten sie deshalb so sehr, weil sie überzeugt war, daß er sie als Frau angriff. Beim Abendessen am Tag vor der entscheidenden Sitzung versuchte Elliot, sie zu beruhigen. Er, der für seine Ungeduld und seine Wutausbrüche bekannt war, wenn etwas schiefging, war der verständnisvolle und besänftigende Partner, den Yarrow jetzt brauchte. Er hatte ihr ein Geschenk mitgebracht, einen hübschen Spazierstock aus Birkenholz mit einem grauen Hornknauf und einem silbernen Ring. „Wenn alles schiefgeht, kannst du morgen mit ihm auf sie einschlagen. Aber du wirst ihn nicht brauchen. Molinski muß weichen."

Sir Bing erhob sich und hieß seine zahlreichen Aktionäre willkommen.

„Der Verwaltungsrat ist zu dem Schluß gekommen, daß das Molinski-Angebot kommerziell nicht sinnvoll ist. Wir brauchen einen qualifizierten Manager mit redaktionellen Fähigkeiten und sind der Meinung, diese Person mit Miss McLean gefunden zu haben. McLean Publishing ist ein sehr respektables und dynamisches Unternehmen in den Vereinigten Staaten, mit Beteiligungen an Zeitungen, Zeitschriften, am privaten Fernsehen und Rundfunk. Wir halten es für das beste, sowohl auf kurze als auch auf lange Sicht, unser Unternehmen mit McLean Publishing zu fusionieren. Wir stimmen also für das McLeansche Angebot und gegen das von Mr. Molinski."

Yarrow ging nach vorn und hielt eine kurze, bescheidene Rede. Sie dankte Sir Bing für seine freundlichen Worte.

„Es ist sehr viel über die Umsätze und den Wert meines Unternehmens gesagt worden. Ich versichere Ihnen, unsere Position im Markt ist erstklassig und unsere Bilanzen sind nicht frisiert. Ich bin entschlossen, hart für Ihre Firma zu arbeiten, und ich bin absolut sicher, daß wir gemeinsam damit eine neue und aufregende Ära der Zusammenarbeit britischer und amerikanischer Verleger einläuten können."

Molinski erhob sich, um zu sprechen.

„Darf ich Ihrer Vorrede etwas entgegenhalten, Sir Bing?"

„Sie dürfen genau so lange reden wie Miss McLean, drei Minuten."

Molinski griff sowohl Yarrow als auch Mitarbeiter der Randolph-Zeitung an. Stimmen wurden laut im Saal, man solle ihm das Wort entziehen.

„Ich bitte um den Schutz des Vorstands", sagte Molinski kühl. „Ich habe Miss McLean auch nicht unterbrochen. Es scheint mir sehr traurig und verdammenswert, daß sich dieser Vorstand nur retten zu können glaubt, indem er sich Miss McLean in die Arme wirft und sie zur Geschäftsführerin macht."

„Wir werden nicht von Miss McLean gerettet. Wir retten uns selbst."

„Es ist eine Schande", brüllte Molinski, „wenn Sie Ihren Vorstand unterstützen. Sie stimmen damit für einen beträchtlichen Kursverlust Ihrer Aktien."

Sir Bing erhob sich und wandte sich an die Aktionäre. „Möchten Sie Mr. Molinski weiter zuhören?"

Ein donnerndes Nein kam zurück.

„Dann bitte ich, durch Handzeichen anzuzeigen, wer von Ihnen die Entscheidung des Vorstandes befürwortet, mit McLean Publishing zu fusionieren." Alle Anwesenden, bis auf etwa zwanzig, erhoben sich und streckten die Hand hoch.

Früh am nächsten Morgen betrat Yarrow das Gebäude des *Enquirer*. Sie mußte warten, bis jemand die Schlüssel fand und sie einließ. Das Gebäude war ein Mausoleum. Es waren nur die Sicherheitsbeamten und die Putzkolonne an der Arbeit. Sie wählte sich den Büroraum direkt an der Eingangstür zum Exekutivflügel aus. Sie wollte keine Zeit damit vergeuden, täglich lange Korridore zu durchwandern, und sie wollte jeden sehen, der kam und ging. Als die ersten Mitarbeiter auf ihrem Stockwerk gegen zehn Uhr eintrafen, sprach es sich sehr schnell herum, daß sie schon seit Stunden hier war.

„O Gott, wo ist sie denn jetzt?“ fragte einer der jungen Randolphs den Wachmann.

„Sie hat gesagt, sie will hinunter in den Maschinenraum.“

„Allein?“ Das war beim *Enquirer* noch nie dagewesen. Der junge Randolph verirrte sich auf der Suche nach ihr. In diesem Teil des Gebäudes kannte er sich nicht aus.

Fünf Tage in der Woche tat sich in diesem Gebäude nichts. Yarrow wußte, wie sie das ändern wollte. Sie würde den *Enquirer* zu einer Tageszeitung machen. Aber das sagte sie dem jungen Randolph nicht. Das ging ihn nichts an. Wenn es einmal soweit war, diesen Plan zu verwirklichen, würde keiner der Randolphs mehr hier sein.

„Wie wirst du es schaffen, auf zwei Kontinenten zu leben?“ fragte Greta Ende September. Sie waren in Yarrows Haus in den Bergen von Colorado. Yarrow hatte sich für drei Tage aus dem Staub gemacht, bevor sie nach London zurückfliegen mußte.

„Mit einigen Schwierigkeiten.“ Yarrow lachte. „Ist es nicht schön hier?“ Sie und Greta saßen draußen auf der Terrasse mit Blick auf das Tal, das Jock schon als Junge so geliebt hatte. Das ‚bescheidene‘ Haus, das Yarrow einst zu bauen begonnen hatte, war über die Jahre zu einem großen, gemütlichen Ranchhaus geworden.

„Ich werde die Hälfte des Jahres in London und die andere Hälfte in New York wohnen. Ich habe an beiden Orten gute Leute. Außerdem fühlt sich Buck jetzt wohl in dem Internat, und Lily braucht mich nicht. Ich wünschte nur, ich wüßte, wo John ist." Yarrow schaute hinaus auf die Berge, die sie so liebte, und dachte über ihre vergebliche Suche nach ihrem Sohn nach. Lainies Sohn war in Vietnam gefallen. Elliot hatte ihr erzählt, daß zwei Söhne Lainies im Krieg waren. Es war der schwierigste Brief gewesen, den Yarrow jemals hatte schreiben müssen. Lainies Sohn hatte sein Leben in Vietnam geopfert, während Yarrows Sohn sich hinter der Grenze in Kanada versteckte.

„Wie läuft dein Restaurant?"

„Großartig." Greta hatte Erics Herausforderung angenommen und leitete jetzt eines der besten Restaurants in Galena.

„Ich bekomme ein Doppelkinn", sagte Yarrow auf einmal.

„Unsinn", sagte Greta. „Du siehst heute besser aus als je zuvor."

Yarrow lachte auf. „Ja, es geht mir gut. Du hast dich aber auch verändert, bist mit dir selber ins reine gekommen, Greta."

„Ich habe auch lange genug dazu gebraucht. Als ich jung war, fiel mir einfach alles in den Schoß. Ich hatte es leicht, allzu leicht." Plötzlich wechselte sie das Thema. „Was hast du mit dem Unternehmen vor? Ich meine später. Wer wird es einmal leiten?"

„Ich weiß es nicht", murmelte Yarrow.

Edith brachte ein Tablett mit Tee heraus. Sie liebte die Berge genauso wie die McLeans. Sie hatten beschlossen, daß Freya hier besser aufgehoben war als in New York, jetzt, da Yarrow so viel unterwegs war.

„Laura hat wieder geheiratet", berichtete Greta.

„Nein! Das freut mich aber für sie!"

„Ihr Mann hilft ihr im Geschäft, und George arbeitet jetzt für Eric. Eric sagt immer, daß er keine Schwierigkeiten mehr mit seiner Druckerpresse hat, seit George da ist."

„Weißt du, Justice Hoggart ist auch ein interessanter Junge."

„Ja, er ist nur ein Jahr älter als Buck, also fünfzehn. Er schreibt mir immer. Ich bin hier so was wie eine Hüttenmutter, der alle Kinder schreiben."

Greta wäre eine perfekte Mutter geworden, dachte Yarrow.

„Ich glaube, John schreibt ihm auch."

Yarrow setzte sich auf. „Weißt du, wo John ist?"

„Nein, Justice sagt es mir nicht. Ich weiß nur, daß er in einer Kommune lebt."

„In einer Kommune? O Gott!"

„Du bist so konservativ, Yarrow. Viele junge Menschen tun das heute."

„Mein Gott, Drogen und Sex..."

„Das muß nicht so sein. Ich habe dir schon mehr gesagt, als ich sollte. Ich wollte ja nur, daß du weißt, daß es John gut geht. Er war schon immer wütend auf alles mögliche, nicht? Seltsam, daß gerade er nicht kämpfen will."

Yarrow sah ihrer Schwester nach, als sie zum Auto ging. Sie selbst ging ins Haus zurück. Yarrow hatte ihr Schlafzimmer an der Stelle der alten Hütte bauen lassen. Sie stieg jetzt hinauf und ging über eine Brücke unter der sich die Sauna befand und die zum Swimmingpool und in ihr Zimmer führte. Das Kopfende ihres Bettes war aus dem Holz der alten Hütte gezimmert worden. Bilder und Wandbehänge schmückten die Wände zwischen den Bücherregalen. Es war warm und gemütlich hier drinnen. An ihrem Schreibtisch riß sie das Eilpostpaket auf, dessen Inhalt sie täglich über alles in ihrem Imperium auf dem laufenden hielt. Sie verharrte mit dem Umschlag in der Hand: Komisch, es war das erste Mal, daß sie selbst das Wort Imperium gedacht hatte, obwohl sie es dauernd in Geschäftsberichten las. Vorsicht, Vorsicht. Yarrow setzte sich hin, um mindestens drei Stunden zu arbeiten. Dann wollte sie mit ihrer Mutter zu Mittag essen.

Kaum 40 Minuten später fuhr ein Auto vor, und gleich darauf hörte sie Lilys Stimme. Sie ging hinunter, und ihre Tochter fiel ihr weinend in die Arme.

„Er hat mich verlassen", schluchzte sie.

„Der gemeine Kerl", sagte Yarrow.

„Wir haben uns furchtbar gestritten. Ich kann dort nicht weiterarbeiten, Mama. Er ist Techniker in der Sendeanstalt. Ich fühle mich so gedemütigt. Kann ich hierbleiben?"

„Natürlich. Du bist doch hier zu Hause. Aber am Montag mußt du wieder arbeiten, Lily."

„Das kann ich nicht."

„Du mußt. Du kannst die Leute nicht im Stich lassen. Du reichst deine Kündigung ein, arbeitest noch die vorgeschriebene Zeit, und dann gehst du mit Anstand und Würde."

„Mama, zwing mich nicht."

„Lily, reiß dich zusammen. Komm." Yarrow führte ihre Tochter in ihr Zimmer.

Mit einem Stoßseufzer schloß Lily die Tür. Ihre Mutter hatte recht. Morgen würde es ihr schon besser gehen. Sie würde in die Stadt zu Tante Greta fahren und sich anschließend etwas Schönes kaufen. Sie hängte ihre Hosen und Blusen auf. Die Kleidungsstücke waren alle neu. Sie machte die Preisschilder ab, bevor ihre Mutter sie sehen konnte. Irgendwie würde sie es schon schaffen, daß sie am Montag nicht zur Arbeit gehen mußte. Und wenn sie krank spielen mußte. Als Yarrow ihr beim Abendessen wegen ihrer Garderobe ein Kompliment machte und fragte, ob die Kleider neu wären, antwortete Lily: „Was, diese Fetzen? Nein, nein, die sind uralt."

Auf dem Rückweg nach New York fuhr Yarrow nach Platte City, um an der Feier anläßlich von Miss Hines' Pensionierung teilzunehmen. Es war schön, alte Freunde wiederzusehen. Das Unternehmen war in guten Händen. Sie sprach mit dem Chefredakteur, weil sie Joe Bellini, den Geschäftsführer, bitten wollte, zu ihr nach London zu kommen.

„Ich brauche ihn mehr als du", sagte sie. „Joe kennt sich aus, und ich vertraue ihm."

Joe meinte, er müsse erst darüber nachdenken, aber er fühlte sich geschmeichelt. Er hatte eine Frau und zwei Kinder, mit denen er darüber sprechen mußte.

In Denver besuchte Yarrow ihre Fernsehstation, sah sich ein paar Shows an, kommentierte die Einschaltquoten und lud einige ihrer führenden Mitarbeiter zum Abendessen ein. Sie entschuldigte Lilys Abwesenheit bei Tom Marx. Lily läge mit einem geheimnisvollen Virus im Bett und könne nicht kommen. Tom glaubte ihr so wenig, wie sie selbst Lily glaubte.

Am Morgen frühstückte Yarrow mit Cal. Er liebe sie immer noch, sagte er. Sollten sich ihre Gefühle für ihn jemals ändern, dann möge sie es ihn doch wissen lassen. Er werde auf sie warten.

Sie wußte, sie würde ihn nie heiraten. Sie war jetzt seit 14 Jahren allein. Sie bezweifelte, daß sie Elliot heiraten würde, wenn er frei wäre.

Am nächsten Morgen flog sie nach New York, und nach einem langen Tag im Büro lud sie Albert Hinton und Marvin Rifkin zu einem Drink nach Hause ein.

Wenn ihr vor Jahren jemand gesagt hätte, daß sie Hinton eines Tages mögen würde, hätte sie den Menschen für verrückt erklärt.

„Wir beide müssen zusammenhalten, Albert."

„Richtig, Yarrow." Seit ihrem chinesischen Mittagessen während des Streiks 1963 nannten sie sich beim Vornamen.

„Sie wissen ja, wir wollen die Setzerei automatisieren", sagte Rifkin, „aber das bedeutet Schulung von Personal."

„Ja, als Yarrow das letzte Mal in New York war, haben wir darüber gesprochen. Aber die Antwort lautet immer noch nein."

„Albert, sei vernünftig. Ich muß den *Telegraph* schließen, wenn ich nicht irgendwo Einsparungen vornehmen kann."

„Du hast doch auch das Geld aufgetrieben, um dich in die Fleet Street einzukaufen."

„Das ist etwas anderes. Für eine Expansion des Unternehmens bekomme ich Kredite. Nicht aber für den Einsatz von veralteten Produktionsmethoden."

„Haben Sie den Computer gesehen, den wir gemietet haben?" fragte Marvin.

„Ja." Hinton schob grimmig das Kinn vor. „Sie werden für die Bedienung dieses Geräts genauso viele Männer brauchen wie jetzt für die mechanischen Satzmaschinen."

„Albert."

„Doch, das meine ich ernst. Ich verhandle nicht, wenn es um die Existenzen von Menschen geht. Über alles andere ja, aber darüber nicht."

„Gut, wie steht's mit einem Personalabbau dadurch, daß Mitarbeiter in den Ruhestand treten? Können wir uns darüber einigen, daß wir diese Stellen nicht wieder neu besetzen müssen?" fragte Marvin.

„Es gibt eine Menge arbeitsloser Setzer und Drucker", sagte Albert. „Was Sie da von mir verlangen, ist wirklich viel."

„Bald werden diese Leute keine Arbeit mehr finden, Albert", stieß Marvin nach. „Ich habe die Fotosatzmaschinen gesehen. Sie arbeiten fünfzehnmal schneller als die alten Linotypes."

„Die Automatisierung greift um sich. Es ist nur eine Frage der Zeit, bis die Drucker verschwinden. 30 Leute könnten eine Zeitung produzieren. Dafür brauchen wir jetzt 900 Angestellte im Produktionsbereich", sagte Yarrow.

„Ich habe Vetorecht, was die Automatisierung betrifft."

„Ja, das hast du."

Nachdem Albert Hinton gegangen war, sagte Yarrow zu Marvin Rifkin: „Er ist unmöglich, und ich glaube, er lügt. Er weiß, was auf uns zukommt, und er hat panische Angst. Er ist zu klug, um nicht zu sehen, daß die Entwicklung nicht aufzuhalten ist. Ich hoffe, daß ich da bin, wenn er uns eines Tages grünes Licht gibt. Eigentlich nicht uns direkt, sondern der *Times* und der *News.* Mit denen muß er sich auseinandersetzen. Es ist wirklich nur eine Frage der Zeit. Hoffentlich stehe ich das so lange durch."

Yarrow hielt Marvin seinen Hut hin. Aber er nahm ihre Hand. „Du siehst müde aus", meinte er.

„Ich bin müde. Und morgen muß ich früh raus. Ich fliege nach London."

„Möchtest du nicht eine Kleinigkeit mit mir zu Abend essen?" Yarrow wußte, daß er sie gern hatte. Sie lächelte und küßte ihn auf die Wange. „Danke, aber ich möchte lieber nicht."

„Dann gute Nacht, Yarrow."

Yarrow seufzte, als sie zu Bett ging. Zwei Anträge an einem Tag waren zuviel für sie. Aber sie gaben einem das Gefühl, noch attraktiv zu sein. Warum ist dir das so wichtig? fragte die Unternehmerin die Frau. Ach, hör auf damit! antwortete die Frau.

37

Im Mai 1970 waren vier Studenten der Kent State University in Ohio bei einer Demonstration von Soldaten erschossen worden. Justice Hoggart, Yarrows Neffe, studierte dort im ersten Jahr. Von London aus rief Yarrow Nellie in Kalifornien an. Justice war nichts passiert, aber Nellie weinte trotzdem.

„Wie kannst du Nixon und Agnew weiterhin in deinen Zeitungen unterstützen? Das war doch eine friedliche Demonstration gegen die militärischen Aktionen in Kambodscha."

„Nellie, ich unterstütze weder Nixon noch Agnew, und friedlich war die Demo nicht."

Yarrow las die Agenturmeldungen, während sie mit Nellie sprach. „Die Studenten haben ein Gebäude angezündet. Und der Gouverneur hat den Demonstranten gegenüber das Kriegsrecht erklärt."

„Sie schießen in unserem Land auf unsere Kinder. Es reicht wohl noch nicht, sie in Vietnam zu verheizen. Justice hätte ja auch getroffen werden können."

„Gott sei Dank ist er unverletzt. Ist er daheim?"

„Nein, er wurde wegen rechtswidriger Übergriffe auf fremdes Eigentum verhaftet. Ich habe es John erzählt."

„Du hast mit John gesprochen?"

„Ja, er hat aus Vancouver angerufen." Nellie seufzte laut. „Ich habe seine Telefonnummer, wenn du sie willst."

Yarrow wurde ganz kleinlaut. „Ja, bitte." Nellie gab sie ihr. „Kann ich Justice irgendwie helfen?" fragte Yarrow.

„Nein. Sein Vater ist heute morgen nach Ohio geflogen. Wir haben die Nase voll von der Politik in diesem Land. Und von deinen Leitartikeln."

Nellie beklagte sich nicht zum ersten Mal.

Gleich nach dem Gespräch mit Nellie wählte Yarrow Johns Nummer. Jemand hob ab, eine weibliche Stimme sagte: „Frieden."

John war nicht daheim.

„Würden Sie mir bitte Ihre Adresse geben, dann schreibe ich ihm."

Sie beschloß, einen Besuch in Vancouver in ihren Terminkalender zu setzen, wenn sie in einem Monat an der Westküste war. Sie ließ Margaret kommen. „Wen kennen wir in Ohio? Mein Neffe an der Kent State University ist verhaftet worden?" Yarrow ließ sich mit dem Büro des Gouverneurs von Ohio verbinden. Sie war doch nicht umsonst im Mediengeschäft.

Die Limousine hielt vor einem kleinen, mit Schindeln gedeckten Haus in einem heruntergekommenen Vorort von Vancouver.

„Das muß es sein", sagte Yarrow.

Sie konnte keine Klingel entdecken, und die Tür stand offen. Sie ging hinein. Drinnen saßen ein paar junge Leute mit langen Haaren und geblümten Kleidern auf dem Boden. Sie starrten sie an. Ein junger Mann hatte eine Zither auf den Knien.

„Ich suche John", sagte sie.

„Hi, Mama", sagte der Mann mit der Zither und stand auf.

„Ich habe dich nicht erkannt", sagte Yarrow.

„Das macht nichts. Ich habe ja dich erkannt." Er setzte dieses träge, grimmige Lächeln auf, das sie immer an Sandy erinnerte. Sie sah ihn an. Er trug sein langes Haar in einem Zopf und hatte sich Bart und Schnurrbart wachsen lassen. Er sah dünn und unterernährt aus, und er hatte keine Schuhe an.

„Komm mit in die Küche. Möchtest du eine Tasse Kaffee?"

Yarrow nickte.

„Du hast mich also gefunden."

„Warum hast du nicht geschrieben?"

„Ich hatte Angst, Papa würde mich anzeigen. Mir gefällt es hier. Haben die alten Ute-Indianer nicht auch Zither gespielt und Meskalin angepflanzt? Hier habe ich endlich mein Zuhause gefunden."

„Dir gefällt es hier? Entschuldige, ich bin ja nicht gekommen, um mich mit dir zu streiten. Ich gebe zu, ich verstehe das alles nicht.

Weder dich, noch was in unserem Land geschieht. Wir waren doch einmal eine Familie."

„Das nennst du eine Familie? Du warst doch immer im Büro! Und Vater war auch nie da! Dafür Elliot Weyden immer im Hintergrund..."

„Wir waren eine Familie, keine perfekte, aber wir haben zusammengehalten. Ich habe dich immer geliebt, John. Die ganze Arbeit, die ich in das Unternehmen stecke, ist doch nur für dich und Lily und Buck."

Er lachte auf. Er glaubte ihr nicht. „Ich bin hierher geflohen, um all dem zu entkommen. Amerika ist das Land in der Welt gewesen, das hätte vollkommen sein können, und es ist beschissen. Ich konnte das nicht länger mit ansehen."

„Du änderst aber auch nichts, wenn du hier herumsitzt."

Sie konnte sich nicht erinnern, daß er jemals so traurig ausgesehen hatte, außer das eine Mal, als er mit sechs Jahren kurz nach Bucks Geburt neben ihrem Bett gestanden hatte.

„Ich kann jedenfalls nicht mehr zurück." Um das Thema zu ändern, sagte er: „Dein Haar wird grau, Mama."

„Hast du eine Freundin?"

„Ich habe eine Tochter."

Yarrow blieb der Mund offen stehen. Er mußte über ihr verblüfftes Gesicht lachen.

„Welche ist es? Darf ich sie sehen? Wer ist ihre Mutter?"

„Das sind alles völlig bedeutungslose Fragen. Sie sind hier alle unsere Kinder. Wir sind hier wirklich eine richtige Familie."

„O Gott, wie ich diese Unmoral hasse. Es ist abscheulich, wie du hier lebst."

„Wieso? Du darfst das doch auch."

„Elliot und ich..."

„Ihr seid alle verdammte Heuchler, sonst nichts. Du und deine ganze Generation, nichts als Lügen. Nixon lügt, du lügst, Elliot lügt. Er tut so, als ob er verheiratet wäre. Du meinst, wir seien unmoralischer als du. Nun, wir sind wenigstens keine Heuchler."

Drei Kinder rannten barfuß um den Tisch, und Yarrow fragte sich, ob eines davon seine Tochter war. Er schien keines zu bevorzugen.

„Ich muß zur Arbeit“, sagte John. „Ich bringe einmal die Woche ein Mitteilungsblatt für andere amerikanische Dissidenten heraus.“

„Ich leite ein riesiges Unternehmen, John. Du bist mein ältester Sohn. Es gibt eine ganze Anzahl von Positionen, die für dich in Frage kämen. Warum arbeite ich so schwer, wenn nicht, um das Ganze einmal jemandem zu übergeben?“

„Ich weiß nicht“, sagte er und sah sie nur mit einem ironischen Gesichtsausdruck an.

Sie stand auf. „Wie heißt mein Enkelkind?“ fragte sie an der Haustür.

„Star.“

„Und ihre Mutter?“

„Eines der Mädchen.“

„John, laß mich sie mitnehmen, bitte. Das ist doch kein Leben für deine Tochter.“

„Meine Tochter oder deine Enkeltochter? Dir gehört niemand, Mama. Das ist dein Problem – deines und das deiner gesamten Generation. Ihr denkt, euch gehört alles. Nun, das ist nichts für mich. Okay?“

Yarrow hatte Tränen in den Augen, als sie wegfuhr. Was hatte sie bloß falsch gemacht? Würde sie die Dinge jemals wieder ins Lot bringen können?

Sie wußte, daß sie Elliot mehr geliebt hatte als ihren Sohn. Ja, sie war keine perfekte Mutter gewesen, aber sie hatte sich bemüht. Und genausowenig war Johns Vaterland perfekt. Aber warum lehnte er seine Familie und sein Land mit solcher Selbstgerechtigkeit ab? War er Kriegsdienstverweigerer, weil er den Dienst mit der Waffe nicht mit seinem Gewissen vereinbaren konnte? Oder war er ganz einfach ein Feigling? Das war Sandys Erklärung. Aber John war nicht der einzige – es gab Tausende wie ihn. Was hatten all die anderen Eltern falsch gemacht?

Yarrow rief von ihrem Hotelzimmer aus Elliot an.

„Ich bin Großmutter“, stieß sie hervor und brach in Tränen aus. Als sie sich wieder gefangen hatte, fragte sie ihn, was er gerade tue.

„Ich sitze hier an meinem Fenster in New York und denke an dich."

„Du lügst, aber ich danke dir trotzdem. Und was machst du wirklich?"

„Ich stelle gerade einen Scheck aus zur Unterstützung von McGoverns Kampagne. Aber ich muß jetzt weg. Sehe ich dich morgen in New York?" Er legte auf.

Sie überflog die Leitartikel der Nummern des *Telegraph* der letzten beiden Wochen. Sie wollte ihren Augen nicht trauen. Andrew Rockman, der neue Chefredakteur, hatte im Ton seiner Leitartikel zum Vietnam-Krieg eine Wende um 180 Grad vollzogen. Yarrow mischte sich selten ein, wenn es um die in den Leitartikeln vertretenen Meinungen ging. Sie hatte nicht die Zeit, und ein gewisser Freiraum wurde sowohl von Verleger- als auch von Chefredakteursseite respektiert. Aber was sie hier las, richtete sich gegen das, was sie und Rockman besprochen hatten. In den Leitartikeln wurde ein sofortiger Waffenstillstand und der Rückzug aus Kambodscha gefordert.

Yarrow erreichte Rockman zu Hause und weckte ihn. Sie war sehr aufgebracht.

„Wer hat Ihnen das aufgeschwatzt?"

„Mir hat keiner was aufgeschwatzt. Ich habe mit Ihrer Schwester gesprochen, und sie sagte, sie habe mit Ihnen gesprochen, nach den Demonstrationen an der Kent State University ..."

„Mit meiner Schwester? Nellie hat Sie angerufen?"

Yarrows Befürchtungen, daß Rockman diesem Job nicht gewachsen sein könnte, hatten sich bewahrheitet. Aber sie war gezwungen gewesen, ihm diese Aufgabe zu übertragen, als Ned gekündigt hatte.

„Andrew! Sie haben sich nicht nach dem zu richten, was meine Schwester Ihnen sagt! Mein Gott, Sie akzeptieren ja meine Anweisungen kaum noch! Das ist meine Zeitung, und ich habe zu entscheiden, was darin gedruckt wird."

Yarrow legte auf und rief Nellie an.

„Du hast kein Recht, einen meiner Chefredakteure anzurufen und ihm deine Bedingungen zu diktieren. Wie kannst du es wagen, mich so zu hintergehen? Woher nimmst du das Recht dazu?"

„Moment! Mir gehört dieses Unternehmen schließlich auch zu

einem gewissen Teil. Darf ich dich an eines erinnern: Es steht nicht *Yarrow* McLean Publishing über der Eingangstür!"

„Nellie, wenn du etwas an meiner Unternehmensführung zu bemängeln hast, dann äußere deine Kritik auf dem richtigen Weg. Oder trete hier ein und kämpfe es aus!"

„Ah, und was könnte ich wohl tun? Du hörst doch gar nicht mehr zu. Wir haben früher immer diskutiert, aber jetzt erteilst du nur noch Befehle."

Nellie hatte schon immer etwas gegen sie gehabt, dachte Yarrow. Aber jetzt war es ausgesprochen. Es ging hier nicht um Leitartikel, es ging um Macht und Geld. Yarrow fühlte sich elend.

„Es tut mir sehr leid, daß du so denkst", sagte sie. „Es tut mir wirklich leid." Damit war das Gespräch zu Ende, der Zwist hing in der Luft.

Sie hatte ihre Schwester reich gemacht, dachte Yarrow. Sie hatte sie alle reich gemacht. Und was war der Dank? Ach, es war ja nur Nellie mit ihrem Spleen. Greta und Eric standen hundertprozentig hinter ihr. Eine Person allein konnte den Zusammenhalt ihres Clans nicht zerstören.

Am nächsten Morgen, auf dem Weg zum Flughafen, bat Yarrow ihren Chauffeur umzudrehen. „Ich muß zurück zu dem Haus, wo ich gestern war."

„John ist nicht da", erklärte ihr eine Frau im Vorgarten.

„Schade. Aber vielleicht darf ich noch ein bißchen bei den Kindern sitzen?"

„Gerne."

„Heißt du Star?" fragte Yarrow ein kleines Mädchen.

Die Kleine stand auf, kam zu Yarrow und gab ihr die Hand.

Das war also Johns Kind. Ihr erstes Enkelkind. Das Kind machte sich wieder frei und hüpfte zurück zu seinen Spielkameraden. Yarrow sah ihr beim Spielen zu, bis die junge Frau zurückkam.

„Sind Sie ihre Mutter?" fragte Yarrow.

„Nein. Ihre Mutter wohnt nicht mehr hier."

Yarrow hatte ihre erste Enkelin gesehen. Sie war gesund, kräftig und sah glücklich aus. Yarrow würde die Verbindung nicht abreißen lassen. Star sollte es an nichts fehlen. Dafür würde Yarrow sorgen.

Das nächste Jahr verging viel zu schnell. Ihr Reichtum und Einfluß wuchsen weiter. Keiner bezweifelte, daß Yarrow im Zeitungsimperium der McLeans das Sagen hatte. Auch in ihrer Familie gewann sie an Einfluß. Mit Freyas schwindender Gesundheit wurde Yarrow zum Familienoberhaupt. Zusammenkünfte wurden auf Chipeta abgehalten, im Haus in den Bergen.

1972, zur Feier von Yarrows 50. Geburtstag, organisierten Greta und Lily dort eine Überraschungsparty. Für die vielen Gäste buchten sie Zimmer in den Pensionen in und um Galena. Gretas Restaurant sorgte für die Speisen.

Lily weihte Elliot in ihren Plan ein. „Du mußt sie gegen neun Uhr abends hierherbringen. Aber sagen darfst du nichts. Es soll eine richtige Überraschung werden."

„Es ist mir noch nie gelungen, deine Mutter anzulügen, aber ich werde mein Bestes tun."

„Wieso willst du die Wahlnacht mit mir in Galena verbringen?" fragte Yarrow. Sie starteten gerade mit Elliots Jet vom Teterboro Airport in New Jersey.

„Du wolltest doch immer, daß ich mir dein Haus mal ansehe. Jetzt habe ich ein paar Tage Zeit. Willst du denn nicht, daß ich mitkomme?"

„Natürlich, ich hatte nur gedacht, daß du bei der Mannschaft, die McGoverns Wahlkampf organisiert, sein willst." Er hatte ihren Geburtstag glatt vergessen, dachte sie. Was für ihn wirklich ungewöhnlich war.

Ein paar Stunden später stiegen sie in Galena in das Auto um. Am letzten Hügel vor dem Tal ließ Elliot den Chauffeur anhalten. „Hier steigen wir um", sagte er.

„Was meinst du damit?"

„Du wirst schon sehen."

Yarrow erkannte den Schlitten eines Nachbarn.

„Steig ein", sagte Elliot. „Wir wollen stilvoll ankommen."

Sie kletterten auf den Sitz, und der Kutscher deckte sie mit einer

Pelzdecke zu. Sie fuhren los, und die kleinen Glocken an der Kutsche bimmelten vergnügt.

„Das ist die alte Straße." Yarrow strahlte vor Entzücken. „Ach, Elliot, ich danke dir. Das ist so schön."

Sie genossen ihr Beisammensein, ohne ein Wort zu sprechen.

Um der Kälte zu entrinnen, rannten sie oben gleich ins Haus, und Yarrow rief laut: „Hallo? Ich bin wieder daheim."

Die Lichter gingen an, und alle riefen im Chor: „Happy Birthday!"

„Du hinterlistiger Kerl!" sagte sie lachend zu Elliot. „Mach das nicht noch mal!" Sie küßte ihn auf den Mund, obwohl er bereits an einem Stück Kuchen kaute.

„Es war Lilys und Gretas Idee", wehrte er sich.

Greta und ihre Mitarbeiter hatten unter dem großen Kerzenleuchter im Wohnzimmer ein Büfett aufgebaut. Im weiträumigen Speisezimmer wurde ein Spanferkel gegrillt. Außerdem gab es Chilli con carne, scharf gewürzte rote Bohnen, Krabben, Bergforellen, heißes Brot, gegrillte Rippchen, Wild, Lamm mit Johannisbeergelee, überbackene Kartoffeln, Zwiebelringe, Apfel- und Brombeerkuchen, Mousse au Chocolat und vieles mehr.

Hundert Gäste vergnügten sich in dem großen Saal. Über dem Kamin hing ein Porträt des Häuptlings Ouray, nach dessen Frau Yarrow das Haus benannt hatte. Chipeta. Freya saß lächelnd am offenen Kamin, und Edith leistete ihr Gesellschaft.

J. C. Calloway legte den Arm um Yarrows Schultern. „Wo ist Elliot? Er hat mit mir gewettet, daß Nixon nicht gewinnt. Jetzt schuldet er mir 50 Dollar."

Yarrow lachte. „Ich komme mit. Dann hat er ja auch bei mir Schulden."

Lily tanzte mit ihrem neuen Freund an ihnen vorbei. „Ich wünschte, deine Mutter würde mich ein bißchen besser leiden können", sagte David zu ihr.

„Das kommt noch."

„Sie ist sehr schön, vor allem wenn man bedenkt, daß sie jetzt fünfzig ist. Natürlich nicht so schön wie du."

„Danke."

„Wer ist dieser vornehme Herr, der sie die ganze Zeit nicht aus den Augen läßt?"

„Das ist Elliot. Ich habe dir von ihm erzählt. Elliot Weyden."

„Das ist Elliot Weyden? Ich hätte ihn viel älter geschätzt. Er ist ja in der Wall Street schon ein richtiger Mythos."

Sie tanzten an Greta vorbei.

„Übrigens habe ich das neueste Buch deines Vaters gelesen", sagte er. *„Falken am Potomac.* Es hat mir gefallen."

„Dann haßt mein Bruder John es mit Sicherheit. Er ist übrigens der einzige, der nicht hier ist."

„Wann sagen wir deiner Mutter, daß wir uns verlobt haben?" fragte David.

Lily gab ihm einen Kuß. „Sobald dir dein Daddy die Partnerschaft in seiner Firma anbietet."

David stöhnte auf. „Du wirst lange vor mir im Vorstand sitzen."

Lily lächelte und kniff die Augen zusammen. Wahrscheinlich hatte er recht. Im stillen hoffte sie, daß das Unternehmen eines Tages ihr gehören würde. Sie jedenfalls hielt das ihren Fähigkeiten angemessen. John konnte das Unternehmen nicht leiten, das war klar, denn er durfte nicht in die USA zurückkehren. Sie war froh, daß John in Kanada war und nicht hier. Schon immer waren sie beide eifersüchtig aufeinander gewesen. Aber da war natürlich auch noch Buck. Lily beobachtete, wie ihr 19jähriger Bruder sich auf der Tanzfläche lächerlich machte. Buck war ein Charmeur. Die Frauen flogen auf ihn. Und er hatte viele Freunde, mehr als sie, obwohl sich Lily für die weitaus ehrwürdigere Persönlichkeit hielt. Nein, Buck hatte zum Glück kein Interesse am Zeitungsgeschäft – er interessierte sich nur für Frauen. Und außerdem wollte er Künstler werden.

Justice Hoggart saß auf dem Boden neben dem Kamin und weihte Eric in seinen Plan ein.

„Es handelt sich um ein Nachrichtenblatt für junge Radikale."

„Radikale?"

„Niemand schreibt für uns, Onkel Eric. Die jungen Leute sind anders geworden. Ich möchte über den Krieg schreiben und über die Drogenszene, die Streiks und die Bürgerrechtsbewegung. Wir wollen zum Beispiel auch die Rockmusikszene behandeln. Ich wüßte sogar schon den Titel: *Bollwerk*."

„Würde ich das Blatt kaufen?"

„Es richtet sich nicht an deine Altersgruppe. Ich möchte niemanden beleidigen, aber an Bucks Gruppe richtet es sich auch nicht. Die wollen die Welt nicht verändern."

„Ich dachte, Yarrow wollte, daß du alles von der Pike auf bei McLean Publishing lernst?"

„Ja, ja, und Mama ist auch dafür. Aber ich will meinen eigenen Weg gehen. Was ich tun will, kann man nicht in einem großen Konzern machen. Das wäre es aber bei Tante Yarrow. Sie haben nur ein Kriterium für Erfolg – das, was letztendlich unter dem Strich steht. Ich will selbst die Kontrolle über die Inhalte haben – genau wie du bei deinen Büchern. Da zählen doch auch nur du und deine Worte."

Er war still und betrachtete seine Fingernägel.

„Glaubst du, Onkel Sandy würde einen Artikel beisteuern?" fragte er Eric.

„Worüber?"

„Egal – sein Name würde sich jedenfalls gut auf der Titelseite machen."

„Er ist aber alles andere als ein Radikaler ..."

Justice lachte. „Das macht nichts. Das würde den Dialog in Gang bringen – würde Funken schlagen."

„Du kannst ihn ja mal fragen, aber an deiner Stelle würde ich zuerst den Ohrring abtun. Das könnte von Vorteil sein."

Justice steckte den Ohrring in die Tasche, entknotete seine Beine und rückte seinen Kragen zurecht. Er schlenderte hinüber zu Sandy. Eric beobachtete ihn interessiert. Hätte nur er, Eric, soviel Initiative an den Tag gelegt, als er jung gewesen war.

Yanna, seine Frau, brachte ihm ein Bier. „Komm, wir tanzen", sagte sie, und sie fielen sofort in den Takt. Nein, dachte er, während er Yanna im Arm hielt, soviel Initiative habe ich nie besessen.

Justices zwölfjährige Schwester, Thimi, und ihre neunjährige Kusine Avril sahen den anderen zu wie zwei alte Jungfern.

Eric ging zu seiner Tochter hinüber. „Möchten Sie tanzen, mein Fräulein?“ Er hob sie hoch und stellte sie auf seine Schuhe.

Thimi wünschte sich, ihr Vater würde auch einmal so mit ihr tanzen, aber Jack tanzte nie. Hatten er und ihre Mutter überhaupt jemals Spaß miteinander?

Albert Hinton und J. C. Calloway unterhielten sich in einer Ecke mit dem Gouverneur von New York. Yarrow wußte, daß Albert eine Delegation von Gewerkschaftsführern durch den elften Stock der *New York Times* geführt hatte, wo die modernste Technik der Zeitungsbranche im Probelauf war. Es hatte geheißen, Albert wäre nicht sonderlich beeindruckt gewesen. Aber die Technologie wurde täglich verbessert. Für Yarrow mit ihrem *Telegraph* waren es erschreckende Zukunftsaussichten, zu riesigen Investitionen für Geräte gezwungen zu sein, die innerhalb eines Jahres schon wieder veraltet sein würden.

Laura war mit ihrem neuen Mann und ihrem Sohn, George, zu der Party gekommen. Sie kam auf Yarrow zu und legte den Arm um sie.

„Du bist immer ein wahrer Schatz gewesen“, sagte Yarrow, während sie miteinander durch den Raum spazierten. „Zu uns allen.“

„Ihr wart immer gut zu mir . . .“

Edith hatte Freya in den Rollstuhl gesetzt und wollte sie auf ihr Zimmer bringen. Freyas Gesicht glühte vom Feuer. Ganz langsam sagte sie: „Das war die schönste Nacht meines Lebens, euch alle zusammen so glücklich unter einem Dach vereint zu sehen.“

Elliot entführte Yarrow in das ruhige Eßzimmer und streifte ihr einen Ring mit einem großen, von Diamanten umrahmten Smaragd an den Finger.

„Er ist wunderschön, Elliot, aber ich kann ihn nicht annehmen.“

„Du mußt ihn annehmen. Ich möchte, daß die ganze Welt weiß, daß du zu mir gehörst. Außerdem habe ich schon den passenden Ring dazu. Den kann ich dir noch nicht geben, aber eines Tages wirst du ihn tragen. Du hast es dir doch nicht anders überlegt?“

Yarrow sah den geliebten Mann an und wußte, sie konnte ihn nicht zurückweisen.

„Ich gehöre dir auch ohne Ring."
Er küßte sie. „Herzlichen Glückwunsch zum Geburtstag."

Am Morgen erwachte sie erst, nachdem Elliot schon aufgestanden war. Sie hörte ihn unten im Swimmingpool herumplantschen.

Wie vollkommen das Leben doch sein konnte, dachte sie glücklich. Sie lauschte den Geräuschen aus dem Garten. Und dann war es plötzlich still. Sie hörte Ediths Stimme, und dann kam Elliot vom Pool zurück. Er hatte ein Handtuch um die Hüften geschlungen und war triefnaß.

„Yarrow", sagte er, „Freya ... Freya ist heute nacht im Schlaf gestorben."

38

Die Jahre verstrichen. In Yarrows Familie gab es Eheschließungen und Scheidungen, Geburten und Todesfälle. Nach dem Tod ihrer Mutter wurde Yarrows Haar weiß.

Im Jahr 1974 hatte Albert Hinton schlagartig seine Einstellung geändert und für die Automatisierung der Setzereien im Gegenzug für lebenslänglich garantierte Arbeitsplätze grünes Licht gegeben. Er beharrte auch nicht länger auf dem Neusetzen von Anzeigen, deren Klischees bereits vorlagen. „Dem Himmel sei Dank", sagte Yarrow. Sie hatte die Nachricht soeben an ihrem Schreibtisch in London gelesen. Die Umstellung des *Enquirer* auf den *Daily Enquirer* stand kurz bevor. Bald würden unter ihren Füßen die Pressen zu vibrieren beginnen. Die Gewerkschaften der Fleet Street konnten für ihr Unternehmen den Tod bedeuten. Sie starrte in den Regen hinaus. Wenn sie doch einen Führer wie Albert hätten. Yarrow sah keinen Weg aus dem unsinnigen Konflikt zwischen dem Management und den Gewerkschaften der Fleet Street, es sei denn durch die völlige Zerstörung der einen Seite durch die andere. Es war katastrophal.

Als Albert in Pension ging und sie erfuhr, daß er nach Vancouver fliegen und seine dort verheiratete Tochter besuchen wollte, bat sie ihn, bei John vorbeizuschauen. Er erzählte ihr später, daß es ihrem Sohn gutgehe und er als Chefredakteur einer Tageszeitung der Thomson-Gruppe arbeite. Mehr sagte er nicht.

In jenem Jahr heiratete Lily David. Sein Vater hatte ihn endlich zum Partner seines Büros in der Wall Street gemacht. Lily hatte eine prunkvolle Hochzeit gewollt und sie auch bekommen. Sie feierten im Pierre-Hotel in New York. Yarrow schüttelte über die Extravaganzen ihrer Tochter den Kopf. Sie war fest entschlossen, Lily nicht die Möglichkeit zu geben, Teile des McLeanschen Vermögens zu verschwenden. Erst als Lily ein Jahr später die Zwillinge Rose und Nigella zur Welt brachte, erhöhte Yarrow Lilys Apanage.

Buck war weiterhin Liebling und Sorgenkind zugleich. Yarrow hatte ihn nach London geholt. Er sollte nach seinem Collegeabschluß beim *Enquirer* arbeiten. Was die redaktionelle Arbeit anging, war er ein hoffnungsloser Fall. Er war deshalb häufig deprimiert und wütend und suchte Trost bei den Frauen. Dank seines Charmes fand er immer Mitarbeiter, die seine Fehler korrigierten und verschwiegen.

Im Jahr 1977 verkündete Präsident Carter Amnestie für alle, die sich gewaltlos der Einberufung zum Kriegsdienst widersetzt hatten. Yarrow brach in Tränen aus, als sie die Nachricht hörte. Sie hatte John seit dem Treffen in Vancouver nur einmal gesehen.

Als er sie jetzt in New York besuchte, bot sie ihm einen Job an. John trug die Haare jetzt kürzer und hatte zugenommen. Er war mit einer Kanadierin namens Patsy verheiratet, die allem Amerikanischen sehr kritisch gegenüberstand.

„Ich möchte, daß du Chefredakteur des *Telegraph* wirst. Traust du dir das zu?“

Er lehnte sich zurück und lächelte selbstsicher. „Das will ich meinen.“

Er nahm das Angebot an, aber sie war gekränkt, weil er es so beiläufig tat. Es gab Leute in ihrem Unternehmen, die von einer solchen Position träumten. Sie hielt ihr Angebot für sehr großzügig. Er hatte jedoch den Job einfach genommen, als stehe er ihm zu.

Ende 1979 unternahm Elliot eine längere Reise in den Mittleren Osten. Er rief sie ein-, zweimal an, und dann hörte sie am 5. November, daß Demonstranten die amerikanische Botschaft in Teheran eingenommen und Geiseln in ihre Gewalt gebracht hatten – kein Wort von Elliot oder seinem Beraterstab.

Am zweiten Tag rief sie Blanchette in London an. Yarrow war nicht sicher, ob Elliots Frau den Anruf annehmen würde, aber sie tat es.

„Haben Sie etwas von ihm gehört?“ fragte Yarrow.

„Nein.“

„Ich rufe Sie sofort an, falls ich etwas höre“, bot Yarrow an.

Blanchette zögerte eine Sekunde. „Danke.“

An dem Tag, als Bazargans Rücktritt bekanntwurde, rief Elliot Yarrow an. Er war in Sicherheit. In der Türkei.

Erst in den Nachrichten hörte sie, daß er vor der Botschaft eine Schußwunde am Arm bekommen hatte. Sie weinte, als sie Bilder von ihm mit seinem Stoppelbart und den tiefen Rändern um die Augen sah. Aber er lebte. Er war in Sicherheit. Andere waren in Persien umgekommen. Sie erklärte ihren Redakteuren, sie wünsche, daß dieser Zwischenfall ausführlich behandelt werde.

Elliot wurde zum Helden der Nation. Zu einem Zeitpunkt, da die Carter-Regierung der Geiselkrise hilflos gegenüberstand, erschien Elliots Flucht als ‚die Chance'. Er verkörperte die John-Wayne-Figur, die die Amerikaner sehen wollten.

Im folgenden Jahr ging Yarrow eines Tages hinunter in die Redaktion ihres Londoner Büros. Sie wurde in letzter Zeit oft müde, und ein Besuch der Redaktion weckte jedesmal ihre Lebensgeister. „Wer ist das?" fragte sie. „Der große, gutaussehende Junge da drüben?"

„Das ist Ship Truitt, ein Amerikaner. Er studiert in Oxford und arbeitet hier während der Semesterferien. Ich stelle ihn Ihnen vor."

„Das ist nicht nötig. Ich kenne seine Familie nur zu gut. Ich möchte, daß er das Gebäude sofort verläßt."

„Miss McLean, er ..."

„Tun Sie, was ich Ihnen sage."

Er ähnelte Palmer Truitt so sehr, daß es Yarrow kalt über den Rücken lief. Palmers *Courier* und ihr *Telegraph* lieferten sich in New York seit Jahren einen Kampf bis aufs Messer.

Gegen Abend wollte Yarrow noch eine Stunde lesen. Danach mußte sie nach Hause gehen und sich für ein formelles Dinner in der Downing Street 10 umziehen. Elliot war in Nordwestaustralien, wo er für Phoenix eine Baumwollplantage begutachtete. Yarrow war über seine ungebrochene Vitalität erstaunt. Sie war 57 und ihre Leistungsfähigkeit nahm, wie sie einbekennen mußte, ständig ab. Elliot hingegen hatte seinen 61. Geburtstag mit Helikopterskifahren in den Bergen Neuseelands gefeiert.

Es klopfte, und Ship Truitt stand in der Tür.

„Es heißt immer, Sie seien sehr fair, Miss McLean. Ich glaube, Sie sollten mich anhören."

„Warum sollte ich Ihnen Gehör schenken? Ihr Vater und Ihre Großmutter haben meiner Familie nur Unglück gebracht."

„Das war alles vor meiner Zeit."

„Was machen Sie überhaupt hier? Spionieren Sie?"

„Ich schwöre Ihnen, daß ich das nicht tue. Mein Vater weiß nicht einmal, daß ich hier bin. Ich bin in Oxford im selben College wie der Sohn Ihres Chefredakteurs. Es lag auf der Hand, in den Semesterferien hierherzukommen. Ich liebe die Zeitungsbranche und wollte in der Fleet Street das Redigieren lernen. Sie vertreten doch immer die Ansicht, daß hier die beste Schule für einen Journalisten ist."

„Woher wissen Sie, was ich gesagt habe?"

„Ich habe es in einem Interview gelesen. Ich habe alle Ihre Interviews gelesen."

„Ich sollte lernen, den Mund zu halten."

Er sah sie an. „Mein Vater hat mir einmal erzählt, daß Sie ihn vor dem Ertrinken gerettet haben."

„Es hat schon Zeiten gegeben, wo ich diese Tatsache bedauert habe. Wie alt sind Sie eigentlich?"

„Zwanzig."

„Als ich so alt war wie Sie ...", setzte sie an, schwieg aber dann. Als sie so alt war wie er, hatte sie bei Larry Schaeffer in Denver gearbeitet, und er hatte ihr die gleiche Frage gestellt: Spionieren Sie hier? Yarrow betrachtete den jungen Mann. Er sah so verwundbar aus, stand da, ohne eine Spur jener Arroganz, die sie an seinem Vater kannte. Sie wußte, welchen Ruf sie hier im Gebäude hatte. Es hieß, sie sei auf ihre alten Tage unwirsch und autokratisch geworden. Weder das eine noch das andere stimmte. Es mußte ihn einiges an Mut gekostet haben, zu ihr zu kommen.

„Gut, bleiben Sie. Aber wenn ich auch nur ein Wort höre ..."

„Sie werden nur Gutes hören. Ich danke Ihnen. Ich verspreche Ihnen, Sie werden es nicht bereuen."

Yarrow holte ihren Mantel aus dem Schrank. Er half ihr in den Mantel und begleitete sie zum Lift. Als sie einstieg, rannte er los und nahm immer zwei Treppenstufen auf einmal.

„Hm“, sagte sie zu sich selbst. „Noch so ein Charmeur. Wie der Vater, so der Sohn. Ich bin von Charmeuren umgeben.“

Der amerikanische Botschafter, Ehrengast des Dinners, fragte sie: „Ich weiß nicht, ob Sie schon wissen, wer mein Nachfolger werden soll?“

Der Botschafter, ein alter Freund von Yarrow, war seit längerem krank und hatte um die Ernennung eines Nachfolgers gebeten.

„Es ist Ihr Freund Elliot Weyden. Heute hat man es offiziell bekanntgegeben.“

„O Gott“, mischte sich eine schrill klingende Dame weiter unten am Tisch ein. „Gab es da nicht einen Skandal, als er vor ein paar Jahren für das Präsidentenamt kandidierte?“

Der Botschafter legte unter dem Tisch seine Hand auf Yarrows Hand. Sie zitterte, so angestrengt versuchte sie, ihre Gefühle unter Kontrolle zu bringen.

„Lassen Sie sich nicht Angst machen“, sagte er. „Sie und er werden mit all dem fertig werden.“

Blanchette Weyden stand neben ihrem Gatten in der Empfangsreihe. Seit 26 Jahren war sie ihm weder Frau noch Geliebte noch Hausherrin gewesen. Aber es war kein Jahr vergangen, in dem sie nicht zu Weihnachten oder an Merediths Geburtstag in einem ihrer Häuser zusammengewesen wären. Sie war noch immer seine Frau, und als seine Ernennung zum Botschafter bekanntwurde, hatte sie der Macht, dem Glamour und dem Prestige, die Vereinigten Staaten am Court of St. James zu repräsentieren, nicht widerstehen können.

Sie stand zwischen Elliot und Meredith, die gerade ihre Zeit als Assistenzärztin an einem Londoner Lehrkrankenhaus beendete. Sie schüttelten pflichtbewußt 600 Gästen die Hand.

„Miss Yarrow McLean und Mr. Buckley Heartland.“ Yarrow hatte nicht kommen wollen, aber Elliot hatte darauf bestanden, weil er der Ansicht war, ihr Fehlen würde mehr auffallen als ihre Anwesenheit.

„Miss McLean.“ Yarrow errötete unter seinem Blick.

„Herr Botschafter.“

Blanchette sah sie kalt an, ihrer beider behandschuhte Hände berührten sich kaum.

„Guten Tag, Frau Doktor Weyden“, sagte Yarrow zu Meredith, aber diese ignorierte Yarrows ausgestreckte Hand.

„Erinnern Sie sich an mich?“ fragte Buck Meredith kurz vor dem Dinner. „Wir sind einander vorhin vorgestellt worden.“

„Ich wünschte, ich hätte es schon wieder vergessen.“

„Aber, aber Frau Doktor, was sind denn das für Manieren? An welchem Tisch sitzen Sie?“

„Nicht an Ihrem, Mr. Heartland. Das habe ich zu verhindern gewußt.“ Meredith wandte sich ab. Sie fand, daß Buck ein sehr gutaussehender junger Mann sei. Auch war ihr aufgefallen, daß seine Mutter wesentlich schöner war, als sie erwartet hatte. Aber es tat ihr weh, die beiden hier zu sehen, heute abend, wenn ihre Mutter ihren Triumph haben sollte. Wie konnte ihr Vater das zulassen? Meredith kannte die Gerüchte, die über ihren Vater und Miss McLean im Umlauf waren. Als Kind hatte sie sich kaum Gedanken darüber gemacht. Sie hatte angenommen, daß die Eltern anderer Kinder genauso oft getrennt lebten wie die ihren. Erst spät hatte sie begriffen, daß ihr Vater immer Yarrow McLeans wegen nicht da gewesen war. Sie beobachtete Yarrow. Jetzt verstand sie, was ihr Vater in ihr gesehen und warum er sich in sie verliebt hatte.

Als die Gäste an den Tischen Platz nahmen, saß Meredith neben Buck Heartland.

„Wie haben Sie das arrangiert?“ fragte sie ihn.

„Ich habe die Tischkärtchen vertauscht.“

„So eine Frechheit.“

„Lieber frech, als den ganzen Abend neben dieser tattrigen, stocktauben Dame da drüben zu sitzen.“

„Sie sollten sich nicht über die Leiden Ihrer Mitmenschen lustig machen.“

„Mache ich ja nicht – ich bin ja selbst ein Leidender. Wissen Sie, daß jeder Künstler glaubt, Kreativität und Sexualität seien untrennbar miteinander verbunden?“

Buckley Heartland verunsicherte Meredith.

„Sie sind Künstler?“ fragte sie.

„Momentan bin ich Illustrator – ein Cartoonist für die Regenbogenpresse meiner Mutter."

„Gefallen Ihnen die Zeitungen Ihrer Mutter?"

„Einige weniger als andere."

Sie unterhielten sich während des ganzen Essens, und nach den Toasts ergriff Buck Merediths Hand. „Ich muß Sie wiedersehen", sagte er.

„Das ist unmöglich."

„Nur weil unsere Eltern..."

„Bitte, sprechen Sie nicht weiter", bat sie ihn. „Ich möchte mit Ihnen nicht über dieses Thema reden."

Ein kleiner, aufgeregt wirkender Mann kam herüber und nahm Meredith besitzergreifend am Arm.

„Darf ich vorstellen? Mein Verlobter, Dr. Howard Lawson."

Buck schüttelte ihm die Hand.

„Entschuldigen Sie uns", sagte sie. Buck beobachtete sie beim Tanzen. Sie war schlank und hübsch, aus ihren Augen leuchteten Klugheit und Wildheit. Er war noch nie einem Mädchen wie Meredith begegnet. Er hatte mit sehr vielen schönen Frauen geschlafen, aber Meredith hatte etwas Unnahbares an sich, etwas, das in ihm das Verlangen weckte, sie näher kennenzulernen.

Meredith merkte, daß er die Augen nicht von ihr ließ. Es schmeichelte ihr, aber sie ignorierte ihn standhaft.

Als Buck mit seiner Mutter nach Hause fuhr, mußte er dauernd an das schlanke blonde Mädchen mit der Narbe auf der Oberlippe denken.

„Hast du was?" fragte ihn seine Mutter, während sie wortlos im Fond des Silver Shadow saßen.

Er wandte sich ihr zu, blickte in diese leuchtenden Augen, denen nichts entging. Ein Gedanke begann in seinem Kopf Gestalt anzunehmen: Er hatte die Frau getroffen, die er heiraten wollte. Statt dessen antwortete er: „Ich muß daran denken, wie wunderschön du heute abend ausgesehen hast, Mama."

39

Buck wartete vor dem Gebäude gegenüber dem Kinderhospital der Great Ormond Street. Die Besuchszeit war vorüber, und die Besucher strömten heraus in die dunkle, nasse Nacht. Buck zog den Kragen höher, und dann sah er Meredith und rannte über die nasse Fahrbahn.

„Hi."

„Was machst du denn hier, Buck? Du bist ja ganz naß."

„Ich wollte dich nach Hause fahren." Er nahm sie am Ellbogen und führte sie zu seinem Wagen.

„Buck, ich habe dir gestern schon gesagt, daß ich dich nicht mehr sehen will. Ich bin verlobt, wir werden bald heiraten." Der Wind peitschte den Regen über die Straße. Sie wehrte sich nicht weiter, sondern rannte mit ihm zum schützenden Auto.

„Du faszinierst mich, Frau Doktor", sagte er.

„Buck, das ist doch ein Witz. Seit zwei Wochen stehst du jeden Nachmittag vor dem Krankenhaus."

„Seit zweieinhalb Wochen."

„Daß ich verlobt bin, stört dich wohl gar nicht?"

„Nein." Er startete den Motor und wartete, bis er warmgelaufen war. Er rieb ihre Hände. „Du frierst. Du brauchst jemanden, der sich um dich kümmert."

Sie zog ihre Hände zurück. „Ich brauche niemanden. Ich bin Ärztin. Ich bin sehr beschäftigt, und du benimmst dich in meiner Nähe wie ein Kalb mit Liebeskummer. Und dann in Billy Simpsons Bett zu sitzen, als ich meine Visite machte ..."

„Billy fand das urkomisch."

„Aber er hätte das Bett nicht verlassen dürfen. Er hat doch gerade erst eine Blinddarmoperation hinter sich."

„Na ja, wir haben ein bißchen Unfug gemacht, und ich wollte dir doch nur ein paar Blumen bringen."

„Danke. Aber Howard wird auch allmählich ärgerlich."

„Howard wird ärgerlich? Wegen mir? Ich bin doch derjenige, der am Ende allein dasteht, während er mit dir in den Sonnenuntergang reitet."

„Howard reitet nicht."

„Er ist wohl nicht besonders sportlich ..."

„Er ist ein sehr ernster junger Mann und hat als Chirurg eine große Karriere vor sich."

„Ach, er ist so aufgeblasen. Wie erträgst du das nur?"

„Hier links", sagte sie nur.

„Du hast noch nicht gesagt, daß du ihn liebst", bohrte Buck. Er sah von der Straße weg und betrachtete sie kurz. Müdigkeitsfältchen umrandeten ihre Augen. Sein Herz ging über vor Sehnsucht.

„Ich liebe ihn."

Buck bog in eine Straße, in der ehemalige Stallungen in Wohnhäuser umgebaut worden waren. Er hielt vor Merediths Tür.

„Es ist mir ernst damit, Buck. Laß mich bitte in Ruhe."

„Was ist bloß los mit mir? Die meisten Frauen mögen mich."

„Manche bestimmt. Aber du hast nicht genug Substanz, Buck. Wer bist du denn? Was tust du? Du spielst doch nur. Ich arbeite. Gute Nacht."

Lily bat Patsy, Johns Frau, die kleine Star zu einer Geburtstagsfeier für ihre Zwillinge bei ihr in der Park Avenue vorbeizubringen. Sie hatte einen Zauberer engagiert, um die Kinder zu unterhalten. „Doch nicht wieder derselbe alte Clown!" nörgelte Star. Aber die Fünfjährigen quietschten vor Begeisterung und wälzten sich vor Lachen auf dem Boden.

„Verdirb den Kleinen die Freude nicht", rügte Lily. „Komm, wir trinken gemütlich eine Tasse Kaffee im anderen Zimmer. Da ist es etwas ruhiger", schlug sie Patsy vor.

Sie ging mit Patsy hinüber. „Hast du dich mittlerweile eingelebt?" fragte Lily.

„Es war gar nicht so schwer, wie ich dachte. Die New Yorker sind *nett*. Auch auf der Büroparty diese Woche waren alle furchtbar freundlich und hilfsbereit."

„Ihr hattet eine Party im Büro?“ fragte Lily erstaunt.

„Ja, John meint, wir sollten das öfter machen. Ungerechterweise wird ihm nachgesagt, daß ihn andere Menschen nicht interessieren. Das stimmt einfach nicht. John ist sehr ehrgeizig, und er weiß, wie er das Unternehmen leiten muß. Manchen mag das ja mißfallen. John meint dann immer, wenn es ihnen nicht paßt, dann können sie ja gehen. Der Koch ...“

„John hat einen Koch im Büro?“

„Ja. Er sagt, daß er so die Werbekunden viel leichter abfüttern kann. Jetzt muß er nicht mehr jeden Tag in die Stadt zu irgendwelchen Geschäftsessen. Nächste Woche, wenn die Zeitschriftenredakteure zu uns kommen ...“

„Die Zeitschriftenredakteure? Was will er denn mit denen?

„Oh, Lily, das weißt du noch gar nicht? Deine Mutter hat John zum Vizepräsidenten von McLean Publishing ernannt. Es stand in der Zeitung. Ich dachte, du wüßtest Bescheid.“

„Mir hat niemand was gesagt.“

Patsy stellte ihre Tasse hin, stand auf und stopfte die Bluse in den Rock. „Ich muß heim. Ich schicke später den Wagen für Star. Warum kommst du nicht nächste Woche zu uns? Du bist herzlich eingeladen.“

Lily beherrschte sich und brachte Patsy zum Fahrstuhl. Dann rannte sie schnell ans Fenster, zog die Vorhänge weg und schaute hinaus. Neben der großen schwarzen Limousine unten wartete der Chauffeur auf ihre Schwägerin. Lily preßte die Lippen zusammen und beobachtete, wie der Chauffeur Patsy begrüßte und ihr beim Einsteigen behilflich war.

„Und dabei übernimmt John nicht einmal meine Ausgaben“, flüsterte sie. Sie kochte vor Wut.

„Ich muß an die Zukunft denken“, sagte Yarrow zu Elliot, als sie an einem Samstagnachmittag in der Bibliothek ihrer Londoner Wohnung saßen. Elliot hatte seinen Pflichten als Botschafter für ein paar Stunden entkommen können. Sie hatte es gern, wenn er hier so gemütlich und lässig saß, ohne daß fremde Leute um sie herum waren.

„Ich werde langsam blind, Elliot", erklärte Yarrow plötzlich. „Ich habe den grünen Star."

Er ließ die Zeitung fallen und kam zu ihr ans Fenster. Er nahm sie in die Arme. „Wie lange weißt du das schon, Liebes?"

„Oh, schon eine ganze Weile. Ich habe beim Lesen in letzter Zeit viel übersehen. Aber erst der stechende Schmerz in den Augen hat mir Angst eingejagt. Da wußte ich, daß etwas nicht stimmen konnte. Mein Arzt kümmert sich sehr um mich, aber Lesen gehört zu meinem Geschäft. Wie kann ich in diesem Tempo weiterarbeiten, wenn ich nichts mehr sehe?"

Er küßte sie.

„Ich muß an die Zukunft denken", wiederholte sie. „Mir gehören 80 Prozent von McLean Publishing. Weißt du, im Lauf der Jahre habe ich immer weitere Anteile gekauft, weil die anderen Geld wollten, um ihre eigenen Geschäfte aufzubauen. Ich weiß nicht einmal, was ich wert bin. Weißt du es?"

„McLean Publishing muß Hunderte von Millionen Dollar wert sein, schätze ich."

„Ja, so in etwa. Natürlich nur auf dem Papier. Erst wenn ich verkaufe, wird es zu Geld. Ich habe etwas aufgebaut, das ich gerne intakt weitergeben möchte."

„Darum beneide ich dich. Du hast etwas geschaffen – aus deinen Ideen ist eine lange Kommunikationskette entstanden. Du hast etwas zu hinterlassen."

„Du doch auch, Elliot."

„Nein. Ich habe Reichtum angehäuft und vielleicht ein paar Arbeitsplätze in meinen Büros geschaffen. Aber ich habe nur Geld zu vererben."

„Der junge Mann, der einmal sehr, sehr reich werden wollte."

„Was wußte ich damals schon? Ich bin der Kapitalist, und du die Unternehmerin."

Sie schwiegen beide.

„Elliot, wie übergebe ich mein Unternehmen an meinen Nachfolger, ohne daß er Unsummen von Steuern zahlen muß?"

„Du hättest eine Neukapitalisierung durch Vorzugsaktien veranlassen können, aber das hätte schon vor Jahren geschehen müssen."

„Was? Und dafür die Kontrolle über die Führung verlieren? Wohl kaum! Aber rate mir, mit wem ich mich über das Problem unterhalten könnte?"

„Wir haben eine ganze Reihe von Leuten, die auf solche Transaktionen spezialisiert sind. Ich könnte mit einem von ihnen ein Treffen für dich arrangieren."

„Verdammt noch mal, ich will nicht so weit gehen. Ich bin noch nicht so alt, ich will noch so viel tun. Aber meine Augen..."

Sie sah so bedrückt aus, daß er ihre Hand ergriff und sie drückte. „Liebling, mach dir um das Geschäft keine Sorgen. Deine Augen, deine Gesundheit, das ist viel wichtiger."

„Mein Großvater ist blind geworden, weißt du, Elliot?" Sie brach in Tränen aus. „Wie soll ich das nur ertragen, wenn ich dein liebes Gesicht nicht mehr sehen kann?" Er hielt sie fest in den Armen, und nach einer Weile hörte sie auf zu weinen.

„Ich muß nachdenken. Ich muß mit jemandem darüber reden. Eines meiner Kinder muß die Nachfolge antreten."

„Du mußt die Entscheidung doch nicht gleich treffen."

„Doch! Warum sollte ich sie aufschieben?"

„Hast du etwa schon entschieden? Wer soll es sein?"

Sie sah ihn mit ihren schönen grauen Augen an, in denen er nicht die Spur einer Krankheit entdecken konnte.

„John", sagte sie. „John muß es übernehmen."

„Wieso wird John Präsident des Unternehmens?" schrie Lily.

Sie saßen alle am Tisch im Sitzungssaal des Verwaltungsrates. Yarrow hatte die Neuigkeit gerade verkündet, und John saß zurückgelehnt da und strahlte über das ganze Gesicht. Yarrow hatte ihnen nichts von ihrer drohenden Erblindung gesagt. Sie nahm Augentropfen, um den Druck im Augapfel zu vermindern und die Schmerzen zu lindern. Aber sie sagte nichts über ihre Befürchtungen. Sie hatte nur angekündigt, daß sie die Leitung des Unternehmens schrittweise an die nächste Generation übergeben wolle. Sie hatte noch nichts endgültig festgelegt, ließ sich noch beraten. Aber sie wollte, daß ihre Kinder wußten, worüber sie sich Gedanken machte. Sie hatte sie alle in den Verwaltungsrat gesetzt, und John sollte Präsident und Geschäftsführer werden.

Yarrow sah ihre 36jährige Tochter an. „Es tut mir leid, wenn du dich aufregst."

„Aufregst? Ich bin entsetzt! John war doch vom ersten Tag an nur eine Belastung für die Familie. Er türmt nach Kanada, weil er für sein Land nicht kämpfen will. Dann kommt er eines Tages einfach hier hereingeschneit und drei Jahre später gehört ihm alles!"

„Ach, halt doch den Mund, Lily", sagte John mit vor der Brust verschränkten Armen. „Ich habe dein ewiges Theater satt. Unsere Mutter weiß schon, was sie tut."

Lily stand auf und riß ihre Tasche vom Tisch. „Mir hätte diese Aufgabe zufallen sollen!" Mit dieser Bemerkung stürmte sie hinaus und warf die Tür hinter sich ins Schloß.

„Offen gesagt, mich läßt das völlig kalt", sagte Buck und lümmelte sich in seinen Sessel.

„Setz dich gerade hin", sagte Yarrow. Buck rutschte ein paar Zentimeter höher. Er war unglücklich. Er hatte soeben erfahren, daß Meredith und Howard auf den Bermudas geheiratet hatten. Meredith habe kein großes Fest gewünscht, erklärte ihm seine Mutter. Sie habe nicht in der Botschaft mit den langweiligen, steifen Freunden ihrer Eltern Hochzeit feiern wollen. Aber Buck wußte, daß sie in Wahrheit einen anderen Grund hatte. In der Londoner *Daily Mail* hatte etwas über ihn und eine Schauspielerin gestanden. Er hatte gehofft, er könne Meredith eifersüchtig machen. Er war ein Narr. Die Schauspielerin bedeutete ihm nichts. Und jetzt hatte Meredith ihr Jawort gegeben, weil sie ihn nicht mehr sehen wollte. Buck war sicher, daß sie ihn liebte. Unmöglich, daß sie nicht genauso empfand wie er. Nur einmal hatte sie sich von ihm küssen lassen, auf dem Heimweg vom Krankenhaus, aber dieser Kuß war Beweis genug gewesen. Sie hätte ihn nicht so geküßt, wenn sie ihn nicht lieben würde.

„Nun, was ist mit mir?" fragte er. „Hast du entschieden, wo du deinen auf Abwegen wandelnden Sohn plazieren willst?"

„Du bist 27, Buck. Ich habe Bourget, den Leiter der Designabteilung bei McLean Magazines gebeten, dich unter seine Fittiche nehmen."

„Danke, Mama."

„Spar dir deinen Sarkasmus. Bourget ist der Beste, aber er ist auch sehr streng. Er wird dich in der Luft zerreißen, wenn du ihn enttäuschst."

Buck schlug mit der Faust auf den Tisch. „Ich bin Künstler!"

„Dann entwickle dein Talent, und hör auf, deine Energie an Starlets zu verschwenden!"

Buck wurde rot.

„Außerdem habe ich Justice Hoggart gebeten, von Texas nach New York zu kommen und die Vorortzeitungen zu leiten."

„Was hat er mit der Umstrukturierung zu tun?" fragte John.

„Er wird keine Aktienanteile erben, aber er und eure Cousins werden 20 Prozent der Firma kontrollieren. Ich habe ihn auch im Verwaltungsrat in London eingesetzt. Er kann als Verbindungsmann zwischen McLean Publishing und der öffentlichen Gesellschaft des Londoner *Enquirer* fungieren."

Ihre Söhne starrten sich über den Tisch hinweg an.

„Ihr könnt jetzt allein miteinander darüber sprechen."

„Warum hörst du denn nicht auf, wenn du dieses Geschäft so verabscheust?" fragte John, als ihre Mutter gegangen war.

„Und überlasse alles dir? O nein!"

„Dann kriege ich deine Anteile eben auf anderem Weg, kleiner Bruder."

Buck stand auf, stieß den Sessel mit einem Fußtritt beiseite und ging hinaus.

Immer wenn Yarrow aufgeregt war, ging sie durch das Firmengebäude. Jetzt war sie erregt, weil sie wußte, daß John nicht die ideale Lösung war. Aber mit ihrer vorgezogenen Entscheidung hoffte sie, ihm zu helfen, in die Rolle hineinzuwachsen. Er führte seine Leute zwar nicht schlecht, er hatte das nötige Auftreten, und er drückte sich nicht vor harter Arbeit. Sein Fehler war, daß Macht ihn korrumpieren konnte.

Sie ging in die Setzerei, die jetzt völlig automatisiert war. Die Männer arbeiteten zügig. Gleich war Redaktionsschluß. Yarrow schaute auf die erleuchtete Tafel über ihnen – die noch nicht fertiggestellten Seiten leuchteten auf. Im Vergleich zu früher war es hier jetzt ruhig, sauber, steril. Alles war weiß, der Boden, das Papier, die angeschrägten Tische, selbst die Hemden der Männer. Nirgendwo ein Tintenfleck oder Bleispäne.

„Fotosatz", dachte Yarrow. „Jetzt sind wir alle EDV-Techniker."

Sie ging hinunter in den Raum, wo die Reporter arbeiteten. Bildschirme leuchteten auf jedem Schreibtisch, aber die Telefone läuteten noch immer pausenlos. Das hatte sich nicht geändert. Und die Leute waren dieselben. Außer den erleuchteten Seiten flimmerten Nachrichtensendungen über mehrere TV-Monitoren. Eine Reporterin aß ein Sandwich, während sie ihre Story tippte. Sie blickte nicht auf, sondern steckte ihr nur einen Styroporbecher entgegen. In einem Rest Kaffee schwammen Zigarettenstummel. Sie bat um einen neuen Becher Kaffee. „Mit Milch und Zucker."

Yarrow holte ihn ihr von der Maschine in der Ecke. „Rauchen ist ungesund", sagte sie und stellte den vollen Becher neben die Reporterin. „Und hierher gehört ein neuer Absatz." Die Frau hob den Kopf, als sie die bekannte Stimme hörte, und hätte sich fast an ihrem Sandwich verschluckt.

Für eine Weile hatte Yarrow vergessen, daß die Prognose für ihr linkes Auge nicht gut war. Der Arzt hatte nur versprochen, sein Bestes zu tun, um wenigstens das rechte Auge zu retten.

Jedesmal, wenn die Rechtsanwälte einen Plan zur Verwirklichung des Führungswechsels bei McLean Publishing erarbeitet hatten, distanzierte sich Yarrow von ihren Vorschlägen. Noch nie in ihrem Leben hatte sie so geschwankt. John bohrte andauernd, Lily lag ihr täglich in den Ohren, und je mehr die beiden sie bedrängten, um so sturer wurde Yarrow. Von Greta erfuhr sie, daß Lily und John kaum noch miteinander redeten.

Ende des Jahres informierte Yarrow John von ihrem Entschluß, Reagan bei seinem Präsidentschaftswahlkampf zu unterstützen.

„Das kannst du nicht machen", entgegnete John. „Als Chef des Hauses ist das meine Entscheidung."

Der Blick seiner Mutter sagte John, daß er einen schweren Fehler gemacht hatte.

„Solange ich die Rechnungen begleiche, ist das meine Zeitung, und es bleibt meine Entscheidung, wen wir politisch unterstützen."

Der *Telegraph* war die erste Zeitung Amerikas, die sich für eine Unterstützung des zu nominierenden Präsidentschaftskandidaten Ronald Reagan aussprach.

Lily stritt sich immer wieder mit ihrem Bruder über ihre Ausgaben. Aufgrund ihrer dauernden Schmeicheleien hatte Yarrow sie in den Verwaltungsrat von KMZO in Denver gesetzt, in der Hoffnung, die räumliche Distanz werde das Verhältnis zwischen Lily und John wieder bessern. Aber John war im Begriff, seine eigene Machtbasis auszubauen. Er hatte das Unternehmen so umorganisiert, daß er auch beim KMZO das Sagen hatte.

John schickte Lily alle Kostenaufstellungen zurück – mit einem großen NEIN über den Seiten.

„Erwartet er, daß ich von Denver zu Fuß zu den Vorstandssitzungen gehe?"

„Nein, aber versuch's doch mal mit einem Ticket der Tourist Class. Muß ja nicht immer Business Class sein", schlug David vorsichtig vor.

„Er ist ein Schwein", stieß Lily hervor. „Ich hasse ihn."

Buck hatte begonnen, Bourget und die Arbeit des Designteams zu bewundern. Aber er war nicht an der Zeitschrift interessiert, nicht an der Auflage und auch nicht an den Promotion oder Werbung. Er hatte sich in Soho ein Studio eingerichtet und arbeitete nachts an seinen eigenen Werken. Aber seine Energie war noch immer ungelenkt. Meist tummelte er sich nach den Sitzungen des Verwaltungsrates mit einer seiner Freundinnen auf seiner überdimensionalen Matratze.

„Keiner versteht mich", klagte er oft, und dann standen Tränen in seinen blauen Augen. Seine Frauen versuchten ihn auf alle möglichen Arten aufzuheitern, aber vergeblich.

Der Präsident der Vereinigten Staaten sandte einen neuen Botschafter an den Court of St. James, jemanden, der seiner eigenen politischen Philosophie näher stand. Ein Reigen von Abschiedsparties fand statt, bevor Elliot abreisen konnte.

Yarrow sagte ihm am Telefon, daß sie an seinem letzten Galaabend nicht teilnehmen werde. Sie müsse operiert werden. Yarrow hatte panische Angst.

„Blanchette", sagte Elliot an seinem letzten Tag im Amt, als sie vom Buckingham Palast losfuhren. „Ich habe dir die ganze Zeit nachgegeben, was unsere Ehe betrifft. Ich habe dich mit Achtung behandelt ..."

„Du hast mit einer anderen Frau geschlafen."

„Ich war einer Frau 27 Jahre lang treu. Ich habe dich einmal um die Scheidung gebeten, und du hast abgelehnt. Du hast damals gesagt, daß du mich brauchst. Ich habe nachgegeben."

„Deine Tochter brauchte dich."

„Sie braucht mich aber jetzt nicht mehr. Du hast mich nicht gehen lassen, Blanchette. Ich habe dich angefleht, mich zu der Frau gehen zu lassen, die ich liebe, ohne daß es einen Skandal gibt. Du hast es nicht zugelassen. Jetzt braucht sie mich."

Blanchette blitzte ihn wild an. „Wie kannst du mich darum bitten? Warum schiebst du mir die Schuld zu? Ich bete immer zu Gott, Er möge mir helfen, dir zu verzeihen. Aber ich kann es nicht. *Ich* habe nichts getan. Du hast dein Eheversprechen gebrochen."

„Ich bitte dich nicht um Verzeihung, Blanchette. Es tut mir leid, was wir getan haben. Ich wollte dir nicht weh tun. Aber ich habe immer und immer wieder dafür bezahlen müssen, daß ich dich nicht liebe. Mehr als genug."

Es fing an zu regnen. Elliot fragte sich, wieviel der Chauffeur durch die Trennscheibe von ihrer Unterhaltung gehört hatte. Er drückte auf einen Knopf, und die Glasscheibe versank. „Sie können mich am St. James aussteigen lassen", sagte er und bediente einen anderen Knopf. Die Scheibe ging wieder hoch.

„Du hast nicht vor, mit mir zurückzufahren?"

„Nein." Der Chauffeur hielt an, sprang heraus und öffnete Elliot die Wagentür. „Adieu, Blanchette."

Sie wandte sich ab.

40

Lily, jetzt 41, und ihr Bruder John waren bei einem Essen des Amerikanischen Zeitungsverlegerverbands im Hilton in San Francisco. Man schrieb den 22. April 1986. Lily wußte das Datum auswendig, weil heute ihr Hochzeitstag war. David war bei den Kindern daheim in New York und hatte ihr ein Dutzend Rosen geschickt. Sie war in so guter Stimmung gewesen, bis jetzt, da sie hier neben ihrem Bruder saß. Er hatte ihr erklärt, er wolle sie aus dem Verwaltungsrat haben. Sie konnte sich vor Wut kaum beherrschen.

„Warum soll ich aus dem Verwaltungsrat austreten?“ flüsterte sie.

„Weil ich Platz für Fremde schaffen will. Aber halt jetzt den Mund, und laß mich die Rede hören! Der Mann könnte eines Tages Präsident werden.“ Der Sprecher war Mario Cuomo, der Gouverneur von New York.

„Nun, ich werde das Feld nicht kampflos räumen.“

„Du wirst es müssen. Buck und Justice sind auf meiner Seite.“

„Wieso?“

„Weil du nicht loyal gewesen bist. Du hast mich überall schlecht gemacht.“

Sie saß wutentbrannt da und wartete, daß Cuomo seine Rede beendete. Bei der ersten Gelegenheit erhob sie sich und wollte gehen. Ship Truitt hielt sie beim Hinausgehen an.

„Hat Ihnen die Rede nicht gefallen?“

„Nein, ich bin in jedem Punkt anderer Meinung als der Gouverneur, aber ich nehme an, John wird die Rede im *Telegraph* über den grünen Klee loben.“

„Dann sollten Sie vielleicht lieber unseren Leitartikel lesen.“ Ship war seit dem Tod seines Vaters vor einem halben Jahr Chefredakteur des *Courier.*

„Unsere Auflage ist übrigens seit zwei Monaten höher als Ihre.“

„Soll ich Ihnen etwa gratulieren?“

„Nein, aber ich kondoliere Ihnen gern.“

Sie wollte sich abwenden, da meinte er plötzlich: „Wie geht es Ihrer Mutter? Ich habe erfahren, daß sie auf einem Auge erblindet ist.“

„Es geht ihr allmählich besser. Sie macht mit Elliot eine Reise im Pazifik.“

„Urlaub? Ich hätte nie geglaubt, daß sie einmal leisetreten würde.“

„Nein, nein, sie verbindet die Reise mit dem Start eines Blattes für Geschäftsleute in Australien. Aber sie sollte hier sein und nicht in der Fremde neue Jagdgründe erkunden.“

„Würden Sie ihr bitte meine besten Wünsche ausrichten?“

Lily nickte und ging. Man hätte fast glauben können, daß Shipam ihre Mutter mochte. Nun, sie würde die Grüße jedenfalls ausrichten. Sie hatte ja noch eine Mitteilung – der *Courier* schlug ‚Johns‘ *Telegraph.* Gott, John war ein Narr. Er glaubte, er wisse alles besser. Er hatte Veränderungen beim KMZO in Denver eingeführt, und Tom Marx hatte gekündigt. Die leitenden Mitarbeiter in der Zeitschriftenabteilung wurden unruhig. Johns Eingriffe störten die geregelten Abläufe zunehmend. Unter Yarrow und Bourget hatten sie einen gewissen Grad an Autonomie genossen. Jetzt verlangte John, daß ihm jeder direkt Bericht erstattete. Sogar Justice wollte gehen. Er meinte, er habe lange genug für die McLeans gearbeitet und wolle jetzt für die Hoggarts arbeiten.

Lily machte sich um ihre Zukunft Sorgen. Es war immerhin ihr Erbe, über das John hier entschied. Wenn er einen Fehler machte, würde sie die Konsequenzen zu spüren bekommen. Sie hätte das Unternehmen anders geleitet. Er war zu streng. Er wollte sogar ihre Taxiquittungen sehen, bevor sie ihr rückerstattet wurden! Sie hatte genauso viele Aktien wie er! Und sie war schließlich seine Schwester!

Sie verließ das Hotel. Vor dem Schaufenster des Gumb-Kaufhauses blieb sie stehen. Das Service hatte genau die richtige Farbe – seit Monaten war sie auf der Suche. Es würde genau in das Speisezimmer ihrer New Yorker Wohnung passen. Sie zögerte. Sie hatte ihr Konto diesen Monat schon überzogen. Aber sie konnte sich das Service schon so richtig bei ihr daheim vorstellen. Lily ging hinein und sagte zu dem Verkäufer: „Ich hätte gerne das Limoges-Service aus Ihrem Fenster. Würden Sie es bitte an diese Adresse nach New York schikken. Sie akzeptieren doch eine American Express?"

Das Wasserflugzeug landete. „Ach, es ist wunderschön hier", rief Yarrow Elliot zu. Er gab ihr ein Zeichen, daß es auch ihm gefiel. Yarrow hatte sich anscheinend sehr gut an den Verlust des linken Auges gewöhnt. Die Operation vor fünf Jahren hatte ihr rechtes Auge retten können, aber für das linke war es zu spät gewesen.

„Willkommen auf der wunderbarsten der Fidschi-Inseln!" Timini, der Manager von Elliots Koprafarm, begrüßte sie lächelnd.

„Es ist wunderschön hier", wiederholte Yarrow.

„Keine Autos, keine Straßen, keine Elektrizität", meinte Elliot.

„Kein Telefon?" fragte sie mit gespieltem Ensetzen.

Yarrow mußte an die Anrufe denken, die sie in Hawaii erreicht hatten. Ihre Kinder konnten anscheinend nicht ohne Querelen auskammen. Lily hatte sich über Johns autokratisches Verhalten beklagt. Er wollte sie aus dem Vorstand haben. Nellie und Greta wollte er auch loswerden. Yarrow fragte sich bereits, wann John sie um ihren Rücktritt bitten werde. Bei ihrem Anruf war er gleichzeitig in Abwehrhaltung und streitlustig gewesen. Er brauche Leute, die ihn im Vorstand beraten könnten, sagte er. Die Wirtschaft des Landes ließe einiges zu wünschen übrig und folglich seien auch die Gewinne ihres Unternehmens nicht besonders hoch. Aus diesem Grund wollte er leitende Mitarbeiter, die sich im Geschäftsleben und in der Finanzwelt auskannten, und keine weiblichen Verwandten, deren Interesse an der Firma sich auf die zu kassierenden Dividenden beschränkte. Justice hatte sie angerufen und ihr gesagt, die Erbitterung über diese Zustände im Vorstand wachse ständig. Wann sie vorhabe zurückzukommen? Justice war völlig unparteiisch. Sie wünschte manchmal, er würde Partei ergreifen. Der einzige, der nicht angerufen hatte, war Buck. Sie schrieb das mehr seiner Apathie als seiner Verärgerung zu.

Sogar Shipam Truitt hatte angerufen. Aber er hatte nur wissen wollen, wie es ihr gehe.

Bei Sonnenuntergang steckte sich Yarrow eine Hibiskusblüte ins Haar, wickelte sich in einen Sarong, und dann gingen sie mit ihren Laternen hinüber ins Haupthaus zum Abendessen. Es waren außer ihnen keine Gäste da. Sie hatten die ganze Insel für sich allein.

„Ich habe mich nach dem Stand meines Scheidungsverfahrens erkundigt", sagte Elliot.

„Verweigert Blanchette immer noch die Zustimmung?"

„Ja. Und New York ist leider einer der letzten Bundesstaaten, in dem für eine Scheidungsklage noch Gründe angegeben werden müssen. Blanchette hat diese Gründe alle – Ehebruch, Verlassen, grausame und unmenschliche Behandlung. Aber sie weigert sich, diese Gründe zu nennen."

Er sah sie traurig an.

„Ich muß vielleicht nach New Jersey ziehen. Dort gibt es die Schuldfrage nicht mehr. Wenn ich ein Jahr dort gewohnt habe, kann ich mich scheiden lassen, und wir können heiraten. Dann bin ich siebzig. Wie würde dir ein so alter Bräutigam gefallen?"

Yarrow sah auf ihren Smaragdring. „Das wäre schön", sagte sie. Aber sie sagte es mehr Elliot zuliebe als aus Überzeugung. Sie war der Ansicht, daß ihre gemeinsamen Jahre eine tiefere Verbindung geschaffen hatten, als es ein Stück Papier je vermöchte.

„Meredith läßt sich übrigens auch scheiden", sagte Elliot. „Mit der Ehe hat von Anfang an etwas nicht gestimmt."

„Das tut mir leid. Was hat sie denn vor?"

„Sie will mit den Kindern nach New York ziehen und dort weiterarbeiten. Der Chirurg, der sie als Kind operierte, hat ihr eine Stelle angeboten. Er leitet eine Klinik in New York, die von meiner Stiftung in Washington unterstützt wird."

„Ich glaube, Meredith hat Buck einmal sehr gefallen."

„Sie hat nie etwas gesagt."

„Er auch nicht, aber ich habe gesehen, wie er sie ansah. So wie du mich früher angeschaut hast."

„Ich schaue dich immer noch so an."

„Nein. Aber mir gefällt trotzdem, was du tust."

„Was ist mit John?"

„Ach, John. Ja, was ist mit John?" Sie fragte mehr sich selbst als

Elliot. „Von meinen drei Kindern hielt ich ihn als Leiter des Unternehmens für am besten geeignet. Aber es steckt ein Zorn in ihm. Schon als kleiner Junge war er so."

Yarrow wollte nicht mehr über John nachdenken. Sie sorgte sich um ihr Unternehmen. Sie hatte sehr hart gearbeitet, um McLean Publishing dahin zu bringen, wo das Unternehmen heute stand. Und sie hatte sich gewünscht, eines der Kinder würde es übernehmen. Nur für sie hatte sie so geschuftet.

„Morgen", schlug Elliot vor, als sie am Strand spazierengingen, „fahren wir hinaus und tauchen nach Austern. In der Nähe der Korallen können wir ankern. Kommst du im Boot mit?"

Sie verbrachten die Tage in den Hängematten, oder sie fischten, schwammen und sammelten Muscheln.

Am Sonntag setzten sie zu einer Nachbarinsel über und besuchten den Gottesdienst. Alle Frauen knieten auf Grasmatten auf der einen Seite der mauerlosen Kapelle, die Männer auf der anderen. Sie bewegten sich im Rhythmus der Hymnen, die sie sangen.

Zum Ende des Gottesdienstes sprach der Priester den Segen, und Elliot gab Yarrow eine Kaurimuschel. Als sie am nächsten Tag ihre Tasche packte, nahm sie die Muschel in die Hand und fuhr über die glatte, goldschimmernde Oberfläche.

„Glaubst du, daß es stimmt, daß Frauen die Liebe an die erste Stelle setzen?" fragte sie Elliot.

Elliot sah sie an und lächelte. „Ja", antwortete er, und sie nickte und sah weg. Die Sonne glitzerte auf dem Meer, und das Flimmern machte ihre Augen tränen. Sie fühlte nach der Muschel in ihrer Tasche. Sie war makellos wie ein priesterlicher Segen für eine Ehe.

Am 4. Juli brachte Yarrow ihre drei Enkeltöchter hinunter nach Galena, weil sie an der Morgenparade teilnehmen wollten. Sie hatte darauf bestanden, daß die ganze Familie dieses Jahr am Nationalfeiertag nach Galena komme. Sie hatte keine Entschuldigung gelten lassen.

Sie trafen sich alle in Erics und Yannas Haus und gingen von dort aus in die Main Street, wo sie hinter der alten Schulband hergingen und mitpfiffen und mitsangen, bis sie den alten Marktplatz erreichten.

Abends versammelten sie sich alle hinter Erics Haus in der Boomer Street auf der Wiese. Sie erwarteten etwa 100 Leute, und Yarrow war glücklich, das alte Elternhaus voller Menschen zu sehen.

Elliot kam mit Meredith und ihren Kindern. Sie hatten Zimmer im alten Bahnhofshotel. Justice, seine Frau Marla und ihr Baby Kent sollten oben in Yarrows altem Zimmer schlafen.

Buck kam zu ihr und gab ihr einen Kuß. „Mutter, ich weiß jetzt, was ich tun werde. Ich möchte malen. Ich hätte mich schon vor Jahren dazu entschließen sollen, aber ich wollte dich nicht enttäuschen."

„Du meinst, du willst der Firma ganz den Rücken kehren?"

„Ja. Was immer du mit meinen Aktien tun möchtest, ich werde deinem Rat folgen."

„Hat dieser Entschluß irgend etwas mit John und Lily zu tun?"

„Ja und nein. Ich hasse es jedenfalls, in die Vorstandssitzungen zu gehen, wo immer nur über Details gestritten wird."

Yarrow nickte. „Es ist übrigens jemand hier, den du vielleicht sehen möchtest. Meredith."

Yarrow beobachtete ihren Sohn. Er strahlte plötzlich, und sie wußte, daß sie seine Gefühle richtig eingeschätzt hatte. Yarrow lächelte. Sie hatte, was das Unternehmen betraf, ihre Entscheidung auf dem Rückweg von Australien gefällt.

Elliot kam pfeifend auf sie zu. Die Gäste setzten sich auf ihre mitgebrachten Decken, um das Feuerwerk zu bewundern. „Möchtest du mit mir auf einer Decke schmusen?" fragte Elliot.

„Nur wenn ich meinen Großneffen mitbringen darf."

Kent plapperte vor sich hin, während Elliot sie durch die singenden Menschen führte. Gretas Mann, Eduardo und Eric, waren hinunter zum Ende der Wiese gegangen und brannten dort das vorbereitete Feuerwerk ab.

Die erste Rakete ging hoch. Yarrow und Elliot setzten sich auf eine Decke, und sie schmiegte sich lächelnd an ihn. Da hörte sie Lilys Stimme irgendwo hinter sich. Lily und John stritten sich wieder.

„Ich habe gehört, du hast dir Geld geliehen und deinen künftigen Anteil als Sicherheit angeboten. Du ruinierst dieses Unternehmen noch. Wieso dich unsere Mutter zum Leiter gemacht hat, werde ich nie verstehen. Vielleicht wird sie langsam senil."

„Sie hat es getan, weil sie weiß, daß du die Leitung nicht übernehmen kannst", hörte sie John antworten. „Jedenfalls ist es jetzt mein Unternehmen, und ich will, daß du den Verwaltungsrat verläßt. Aber das reicht noch nicht: Ich will dich draußen haben, *draußen!* Ist das klar?"

„John, beherrsche dich", ermahnte ihn David.

„Misch dich nicht ein, du Mistkerl!"

„Rühr ihn nicht an", fauchte Lily.

„Halt den Mund, du Nutte."

„Ich lasse es nicht zu, daß du so mit meiner Frau sprichst."

„John, das war nicht nett", hörte sie jetzt Patsys Stimme.

„Du brauchst mich nicht zu verteidigen", sagte Lily zu Patsy. „Ich warne dich, John, sobald ich meine Aktien in der Hand halte, werde ich sie dem Meistbietenden verkaufen, und das wirst mit Sicherheit nicht du sein. Buck wird seine Aktien auch verkaufen, und dann hast du kein Unternehmen mehr, das du leiten könntest. Du wirst die Aktienmehrheit verlieren."

„Hey, was ist denn los?" fragte Buck. „Ihr verderbt ja allen den Spaß."

„Halt dich raus, Dreckskerl." Geschrei, Gestöhn, Schläge folgten. Mehrere Raketen gingen gleichzeitig hoch, und alle jauchzten und staunten – nur Yarrow und ihre Kinder nicht.

„Sie sollen aufhören, Elliot. Bitte sorge dafür, daß sie aufhören." Yarrow flehte Elliot an.

Elliot sprang auf, aber Justice war schon da und riß John und Buck auseinander. Yarrow erhob sich, und ihre drei Kinder entdeckten sie.

„Das war die schlimmste Nacht meines Lebens", sagte Yarrow nur. Ihre Kinder standen beschämt, trotzig und reumütig da. „Bring mich bitte nach Hause, Elliot."

Sie drehte sich um und ließ sie stehen.

Sie konnte es nicht länger aufschieben. Am nächsten Tag schloß sich Yarrow in ihrem Schlafzimmer ein und arbeitete den ganzen Tag am Telefon. Edith brachte ihr das Essen auf dem Tablett. Elliot unternahm eine Klettertour mit Meredith. Als Yarrows Anwälte am nächsten Morgen ankamen, war die ganze Familie auf Chipeta versammelt.

„Ich habe euch alle heute morgen rufen lassen, weil ich euch etwas Wichtiges zu sagen habe. Ich richte meine Bemerkungen vor allem an meine drei Kinder, aber ich möchte, daß ihr alle es hört und meine Entscheidung zu verstehen versucht. Ich habe lange nachgedacht, aber immer wieder gezögert. Ich habe euch geliebt und immer gedacht, ihr würdet euch eines Tages gegenseitig vertrauen und euch respektieren. Ich habe gehofft, Verantwortung würde euch Demut lehren. Ich habe mich getäuscht. Statt dessen seid ihr geizig, treulos und haßerfüllt geworden. Was ich vorgestern abend Schlimmes miterleben mußte, hat mich überzeugt, daß ich die richtige Entscheidung getroffen habe."

Yarrow ergriff ihren Stock mit dem silbernen Knauf und ließ ihn auf die Tischplatte niedersausen. Sie fuhren hoch. „Um des Friedens und der Harmonie willen habe ich beschlossen, McLean Publishing zu verkaufen."

„Bist du verrückt geworden!" Johns Gesicht verfärbte sich rot. Er war aufgesprungen.

„Halt den Mund, und setz dich."

Er fiel auf den Stuhl zurück. Keines ihrer Kinder hatte sie je so wütend gesehen. Sie war eiskalt in ihrem Zorn.

„Ihr habt keine Wahl, ihr müßt meinen Schritt akzeptieren. Ich besitze 80 Prozent des Unternehmens. Du hast den Tag schon vor dem Abend gelobt, John. Und auch du, Lily. Was die übrigen Aktionäre betrifft, so können sie entscheiden, ob sie bei dem neuen Besitzer bleiben oder verkaufen wollen."

„Was ist mit uns?" fragte Lily. Sie war bei Yarrows Ankündigung leichenblaß geworden. „Was ist mit unseren Kindern?"

„An die hättet ihr früher denken sollen. Du hast den Namen meines Unternehmens verunglimpft und dich öffentlich über meine Führung beklagt. Wie konntest du!"

„Eine sehr drastische Lösung, Mama", warf Buck ein.

„Ihr habt sie heraufbeschworen. Du wolltest nie arbeiten, Buck. Du hast die ersten 30 Jahre deines Lebens verschwendet, mit Frauen und Herumtreiben vertrödelt." Buck errötete bei diesen Worten bis unter die Haarwurzeln.

„Aber du, John, du hast mich noch mehr als die anderen enttäuscht, denn von dir hatte ich am meisten erwartet. Ich dachte, du hättest vor Jahren dein Land verlassen, weil du an etwas anderes glaubst. Das stimmte ja auch zum Teil – nämlich an dich selbst. Ich hätte nicht gedacht, daß du die Familie entzweist, nur um deine Machtposition auszubauen. Und du konntest es später nicht erwarten, alles an dich zu reißen. Es war ein widerwärtiger Anblick."

„Ich werde dagegen Schritte unternehmen", sagte er.

„Von Kanada aus?" fuhr sie ihn an. Sie blickte auf das Papier in ihrer Hand. „Je nach eurer Einstellung zu mir und euren öffentlichen Bemerkungen über diese Entwicklung, gedenke ich, für eure Kinder Trusts anzulegen. Aber das muß ich nicht. Es hängt allein von eurem Verhalten ab. Der Verkauf meines Unternehmens wird nicht öffentlich bekanntgegeben. Aber Rechnungsprüfer legen jetzt in diesem Moment einem Käufer in New York die Zahlen vor. Noch Fragen?"

Sie saßen alle sprachlos da. Einige weinten. Yarrow schluckte ihre Bitterkeit hinunter. Sie mußten lernen, wie wichtig Loyalität innerhalb der Familie war. Sie setzte Loyalität nicht mit Liebe gleich, aber das Band des Blutes hätte genügen sollen. Für die Jüngeren war es eine drastische Lektion. John rappelte sich hoch und ging ohne ein Wort hinaus. Star und Patsy eilten ihm nach. Lily weinte an Davids Schulter: „Es ist so unfair." David führte seine weinende Frau hinaus.

Als Buck ging, sagte er: „Du bist nicht schuldlos, Mama. Du hast meinen Ehrgeiz nie ernst genommen. Wahrscheinlich habe ich es deswegen auch zu nichts gebracht." Er trat vor sie hin. „Aber es tut mir leid." Yarrow nickte. Sie hatte das Gefühl, ihr Herz würde brechen.

Sie wandte sich an Justice. „Würdest du dich um die täglichen Entscheidungen beim *Telegraph* kümmern, bis der neue Besitzer kommt? Ich werde natürlich auch gelegentlich vorbeischauen."

„Wie könnte ich dir das abschlagen? Natürlich." Er unterbrach sich kurz. „Sagst du mir, wer der neue Besitzer ist?"

„Nein."

„Es wäre eine gute Story."

Sie lächelte. Er war Reporter – in allen Lebenslagen. „Du wirst es sehr bald wissen.“

Sie sah ihm, seiner Schwester und seinen Eltern nach. Greta und Eric und ihre Familien gingen ebenfalls.

Elliot blieb als einziger. Er saß in einem großen Sessel und hatte die Beine hochgelegt.

„Oh Liebling, du wirktest richtig erwachsen“, meinte er.

„Es tat mir weh, ihre Gesichter zu sehen.“

„Bist du sicher, daß du so weit gehen willst?“

„Ja.“ Sie sah einen Augenblick wild entschlossen aus. Aber dann kam sie zu ihm und legte die Hand auf seinen Arm. „Du siehst abgespannt aus.“

„Ich war richtig stolz auf dich. Die kleine Yarrow, die mir auf ihrer Schaukel erzählte, daß sie sich Babies wünschte und Boxhandschuhe tragen wollte. Meinst du, Jock hätte genauso gehandelt?“

„Wahrscheinlich hätte er ihnen schon viel früher die Leviten gelesen.“

„Sehe ich das richtig: Du hast dich schon für einen Käufer entschieden?“

„Ja.“ Sie biß sich auf die Lippe und drehte sich um, damit sie ihn besser sehen konnte. „Ja, ich habe meine Zustimmung gegeben, McLean Publishing an Shipam Truitt zu verkaufen.“

Elliot saß einen Moment fassungslos da und brach dann in helles Gelächter aus.

„Was für ein Streich, Yarrow, was für ein Streich!“

„Es war vollkommen richtig, was das Geschäftliche betrifft, und ich fand es auch sonst irgendwie angebracht.“

„Jock wäre zufrieden“, sagte Elliot. „Du bist eine Frau ganz nach seinem Geschmack.“

41

„Haben Sie noch einen Wunsch, Herr Botschafter?" Elliots Diener stand an der Tür zum Bibliothekszimmer.

„Nein, danke."

„Dann gute Nacht, Sir." Der Diener zog sich zurück. Elliot seufzte und widmete sich wieder den Abendzeitungen und seinem Bourbon. Die Villa in New Jersey gefiel ihm überhaupt nicht. Er haßte diesen Raum mit seiner dunklen Holztäfelung und den schweren Vorhängen. Er wohnte nur hier, um die gesetzlichen Vorschriften für seine Scheidung zu erfüllen. Er schenkte sich noch einen Drink ein und fühlte plötzlich, daß sein Herz unregelmäßig schlug. Ab und zu hatte er Herzschmerzen, aber sein Arzt hatte ihm nur zu etwas mehr Ruhe geraten. Elliot hatte den Eindruck, daß er sich dieses Jahr etwas zuviel der Ruhe hingegeben hatte. Er hatte zuverlässige, talentierte Leute in seinen Büros auf der ganzen Welt, aber er wußte, daß er ihnen abging. Er wußte, daß es sie anspornte, wenn er sich für ihre Arbeit interessierte, wenn er Fragen stellte oder Vorschläge machte. Er spürte aber, daß er immer langsamer wurde. Er hatte befürchtet, es werde ihm etwas ausmachen, aber es war nicht so. Er wollte sich nur noch mit Yarrow an einfachen Dingen erfreuen – Kunstgalerien besuchen, der Musik in der Carnegie Hall lauschen. Wenn Blanchette endlich in die Scheidung einwilligen würde, dann wäre wenigstens diese Scharade endlich vorbei.

Elliot war müde. Er wünschte, diese lächerliche Situation mit Blanchette würde ein Ende finden. Dann könnte er Yarrow endlich heiraten. Es erschien ihm verrückt, daß Menschen in diesem Alter noch unter solchem Unsinn zu leiden hatten.

Er machte den Fernsehapparat an, um sich Ted Koppels Interview mit Yarrow um elf in *Nightline* anzusehen. Er wollte die Sendung nicht versäumen. Sie machte sich große Sorgen, weil es so lange dauerte, bis der Verkauf ihres Unternehmens rechtsgültig war. Die Situation war sowohl für sie als auch für ihre Mitarbeiter beunruhigend. Er hatte das schon öfter in anderen Unternehmen beobachtet. Es war schlecht für die Arbeitsmoral und für die Geschäfte.

Er liebte Yarrow und sorgte sich um sie. Er sah es nicht gerne, daß sie immer dünner und ihre Zunge immer spitzer wurde. Sie wollte geheimhalten, daß sie das Unternehmen ausgerechnet an Truitt verkaufen werde. Ihre Kinder würden wahrscheinlich völlig fassungslos sein, wenn es herauskam.

Es klingelte. Er stand auf und spürte einen scharfen Schmerz in seiner Brust. Er fuhr mit der Hand unter seinen seidenen Hausmantel und massierte sich. Dann ging er zur Tür.

„Ich muß mit dir reden."

Es war John, Yarrows Sohn. Er stand im leichten Schneefall und drehte den Hut in der Hand.

„Komm nur rein. Du störst überhaupt nicht." Sie gingen in das Bibliothekszimmer, und John warf seinen feuchten Mantel über einen Sessel. „Schenk dir einen Scotch ein."

Elliot ging an das Fernsehgerät und stellte es lauter. Die Sendung mit Yarrow lief schon. Er fand, daß sie sehr hübsch aussah, aber so nervös war, daß er mit ihr litt.

„Elliot, weißt du, an wen sie verkaufen will? An den verdammten Truitt!"

„Ja, ich weiß." Elliot versuchte, Yarrows Worte zu hören.

„Du mußt sie davon abhalten."

„Das kann ich nicht."

„Aber auf dich würde sie hören." John ergriff Elliot an den Schultern und stellte sich zwischen ihn und den Apparat.

„Laß mich los, John. Ich möchte deine Mutter sehen."

John fuhr herum und schaltete das Fernsehgerät aus. „Du wirst mir zuhören! Sie läßt ihre Kinder im Regen stehen! Und warum – aus Trotz!"

„Schalte wieder ein."

„Erst mußt du mir zuhören. Wenn du mir hilfst, könnte ich Kredite aufnehmen. Wir könnten ein Konsortium gründen…"

„Ich bin nicht interessiert. Schalte jetzt das Gerät wieder ein!"

Elliot entzog sich Johns Griff und machte den Apparat wieder an. John wollte ihn hindern und wich nicht vom Fleck. Er war sehr groß und kräftig. Elliot konnte nichts gegen ihn ausrichten.

„Ich will nur, daß du mir zuhörst..."

Elliot war wütend über Johns Verhalten. Er atmete schwer. Er konnte nicht hören, was Yarrow sagte. Er konnte auch nicht hören, was John sagte. Ein Stahlgürtel legte sich um seine Brust, und dann hatte er das Gefühl, es platze etwas in seinem Innern. Plötzlich verkrampften sich seine Finger an Johns Jackett, aber er konnte sich nicht aufrechthalten. Er fiel um. Er sah noch, wie Johns Lippen sich besorgt bewegten, aber es war zu spät. Elliot starrte auf den Fernsehapparat, noch im Fallen. „Yarrow..."

„O mein Gott", stieß John hervor. Elliot krümmte sich am Boden, preßte eine Hand an die Brust. John kniete neben ihm und bewegte Elliots Kopf hin und her. Keine Reaktion. Elliots Diener kam herein. Er wollte sehen, wer geklingelt hatte. Er fühlte Elliots Puls und legte das Ohr an sein Brust.

„Botschafter Weyden ist tot, Sir", sagte er nur.

Bei der Beerdigung standen Buck und Meredith neben ihren Müttern. Yarrow dachte daran, daß, wenn es anders gekommen wäre, sie jetzt als seine Witwe die Beileidsbekundungen entgegennehmen würde.

Nach dem Gottesdienst mußte sie an Blanchette vorbei. Sie stand auf dem Vorplatz, wo die Trauergäste ihr kondolierten. Yarrow ertrug es kaum. Wenn sie dieser Frau weh getan hatte, überlegte Yarrow, wie sehr hatte Blanchette ihr weh getan? Sie sah blaß und schmal aus, soweit Yarrow das durch ihren schwarzen Schleier beurteilen konnte.

Buck führte seine Mutter zum Wagen. Sie wollte nicht auf den Friedhof auf Long Island draußen. Sie hätte Elliot so gerne mit zu sich in die Berge genommen. Dort wäre er endlich von Blanchette frei gewesen.

Sie bekam eine Beruhigungsspritze, und Edith, die zur Beerdigung gekommen war, flog mit ihr zurück nach Chipeta. Edith und George Thringle, Lauras Sohn, hatten vor wenigen Wochen geheiratet.

Alles, was Yarrow ansah, erinnerte sie an Elliot. Die Tage vergingen. Yarrow nahm ihre Umgebung allmählich wieder wahr. Edith hatte ihr das kleine Stilleben von Cézanne mitgebracht, das Elliot ihr vor Jahren geschenkt hatte. Yarrow betrachtete es eines Morgens mit ihrem gesunden Auge. In dem halbdunklen Zimmer, im Lampenschein, leuchteten die Äpfel. Sie schienen den Sommer zu versprechen. Yarrow konnte sich ihre Süße vorstellen und erinnerte sich, wie gerne Elliot Äpfel gegessen hatte.

Nach ein paar Tagen kam Buck nach. Yarrow saß auf einem Stuhl neben dem Kamin, und Greta bürstete ihr Haar, das bis auf ihre Hüften fiel.

„Meredith hat mir etwas für dich mitgegeben", sagte er und nahm einen Umschlag aus der Tasche. „Sie sagte, ihr Vater wollte, daß du es bekommst." Yarrow fühlte den Ring durch den Umschlag.

„Ja", sagte sie, „der gehört mir." Sie nahm den kleinen Goldring heraus und steckte ihn an den Ringfinger.

„Hier ist auch noch ein Zettel. Elliot hat etwas aufgeschrieben, in der Nacht, in der er starb."

Yarrow nahm ihm das Blatt Papier ab und las laut vor.

„‚Yarrow fragen, ob es das alles wert war.'"

Sie konnte weder Greta noch ihren Sohn ansehen. Sie starrte ins Feuer. O ja, Darling, dachte sie, es war es wert.

Der Zug fuhr in den Bahnhof von Hudson im nördlichen New York ein. Yarrow überflog die Gesichter der wartenden Menschen auf dem Bahnsteig. Der Schaffner half ihr auf den Bahnsteig herunter. Sie nahm ihren Stock und die kleine Tasche, und dann sah sie auch schon Edith auf sie zurennen. Edith trug einen Mantel, den sie nicht mehr zuknöpfen konnte.

„Ich bin ja so froh, daß Sie gekommen sind", begrüßte Edith Yarrow. Sie fuhren die hügelige Hauptstraße von Hudson, einer ehemaligen Walfängerstadt, hinauf.

„Wie kommen Sie ohne mich zurecht? Ich machte mir solche

Sorgen, als George mir sagte, daß wir umziehen würden. Ich vermisse Colorado sehr."

„Machen Sie sich um mich keine Sorgen. Eduardo schickt fortlaufend eine ganze Reihe von ‚Cousins' vorbei, die mir helfen. Sie müssen die Liebe immer an die erste Stelle setzen, Edith. Nichts ist wichtiger."

„Nun, Sie sehen ja vermutlich, wo Georges erste Liebe ist."

Yarrow warf einen Blick auf Ediths Figur, die etwas fülliger geworden war.

„Das sehe ich."

Edith errötete. „Ich komme mir vielleicht vor, ein Baby in meinem Alter! Ich bin 45! Das ist doch unmöglich. Aber ich habe alle möglichen Tests machen lassen, und Mutter und Baby sind gesund."

Edith parkte vor einem Geschäft. Eine kleine Glocke klingelte über der Tür, als sie hineingingen.

„Voilà!"

Justice kam aus dem Hinterzimmer. Mit 35 war er noch genauso schlaksig wie als Junge. Er gab seiner Tante zwei schmatzende Küsse auf die Wangen.

„Willkommen bei Desktop Publishing", sagte er. „Alles mit Truitt-Dollars gekauft!" Sein Gesicht war vor Begeisterung ganz rot. Er führte sie zu einem Stuhl.

„Tee für die Dame? Wo ist mein Partner? GEORGE!"

George Thringle kam durch die Hintertür nach vorn. Ein Tintenfleck zierte seine Nase. Er war 45, zehn Jahre älter als Justice. Schüchtern spähte er hinter seiner Brille hervor.

„Was du jetzt gleich sehen wirst, ist die Demokratisierung des Drucks", erklärte Justice.

„,Ganzseitenumbruch", meinte George. „Das ist die Zukunft."

„Komm mit und sieh es dir an."

Yarrow folgte Justice in das Hinterzimmer, wo vier Computerterminals standen. Eine junge Frau mit Telefonkopfhörern nahm Anzeigen entgegen und lächelte ihr zu. Yarrow ging an den Schreibtisch, wo George den Bildschirm einschaltete.

„Jetzt können wir die ganze Zeitung mit diesem Computer setzen – mit einer einzigen Maschine, ist das nicht großartig?"

„Elektronisches Seiten-Layout."

„Es wird die Setzereien revolutionieren."

Yarrow hörte die Begeisterung in ihren Worten. Sie benutzten Begriffe, die sie nicht kannte, aber sie verstand, worum es ging.

Sie gaben ihr das erste Exemplar, und ihre Augen füllten sich mit Tränen, als sie den neuen Kopf las: *The Hudson Humdinger.* Ein Kolibri und ein Wal bildeten das Emblem.

„Schön", sagte Yarrow. „Eines der schönsten Logos, die ich jemals gesehen habe."

Buck hatte ein halbes Jahr gewartet, damit Meredith über den Tod ihres Vaters hinwegkommen konnte. Er wußte, daß sie sehr um ihn trauerte. Sie arbeitete auch nicht mehr in der Klinik. Aber jetzt konnte er nicht länger warten und beschloß, hinaus nach Long Island zu fahren und sie zu besuchen. Er selbst hatte in den letzten Monaten konsequent an seinen Gemälden gearbeitet. Er hatte eine erfolgreiche Ausstellung in einer Galerie in der Stadt hinter sich und fühlte sich durch das Interesse an seinen Bildern ermutigt. Der erste Scheck, den er für seine Werke erhielt, bedeutete ihm mehr als alles Geld, das er je von seiner Mutter bekommen hatte. Nach dem Tod ihres Vaters hatte Meredith ihn gebeten, seiner Mutter ein paar Sachen zu bringen. Seither hatte er sich von ihr ferngehalten, obwohl er sich nichts sehnlicher wünschte, als bei ihr zu sein. Buck war jetzt 35. Er wollte nicht mehr nur eine Freundin oder eine ‚Beziehung'. Er wollte eine Frau. Und er wollte Meredith.

Er fuhr hinaus zu Merediths Haus. Ihre Kinder entdeckte er zuerst. Meredith war jetzt eine reiche junge Frau, und Buck hatte nicht der erste Freier sein wollen, der an ihre Tür klopfte.

Sie hörte seinen Toyota vorfahren und kam an die Fliegentür. Sie stand da und hielt die Hand über die Augen, um sie vor der Sonne zu schützen.

„Was machst du denn hier draußen?" fragte sie und bat ihn herein.

„Hi. Ich will versuchen, einige meiner Bilder an die exklusiven Kunstgalerien in Southhampton zu verkaufen – Windsor Artists."

„Windsor's. O ja, die kenne ich. Erwähne doch meinen Namen."

„Danke, das will ich tun."

Sie standen in ihrer Küche, aber Buck wußte nicht recht, was er sagen sollte. Er war sehr unsicher. Sie schob die Ärmel ihres Sweatshirts hoch.

„Sieht aus, als ob du zu tun hättest", meinte Buck. „Störe ich?"

„Frühjahrsputz. Ich wende oben Matratzen. Du könntest mir eigentlich helfen."

Sie ging vor ihm die Treppe hoch. „Wahrscheinlich hast du das noch nie gemacht."

„Nein."

Später, nachdem er fünf Matratzen gewendet, Schränke gerückt, Teppiche ausgelegt, Jalousien gereinigt und eine Kommode auf seinem Rücken die Treppe hinuntergetragen hatte, erklärte sie sich zufrieden.

Buck hielt sich den Rücken und fiel auf einen Küchenstuhl. Meredith streckte den Kopf aus der Küchentür und rief die Kinder herein.

„Suppe?" fragte sie ihn und wusch sich die Hände. Er beobachtete ihre gezielten Bewegungen, die schönen, kräftigen Hände, die Locke, die aus dem Kopftuch quoll.

„Ich sehe bestimmt schrecklich aus", meinte sie, als sie seinen Blick bemerkte. Die Kinder kicherten. In der kleinen Küche wirkte er sehr groß.

Sie saßen fröhlich um den Mittagstisch. Er hörte ihrem kleinen Jungen und ihrem Töchterchen zu und betrachtete Meredith immer wieder.

Sie schickte die Kinder hinaus.

„Ich muß gehen", sagte er und stand auf.

„Kommst du wieder?"

„Du meinst, heute nachmittag?"

Sie lachte. „Ja."

„Wenn du es möchtest."

„Ich habe mich schon gefragt, warum du überhaupt erst jetzt gekommen bist."

„Meredith, ist das dein Ernst?"

Sie stand mit dem Spültuch in der Hand an der Küchentür. Sie lächelte nicht.

„Ja, ich meine es ernst, Buckley Heartland."

Er jubelte auf und rannte zu seinem Wagen. Er ließ den Motor an, und als sie in die Küche zurückging, rannte er noch einmal zurück und sah sie durch die Fliegentür an. Er legte seine Hand an das feinmaschige Gitter, und sie drückte mit ihrer Hand von innen dagegen.

„Wenn ich heute mittag wiederkomme“, sagte er, „dann tun wir so, als ob wir uns nie getroffen hätten. Als ob sich unsere Eltern nicht gekannt hätten. Als ob wir uns nie gestritten hätten.“

Meredith nickte und sah ihm nach, als er zum Auto hinunterrannte.

Er schrie, um den Motorenlärm zu übertönen. „Wir werden ganz von vorn anfangen.“